Contemporánea

Ernest Hemingway, nacido en 1899 en Oak Park, Illinois, forma parte ya de la mitología de este siglo, no solo gracias a su obra literaria, sino también a la leyenda que se formó en torno a su azarosa vida y a su trágica muerte. Hombre aventurero y amante del riesgo, a los diecinueve años, durante la Primera Guerra Mundial, se enroló en la Cruz Roja. Participó también en la guerra civil española y en otros conflictos bélicos en calidad de corresponsal. Estas experiencias, así como sus viajes por África, se reflejan en varias de sus obras. En la década de los años veinte se instaló en París, donde conoció los ambientes literarios de vanguardia. Más tarde vivió también en lugares retirados de Cuba o Estados Unidos, donde pudo no solo escribir, sino también dedicarse a una de sus grandes aficiones: la pesca, un tema recurrente en su producción literaria. En 1954 obtuvo el Premio Nobel. Siete años más tarde, sumido en una profunda depresión, se quitó la vida. Entre sus novelas destacan *Adiós a las armas*, *Por quién doblan las campanas* o *Fiesta*. A raíz de un encargo de la revista *Life* escribió *El viejo y el mar*, por la que recibió el Premio Pulitzer en 1953.

PREMIO NOBEL DE LITERATURA

Ernest Hemingway

Por quién doblan las campanas

Traducción de
Miguel Temprano García

DEBOLS!LLO

Papel certificado por el Forest Stewardship Council®

MIXTO
Papel
FSC® C117695

Penguin
Random House
Grupo Editorial

Título original: *For Whom the Bell Tolls*

Primera edición en Debolsillo: junio de 2024
Quinta reimpresión: abril de 2026

Printed in Spain – Impreso en España

ISBN: 978-84-663-7702-7
Depósito legal: B-7.862-2024

Compuesto en M.I. Maquetación, S.L.
Impreso en Liberdúplex
Sant Llorenç d'Hortons (Barcelona)

P377027

Nota al texto

En 1937 Ernest Hemingway viajó a España enviado por la North American Newspaper Alliance para cubrir en calidad de periodista la guerra civil española. Tres años más tarde, finalizada ya la contienda, empezó a escribir *Por quién doblan las campanas*. En julio de 1940, Hemingway había terminado de trabajar en el manuscrito y poco después, en el mes de octubre, el libro se publicó en la editorial Scribner and Sons y conoció un enorme éxito (que incluso incluyó una candidatura al premio Pulitzer). Hemingway, aparte de otros recursos estilísticos que incluían la utilización de arcaísmos (por ejemplo, el uso del pronombre arcaico inglés *thou* para indicar el uso del tuteo), transliteraciones e incluso falsos amigos para dar la impresión de que el texto era una traducción del castellano, optó también por censurar las palabras malsonantes y sustituirlas por los términos «obscenidad» o «impublicable», aunque cuando los personajes hablaban en español reprodujo dichas palabras sin censurar. En la presente traducción, basada en el texto de Scribner and Sons, se ha optado por respetar esta peculiaridad estilística del autor e incluir dichos términos entre corchetes.

MIGUEL TEMPRANO GARCÍA

Por quién doblan las campanas

Este libro está dedicado a Martha Gellhorn

Nadie es una isla completa en sí misma; todos formamos parte del continente, de la tierra; cuando el mar arranca un terrón, Europa disminuye igual que si hubiese sido un promontorio, la casa de un amigo o la tuya propia; la muerte de cualquiera me empequeñece porque estoy ligado a la humanidad. Por eso no preguntes nunca por quién doblan las campanas. Doblan por ti.

JOHN DONNE

1

Estaba tumbado en el suelo tapizado de agujas de pino del bosque, con la barbilla apoyada en los brazos cruzados, mientras el viento soplaba en lo alto entre las copas. La ladera allí no tenía mucha pendiente, pero más abajo se volvía muy empinada y se distinguía la sombra de la carretera asfaltada que serpenteaba por el puerto de montaña. Junto a ella corría un torrente y, un poco más lejos, vio un aserradero y la blanca cascada de la represa iluminados por la luz estival.

—¿Eso de ahí es el aserradero?

—Sí.

—No lo recuerdo.

—Se construyó tiempo después de marcharse usted. El antiguo está más abajo, pasado el puerto.

Extendió la fotografía de un mapa militar sobre el suelo del bosque y la estudió con atención. El viejo lo observó por encima del hombro. Era un anciano bajo y robusto que llevaba una blusa negra de campesino, unos pantalones grises que casi se tenían de pie y unas alpargatas de suela de esparto. Jadeaba a causa de la subida y tenía la mano apoyada en uno de los pesados bultos con los que habían cargado.

—Entonces desde aquí no se ve el puente.

—No —respondió el viejo—. Esta es la parte con menos pendiente del puerto, donde el torrente corre más despacio. Más abajo, justo donde la carretera se pierde de vista entre los árboles, se vuelve más pronunciada y hay un barranco muy hondo...

—Ya me acuerdo.

—El puente atraviesa el barranco.

—¿Y dónde están los puestos de guardia?

—Hay uno en el aserradero que ve usted ahí.

El joven estaba inspeccionando el terreno, sacó unos prismáticos del bolsillo de la camisa de franela de color caqui, limpió las lentes con un pañuelo y ajustó la rueda hasta que distinguió las aspas del molino con claridad y vio el banco de madera que había junto a la puerta, la enorme pila de serrín que se alzaba detrás del cobertizo donde estaba la sierra y el canal por donde llevaban los troncos desde la montaña a la otra orilla del torrente. El torrente se distinguía claro y nítido con los prismáticos y, debajo del remolino que hacía el agua al caer, el viento arrastraba las salpicaduras de la cascada.

—No hay centinela.

—Sale humo del aserradero —observó el viejo—. Y hay ropa tendida de una cuerda.

—Ya, pero no veo ningún centinela.

—Puede que esté a la sombra. A estas horas ahí hace calor. Tal vez esté al otro lado y no podamos verle.

—Es posible. ¿Dónde está el otro puesto de guardia?

—Pasado el puente. En la caseta del peón caminero que hay a cinco kilómetros de la cumbre del puerto.

—¿Cuántos hombres hay ahí? —Señaló al aserradero.

—Debe de haber cuatro y un cabo.

—¿Y en el otro?

—Más. Ya lo averiguaré.

—¿Y en el puente?

—Siempre hay dos. Uno a cada extremo.

—Necesitaremos varios hombres. ¿De cuántos dispone?

—De los que hagan falta. Hay muchos en las montañas.

—¿Cuántos?

—Más de un centenar, pero están desperdigados en partidas pequeñas. ¿Cuántos necesitará?

—Se lo diré cuando haya visto el puente.

—¿Quiere ir a verlo ahora?

—No. Prefiero ir a ocultar los explosivos hasta que llegue el momento. Si es posible, quisiera esconderlos en un lugar seguro que, como mucho, esté a media hora del puente.

—Es fácil —dijo el viejo—. Desde el sitio adonde vamos, el camino hasta el puente va cuesta abajo. Pero para llegar allí tendremos que seguir subiendo un poco más. ¿Tiene hambre?

—Sí —respondió el joven—. Pero ya comeremos después. ¿Cómo se llama usted? Lo he olvidado. —Le pareció un mal presagio haberlo olvidado.

—Anselmo —respondió el viejo—. Me llamo Anselmo y soy del Barco de Ávila. Deje que le ayude con ese bulto.

El joven, que era alto y delgado, con mechones rubios descoloridos por el sol y el rostro curtido por el sol y el viento, llevaba una camisa de franela desteñida, unos pantalones de campesino y alpargatas de esparto, se agachó, pasó el brazo por una de las correas de cuero que sujetaban el fardo y se echó la pesada carga al hombro. Pasó el otro brazo por la otra correa y se ajustó el peso contra la espalda. La camisa seguía húmeda donde antes había estado en contacto con el fardo.

—Ya lo tengo —dijo—. ¿Por dónde vamos?

—Hacia arriba —respondió Anselmo.

Sudorosos y encorvados bajo el peso de los fardos, treparon por el pinar que cubría la ladera. El joven no vio que hubiese ningún camino, pero siguieron ascendiendo por la falda de la montaña, atravesaron un torrente y luego el viejo siguió recto por el lecho rocoso del arroyuelo. La pendiente ahora era mayor y más dificultosa, hasta que por fin llegaron a un sitio donde el torrente parecía caer sobre el borde de una plataforma de granito que se alzaba delante de ellos y el viejo esperó al joven al pie de la cornisa.

—¿Cómo va?

—Bien. —Estaba sudando copiosamente y le dolían los músculos de las piernas por lo empinado de la pendiente.

—Espéreme aquí. Me adelantaré para avisarles. No querrá usted que le disparen cargando con eso.

—Ni en broma —respondió el joven—. ¿Queda muy lejos?

—Está muy cerca. ¿Cómo te llamas?

—Roberto —respondió el joven. Había soltado el bulto y lo había dejado con cuidado entre dos piedras junto al arroyo.

—Pues espera aquí, Roberto, que enseguida vuelvo a buscarte.

—De acuerdo —dijo el joven—. Pero ¿pretende usted bajar al puente por aquí?

—No. Cuando vayamos al puente iremos por otro sitio. Más fácil y corto.

—No quiero que el material esté almacenado demasiado lejos del puente.

—No te preocupes. Si el sitio no te gusta, ya buscaremos otro.

—Ya veremos —respondió el joven.

Se sentó junto a los dos fardos y observó al viejo trepar por la cornisa. No parecía difícil de escalar y por el modo en que encontraba asidero casi sin mirar, el joven comprendió que había trepado por ella muchas veces. No obstante, quienquiera que estuviese arriba se había asegurado de no dejar ningún rastro.

El joven se llamaba Robert Jordan y estaba hambriento y un poco preocupado. Tenía hambre a menudo, pero no acostumbraba a preocuparse porque le daba igual lo que pudiera ocurrirle y sabía por experiencia lo fácil que era moverse tras las líneas enemigas en ese país. Era tan fácil como atravesarlas, siempre que contara uno con un buen guía.

Lo difícil era no conceder demasiada importancia a lo que pudiera ocurrirte si te atrapaban, eso y decidir en quién confiar. Había que confiar totalmente en tus colaboradores o no fiarte de ellos, y había que tomar decisiones. Eso no le preocupaba. Pero había otras cosas que sí.

El tal Anselmo había sido un buen guía y conocía aquellas montañas a las mil maravillas. Robert Jordan también estaba acostumbrado a andar, pero después de haberle acompañado desde el amanecer sabía que el viejo habría aguantado mucho más que él. Robert Jordan confiaba totalmente en Anselmo, pero no en su juicio. Todavía no había tenido oportunidad de ponerlo a prueba y, en todo caso, quien tenía que ser juicioso era él. No, no le preocupaba Anselmo, y aquel asunto del puente no parecía tan difícil. Sabía volar cualquier tipo de puente y los había volado de todas las formas y tamaños. En los dos bultos había explosivos y equipo suficiente para volar ese, aunque fuese dos veces más grande de lo que le había dicho Anselmo, de lo que él mismo recordaba de cuando pasó por allí camino de La Granja en un viaje a pie que había hecho en 1933, y de la descripción que le había leído Golz dos noches antes en la habitación de aquella casa a las afueras de El Escorial.

—Volar el puente carece de importancia —le había dicho Golz, con la cabeza afeitada y cubierta de cicatrices iluminada por la lámpara y señalando el mapa con un lápiz—. ¿Comprendes?

—Sí, lo entiendo.

—Ni la más mínima. Volarlo sin más equivaldría a un fracaso.

—Sí, camarada general.

—Lo que hay que hacer es volarlo a una hora concreta según el momento en que vaya a producirse la ofensiva. Supongo que lo entiendes. Tiene que ser así.

Golz miró el lápiz y se dio unos golpecitos en los dientes.

Robert Jordan no había dicho nada.

—Supongo que entenderás que tiene que ser así —prosiguió Golz mirándolo y moviendo la cabeza. Golpeó el mapa con el lápiz—. Es lo que yo haría, aunque es imposible.

—¿Por qué, camarada general?

—¿Por qué? —repitió enfadado Golz—. ¿Cuántas ofensivas has presenciado? ¿Y aun así me lo preguntas? ¿Qué garantías hay de que se respeten mis órdenes? ¿Y de que la ofensiva no empiece seis horas después de lo previsto? ¿Has visto alguna que fuese como debería ser?

—Si la dirige usted, todo irá como es debido —repuso Jordan.

—Yo nunca dirijo nada —insistió Golz—. Las planeo, pero no las dirijo. La artillería no depende de mí. Tengo que solicitarla. Nunca me han dado lo que pedía, ni aunque pudieran. Y eso es lo de menos. Hay otras cosas. Ya sabes cómo son esos tipos. Qué te voy a contar. Siempre hay alguna cosa. Alguien que se entromete. Quiero que lo tengas presente.

—Entonces, ¿cuándo quiere usted volar el puente?

—Al inicio de la ofensiva. En cuanto empiece, pero no antes. No quiero que lleguen refuerzos por esa carretera. —La señaló con el lápiz—. Necesito saber que por ahí no llegará nada.

—¿Y cuándo se producirá la ofensiva?

—Ya te avisaré. Pero debes tener en cuenta que la fecha y la hora solo serán indicativas. Tendrás que estar preparado para entonces. Volarás el puente después. ¿Entiendes? —Volvió a señalar con el lápiz—. Es la única carretera por la que pueden traer refuerzos. La única por la que pueden traer tanques, artillería, o un simple camión al puerto que vamos a atacar. Necesito saber que el puente estará inutilizado. No antes, porque podrían repararlo si se retrasa la ofensiva. No. Hay que volarlo en cuanto empiece y tengo que saberlo. Solo hay dos centinelas. El hombre que te acompañará acaba de estar allí. Dicen que es de confianza. Ya lo verás. Tiene hombres en las montañas. Utiliza todos los que necesites. Los menos posibles, pero suficientes. No hace falta que te lo diga.

—¿Y cómo sabré que se ha producido la ofensiva?

—Participará en ella toda una división. Habrá un bombardeo aéreo para preparar el terreno. No te habrás quedado sordo, ¿verdad?

—Entonces, ¿puedo dar por supuesto que cuando empiece el bombardeo aéreo significará que se ha iniciado la ofensiva?

—No siempre se puede estar seguro —dijo Golz moviendo la cabeza—. Pero en este caso sí. Es mi ofensiva.

—Entiendo. No puedo decir que me guste mucho la idea.

—A mí tampoco. Si no quieres aceptar la misión, dilo ahora. Si crees que es imposible habla ahora.

—Lo volaré —había respondido Robert Jordan—. No se preocupe por eso.

—Es lo que quería oír —dijo Golz—. Tengo que estar seguro de que por ese puente no podrá pasar nada. Es primordial.

—Entiendo.

—No me gusta pedirle a la gente que haga cosas así —prosiguió Golz—. No podría ordenártelo. Entiendo lo que puedes verte obligado a hacer, dadas las circunstancias. Si insisto es porque quiero que entiendas las posibles dificultades y la importancia que tiene.

—¿Y cómo avanzará usted hacia La Granja si volamos el puente?

—Iremos preparados para repararlo en cuanto hayamos tomado el puerto. Es una operación elegante y muy complicada. Tan elegante y complicada como siempre. El plan se ha gestado en Madrid. Es otra de las obras maestras de Vicente Rojo, el profesor frustrado. Pero soy yo quien tiene que llevar a cabo la ofensiva, y como siempre con fuerzas insuficientes. Y a pesar de todo es bastante factible. Estoy más contento con ella de lo habitual. Si eliminamos ese puente, puede que tenga éxito. Podríamos tomar Segovia. Mira, te lo enseñaré. ¿Lo ves? No atacaremos la cumbre del puerto, eso ya lo tenemos, sino mucho más lejos. Mira... Aquí... Así.

—Preferiría no saberlo —dijo Robert Jordan.

—De acuerdo —respondió Golz—. Así irás más ligero de equipaje cuando estés al otro lado, ¿no te parece?

—Prefiero no enterarme. Así, pase lo que pase, nadie podrá decir que me fui de la lengua.

—Es mejor no saber nada. —Golz se rascó la frente con el lápiz—. Más de una vez he deseado no saberlo ni siquiera yo. Pero ¿sabes ya todo lo que debes saber sobre el puente?

—Sí.

—No me cabe ninguna duda de que así es —dijo Golz—. Y no voy a soltarte un discurso. Mejor bebamos un trago. De tanto hablar se me seca la garganta, camarada Jordán. Tu nombre suena raro en español.

—¿Cómo se dice Golz en español, camarada general?

—Jolts —respondió Golz con una sonrisa y voz gutural, como si estuviese muy acatarrado—. Jolts —carraspeó—. Camarada general Jolts. De haber sabido cómo pronunciaban Golz, me habría buscado un nombre mejor antes de venir a luchar aquí. Cuando pienso que vine a mandar una división y pude escoger cualquier nombre y escogí el de Jolts. General Jolts. Ahora es demasiado tarde para cambiarlo. ¿Te gusta hacer de partisano? Así llaman los rusos a las guerrillas que combaten tras las líneas enemigas.

—Mucho —respondió Robert Jordan con una sonrisa—. Es muy saludable pasar el día al aire libre.

—A tu edad también me gustaba. Dicen que eres todo un experto en volar puentes. De manera muy científica. Aunque solo son rumores. Nunca te he visto hacerlo. A lo mejor no es verdad. ¿En serio se te da tan bien? —Se notaba que le estaba tomando el pelo—. Anda, bebe. —Le alcanzó a Robert Jordan una copa de coñac—. ¿De verdad?

—A veces.

—Pues con este puente no quiero nada de «a veces»... Pero no hablemos más del puente. Ya sabes todo lo necesario. Somos gente seria, así que podemos hacer alguna broma. ¿Tienes muchas novias al otro lado de las líneas?

—No, no me queda tiempo para chicas.

—No estoy de acuerdo. Cuanto más irregular es el servicio, más irregular es la vida. Tú llevas una vida muy irregular. Y además necesitas un corte de pelo.

—Me cortaré el pelo cuando lo crea conveniente —dijo Robert Jordan, pensando que solo faltaría que ahora tuviese que afeitarse la cabeza como Golz—. Y tengo ya demasiadas preocupaciones para andar pensando en novias —añadió hoscamente—. ¿Qué uniforme tengo que llevar?

—Ninguno. Y tu pelo está bien. Estaba bromeando. Tú y yo somos muy distintos —dijo volviendo a llenar las copas—, dices que no piensas en chicas. Yo no pienso en nada. ¿Por qué iba a hacerlo? Soy un *général sovietique*. Nunca pienso. No trates de enredarme para hacerme pensar.

Uno de sus subordinados, que estaba en una silla trabajando sobre un mapa en un tablero, gruñó algo que Robert Jordan no comprendió.

—Tú calla —había dicho Golz—. Bromeo cuando me da la gana. Soy tan serio que puedo permitirme bromear. Y tú bébete eso y vete. Te ha quedado todo claro, ¿no?

—Sí. Clarísimo.

Le había estrechado la mano, le había saludado y había vuelto al coche donde le esperaba dormido el viejo, había conducido hasta Guadarrama sin que el viejo se despertara, y había subido por la carretera de Navacerrada hasta el Club Alpino, donde durmió tres horas antes de ponerse en camino.

Era la última vez que había visto a Golz con su extraña cara pálida que nunca se bronceaba, sus ojos de halcón, su enorme nariz y sus labios finos y la cabeza afeitada y surcada de arrugas y cicatrices. Al día siguiente por la noche llegarían a las afueras de El Escorial las largas filas de camiones cargados de soldados de infantería; los hombres subiendo con el equipo a los camiones en la oscuridad; las secciones de ametralladoras izando sus armas a los camiones; los tanques subiendo por las rampas a los transportes; una división completa preparándose para atacar el puerto. Mejor no pensar en eso. No era asunto suyo, sino de Golz. Él solo tenía que hacer una cosa y sería en lo único que pensaría. Con la mayor claridad, tomándose las cosas según vinieran y sin preocuparse. Preocuparse era tan malo como tener miedo. Lo complicaba todo.

Se sentó junto al arroyo observando el agua limpia que corría entre las rocas y reparó en que, en la otra orilla del torrente, crecía una mata de berros. Cruzó al otro lado, cogió un puñado, lavó las raíces en el torrente, luego volvió a sentarse junto al fardo y se comió las hojas limpias, frescas y verdes y los tallos crujientes y ligeramente picantes. Se arrodilló junto a la orilla y, colocándose la pistola automática a la espalda en el cinturón para que no se mojara, se apoyó en dos piedras y bebió del arroyo. El agua estaba tan fría que dolía.

Apoyándose en las manos volvió la cabeza y vio al viejo que volvía por la cornisa. Le acompañaba otro hombre, también con la blusa negra de campesino y los pantalones de color gris oscuro que eran casi el uniforme de aquella provincia, alpargatas de esparto y una carabina a la espalda. Llevaba la cabeza descubierta. Los dos bajaron saltando entre las rocas con tanta agilidad como si fueran cabras.

Se acercaron a donde estaba y Robert Jordan se puso en pie.

—Salud, camarada —le dijo al de la carabina con una sonrisa.

—Salud —respondió el otro a regañadientes.

Robert Jordan miró su rostro tosco y sin afeitar. Era casi redondo, igual que su cabeza, y apenas tenía cuello. Tenía los ojos muy pequeños y demasiado separados y sus orejas eran pequeñas y estaban pegadas a la cabeza. Era un hombre corpulento de casi un metro ochenta de estatura y manos y pies muy grandes. Tenía la nariz rota y un corte en la comisura del labio, la línea de la cicatriz asomaba por debajo de la barba que le cubría el rostro.

El viejo le señaló con la cabeza y sonrió.

—Él es el jefe —dijo, luego flexionó el brazo para sacar músculo y miró al hombre de la carabina con admiración en parte fingida—. Un hombre muy fuerte.

—Ya lo veo —dijo Robert Jordan, y volvió a sonreír. No le gustaba la pinta de aquel hombre y en su interior no estaba sonriendo lo más mínimo.

—¿Tiene algo que demuestre su identidad? —preguntó el de la carabina.

Robert Jordan abrió el imperdible que sujetaba la solapa del bolsillo, sacó un papel doblado del bolsillo izquierdo de la camisa de franela y se lo dio al hombre, que lo desplegó, lo observó desconfiado y le dio vueltas entre las manos.

Robert Jordan comprendió que no sabía leer.

—Mire el sello —dijo.

El viejo le indicó el sello y el hombre de la carabina lo estudió, toqueteándolo con los dedos.

—¿Qué sello es este?

—¿No lo había visto nunca?

—No.

—Hay dos —dijo Robert Jordan—. Uno es del SIM, el servicio de inteligencia militar. El otro es del Estado Mayor.

—Sí, ya lo había visto. Pero aquí solo mando yo —respondió hosco el otro—. ¿Qué lleva en esos fardos?

—Dinamita —respondió orgulloso el viejo—. Anoche cruzamos las líneas en la oscuridad y hemos traído esta dinamita por las montañas.

—Me vendrá bien esa dinamita —dijo el de la carabina devolviéndole el papel a Robert Jordan y mirándolo de arriba abajo—. Sí, muy bien. ¿Cuánta me ha traído?

—No se la he traído a usted —replicó Robert Jordan sin inmutarse—. Es para otra cosa. ¿Cómo se llama?

—¿Y eso a usted qué le importa?

—Es Pablo —dijo el viejo.

El de la carabina les miró a los dos con gesto torvo.

—Estupendo. He oído hablar muy bien de usted —dijo Robert Jordan.

—¿Qué es lo que ha oído? —preguntó Pablo.

—Que es un buen guerrillero, que es leal a la República, que demuestra su lealtad con sus actos, y que es tan serio como valiente. Le traigo saludos del Estado Mayor.

—¿Dónde ha oído todo eso? —preguntó Pablo.

Robert Jordan reparó en que los halagos no le habían hecho mella.

—Desde Buitrago a El Escorial —dijo refiriéndose a toda la región que había al otro lado de las líneas.

—No conozco a nadie en Buitrago ni en El Escorial —respondió Pablo.

—Hay mucha gente en las montañas que antes no estaba allí. ¿De dónde es usted?

—De Ávila. ¿Qué piensa hacer con esa dinamita?

—Volar un puente.

—¿Qué puente?

—Eso es asunto mío.

—Si es en esta región, es asunto mío. No se pueden volar puentes cerca de donde uno vive. Hay que vivir en un sitio y actuar en otro. Sé lo que hago. Cualquiera que haya sobrevivido aquí un año como he hecho yo, lo sabe.

—Pues yo le digo que este es asunto mío —insistió Robert Jordan—. Aunque podemos discutirlo después. ¿Nos echa una mano con los bultos?

—No —respondió Pablo moviendo la cabeza.

El viejo se volvió de pronto y le habló enfadado y muy deprisa en un dialecto que Robert Jordan entendió a duras penas. Era como leer a Quevedo. Anselmo hablaba castellano antiguo y le decía algo así:

—¿Qué eres? ¿Un burro? ¿Un animal? Desde luego que sí. ¿Es que no tienes seso? Está visto que no. Venimos a hacer algo de crucial importancia y tú antepones los intereses de tu madriguera a los de la humanidad. A los de tu pueblo. Yo esto, yo lo otro y yo lo de más allá. ¡Coge ese bulto!

Pablo bajó la mirada.

—Cada cual tiene que hacer lo que puede según sus posibilidades —dijo—. Vivo aquí y actúo más allá de Segovia. Si arma jaleo aquí, nos echarán de estas montañas. Solo podremos seguir aquí si estamos quietos. Igual que hacen los zorros.

—Sí —respondió amargamente Anselmo—. Así hacen los zorros, pero lo que nos hace falta son lobos.

—Soy más lobo que tú —dijo Pablo, y Robert Jordan comprendió que acabaría cogiendo el bulto.

—¡Ja, ja! —Anselmo le miró—. Eres más lobo que yo porque tengo sesenta y ocho años.

Escupió en el suelo y movió la cabeza.

—¿Tantos años tiene usted? —preguntó Robert Jordan viendo que, de momento, las cosas volvían a ir bien y tratando de facilitarlas.

—Los cumpliré en el mes de julio.

—Si es que llegamos a julio —respondió Pablo—. Deje que le ayude con el bulto —le dijo a Robert Jordan—. Dele el otro al viejo. —Hablaba sin hosquedad, pero con cierta melancolía—. Es un viejo muy fuerte.

—Yo lo llevaré —dijo Robert Jordan.

—No —insistió el viejo—. Deja que lo lleve este fortachón.

—Ya lo llevo yo —dijo Pablo.

A Robert Jordan le turbó aquella melancolía. Le resultaba familiar y notarla le preocupó.

—Pues deme la carabina —dijo, y cuando Pablo se la entregó, se la echó a la espalda y empezaron a subir por la cornisa de granito con los otros dos abriendo la marcha hasta llegar arriba, donde había un claro en el bosque.

Bordearon el pequeño prado y Robert Jordan, que andaba mucho más ligero con la carabina al hombro en lugar de aquel pesado bulto, reparó en que la hierba estaba cortada en varios sitios y en que habían clavado algunas estacas en el suelo. Vio un sendero en la hierba por donde habían llevado a unos caballos a abrevar al torrente y estiércol fresco. Debían de atarlos allí por la noche para que pastasen y ocultarlos en el bosque durante el día. ¿Cuántos caballos tendría el tal Pablo?

Recordó haber reparado sin darse cuenta en que los pantalones de Pablo estaban gastados y lustrosos en las rodillas y los muslos. Vete a saber si tendría botas de montar o si montaría con aquellas alpargatas. Debía de tener un buen equipo. Aun así no le gustaba aquel desánimo. Siempre les embargaba cuando estaban pensando en desertar o traicionar. Era la melancolía que precede a la claudicación.

Por delante de ellos un caballo relinchó entre los árboles y a la escasa luz que se colaba entre las copas que casi se rozaban en lo alto vio, entre los troncos marrones de los pinos, un cercado hecho con una cuerda tendida entre los árboles. Los caballos alzaron la cabeza al oír acercarse a los hombres; al pie de un árbol, fuera del cercado, estaban amontonadas las sillas de montar tapadas con una lona encerada.

Los dos hombres que cargaban con los fardos se detuvieron, y Robert Jordan supo que lo hacían para que admirase los caballos.

—Sí —dijo—. Son preciosos. —Se volvió hacia Pablo—. Hasta caballería tiene usted.

Había cinco caballos en el cercado de cuerda, tres bayos, un alazán y uno roano. Después de observarlos a todos, Robert Jordan los examinó uno por uno. Pablo y Anselmo sabían que eran unos caballos muy buenos y, mientras Pablo los contemplaba orgulloso y un poco menos triste, casi con amor, el viejo actuaba como si fuesen una enorme sorpresa que acabara de sacarse de la manga.

—¿Qué le parecen? —preguntó.

—Todos los he capturado yo —dijo Pablo, y Robert Jordan se alegró de oírle hablar con orgullo.

—Ese de ahí —dijo Robert Jordan, señalando a uno de los bayos, un gran semental con una mancha en la frente y otra en una de las patas delanteras— es mucho caballo.

Era un caballo precioso que parecía sacado de un cuadro de Velázquez.

—Todos son buenos —dijo Pablo—. ¿Entiende de caballos?

—Sí.

—Mejor así —dijo Pablo—. ¿Ve algún defecto en alguno?

Robert Jordan supo que el hombre que no sabía leer estaba examinando ahora sus papeles.

Los caballos seguían con la cabeza alta. Robert Jordan pasó por debajo de la doble cuerda del cercado y le dio una palmada en el anca al roano. Se recostó contra las cuerdas y vio cómo daban vueltas al cercado, se quedó mirándolos un minuto más hasta que se detuvieron y luego se agachó y volvió a pasar por debajo de las cuerdas.

—El alazán cojea de la pata trasera —le dijo a Pablo sin mirarlo—. El casco está partido, si se le hierra como es debido no irá a peor, pero si se le hace andar mucho por un terreno duro podría caerse.

—Ya lo tenía así cuando lo capturamos —dijo Pablo.

—El mejor de sus caballos, el semental bayo de la mancha en la frente, tiene una inflamación en lo alto de la caña que no me gusta.

—No es nada —respondió Pablo—. Se dio un golpe hace tres días. Si fuese grave, ya se notaría.

Tiró de la lona y le mostró las sillas. Había dos normales de vaquero, al estilo norteamericano, una muy ornamentada de cuero trabajado a mano y estribos muy pesados, y dos sillas militares de cuero negro.

—Matamos a un par de guardias civiles —dijo para explicar lo de las sillas militares.

—Eso es caza mayor.

—Habían desmontado en la carretera entre Segovia y Santa María del Real para pedirle los papeles a un carretero. Pudimos matarlos sin herir a los caballos.

—¿Ha matado usted a muchos guardias civiles?

—A muchos. Pero sin herir a los caballos, solo a esos dos.

—Pablo fue quien voló el tren de Arévalo —explicó Anselmo—. Pablo en persona.

—Había con nosotros un extranjero que fue quien se encargó de la voladura —dijo el otro—. ¿Lo conoce?

—¿Cómo se llama?

—No lo recuerdo. Era un nombre muy raro.

—¿Cómo era?

—Rubio, como usted, pero no tan alto y con manos muy grandes y la nariz rota.

—Kashkin —dijo Robert Jordan—. Debía de ser Kashkin.

—Sí —repitió Pablo—. Era un nombre muy raro. Algo parecido. ¿Qué ha sido de él?

—Murió en abril.

—Es lo que le pasa a todo el mundo —sentenció el otro en tono sombrío—. Así acabaremos todos.

—Así acaban todos los hombres —dijo Anselmo—. Y así ha sido siempre. ¿Se puede saber qué te pasa? ¿Qué te ronda por la cabeza?

—Son muy fuertes —respondió Pablo, como si hablara para sus adentros mientras contemplaba los caballos—. No te das cuenta de lo fuertes que son. Cada día los veo más fuertes, mejor armados y con más material. Y nosotros aquí con estos caballos. ¿Qué podemos esperar? Que nos cacen y nos maten. Nada más.

—Tú cazas tanto como ellos —dijo Anselmo.

—No —replicó Pablo—. Ya no. Y, si nos vamos de estas montañas, ¿adónde iremos? Responde. ¿Adónde?

—En España hay montañas de sobra. Si nos vamos de aquí, podemos ir a la sierra de Gredos.

—Yo no. Estoy harto de que me persigan. Aquí estamos bien. Si vuela usted un puente en esta región, nos perseguirán. Si averiguan que estamos aquí y nos buscan con aviones acabarán por encontrarnos. Y, si envían a los moros, también. Y tendremos que irnos. Estoy harto de todo esto. ¿Me oyes? —Se volvió hacia Robert Jordan—. ¿Qué derecho tiene usted, un forastero, a decirme lo que debo hacer?

—No le he dicho lo que debe hacer.

—Pero lo hará —respondió Pablo—. Eso es lo malo. —Señaló los dos pesados fardos que habían dejado en el suelo mientras observaban a los caballos. Era como si contemplar a los caballos hubiese traído todo eso a la mente y al ver que Robert Jordan entendía de caballos se le hubiera soltado la lengua. Los tres se quedaron junto al cercado de cuerda y un rayo de sol iluminó el pelo del semental bayo. Pabló lo miró y luego dio un golpe con el pie al pesado fardo y repitió—: Eso es lo malo.

—Solo he venido a cumplir con mi deber —le respondió Robert Jordan—. Obedezco órdenes de quienes dirigen la guerra. Si le pido su ayuda, puede negarse y encontraré a otros que quieran hacerlo. Ni siquiera le he pedido nada todavía. Tengo que hacer lo que me han ordenado y le aseguro que es muy importante. No tengo la culpa de ser forastero. Qué más quisiera yo que haber nacido aquí.

—Para mí lo más importante es que no se nos moleste —insistió Pablo—. Mi único deber es conmigo y con los que me acompañan.

—Contigo, sí… —le interrumpió el otro—. Hace mucho que eso es lo único que te importa. Tú y tus caballos. Cuando no tenías caballos eras uno de los nuestros, pero ahora eres un capitalista más.

—Eso es injusto —replicó el otro—. Arriesgo constantemente los caballos por la causa.

—Muy poco —respondió desdeñoso Anselmo—. A mi juicio muy poco. Robar, sí. Comer bien, sí. Asesinar, también. Pero combatir, nada de nada.

—Para ser tan viejo tienes la lengua muy larga.

—Soy viejo y no tengo miedo de nadie —respondió Anselmo—. Y no tengo caballos.

—A este paso vivirás poco tiempo.

—Viviré hasta que muera. Y no me dan miedo los zorros.

Pablo no respondió, pero cogió el fardo.

—Ni los lobos —prosiguió Anselmo cogiendo el otro bulto—. Suponiendo que lo seas.

—Calla de una vez —dijo Pablo—. Hablas demasiado.

—Y pienso cumplir mi palabra —insistió Anselmo encorvado bajo el peso del bulto—. Tengo hambre. Y sed. Vamos, guerrillero de cara triste. Llévanos a comer algo.

Robert Jordan se dijo que no habían empezado con buen pie. Aunque Anselmo era todo un hombre. Cuando eran buenos eran extraordinarios. No tenían igual. Pero cuando eran malos no los había peores. Anselmo debía saber lo que hacía al llevarlo allí. Pero no le gustaba. No le gustaba lo más mínimo.

El único buen indicio era que Pablo hubiera cargado con el bulto y le hubiese entregado la carabina. Tal vez fuera siempre así. A lo mejor era uno de esos tipos un poco hoscos.

No, se dijo, no te engañes. No sabes cómo era antes, pero sí que se está echando a perder y que no lo oculta. Cuando empiece a disimular será que ha tomado una decisión. Tenlo presente. En cuanto tenga el primer gesto amistoso, será que ha tomado una decisión. Aunque son unos caballos magníficos..., preciosos. Quién sabe si no habrá alguna cosa por la que yo pudiera sentir lo mismo que Pablo por esos caballos. El viejo tenía razón. Los caballos hacen que se sienta rico, y en cuanto uno se cree rico quiere darse la gran vida. Supongo que no tardará mucho en sentirse desdichado por no ser miembro del Jockey Club. *Pauvre Pablo. Il a manqué son Jockey.*

La idea hizo que se sintiera mejor. Sonrió al ver las dos figuras encorvadas bajo el peso de los bultos que trepaban entre los árboles. Ese día todavía no había bromeado consigo mismo y ahora que lo había hecho se sintió mucho mejor. A este paso acabaría pareciéndose a ellos. Se volvería igual de hosco. Ya lo había sido con Golz. La misión le había abrumado un poco. Un poco. Muchísimo. Golz era un tipo animoso y había tratado de animarlo antes de despedirse. Pero no lo había conseguido.

Los mejores, si uno se paraba a pensarlo, siempre eran así de animosos. Era un buen indicio. Como ser inmortal cuando todavía estabas vivo. Qué idea tan complicada. Lo malo estaba en que ya no quedaban muchos. No, ya no quedaban muchos. Muy pocos. Y, si seguía pensando así, tampoco quedaría él. Mejor no pensar tanto, camarada. Lo suyo era volar puentes. No pensar. Estaba muerto de hambre. Ojalá Pablo les diera bien de comer.

2

A través del espeso bosque habían llegado al extremo de un pequeño valle en forma de cubeta y vio el lugar donde debía de estar el campamento debajo de un saliente rocoso que se alzaba ante ellos entre los árboles.

Efectivamente allí estaba, y era un buen campamento. No se distinguía hasta llegar a él y Robert Jordan supo que tampoco podía verse desde el aire. Desde arriba no se apreciaría nada. Estaba tan escondido como la madriguera de un oso. Aunque no parecía contar con mucha más vigilancia. Lo observó con cuidado al acercarse.

Había una cueva enorme en el saliente y al lado un hombre sentado con las piernas extendidas en el suelo y la carabina apoyada en la roca. Estaba tallando un palo con un cuchillo; los observó mientras se acercaban y luego siguió con lo que estaba haciendo.

—Hola —dijo el hombre—. ¿A quién traes ahí?

—Al viejo y a un dinamitero —respondió Pablo, dejando el fardo a la entrada de la cueva. Anselmo lo soltó también, y Robert Jordan se quitó el fusil de la espalda y lo apoyó contra la roca.

—No los dejéis tan cerca de la cueva —dijo el que estaba tallando el palo, que tenía los ojos azules y un rostro agradable, moreno y perezoso de rasgos agitanados y tez cetrina—. Ahí dentro hay fuego.

—Levanta y llévatelos tú —dijo Pablo—. Ponlos al lado del árbol.

El gitano no se movió pero dijo algo [impublicable] y luego añadió:

—Déjalo ahí a ver si revienta y se te curan de una vez todos los males.

—¿Qué haces? —preguntó Robert Jordan sentándose junto al gitano.

El otro se lo enseñó. Era una trampa en forma rectangular y estaba tallando el travesaño.

—Para los zorros —dijo—. Cuando cae el tronco les parte el espinazo. —Sonrió a Jordan—. Así, ¿ve? —Accionó la trampa para mostrarle cómo se cerraba y cómo caía el tronco, luego movió la cabeza, sacó la mano y abrió los brazos para explicarle cómo quedaba el zorro con el espinazo roto—. Muy práctico —afirmó.

—Lo usa para cazar conejos —dijo Anselmo—. Es un gitano, así que, cuando caza conejos, dice que son zorros. Y si atrapase un zorro diría que era un elefante.

—¿Y si atrapara un elefante? —preguntó el gitano mostrando otra vez sus dientes blancos y guiñándole el ojo a Robert Jordan.

—Dirías que era un tanque —respondió Anselmo.

—Pues cazaré un tanque —dijo el gitano—. Sí, señor. Y a ver qué dices luego.

—Los gitanos habláis mucho y matáis poco —respondió Anselmo.

El gitano le guiñó el ojo a Robert Jordan y siguió tallando.

Pablo se había metido en la cueva. Robert Jordan confió en que hubiese ido a por comida. Se sentó junto al gitano y el sol de la tarde se coló por las copas de los árboles y entibió sus piernas estiradas. Olió a comida en el interior de la cueva. Aceite, cebollas y carne frita. Se le removieron las tripas por el hambre.

—Podemos cazar un tanque —le dijo al gitano—. No es tan difícil.

—¿Con eso? —preguntó el otro señalando los dos fardos.

—Sí. Te enseñaré. Prepararemos una trampa. Es fácil.

—¿Usted y yo?

—Claro. ¿Por qué no?

—¡Eh! —le espetó el gitano a Anselmo—. Pon esos dos fardos en lugar seguro. Son muy valiosos.

Anselmo gruñó.

—Voy a buscar un poco de vino —le dijo a Robert Jordan, que se levantó, apartó los fardos de la entrada de la cueva y los apoyó uno a cada lado del tronco del árbol. Sabía lo que contenían y no le gustaba que estuvieran demasiado juntos.

—Trae otro vaso para mí —dijo el gitano.

—¿Tenéis vino? —preguntó Robert Jordan volviendo a sentarse junto a él.

—¿Vino? ¿Por qué no? Un odre entero. O medio.

—¿Y comida?

—Tenemos de todo, hombre —respondió el gitano—. Comemos como generales.

—¿Y qué hacen los gitanos en tiempo de guerra? —le preguntó Robert Jordan.

—Pues seguir siendo gitanos.

—No es mal trabajo.

—El mejor —coincidió el gitano—. ¿Cómo te llamas?

—Roberto. ¿Y tú?

—Rafael. ¿Lo del tanque iba en serio?

—Claro. ¿Por qué no?

Anselmo salió de la boca de la cueva con un cuenco de piedra lleno de vino tinto y tres tazas sujetas por las asas.

—Mira —dijo—. Hasta tienen tazas y todo.

Pablo salió detrás de ellos.

—La comida ya casi está lista —anunció—. ¿Tiene tabaco?

Robert Jordan se agachó junto a uno de los fardos, lo abrió, tanteó en un bolsillo interior y sacó una de las cajetillas de cigarrillos rusas que le habían dado en el cuartel general de Golz. Pasó la uña del pulgar por el borde de la cajetilla, la abrió y se la alcanzó a Pablo, que cogió media docena. Luego cogió uno con sus manazas y lo miró a contraluz. Eran cigarrillos largos y estrechos con boquilla de cartón.

—Mucho aire y poco tabaco —dijo Pablo—. Los conozco. Aquel tipo de nombre tan raro también los tenía.

—Kashkin —repitió Robert Jordan, y ofreció cigarrillos al gitano y a Anselmo, que cogieron uno cada uno—. Coged más —dijo, y cogieron otro. Les dio cuatro más y ellos hicieron una reverencia cigarrillo en mano, como quien empuña una espada.

—Sí —insistió Pablo—. Un nombre muy raro.

—Aquí está el vino. —Anselmo metió la taza en el cuenco y se la alcanzó a Robert Jordan, luego llenó otra para el gitano y una para él.

—¿Y para mí no hay vino? —preguntó Pablo. Estaban sentados a la puerta de la cueva.

Anselmo le pasó su taza y entró en la cueva a buscar otra. Al volver, la llenó y entrechocaron los bordes.

El vino era bueno y tenía cierto sabor a resina del odre, pero era excelente, ligero y limpio en el paladar. Robert Jordan bebió despacio, notando cómo corría por su cuerpo y aliviaba su cansancio.

—Enseguida estará la comida —dijo Pablo—. ¿Cómo murió el forastero de nombre raro?

—Lo capturaron y se suicidó.

—¿Cómo ocurrió?

—Le hirieron y no quiso que le hicieran prisionero.

—¿No sabe más detalles?

—No —mintió. Conocía todos los detalles y también sabía que no les haría ningún bien hablar de eso.

—Nos hizo prometer que le mataríamos si lo herían en lo del tren y no podía huir —explicó Pablo—. Hablaba de un modo muy raro.

Robert Jordan pensó que debía de estar nervioso incluso entonces. ¡Pobre Kashkin!

—Dijo que le daba reparo suicidarse —dijo Pablo—. Y también que tenía miedo de que lo torturasen.

—¿Eso dijo? —preguntó Robert Jordan.

—Sí —confirmó el gitano—. Nos contó lo mismo a todos.

—¿Participaste también en lo del tren?

—Sí. Todos participamos.

—Decía cosas muy raras —repitió Pablo—. Pero era muy valiente.

Robert Jordan pensó en el pobre Kashkin. Debió de hacer más daño que bien por allí. Ojalá hubiesen sabido que estaba tan nervioso en aquel entonces. Lo habrían relevado de la misión. No se puede poner a alguien que dice esas cosas a hacer ese trabajo. No es forma de hablar. Aunque tengan éxito, hacen más daño que bien.

—Era un poco raro —admitió—. Creo que estaba un poco chiflado.

—Era muy hábil con los explosivos —dijo el gitano—. Y muy valiente.

—Pero estaba chiflado —dijo Robert Jordan—. En este trabajo hay que tener mucha cabeza y ser muy frío. Esa no es forma de hablar.

—¿Y usted? —preguntó Pablo—. Si le hiriesen en lo del puente, ¿querría que lo dejaran detrás?

—Oiga —dijo Robert Jordan inclinándose para llenar otra taza—. A ver si me explico. Si alguna vez tengo que pedirle un favor a alguien, lo haré llegado el momento.

—Sí, señor —exclamó con aprobación el gitano—. Así se habla. ¡Ah! ¡Ahí llega la comida!

—Ya has comido antes —dijo Pablo.

—Podría comer el doble —respondió el gitano—. Mira quién la trae.

La chica se agachó al salir de la cueva cargada con la pesada cazuela de hierro y Robert Jordan la vio de refilón y le pareció notar algo raro. Ella sonrió y dijo «Hola, camarada», Robert Jordan respondió «Salud» y se esforzó en no mirarla fijamente ni apartar la mirada. La muchacha le puso delante la cazuela de hierro y él reparó en sus preciosas manos morenas. Luego lo miró a la cara y sonrió. Sus dientes blancos contrastaban con su tez morena, y la piel y los ojos eran del mismo color castaño dorado. Tenía los pómulos prominentes, los ojos alegres y la boca recta y de labios gruesos. Su cabello era del mismo color dorado y oscuro de un campo de trigo tostado por el sol, pero lo llevaba tan corto que parecía la piel de un castor. Sonrió a Robert Jordan y se pasó la mano por la cabeza, alisándose el pelo que volvió a levantarse al retirar la mano. Es guapa, pensó Robert Jordan. Sería muy guapa si no le hubieran rapado la cabeza.

—Así me peino —dijo ella riéndose—. Coma usted. No se quede ahí pasmado. Me hicieron este corte de pelo en Valladolid. Ya casi me ha vuelto a crecer.

Se sentó enfrente de él y lo miró. Robert Jordan le devolvió la mirada y ella sonrió cruzando los brazos por encima de las rodillas. Las piernas de la chica asomaron, largas y limpias, por las perneras de los pantalones cuando se sentó con los brazos cruzados sobre las rodillas; por debajo de la camisa gris se adivinaba la forma de sus pechos pequeños y respingones. Cada vez que la miraba, Robert Jordan notaba un nudo en la garganta.

—No tenemos platos —dijo Anselmo—. Usa tu cuchillo.

La chica había dejado cuatro tenedores con las púas hacia abajo apoyados en el borde de la cazuela.

Comieron directamente de la cazuela sin decir palabra, como se estila en España. Conejo encebollado con pimientos y guisantes en una salsa de vino tinto. Y muy bien cocinado, la carne se desprendía sola de los huesos y la salsa estaba deliciosa. Robert Jordan bebió otra taza de vino con la comida. La chica no le quitó el ojo de encima. Los demás se fijaban solo en la comida. Robert Jordan rebañó con un poco de pan la salsa restante, amontonó a un lado los huesos del conejo, dio buena cuenta de la salsa que había quedado debajo, limpió el tenedor con otro trozo de pan, limpió también el cuchillo, lo guardó y se comió el pan. Luego se inclinó y volvió a llenar la taza mientras la chica seguía observándole.

Robert Jordan se bebió la mitad de la taza, pero siguió notando el nudo en la garganta cuando se dirigió a la chica.

—¿Cómo te llamas? —preguntó. Pablo le echó un rápido vistazo al oír el tono de su voz. Luego se levantó y se marchó.

—María. ¿Y tú?

—Roberto. ¿Llevas mucho tiempo en las montañas?

—Tres meses.

—¿Tres meses? —Le miró el pelo y, cuando ella, avergonzada, se pasó la mano por encima vio que era espeso, corto y ondulado como un campo de trigo mecido por el viento en la falda de una montaña.

—Me lo afeitaron —dijo la chica—. En la cárcel de Valladolid nos afeitaban la cabeza cada poco tiempo. Ha tardado tres meses en crecer. Yo viajaba en el tren. Me estaban trasladando al sur. Después de la voladura volvieron a capturar a muchos detenidos, pero a mí no. Yo me vine con ellos.

—La encontré escondida entre las rocas —añadió el gitano—. Justo cuando íbamos a marcharnos. Madre mía, qué fea era. Nos la trajimos con nosotros, pero muchas veces pensé que tendríamos que abandonarla.

—¿Y el otro que estaba con ellos en el tren? —preguntó María—. El rubio. El forastero. ¿Dónde está?

—Muerto —respondió Robert Jordan—. En abril.

—¿En abril? Lo del tren fue en abril.

—Sí —dijo Robert Jordan—. Murió diez días después.

—Pobre hombre. Era muy valiente. ¿Y tú te dedicas a lo mismo?

—Sí.

—¿A volar trenes?

—Sí. He volado tres.

—¿Aquí?

—En Extremadura —dijo—. Estuve allí antes de venir. Hemos hecho muchas cosas en Extremadura. Allí somos muchos.

—¿Y qué te trae ahora por estas montañas?

—He venido a reemplazar al rubio. Además, recorrí la región antes de empezar la guerra.

—¿La conoces bien?

—No, no del todo. Pero aprendo deprisa. Tengo un buen mapa y un buen guía.

—El viejo —asintió ella—. Es muy bueno.

—Gracias —dijo Anselmo, y Robert Jordan reparó de pronto en que él y la chica no estaban solos y también en que le costaba mirarla porque le cambiaba la voz. Estaba violando la segunda de las dos reglas de oro para llevarse bien con los españoles: invita a los hombres a tabaco y deja en paz a las mujeres; y de pronto reparó en que no le importaba. Había tantas cosas que le traían sin cuidado…, ¿qué más daba otra?

—Tienes una cara preciosa —le dijo a María—. Ojalá hubiese tenido la suerte de verte antes de que te cortaran el pelo.

—Ya crecerá —dijo—. En seis semanas estará bastante más largo.

—Debería haberla visto cuando la trajimos aquí después de lo del tren. Era tan fea que se le revolvían a uno las tripas.

—¿Con quién estás? —preguntó Robert Jordan sin saber cómo salir del paso—. ¿Con Pablo?

Ella lo miró y se echó a reír, luego le dio una palmada en la rodilla.

—¿Con Pablo? Pero ¿tú lo has visto?

—Bueno, pues entonces tal vez estés con Rafael. A él sí lo he visto.

—Pues tampoco.

—No está con nadie —dijo el gitano—. Es una mujer muy rara. No quiere saber nada de nadie. Aunque es buena cocinera.

—¿De verdad no estás con nadie? —le preguntó Robert Jordan.

—Con nadie. Nadie. Ni en broma ni en serio. Ni siquiera contigo.

—¿No? —dijo Robert Jordan, y volvió a notar cómo se le formaba el nudo en la garganta—. Muy bien. La verdad es que no tengo tiempo para mujeres.

—¿Ni siquiera quince minutos? —preguntó burlón el gitano—. ¿Ni un cuarto de hora?

Robert Jordan no respondió. Miró a la chica y el nudo que tenía en la garganta le impidió hablar.

María lo miró y se echó a reír, luego se sonrojó de pronto pero siguió mirándole.

—Te has ruborizado —le dijo Robert Jordan—. ¿Te pasa a menudo?

—Nunca.

—Pues te acabas de ruborizar.

—Entonces me voy a la cueva.

—Quédate, María.

—No —dijo, y no le sonrió—. He dicho que me voy a la cueva. —Recogió la cazuela de la que habían comido y los cuatro tenedores. Se movía con la torpeza de un potrillo y con la misma elegancia que un cachorro—. ¿Queréis que deje las tazas? —Robert Jordan siguió mirándola y ella volvió a ruborizarse—. No hagas que me sonroje —dijo—. No me gusta.

—Déjalas —terció el gitano—. Tome. —Metió la taza en el cuenco y se la pasó a Robert Jordan, que observó a la chica agachar la cabeza y meterse en la cueva cargada con la pesada cazuela de hierro.

—Gracias —dijo Robert Jordan. Su voz volvía a estar bien ahora que la chica se había ido—. Ya hemos bebido bastante.

—Podemos acabarnos el cuenco —repuso el gitano—. Tenemos medio odre. Lo llevamos en uno de los caballos.

—Fue la última incursión de Pablo —dijo Anselmo—. Desde entonces no ha vuelto a hacer nada.

—¿Cuántos sois? —preguntó Robert Jordan.

—Siete y dos mujeres.

—¿Dos?

—Sí. Ella y la mujer de Pablo.

—¿Y dónde está?

—En la cueva. La chica solo sabe cocinar un poco. Dije que guisaba bien para halagarla. Pero en realidad solo ayuda a la mujer de Pablo.

—¿Y cómo es?

—Una salvaje —sonrió el gitano—. Una auténtica salvaje. Si Pablo te parece feo espera a verla a ella. Es valiente. Cien veces más que Pablo. Pero también una salvaje.

—Al principio Pablo era valiente —explicó Anselmo—. Un tipo serio.

—Mató a más gente que el cólera. Cuando estalló la guerra, mató a más gente que el tifus.

—Pero hace mucho que se ha vuelto flojo —dijo Anselmo—. Muy blando. Le da miedo morir.

—Tal vez sea por haber matado a tanta gente al principio —apuntó filosóficamente el gitano—. Pablo mató a más gente que la peste bubónica.

—Eso y que se ha hecho rico —dijo Anselmo—. Además bebe demasiado. Ahora le gustaría retirarse igual que un matador de toros. Como un torero. Pero no puede.

—Si se pasa al otro lado le quitarán los caballos y le obligarán a alistarse en el ejército —observó el gitano—. A mí tampoco me gusta el ejército.

—Ni a ti ni a ningún gitano —se burló Anselmo.

—¿Y por qué iba a gustarme? —replicó el otro—. ¿Quién quiere estar en el ejército? ¿Es que hicimos la revolución para estar en el ejército? Estoy dispuesto a luchar, pero no en el ejército.

—¿Quiénes son los demás? —preguntó Robert Jordan. Se sentía cómodo y soñoliento por el vino y tumbado en el suelo del bosque veía pasar entre las copas de los árboles las diminutas nubes vespertinas de las montañas en el alto cielo de España.

—Hay dos durmiendo en la cueva —dijo el gitano—. Otros dos están montando guardia ahí arriba, donde guardamos el arma. Y hay uno montando guardia abajo. Probablemente estén todos dormidos.

Robert Jordan se volvió hacia él.

—¿Qué arma?

—Una con un nombre muy raro —respondió el gitano—. Se me ha ido de la cabeza. Una ametralladora.

Un fusil ametrallador, pensó Robert Jordan.

—¿Cuánto pesa? —preguntó.

—Mucho, pero un hombre solo puede transportarla. Tiene tres patas plegables. La robamos en nuestra última incursión. Antes de lo del vino.

—¿Tenéis suficiente munición?

—De sobra —respondió el gitano—. Una caja entera que no imagina usted lo que pesa.

Unos quinientos cargadores, pensó Robert Jordan.

—¿Se carga con una cinta o con un cargador circular?

—Con unas latas redondas que se ponen encima.

Demonios, es una ametralladora Lewis, pensó Robert Jordan.

—¿Sabe algo de ametralladoras? —le preguntó al viejo.

—No —respondió Anselmo—. Nada de nada.

—¿Y tú? —le dijo al gitano.

—Que disparan muy deprisa y que se calientan tanto que el cañón quema si lo tocas con la mano —explicó orgulloso el gitano.

—Eso lo sabe cualquiera —dijo Anselmo con desdén.

—Tal vez —replicó el gitano—. Pero me ha preguntado qué sabía de la ametralladora y se lo he dicho. También sé que, a diferencia de un fusil, siguen disparando hasta que quitas el dedo del gatillo.

—A menos que se encasquillen, que se agote la munición o que se calienten tanto que acaben fundiéndose —prosiguió en inglés Robert Jordan.

—¿Qué has dicho? —preguntó Anselmo.

—Nada —respondió Robert Jordan—. Solo estaba mirando el futuro en inglés.

—Eso sí que es raro —exclamó el gitano—. Ver el futuro en inglés. ¿Sabe usted leerlo en la palma de la mano?

—No —dijo Robert Jordan llenando otra taza de vino—. Pero, si tú sabes, mira la mía y dime qué va a pasar los tres próximos días.

—La mujer de Pablo sabe leer la mano —le explicó el gitano—. Pero es tan salvaje e irritable que no sé si querrá.

Robert Jordan se sentó y bebió un sorbo de vino.

—Vayamos a ver a la mujer de Pablo —exclamó—. Si es tan mala, más vale pasar el trago cuanto antes.

—Yo no la molestaría —dijo Rafael—. Me tiene odio.

—¿Por qué?

—Dice que soy un vago.

—Qué injusticia —se mofó Anselmo.

—No le gustan los gitanos.

—Qué gran error —insistió Anselmo.

—Tiene sangre gitana —explicó Rafael—. Así que sabe de lo que habla. —Sonrió—. Pero tiene una lengua que hiere como un vergajazo. Es capaz de despellejar a cualquiera y sacarle la piel a tiras. No imagina lo salvaje que es.

—¿Qué tal se lleva con María? —preguntó Robert Jordan.

—Bien. Le cae bien la chica. Pero ¡ay de quien se tome con ella más confianzas de la cuenta! —Movió la cabeza y chasqueó la lengua.

—Es muy buena con María —añadió Anselmo—. Cuida mucho de ella.

—Cuando la trajimos después de lo del tren era muy rara —dijo Rafael—. No quería hablar y se pasaba el día llorando, y, si alguien la tocaba, se ponía a temblar como un perro sin dueño. Últimamente está mejor. Mucho mejor. Hoy estaba muy bien. Cuando hablaba con usted se la veía muy bien. Estuvimos a punto de dejarla. No valía la pena cargar con algo tan triste, feo y aparentemente inútil. Pero la vieja le ató una cuerda y cuando la chica creía que no podía seguir la golpeaba con un extremo para obligarla a seguir. Luego, cuando ya no pudo más, la vieja se la echó al hombro. Y, cuando ella tampoco pudo continuar, la llevé yo. Íbamos metidos entre los brezos y las aulagas hasta el cuello. Cuando tampoco yo pude seguir, cargó Pablo con ella. ¡No imagina lo que llegó a decirnos la vieja para obligarnos! —Movió la cabeza al recordarlo—. La chica tiene las piernas muy largas pero no pesa mucho. Es de huesos ligeros y muy liviana, pero si uno tiene que cargar con ella, detenerse a disparar y luego volver a echársela a la espalda mientras la vieja te fustiga con la cuerda y te apunta con el fusil cada vez que haces amago de soltarla, te cubre de maldiciones, te quita los cartuchos, los mete en el cargador y no para de cubrirte de improperios, llega a hacerse pesada. Entonces había empezado a oscurecer y cuando se hizo de noche pudimos ponernos a salvo. Aun así, fue una suerte que no tuviesen caballería.

—Debieron de pasarlo mal con lo del tren —dijo Anselmo—. Yo no estaba con ellos —le explicó a Robert Jordan—. Participaron la partida de Pablo, la del Sordo, a quien veremos esta noche, y otras dos más que rondan por estas montañas. Yo estaba al otro lado de las líneas.

—Y también el rubio de nombre raro —dijo el gitano.

—Kashkin.

—Sí. No consigo acordarme de ese nombre. Y dos tipos que llevaban una ametralladora. También los había enviado el ejército. No pudieron con ella y la perdieron. Y eso que pesaba menos que la chica…, si la vieja hubiese estado allí no la habrían perdido. —Movió la cabeza recordándolo y luego continuó—. Nunca en toda mi vida he visto nada como aquella explosión. El tren llegaba despacio. Lo vimos a lo lejos. Yo estaba tan nervioso que no sabría explicarlo. Vimos el vapor y luego oímos el sonido del silbato. Después se oyó el chu-chu-chu-chu cada vez más cerca y luego, al producirse la explosión, las ruedas delanteras de la máquina se levantaron y la tierra entera pareció rugir y convertirse en una enorme nube negra, la máquina salió volando en mitad de una nube de polvo y traviesas de madera que saltaron por los aires como por arte de magia, y cayó de costado igual que un animal herido y, antes de que los fragmentos dejaran de caernos encima, se produjo una explosión de vapor blanco y la ametralladora empezó a disparar: ¡ra-ta-ta-ta! —prosiguió el gitano agitando los puños con los pulgares levantados como si manejara una ametralladora imaginaria—. ¡Ra-ta-ta-ta-ta! —exclamó exultante—. En toda mi vida había visto nada igual, los soldados huían del tren, la ametralladora les disparaba y los hombres caían. Fue entonces cuando puse la mano en el cañón y me quemé y en ese momento la vieja me soltó un bofetón y me dijo: «¡Dispara, idiota, dispara o te aplasto los sesos!». Así que empecé a disparar, pero me costaba mucho sostener firme el fusil y los soldados huían por la ladera de enfrente. Luego, cuando bajamos al tren a ver lo que nos podíamos llevar, un oficial obligó a unos cuantos a volver a punta de pistola. Se puso a amenazarles a gritos con la pistola y todos empezamos a dispararle pero nadie le acertó y no podíamos usar la ametralladora porque el tren estaba en medio. El oficial mató a dos de sus hombres por negarse a avanzar y aun así no consiguió que los demás le obedecieran, siguió insultándolos y por fin se levantaron y en grupos de dos y de tres corrieron hacia el tren. Luego se echaron cuerpo a tierra y empezaron a disparar. Así que nos batimos en retirada protegidos por el fuego de la ametralladora. Entonces fue cuando encontré a la chica, que había salido corriendo del tren y se había escondido entre las rocas y echó a correr con nosotros. Los soldados nos estuvieron persiguiendo hasta la noche.

—Debieron de pasarlo mal —dijo Anselmo—, son muchas emociones.

—Es lo único decente que hemos hecho —dijo una voz profunda—. ¿Se puede saber qué haces, borracho perezoso y repugnante, gitano hijo [impublicable] de [obscenidad]? ¿Qué haces?

Robert Jordan vio a una mujer de unos cincuenta años, casi tan grande como Pablo e igual de gorda que alta, que llevaba una falda negra de campesina, una blusa del mismo color, gruesos calcetines de lana, alpargatas negras y con un rostro moreno que parecía un modelo para un monumento en granito. Sus manos eran grandes pero bonitas y llevaba el pelo grueso y rizado recogido en un moño en la nuca.

—Vamos, contesta —le dijo la mujer al gitano, sin prestar atención a los demás.

—Pues charlar con estos camaradas. Este de aquí es un dinamitero.

—Ya lo sé —dijo la mujer de Pablo—. Largo de aquí ahora mismo, ve a relevar a Andrés, que está montando guardia en la cima.

—Me voy —dijo el gitano. Se volvió hacia Robert Jordan—. Te veré a la hora de la cena.

—Ni se te ocurra aparecer por aquí —le advirtió la mujer—. Según mis cuentas hoy ya has comido tres veces. Lárgate y envíame a Andrés.

»Hola —le dijo a Robert Jordan, y le tendió la mano con una sonrisa—. ¿Qué tal está? ¿Cómo van las cosas en la República?

—Bien —respondió él devolviéndole el fuerte apretón de manos—. La República y yo estamos bien.

—Me alegro —dijo la mujer. Le miró a la cara y sonrió, y Robert Jordan reparó en que tenía unos bonitos ojos grises—. ¿Ha venido para ayudarnos a volar otro tren?

—No —respondió Robert Jordan comprendiendo al instante que podía fiarse de ella—. He venido a volar un puente.

—Eso no es nada —dijo ella—. Un puente no es nada. ¿Cuándo volaremos otro tren, ahora que tenemos caballos?

—Después. Este puente es de gran importancia.

—La chica me ha contado que el camarada que nos ayudó con el tren ha muerto.

—Sí.

—¡Qué lástima! Nunca he visto una explosión igual. Era un hombre de talento. Me caía bien. ¿No sería posible volar otro tren? Hay mucha gente en las montañas. Demasiada. Empieza a ser difícil conseguir comida. Sería mejor marcharse. Y tenemos caballos.

—Antes tenemos que volar el puente.

—¿Dónde está?

—Cerca.

—Tanto mejor —dijo la mujer de Pablo—. Volemos los puentes que haga falta y vayámonos. Estoy harta de este sitio. Hay demasiada gente. De aquí no puede salir nada bueno. Es repugnante seguir sin hacer nada.

Vio a Pablo entre los árboles.

—¡Borracho! —le gritó—. Borracho. ¡Condenado borracho! —Se volvió hacia Robert Jordan como si tal cosa—. Se ha llevado una bota de vino para beber solo en el bosque —dijo—. Se pasa el día bebiendo. Esta vida le está echando a perder. Joven, me alegro mucho de que haya venido. —Le dio una palmada en la espalda—. ¡Ah! —exclamó—. Es más fuerte de lo que parece. —Y le pasó la mano por el hombro, palpándole los músculos por debajo de la camisa de franela—. Muy bien. Me alegro mucho de que haya venido.

—Lo mismo digo.

—Nos vamos a entender bien —dijo—. Sírvase una taza de vino.

—Ya hemos bebido un poco —repuso Robert Jordan—. Pero si usted me acompaña...

—Antes de cenar no —contestó la mujer—. Me da ardor de estómago. —Luego volvió a ver a Pablo—. ¡Borracho! —gritó—. ¡Borracho! —Se volvió hacia Robert Jordan y movió la cabeza—. Era muy bueno —le explicó—. Pero ahora está acabado. Y escuche usted otra cosa. Sea bueno y tenga cuidado con la chica. Con la María. Lo ha pasado muy mal. ¿Entiendes?

—Sí, ¿por qué me lo dice?

—Porque he visto cómo estaba después de hablar contigo cuando volvió a entrar en la cueva. Y también la vi observándote antes de que saliera.

—Bromeé un poco con ella.

—Lo ha pasado muy mal —dijo la mujer de Pablo—. Ahora está mejor y debería irse de aquí.

—Sin duda puede pasar al otro lado de las líneas con Anselmo.

—Usted y Anselmo pueden llevársela cuando acabe esto —dijo interrumpiendo el tuteo.

Robert Jordan volvió a sentir el nudo en la garganta y respondió con voz ronca:

—Podemos.

La mujer de Pablo lo miró y movió la cabeza.

—¡Ay, ay! —dijo—. Todos los hombres son iguales.

—No he dicho nada. Es muy guapa y usted lo sabe.

—No, no lo es. Lo que usted quiere decir es que empieza a serlo —repuso la mujer de Pablo—. Hombres... La culpa es nuestra por traerlos al mundo. No. En serio. ¿No hay hospicios en la República donde puedan hacerse cargo de alguien como ella?

—Sí —respondió Robert Jordan—. Muy buenos. En la costa, cerca de Valencia. Y también en otros sitios. Allí la tratarán bien y le enseñarán a cuidar niños. Hay muchos de los pueblos evacuados.

—Eso es lo que quiero —dijo la mujer—. Pablo se pone malo al verla. Eso también lo reconcome por dentro. Se pone malo en cuanto la ve. Es mejor que se vaya.

—Podemos llevárnosla cuando esto termine.

—¿La cuidará usted si se la confío? Le hablo como si lo conociera desde hace mucho tiempo.

—Siempre ocurre lo mismo con la gente con quien uno se entiende bien —respondió Robert Jordan.

—Siéntese —dijo la mujer de Pablo—. No le pido que me prometa nada porque lo que tenga que ocurrir, ocurrirá. Solo se lo pediré si no quiere usted llevársela.

—¿Y por qué?

—Porque no quiero que vuelva a enloquecer cuando usted se vaya. Ya la he visto así una vez y he tenido bastante.

—Nos la llevaremos después de lo del puente —dijo Robert Jordan—. Si seguimos vivos, nos la llevaremos.

—No me gusta que hable así. Eso nunca trae suerte.

—Lo he dicho solo para prometérselo —se excusó Robert Jordan—. No crea que soy de los que lo ven todo negro.

—Déjame ver tu mano —dijo la mujer volviendo a tutearle.

Robert Jordan le tendió la mano y ella la abrió, la sostuvo entre sus manazas morenas, la frotó con el pulgar y la examinó con cuidado, luego la soltó. Se puso en pie. Jordan hizo lo propio y ella lo miró sin sonreír.

—¿Qué es lo que ha visto? —le preguntó Robert Jordan—. No creo en estas cosas. No me asustará.

—Nada —le dijo—. No he visto nada.

—Sí, ha visto algo. Es solo curiosidad. No creo en esas cosas.

—¿Y en qué cree?

—En muchas cosas, pero no en esa.

—¿En qué?

—En mi trabajo.

—Sí, ya lo he visto.

—Dígame qué más ha visto.

—No he visto nada —respondió ella con sequedad—. ¿Así que lo del puente es muy complicado?

—No. Solo he dicho que es muy importante.

—Pero ¿puede ser complicado?

—Sí. Ahora iré a echarle un vistazo. ¿Cuántos hombres tienen aquí?

—Cinco que valgan la pena. El gitano no sirve para nada, aunque sus intenciones son buenas. Tiene buen corazón. De Pablo ya no me fío.

—¿Cuántos hombres de confianza tiene el Sordo?

—Puede que ocho. Esta noche lo veremos. Va a venir. Es un hombre muy práctico. Él también tiene un poco de dinamita. Aunque no mucha. Ya hablará usted con él.

—¿Lo ha mandado usted llamar?

—Viene todas las noches. Es un vecino. Y también un amigo y un camarada.

—¿Qué opinión le merece?

—Es un hombre muy bueno. Y muy práctico. Cuando lo del tren estuvo enorme.

—¿Y en las otras partidas?

—Si se les avisa con tiempo, podríamos reunir cincuenta fusiles bastante fiables.

—¿Cómo de fiables?

—Según la gravedad de la situación.

—¿Y cuántos cartuchos por fusil?

—Puede que unos veinte. Depende de los que quieran traer. Si es que quieren participar. Recuerda que en esto del puente no hay dinero ni botín y, por lo que has insinuado, sí mucho peligro, y que luego tendrán que marcharse de estas montañas. Muchos se opondrán a lo del puente.

—Sin duda.

—Creo que lo mejor será no hablar de eso más de la cuenta.

—Estoy de acuerdo.

—Pues cuando hayas estudiado tu puente hablaremos con el Sordo.

—Ahora iré con Anselmo.

—Pues despiértale —dijo—. ¿Quieres llevarte una carabina?

—Gracias —respondió—. Nunca está de más, aunque no pienso

usarla. Solo voy a ver, no a buscar problemas. Gracias por haberme contado todas estas cosas. Me gusta mucho cómo habla usted.

—Intento ser franca.

—Pues dígame que es lo que ha visto en mi mano.

—No —respondió moviendo la cabeza—. No he visto nada. Ve a ver tu puente. Yo cuidaré de tu equipo.

—Tápelo y que nadie lo toque. Está mejor aquí que en la cueva.

—Lo taparé y nadie lo tocará —afirmó la mujer de Pablo—. Ve a ver tu puente.

—Anselmo —dijo Robert Jordan poniéndole la mano en el hombro al viejo que dormía con la cabeza entre los brazos.

El viejo alzó la mirada.

—Sí —dijo—, por supuesto. Vamos.

3

Descendieron los últimos doscientos metros moviéndose con cuidado entre las sombras, de árbol en árbol, hasta que, detrás de los últimos pinos de la pendiente, vieron el puente, que se hallaba a solo cincuenta metros del lugar donde se encontraban. El sol de la tarde asomaba aún por encima de la oscura cima de la montaña y mostraba la silueta del puente recortada contra el profundo abismo de la garganta. Era un puente de hierro de un solo arco con una garita de centinela a cada extremo. Tenía la anchura suficiente para que en él se cruzaran dos coches y unía con sólida elegancia los dos lados de un profundo barranco en cuyo fondo saltaba a lo lejos, levantando espuma entre las rocas y las piedras, un arroyo que desembocaba en el torrente principal.

El sol le daba a Robert Jordan en los ojos y solo acertaba a distinguir el perfil del puente. Luego el sol perdió intensidad y desapareció y, al mirar entre los árboles la cumbre redondeada tras la que se había ocultado, reparó, ahora que ya no le deslumbraba, en que la falda de la montaña tenía un color verde joven y delicado y en que había manchas de nieve vieja al pie de la cima.

Luego volvió a observar el puente y a analizar su construcción aprovechando la escasa luz que quedaba. Demolerlo no sería difícil. Mientras lo observaba sacó un cuaderno de notas del bolsillo de la camisa y trazó a toda prisa unos apuntes. Al dibujarlo no calculó las cargas. Eso lo haría después. Ahora solo anotó el sitio donde habría que colocar los explosivos para cortar el soporte del arco y que una sección de él se precipitara en la garganta. Podía hacerse sin prisas, de manera correcta y científica, con media docena de cargas dispuestas para que estallasen de forma simultánea, o de manera más tosca con dos cargas más grandes. Tendrían que ser muy grandes, habría que colocarlas en los dos extremos y que estallasen al mismo tiempo. Tomó los apuntes deprisa y feliz, contento de enfrentarse por fin al problema y de poder abordarlo de una vez. Luego cerró el cuaderno de notas, guardó el lápiz en su funda de cuero, se metió el cuaderno en el bolsillo y lo abotonó.

Mientras el otro dibujaba, Anselmo no le quitó ojo a la carretera, el puente y las garitas de los centinelas. En su opinión se habían acercado demasiado al puente y sintió alivio cuando el otro dejó de dibujar.

Cuando Robert Jordan se abrochó la solapa del bolsillo y se ocultó detrás del tronco del árbol, Anselmo le tocó el codo y señaló con un dedo.

En la garita que tenían más cerca había un centinela sentado con el fusil entre las rodillas y la bayoneta calada. Estaba fumando un cigarrillo y llevaba un gorro de lana y un capote que más bien parecía una manta. A cincuenta metros de distancia no se distinguían sus rasgos. Robert Jordan levantó los prismáticos de campaña, haciéndose sombra con la mano a pesar de que no había sol que pudiera producir un destello, y vio el pretil del puente con tanta claridad como si pudiera tocarlo con la mano y la cara del centinela tan nítida que reparó en sus mejillas hundidas, la ceniza del cigarrillo, y el brillo grasiento de la bayoneta. Era una cara de campesino, con los pómulos prominentes, la barba sin afeitar y los ojos ensombrecidos por unas cejas muy gruesas; sujetaba el fusil con sus manazas y por debajo de los pliegues del capote asomaban un par de pesadas botas. Apoyada junto a la pared de la garita, había una bota de vino sucia y gastada junto a unos periódicos y no se veía ningún teléfono. Claro que podía haberlo al otro lado, pero tampoco vio ningún hilo que saliera de la garita. Había una línea telefónica a lo largo de la carretera que pasaba por encima del puente. Junto a la garita, encima de unas piedras, vio un brasero apagado hecho con una lata de gasolina a la que le habían practicado unos agujeros y cortado la parte de arriba. Entre la ceniza había algunas latas vacías ennegrecidas por el fuego.

Robert Jordan le alcanzó los prismáticos a Anselmo, que estaba tumbado a su lado. El viejo sonrió, movió la cabeza y se dio unos golpecitos junto al ojo con un dedo.

—Ya lo veo —dijo en español—. Lo he visto. —Hablaba casi sin mover los labios, de forma más silenciosa que si susurrara. Observó al centinela mientras Robert Jordan le sonreía y, señalándolo con un dedo, se pasó otro por la garganta. Robert Jordan asintió, pero no sonrió.

La garita al otro extremo del puente daba al otro lado y no pudieron ver su interior. La carretera, que era amplia, estaba asfaltada y bien construida, giraba a la izquierda al llegar al extremo del puente y se perdía de vista después de describir una curva a la derecha. En ese punto, habían ampliado la carretera vieja hasta su tamaño actual cortando la pared de roca al otro lado de la garganta, y la parte izquierda u occidental que daba al puente y al puerto estaba marcada y protegida por una serie de bloques de piedra allí donde se precipitaba a la garganta, que en aquel lugar formaba una especie de cañón, donde el arroyo que había debajo se unía al torrente del puerto.

—¿Y el otro puesto? —le preguntó Robert Jordan a Anselmo.

—A quinientos metros de la curva. En la caseta del peón caminero que hay junto a la pared de roca.

—¿Cuántos hombres? —preguntó Robert Jordan.

Otra vez estaba observando al centinela con los prismáticos. El hombre apagó el cigarrillo contra la pared de la garita, luego sacó una petaca de cuero, abrió el cigarrillo apagado y vació su contenido en la petaca. A continuación se levantó, apoyó el fusil en la garita y se desperezó, volvió a coger el fusil, se lo echó al hombro y se dirigió hacia el puente. Anselmo se aplastó contra el suelo y Robert Jordan guardó los prismáticos en el bolsillo de la camisa y se ocultó detrás de un pino.

—Hay siete hombres y un cabo —le dijo Anselmo al oído—. Me lo ha contado el gitano.

—Nos iremos en cuanto vuelva a sentarse —respondió Robert Jordan—. Estamos demasiado cerca.

—¿Has visto lo que necesitabas?

—Sí. Ya he visto todo lo que quería.

Ahora que se había puesto el sol y la luz de sus últimos rayos empezaba a declinar detrás de las montañas, empezaba a refrescar.

—¿Qué te parece? —preguntó Anselmo mientras observaban al centinela dirigirse hacia la otra garita al otro lado del puente, con la bayoneta brillando en el crepúsculo y la figura oculta por el capote.

—Muy bien —respondió Robert Jordan—. Muy, muy bien.

—Me alegro —dijo Anselmo—. ¿Nos vamos? Ahora es imposible que nos vea.

El centinela estaba de espaldas a ellos, al otro extremo del puente. Desde la garganta se oía el sonido del agua que saltaba entre las peñas. Luego oyeron otro ruido en medio de aquel estrépito, un zumbido constante como un traqueteo, y vieron que el centinela miraba hacia arriba y el gorro se le caía hacia atrás; al volver la cabeza vieron en el cielo del atardecer tres monoplanos en formación de uve, volaban a tanta altura que aún les daba el sol y parecían diminutos y plateados; cruzaron el cielo a increíble velocidad con los motores vibrando firmemente.

—¿Nuestros? —preguntó Anselmo.

—Lo parecen —respondió el otro, aunque sabía que a esa altura nunca se puede estar seguro. Podía ser una patrulla nocturna de cualquiera de los dos bandos. Pero siempre decía que los cazas eran de los suyos porque así la gente se sentía mejor. Los bombarderos eran otra cosa.

Anselmo evidentemente opinaba lo mismo.

—Son nuestros —afirmó—. Los reconozco. Son moscas.

—Bien —coincidió Robert Jordan—. A mí también me parecen moscas.

—Lo son —repitió Anselmo.

Robert Jordan podría haberlos mirado con los prismáticos para estar seguro, pero prefirió no hacerlo. Esa tarde le daba igual lo que fuesen, y si el viejo prefería pensar que eran de los suyos no quería contrariarle. Ahora, mientras se perdían de vista en dirección a Segovia, no le parecieron la versión rusa del Boeing P32 verde y con la punta de las alas rojas que los españoles llamaban «moscas». No se distinguían bien los colores, pero no tenían esa forma. No, era una patrulla fascista que volvía a casa.

El centinela seguía de espaldas junto a la otra garita.

—Vámonos —dijo Robert Jordan.

Empezó a trepar montaña arriba, moviéndose con cuidado y procurando ponerse a cubierto hasta que estuvieron lejos. Anselmo le seguía cien metros por detrás. Cuando perdieron de vista el puente, Jordan se detuvo y el viejo le alcanzó y pasó delante trepando ágilmente en la oscuridad por la empinada pendiente.

—Tenemos una aviación formidable —dijo encantado el viejo.

—Sí.

—Y venceremos.

—Debemos hacerlo.

—Sí. Y cuando les venzamos tienes que venir a cazar conmigo.

—¿A cazar qué?

—Jabalíes, osos, lobos, cabras montesas...

—¿Te gusta cazar?

—Pues claro, hombre. Más que ninguna otra cosa. En mi pueblo todos somos cazadores. ¿No te gusta cazar?

—No —respondió Robert Jordan—. No me gusta matar animales.

—A mí me pasa al revés —dijo el viejo—. No me gusta matar hombres.

—Eso solo les gusta a los que están mal de la cabeza —repuso Robert Jordan—. Pero no tengo inconveniente en hacerlo cuando es necesario. Siempre que sea por la causa.

—Aun así es diferente —dijo Anselmo—. En mi casa, cuando tenía casa, porque ahora no la tengo, tenía colmillos de jabalíes que había cazado en la maleza. Y pieles de lobos a los que había disparado en invierno, en la nieve. Una noche de noviembre, maté a uno muy grande en los alrededores de mi pueblo. Había cuatro pieles de lobo en el suelo de mi casa. Estaban gastadas de tanto pisarlas, pero aun así eran pieles de lobo. Y cuernos de cabra montesa que cacé en la sierra, y un águila disecada por un taxidermista de Ávila con las alas abiertas y unos ojos tan amarillos y reales que parecían de verdad. Era muy bonita, me gustaba ver todas aquellas cosas.

—Sí —respondió Robert Jordan.

—En la puerta de la iglesia de mi pueblo clavaron la garra de un oso que cacé en primavera, lo encontré en la montaña, en la nieve, empujando un tronco con esa misma garra.

—¿Cuándo fue eso?

—Hace seis años. Y cada vez que veía aquella garra disecada, igual que la mano de un hombre, pero con las uñas muy largas, clavada en la puerta de la iglesia, me llevaba una alegría.

—¿Por orgullo?

—Me enorgullecía recordar mi encuentro con el oso en la montaña en primavera. En cambio, matar a un hombre que es como nosotros no deja nunca un buen recuerdo.

—No se puede clavar su mano en la puerta de la iglesia —dijo Robert Jordan.

—No. Sería una salvajada. Aunque la mano de un hombre es como la garra de un oso.

—El pecho también es igual —coincidió Robert Jordan—. Si se le quita la piel al oso, los músculos se parecen.

—Sí —asintió Anselmo—. Los gitanos creen que los osos y los hombres son hermanos.

—Los indios norteamericanos también —le explicó Robert Jordan—. Cuando matan a un oso se disculpan y le piden perdón. Dejan la cabeza en un árbol y antes de partir le piden que les perdone.

—Los gitanos creen que los osos y los hombres son hermanos porque sus cuerpos se parecen, y porque los dos beben cerveza, les gusta la música y les gusta bailar.

—Lo mismo creen los indios.

—Entonces, ¿los indios son gitanos?

—No. Pero opinan las mismas cosas de los osos.

—Entiendo. Los gitanos también creen que son hermanos porque ambos roban por placer.

—¿Tienes sangre gitana?

—No. Pero los he tratado mucho y, claro, desde que empezó la guerra, aún más. Hay muchos en estas montañas. Para ellos no es un crimen matar a alguien que no sea de su tribu. Lo niegan, pero es así.

—Igual que los moros.

—Sí, pero los gitanos tienen muchas leyes aunque no lo reconocen. Con la guerra, muchos se han vuelto tan malos como en los viejos tiempos.

—No entienden a qué viene esta guerra. No saben por qué luchamos.

—No —dijo Anselmo—. Lo único que saben es que hay una guerra y que se puede matar sin sufrir ningún castigo.

—¿Has matado alguna vez? —le preguntó Robert Jordan aprovechando la intimidad de la noche y del día que habían pasado juntos.

—Sí. Varias. Pero no por gusto. En mi opinión matar a un hombre es un pecado. Aunque sea un fascista. Creo que entre un oso y un hombre hay una gran diferencia y no creo en esa murga de los gitanos sobre la hermandad con los animales. No. No me parece bien que se mate a nadie.

—Y aun así has matado.

—Sí. Y volveré a hacerlo. Pero, si salgo de esta, intentaré vivir sin hacer daño a nadie y procuraré que me perdone.

—¿Quién?

—¿Cómo saberlo? Si ya no hay Dios, ni Hijo ni Espíritu Santo, ¿quién perdona? No lo sé.

—¿Ya no hay Dios?

—No, hombre, claro que no. Si lo hubiera, no habría permitido muchas de las cosas que han visto estos ojos. Que se queden con su Dios.

—Eso quieren hacer.

—No negaré que lo echo de menos porque me educaron en la religión. Pero ahora cada cual es responsable de sus actos.

—Entonces eres tú quien tiene que perdonarse por haber matado.

—Eso creo —respondió Anselmo—. Lo dices tan claro que supongo que así será. Pero con Dios o sin él matar me parece un pecado. Quitarle la vida a otro es algo muy serio. Lo haré si es necesario, pero no soy de la misma calaña que Pablo.

—Para ganar una guerra hay que matar enemigos. Siempre ha sido así.

—Sin duda. En la guerra hay que matar. Pero tengo ideas muy raras —repuso Anselmo. Ahora avanzaban juntos en la oscuridad y el viejo hablaba en voz muy baja, volviéndose de vez en cuando mientras trepaba—. No mataría ni siquiera a un obispo. Ni a un terrateniente. Les obligaría a trabajar a diario el resto de sus días igual que hemos trabajado nosotros en los campos y en las montañas cortando leña. Así sabrían cómo vivimos. Dormirían donde nosotros. Comerían lo que nosotros. Pero sobre todo trabajarían. Así aprenderían.

—Y sobrevivirían para volver a esclavizaros.

—Matarlos no sirve de nada —objetó Anselmo—. No se les puede exterminar porque sus descendientes aún nos tendrían más odio. Meterlos en la cárcel tampoco sirve. Solo engendra odio. Más vale enseñarles.

—Pero aun así los has matado.

—Sí —admitió Anselmo—. Muchas veces, y volvería a hacerlo. Pero no de buen grado y siempre lo tendré por un pecado.

—¿Y el centinela? Antes bromeaste con matar al centinela.

—Eso fue en broma. Lo mataría. Sí. Sin dudarlo y con la conciencia tranquila, sabiendo que es nuestro deber. Pero no me gustaría.

—Entonces lo dejaremos para quienes les guste —dijo Robert Jordan—. Son cinco y ocho. En total trece para quien le guste matar.

—Hay muchos —respondió Anselmo en la oscuridad—. Muchos. Más de los que estarían dispuestos a combatir.

—¿Alguna vez has participado en una batalla?

—Bueno —contestó el viejo—, combatimos en Segovia, justo después de empezar la guerra, pero nos derrotaron y tuvimos que batirnos en retirada. Yo huí con los demás. No acabábamos de entender lo que hacíamos ni sabíamos cómo hacerlo. Además, no tenía más que una escopeta con cartuchos de posta y los guardias civiles tenían máuseres. No podía acertarles a cien metros con posta, y ellos nos cazaban como conejos desde trescientos metros. Nos acribillaron y tuvimos que huir como corderitos. —De pronto se calló. Luego preguntó—: ¿Crees que después de lo del puente habrá que pelear?

—Cabe esa posibilidad.

—Nunca he estado en una batalla de la que no haya tenido que salir por piernas —dijo Anselmo—. No sé cómo me comportaré. Soy viejo y siempre me lo he preguntado.

—Yo respondo de ti —dijo Robert Jordan.

—¿Has estado en muchas batallas?

—En varias.

—¿Y qué opinas de esto del puente?

—Lo primero es volarlo. Para eso he venido. No será difícil destruirlo. Después ya tomaremos las medidas necesarias. En cuanto a los preparativos, lo pondremos todo por escrito.

—Casi ninguno sabe leer —replicó Anselmo.

—Lo escribiremos para que todos lo sepan, pero también se lo explicaremos con claridad.

—Cumpliré con mi misión —dijo Anselmo—. Pero, pensando en el tiroteo de Segovia, si va a haber una batalla, aunque sea un intercambio de disparos, quisiera tener muy claro lo que tengo que hacer en cualquier circunstancia para no salir corriendo. Recuerdo que en Segovia me sentí muy tentado de huir.

—Estaremos juntos —respondió Robert Jordan—. Te diré lo que hacer en todo momento.

—Entonces no hay problema —dijo Anselmo—. Puedo hacer todo lo que se me ordene.

—Pues vengan puentes y batallas, si las hay —afirmó Robert Jordan sintiéndose un poco histriónico en la oscuridad, aunque en español sus palabras no sonaban tan mal.

—Será muy interesante —repuso Anselmo, y al oírle hablar con tanta sinceridad sin los sobreentendidos ingleses ni la bravuconería meridional, Robert Jordan pensó que era afortunado de contar con aquel viejo, y al acordarse del puente y de cómo había resuelto y simplificado el problema de atacar por sorpresa los puestos de guardia y volarlo del modo habitual, lamentó que Golz le hubiese dado aquellas órdenes y que fuesen necesarias. Lo lamentó por lo que podían suponer para él y para el viejo. Eran unas órdenes muy malas para quienes tenían que cumplirlas.

Y esa no es forma de pensar, se dijo, no se trata de lo que pueda pasarte a ti ni a nadie. Ni tú ni ese viejo sois nada. Tan solo meros instrumentos para cumplir con una misión. Tenéis unas órdenes que cumplir y un puente del que puede depender el futuro de la humanidad tanto como de cualquier otra cosa que ocurra en esta guerra. Os han encomendado una misión y tenéis que cumplirla. Así de sencillo, qué demonios. Así todo resulta más fácil. Con que deja ya de preocuparte, cabrón. Piensa en otra cosa.

Se puso a pensar en la chica, María, en su tez, su cabello y sus ojos castaños dorados, en realidad el pelo era un poco más oscuro, pero con la piel tan bronceada apenas se notaba, tenía una piel muy suave y dorada en la superficie y un poco más morena por debajo. Todo su cuerpo debía de ser igual de suave, y se movía de un modo muy raro, como si la avergonzase alguna cosa que solo era visible en su imaginación. Se ruborizaba al mirarle y, cuando se sentaba con las manos abrazadas a las rodillas y el cuello de la camisa abierto, la forma de sus pechos resaltaba contra la camisa..., y al pensar en ella se le hizo un nudo en la garganta, le costó seguir andando y Anselmo y él dejaron de hablar hasta que el viejo le dijo:

—Bajando por estas rocas se llega al campamento.

Cuando pasaban junto a las rocas en la oscuridad, un hombre les gritó:

—¡Alto! ¿Quién va?

Oyeron el cerrojo de un fusil al amartillarse y luego el golpe contra la madera al empujarlo hacia abajo y hacia delante.

—Camaradas —respondió Anselmo.

—¿Qué camaradas?

—Camaradas de Pablo —le dijo el viejo—. ¿Es que no nos conoces?

—Sí —repuso la voz—. Pero es una orden. ¿Sabéis el santo y seña?

—No. Venimos de abajo.

—Lo sé —dijo el hombre en la oscuridad—. Venís del puente. Lo sé todo. La orden no es mía. Tenéis que saberos la segunda parte del santo y seña.

—¿Y cuál es la primera? —preguntó Robert Jordan.

—No me acuerdo —dijo el hombre de la oscuridad con una risotada—. Anda, id al [impublicable] campamento con esa [obscenidad] de dinamita.

—Eso es lo que se llama disciplina de guerrilla —respondió Anselmo—. ¿Sigue amartillado el fusil?

—No —respondió el hombre en la oscuridad—. He soltado el cerrojo con el índice y el pulgar.

—Cualquier día harás eso con un máuser, que no tiene seguro en el cerrojo, y se te disparará.

—Este lo es —respondió el hombre—. Pero tengo una fuerza extraordinaria en los dedos. Siempre lo hago igual.

—¿Adónde estás apuntando? —preguntó Anselmo a la oscuridad.

—A ti —respondió el hombre—, llevo apuntándote desde que amartillé el fusil. Cuando llegues al campamento, dile a alguien que suba a relevarme porque estoy hasta los [impublicable] de pasar hambre y he olvidado el santo y seña.

—¿Cómo te llamas? —preguntó Robert Jordan.

—Agustín —dijo el hombre—. Me llamo Agustín y me muero de aburrimiento aquí arriba.

—Transmitiré tu mensaje —respondió Robert Jordan, y pensó que ningún campesino que no fuese español utilizaría la palabra «aburrimiento», que, sin embargo, está en boca de todos los españoles.

—Espera —dijo Agustín, se acercó y le puso la mano en el hombro a Robert Jordan. Luego encendió un chisquero, sopló en la mecha para avivarla y observó el rostro del joven a la luz de aquel resplandor—. Te pareces al otro —dijo—. Aunque eres distinto. Oye —bajó el chisquero y volvió a coger el fusil—, dime una cosa. ¿Es verdad lo del puente?

—¿Qué pasa con el puente?

—Que tenemos que volar no se qué [obscenidad] de puente y luego marcharnos corriendo de estas [obscenidad] montañas.

—No lo sé.

—Así que no lo sabes —repitió Agustín—. ¡Qué barbaridad! Entonces, ¿de quién es la dinamita?

—Mía.

—¿Y no sabes para qué es? No me vengas con cuentos.

—Sé para qué es y también lo sabréis vosotros a su debido tiempo —dijo Robert Jordan—. Pero ahora tenemos que ir al campamento.

—Anda y vete a la [impublicable] —dijo Agustín—. Será [impublicable]... ¿Quieres que te diga una cosa que te será útil?

—Sí. Siempre que no sea una [impublicable] —respondió usando la misma palabra que había adornado la conversación del otro, Agustín decía tantas palabrotas, añadiendo una obscenidad a cada nombre, adjetivo y verbo, que Robert Jordan se preguntó si podría decir una frase normal. Agustín se rió en la oscuridad al oírle.

—Es mi forma de hablar. Puede que suene un poco mal. ¿Quién sabe? Cada cual habla según su naturaleza. Escucha. A mí el puente me da igual. El puente y cualquier otra cosa. Estoy aburrido de estas montañas. Y si tenemos que irnos, pues nos vamos y ya está. Estas montañas me traen sin cuidado. Pero deja que te diga algo. Cuida bien de tus explosivos.

—Gracias —respondió Robert Jordan—. De quién debo cuidarlos, ¿de ti?

—No —respondió Agustín—. De gente más [obscenidad] que yo.

—¿Y bien?

—Entiendes español —dijo Agustín poniéndose serio—. Cuida bien de esa [impublicable] de explosivos.

—Gracias.

—No, no me des las gracias. Y cuida de tus cosas.

—¿Es que les ha ocurrido algo?

—No, de lo contrario no te haría perder el tiempo hablando.

—Gracias de todos modos. Vamos al campamento.

—Bien —dijo Agustín—, y que envíen a alguien que sepa el santo y seña.

—¿Te veremos en el campamento?

—Sí, hombre, sí. Pronto.

—Vamos —le dijo Robert Jordan a Anselmo.

Ahora estaban bordeando un prado y había una niebla gris. La hierba formaba una espesa alfombra cubierta de agujas de pino bajo sus pies y el rocío de la hierba empapaba la tela de sus alpargatas. Delante, entre los árboles, Robert Jordan vio una luz donde sabía que debía de encontrarse la entrada de la cueva.

—Agustín es un buen tipo —dijo Anselmo—. Dice muchas palabrotas y está siempre de broma, pero es hombre de fiar.

—¿Lo conoces bien?

—Sí. Desde hace mucho tiempo. Confío plenamente en él.

—¿Y es verdad lo que dice?

—Pues claro, hombre. Ese Pablo se ha vuelto un mal bicho, ya lo verás.

—¿Y qué podemos hacer?

—No quitarle el ojo de encima.

—¿Quién?

—Tú, yo, la mujer y Agustín, ya que se ha dado cuenta del peligro...

—¿Sabías que las cosas estaban tan mal?

—No —respondió Anselmo—. Han empeorado muy deprisa. Pero no teníamos más remedio que venir. Este es el territorio de Pablo y el Sordo. Aquí uno tiene que vérselas con ellos, a no ser que podamos hacerlo solos.

—¿Y el Sordo?

—Bueno —respondió Anselmo—. Tan bueno como malo el otro.

—¿Tan malo crees que es?

—Llevo pensándolo toda la tarde y después de oír lo que nos han dicho creo que sí.

—¿No sería mejor marcharnos, decir que nos hemos equivocado de puente y conseguir hombres de otras partidas?

—No —dijo Anselmo—. Este es su territorio. No podríamos hacer nada sin que se enterase. Tendremos que ir con mucho cuidado.

4

Bajaron hasta la entrada de la cueva, donde una luz se colaba por las rendijas de la manta que tapaba el acceso. Los dos fardos seguían al pie de un árbol tapados con una lona. Robert Jordan se agachó, la tocó y vio que estaba húmeda. En la oscuridad, hurgó por debajo de la lona en el bolsillo de uno de los fardos, sacó una petaca forrada de cuero y se la metió en el bolsillo. Abrió los largos candados que pasaban por las arandelas y cerraban la boca de los fardos, desató las cuerdas con que estaban atados y comprobó su contenido con la mano. En uno de ellos palpó los bloques que había en cada saco envueltos en un batín, luego volvió a atarlo, y cerró el candado; metió la mano en el otro y palpó el perfil de la caja de madera que contenía el viejo detonador y la caja de puros donde estaban los cebadores, cada cilindro envuelto con sus dos cables (y todo empaquetado con tanto cuidado como su colección de huevos de pájaro cuando era niño); la culata de la ametralladora separada del cañón y envuelta en su chaqueta de cuero, los dos cargadores circulares y los cinco peines en uno de los bolsillos del mayor de los fardos y las dos bobinas de hilo de cobre y el rollo de cable cubierto de plástico. En el bolsillo del cable encontró también los alicates y las dos leznas que usaba para hacer agujeros al extremo de los bloques de dinamita, y del último bolsillo sacó un enorme cartón de cigarrillos rusos que le habían dado en el cuartel general de Golz. Volvió a atar el fardo, cerró el candado, abrochó las hebillas y cubrió los fardos con la lona. Anselmo había entrado en la cueva.

Robert Jordan se puso en pie para seguirle, luego se lo pensó mejor y, quitando la lona, cogió uno de los fardos en cada mano y los llevó a duras penas a la entrada de la cueva. Al llegar dejó uno en el suelo y apartó la manta a un lado, luego agachó la cabeza y entró con ambos fardos sujetos por las correas de cuero.

Dentro el aire estaba cargado de humo y hacía calor. Sentados a una mesa que había junto a la pared con una vela de sebo metida en una botella estaban Pablo, tres hombres a quienes no conocía y Rafael, el gitano. La vela proyectaba sus sombras en la pared, Anselmo esperaba de pie a la derecha de la mesa. La mujer de Pablo estaba junto al fuego de carbón que había al fondo. La chica removía algo en una cazuela de hierro. Levantó el cucharón de madera y miró a Robert Jordan, que seguía en la entrada, y, a la luz del fuego que la mujer estaba avivando con un fuelle, él vio a su vez el rostro de la chica, su brazo y las gotas que chorreaban por la cuchara y volvían a caer en la cazuela.

—¿Qué lleva usted ahí? —preguntó Pablo.

—Mis cosas —respondió Robert Jordan, y dejó los dos fardos un poco apartados junto a la puerta enfrente de la mesa.

—¿No están bien fuera?

—Alguien podría tropezar en la oscuridad —dijo Robert Jordan acercándose a la mesa y dejando encima el cartón de cigarrillos.

—No me gusta tener dinamita en la cueva —rezongó Pablo.

—Está lejos del fuego —explicó Robert Jordan—. Coja unos cigarrillos.

Pasó la uña por el borde del cartón con el dibujo coloreado de un barco de guerra y se lo alcanzó a Pablo. Luego se sentó a la mesa en un taburete forrado de cuero que le acercó Anselmo. Pablo lo miró como si fuese a decir algo y cogió unos cigarrillos.

Robert Jordan se los pasó a los demás. Pero reparó en que un hombre cogía cigarrillos y los otros dos no. Toda su atención estaba concentrada en Pablo.

—¿Qué tal va, gitano? —le preguntó a Rafael.

—Bien —respondió el otro.

Robert Jordan notó que habían estado hablando de él. Incluso el gitano se sentía incómodo.

—¿Te dejará comer otra vez? —le preguntó Robert Jordan al gitano.

—Sí. ¿Por qué no? —repuso el gitano. No quedaba ni rastro del tono jovial y amistoso de aquella tarde.

La mujer de Pablo siguió atizando las brasas.

—Hay un tal Agustín ahí arriba que dice que se muere de aburrimiento —anunció Robert Jordan.

—De eso no se muere nadie —replicó Pablo—. Déjelo que se aburra.

—¿Hay vino? —preguntó sin dirigirse a nadie en particular y apoyando las manos en la mesa.

—Casi no queda —respondió Pablo con hosquedad. Robert Jordan decidió observar a los otros tres para conocer el terreno que pisaba.

—En ese caso, beberé un poco de agua. Tú —le gritó a la chica—, tráeme un vaso de agua.

La chica miró a la mujer, pero ella no dijo nada y actuó como si no le hubiese oído, luego la joven fue a un caldero que estaba lleno de agua y le sirvió una taza. La llevó a la mesa y se la puso delante. Robert Jordan le sonrió. Al mismo tiempo encogió la barriga y se inclinó hacia la izquierda en el taburete para que la pistola se deslizara en el cinturón hasta tenerla más cerca. Bajó la mano hacia el bolsillo de la cadera y Pablo lo miró. Sabía que todos estaban haciéndolo, pero solo se fijó en Pablo. Sacó la mano con la petaca de cuero, desenroscó el tapón y luego se bebió la mitad del agua de la taza y vertió muy despacio en ella parte del contenido de la petaca.

—Es demasiado fuerte para ti, si no, te daría un poco —le dijo a la chica con otra sonrisa—. A usted no le ofrezco porque casi no queda —le explicó a Pablo.

—No me gusta el anís —repuso Pablo.

El aroma acre había llegado al extremo de la mesa y había identificado el único componente que le era familiar.

—Mejor —dijo Robert Jordan—. Porque queda muy poco.

—¿Qué bebida es esa? —preguntó el gitano.

—Una medicina —respondió Robert Jordan—. ¿Quieres probarla?

—¿Para qué sirve?

—Para todo. Lo cura todo. Si tienes alguna enfermedad esto la curará.

—Deja que la pruebe.

Robert Jordan le pasó la taza cuyo contenido, ahora que el licor se había mezclado con el agua, había adoptado un color amarillento lechoso, Jordan confió en que el gitano no bebiera más que un trago. Le quedaba muy poco y una taza reemplazaba a todos los periódicos vespertinos, las tardes pasadas en los cafés, los castaños que estarían en flor en esa época del año, los grandes y lentos caballos de los bulevares, las librerías, los quioscos, las salas de exposiciones, el Parc Montsouris, el Stade Buffalo, la Butte Chaumont, la Guaranty Trust Company y la Île de la Cité, el viejo hotel Foyot y el poder leer y descansar por las tardes; todas las cosas que había querido y olvidado y que recordaba al saborear aquella alquimia líquida, opaca y amarga, que entumecía la lengua, templaba el cerebro y el estómago y cambiaba las ideas.

El gitano torció el gesto y le devolvió la taza.

—Huele a anís, pero es amargo como la hiel. Prefiero estar enfermo que tomar esa medicina.

—Es por el ajenjo —le dijo Robert Jordan—. La verdadera absenta se hace con ajenjo. Dicen que te quema el cerebro, pero yo no lo creo. Solo cambia las ideas. Hay que echarle agua muy despacio, gota a gota. Pero yo lo he hecho al revés.

—¿Qué está usted diciendo? —preguntó enfadado Pablo, notando que se burlaba de él.

—Le explico en qué consiste la medicina —respondió Robert Jordan con una sonrisa—. La compré en Madrid. Era la última botella y me ha durado tres semanas. —Echó un buen trago y notó cómo le anestesiaba delicadamente la lengua. Miró a Pablo y volvió a sonreír—. ¿Cómo van las cosas?

Pablo no respondió y Robert Jordan observó atentamente a los otros tres hombres que había en la mesa. Uno tenía la cara grande, chata y morena como un jamón serrano con la nariz rota y aplastada, el fino cigarrillo ruso que asomaba en ángulo entre sus labios hacía que aún pareciera más chata. Tenía el pelo corto y gris, iba sin afeitar y llevaba el consabido blusón negro abotonado hasta el cuello. Desvió la mirada cuando Robert Jordan lo miró, pero sus ojos eran firmes y ni siquiera parpadeó. Era evidente que los otros dos eran hermanos. Se parecían mucho y ambos eran bajos, fornidos, de cabello negro y frente estrecha, ojos negros y tez oscura. Uno tenía una cicatriz que le cruzaba la frente por encima del ojo izquierdo y cuando les miró, los dos le sostuvieron la mirada. Uno debía de tener veintiséis o veintiocho años, el otro sería tal vez dos años mayor.

—¿Se puede saber qué mira? —preguntó el de la cicatriz.

—A ti.

—¿Es que tengo monos en la cara?

—No. ¿Quieres un cigarrillo?

—¿Por qué no? —respondió. Antes no había cogido ninguno—. Son como los que tenía el otro. El del tren.

—¿Estuviste en lo del tren?

—Estuvimos todos menos el viejo.

—Eso es lo que deberíamos hacer ahora —intervino Pablo—. Volar otro tren.

—Podemos —respondió Robert Jordan—. Después de lo del puente. —Reparó en que la mujer de Pablo se había vuelto y estaba escuchando. Cuando pronunció la palabra «puente» todos guardaron silencio—. Después de lo del puente —repitió con intención y bebió otro trago de absenta, diciéndose que, ya puestos, más valía dejar las cosas claras.

—No pienso colaborar en lo del puente —anunció Pablo mirando la mesa—. Ni yo ni los míos.

Robert Jordan no dijo nada. Miró a Anselmo y levantó la taza.

—Pues tendremos que hacerlo tú y yo solos, viejo —exclamó con una sonrisa.

—Sin este cobarde —asintió Anselmo.

—¿Qué has dicho? —le preguntó Pablo al viejo.

—Nada que te importe. No estaba hablando contigo.

Robert Jordan miró detrás de la mesa, donde la mujer de Pablo se afanaba junto al fuego. Hasta entonces no había dicho nada ni hecho el menor gesto. Pero ahora le dijo algo a la chica y ella se levantó, se escabulló junto a la pared, levantó la manta que cerraba la entrada de la cueva y salió. Robert Jordan comprendió que había llegado el momento de poner las cartas sobre la mesa, no había querido que fuese así, pero ya no quedaba otro remedio.

—Tendremos que hacer lo del puente sin tu ayuda —le dijo a Pablo.

—No —respondió el otro, y Robert Jordan vio unas gotas de sudor en su cara—. Aquí no volarás ningún puente.

—¿No?

—No volarás ningún puente —repitió Pablo muy despacio.

—¿Y tú? —le preguntó a la mujer que seguía inmóvil y gigantesca junto al fuego.

Ella se volvió y dijo:

—Yo voto por volar el puente.

Las llamas iluminaban su rostro, que brillaba acalorado, hermoso y moreno.

—¿Qué has dicho? —preguntó Pablo, y Robert Jordan reparó en su expresión traicionada y en el sudor que perlaba su frente al volver la cabeza.

—Que estoy a favor de volar el puente y en contra de lo que dices. Ni más ni menos.

—Yo también lo estoy —dijo el hombre de la cara chata y la nariz rota apagando la colilla sobre la mesa.

—A mí el puente me trae sin cuidado —añadió uno de los hermanos—. Estoy con la mujer de Pablo.

—Lo mismo digo —coincidió su hermano.

—Y yo —se sumó el gitano.

Robert Jordan siguió observando a Pablo y al mismo tiempo fue bajando la mano muy despacio por si tenía que echar mano de la pistola, deseando en parte que así fuese (sintiendo tal vez que sería lo más fácil y sencillo, no queriendo echar a perder lo que había ido tan bien hasta el momento, sabedor de lo rápido que una familia, un clan o una partida puede volverse de pronto contra un forastero en una pelea, pero pensando al mismo tiempo que sería lo más sensato y quirúrgico ahora que se habían torcido las cosas), vio también a la mujer de Pablo allí plantada y notó cómo se acaloraba con la discusión.

—Estoy a favor de la República —dijo la mujer en tono despreocupado—. Y eso equivale a volar el puente. Luego habrá tiempo de hacer otros planes.

—Tienes alma de puta y cerebro de mosquito —replicó Pablo—. ¿Acaso crees que habrá tiempo de nada después de lo del puente? ¿Tienes idea de lo que pasará?

—Lo que tenga que pasar, pasará.

—¿Y te da igual que nos den caza como si fuéramos animales por algo de lo que no obtendremos el menor beneficio? ¿O que nos maten?

—Exactamente igual —repuso la mujer—. Y no quieras asustarme, cobarde.

—Cobarde —dijo Pablo con amargura—. Me llamas cobarde porque soy astuto y sé prever los resultados de una estupidez. Saber que algo es una locura no es cobardía.

—Ni tampoco es una locura saber que algo es una cobardía —apostilló Anselmo, que no pudo resistirse a hacer una frase.

—¿Es que quieres morir? —le dijo Pablo en tono muy serio, y Robert Jordan comprendió que la pregunta no era retórica.

—No.

—Pues ten cuidado con lo que dices. Hablas demasiado de cosas que no entiendes. ¿No te das cuenta de que esto es muy grave? —dijo con voz casi lastimera—. ¿Es que soy el único que se da cuenta de la gravedad de este asunto?

Robert Jordan pensó que estaba en lo cierto. Los únicos que habían reparado en ello eran el bueno de Pablo y él mismo. Pablo lo había comprendido igual que él y la mujer lo había leído en su mano aunque no acababa de entenderlo. Todavía no.

—¿Soy vuestro jefe o no? —preguntó Pablo—. Sé de lo que hablo. Vosotros no. Este viejo no dice más que tonterías. No es más que un mensajero y un guía para los forasteros. Lo que ha venido a hacer este extranjero solo les beneficia a ellos. Quiere que nos sacrifiquemos por él. Pero yo velo por el bien y la seguridad de todos.

—Seguridad —se burló la mujer—. Aquí no hay seguridad ninguna. Hay tantos que han venido a buscarla que suponen un gran peligro. Al buscar la seguridad te arriesgas a perderlo todo.

Se aproximó a la mesa cucharón en mano.

—Sí que la hay. Dentro del peligro, tenemos la seguridad de saber nuestras posibilidades. Igual que un torero que sabe lo que hace y está a salvo porque no corre riesgos.

—Hasta que acaba cogiéndole el toro —replicó la mujer con amargura—. No sé las veces que habré oído hablar así a los toreros antes de recibir una cornada. Cuántas veces habré oído a Finito decir que todo es arte y que el toro nunca coge al torero, sino que es el torero el que se deja coger por el toro. Siempre hablan con la misma arrogancia antes de llevarse una cornada. Luego vas a verlos al hospital. —Empezó a hacer un remedo de una visita a la clínica—. «Hola, hombre. Buenas, compadre.» «¿Qué tal, Pilar?» —imitó la voz temblorosa del torero herido—. «¿Qué ha pasado, Finito, chico, cómo te ha podido ocurrir esto?» «No es nada, mujer. Nada, Pilar. No debería haber pasado. Lo maté muy bien. Nadie lo habría hecho mejor. Y, después de matarlo y de dejarlo bien muerto, me alejé con mucha torería cuando estaba a punto de doblar y caer redondo, le di la espalda y me arreó una cornada entre las nalgas que me ha llegado al hígado.» —Se echó a reír abandonando la imitación de aquel torero casi afeminado y volvió a hablar con voz tonante—. ¡Tú y tu seguridad! ¿Crees que viví nueve años con tres de los toreros peor pagados del mundo sin aprenderlo todo de la seguridad y el miedo? A mí no me vengas con tu seguridad. Y tú... ¡Cuántas ilusiones deposité en ti y qué mal me las has pagado! Después de un año de guerra te has convertido en un borracho cobarde y perezoso.

—No tienes derecho a hablarme así —replicó Pablo—. Y menos delante de los demás y en presencia de un extranjero.

—Pues así es como te hablo —prosiguió ella—. ¿Es que no me has oído? ¿Acaso crees que sigues siendo el jefe?

—Sí. Lo soy.

—Ni de broma —dijo la mujer—. Ahora el jefe soy yo. ¿No has oído a la gente? La única que manda aquí soy yo. Si quieres puedes quedarte, compartir nuestra comida y nuestro vino, pero no mucho, y también trabajar como los demás. Pero más vale que te quede claro que quien manda aquí soy yo.

—Debería pegaros un tiro a ti y al extranjero —murmuró hoscamente.

—Inténtalo y verás lo que pasa.

—Una taza de agua para mí —dijo Robert Jordan sin quitarle la vista de encima y observando a la mujer que blandía orgullosa y confiada el cucharón como si fuese una vara de mando.

—María —gritó, y cuando la chica entró por la puerta, dijo—: Agua para el camarada.

Robert Jordan sacó la petaca y al hacerlo desabrochó la cartuchera y se la puso sobre el muslo. Se volvió a servir absenta en su taza, cogió la que le había llevado la joven y empezó a verter poco a poco el licor en ella. La chica se quedó a su lado observándolo.

—Fuera —dijo la mujer de Pablo haciendo un gesto con el cucharón.

—Fuera hace frío —respondió la muchacha con la mejilla junto a la de Robert Jordan y observando cómo se enturbiaba el agua con el licor.

—Puede ser. Pero aquí los ánimos están demasiado caldeados. —Luego añadió en tono más amable—: Es solo un momento.

La chica movió la cabeza y salió.

Robert Jordan se dijo que Pablo no aguantaría mucho más. Cogió la taza con una mano y puso la otra sin ningún disimulo sobre la pistola. Había soltado el seguro y notó el borde de la culata gastada y rozó la fría y redondeada guarda del gatillo. Pablo había dejado de prestarle atención y solo miraba a la mujer.

—Óyeme bien, borracho. ¿Te ha quedado claro quién está al mando?

—Yo.

—No. Escucha. Quítate la cera de esas orejas peludas y óyeme bien. Aquí solo mando yo.

Pablo la miró con gesto inescrutable. Después de observarla atentamente, desvió la mirada hacia Robert Jordan. Lo observó con aire contemplativo y por fin volvió a mirar a la mujer.

—Muy bien. Tú mandas —dijo—. Y, si quieres, también puede mandar él. Por mí podéis iros los dos al infierno. —La miraba a la cara sin dejarse dominar ni impresionar por ella—. Tal vez tengas razón y sea perezoso y beba más de la cuenta. Si quieres puedes pensar también que soy un cobarde, pero en eso te equivocas. No soy estúpido. —Hizo una pausa—. Espero que te guste estar al mando. Y si además de jefe eres una mujer, deberíamos cenar algo.

—María —gritó la mujer de Pablo. La chica asomó la cabeza por la entrada de la cueva—. Entra y sirve la cena.

María entró, fue a la mesita que había junto al fuego, cogió los cuencos esmaltados y los dejó sobre la mesa.

—Hay vino suficiente para todos —le dijo la mujer de Pablo a Robert Jordan—. No hagas caso de lo que dice ese borracho. Y cuando se acabe traeremos más. Termínate esa cosa tan rara y bebe una taza de vino.

Robert Jordan apuró la absenta y sintió sus cálidos vapores y aquel calor que producía cambios químicos y pasó la taza para que le sirvieran el vino. La chica la llenó y sonrió.

—Bueno, ¿has visto el puente? —preguntó el gitano. Los demás, que no habían abierto la boca desde que cambiaran sus lealtades se inclinaron para escuchar.

—Sí —dijo Robert Jordan—. Será fácil. ¿Queréis que os lo explique?

—Sí, hombre. Nos interesa mucho.

Robert Jordan sacó el cuaderno del bolsillo de la camisa y les mostró sus apuntes.

—Mirad cómo se parece —dijo el hombre de la cara chata, que se llamaba Primitivo—. Es clavado al puente.

Con la punta del lápiz les explicó cómo deberían volar el puente y la razón para colocar allí las cargas.

—Qué cosa tan sencilla —exclamó el de la cicatriz, que se llamaba Andrés—. ¿Y cómo se hace para detonarlas?

Robert Jordan se lo explicó también y mientras lo hacía notó el brazo de la chica apoyándose sobre su hombro. La mujer de Pablo también le observaba. El único que no parecía interesado era Pablo, que siguió sentado con su taza de vino y volvió a sumergirla en el enorme cuenco que María había llenado con el odre que colgaba a la entrada de la cueva.

—¿Has hecho esto muchas veces? —le preguntó la chica en voz baja.

—Sí.

—¿Y podremos verlo?

—Sí. ¿Por qué no?

—Ya lo veréis —dijo Pablo desde el extremo de la mesa—. Ya lo creo que lo veréis.

—Cierra la boca —le espetó la mujer, presa de una rabia absurda e irracional al recordar lo que había leído en la mano esa misma tarde—. Cierra la boca, cobarde, pájaro de mal agüero, asesino…

—Muy bien. Ya me callo. Eres tú quien manda aquí y tenéis que seguir viendo esos dibujitos. Pero no olvides que no soy idiota.

La mujer de Pablo notó cómo su ira se transformaba en pesar por todas aquellas esperanzas y promesas frustradas. Conocía aquella sensación desde niña y lo que la motivaba. Notó cómo la embargaba de pronto y la apartó para que no le afectara a ella ni a la República, luego dijo:

—Comamos. María, sirve los platos.

5

Robert Jordan apartó a un lado la manta de caballerías que tapaba la entrada de la cueva, salió y respiró una bocanada del frío aire nocturno. La niebla había desaparecido y se veían las estrellas. No hacía viento, y lejos del aire tibio de la cueva, cargado de humo de tabaco y carbón, del olor a arroz hervido, carne, azafrán, pimientos y aceite, del olor alquitranoso del enorme odre de vino que habían colgado del cuello junto a la puerta con las patas extendidas y una espita en una de ellas por donde se sacaba el líquido que goteaba un poco sobre el suelo y se mezclaba con el olor a tierra; lejos de los olores de las hierbas cuyos nombres ignoraba y que colgaban en manojos del techo junto a las largas ristras de ajos; lejos del aroma metálico del vino y los ajos, el sudor de hombre y de caballo de la ropa (gris y acre el del hombre y dulce y mareante la espuma del sudor de caballo) de los que estaban sentados a la mesa, Robert Jordan aspiró profundamente el frío aire nocturno de las montañas que olía a pino y al rocío que humedecía la hierba del prado junto al arroyo. Desde que cesara el viento no había parado de caer rocío, que a la mañana siguiente se convertiría en escarcha.

Respiró profundamente y escuchó los sonidos nocturnos, primero unos disparos a lo lejos y luego el ulular de un búho en el bosque que había más abajo, donde estaba el cercado de los caballos. Dentro de la cueva oyó al gitano que empezaba a cantar y unos suaves acordes de guitarra.

Una herencia me dejó mi padre

la voz artificialmente endurecida se alzó áspera y dejó colgada una nota. Luego prosiguió:

fueron el sol y la luna
y aunque vague por el mundo entero
nunca la habré de gastar.

La guitarra sonó al compás de unas palmas.

—Muy bien —dijo alguien—. Canta la del catalán, gitano.

—No.

—Sí, sí. El catalán.

—Está bien —accedió el gitano y cantó en tono lastimero:

Tengo la nariz chata,
la cara negra
pero aun así soy un hombre.

—¡Olé! —gritó alguien—. ¡Sigue, gitano!

La voz del gitano se alzó trágica y burlona.

Gracias a Dios que soy negro
y que no soy catalán.

—Haces mucho ruido —dijo la voz de Pablo—. Calla ya, gitano.

—Sí —coincidió la voz de la mujer—. Haces mucho ruido. Podrías atraer a la guardia civil con esa voz. Y además ni siquiera cantas bien.

—Me sé otra canción —respondió el gitano y empezó a tocar la guitarra.

—Guárdatela para mejor ocasión —dijo la mujer.

La guitarra enmudeció.

—Esta noche no tengo bien la voz. Así que no pasa nada —dijo el gitano y, apartando la manta a un lado, salió a la oscuridad.

Robert Jordan vio que iba en dirección a un árbol y luego hacia donde él estaba.

—Roberto —dijo el gitano en voz baja.

—Sí, Rafael —respondió. Supo por su voz que el vino le había hecho efecto. Él se había bebido las dos absentas y un poco de vino, pero tenía la cabeza despejada y fría por la tensión del enfrentamiento con Pablo.

—¿Por qué no has matado a Pablo? —preguntó en voz muy baja.

—¿Y por qué iba a matarlo?

—Antes o después tendrás que hacerlo. ¿Es que no te ha parecido un buen momento?

—¿Hablas en serio?

—¿Y qué supones que esperaban todos? ¿Por qué crees que la mujer mandó salir a la chica? ¿Acaso crees posible seguir después de lo sucedido?

—Pensé que lo mataríais vosotros.

—¡Qué va! —dijo en voz baja el gitano—. Eso es cosa tuya. Tres o cuatro veces hemos esperado que lo mataras. Pablo no tiene amigos.

—Pensé hacerlo. Pero lo descarté.

—Todos lo notaron. Todos han visto tus preparativos. ¿Por qué no lo has hecho?

—Pensé que podía ofender a los demás o a la mujer.

—¡Qué va! La mujer estaba esperándolo igual que una puta espera pescar a un pez gordo. Eres más ingenuo de lo que aparentas.

—Es posible.

—Mátalo ahora —le instó el gitano.

—Eso es asesinar.

—Mejor aún —insistió el otro en voz baja—. Menos peligroso. Ve ahora. Mátalo.

—Así no puedo. Me repugna y no es manera de actuar por la causa.

—Pues entonces provócale. Pero tienes que matarle. No te queda más remedio.

Mientras hablaban el búho voló entre los árboles con toda la suavidad del silencio, se abatió sobre el suelo y luego se alzó agitando rápidamente las alas, pero sin que sus plumas hicieran el menor ruido mientras cazaba.

—Míralo —dijo el gitano en la oscuridad—. Así deberían moverse los hombres.

—De día está ciego en un árbol rodeado de cuervos.

—Pocas veces. Solo cuando tiene mala suerte. Mátalo —repitió—. No dejes que nos cause más problemas.

—Ya se ha pasado el momento.

—Provócale —insistió el otro—. O aprovecha que ahora está desprevenido.

La manta que cerraba la entrada de la cueva se abrió y salió luz del interior. Alguien se acercó a ellos.

—Hermosa noche —dijo el hombre con una voz grave y monótona—. Mañana hará buen tiempo.

Era Pablo.

Estaba fumando uno de los cigarrillos rusos y el resplandor iluminaba su rostro redondo cada vez que inspiraba el humo. Su cuerpo fornido y de brazos largos se recortaba a la luz de las estrellas.

—No hagas el menor caso a la mujer —le dijo a Robert Jordan. El cigarrillo brillaba en la oscuridad y descendía cuando bajaba la mano—. A veces es un poco difícil. Es una buena mujer. Muy leal a la República. —La brasa del cigarrillo se movía cuando hablaba. Robert Jordan pensó que debía de estar hablando con él en la comisura de los labios—. Conmigo no tendrás problema. Estamos de acuerdo. Me alegra que hayas venido. Y ahora disculpa. Tengo que ir a comprobar si han atado bien a los caballos.

Se internó entre los árboles en dirección a la linde del prado y oyeron a un caballo relinchando más abajo.

—¿Lo ves? —exclamó el gitano—. ¿Ves lo que decía? Ha vuelto a escaparse otra vez. —Robert Jordan no dijo nada—. Me voy abajo —dijo enfadado Rafael.

—¿Vas a hacer algo?

—¡Qué va! Pero al menos puedo procurar que no escape.

—¿Puede huir a caballo por ahí?

—No.

—Entonces ve a donde puedas impedírselo.

—Agustín está ahí.

—Pues ve a hablar con Agustín. Cuéntale lo que ha pasado.

—Agustín lo despacharía de buena gana.

—Menos mal. Ve y cuéntale lo sucedido.

—¿Y luego?

—Iré al prado a ver qué pasa.

—Bueno, hombre, bueno. —Aunque Robert Jordan no podía verle la cara en la oscuridad, notó que estaba sonriendo—. Ya iba siendo hora de que te apretaras los machos —dijo el gitano con aprobación.

—Ve a ver a Agustín.

—Sí, Roberto, sí.

Robert Jordan se internó entre los pinos, yendo a tientas de árbol en árbol hasta la linde del prado. Allí, donde la oscuridad era menos densa por el resplandor de las estrellas, vio las negras siluetas de los caballos del cercado. Los contó mientras se movían entre él y el torrente. Había cinco. Luego se sentó al pie de un pino y miró al otro lado del prado.

Estoy cansado, se dijo, y es posible que no tenga la cabeza clara. Sin embargo, mi obligación es volar el puente y no debo correr riesgos inútiles hasta haber cumplido esa misión. Claro que hasta ahora he dejado que las cosas sigan su curso y a veces es más arriesgado no aprovechar las ocasiones cuando se presentan. Si es cierto lo que ha dicho el gitano y todos esperaban que matase a Pablo, tal vez debería haberlo hecho. Pero no he tenido esa impresión. No es bueno que un forastero mate a nadie si luego tiene que colaborar con la gente. En plena acción puede y debe hacerse si hay suficiente disciplina, pero en este caso habría sido un mal asunto, aunque ha sido una tentación y parecía el camino más fácil. No obstante, en este país no hay nada fácil y, aunque confío plenamente en la mujer, no podía estar seguro de cómo reaccionaría ante algo tan brutal. La muerte de alguien en un sitio así puede ser desagradable, sucia y repugnante. Era imposible prever su reacción. Sin la mujer no habría organización ni disciplina y con ella las cosas podían ir bien. Lo ideal sería que lo matara ella, o que lo hiciera el gitano (aunque no lo haría) o aquel centinela, Agustín. Anselmo lo haría si se lo pidiera, aunque según dice no le gusta matar. Está claro que confía en mí y que me tiene por un representante de aquello en lo que cree, y también que odia a Pablo. Por lo que he visto, solo él y la mujer creen de verdad en la República, pero es demasiado pronto para saberlo.

Cuando sus ojos se acostumbraron a la tenue luz de las estrellas vio a Pablo de pie junto a uno de los caballos. El caballo había dejado de pastar y levantado la cabeza, luego la bajó con impaciencia. Pablo se inclinaba contra él, moviéndose y dándole palmadas en el cuello al animal mientras tiraba de la cuerda. Al caballo le impacientaban aquellas caricias mientras comía. Robert Jordan no veía lo que estaba haciendo el otro, ni oía lo que decía, pero comprendió que no estaba desatándolo ni ensillándolo. Se quedó observándole y tratando de pensar con claridad.

—Hola, caballo —le estaba diciendo Pablo al caballo en la oscuridad, sus palabras iban dirigidas al gran semental bayo—. Con esa cara tan blanca y tan bonita y el cuello arqueado como el viaducto de mi pueblo… —Se interrumpió—. Aunque mucho más bonito… —El caballo mordisqueaba la hierba y movía la cabeza de lado a lado, molesto por el hombre y su charla—. Tú no eres una mujer ni un idiota… Tú, tú… eres un buen caballo. No eres una mujer como un carbón ardiente. Ni una potranca con el pelo corto que se mueve como si estuviera sin destetar. Tú no insultas, ni mientes, ni te niegas a entender. Eres un caballo muy bueno…

Habría sido muy interesante para Robert Jordan haber oído a Pablo hablándole al caballo pero no lo hizo porque, convencido de que Pablo había ido solo a ver los caballos y tras decidir que no era conveniente matarlo de momento, se puso en pie y volvió a la cueva. Pablo se quedó en el prado un buen rato hablándole al caballo. El animal no entendía lo que le decía; solo, por su tono de voz, que eran palabras cariñosas. Había pasado todo el día en el cercado, tenía hambre y mordisqueaba la hierba hasta donde daba de sí la cuerda y el hombre le molestaba. Pablo cambió la estaca de sitio y siguió junto al caballo sin decir nada. El animal continuó pastando aliviado de que el hombre hubiese dejado de molestarle.

6

Una vez dentro de la cueva, Robert Jordan se sentó junto al fuego en uno de los taburetes de cuero sin curtir escuchando a la mujer. Esta estaba fregando los platos mientras la chica, María, la ayudaba a secarlos y a recogerlos y se arrodillaba para dejarlos en un hueco excavado en la pared a modo de estante.

—¡Qué raro que no haya venido el Sordo! —dijo—. Debería haber llegado hace una hora.

—¿Le mandó usted llamar?

—No. Viene cada noche.

—A lo mejor está haciendo algo, algún trabajo.

—Es posible. Si no viene tendremos que ir nosotros a verle mañana.

—Sí. ¿Está muy lejos de aquí?

—No. Será un buen paseo. Me hace falta hacer ejercicio.

—¿Puedo ir yo también? —preguntó María— ¿Puedo ir yo también, Pilar?

—Sí, hermosa —dijo la mujer volviendo hacia ella su rostro rollizo—. ¿A que es guapa? —le preguntó a Robert Jordan—. ¿A ti qué te parece? ¿Un poco flaca?

—A mí me parece muy bien —respondió él. María le llenó la taza de vino.

—Bebe y aún te pareceré mejor. Tendrás que beber mucho si quieres que te parezca guapa.

—En ese caso más vale que lo deje. Porque ya me pareces más que guapa.

—Así se habla —exclamó la mujer—. Así hablan los buenos. ¿Qué más te parece?

—Inteligente —respondió él sin demasiada convicción. María soltó una risita y la mujer movió tristemente la cabeza.

—Qué bien había empezado y qué mal termina, don Roberto.

—No me llames don Roberto.

—Es en broma. Aquí decimos don Pablo o señorita María en broma.

—No me gustan esas bromas. En mi opinión, en esta guerra deberíamos llamarnos todos camarada. La corrupción empieza con bromas así.

—Te tomas la política muy en serio —se burló la mujer—. ¿Nunca bromeas?

—Sí. Me gustan las bromas, pero no sobre la forma de dirigirse a los demás. Es como la bandera.

—Pues yo no tengo inconveniente en bromear con las banderas. Con todas —rió la mujer—. Creo que uno puede reírse de cualquier cosa. A la vieja bandera roja y gualda la llamábamos pus y sangre. Y a la de la República, que además lleva morado, la llamamos, sangre, pus y permanganato. Y es en broma.

—Es comunista —dijo María—. Son gente muy seria.

—¿Eres comunista?

—No, lo que soy es antifascista.

—¿Desde hace mucho?

—Desde que comprendí lo que pretendía el fascismo.

—¿Cuándo fue eso?

—Hace casi diez años.

—No es mucho —dijo la mujer—. Yo hace veinte que soy republicana.

—Mi padre fue republicano toda su vida —explicó María—. Por eso lo fusilaron.

—Mi padre también lo fue. Y mi abuelo —dijo Robert Jordan.

—¿En qué país?

—En Estados Unidos.

—¿Los mataron? —preguntó la mujer.

—¡Vamos, anda! —exclamó María—. Estados Unidos es un país de republicanos. Allí no te fusilan por serlo.

—De todos modos es bueno tener un abuelo que era republicano —objetó la mujer—. De casta le viene al galgo.

—Mi abuelo pertenecía al Comité Nacional Republicano —dijo Robert Jordan. Eso impresionó incluso a María.

—¿Y tu padre sigue activo en la República? —preguntó Pilar.

—No. Está muerto.

—¿Se puede saber cómo murió?

—Se pegó un tiro.

—¿Para que no lo torturaran?

—Sí. Para que no lo torturaran.

María lo miró con lágrimas en los ojos.

—Mi padre no pudo conseguir ningún arma. No sabes cuánto me alegro de que el tuyo pudiera conseguirla.

—Sí. Tuvo mucha suerte. ¿Podemos hablar de otra cosa?

—Entonces tú y yo somos iguales —dijo María. Le puso la mano en el brazo y lo miró a la cara. Él observó su rostro moreno y la miró a los ojos, que la primera vez no le habían parecido tan jóvenes como el resto de su cara, pero ahora parecían de pronto ansiosos, jóvenes y anhelantes.

—Por vuestro aspecto podríais ser hermanos —afirmó la mujer—. Pero creo que más vale que no lo seáis.

—Ahora entiendo por qué me sentía así —dijo María—. Ahora lo tengo claro.

—¡Qué va! —exclamó Robert Jordan, y le pasó la mano por el pelo. Llevaba queriendo hacerlo todo el día y ahora que lo había hecho sintió un nudo en la garganta. Ella movió la cabeza y le sonrió y él notó la dura y sedosa aspereza de la cabeza afeitada entre sus dedos. Luego su mano llegó a la nuca y se detuvo.

—Hazlo otra vez —dijo ella—. Me apetecía que lo hicieras.

—Después —respondió Robert Jordan con voz entrecortada.

—¿Y yo? —exclamó la mujer de Pablo con voz tonante—. ¿Es que tengo que ver esto sin emocionarme? Es imposible. A falta de algo mejor tendré que contentarme con Pablo.

María no la miró ni a ella ni a los demás que estaban jugando a las cartas en la mesa a la luz de una vela.

—¿Quieres otra taza de vino, Roberto? —preguntó.

—Sí. ¿Por qué no?

—¿Te vas a llevar un borracho como yo? —dijo la mujer de Pablo—. Con esa bebida tan rara y demás. Escúchame, inglés.

—No soy inglés, sino norteamericano.

—Pues escúchame bien, norteamericano. ¿Dónde piensas dormir?

—Fuera. Tengo un saco de dormir.

—Muy bien. ¿Hace una noche despejada?

—Será fría.

—Fuera entonces. Duerme fuera. Y deja tus cosas conmigo.

—De acuerdo. Déjanos solos un momento —le dijo Robert Jordan a la chica poniéndole la mano en el hombro.

—¿Por qué?

—Quiero hablar con Pilar.

—¿Tengo que irme?

—Sí.

—¿Qué ocurre? —preguntó la mujer de Pablo cuando la chica llegó a la puerta de la cueva y se quedó junto al enorme odre de vino mirando a los demás jugar a las cartas.

—El gitano dice que debería haber... —empezó.

—No —le interrumpió la mujer—. Se equivoca.

—Si es necesario que yo… —continuó Robert Jordan en voz baja y con dificultad.

—Sé que lo habrías hecho —dijo ella—. No, no era necesario. Te estuve observando. Pero juzgaste bien.

—Pero si llega a ser necesario…

—No —dijo la mujer—. Te digo que no lo es. Ese gitano no tiene nada en la cabeza.

—Pero un hombre que se siente débil puede ser muy peligroso.

—No. No lo entiendes. Ese ya ha dejado de ser peligroso.

—No lo entiendo.

—Aún eres muy joven. Ya lo entenderás. —Luego llamó a la chica—. Ven, María. Ya hemos terminado de charlar.

La chica volvió a donde estaban, y Robert Jordan alargó el brazo y le acarició la cabeza. Ella se restregó contra su mano como un gatito. Por un momento él creyó que iba a echarse a llorar. Pero frunció los labios, lo miró y sonrió.

—Será mejor que te vayas a la cama —le dijo la mujer a Robert Jordan—. Ha sido un día muy largo.

—Bueno —respondió Jordan—. Iré a por mis cosas.

7

Se había quedado adormilado en el saco y tenía la sensación de llevar mucho rato dormido. Lo había tendido en el suelo del bosque al resguardo de unas rocas que había cerca de la entrada de la cueva, se había vuelto de lado, había rodado sobre la pistola que se había atado con un acollador a la muñeca y se había metido en el saco con los hombros y la espalda tan fatigados, las piernas tan cansadas y los músculos tan tensos que el suelo le pareció blando y desperezarse en el saco contra el forro de franela un acto casi voluptuoso. Al despertar no supo dónde se encontraba, lo recordó, se quitó la pistola de debajo y volvió a desperezarse, dispuesto a conciliar otra vez el sueño con la mano en la almohada que había hecho enrollando cuidadosamente la ropa en torno a sus alpargatas. Pasó el otro brazo por debajo de la almohada.

De pronto notó su mano en el hombro y se volvió rápidamente, empuñando la pistola dentro del saco.

—¡Ah, eres tú! —exclamó, soltó la pistola, sacó los brazos y la abrazó. Al hacerlo notó que estaba tiritando—. Vamos métete en el saco, que hace frío.

—No. No debo.

—Métete. Ya lo discutiremos después. —Estaba tiritando y él la cogió de la muñeca y la sujetó con el otro brazo. La chica había apartado la cabeza—. Métete, conejito —dijo, y la besó en la nuca.

—Tengo miedo.

—No. No tengas miedo. Métete.

—¿Cómo?

—Métete sin más. Hay sitio de sobra. ¿Quieres que te ayude?

—No —respondió la joven metiéndose en el saco, él la abrazó y trató de besarla en los labios y ella apretó la cara contra la almohada de ropa pero sin dejar de abrazarle. Luego aflojó los brazos y volvió a echarse a temblar.

—No —dijo él riéndose—. No tengas miedo. Es la pistola.

Cogió el arma y se la puso a la espalda.

—Me da vergüenza —dijo apartando la cara.

—No. No hay por qué. Vamos, ven.

—No. No debo. Me da vergüenza y estoy asustada.

—No, conejito, por favor.

—No debo si tú no me quieres.

—Te quiero.

—Y yo a ti. ¡Oh, te quiero! Ponme la mano en la cabeza —le dijo con el rostro apoyado en la almohada. Él le puso la mano en la cabeza y se la acarició, y de pronto ella se apartó de la almohada y se echó en sus brazos, muy cerca de él, apretando la cara contra la suya y llorando.

La sujetó a su lado, sintiendo su cuerpo joven, le acarició la cabeza, besó la sal húmeda de sus ojos y mientras la chica lloraba él notó los pechos firmes y redondeados rozándole la camisa.

—No sé besar —dijo—. No sé cómo se hace.

—No hay por qué besarse.

—Sí. Quiero besarte. Quiero hacerlo todo.

—No hay necesidad de hacer nada. Estamos bien así. Pero llevas demasiada ropa.

—¿Qué hago?

—Te ayudaré.

—¿Mejor así?

—Sí. Mucho mejor. ¿No te parece?

—Sí. Mucho mejor. ¿Podré irme contigo como dijo Pilar?

—Sí.

—Pero no a un hospicio. Contigo.

—No, a un hospicio.

—No. No. No. Contigo, seré tu mujer.

Siguieron allí tumbados y todo lo que había estado tapado ahora estaba destapado. La aspereza del tejido había sido reemplazada por una suavidad firme y redondeada y una fría tibieza, fría por fuera y cálida por dentro, larga, ligera, próxima, solitaria, contorneada, feliz, joven y encantadora, y a Robert Jordan aquella cálida suavidad solitaria le encogió el pecho de un modo que casi no pudo resistirlo y preguntó:

—¿Has querido a otros?

—No. —De pronto se quedó sin fuerzas entre sus brazos—. Pero me hicieron cosas.

—¿Quiénes?

—Varios. —Se había quedado totalmente inmóvil y había vuelto a apartar la cabeza—. Ahora ya no me querrás.

—Te quiero.

Pero algo le había ocurrido y ella lo notó.

—No —dijo ella, y su voz sonó hueca y triste—. Ya no me querrás. Aunque puede que me lleves al hospicio. Iré allí y no seré tu mujer ni nada.

—Te quiero, María.

—No. No es verdad —dijo ella. Luego añadió penosamente y sin esperanzas—: Pero no he besado nunca a ningún hombre.

—Pues hazlo ahora.

—Quería…, pero no sé cómo. Cuando me hicieron aquello, luché hasta perder el sentido. Luché hasta…, hasta que uno se me sentó en la cabeza… y le mordí…, y entonces me amordazaron y me sujetaron las manos detrás de la cabeza… y los otros me hicieron aquello.

—Te quiero, María. Nadie te ha hecho nada. No pueden tocarte. Nadie te ha tocado, conejito.

—¿De verdad lo crees?

—Lo sé.

—¿Y podrás quererme? —Volvió a apretarse contra él.

—Puedo quererte más.

—Intentaré besarte muy bien.

—Bésame un poco.

—No sé cómo se hace.

—Tú bésame.

Le besó en la mejilla.

—No.

—¿Dónde se pone la nariz? Siempre he querido saber dónde se ponía la nariz.

—Mira, inclina la cabeza. —Y sus bocas se unieron, ella se apretó contra él y su boca se abrió poco a poco y de pronto, al abrazarla, él se sintió más feliz que nunca, una felicidad etérea, enamorada, exultante y despreocupada, sintió tan solo una enorme sensación de alegría y dijo—: Cariño, mi amor, mi amor...

—¿Qué has dicho? —dijo ella como desde una enorme distancia.

—Mi amor. —Siguieron allí tumbados y él notó su corazón latiendo contra el suyo y la acarició suavemente con el pie—. Has venido descalza.

—Sí.

—Entonces es que sabías que ibas a acostarte conmigo.

—Sí.

—Y no tenías miedo.

—Sí. Mucho. Pero aún me daba más miedo pensar cómo sería quitarme los zapatos.

—¿Y qué hora es? ¿Lo sabes?

—No. ¿No tienes reloj?

—Sí. Pero está detrás de ti.

—Pues quítalo de ahí.

—No.

—Pues mira por encima de mi hombro. —Era la una. La esfera brillaba en la oscuridad del saco de dormir—. Me pinchas en el hombro con la barbilla.

—Lo siento. No tengo nada para afeitarme.

—Me gusta. ¿Tienes la barba rubia?

—Sí.

—¿Y crecerá mucho?

—Antes del puente no. María, escucha. ¿Quieres...?

—¿Que si quiero qué?

—¿Quieres?

—Sí. Todo. Por favor. Y, si lo hacemos todo, a lo mejor será como si lo otro no hubiera pasado.

—¿Se te ha ocurrido a ti eso?

—No. Pero Pilar me lo dijo.

—Es muy lista, esa Pilar.

—Y otra cosa —dijo María en voz baja—. Me advirtió que te dijera que no estoy enferma. Ella entiende de esas cosas y me dijo que te lo dijera.

—¿Te pidió que me lo dijeras?

—Sí. Hablé con ella y le conté que te quiero. Te quise al verte hoy y te he querido siempre aunque no te hubiese visto hasta hoy; se lo dije a Pilar y me aconsejó que, si alguna vez te lo contaba todo, te dijera que no estaba enferma. Lo otro me lo dijo hace mucho. Poco después de lo del puente.

—¿Qué te dijo?

—Que a nadie se le puede hacer nada si no lo acepta y que, si alguna vez amaba a alguien, lo olvidaría todo. Quería morirme, ¿sabes?

—Lo que te dijo es cierto.

—Y ahora me alegro de no haber muerto. No sabes cuánto me alegro de no haber muerto. ¿De verdad podrás quererme?

—Sí. Te quiero ahora.

—¿Y puedo ser tu mujer?

—Dedicándome a lo que me dedico no puedo tener una mujer. Pero ahora lo eres.

—Si lo soy una vez, seguiré siéndolo. ¿Soy tu mujer ahora?

—Sí, María. Sí, mi conejito.

Se abrazó con fuerza a él y sus labios buscaron los suyos, los encontraron y ambos se unieron, y él la sintió fresca, suave, joven y encantadora, con esa frialdad ardiente e increíble del saco de dormir que le resultaba tan familiar como su ropa, sus zapatos o su deber, y entonces ella le dijo asustada:

—Hagamos lo que haya que hacer para borrar lo otro.

—¿Quieres?

—Sí —respondió ella casi brutalmente—. Sí, sí, sí.

8

La noche era fría y Robert Jordan durmió profundamente. Una vez se despertó y, al desperezarse, vio a la chica acurrucada y, respirando con regularidad. Metió la cabeza en el cálido saco de dormir para huir del frío que le helaba la nariz bajo el cielo gélido y cuajado de estrellas, y la besó en el hombro. La chica no se despertó y él se dio la vuelta, volvió a sacar la cabeza del saco, se quedó despierto un momento, sintiendo la fatiga acumulada y luego la felicidad táctil de sus cuerpos al rozarse, después metió las piernas hasta el fondo y se sumió en el sueño.

Se despertó al rayar el día y vio que la chica había desaparecido. Se dio cuenta nada más despertar, al alargar el brazo y notar el saco caliente donde ella había estado. Miró hacia la entrada de la cueva donde estaba la manta con el borde cubierto de escarcha y vio las finas volutas de humo gris saliendo por las grietas entre la roca, lo que significaba que habían encendido el fuego de la cocina.

Un hombre salió de entre los árboles, con una manta sobre los hombros. Robert Jordan vio que era Pablo y que estaba fumando un cigarrillo y pensó que debía de haber ido a recoger a los caballos.

Pablo apartó la manta y entró en la cueva sin mirar a Robert Jordan.

Robert Jordan palpó la tenue capa de escarcha que cubría el gastado forro exterior de seda de camuflaje que protegía desde hacía cinco años el saco de dormir de plumas y luego volvió a meterse en él. Sintió la acostumbrada caricia del interior de franela al estirar las piernas y al volverse en dirección al lugar por donde sabía que saldría el sol se dijo: Bueno, qué más da, ya puestos puedo dormir un poco más.

Durmió hasta que le despertó el ruido del motor de unos aviones.

Tumbado de espaldas los vio pasar: una patrulla fascista de tres Fiat, minúsculos, brillantes y veloces, cruzó el cielo de las montañas hacia donde Anselmo y él habían estado el día anterior. Pasaron esos tres y luego llegaron nueve más, volando mucho más alto en diminuta formación de tres, tres y tres.

Pablo y el gitano observaban el cielo al amparo de la puerta de la cueva y, mientras Robert Jordan yacía inmóvil en el suelo y en lo alto resonaba el rugido de los motores, se oyó un nuevo zumbido y otros tres aviones pasaron volando a menos de mil pies por encima del claro. Esta vez eran bombarderos bimotores Heinkel 111.

Robert Jordan, a resguardo de las rocas, sabía que no podían verlo y que, en cualquier caso, carecía de importancia que lo hicieran. Tal vez pudiesen ver los caballos si es que iban buscando algo. De lo contrario, podía ser que los vieran pero sin duda los tomarían por su propia caballería. Luego volvió a oírse un zumbido y aparecieron otros tres Heinkel 111 volando todavía más bajo en formación rígida, atronándolo todo con un rugido que fue en crescendo hasta convertirse en un ruido ensordecedor que disminuyó a medida que se alejaron del claro.

Robert Jordan desenrolló el lío de ropa que le había servido de almohada y sacó la camisa. Estaba pasándosela por la cabeza cuando oyó acercarse más aviones, se puso los pantalones dentro del saco y se quedó quieto mientras pasaban otros tres bombarderos bimotores Heinkel. Antes de que desaparecieran detrás de la montaña, se había abrochado la pistola, había enrollado el saco de dormir, lo había dejado apoyado contra las rocas y se había sentado a atarse las alpargatas; entonces el zumbido se convirtió en un estruendo aún más ensordecedor y otros nueve bombarderos ligeros Heinkel llegaron en oleadas, rasgando el cielo a su paso.

Robert Jordan se escabulló entre las rocas hasta la boca de la cueva donde uno de los hermanos, Pablo, el gitano, Anselmo, Agustín y la mujer estaban en la puerta mirando.

—¿Alguna vez habían pasado tantos aviones? —preguntó.

—Nunca —respondió Pablo—. Entra. Te verán.

El sol todavía no iluminaba la entrada de la cueva. Ahora brillaba sobre el prado junto al torrente y Robert Jordan sabía que no podían verlos entre las sombras oscuras de los árboles y las rocas, pero entró en la cueva para no ponerlos nerviosos.

—Son muchos —dijo la mujer.

—Y serán más —respondió Robert Jordan.

—¿Cómo lo sabes? —preguntó con suspicacia Pablo.

—Esos que acaban de pasar llevarán cazas detrás.

Justo entonces oyeron su agudo zumbido cuando pasaron a unos cinco mil pies de altura; Robert Jordan contó quince Fiat en formación en grupos de tres, como una bandada de gansos en forma de uve.

En la entrada de la cueva todo eran caras largas y Robert Jordan dijo:

—¿Nunca habíais visto tantos aviones?

—Nunca —respondió Pablo.

—¿No hay muchos en Segovia?

—Nunca los ha habido, a menudo hemos visto tres. A veces seis cazas. Tal vez tres Junkers, los trimotores grandes con los cazas. Pero nunca tantos como ahora.

Robert Jordan se dijo que era un mal asunto. Muy malo. Semejante concentración de aviones no podía significar nada bueno. Tendría que averiguar dónde soltaban las bombas. Pero no, las tropas para la ofensiva no habrían llegado todavía. No llegarían hasta esa noche o la siguiente. Sin duda no las habrían movilizado tan pronto.

Todavía se oía el zumbido a lo lejos. Miró su reloj. A estas alturas ya debían de haber llegado a las líneas, al menos los primeros. Apretó el botón que ponía en movimiento la segunda manecilla y observó cómo se movía. Tal vez no habrían llegado aún. Ahora. Sí. Ya las habrían pasado. Los 111 volaban a cuatrocientos kilómetros por hora. En cinco minutos estarían allí. A esas alturas habrían pasado el puerto y estarían sobrevolando Castilla, tostada y amarillenta a la luz de la mañana, surcada de blancos caminos y salpicada de pueblecitos, la sombra de los Heinkel se movería sobre aquellas tierras igual que las sombras de los tiburones sobre un banco de arena en el océano.

No se oyó el retumbar de las bombas. El reloj seguía avanzando.

Calculó que irían a Colmenar, a El Escorial o al aeródromo de Manzanares el Real, con el viejo castillo sobre el lago, los patos entre los juncos y la falsa pista de aterrizaje justo detrás de la verdadera, con los aviones de pega parcialmente escondidos y las hélices girando al viento. Tenían que ir ahí. No podían haberse enterado de lo de la ofensiva, aunque ¿por qué no? Se habían enterado de todas las demás.

—¿Crees que han visto los caballos? —preguntó Pablo.

—Esos no iban buscando caballos —respondió Robert Jordan.

—Pero ¿los habrán visto?

—No, a no ser que les hubieran pedido que los buscasen.

—¿Estaban a la vista?

—Probablemente no. A menos que el sol iluminara ya los árboles.

—El sol les da desde muy temprano —dijo afligido Pablo.

—Creo que tenían otras cosas en las que pensar aparte de tus caballos.

Habían pasado ocho minutos desde que apretara el botón del cronómetro y todavía no se oía el ruido de las bombas.

—¿Qué haces con el reloj? —preguntó la mujer.

—Escucho para saber adónde han ido.

—¡Ah! —dijo.

A los diez minutos dejó de mirar el reloj, sabedor de que estarían demasiado lejos para oírlos, aunque descontara un minuto para oír el sonido, y le dijo a Anselmo:

—Quiero hablar contigo.

Anselmo salió de la cueva, se alejaron un poco de la entrada y se detuvieron junto a un pino.

—¿Qué tal? —le preguntó Robert Jordan—. ¿Cómo va todo?

—Bien.

—¿Has comido?

—No. No ha comido nadie.

—Pues come y coge algo para comer a mediodía. Quiero que subas a vigilar la carretera. Anota todo lo que pase por allí.

—No sé escribir.

—No hace falta. —Arrancó dos hojas de su cuaderno y cortó un trozo de lápiz con el cuchillo—. Llévate esto y haz una marca así cuando veas el primer tanque —dibujó el perfil de un tanque—, luego haz una marca por cada uno que veas y, cuando hayan pasado cuatro, marca el quinto tachando los otros cuatro.

—Nosotros también contamos así.

—Bien. Haz otra marca, dos ruedas y una caja para contar los camiones. Si están vacíos, haz un círculo. Si van llenos de soldados, haz una línea recta. Indica así los cañones. Los grandes así y los pequeños así. Apunta también los coches y las ambulancias. Así: dos ruedas y una caja con una cruz. Las tropas de infantería indícalas por compañías, así, ¿ves? Un cuadradito y una marca al lado. Y la caballería así, ¿lo ves? Igual que un caballo, una caja con cuatro patas. Eso es un escuadrón de veinte caballos. ¿Comprendes? Haz una marca por cada escuadrón.

—Sí. Es ingenioso.

—Veamos. —Dibujó dos ruedas grandes con círculos alrededor y una línea corta como un cañón—. Estos son los antitanques. Tienen neumáticos de goma. Márcalos así. Estos son los antiaéreos, dos ruedas con el cañón hacia arriba. Indícalos también. ¿Comprendes? ¿Has visto alguna vez esos cañones?

—Sí —dijo Anselmo—. Desde luego. Está muy claro.

—Llévate al gitano para que sepa dónde estás y pueda subir luego a relevarte. Escoge un sitio seguro, no demasiado cercano y desde donde puedas ver cómodamente. Quédate allí hasta que te releven.

—Entiendo.

—Bien. Así, cuando vuelvas, sabré lo que ha pasado por la carretera. Un papel es para lo que suba por la carretera y el otro para lo que baje. —Volvieron en dirección a la cueva—. Envíame a Rafael —dijo Robert Jordan deteniéndose junto a un árbol. Observó a Anselmo entrar en la cueva y vio caer la manta detrás de él. El gitano salió sin prisa limpiándose la boca con la mano.

—¿Qué tal? —dijo—. ¿Te divertiste mucho anoche?

—Dormí.

—Menos mal —respondió el otro con una sonrisa—. ¿Tienes un cigarrillo?

—Escucha —dijo Robert Jordan mientras se hurgaba el bolsillo en busca de cigarrillos—. Quiero que vayas con Anselmo a un sitio desde donde se pueda vigilar la carretera. Déjalo allí y acuérdate de dónde está para que puedas llevarme hasta él o guiar a quien tenga que relevarle. Después ve a algún sitio desde donde se divise el aserradero y apunta si hay algún cambio en el puesto de guardia.

—¿Qué cambios?

—¿Cuántos hombres hay ahora?

—Ocho, según conté la última vez.

—Fíjate en cuántos hay ahora y con qué frecuencia relevan a la guardia del puente.

—¿Frecuencia?

—Cuántas horas montan guardia y a qué hora se hace el cambio.

—No tengo reloj.

—Llévate el mío. —Se lo quitó de la muñeca.

—Menudo reloj —exclamó admirado Rafael—. Fíjate qué complicaciones. Un reloj así debería saber leer y escribir. Mira qué lío de números. Es un reloj que deja a los demás en ridículo.

—Deja de hacer el tonto con él —dijo Robert Jordan—. ¿Sabes leer la hora?

—Claro. Las doce, mediodía. Hambre. Las doce de la noche, sueño. Las seis de la mañana, hambre. Las seis de la tarde, borrachera. Si hay suerte. Las diez de la noche...

—Calla —le espetó Robert Jordan—. Déjate de payasadas. Quiero que compruebes la guardia en el puente grande y en la carretera de abajo, y también en el aserradero y en el puente pequeño.

—Es mucho trabajo —sonrió el gitano—. ¿Seguro que no quieres enviar a otro?

—No, Rafael. Es muy importante que tengas mucho cuidado y que no dejes que te descubran.

—Eso déjalo de mi cuenta. Pero ¿por qué lo dices? ¿Es que crees que quiero que me peguen un tiro?

—Tómatelo un poco más en serio. Esto es muy grave.

—¿Que me lo tome en serio? ¿Después de cómo actuaste anoche? ¿Cuando tenías que matar a un hombre y en lugar de eso hiciste lo que hiciste? Se suponía que tenías que matar a un hombre, no engendrar uno. ¿Cuando acabamos de ver el cielo cubierto de aviones suficientes para matarnos a todos, desde nuestros abuelos a los nietos no nacidos, sin dejar ni un gato, ni una cabra ni una chinche con vida? Unos aviones que hacían tanto ruido como para cuajar la leche en los pechos de tu madre, que oscurecían el cielo y que rugían como leones, ¿y me dices que me lo tome en serio? Te aseguro que ya lo hago.

—Muy bien —respondió Robert Jordan echándose a reír y poniéndole la mano en el hombro—. Pues entonces no te lo tomes demasiado en serio. Termina el desayuno y vete.

—¿Y tú? —preguntó el gitano—. ¿Qué vas a hacer?

—Iré a ver al Sordo.

—Después de lo de esos aviones no me extrañaría que no encontraras a nadie en toda la montaña. Más de uno debe de estar sudando tinta china.

—Esos tenían otras cosas que hacer que perseguir a unos cuantos guerrilleros.

—Sí —dijo el gitano. Luego movió la cabeza—. Pero cuando lo hagan…

—¡Qué va! —dijo Robert Jordan—. Esos bombarderos ligeros alemanes son lo mejor que tienen. No los envían a buscar a unos cuantos gitanos.

—Me horrorizan —dijo Rafael—. Sí, me dan escalofríos.

—Van a bombardear un aeródromo —le explicó mientras entraban en la cueva—. Estoy casi seguro.

—¿Qué dices? —preguntó la mujer de Pablo. Le sirvió una taza de café y le alcanzó una lata de leche condensada.

—¿Tenéis leche? ¡Menudo lujo!

—Tenemos de todo. Y desde que hemos visto los aviones también miedo. ¿Adónde dices que iban?

Robert Jordan vertió un poco de espesa leche condensada en el café por el agujero hecho en la lata, limpió el bote con el borde de la taza y removió su contenido hasta que se puso de color marrón claro.

—Creo que van a bombardear un aeródromo. Podrían ir a El Escorial o a Colmenar. Tal vez a los tres sitios.

—Que se vayan lejos y no vuelvan por aquí —dijo Pablo.

—¿Y por qué han venido? —preguntó la mujer—. ¿Qué les trae por aquí justamente ahora? Nunca habíamos visto aviones como esos. Ni tampoco tantos. ¿Acaso están preparando una ofensiva?

—¿Qué movimiento hubo anoche en la carretera? —inquirió Robert Jordan. La chica, María, estaba cerca de allí, pero él no la miró.

—Tú, Fernando —dijo la mujer—. Anoche estuviste en La Granja. ¿Viste mucho movimiento?

—Nada —respondió un hombre bajo, de rostro franco, de unos treinta y cinco años y con una nube en el ojo, a quien Robert Jordan no había visto antes—. Unos cuantos camiones como siempre. Algunos coches. Ningún movimiento de tropas mientras estuve allí.

—¿Va usted a La Granja cada noche? —le preguntó Robert Jordan.

—Yo o algún otro —dijo Fernando—. Siempre va alguien.

—Van a por noticias. A por tabaco. Pequeñas cosas —explicó la mujer.

—¿Tenemos gente allí?

—Sí. ¿Por qué no? Los que trabajan en la central eléctrica. Algunos más.

—¿Qué noticias había?

—Pues nada. Ninguna. Las cosas siguen yendo mal en el norte. Aunque eso ya no es noticia. Ha sido así desde el principio.

—¿Oyó usted decir algo de Segovia?

—No, hombre. No pregunté.

—¿Alguna vez va a Segovia?

—A veces —dijo Fernando—. Aunque es peligroso. Hay controles donde piden los papeles.

—¿Conoce el aeródromo?

—No, hombre. Sé dónde está, pero nunca he ido a verlo. Ahí piden muchos papeles.

—¿Y anoche nadie habló de estos aviones?

—¿En La Granja? Nadie. Aunque hoy seguro que hablan. Charlaban del discurso de Queipo de Llano por la radio. Solo eso. ¡Ah, sí! Parece que la República prepara una ofensiva.

—¿Qué?

—Que la República prepara una ofensiva.

—¿Dónde?

—No está claro. Tal vez aquí. O en otra parte de la sierra. ¿Has oído decir algo?

—¿Decían eso en La Granja?

—Sí, hombre. Lo había olvidado. Pero la gente se pasa el día hablando de ofensivas.

—¿De dónde procede el rumor?

—¿De dónde? Pues de varios sitios. Los oficiales hablan en los cafés de Segovia y Ávila y los camareros toman buena nota. Luego se extiende el rumor. Hace tiempo que se habla de una ofensiva de la República en esta región.

—¿De la República o de los fascistas?

—De la República. Si se tratase de los fascistas, ya se sabría. No, esta es una ofensiva de envergadura. Unos dicen que serán dos. Una aquí y otra en el Alto del León, cerca de El Escorial. ¿Has oído algo?

—¿Qué más has oído?

—Nada, hombre. Nada. ¡Ah, sí! También circula el rumor de que los republicanos intentarán volar los puentes si se produce la ofensiva. Pero los puentes están vigilados.

—¿Estás de broma? —preguntó Robert Jordan bebiendo un sorbo de café.

—No, hombre —repuso Fernando.

—Este nunca bromea —añadió la mujer—. Ojalá lo hiciese.

—En ese caso —dijo Robert Jordan—. Gracias por las noticias. ¿Oíste algo más?

—No. Hablaban, como siempre, de que van a enviar tropas a limpiar estas montañas. Por lo visto están de camino y ya han salido de Valladolid. Pero siempre dicen lo mismo. No hay que hacer mucho caso.

—Y tú —le dijo la mujer a Pablo con inquina— nos vienes con tu «seguridad».

Pablo la miró pensativo y se rascó la barbilla.

—Tú y tus puentes.

—¿Qué puentes? —preguntó Fernando como si tal cosa.

—Idiota —le dijo la mujer—. Cabeza dura. Tonto. Toma un poco más de café e intenta recordar alguna otra cosa.

—No te enfades, Pilar —dijo Fernando sin inmutarse—. No hay que asustarse de los rumores. Ya os he dicho a ti y a este camarada todo lo que recuerdo.

—¿No recuerdas nada más? —le preguntó Robert Jordan.

—No —respondió Fernando con mucha dignidad—. Ya es mucha suerte que me acuerde de esto, porque no suelo prestar atención a los rumores.

—Entonces, ¿puede que haya habido más?

—Sí. Es posible. Pero nunca presto atención. Hace un año que no oigo más que rumores.

Robert Jordan oyó la risa contenida de la chica, María, que estaba de pie detrás de él.

—Cuéntanos otro rumor, Fernandito —dijo, y volvió a estremecerse.

—No lo haría aunque lo recordase —respondió Fernando—. Dar crédito a los rumores no es de hombres.

—Así salvaremos a la República —dijo la mujer.

—No. La salvaréis volando puentes —contestó Pablo.

—Marchaos —les dijo Robert Jordan a Anselmo y Rafael—. Si ya habéis comido.

—Ya nos vamos —repuso el viejo, y los dos se pusieron en pie.

Robert Jordan notó una mano en el hombro. Era María.

—Deberías comer —dijo y dejó la mano allí—. Come y así tu estómago resistirá mejor los rumores.

—Los rumores me han quitado el apetito.

—No. No dejes que te pase. Cómete esto antes de que oigas más rumores. —Le puso la escudilla delante.

—No te burles de mí —le dijo Fernando—. Yo soy tu amigo, María.

—No me burlo de ti, Fernando. Solo me burlo de él porque si no come luego tendrá hambre.

—Deberíamos comer todos —repuso Fernando—. Pilar, ¿qué pasa que no nos sirves?

—Nada, hombre —dijo la mujer de Pablo llenándole la escudilla de estofado—. Come. Eso sí lo sabes hacer. Come.

—Tiene buena pinta, Pilar —dijo Fernando con su dignidad intacta.

—Gracias —repuso la mujer—. Muchísimas gracias.

—¿Estás enfadada conmigo? —preguntó Fernando.

—No. Come. Vamos, come.

—Lo haré. Gracias.

Robert Jordan observó a la chica, que volvió a estremecerse y apartó la mirada. Fernando comía despacio, con un gesto digno y orgulloso en la cara, que no menoscababa ni la enorme cuchara que estaba usando, ni la salsa que le goteaba por la comisura de los labios.

—¿Te gusta la comida? —le preguntó la mujer de Pablo.

—Sí, Pilar —respondió con la boca llena—. Igual que siempre.

Robert Jordan notó la mano de María en su brazo y sintió que sus dedos se tensaban de alegría.

—¿Por eso te gusta? —preguntó la mujer—. Sí, ya entiendo. El estofado igual que de costumbre. Como siempre. Las cosas van mal en el norte, como de costumbre. Va a haber una ofensiva, como de costumbre. Han enviado soldados a perseguirnos, como de costumbre. Eres un monumento al «como de costumbre».

—Pero las dos últimas cosas son solo rumores, Pilar.

—España… —dijo amargamente la mujer de Pablo. Luego se volvió hacia Robert Jordan—, ¿hay gente así en otros países?

—No hay otro país como España —respondió educadamente Robert Jordan.

—Tienes razón —coincidió Fernando—. No hay país en el mundo como España.

—¿Has estado en algún otro país? —le preguntó la mujer.

—No —repuso Fernando—. Ni ganas...

—¿Lo ves? —le dijo la mujer a Robert Jordan.

—Fernandito —intervino María—. Cuéntanos la vez que estuviste en Valencia.

—No me gustó.

—¿Por qué? —preguntó María volviendo a apretarle el brazo a Robert Jordan—. ¿Por qué no te gustó?

—La gente no tenía educación y no había quien les entendiera. No hacían más que gritarse «che» unos a otros.

—¿Y ellos no te entendían a ti? —preguntó María.

—Fingían no entenderme —respondió Fernando.

—¿Y qué hiciste allí?

—Me fui sin ver siquiera el mar —dijo Fernando—. No me gustó la gente.

—Calla de una vez, pareces una vieja solterona —exclamó la mujer de Pablo—. Quítate de mi vista, que me das ganas de vomitar. En Valencia pasé los mejores días de mi vida. ¡Vamos, hombre! Valencia. No me hables de Valencia.

—¿Qué hiciste? —le preguntó María. La mujer de Pablo se sentó en la mesa con una taza de café, un pedazo de pan y una escudilla de estofado.

—¿Qué? ¿Que qué hicimos? Estuve allí cuando contrataron a Finito para torear tres corridas en la feria. En mi vida he visto tanta gente. Ni cafés tan abarrotados. Había que esperar horas para conseguir sitio y era imposible subir al tranvía. En Valencia había ajetreo de la mañana a la noche.

—Pero ¿qué hiciste?

—De todo —respondió la mujer—. Íbamos a bañarnos a la playa

y veíamos sacar con bueyes los botes de vela del agua. Metían a los bueyes hasta que les llegaba el agua al cuello; luego los uncían a los botes y cuando volvían a hacer pie regresaban tambaleándose a la arena. Diez yuntas de bueyes arrastrando un bote de vela por la mañana con las olas rompiendo en la playa. Eso es Valencia.

—Pero ¿qué hiciste además de ver a los bueyes?

—Comíamos en pabellones en la arena. Cocas de pescado con pimientos verdes y morrones. Esponjosas y con un pescado exquisito. Y gambas frescas con zumo de limón. Eran rosadas y dulces y se comían en cuatro bocados. Comimos muchísimas. Luego comíamos paella con marisco fresco, mejillones en su concha, almejas, cigalas y anguilas. Y luego angulas, que son anguilas aún más pequeñas fritas en aceite y tan diminutas como tallos de habas y se enredan en todas las direcciones y son tan tiernas que se deshacen en la boca sin masticar. Bebíamos vino blanco, frío, ligero y bueno por treinta céntimos la botella. Y, de postre, melón. Valencia es tierra de melones.

—El melón de Castilla es mejor —repuso Fernando.

—¡Qué va! —dijo la mujer de Pablo—. El melón de Castilla es para cascársela. El melón de Valencia para comer. Cuando pienso en esos melones largos como un brazo, verdes como el mar y jugosos, crujientes y más dulces que una mañana de verano... Sí, cuando pienso en esas angulas, pequeñas y delicadas formando un montoncito sobre el plato. Y en las jarras de cerveza que bebíamos por la tarde. Tan fría que el agua se condensaba en aquellas jarras tan grandes que parecían de agua.

—¿Y qué hacíais cuando no estabais comiendo o bebiendo?

—Hacíamos el amor en la habitación con las persianas de madera colgando sobre el balcón y una brisa que entraba por el montante de la puerta que se abría girando sobre las bisagras. Hacíamos el amor, con la habitación en penumbra por las persianas, y de la calle llegaba el aroma del mercado de flores y el olor de los petardos de las tracas que disparaban en todas las calles a mediodía durante la feria. Era una línea de petardos que recorría toda la ciudad y las explosiones corrían por los postes y los hilos del tranvía con un estrépito que era casi increíble.

»Hacíamos el amor y mandábamos pedir otra jarra de cerveza tan fría que el cristal estaba cubierto de gotitas, y cuando la chica nos la traía, yo la cogía y se la ponía en la espalda a Finito, que no se había despertado al llegar la camarera y decía: "No, Pilar. No, mujer, déjame dormir". Y yo le respondía: "No, despierta y bébete esto, verás qué frío", y él se la bebía sin abrir los ojos y seguía durmiendo. Luego me tumbaba boca arriba al pie de la cama y lo veía dormir y me bebía lo que quedaba en la jarra, oyendo la música de la banda que pasaba abajo. ¿Qué sabes tú de eso? —le preguntó a Pablo.

—Hemos hecho algunas cosas juntos —respondió Pablo.

—Sí —admitió la mujer—. Y en tus tiempos eras más hombre que Finito. Pero nunca fuimos a Valencia, ni nos tumbamos a oír pasar una banda en Valencia.

—Era imposible —objetó Pablo—. Nunca tuvimos ocasión de ir a Valencia. Si fueses más razonable lo sabrías. Pero con Finito no volaste ningún tren.

—No —admitió la mujer—. Eso es todo lo que nos queda. El tren. Sí. Siempre el tren. Nadie lo niega. Es lo único que queda de toda la pereza, la indolencia y los fracasos que hemos sufrido. Y de la cobardía de ahora. Antes también hubo otras muchas cosas. No quiero ser injusta. Pero no dejaré que nadie hable mal de Valencia, ¿me oyes?

—A mí no me gustó —dijo sin inmutarse Fernando—. No me gustó Valencia.

—Y luego dicen que las mulas son testarudas —exclamó la mujer—. Recógelo todo, María, que nos vamos.

En ese momento oyeron el sonido de los aviones que volvían.

9

Los vieron pasar desde la puerta de la cueva. Los bombarderos volaban a gran altura como puntas de flecha que rasgaran el cielo con el ruido de sus motores. Robert Jordan se dijo que tenían forma de tiburón, eran como esos tiburones de aletas anchas y hocico puntiagudo de la corriente del Golfo, aunque estos otros, con sus anchas aletas, su rugido y la leve neblina de sus hélices al sol, no se movían como tiburones, sino como algo nunca visto: la muerte mecanizada.

Pensó que debería volver a escribir. Tal vez volviera a hacerlo algún día. Notó que María le cogía del brazo. Vio que también estaba mirando al cielo y le preguntó:

—¿A qué te recuerdan, guapa?

—No sé —respondió—. Supongo que a la muerte.

—Pues a mí me parecen solo aviones —dijo la mujer de Pablo—. ¿Dónde están los más pequeños?

—Puede que hayan vuelto por otro sitio —explicó Robert Jordan—. Esos bombarderos son demasiado rápidos para esperarlos y han vuelto solos. Nunca los perseguimos más allá de las líneas. No tenemos suficientes aviones para correr el riesgo.

Justo en ese momento aparecieron por detrás del claro tres cazas Heinkel volando tan bajo en formación de uve que rozaron las copas de los árboles como feos y ruidosos juguetes de alas ladeadas y hocico afilado, de pronto se agrandaron hasta alcanzar su tamaño real y pasaron de largo con un rugido atronador. Volaban tan bajo que desde la entrada de la cueva todos distinguieron a los pilotos, con sus cascos y sus gafas e incluso la bufanda volando al viento del jefe de la escuadrilla.

—Esos sí que habrán visto los caballos —dijo Pablo.

—Habrán visto hasta la colilla de tu cigarrillo —respondió la mujer—. Suelta la manta.

No pasaron más aviones. Los otros debían de haber cruzado las líneas sobrevolando la sierra por otra parte, y en cuanto dejó de oírse el zumbido, todos salieron de la cueva.

El cielo estaba despejado, alto, claro y azul.

—Es como si lo hubiéramos soñado —le dijo María a Robert Jordan. Ni siquiera se oía ya ese zumbido tan imperceptible como un dedo que apenas te roza, se aparta y vuelve a rozarte cuando ya casi es imposible oírlo.

—No has soñado nada, entra y recoge las cosas —le dijo Pilar—. ¿Qué prefieres? —preguntó volviéndose hacia Robert Jordan—. ¿Ir a pie o a caballo?

Pablo la miró y soltó un gruñido.

—Lo que tú digas —respondió Robert Jordan.

—Pues vayamos andando —dijo—. Es bueno para el hígado.

—Montar a caballo también es bueno para el hígado.

—Sí, pero malo para las posaderas. Iremos a pie y tú… —Se volvió hacia Pablo—. Ve a contar tus animales y asegúrate de que no se hayan llevado ninguno volando.

—¿Quieres un caballo? —le preguntó Pablo a Robert Jordan.

—No. Muchas gracias. ¿Y la chica?

—Le vendrá bien andar —dijo Pilar—. Si no, se le va a entumecer una parte del cuerpo que yo me sé y no valdrá para nada. —Robert Jordan se ruborizó—. ¿Has dormido bien? Lo de que no está enferma es verdad. Podían haberle contagiado algo. Aún no sé cómo se libró. A lo mejor es que sigue habiendo Dios aunque lo hayamos abolido. Vamos —le dijo a Pablo—. A ti esto no te interesa. Es para gente más joven que tú y hecha de otra pasta. —Luego volvió a dirigirse a Robert Jordan—. Agustín está cuidando de tus cosas. Partiremos en cuanto venga.

Hacía un día claro y luminoso que empezaba a entibiarse con el sol. Robert Jordan miró a aquella matrona morena, de ojos amables y cara arrugada, fea pero atractiva, de mirada alegre y expresión triste cuando no hablaba. La miró y luego observó al hombre corpulento e imperturbable que se alejaba entre los árboles en dirección al cercado. Ella también lo estaba observando.

—¿Os habéis acostado? —preguntó la mujer.

—¿Qué te ha dicho ella?

—No ha querido contármelo.

—Pues yo tampoco.

—Pues eso es que sí —dijo la mujer—. Trátala bien.

—¿Y si tuviese un bebé?

—No tendría nada de malo. No es lo peor que podría pasarle.

—Este no es el sitio indicado.

—No se quedará. Se irá contigo.

—¿Y adónde iré? No puedo llevarme una mujer conmigo.

—¿Quién sabe? Igual tienes que llevarte dos.

—Ese no es modo de hablar.

—Escucha —dijo la mujer—. No soy cobarde, pero por la mañana temprano siempre veo las cosas con más claridad y creo que muchos de nuestros conocidos no vivirán para ver el próximo domingo.

—¿Qué día es hoy?

—Domingo.

—¡Qué va! —dijo Robert Jordan—. El domingo queda muy lejos. Tendremos suerte si llegamos al miércoles. Pero no me gusta oírte hablar así.

—Todos necesitamos hablar con alguien —repuso la mujer—. Antes teníamos la religión y esas monsergas. Ahora todos deberíamos tener alguien con quien poder hablar con franqueza. Por mucho valor que se tenga, uno se siente solo.

—No estamos solos. Estamos juntos.

—Ver esos artefactos impresiona. Comparados con esas máquinas no somos nada.

—Y sin embargo se les puede vencer.

—Oye —dijo la mujer—, es verdad que me he puesto un poco melancólica, pero no vayas a pensar que me falta resolución. Mi resolución está intacta.

—La melancolía se disipará en cuanto salga el sol. Es como una neblina.

—Sí. Como tú digas. A lo mejor ha sido por recordar lo de Valencia. Y por ese desastre de hombre que ha ido a cuidar de sus caballos. Le hice mucho daño con esa historia. Matarlo, sí. Maldecirle, también. Pero hacerle daño, no.

—¿Cómo te juntaste con él?

—¿Cómo se junta una con alguien? Al principio de la guerra, y antes también, era otra cosa. Un hombre muy serio. Pero ahora está acabado. Han quitado la espita y el odre se ha vaciado de vino.

—No me gusta.

—Tú tampoco le gustas a él, y con razón. Anoche dormí con él. —Sonrió y movió la cabeza—. Y le pregunté:

»—Vamos a ver, Pablo, ¿por qué no has matado al extranjero?

»—Pues porque es un buen tipo, Pilar, porque es un buen tipo.

»—¿Te das cuenta de que ahora quien manda soy yo?

»—Sí, Pilar. Sí —me respondió. Luego oí que estaba llorando. Lloraba con un llanto entrecortado y desagradable, como lloran los hombres, como si tuvieran un animal dentro que les hiciera estremecer.

»—¿Qué te ocurre, Pablo? —le dije abrazándolo.

»—Nada, Pilar. Nada.

»—Sí. Algo te pasa.

»—La gente. La forma en que me han abandonado. La gente.

»—Sí, pero ellos están conmigo, y yo soy tu mujer.

»—Recuerda lo del tren, Pilar. ¡Y que Dios te ayude!

»—¿Qué dices ahora de Dios? ¿Qué forma de hablar es esa?

»—Sí. Dios y la Virgen.

»—¡Qué va, Dios y la Virgen! ¿Te parece forma de hablar?

»—Tengo miedo de morir, Pilar —dijo—. Me da miedo morir. ¿Es que no lo entiendes?

»—Pues ya puedes salir de mi cama —le respondí—. Aquí no hay sitio para ti y tu miedo.

»Entonces le dio vergüenza, se calló y yo me quedé dormida, pero ese hombre está acabado.

Robert Jordan no dijo nada.

—Toda mi vida me ha embargado de vez en cuando esta melancolía —continuó la mujer—. Pero no es como la de Pablo. No afecta a mi resolución.

—Lo creo.

—A lo mejor es como el período de las mujeres. Puede que no sea nada. —Hizo una pausa antes de proseguir—. He puesto todas mis ilusiones en la República. Creo firmemente en ella y tengo fe. Creo en ella con el mismo fervor con que las personas religiosas creen en los misterios.

—Te creo.

—Y tú, ¿tienes esa misma fe?

—¿En la República?

—Sí.

—Sí —respondió él con la esperanza de que fuese verdad.

—Me alegro —dijo la mujer—. ¿Y no tienes miedo?

—No me da miedo morir —dijo con sinceridad.

—Pero ¿temes alguna otra cosa?

—Solo no cumplir con mi misión como debería.

—¿No temes que te capturen como el otro?

—No —respondió sinceramente—. Si lo temiera me preocuparía tanto que no podría hacer nada.

—Eres un joven muy frío.

—No. No lo creo.

—No. Solo digo que tienes la cabeza fría.

—Eso es porque estoy obsesionado con mi trabajo.

—¿No te gustan los placeres de la vida?

—Sí. Mucho. Pero no dejo que interfieran en mi trabajo.

—Te gusta beber. Lo sé. Lo he visto.

—Sí. Mucho. Pero no dejo que eso interfiera en mi trabajo.

—¿Y las mujeres?

—Me gustan mucho, pero nunca les he concedido demasiada importancia.

—¿No te interesan?

—Sí, pero no he conocido a ninguna que me conmoviera tanto como se supone que deben hacerlo.

—Me parece que estás mintiendo.

—Tal vez un poco.

—Pero quieres a María.

—Sí, mucho, desde el primer momento en que la vi.

—Yo también la quiero mucho. Sí. Mucho.

—Y yo —repitió Robert Jordan y volvió a notar el nudo en la garganta—. Yo también la quiero, sí. —Le gustaba decirlo y lo dijo de manera bastante formal en español—: La quiero mucho.

—En cuanto hayamos visto al Sordo, te dejaré a solas con ella.

Robert Jordan no respondió. Luego dijo:

—No hace falta.

—Sí, hombre. Claro que hace falta. No tenemos mucho tiempo.

—¿Eso fue lo que viste en mi mano?

—No. No recuerdo esa tontería de la mano.

Lo había apartado de su imaginación junto con todo lo que pudiera perjudicar a la República.

Robert Jordan no dijo nada. Estaba observando a María meter los platos en la cueva. Se secó las manos, dio media vuelta y le sonrió. No podía oír lo que estaba diciendo Pilar, pero al sonreírle se ruborizó y luego volvió a sonreírle.

—También está el día —dijo la mujer—. Tenéis toda la noche para vosotros, pero también está el día. Está claro que aquí no hay tantos lujos como en mis tiempos en Valencia. Pero siempre podéis ir a buscar fresas o algo por el estilo —se burló.

Robert Jordan le pasó el brazo por el hombro.

—También te aprecio a ti —dijo—. Y mucho.

—Menudo Don Juan estás hecho —respondió ella avergonzada—. A ti te gustan todas. Aquí viene Agustín.

Robert Jordan entró en la cueva y fue a donde estaba María. Ella lo observó llegar con los ojos brillantes y el rubor cubriéndole las mejillas y el cuello.

—Hola, conejito —dijo y la besó en la boca. Ella lo abrazó y lo miró a la cara.

—Hola, hola, hola... —dijo.

Fernando, que seguía sentado a la mesa fumando un cigarrillo, se puso en pie, movió la cabeza y salió tras coger la carabina que había dejado apoyada en la pared.

—Esto no es serio —le dijo a Pilar—. No me gusta. Deberías cuidar de esa chica.

—Ya lo hago. Ese camarada es su novio.

—¡Ah! —exclamó Fernando—. Bueno, si están prometidos, me parece más normal.

—Me alegro —dijo la mujer.

—Y yo —asintió solemnemente Fernando—. Salud, Pilar.

—¿Adónde vas?

—Arriba, a relevar a Primitivo.

—¿Adónde demonios vas? —le espetó Agustín al solemne hombrecillo.

—A cumplir con mi deber —repuso Fernando con dignidad.

—¿Tu deber? —replicó burlón Agustín—. Me cago en la leche con tu deber. —Luego se volvió hacia la mujer—. ¿Dónde está esa [impublicable] que tengo que vigilar?

—En la cueva —respondió Pilar—. En dos sacos. Y estoy cansada de tus palabrotas.

—Me [obscenidad] en la leche de tu cansancio.

—Por mí como si te cagas encima —dijo Pilar sin inmutarse.

—Tu madre.

—Tú nunca la has tenido —respondió Pilar. Los insultos en español habían adquirido esa extremada formalidad en la que los actos no se expresan sino que se sobreentienden.

—¿Qué hacen esos ahí? —preguntó Agustín en tono confidencial.

—Nada —dijo Pilar—. Nada. Al fin y al cabo estamos en primavera, animal.

—Animal… —repitió Agustín saboreando aquel piropo—. Así que animal, ¿eh? Hija de la gran puta, me cago en la leche de la primavera.

Pilar le dio una palmada en el hombro.

—Te falta variedad en los insultos —dijo con una risotada—. Pero eres fuerte. ¿Has visto los aviones?

—Me [impublicable] en la leche de sus motores —respondió Agustín asintiendo y mordiéndose el labio inferior.

—No está mal —dijo Pilar—. No es mala idea, aunque me parece un poco difícil.

—Sobre todo a esa altura —sonrió Agustín—. Desde luego. Pero más vale bromear.

—Sí —coincidió la mujer de Pablo—. Es mucho mejor. Además, eres buena persona y me gustan tus bromas.

—Escucha, Pilar. Se está cociendo algo, ¿verdad?

—¿A ti qué te parece?

—Que no puede tener peor pinta. Esos han sido muchos aviones, mujer. Muchos…

—¿Y te han asustado como a los demás?

—¡Qué va! ¿Qué crees que están preparando?

—Escucha. Si han mandado a ese chico a volar los puentes es que la República planea una ofensiva. Y los aviones demuestran que los fascistas se están preparando para resistirla. Pero ¿por qué los habrán sacado ahora?

—En esta guerra se hacen muchas estupideces. Tantas que parece que no tienen límites.

—Sin duda. De lo contrario no podríamos estar aquí.

—Sí. Hace un año que nos dejamos arrastrar por esas estupideces. Pero Pablo es un hombre con cabeza. Pablo es astuto.

—¿Por qué lo dices?

—Solo lo digo.

—Pero reconocerás —insistió Pilar— que es tarde para salvarnos con astucias y que ya no tiene lo que hay que tener.

—Sí —repuso Agustín—. Sé que tenemos que irnos. Y que para sobrevivir tenemos que ganar y para eso es necesario volar los puentes. Pero, por muy cobarde que se haya vuelto, Pablo sigue siendo astuto.

—Yo también lo soy.

—No, Pilar. Tú no eres astuta. Eres valiente. Y leal. Eres decidida y tienes intuición. Muy decidida y muy valiente. Pero no eres astuta.

—¿Eso crees? —preguntó pensativa la mujer.

—Sí, Pilar.

—El chico es listo —dijo la mujer—. Listo y frío. Tiene la cabeza fría.

—Sí —admitió Agustín—. Debe saber lo que se trae entre manos o no lo habrían enviado. Pero no sé si es astuto. Y de Pablo sí lo sé.

—Pero no le sirve de nada por su cobardía y su falta de ganas de entrar en acción.

—Pero sigue siendo astuto.

—¿Y qué dices tú?

—Nada. Trato de pensar con inteligencia. En este momento tenemos que actuar con inteligencia. Después de lo del puente tendremos que irnos deprisa. Hay que prepararlo todo. Tenemos que saber adónde vamos y cómo.

—Por supuesto.

—Y para eso… nadie como Pablo. Hay que actuar con astucia.

—No me fío de Pablo.

—Para eso, sí.

—No. No sabes lo acabado que está.

—Pero es muy vivo. Muy listo. Y, si no actuamos con astucia, estamos [obscenidad].

—Lo pensaré. Tengo todo el día.

—De los puentes que se ocupe el chico —insistió Agustín—. Sabe lo que se hace. Mira lo bien que organizó el otro lo del tren.

—Sí —dijo Pilar—. Fue él quien lo planeó todo.

—De la energía y la resolución, ocúpate tú —prosiguió Agustín—. Pero deja que Pablo organice la huida. Que se ocupe él de la retirada. Oblígale a planearlo.

—Eres un hombre inteligente.

—Sí, lo soy. Pero sin picardía. Para eso, Pablo.

—¿Aunque sea tan cobarde?

—Aunque sea tan cobarde.

—¿Y qué opinas de lo de los puentes?

—Es necesario. De eso estoy seguro. Debemos hacer dos cosas. Marcharnos de aquí y ganar la guerra. Lo de los puentes es necesario para ganar.

—¿Y si Pablo es tan listo por qué no lo ve?

—Porque quiere que las cosas sigan como están. Quiere seguir metido hasta el cuello en su propia cobardía. Pero el río baja crecido. Cuando no tenga más remedio, se las arreglará para salir de esta. Es muy vivo.

—Menos mal que el chico no lo mató.

—¡Qué va! El gitano quería que yo lo matase anoche. Es un animal.

—Tú también. Pero inteligente.

—Los dos lo somos —repuso Agustín—, pero el verdadero talento es Pablo.

—Aun así hace falta tener aguante. No sabes lo acabado que está.

—Sí, pero tiene talento. Mira, Pilar. Para combatir basta con tener inteligencia. Pero para ganar hacen falta talento y material.

—Lo pensaré. Tenemos que irnos. Vamos con retraso. ¡Inglés! —gritó alzando la voz—. ¡Inglés! ¡Vamos! Andando.

10

—Descansemos —le dijo Pilar a Robert Jordan—. Siéntate ahí, María, y descansemos.

—Deberíamos seguir —repuso Robert Jordan—. Ya descansarás cuando lleguemos. Tengo que ver a ese hombre.

—Lo verás. No hay prisa. Siéntate ahí, María.

—Vamos —insistió Robert Jordan—. Descansaremos arriba.

—Descansaré ahora —replicó la mujer, y se sentó junto al torrente. La chica se sentó a su lado entre unas matas de brezo con el pelo iluminado por el sol. Solo Robert Jordan siguió de pie en el prado de alta montaña por el que discurría el arroyo truchero. El brezo crecía alto donde él estaba. Unos grises peñascos se alzaban entre los helechos amarillentos que reemplazaban al brezo en la parte baja del prado y más allá se veía la línea oscura de los pinos.

—¿Cuánto falta para llegar donde el Sordo? —preguntó.

—No mucho. Está al otro lado de esta pradera, bajando por el valle y por el bosque junto al nacimiento del torrente. Siéntate y no te pongas tan serio.

—Quiero verle y terminar con esto de una vez.

—Y yo remojarme los pies —repuso la mujer y, quitándose las alpargatas y la gruesa media de lana, metió el pie derecho en el agua—. ¡Dios, está helada!

—Deberíamos haber traído los caballos —le dijo Robert Jordan.

—A mí me viene bien andar. Ya lo echaba de menos. ¿Se puede saber qué te pasa?

—Nada. Pero tengo prisa.

—Pues cálmate. Tenemos tiempo de sobra. Qué día tan bueno hace y cuánto me alegro de no estar en el pinar. No sabes lo harta que estoy de tanto pino. ¿A ti no te pasa lo mismo, guapa?

—A mí me gustan.

—¿Qué es lo que te gusta?

—El olor y notar las agujas bajo los pies. Me gusta sentir el viento entre las copas y oír cómo crujen.

—A ti te gusta todo —dijo Pilar—. Serías una joya para cualquier hombre, si supieses cocinar un poco mejor. Pero los pinares son muy sosos. Nunca has visto un bosque de hayas, de robles o de nogales, eso sí que son bosques. En esos bosques cada árbol es diferente a los demás y eso les da carácter y hermosura. Un pinar es una sosería. ¿Qué dices tú, inglés?

—A mí también me gustan los pinos.

—Y dale —dijo Pilar—, los dos igual. A mí también me gustan, pero llevamos demasiado tiempo en estos pinares. Y también estoy harta de las montañas. En las montañas solo se puede ir arriba o abajo y si se va para abajo llega uno a la carretera y a los pueblos de los fascistas.

—¿Alguna vez vas a Segovia?

—¡Qué va! ¿Con mi cara? Me conocen demasiado. ¿Qué te parecería ser así de fea, guapa? —le preguntó a María.

—Tú no eres fea.

—Vamos, que no soy fea. Nací fea. Lo he sido toda mi vida. Tú, inglés, no sabes nada de mujeres. ¿Acaso sabes cómo se siente una mujer fea? ¿Sabes lo que es ser fea toda tu vida y sentir por dentro que eres guapa? Es muy raro. —Metió el otro pie en el torrente y lo sacó—. ¡Dios, qué fría! Mira la pajarita de las nieves —dijo señalando a un pájaro como una bola gris que iba y venía sobre una piedra junto al torrente—. Esas no sirven para nada. Ni para cantar ni para comer. Lo único que saben es mover la cola arriba y abajo. Dame un cigarrillo, inglés —añadió, y después de cogerlo lo encendió con un chisquero que llevaba en el bolsillo de la falda. Aspiró varias bocanadas y miró a María y a Robert Jordan—. La vida es muy curiosa —dijo echando el humo por la nariz—. Yo habría sido un hombre hecho y derecho, pero nací mujer y fea. Sin embargo me han querido muchos hombres y yo también he querido a muchos. Es raro. Escucha, inglés. Mírame, aunque sea tan fea. Mírame de cerca, inglés.

—No eres fea.

—¿Que no? No me mientas o… —soltó una risotada—. ¿No te estaré enamorando? No. Es una broma. No. Mira mi fealdad. Sin embargo, cuando me enamoro tengo un sentimiento dentro de mí que ciega a los hombres. A ellos y a mí. Luego un día, sin razón alguna, ven que soy fea, dejan de estar ciegos y me ven tan fea como soy y una se queda sin hombre y sin ese sentimiento. ¿Lo entiendes, guapa? —Le dio una palmadita a la chica en el hombro.

—No —respondió María—. Porque no eres fea.

—Trata de utilizar la cabeza y no el corazón y escucha —dijo Pilar—. Te estoy diciendo cosas muy importantes. ¿Es que no te interesan, inglés?

—Sí. Pero deberíamos seguir.

—¡Qué vamos a seguir! Estoy bien aquí. Luego —continuó dirigiéndose a Robert Jordan como si estuviera dictando una conferencia—, pasado el tiempo, cuando se es tan fea como yo, y no se puede serlo más, una vuelve a tener la sensación de que es guapa. Crece como una col. Y luego otro hombre te ve y cree que eres guapa y vuelta a empezar. Creo que ya no tengo edad para esas cosas, pero nunca se sabe. Tienes suerte, guapa, de no ser fea.

—Pero si lo soy —insistió María.

—Pregúntale a él —dijo Pilar—. Y no metas los pies en el agua o se te helarán.

—Si Roberto dice que sigamos, creo que deberíamos seguir —dijo María.

—Escucha —repuso Pilar—, yo me juego en esto tanto como tu Roberto y digo que estamos bien aquí descansando junto al arroyo y que tenemos tiempo de sobra. Además, me gustaría hablar un poco. Es la única cosa civilizada que nos queda. Si no, ¿cómo vamos a divertirnos? ¿No te interesa lo que digo, inglés?

—Da gusto oírte. Pero hay cosas que me interesan más que hablar de la belleza o la falta de belleza.

—Pues hablemos de algo que te interese.

—¿Dónde estabas cuando estalló la guerra?

—En mi pueblo.

—¿En Ávila?

—¡Qué va, Ávila!

—Pablo dijo que era de Ávila.

—Miente. Le gustaría ser de una ciudad grande. Él es de… —y nombró un pueblo pequeño.

—¿Y qué pasó?

—Muchas cosas —respondió la mujer—. Y todas malas. Incluso las gloriosas.

—Cuéntame —dijo Robert Jordan.

—Es brutal. No me gusta hablar de eso delante de la chica.

—Cuéntamelo —insistió él—. Y si no es para ella que no escuche.

—Puedo oírlo —dijo María. Cogió a Robert Jordan de la mano—. Puedo oír cualquier cosa.

—No se trata de que puedas oírlo o no. Sino de si debería contártelo y de si después tendrás pesadillas.

—No las tendré. ¿Crees que después de todo lo que he pasado podría tener pesadillas por lo que me cuentes?

—Tal vez las tenga el inglés.

—Prueba a ver.

—No, inglés. No estoy bromeando. ¿Estuviste en algún pueblo cuando empezó la guerra?

—No —respondió Robert Jordan.

—Entonces no has visto nada. Has visto lo acabado que está Pablo ahora, pero deberías haberlo visto entonces.

—Cuéntamelo.

—No. No quiero.

—Dímelo.

—De acuerdo. Lo contaré tal como pasó. Pero tú, guapa, si ves que te molesta, dímelo.

—Si me molesta, dejaré de escuchar. Pero no puede ser peor que muchas cosas que he visto.

—Yo creo que sí. Dame otro cigarrillo, inglés, y vamos allá.

La chica se recostó entre las matas de brezo a la orilla del torrente y Robert Jordan se tumbó con los hombros en el suelo y la cabeza sobre una mata de brezo. Alargó el brazo y cogió a María de la mano y se la acarició frotándola contra el brezo hasta que ella la abrió y la dejó inmóvil sobre la suya mientras escuchaban.

—Los guardias civiles del cuartel se rindieron a primera hora de la mañana... —empezó Pilar.

—¿Habíais asaltado el cuartel? —preguntó Robert Jordan.

—Pablo lo había rodeado en la oscuridad, había cortado el hilo del teléfono y colocado dinamita debajo de una tapia, y les pidió que se rindieran. No quisieron hacerlo. Y al despuntar el día lo voló. Hubo lucha. Dos guardias civiles murieron. Cuatro resultaron heridos y otros cuatro se rindieron.

»Nos habíamos apostado en los tejados, en el suelo y detrás de las tapias y la nube de polvo de la explosión no acababa de posarse porque se había alzado muy alto y casi no soplaba viento; empezamos a disparar contra el agujero de la pared, cargando y disparando a través del humo y en el interior se veía el destello de los fusiles hasta que se oyó un grito que pedía que dejaran de disparar y salieron los cuatro guardias civiles con los brazos en alto. Se había hundido la mayor parte del techo, la tapia había desaparecido y salían para rendirse.

»—¿Hay alguien más ahí dentro? —gritó Pablo.

»—Los heridos.

»—Vigilad a estos —dijo Pablo a cuatro de los nuestros que se habían acercado—. Poneos ahí. Contra la pared —les ordenó a los guardias civiles. Los cuatro se pusieron contra la pared, sucios, polvorientos y cubiertos de hollín con los otros apuntándoles mientras Pablo y los demás entraban a rematar a los heridos.

»Cuando terminaron y dejaron de oírse disparos y los gritos y los gemidos de los heridos, Pablo y los otros salieron; Pablo llevaba la escopeta al hombro y una pistola Mauser en la mano.

»—Mira, Pilar —dijo—. La tenía en la mano el oficial que se ha suicidado. Nunca he disparado una pistola. Tú —le espetó a uno de los guardias—, muéstrame cómo funciona. O mejor, explícamelo.

»Los cuatro guardias civiles se habían quedado de cara a la pared, sudando y sin decir nada mientras oían los disparos dentro del cuartel. Eran altos y tenían cara de guardia civil, como yo, solo que ellos iban sin afeitar aquella última mañana y se habían quedado junto a la pared sin decir nada.

»—Tú —le dijo Pablo a uno de los que tenía más cerca—. Explícame cómo funciona.

»—Baja la palanca pequeña —dijo el hombre con voz seca—. Tira de la corredera hacia atrás y deja que vuelva hacia delante.

»—¿Qué es la corredera? —preguntó Pablo y miró a los cuatro guardias civiles—. ¿Qué es la corredera?

»—La parte de arriba del armazón.

»Pablo tiró de la corredera hacia atrás, pero se le encasquilló.

»—¿Y ahora qué? —dijo—. Se ha encasquillado. Me has mentido.

»—Tira hacia atrás y suéltala con suavidad —dijo el guardia civil en un tono de voz que no he vuelto a oír nunca. Más gris que una mañana antes de amanecer.

»Pablo tiró de la corredera y la soltó como le había explicado el hombre y la pistola quedó amartillada. Es una pistola muy fea, de mango pequeño y cañón muy largo y poco manejable. Todo ese rato los guardias civiles le habían estado observando sin decir nada.

»—¿Qué nos vas a hacer? —le preguntó uno.

»—Pegaros un tiro.

»—¿Cuándo? —preguntó el hombre con el mismo tono de voz gris.

»—Ahora mismo —respondió Pablo.

»—¿Dónde? —preguntó el hombre.

»—Aquí —dijo Pablo—. Aquí. Ahora. Aquí y ahora. ¿Tienes algo que decir?

»—Nada —dijo el guardia civil—. Nada. Pero es una barbaridad.

»—Tú sí que eres una barbaridad —replicó Pablo—. Asesino de campesinos. Tú que matarías a tu propia madre.

»—Yo no he matado a nadie —respondió el guardia civil—. Y deja en paz a mi madre.

»—Demuestra que sabes morir. Tú, que te has pasado la vida matando.

»—No hay por qué insultar —dijo otro guardia civil—. Y sabemos morir.

»—Arrodillaos y apoyad la cabeza contra la tapia —les dijo Pablo. Los guardias se miraron—. He dicho que os arrodilléis —repitió Pablo—. De rodillas.

»—¿Qué dices tú, Paco? —preguntó uno de los guardias al más alto de los cuatro, que era el que le había enseñado a Pablo a usar la pistola. Llevaba galones de cabo en la manga y estaba sudando aunque todavía hacía fresco.

»—Que tanto da arrodillarse o no —respondió—. No importa.

»—Está más cerca de la tierra —bromeó el primero que había hablado, aunque estaban todos demasiado serios para bromear y ninguno sonrió.

»—Pues arrodillémonos —dijo el primer guardia civil, los cuatro se arrodillaron; tenían una pinta muy rara con la cabeza apoyada contra la tapia y los brazos a los lados. Pablo pasó detrás de ellos y les disparó uno por uno en la nuca, fue pasando de uno a otro, apoyando el cañón de la pistola contra la nuca, y ellos caían al suelo cuando les disparaba. Todavía me parece oír los disparos secos y al mismo tiempo amortiguados y ver la sacudida del cañón y la cabeza de los hombres caer hacia delante. Uno mantuvo la cabeza alta cuando le rozó la pistola. Otro la echó hacia delante y apoyó la frente contra la piedra. Otro temblaba de pies a cabeza. Solo el último se tapó los ojos con las manos. Los cuatro cuerpos quedaron tirados junto a la tapia y Pablo dio media vuelta y fue a donde estábamos con la pistola en la mano.

»—Aguántame esto, Pilar —dijo—. No sé cómo desamartillarla. —Me dio la pistola y se quedó mirando a los cuatro guardias muertos junto a la tapia del cuartel. Todos hicimos lo mismo y nadie dijo nada.

»Habíamos conquistado el pueblo, todavía era temprano y ninguno habíamos comido ni tomado café y nos miramos y vimos que estábamos cubiertos de polvo de la voladura del cuartel, igual que cuando se trilla en la era. Yo seguía con la pistola en la mano, pesaba mucho y me dio un vuelco el estómago al ver a los guardias muertos junto a la tapia; estaban tan grises y cubiertos de polvo como nosotros, pero cada uno de ellos empezaba a mojar con su sangre el polvo donde habían caído. En ese momento el sol salió por detrás de las montañas e iluminó la carretera y la tapia blanca del cuartel y el polvo que flotaba en el aire se volvió dorado bajo su luz y el campesino que estaba a mi lado miró la tapia del cuartel y lo que había allí, luego nos miró, volvió la vista al sol y dijo: "Vaya manera de empezar el día".

»—Vamos a tomar un café —dije.

»—Bien, Pilar, bien —respondió. Y fuimos a la plaza y esos fueron los últimos que murieron a tiros en el pueblo...

—¿Y qué pasó con los otros —preguntó Robert Jordan—. ¿Es que no había más fascistas en el pueblo?

—¡Qué va! ¡Claro que los había! Más de veinte. Pero ninguno murió a tiros.

—¿Cómo murieron?

—Pablo ordenó que los mataran a palos con un mayal y los tiraran al río desde unos riscos.

—¿A los veinte?

—Ahora te cuento. No es tan fácil. No quisiera volver a ver en toda mi vida una escena como aquel apaleamiento de la plaza.

»El pueblo está en lo alto de una peña a la orilla del río, hay una plaza con una fuente y bancos y unos árboles que dan sombra a los bancos. Los balcones de las casas dan a la plaza y en ella desembocan seis calles y hay unos soportales debajo de las casas que rodean la plaza, de manera que se puede andar a la sombra cuando calienta el sol. En tres lados de la plaza hay soportales y en el otro está el paseo con los árboles que discurre al borde de la peña con el río debajo. Hay cien metros de caída hasta el río.

»Pablo lo organizó todo igual que hizo con el ataque al cuartel. Primero mandó bloquear las entradas a las calles con carros como si fuese a celebrar una capea en la plaza. Los fascistas estaban detenidos en el ayuntamiento, que era el edificio mayor de la plaza. En él había un reloj en la pared; en uno de los edificios de los soportales estaba el club de los fascistas; y debajo de uno de los soportales en la acera de delante del club había unas mesas y unas sillas. Ahí era donde tomaban el aperitivo antes de que estallara la guerra. Las sillas y las mesas eran de mimbre. Era como un café, pero más elegante.

—¿Y no hubo lucha para detenerlos?

—Pablo los capturó a todos la noche antes de asaltar el cuartel. Aunque ya lo había rodeado. Los detuvieron a todos en sus casas a la misma hora a la que empezó el ataque. Fue una medida muy inteligente. Pablo es un organizador nato. De lo contrario le habrían atacado por los flancos y la retaguardia mientras asaltaba el cuartel de la guardia civil.

»Pablo es muy inteligente, pero también brutal. Planeó y organizó muy bien lo del pueblo. Escucha. Después de concluido con éxito el asalto, de que se rindieran los últimos cuatro guardias, de que los ejecutara contra la tapia del cuartel y de que desayunásemos en el café que hay en la esquina donde sale el autobús, procedió a organizar lo de la plaza. Atravesó los carros igual que para una capea, excepto que no cerró la parte que daba al río. Esa la dejó abierta. Luego ordenó al cura que confesara a los fascistas y les diera los sacramentos.

—¿Dónde se hizo eso?

—Ya te dije antes que en el ayuntamiento. Fuera se había congregado una gran multitud y mientras el cura se dedicaba a lo suyo hubo quien profirió algunas burlas y obscenidades, pero la mayoría de la gente estuvo seria y respetuosa. Los que hacían bromas eran un hatajo de inútiles que se habían emborrachado para celebrar la toma del cuartel, aunque les habría bastado cualquier otra excusa.

»Mientras el cura cumplía con su obligación, Pablo organizó a los de la plaza en dos filas.

»Los puso en dos filas como en esos concursos de fuerza en los que hay que tirar de una cuerda, o como se pone la gente al final de una carrera ciclista, dejando apenas espacio para los ciclistas, o en una procesión. Dejó dos metros entre las dos filas que se extendían desde la puerta del ayuntamiento a través de la plaza hasta el borde del acantilado.

De modo que cualquiera que saliera de allí vería dos filas de personas esperando.

»Iban armados con mayales como los que se emplean para aventar el grano en la era y estaban separados por la distancia de un mayal. No todos los tenían porque no habían conseguido encontrar suficientes. La mayoría los habían sacado de la tienda de don Guillermo Martín, un fascista que vendía herramientas agrícolas. Los que no tenían mayales tenían gruesos cayados de pastor o aguijones de los que se usan para guiar a los bueyes, y algunos llevaban horcas de madera de las que se emplean para remover la parva después de trillar. Unos pocos tenían hoces y guadañas, pero a esos Pablo los puso al final, donde las filas llegaban al borde de los riscos.

»La gente estaba en silencio, hacía un día muy claro con nubes altas como el de hoy, y la plaza todavía no estaba polvorienta porque esa noche había caído mucho rocío y los árboles arrojaban su sombra sobre los hombres; se oía el agua brotar por el pitorro en la boca del león y caer en la fuente donde iban las mujeres a llenar los cántaros.

»Solo cerca del ayuntamiento, donde el cura estaba cumpliendo con su obligación con los fascistas se oyeron algunas irreverencias que, como he dicho, proferían unos cuantos borrachos inútiles que se agolpaban contra las ventanas chillando obscenidades y bromas de mal gusto por los barrotes de las ventanas. La mayoría de los hombres de las filas estaban esperando en silencio.

»—¿Habrá mujeres? —le oí decir a uno.

»—Cristo, espero que no —respondió otro.

»—Ahí está la mujer de Pablo —dijo un tercero—. Oye, Pilar. ¿Habrá mujeres?

»Lo miré y vi que era un campesino que llevaba puesta la chaqueta de los domingos y no paraba de sudar.

»—No, Joaquín. No habrá mujeres. No vamos a matar a las mujeres. ¿Por qué íbamos a matar a sus mujeres?

»—Gracias a Dios. ¿Cuándo empezará? —repuso él.

»—En cuanto termine el cura —contesté.

»—¿Y el cura?

»—No lo sé —le dije, y noté que el sudor empezaba a caerle por la frente.

»—Nunca he matado a nadie —dijo.

»—Pues ahora aprenderás —le espetó un campesino que tenía al lado—. Aunque no creo que de un golpe con esto se pueda matar a nadie. —Y sostuvo el mayal entre las manos con gesto dubitativo.

»—Ahí está la gracia —replicó otro campesino—. En que harán falta muchos golpes.

»—Han tomado Valladolid. Y tienen Ávila —observó alguien—. Lo he oído decir antes de venir al pueblo.

»—Pues este pueblo es nuestro y no lo tomarán. Hemos atacado antes que ellos —respondí—. Pablo no es de los que esperan a que le ataquen.

»—Pablo es muy hábil —apuntó otro—. Pero al ejecutar a los guardias civiles ha sido un egoísta. ¿No crees, Pilar?

»—Sí, pero ahora vamos a participar todos.

»—Sí —admitió—. Todo está muy bien organizado. Pero ¿por qué no han llegado más noticias de la revolución?

»—Pablo cortó los hilos telefónicos antes de asaltar el cuartel. Todavía no los han arreglado.

»—¡Ah! —repuso el otro—. Por eso no nos hemos enterado de nada. Yo me enteré esta madrugada al pasar por la caseta del peón caminero.

»—¿Por qué así, Pilar? —me preguntó.

»—Para ahorrar balas. Y para que todo el mundo tenga su parte de responsabilidad.

»—Pues a ver si empieza de una vez. Que empiece ya. —Le miré y vi que estaba llorando.

»—¿Por qué lloras, Joaquín? —le pregunté—. No hay por qué llorar.

»—No puedo evitarlo, Pilar —dijo—. Nunca he matado a nadie.

»Quien no haya estado el día de la revolución en un pueblo pequeño, donde todo el mundo se conoce de toda la vida, no ha visto nada. Aquel día casi todos los hombres de las filas de la plaza llevaban la ropa con la que trabajaban en los campos, pues habían llegado al pueblo a toda prisa, pero algunos, que no sabían cómo vestirse el primer día de una revolución, llevaban la ropa de los domingos, y al ver que los otros, incluidos los que habían asaltado el cuartel, llevaban ropa vieja, se sentían avergonzados por no ir apropiadamente vestidos. Pero no querían quitarse las chaquetas por miedo a perderlas o a que se las robase alguno de aquellos inútiles, así que se quedaron al sol en la plaza sudando y esperando a que empezase.

»Entonces se levantó viento y el polvo de la plaza ya se había secado, pues se había soltado con el paso de tantos hombres y uno que iba con el traje azul oscuro de los domingos gritó: "¡Agua, agua!", y el encargado de la plaza, cuyo trabajo era regarla cada mañana con una manguera, llegó, abrió la manguera y empezó a mojar el polvo de los bordes de la plaza y luego hacia el centro. Entonces las dos filas se apartaron y dejaron que mojara el polvo en el centro de la plaza. La manguera se movía describiendo un amplio arco, el agua brillaba al sol y los hombres se apoyaban en los mayales, los cayados o las blancas horcas de madera y observaban el chorro de agua. Luego, cuando la plaza quedó mojada y el polvo volvió a asentarse, volvieron a formar las filas y un campesino gritó:

»—¿Cuándo nos van a dar el primer fascista? ¿Cuándo sale el primero de los toriles?

»—Pronto —gritó Pablo desde la puerta del ayuntamiento—. Pronto saldrá el primero. —Tenía la voz ronca de gritar durante el asalto y del humo del cuartel.

»—¿A qué viene el retraso? —preguntó alguien.

»—Aún están ocupados con sus pecados —gritó Pablo.

»—Claro, como que son veinte —dijo un hombre.

»—Más —apostilló otro.

»—Si son veinte, tendrán muchos pecados que confesar.

»—Sí, pero a mí me parece un truco para ganar tiempo. Sin duda, en una situación así uno solo debe de acordarse de los más graves.

»—Pues ten paciencia. Porque si son más de veinte, seguro que tardarán mucho en confesar los más graves.

»—Ya la tengo. Pero es mejor acabar cuanto antes. Tanto por ellos como por nosotros. Estamos en julio y hay mucho trabajo que hacer. Hemos cosechado, pero aún no hemos trillado. Todavía no es época de fiestas y ferias.

»—Pues hoy tendremos fiesta y feria —repuso otro—. La feria de la libertad, a partir de hoy, cuando mueran esos, el pueblo y las tierras serán nuestros.

»—Hoy trillaremos fascistas —dijo uno— y de la parva saldrá la libertad de este pueblo.

»—Para merecerla tendremos que administrarla bien —apuntó otro—. Pilar, ¿cuándo celebraremos una asamblea para hablar de la organización?

»—En cuanto acabemos con esto —respondí—. En el mismo edificio del ayuntamiento.

»Yo me había puesto uno de los tricornios de charol de la guardia civil, había desamartillado la pistola sujetándola con el dedo mientras apretaba el gatillo y la llevaba a la cintura con el largo cañón metido por debajo de una cuerda. Cuando me lo puse me pareció muy gracioso, aunque luego deseé haber cogido la cartuchera en lugar del tricornio, pero uno de los hombres de la fila me dijo: "Pilar, hija, me parece de mal gusto que lleves ese tricornio. Ya hemos terminado con la guardia civil".

»—En ese caso —respondí—, me lo quito. —Y así lo hice.

»—Dámelo —dijo—. Es mejor destruirlo.

»Y, como estábamos al extremo de la fila donde el paseo discurre por lo alto del río, lo cogió y lo tiró sin levantar el brazo con el movimiento de los pastores cuando tiran una piedra para reunir las vacas. El tricornio cayó al vacío y lo vimos cada vez más pequeño, con el charol brillando al sol mientras caía hacia el río. Miré hacia la plaza y vi gente asomada a todas las ventanas y balcones, la doble fila de hombres que llegaba hasta el ayuntamiento y una multitud que se agolpaba contra las ventanas de dicho edificio, también se oían muchas voces que hablaban al mismo tiempo y de pronto oí un grito y a alguien que decía: "Ahí llega el primero"; y vi que era don Benito García, el alcalde, que salía andando despacio por la puerta sin sombrero y avanzaba por los soportales sin que pasara nada, anduvo entre la fila de hombres y siguió sin pasar nada. Pasó dos hombres, cuatro hombres, ocho hombres, diez hombres y no pasó nada, continuó andando entre las filas de hombres con la cabeza alta, la cara gruesa de color ceniciento, la mirada al frente, aunque de vez en cuando echaba una mirada a los lados y seguía andando con paso firme. Y no pasó nada.

»Alguien gritó desde un balcón: "¿Qué os pasa, cobardes?", y don Benito siguió andando entre los hombres sin que pasara nada. Luego me fijé en uno que estaba un poco más allá y reparé en que tenía la cara congestionada, se estaba mordiendo el labio y sujetaba el mayal con manos lívidas de tanto apretar. Observé cómo miraba acercarse a don Benito. Y siguió sin pasar nada. Luego, justo antes de que don Benito llegara a su altura, el hombre levantó tanto el mayal que golpeó a uno que había detrás y le propinó un golpe a don Benito en la cabeza, don Benito le miró y él volvió a golpearle gritando: "Esto es para ti, cabrón", el golpe le dio en cara y don Benito trató de protegerse con las manos, entonces los demás empezaron a apalearlo hasta que cayó al suelo y el que le había golpeado primero pidió a los otros que le ayudaran, lo cogió del cuello de la camisa mientras ellos lo sujetaban de los brazos y lo arrastraron boca abajo por la plaza hasta el borde del risco y lo arrojaron al río. Y el que le había golpeado primero se arrodilló para verlo caer mientras decía: "¡Cabrón, cabrón, cabrón!". Era un arrendatario de don Benito y nunca se habían entendido bien. Habían discutido por un terreno cerca del río que el alcalde le había quitado para dárselo a otro y desde entonces siempre le había tenido odio. Aquel hombre no volvió a la fila, sino que se quedó al borde del risco mirando el lugar donde había caído don Benito.

»Después de don Benito no salió nadie. Ahora no se oía un alma en la plaza porque todos estaban esperando a ver quién salía. Luego un borracho exclamó a voz en grito: "¡Que salga el toro!".

»Entonces alguien chilló desde las ventanas del ayuntamiento: "¡A estos no hay quien los mueva! ¡Están todos rezando!".

»Otro borracho gritó: "Pues sacadlos a rastras. Venga, sacadlos a rastras. Ya está bien de rezos".

»Pero no salió nadie, hasta que por fin apareció uno por la puerta.

»Era don Federico González, el dueño del molino y de la tienda de ultramarinos, un fascista redomado. Era alto y delgado, llevaba el pelo peinado a un lado para taparse la calva, y una camisa de dormir remetida por los pantalones. Iba descalzo como lo sacaron de su casa, llevaba las manos en la cabeza y Pablo estaba detrás empujándole con los cañones de la escopeta en la espalda hasta que llegó a la doble fila de hombres. Pero cuando Pablo se apartó y volvió a la puerta del ayuntamiento, don Federico no pudo seguir adelante y se quedó allí mirando a las alturas y con las manos alzadas como si quisiera tocar el cielo.

»—Las piernas no le responden —dijo alguien.

»—¿Qué pasa, don Federico? ¿No sabe usted andar? —le gritó otro. Pero don Federico siguió donde estaba con las manos alzadas y moviendo los labios.

»—¡Vamos! —le gritó Pablo desde los escalones—. Camina.

»Don Federico se quedó donde estaba incapaz de moverse. Uno de los borrachos le clavó el mango del mayal en la espalda y don Federico dio un respingo como un caballo reacio, pero siguió en el mismo sitio con las manos alzadas y mirando al cielo.

»Luego, el campesino que había a mi lado dijo: "Esto es una vergüenza. No tengo nada contra él, pero alguien tiene que poner fin a este espectáculo". Así que se abrió paso hasta donde estaba don Federico, le dijo: "Con su permiso", y le propinó un golpetazo en la cabeza con el cayado.

»Entonces don Federico bajó las manos, se las llevó a la calva y echó a correr por la doble fila de hombres con la cabeza entre las manos y los cabellos largos y finos escapándosele entre los dedos mientras los mayales le golpeaban en la espalda y en los hombros hasta que cayó al suelo y los que estaban al otro extremo de la fila lo cogieron y lo despeñaron desde los riscos. No abrió la boca desde que salió empujado por la escopeta de Pablo. Su única dificultad fue echar a andar. Fue como si hubiera perdido el dominio de sus piernas.

»Después de lo de don Federico vi que los hombres más endurecidos se habían reunido al extremo de la fila al borde del precipicio, así que me marché y fui a los soportales del ayuntamiento, aparté a dos borrachos y me asomé a la ventana. En la enorme sala del ayuntamiento todos estaban arrodillados en semicírculo y el cura también se había arrodillado para rezar con ellos. Pablo, uno apodado Cuatro Dedos, un zapatero remendón que por aquel entonces estaba siempre con él, y otros dos estaban vigilándolos con escopetas, y Pablo le dijo al cura: "¿Quién es el siguiente?", y el cura siguió rezando y no le respondió.

»—Oye, tú —le dijo Pablo al cura con voz ronca—. ¿Quién va ahora? ¿Quién está preparado?

»El cura no respondió y se comportó como si Pablo no estuviese allí, y noté que Pablo se estaba enfadando mucho.

»—Déjanos salir a todos juntos —le dijo a Pablo don Ricardo Montalvo, que era un terrateniente, alzando la cabeza e interrumpiendo los rezos.

»—¡Qué va! —respondió Pablo—. Uno por uno, cuando estéis preparados.

»—Entonces iré yo —dijo don Ricardo—. No puedo estarlo más.

»—El cura le bendijo y volvió a bendecirle, sin dejar de rezar cuando se incorporó, y le ofreció un crucifijo para besarlo. Don Ricardo lo besó y luego se volvió y le dijo a Pablo: "No puedo estar más preparado. Cabrón mala leche. Vamos".

»Don Ricardo era un hombre bajo, de pelo gris y cuello grueso y llevaba la camisa abierta. Tenía las piernas torcidas de tanto montar a caballo. "Adiós —les dijo a los que estaban de rodillas—. No estéis tan tristes. Morir no es nada. Lo único malo es morir en manos de esta canalla. No me toques —le dijo a Pablo—. No me toques con esa escopeta."

»Salió del ayuntamiento con el cabello gris, sus ojillos grises y el cuello grueso con aire de estar muy enfadado. Miró la doble fila de campesinos y escupió en el suelo. Escupió saliva, lo que en esas circunstancias, ya sabrás, inglés, que es muy raro y dijo: "¡Arriba España! Abajo esa falsa República y me [obscenidad] en la leche que mamaron vuestros padres".

»Así que lo mataron a palos muy deprisa, ofendidos por el insulto, le golpearon nada más entrar en la fila y mientras trataba de andar con la cabeza alta hasta que cayó al suelo y lo rajaron con las guadañas y las hoces, luego lo cogieron entre varios, lo llevaron a lo alto del risco, lo arrojaron abajo y se mancharon las manos y la ropa de sangre y empezaron a tener la sensación de que los que salían eran enemigos y había que matarlos.

»Hasta que salió don Ricardo con tantos arrestos y gritándoles aquellos insultos estoy segura de que muchos de los que estaban en la fila habrían dado cualquier cosa por no haber estado allí. Y si cualquiera hubiese gritado: "Vamos, perdonemos a los demás. Ya se han llevado una lección", estoy convencida de que casi todos habrían estado de acuerdo.

»Pero don Ricardo, pese a su valentía, les hizo un flaco favor a los demás. Pues soliviantó a los de la fila, y quienes antes se estaban limitando a cumplir un deber de mala gana, se enfadaron y la diferencia fue notable.

»—Que salga el cura y así iremos más deprisa —gritó uno.

»—Eso, que salga el cura.

»—Ya hemos tenido tres ladrones, ahora queremos al cura.

»—Dos ladrones —le dijo un campesino bajo al hombre que había gritado—. Con nuestro Señor había dos ladrones.

»—¿Con el Señor de quién? —replicó muy enfadado el otro con la cara colorada.

»—Es una manera de hablar.

»—No es mi Señor ni de broma —repuso el hombre—. Y más vale que midas las palabras si no quieres acabar entre las dos filas.

»—Soy tan buen republicano libertario como tú —dijo el más bajo—. He golpeado a don Ricardo en la boca y a don Federico en la espalda. Y fallé con don Benito. Pero te digo que se dice nuestro Señor y que estaba acompañado de dos ladrones.

»—Me [obscenidad] en la leche de tu republicanismo. Sigues con lo de don por aquí y don por allá.

»—Así es como se habla por aquí.

»—No seré yo, cabrones. Y en cuanto a tu Señor... ¡Vaya! ¡Ahí sale otro!

»Entonces vimos una escena lamentable, pues el hombre que salía por la puerta del ayuntamiento era don Faustino Rivero, el hijo mayor de don Celestino Rivero, un terrateniente. Era alto y rubio y llevaba el pelo peinado hacia atrás, guardaba siempre un peine en el bolsillo y se había peinado antes de salir. Siempre estaba importunando a las chicas, era cobarde y se las daba de torero aficionado. Iba mucho con gitanos, toreros y ganaderos y le gustaba vestir a la andaluza, pero le faltaba valor y la gente se burlaba de él. Una vez anunció que iba a aparecer en una corrida benéfica de aficionados para el asilo de ancianos de Ávila y que mataría a un toro a caballo al estilo andaluz, cosa que llevaba mucho tiempo practicando, pero al ver el tamaño del toro que le había tocado en suerte, en lugar del novillo blando de patas que había apartado él, fingió ponerse enfermo y algunos decían que se había metido los dedos en la garganta para vomitar.

»En cuanto lo vieron los de la plaza empezaron a gritar:

»—¡Hola, don Faustino! Cuidado con vomitar.

»—Eh, don Faustino. Hay chicas guapas esperando al fondo del barranco.

»—Don Faustino, un segundo que vamos a por un toro más grande.

»Y otro gritó:

»—Oiga, don Faustino. ¿Alguna vez ha oído hablar de la muerte?

»Don Faustino se quedó allí haciéndose el valiente. Seguía dominado por el arrebato que le había impulsado a decirle a los otros que iba a salir. El mismo que le había hecho anunciar que participaría en la corrida y que le había hecho concebir esperanzas de llegar a ser torero aficionado. Inspirado por el ejemplo de don Ricardo, se quedó allí valiente y apuesto con un gesto de desdén. Pero no podía hablar.

»—Vamos, don Faustino —gritó uno de los de la doble fila de hombres—. Vamos, don Faustino. Aquí está el toro más grande de todos.

»Don Faustino siguió mirándoles con desdén y creo que nadie sintió la menor compasión por él. Aun así hay que reconocer que tenía muy buena estampa, pero el tiempo corría y solo podía seguir un camino.

»—Don Faustino —gritó uno—. ¿A qué espera, don Faustino?

»—Va a vomitar —dijo alguien, y todos se echaron a reír.

»—Don Faustino —exclamó un campesino—. Vomita si quieres. A mí tanto me da.

»Entonces don Faustino miró la doble fila de hombres que llegaba hasta el otro lado de la plaza y, cuando vio el precipicio y el vacío que había detrás, dio media vuelta y volvió a entrar en el ayuntamiento.

»Los hombres bramaron y uno chilló:

»—¿Adónde va, don Faustino? ¿Adónde va?

»—Va a vomitar —gritó otro, y todos se echaron a reír.

»Entonces vimos a don Faustino que volvía a salir y a Pablo detrás con la escopeta. Todo su aplomo había desaparecido. Al ver a los hombres había perdido el valor y ahora salía con Pablo detrás como si Pablo estuviese limpiando la calle y don Faustino fuese la porquería que iba empujando. Don Faustino salió y empezó a santiguarse y a rezar, luego se puso las manos delante de los ojos y bajó los escalones en dirección a la doble fila.

»—Dejadlo —gritó alguien—. No le toquéis.

»Los de las filas lo entendieron y nadie hizo ademán de tocar a don Faustino, que avanzó entre las dos filas con las manos temblorosas y moviendo los labios.

»Nadie dijo nada ni lo tocó y, cuando estaba a mitad de camino, no pudo seguir y cayó de rodillas.

»Nadie le golpeó. Yo iba siguiéndole a lo largo de la fila para ver lo que le pasaba y un campesino se agachó, le ayudó a ponerse en pie y le dijo:

»—Levante, don Faustino, y siga andando. El toro no ha salido todavía.

»Don Faustino no podía andar solo y el campesino le ayudó por un lado, mientras otro que también llevaba una blusa negra y botas de pastor le sostenía por el otro, cogiéndolo de los brazos; don Faustino anduvo entre las dos filas, tapándose los ojos con las manos y moviendo los labios y con el pelo rubio brillando al sol, y al pasar los campesinos le decían: "Don Faustino, buen provecho", y otros: "A sus órdenes, don Faustino", y uno que también había fracasado como torero le dijo: "Don Faustino, aquí un matador a sus órdenes", y otro: "Don Faustino, el cielo está lleno de chicas guapas". Llevaron a don Faustino entre las dos filas, sujetándolo mientras se cubría los ojos con las manos. No obstante, debía de estar mirando entre los dedos porque al llegar al borde del precipicio volvió a hincarse de rodillas, se echó al suelo y se agarraba a la hierba diciendo: "No. No. No. Por favor. NO. Por favor. Por favor. No. No".

»Luego los campesinos que lo habían acompañado y los tipos del final de la fila se agacharon junto a él, le dieron un empujón y lo lanzaron por el precipicio sin darle un solo golpe y lo oímos gritar mientras caía.

»Entonces comprendí que los de las filas se habían vuelto crueles y que la culpa la tenían primero los insultos de don Ricardo y luego la cobardía de don Faustino.

»—Que salga otro —gritó un campesino, y uno le dio una palmada en la espalda y dijo—: ¡Hay que ver, don Faustino, genio y figura!

»—Ahora sí que ha visto al toro —respondió otro—. Esta vez de nada le servirá vomitar.

»—En toda mi vida —añadió un tercero—, he visto nada como lo de don Faustino.

»—Hay más —dijo otro—. Tened paciencia. ¿Quién sabe lo que veremos todavía?

»—Como si hay gigantes, enanos, negros o monstruos de África. En mi opinión, no veremos nada como lo de don Faustino. ¡Pero que salga otro! Vamos. ¡Que salga otro!

»Los borrachos se estaban pasando botellas de anís y coñac que habían robado en el bar de los fascistas, y estaban bebiendo como si fuese vino y algunos de los de las filas empezaban a estar un poco achispados también, de lo que habían bebido después de la emoción de don

Benito, don Federico, don Ricardo y sobre todo don Faustino. Los que no bebían licor bebían de las botas de vino que iban de mano en mano, alguien me pasó una a mí y eché un trago muy largo, dejando que el vino corriera fresco por mi garganta de la bota de cuero, pues yo también estaba sedienta.

»—Matar da sed —me dijo el hombre de la bota.

»—¡Qué va! —respondí—. ¿Has matado a alguien?

»—A cuatro —dijo orgulloso—. Sin contar a los guardias civiles. ¿De verdad mataste tú a uno de los civiles, Pilar?

»—A ninguno —dije—. Lo único que hice fue disparar a la nube de humo cuando se derrumbó la tapia, igual que los demás.

»—¿De dónde has sacado esa pistola, Pilar?

»—De Pablo. Me la dio él después de matar a los civiles.

»—¿Los mató con esta pistola?

»—Exacto. Y luego me la dio.

»—¿Puedo verla, Pilar? ¿Me dejas que la coja?

»—¿Por qué no, hombre? —respondí, la saqué de debajo de la cuerda y se la di. Y, justo cuando estaba preguntándome por qué no salía nadie más, hete aquí que sale don Guillermo Martín de cuyo almacén habían salido todos los mayales, los cayados de pastor y las horcas de madera. Don Guillermo era un fascista, pero nadie tenía nada contra él.

»Es cierto que pagaba muy poco a los que le fabricaban los mayales, pero también los vendía baratos y si no querías comprárselo a él siempre podías hacértelo tú mismo por el precio de la madera y el cuero. Hablaba de forma desabrida y era un fascista de tomo y lomo; a mediodía y por la tarde se sentaba en las sillas de mimbre del club a leer *El Debate*, se hacía limpiar los zapatos, y bebía vermut con sifón y comía almendras tostadas, gambas y anchoas. Pero nadie mata por eso, y estoy segura de que, de no ser por los insultos de don Ricardo Montalvo, el lamentable espectáculo de don Faustino y lo mucho que bebió la gente después de tantas emociones, alguien habría gritado: "Dejad en paz a don Guillermo. Ya tenemos sus mayales. Dejadle marchar", porque la gente de ese pueblo puede ser tan buena como cruel y tiene un sentido natural de la justicia y desea hacer lo correcto. Pero los de las filas se habían vuelto crueles y empezaban a estar borrachos y ya no eran como cuando salió don Benito. No sé cómo será en otros países y no creo que haya nadie a quien le guste beber tanto como a mí, pero en España las borracheras, cuando no son de vino, son muy desagradables y la gente hace cosas que no haría de otro modo. ¿No ocurre igual en tu tierra, inglés?

—Sí —respondió Robert Jordan—. Cuando tenía siete años e iba con mi madre a una boda en el estado de Ohio en la que tenía que hacer de paje y llevar las flores con otra niña...

—¿Eso hiciste? —preguntó María—. ¡Qué bonito!

—Colgaron a un negro de una farola y luego lo quemaron. Era una farola eléctrica. Y la lámpara se bajaba con una polea hasta la acera. Primero lo subieron con la polea, pero se rompió...

—Un negro —dijo María—. ¡Qué barbaridad!

—¿Estaban borrachos? —preguntó Pilar—. ¿Se emborracharon para quemar al negro?

—No lo sé —respondió Robert Jordan—. Porque solo lo vi asomándome por debajo de una persiana desde la casa que había en la esquina donde estaba la farola. La calle estaba llena de gente y cuando subieron al negro por segunda vez...

—Si tenías solo siete años y lo viste desde una casa es imposible que supieras si estaban borrachos o no —dijo Pilar.

—Decía que, cuando lo subieron por segunda vez, mi madre me apartó de la ventana y no vi nada más —continuó Robert Jordan—. Pero luego he tenido vivencias que prueban que las borracheras son iguales en mi país. Desagradables y brutales.

—Eras demasiado niño —dijo María—. Demasiado para presenciar una cosa así. Nunca he visto a un negro excepto en los circos, a no ser que los moros sean negros.

—Los hay que lo son y los hay que no lo son —dijo Pilar—. Podría contarte cosas de los moros.

—No tantas como yo —respondió María—. No tantas como yo...

—No hables más de eso —dijo Pilar—. No es sano. ¿Por dónde iba?

—Nos estabas contando lo de la borrachera —explicó Robert Jordan—. Continúa.

—No es justo llamarlo borrachera —dijo Pilar—. Todavía les faltaba mucho para emborracharse. Pero ya se había producido en ellos ese cambio, y cuando don Guillermo salió muy tieso, miope, canoso, no muy alto, con la camisa desabotonada, se santiguó, miró hacia delante aunque no viese mucho sin sus gafas y empezó a andar calmosamente pensé que les daría lástima. Pero alguien gritó desde una de las filas:

»—Aquí, don Guillermo. Venga por aquí. Aquí tenemos todos sus productos.

»Lo habían pasado tan bien burlándose de don Faustino que no vieron que don Guillermo era diferente y que, si lo mataban, debían hacerlo rápido y con dignidad.

»Don Guillermo —gritó otro—. ¿Quiere que vayamos a su casa a por sus gafas?

»La casa de don Guillermo no era una casa porque no tenía mucho dinero, y si simpatizaba con los fascistas era solo para darse tono y consolarse de tener que trabajar y de ganar tan poco en su tienda de aperos agrícolas. Y también por su mujer, a quien quería mucho y era muy religiosa. Vivían en un piso en una casa a tres calles de allí y cuando don Guillermo apareció mirando con ojos miopes las filas por donde debía pasar, una mujer empezó a chillar desde el balcón de la casa. Lo había visto desde el balcón. Era su mujer.

»—Guillermo —gritó—. Guillermo. Espera, que voy contigo.

»Don Guillermo se volvió hacia donde se oían las voces. No la vio.

Intentó decir algo, pero no pudo. Luego se despidió con la mano de la mujer y empezó a andar entre las filas.

»—¡Guillermo! —gritaba ella—. ¡Guillermo! ¡Oh, Guillermo! —Estaba agarrada a la barandilla y se movía atrás y adelante—. ¡Guillermo!

»Don Guillermo volvió a saludarla con la mano y siguió andando con la cabeza erguida, de no ser por el color de su cara nadie habría sabido lo que sentía.

»Entonces algún borracho chilló "¡Guillermo!" desde las líneas imitando la voz rota y chillona de su mujer y don Guillermo corrió ciegamente hacia aquel hombre con las lágrimas corriéndole por las mejillas; él le dio con el mayal en la cara y don Guillermo cayó al suelo por la fuerza del golpe, llorando, aunque no de miedo, mientras los borrachos le golpeaban y uno se le subía encima y le pegaba con una botella. Después de eso muchos hombres abandonaron las filas y les reemplazaron los borrachos que habían estado gritando obscenidades y cosas de mal gusto por las ventanas del ayuntamiento.

»A mí también me había impresionado mucho que Pablo ejecutara a los guardias civiles —dijo Pilar—. Había sido muy desagradable, pero había pensado que así eran las cosas y que al menos no había habido crueldad, solo les había quitado la vida, y si algo hemos aprendido estos años es que eso es desagradable, pero también necesario si queremos vencer y salvaguardar la República.

»Cuando cerraron la plaza y formaron las líneas me dejó admirada la forma en que lo había planeado todo Pablo, aunque me pareció un poco exagerado y pensé que era necesario hacer lo que había que hacer con buen gusto para que no fuese repugnante. Si había que ejecutar a los fascistas, era mejor que lo hiciese la gente, que todos participaran, y yo estaba tan dispuesta como cualquiera a compartir su culpa, igual que esperaba participar de los beneficios cuando nos hiciésemos con el pueblo. Pero después de lo de don Guillermo sentí vergüenza y asco, y cuando llegaron los borrachos y aquel hatajo de inútiles y los más decentes salieron de las filas para protestar por aquello, no quise tener nada que ver y me marché a sentarme en un banco que había a la sombra de unos árboles al otro lado de la plaza.

»Dos campesinos que habían estado en las filas se acercaron hablando entre ellos y uno me preguntó: "¿Qué te pasa, Pilar?".

»—Nada, hombre —respondí.

»—Sí —dijo—. Habla. ¿Qué pasa?

»—Creo que ya he tenido bastante —dije.

»—Nosotros también —dijo, y los dos se sentaron en el banco. Uno de ellos llevaba una bota de vino y me la pasó.

»—Mójate los labios —dijo, y su acompañante añadió siguiendo con la conversación—: "Lo peor es que todo esto acabará trayéndonos mala suerte. No habrá quien me convenza de que matar a don Guillermo de esa manera no nos va a traer mala suerte". A lo que el primero respondió—: Si de verdad es necesario matarlos, y no estoy muy convencido de que lo sea, pues se les mata, pero con decoro y sin tantas burlas.

»—En el caso de don Faustino estaban justificadas —dijo el otro—. Porque siempre ha sido un mamarracho que jamás ha tenido dos dedos de frente. Pero burlarse de un hombre tan serio como don Guillermo no está bien.

»—Ya he tenido bastante —contesté, y era verdad porque me sentía asqueada, estaba sudando y tenía náuseas como si hubiese comido marisco en mal estado.

»—Pues nada —dijo uno de los campesinos—. Conmigo que no cuenten. Quisiera saber lo que está pasando en los otros pueblos.

»—Aún no han reparado los hilos del teléfono —dije—. Alguien tendría que ponerle remedio.

»—Desde luego —repuso él—. ¿Quién sabe si no haríamos mejor fortificando el pueblo que masacrando a esa gente con tanta brutalidad y lentitud.

»—Iré a hablar con Pablo —les dije; me levanté del banco y fui hacia los soportales que llevaban a la puerta del ayuntamiento de donde partían las líneas hacia la plaza. Las líneas ya no eran rectas ni ordenadas y muchos estaban borrachos como cubas. Había dos que se habían caído; estaban tumbados de espaldas en mitad de la plaza y no hacían más que pasarse una botella. Uno bebía un trago y chillaba como un loco: "¡Viva la anarquía!". Llevaba un pañuelo rojinegro al cuello. El otro respondía: "¡Viva la libertad!", daba patadas al aire y volvía a aullar: "¡Viva la libertad!". También tenía un pañuelo rojinegro que ondeaba en una mano mientras con la otra agitaba la botella.

»Un campesino que se había salido de la fila para ponerse a la sombra de los soportales los miró asqueado y dijo: "Deberían gritar 'Viva la borrachera', es en lo único que creen".

»—Ni siquiera creen eso —respondió otro campesino—. Esos no creen ni entienden nada.

»Justo en ese momento, uno de los borrachos se puso en pie, alzó los dos brazos con los puños apretados por encima de la cabeza y gritó: "¡Larga vida a la anarquía y la libertad y me [obscenidad] en la leche de la República!".

»El otro borracho, que seguía tumbado de espaldas, cogió por el tobillo al que estaba gritando y se dio la vuelta de modo que el otro cayó también con él, luego se sentaron y el que había tirado al suelo al primero le pasó el brazo por el hombro, le alcanzó la botella, besó el pañuelo rojinegro que llevaba al cuello y los dos echaron un trago.

»Entonces se oyó gritar a los de las filas, y al mirar hacia los soportales no vi a quien salía porque lo tapaba la muchedumbre que había agolpada a la puerta del ayuntamiento. Lo único que vi era que lo habían obligado a salir Pablo y Cuatro Dedos a punta de escopeta, pero no acerté a reconocerlo y me aproximé a las filas para intentar verlo.

»Todo el mundo se daba empujones y las sillas y las mesas del café de los fascistas estaban volcadas a excepción de una donde yacía un borracho con la cabeza colgando y la boca abierta; así que cogí una silla, la apoyé en una columna y me subí para ver por encima de la gente.

»El hombre a quien habían sacado Pablo y Cuatro Dedos era don Anastasio Rivas, un fascista redomado y el hombre más gordo del pueblo. Era tratante de grano y agente de varias compañías de seguros, y también prestaba dinero a un interés muy alto. Subida en la silla lo vi bajar por los escalones y avanzar hacia las líneas, con el grueso cuello asomando por la camisa y la calva brillando al sol, pero no pudo seguir porque se oyó un grito, no un grito aislado, sino como si todos chillaran al unísono. Fue un ruido muy desagradable producido por todos los borrachos que se abalanzaron sobre él; vi caer a don Anastasio con las manos en la cabeza y luego dejé de verlo por la cantidad de hombres que se le echaron encima. Cuando se apartaron, don Anastasio estaba muerto con la cabeza aplastada contra las losas del pavimento de los soportales y en lugar de las líneas había una turba.

»—Entremos —empezaron a gritar—. Vayamos a por ellos.

»—Es demasiado pesado para cargar con él —dijo un hombre dándole una patada al cadáver de don Anastasio, que seguía boca abajo en el suelo—. Dejémoslo ahí.

»—¿Para qué arrastrar ese saco de tripas hasta el precipicio? Que se quede ahí.

»—Entremos y acabemos con los de dentro —gritó uno—. Vamos allá.

»—¿Por qué esperar más tiempo a pleno sol? —chilló otro—. Vamos, entremos de una vez.

»La turba se apresuró hacia los soportales. Gritaban, y empujaban y hacían un ruido como el de un animal y no paraban de chillar: "¡Abrid, abrid!", pues los que estaban montando guardia habían cerrado las puertas del ayuntamiento en cuanto se rompieron las filas.

»Desde la silla se veía lo que ocurría dentro y todo seguía igual que antes. El cura se había puesto de pie, y los que quedaban se hallaban de rodillas formando un semicírculo y rezando. Pablo se había sentado en la mesa que había delante del sillón del alcalde con la escopeta cruzada a la espalda, las piernas colgando y liando un cigarrillo. Cuatro Dedos se había instalado en el sillón del alcalde con los pies en la mesa y fumaba otro cigarrillo. Los encargados de montar guardia ocupaban las sillas de los concejales escopeta en mano. La llave de la puerta estaba en la mesa al lado de Pablo.

»La turba gritaba: "¡Abrid, abrid, abrid!" como una letanía y Pablo siguió sin inmutarse como si no les oyera. Le dijo algo al cura, pero no lo oí por las voces de la gente.

»El cura, igual que antes, no respondió y siguió rezando. Acerqué la silla a la pared porque la gente no paraba de empujarme por detrás. Me subí a ella, apreté la cara contra la ventana y me agarré a los barrotes. Un hombre subió también y se agarró a los barrotes de fuera rodeándome con los brazos.

»—Se va a romper la silla —dije.

»—¿Qué más da? —respondió—. Mira, mira cómo rezan.

»Su aliento en mi nuca olía igual que la turba, agrio, como un vómito de borracho sobre los adoquines, entonces acercó la boca a los barrotes por encima de mi hombro y gritó: "¡Abrid, abrid!", y me sentí como si tuviera esa chusma sobre la espalda, igual que el demonio en una pesadilla.

»La multitud seguía agolpándose contra la puerta y los de detrás aplastaban a los de delante. Un borracho grandullón que había en la plaza con una blusa negra y un pañuelo rojinegro al cuello corrió y saltó sobre la muchedumbre, luego volvió a levantarse y volvió a saltar sobre los hombres que empujaban mientras gritaba:"¡Viva yo y viva la anarquía!".

»Aquel hombre se alejó de la multitud y se sentó a beber de una botella, luego vio a don Anastasio que seguía tirado boca abajo sobre los adoquines y se acercó a él, le vertió parte del contenido de la botella sobre la cabeza y la ropa, cogió una caja de cerillas y encendió varias para pegarle fuego. Pero se había levantado viento y todas se le apagaron; al cabo de un rato el borracho se sentó al lado de don Anastasio moviendo la cabeza, bebiendo de la botella y dándole palmaditas en el hombro al cadáver de vez en cuando.

»La turba no paraba de gritar que les abrieran y el hombre de la silla seguía agarrado a los barrotes ensordeciéndome con sus voces y echándome el aliento maloliente. Dejé de mirar al borracho que había intentado pegarle fuego a don Anastasio, volví la vista hacia el ayuntamiento y vi que todo seguía igual. Los hombres continuaban rezando arrodillados con las camisas desabrochadas, algunos con la cabeza gacha y otros mirando al cura y el crucifijo que sostenía, mientras el cura rezaba y los miraba dándole la espalda a Pablo, que había encendido el cigarrillo y estaba en la mesa con las piernas colgando, la escopeta al hombro y jugueteando con la llave.

»Vi que Pablo volvía a hablarle al cura y no oí lo que le dijo por el ruido de la gente. Pero el cura no respondió y siguió rezando. Entonces uno de ellos se levantó del semicírculo de los que rezaban y comprendí que quería salir. Era don José Castro, a quien todos llamaban don Pepe, un fascista declarado, tratante de caballos, un hombre bajo y de aspecto muy pulcro aun sin afeitar y vestido con una chaqueta de pijama metida por los pantalones grises. Besó el crucifijo, el cura le bendijo y él se puso en pie; miró a Pablo, que hizo un movimiento de cabeza hacia la puerta.

»Pablo movió la cabeza y siguió fumando. Vi que don Pepe le decía algo a Pablo que no pude oír. Pablo no respondió; volvió a mover la cabeza en dirección a la puerta.

»Luego vi que don Pepe miraba la puerta y reparé en que no había caído en que estaba cerrada con llave. Pablo le mostró la llave y él se quedó mirándola, dio media vuelta y volvió a arrodillarse. Vi que el cura se volvía para mirar a Pablo y que él le sonreía y le mostraba la llave, y el cura pareció darse cuenta por vez primera de que estaba cerrada, hizo ademán de mover la cabeza pero se limitó a inclinarla y volver a rezar.

»No sé cómo no se habían dado cuenta de que estaba cerrada a no ser que estuviesen abstraídos en sus rezos y sus propios pensamientos; pero entonces lo comprendieron, entendieron lo que significaban aquellos gritos y que todo había cambiado. No obstante, siguieron igual que antes.

»Para entonces el griterío era tal que no se oía nada y el borracho que había conmigo en la silla se puso a sacudir los barrotes y a vociferar: "¡Abrid, abrid!", hasta que se quedó ronco.

»Vi que Pablo volvía a hablarle al cura y que el cura no le respondió. Luego Pablo se descolgó la escopeta y le dio un golpecito en el hombro. El cura no le hizo caso y Pablo movió la cabeza. Luego le dijo algo por encima del hombro a Cuatro Dedos y este les dio una orden a los demás, que se levantaron y fueron a un extremo de la sala con sus escopetas.

»Pablo le dijo no sé qué a Cuatro Dedos, apartó dos mesas y unos bancos y los otros se pusieron detrás con sus escopetas. Levantaron una barricada en aquel rincón de la sala. Pablo se inclinó y volvió a darle un golpecito al cura en el hombro con la escopeta y el cura no le hizo caso, pero vi que don Pepe lo observaba mientras los demás seguían rezando. Pablo movió la cabeza y al ver que don Pepe le miraba hizo un gesto y le mostró la llave que tenía en la mano. Don Pepe comprendió, agachó la cabeza y se puso a rezar a toda prisa.

»Pablo se bajó de la mesa y la rodeó hasta llegar al sillón del alcalde, que estaba sobre un estrado detrás de la larga mesa del concejo. Se sentó en él y se puso a liar un cigarrillo sin dejar de mirar a los fascistas, que seguían rezando con el cura. Su gesto no podía ser más inexpresivo. La llave estaba sobre la mesa enfrente de él. Era una enorme llave de hierro, de treinta centímetros de largo. Luego Pablo les dio a sus hombres una orden que no pude oír y uno de ellos se dirigió hacia la puerta. Vi que todos rezaban más deprisa y supe que todos habían comprendido.

»Pablo le dijo no algo al cura, pero el cura no le respondió. Luego Pablo se inclinó hacia delante, cogió la llave y se la dio al que estaba junto a la puerta. El otro la cogió y Pablo le sonrió. Luego el hombre la metió en la cerradura, la giró y tiró de la puerta hacia sí refugiándose detrás en el momento en que entró la multitud.

»Los vi entrar y en ese momento el borracho de la silla empezó a gritar: "¡Ahí, ahí, ahí!", y echó la cabeza hacia delante tapándome la vista y luego chilló: "¡Matadlos, matadlos, matadlos a palos, matadlos!", y me empujó a un lado impidiéndome ver nada.

»Le di un codazo en la barriga y le dije: "¿De quién es esta silla, so borracho? Déjame ver".

»Pero siguió moviendo los brazos y gritando: "¡Matadlos, matadlos a palos, matadlos a palos! ¡Matadlos! ¡Cabrones, cabrones, cabrones!".

»Volví a darle un codazo y le dije: "¡Tú si que eres cabrón, borracho! Déjame ver".

»Entonces me puso las manos en la cabeza para auparse y ver un poco mejor. Apoyó todo su peso sobre mi cabeza y siguió gritando: "¡Matadlos a palos, eso es! ¡Matadlos a palos!".

»A ti habría que matarte —le dije, y le di con fuerza donde más duele, y debió de dolerle porque me soltó para taparse con las manos y exclamó: "No hay derecho, mujer". En ese momento, mirando a través de los barrotes, vi la sala llena de hombres que daban golpes, con los cayados y los mayales, y pinchaban, empujaban y golpeaban con las horcas de madera blancas que estaban rojas y tenían los dientes rotos, y eso ocurría en la sala mientras Pablo seguía en el sillón con la escopeta sobre las rodillas mirando y ellos gritaban, apaleaban, acuchillaban y chillaban como caballos en un incendio. Vi al cura con la sotana arremangada trepando por un banco y a unos que le perseguían con hoces y las guadañas; y luego uno le cogió de la sotana y se oyeron unos gritos, y vi a dos que le clavaban las hoces mientras un tercero lo sujetaba por la sotana y el cura alzaba los brazos y se agarraba al respaldo de una silla; entonces la silla donde estaba se rompió y el borracho y yo caímos al suelo, que olía a vino derramado y vómito, y él me señaló con el dedo diciendo: "No hay derecho, mujer, no hay derecho. Podías haberme dejado inútil", y la gente nos pisoteó para entrar en la sala del ayuntamiento y no vi más que las piernas de los que entraban y al borracho sentado enfrente de mí y sujetándose donde le había dado.

»Así terminó la matanza de fascistas en nuestro pueblo y me alegré de no haber visto más; de no ser por el borracho lo habría visto todo y aquello del ayuntamiento fue algo que cualquiera lamentaría haber visto.

»Pero lo del otro borracho aún fue más raro. Cuando conseguimos ponernos en pie después de que se rompiera la silla mientras la gente seguía entrando en el ayuntamiento, vi al borracho de la plaza con el pañuelo rojinegro que volvía a verter algo sobre don Anastasio. Movía la cabeza a los lados y le costaba seguir sentado, pero seguía echándole algo por encima y encendiendo cerillas, así que me acerqué y le dije:

»—¿Qué estás haciendo, sinvergüenza?

»—Nada, mujer, nada —respondió.

»Y tal vez porque me puse allí y le hice pantalla con las piernas la cerilla prendió y una llama azul corrió por encima del hombro y la chaqueta de don Anastasio hasta llegar a la nuca; el borracho alzó la cabeza y se puso a gritar a voz en cuello: «¡Están quemando a los muertos, están quemando a los muertos!».

»—¿Quién? —preguntó alguien.

»—¿Dónde? —gritó otro.

»—Aquí —tronó el borracho—. ¡Justo aquí!

»En ese momento alguien le dio un golpetazo en la cabeza con un mayal y cayó en el suelo de espaldas, miró a quien le había golpeado, luego cerró los ojos, cruzó las manos sobre el pecho y se quedó junto a don Anastasio como si estuviese dormido. El hombre no le golpeó más y el borracho todavía seguía allí cuando recogieron a don Anastasio y lo metieron en el carro para llevarlo al acantilado por donde los despeñaron esa tarde después de hacer limpieza en el ayuntamiento. Habría sido mejor para el pueblo que hubiesen despeñado a veinte o treinta borrachos, sobre todo los de los pañuelos rojinegros, y si alguna vez hacemos otra revolución, creo que deberíamos acabar con ellos al empezar. Entonces no lo sabíamos, pero no tardaríamos en aprenderlo.

»Sin embargo, esa noche no sabíamos lo que sucedería. Después de la matanza del ayuntamiento no hubo más muertos, pero no pudimos celebrar una asamblea esa noche porque había demasiados borrachos. Fue imposible poner orden y tuvimos que posponerla hasta el día siguiente.

»Esa noche dormí con Pablo. No debería contarte esto, guapa, pero por otro lado te vendrá bien saberlo y al menos lo que digo es cierto. Escucha, inglés, porque es muy curioso.

»Como decía, esa noche cenamos y fue muy curioso. Fue igual que después de una tormenta, una inundación o una batalla cuando todo el mundo está cansado y nadie dice nada. Yo misma me sentía vacía por dentro, estaba muy avergonzada, tenía la sensación de haber obrado mal y estaba llena de malos presentimientos, igual que esta mañana después de los aviones. Y al cabo de tres días se cumplieron.

»Pablo habló poco mientras comíamos.

»—¿Te ha gustado, Pilar? —preguntó por fin con la boca llena de cabrito asado. Estábamos cenando en la taberna de donde salen los autobuses, el local estaba abarrotado, la gente cantaba y era difícil servir las mesas.

»—No —respondí—. Excepto por lo de don Faustino, no me ha gustado.

»—A mí sí —dijo.

»—¿Todo? —le pregunté.

»—Todo —respondió cortando una rebanada de pan con el cuchillo y rebañando la salsa con él—. Todo, excepto lo del cura.

»—¿No te gustó lo del cura? —pregunté porque sabía que odiaba a los curas aún más que a los fascistas.

»—Me decepcionó —dijo tristemente.

»Había tanta gente cantando que casi teníamos que gritar para oírnos.

»—¿Por qué?

»—Murió de muy mala manera —dijo Pablo—. Con muy poca dignidad.

»—¿Cómo quieres que tenga dignidad si le estaba persiguiendo una muchedumbre? —pregunté—. Me pareció muy digno antes. Tanto como se puede ser en semejantes circunstancias.

»—Sí —admitió Pablo—. Pero en el último momento se asustó.

»—¿Y quién no? —dije—. ¿Viste con qué le perseguían?

»—¿Cómo no iba a verlo? —respondió—. Pero aun así creo que murió de mala manera.

»—En esas circunstancias cualquiera habría muerto de mala manera —le dije—. ¿Qué esperabas? Todo lo ocurrido en el ayuntamiento ha sido muy escabroso.

»—Sí —respondió Pablo—. Ha habido muy poca organización, pero un cura... tiene que dar ejemplo.

»—Pensaba que odiabas a los curas.

»—Sí —dijo Pablo y cortó un poco más de pan—. Pero un cura español... Un cura español tiene que saber morir.

»—Creo que murió bien —dije—, teniendo en cuenta que se le privó de toda formalidad.

»—No —respondió Pablo—. Para mí ha sido una decepción. Estuve todo el día queriendo ver morir al cura. Pensé que sería el último en pasar por las líneas. Estaba deseando verlo. Pensaba que sería una culminación. Nunca había visto morir a un cura.

»—Aún hay tiempo —le dije en tono sarcástico—. La revolución no ha hecho más que empezar.

»—No —dijo—. Me he llevado una desilusión.

»—Supongo que ahora perderás la fe.

»—No lo entiendes, Pilar —insistió—. Era un cura español.

»—Cómo son los españoles, ¿eh? —le dije—. Muy orgullosos, eh, ¿inglés? Vaya gente.

—Es mejor que sigamos —dijo Robert Jordan mirando hacia el sol—. Es casi mediodía.

—Sí —respondió Pilar—. Ahora nos vamos. Pero deja que te hable de Pablo. Esa noche me dijo: «Pilar, esta noche no haremos nada».

»—Bueno —le dije—. Me parece bien.

»—Creo que sería de mal gusto, después de matar a tanta gente.

»—¡Qué va! —le respondí—. ¡Menudo santo estás hecho! ¿Crees que he vivido tantos años con toreros para no saber cómo se sienten después de una corrida?

»—¿Es eso cierto, Pilar? —preguntó.

»—¿Cuándo te he mentido? —le dije.

»—Es verdad, Pilar, esta noche estoy acabado. ¿De verdad no te importa?

»—No, hombre —respondí—. Pero no mates gente todos los días, Pablo.

»Y esa noche durmió como un bebé y por la mañana lo desperté al rayar el alba. Pero yo no podía dormir, así que me levanté, me senté en una silla y me puse a mirar por la ventana, estuve viendo la plaza a la luz de la luna donde habían estado las líneas y los árboles que había al otro lado, la oscuridad de su sombra y los bancos que también iluminaba la luna y las botellas tiradas por el suelo y al fondo el borde del risco desde donde los habían despeñado a todos. Solo se oía el agua que salpicaba en la fuente y pensé que habíamos empezado con mal pie.

»La ventana de la fonda estaba abierta y al otro lado de la plaza oí llorar a una mujer. Salí al balcón descalza y vi la luna que iluminaba las fachadas de todos los edificios de la plaza y que aquel llanto salía del balcón de la casa de don Guillermo. Era su mujer y estaba allí arrodillada y llorando.

»Volví a entrar en la habitación y no quise pensar en nada, pues aquel fue el peor día de mi vida hasta que llegó otro aún peor.

—¿Cuándo fue ese otro día? —preguntó María.

—Tres días después, cuando los fascistas tomaron el pueblo.

—No me lo cuentes —replicó María—. No quiero oírlo. Ya es suficiente. He tenido demasiado.

—Te dije que era mejor que no lo oyeras —dijo Pilar—. ¿Lo ves? No quería que lo oyeses. Ahora tendrás pesadillas.

—No. Pero no quiero oír más.

—Yo sí quiero que me lo cuentes algún día —dijo Robert Jordan.

—Lo haré. Pero es malo para María.

—No quiero oírlo —repitió quejosa María—. Por favor, Pilar. Y no se lo cuentes a nadie si estoy yo, porque podría oírlo aunque no quisiera. —Le temblaban los labios y Robert Jordan pensó que se iba a echar a llorar—. Por favor, Pilar, no lo cuentes.

—No te preocupes, peloncita —dijo Pilar—. Pero algún día se lo contaré al inglés.

—Pero yo querré estar con él —insistió María—. ¡Oh, Pilar, no se lo cuentes!

—Se lo contaré cuando estés trabajando.

—No, no, por favor. No nos lo cuentes nunca.

—Es justo contárselo ya que le he contado lo que hicimos nosotros —dijo Pilar—. Pero tú no te enterarás.

—¿Es que no hay nada más agradable de lo que hablar? —dijo María—. ¿Siempre tenemos que hablar de esos horrores?

—Esta tarde —respondió Pilar— tú y el inglés podréis hablar de lo que queráis.

—Pues ojalá llegue pronto la tarde. Ojalá venga ya.

—Llegará —le dijo Pilar—. Llegará volando y pasará igual de deprisa.

—Que llegue la tarde —exclamó María—. La tarde, que llegue la tarde.

11

Cuando trepaban a la sombra de los pinos, después de bajar desde el prado de montaña hacia el valle boscoso y recorrerlo por un sendero que corría paralelo al torrente y luego se apartaba de él y se volvía muy empinado hasta llegar a lo alto de un saliente en la roca, salió de detrás de un árbol un hombre armado con una carabina.

—¡Alto! —dijo—. Hola, Pilar. ¿Quién es ese?

—Un inglés —respondió Pilar—. Pero de nombre español: Roberto. ¡Qué [obscenidad] es esta pendiente!

—Salud, camarada —dijo el que estaba montando guardia, y le tendió la mano—. ¿Estás bien?

—Sí —respondió Robert Jordan—. ¿Y tú?

—También —contestó el hombre. Era muy joven, de complexión ligera, delgado, con la nariz aguileña, los pómulos marcados y los ojos grises. No llevaba sombrero, tenía el pelo negro y desgreñado y un apretón de manos fuerte y amistoso igual que sus ojos—. Hola, María —le dijo a la chica—. ¿Te has cansado mucho?

—¡Qué va, Joaquín! —exclamó la chica—. Nos hemos sentado a hablar y casi no hemos andado nada.

—¿Eres el dinamitero? —inquirió Joaquín—. Habíamos oído decir que estabas por aquí.

—Hemos pasado la noche donde Pablo —respondió Robert Jordan—. Sí, soy el dinamitero.

—Nos alegra verte —dijo Joaquín—. ¿Has venido a volar un tren?

—¿Estuviste en lo del tren? —preguntó Robert Jordan con una sonrisa.

—¡Que si estuve! —contestó Joaquín—. Allí fue donde encontramos a esta —dijo mirando sonriente a María—. Estás muy guapa. ¿Nadie te lo ha dicho?

—Calla, Joaquín, y gracias —dijo María—. A ti tampoco te vendría mal un corte de pelo.

—Te llevé a cuestas —le dijo a la chica—. Cargué contigo a hombros.

—Como tantos otros —puntualizó Pilar con voz profunda—. ¿O es que no cargamos todos con ella? ¿Dónde está el viejo?

—En el campamento.

—¿Dónde estuvo anoche?

—En Segovia.

—¿Ha traído noticias?

—Sí —respondió Joaquín—, ha traído noticias.

—¿Buenas o malas?

—Creo que malas.

—¿Visteis los aviones?

—¡Ay! —dijo Joaquín moviendo la cabeza—. No me hables. Camarada dinamitero, ¿qué aviones eran esos?

—Bombarderos Heinkel 111. Heinkel y cazas Fiat —le explicó Robert Jordan.

—¿Cuáles eran los grandes de alas bajas?

—Los Heinkel 111.

—Se llamen como se llamen son mala cosa —dijo Joaquín—. Pero os estoy entreteniendo. Os llevaré a ver al comandante.

—¿El comandante? —preguntó Pilar.

Joaquín asintió muy serio.

—Me gusta más que jefe —dijo—. Suena más militar.

—Te estás militarizando mucho —respondió Pilar con una carcajada.

—No —repuso Joaquín—. Pero me gustan los términos militares porque así las órdenes son más claras y hay más disciplina.

—Ahí tienes a uno que te caerá bien, inglés —dijo Pilar—. Un chico serio.

—¿Quieres que te lleve a hombros? —le preguntó Joaquín a María pasándole el brazo por encima del hombro con una sonrisa.

—Con una vez basta —contestó María—. Pero gracias de todos modos.

—¿Lo recuerdas?

—Recuerdo que alguien cargó conmigo —dijo María—. Pero no tú. Recuerdo que me llevó el gitano porque me caí varias veces. Pero gracias, Joaquín, algún día te llevaré yo a ti.

—Me acuerdo muy bien —respondió Joaquín—. Recuerdo que te cogí por las piernas y tenías el estómago en mi hombro y la cabeza en la espalda con los brazos colgando.

—Tienes buena memoria —dijo María con una sonrisa—. Yo no recuerdo nada. Ni tus brazos, ni tu hombro ni tu espalda.

—¿Quieres saber algo? —le preguntó Joaquín.

—¿Qué?

—Me alegró tenerte colgando sobre mi espalda mientras nos disparaban por detrás.

—Menudo cerdo... —dijo María—. ¿Por eso cargó conmigo el gitano?

—Por eso y por cogerte las piernas.

—Mis héroes —exclamó María—. Mis salvadores.

—Oye, guapa —le dijo Pilar—. Este chico cargó contigo un buen rato, y en ese momento tus piernas no le importaban nada a nadie. En ese momento solo hablaban las balas. Y, si te hubiese soltado, se habría puesto a salvo mucho antes.

—Ya le he dado las gracias —dijo María—. Y algún día cargaré yo con él. Déjame bromear un poco. ¿No querrás que me eche a llorar porque cargase conmigo?

—Te habría soltado —siguió burlándose Joaquín—. Pero me daba miedo que Pilar me disparase.

—No le disparo a nadie.

—No hace falta —respondió Joaquín—. Asustas a todos con tu lengua.

—¡Bonita manera de hablar! Con lo educado que eras antes. ¿Qué hacías antes de empezar la guerra, mocoso?

—Poca cosa —admitió Joaquín—. Tenía dieciséis años.

—Pero ¿qué hacías exactamente?

—Un par de zapatos de vez en cuando.

—¿Eras zapatero?

—No. Limpiabotas.

—¡Qué va! —dijo Pilar—. Hay algo más. —Observó su rostro atezado, su complexión ligera, su mata de pelo y sus ágiles andares—. ¿Por qué lo dejaste?

—¿Dejar qué?

—¿Qué? Tú sabrás. Te estás dejando coleta.

—Supongo que tenía miedo —admitió el chico.

—Tienes buena planta —le dijo Pilar—. Aunque la cara no valga gran cosa. ¿Así que te daban miedo? Tenías razón en el tren.

—Ya no —respondió el otro—. He visto cosas mucho peores y más peligrosas que los toros. Está claro que no hay toro tan peligroso como una ametralladora. Pero si estuviera en la plaza ahora no sé si podría dominar mis piernas.

—Quería ser torero —le explicó Pilar a Robert Jordan—. Pero le daban miedo.

—¿Te gustan los toros, camarada dinamitero? —preguntó Joaquín, mostrando los dientes blancos.

—Mucho —respondió Robert Jordan—. Muchísimo.

—¿Los has visto en Valladolid? —preguntó Joaquín.

—Sí. En septiembre, en la feria.

—Es mi ciudad —le explicó Joaquín—. Un sitio muy bonito, con muy buena gente, pero qué mal lo han pasado con la guerra. —Puso el gesto serio y añadió—: Fusilaron a mi padre, a mi madre, a mi cuñado y ahora a mi hermana.

—¡Qué barbaridad! —dijo Robert Jordan.

¿Cuántas veces habría oído aquello? ¿Cuántas veces había visto a gente decirlo con dificultad? ¿Cuántas veces había visto llenárseles los ojos de lágrimas y hacérseles un nudo en la garganta al decir mi padre, mi hermano, mi madre o mi hermana? No recordaba cuántas veces les había oído hablar así de sus muertos. Casi siempre lo decían como acababa de hacer aquel chico, de repente y a propósito de su ciudad, y uno siempre respondía: «¡Qué barbaridad!».

Uno solo les oía expresar su pérdida. No veía caer al padre igual que Pilar le había hecho ver morir a los fascistas en la historia que les había contado junto al torrente. Sabías que el padre había muerto en algún patio, contra alguna tapia, en algún campo o huerto, o de noche a la luz de los faros de un camión al borde de un camino. Veías las luces del coche desde las montañas, oías los disparos y luego bajabas a la carretera y encontrabas los cadáveres. No veías fusilar a la madre, la hermana o el hermano. Lo oías, oías los disparos y veías los cadáveres.

Pilar se lo había hecho ver en aquel pueblo.

Si esa mujer supiese escribir… Intentaría escribirlo él y, con un poco de suerte, si conseguía recordarlo, tal vez pudiera reproducirlo como se lo había contado. Desde luego sabía contar una historia. Mejor que Quevedo. Él nunca describió la muerte de ningún don Faustino tan bien como lo había contado ella. Quién supiera escribir lo bastante bien para narrar aquella historia. Lo que hicimos. No lo que nos hicieron. Eso ya lo sabía. Sabía muchas cosas ocurridas detrás de las líneas. Pero había que conocer a la gente antes. Había que saber lo que habían sido en el pueblo.

Como tenías que estar siempre en movimiento y no te quedabas a recibir el castigo no sabías cómo acababa nada. Te alojabas en casa de un campesino y su familia. Llegabas de noche y cenabas con él. Pasabas el día escondido y te marchabas por la noche. Hacías lo que tuvieras que hacer y escapabas. La siguiente ocasión que pasabas por allí te enterabas de que los habían fusilado. Así de sencillo.

Pero nunca estabas allí cuando sucedía. Los partisanos hacían su trabajo y huían. Los campesinos se quedaban y sufrían las consecuencias. Siempre había sabido lo otro. Lo que hicieron al principio. Lo había sabido desde siempre y siempre lo había detestado. Lo había oído contar con vergüenza y con descaro, había oído a gente jactarse de ello, defenderlo, explicarlo y negarlo. Pero esa condenada mujer le había hecho verlo como si hubiese estado allí.

Bueno, no dejaba de formar parte de su educación. Menuda educación sería cuando estuviese completa. En esta guerra uno aprendía mucho si sabía escuchar. Desde luego que sí. Tenía suerte de haber vivido en España antes de la guerra. Confiaban en ti por el idioma. Confiaban en que lo entendieras a la perfección, en que utilizases frases hechas y conocieras todos los sitios. En último extremo los españoles solo eran fieles a su pueblo. Primero España, claro, luego su tribu, su provincia, su pueblo, su familia y por último su oficio. Si sabías español tenían prejuicios a tu favor, si conocías su provincia era aún mucho mejor, pero si conocías su pueblo y su oficio no se podía pedir más a un extranjero. Nunca se había sentido extranjero hablando en español y la mayor parte del tiempo no lo trataban como tal, solo cuando se volvían contra él.

Y claro que se volvían contra ti. Lo hacían a menudo, igual que contra cualquiera. Incluso contra ellos mismos. Si eran tres, dos de ellos se unían contra el tercero y luego se traicionaban el uno al otro.

No siempre, pero sí con la frecuencia suficiente para que uno empezase a sacar conclusiones.

Esa no era forma de pensar, pero ¿quién iba a censurar sus pensamientos? Solo él. No quería ser derrotista. Lo primero era ganar la guerra. Si no ganaban la guerra todo estaría perdido. Pero aun así lo notaba, oía y recordaba todo. Estaba combatiendo en una guerra y lo hacía con una lealtad absoluta y con la mayor eficacia posible. Pero nadie era dueño de su imaginación, ni de su facultad de ver y oír, y si tenía que hacer algún juicio ya lo haría después. Tendría material de sobra. Ya lo tenía. A veces demasiado.

No había más que ver a la tal Pilar. Pasara lo que pasase, si tenían tiempo, debía pedirle que le contara el resto de la historia. Ahí estaba con aquellos dos críos. En España no se podían encontrar mejores ejemplares que aquellos. Ella era como una montaña y aquel chico y la muchacha como dos arbolillos. Habían talado los árboles viejos y los retoños crecían así. A pesar de lo que les había ocurrido, los dos parecían tan frescos y limpios como si jamás hubiesen oído ninguna desdicha. Pero según Pilar, María acababa de recuperarse. Debía de haber estado muy mal.

Recordó a un chico belga de la Undécima Brigada que se había alistado con otros cinco muchachos del pueblo. Era un pueblo de unos doscientos habitantes y nunca había salido de allí. Cuando lo conoció en el Estado Mayor de la Brigada Hans, los otros cinco habían muerto y él estaba muy mal, por lo que lo tenían de ordenanza para servir la mesa a los oficiales. Tenía la cara grande, rubia y sonrosada de los flamencos y unas enormes y torpes manazas de campesino; servía los platos con la fuerza y la torpeza de un caballo percherón. Pero no paraba de llorar. Se pasó la comida llorando, sin hacer un ruido.

Alzabas la mirada y ahí estaba llorando. Si le pedías el vino, lloraba y si le pasabas el plato para que te sirviera un poco de estofado, lloraba y apartaba la cabeza. Luego se detenía, pero cada vez que le mirabas volvían a saltársele las lágrimas. Entre plato y plato, lloraba en la cocina. Todos eran amables con él. Pero eso no le ayudaba. Tendría que averiguar lo que había sido de él y si se había recuperado para volver a combatir.

María ahora estaba bien. O eso parecía. Pero él no era psiquiatra. Pilar sí. Probablemente les había venido bien pasar la noche juntos. Sí, a menos que lo dejaran. Sin duda, a él le había sentado bien. Se sentía alegre, animado, feliz y sin preocupaciones. Aquello no pintaba bien, pero había tenido suerte. Se había visto en otras que también tenían muy mala pinta. Mala pinta..., estaba pensando en español. María era preciosa.

No había más que verla.

La miró mientras avanzaba dando zancadas, con la camisa caqui desabrochada en el cuello, y pensó que se movía igual que un potrillo. No es fácil dar con algo así. Esas cosas no pasan todos los días. Tal vez no hubiera ocurrido nunca y lo hubiese soñado. Como cuando uno tiene esos sueños tan agradables en los que alguien a quien ha visto en las películas se cuela en su cama. Se había acostado con todas ellas en sueños. Todavía se acordaba de la Garbo, y de Jean Harlow. Sí, con la Harlow muchas veces. A lo mejor había sido como uno de esos sueños.

Pero aún recordaba la ocasión en que la Garbo se coló en su cama antes de que atacaran Pozoblanco, llevaba un suéter de lana suave y sedoso cuando la abrazó y cuando se inclinó hacia delante y su pelo le rozó la cara y le preguntó por qué nunca le había dicho que la amaba cuando ella lo había querido siempre. No era tímida, ni fría ni distante. Solo preciosa, amable y encantadora como en los viejos tiempos con Jack Gilbert, y había sido tan real como si hubiese ocurrido y había querido a la Garbo mucho más que a Jean Harlow, aunque solo había estado con ella una vez, mientras que la Harlow..., a lo mejor había sido como en uno de esos sueños.

O puede que no. Tal vez pudiera adelantarse y tocar a María. A lo mejor le daba miedo, por si descubría que no era cierto y que lo había inventado como los sueños con las actrices de cine o esas novias antiguas que uno recuerda y que duermen en camisón sobre el suelo, en la paja de los pajares, los establos, los corrales y los cortijos, los bosques, los garajes, los camiones y las montañas españolas. Todas vestían el mismo camisón cuando dormía y eran mucho más guapas de lo que habían sido en la vida real. Puede que hubiera sido algo así. Y que le diera miedo tocarla para comprobar si era real. Tal vez no lo fuera y lo hubiese inventado o soñado.

Avanzó un paso por el sendero y le puso la mano a la chica en el brazo. Sus dedos notaron la suavidad de su piel debajo de la camisa caqui gastada. Ella lo miró y sonrió.

—Hola, María —dijo él.

—Hola, inglés —respondió la joven, y Robert Jordan vio su rostro bronceado, sus ojos grises y amarillentos, los labios gruesos y sonrientes y el pelo corto y quemado por el sol. Alzó la cara y le sonrió mirándole a los ojos. Era real.

El campamento del Sordo estaba ya a la vista detrás de los últimos pinos, donde nacía un barranco con forma de palangana invertida. Robert Jordan pensó que todas aquellas cubetas calizas debían de estar llenas de cuevas. Ahí mismo había dos ocultas entre los pinos que eran un escondrijo tan bueno o mejor que el de Pablo.

—¿Y por qué fusilaron a tu familia? —le estaba preguntando Pilar a Joaquín.

—Pues nada, mujer —respondió Joaquín—. Eran de izquierdas, igual que otra mucha gente en Valladolid. Cuando los fascistas depuraron el pueblo fusilaron primero a mi padre. Por votar a los socialistas. Luego fusilaron a mi madre. También los había votado. Era la primera vez que votaba en su vida. Después al marido de una de sus hermanas. Era miembro del sindicato de conductores de tranvías. No podía conducir un tranvía sin estar sindicado, pero no estaba metido en política.

Lo conocía bien. Incluso era un poco sinvergüenza. No creo que fuese siquiera un buen camarada. El marido de la otra chica, la otra hermana, que trabajaba también en los tranvías, se había echado al monte como yo. Pensaron que ella sabría dónde se encontraba. Pero no lo sabía. Así que la fusilaron por no decirles dónde estaba.

—¡Qué barbaridad! —exclamó Pilar—. ¿Dónde está el Sordo? No lo veo.

—Está aquí. Probablemente dentro —respondió Joaquín, luego se detuvo, apoyó la culata del fusil en el suelo y dijo—: Oye, Pilar, y tú María, perdonad si os he molestado con lo de mi familia. Sé que todos tenemos los mismos problemas y que es mejor no hablar de ello.

—Más vale hablar —dijo—. ¿Para qué hemos nacido si no es para ayudarnos unos a otros? Además escuchar y no decir nada es una ayuda más bien escasa.

—Pero podría molestar a María. Bastante tiene con lo suyo.

—¡Qué va! —dijo María—. Tengo tantas penas que oír unas pocas más no me va a afectar. Lo siento, Joaquín, y espero que tu hermana se encuentre bien.

—Por ahora, no está mal —respondió Joaquín—. La tienen en la cárcel y al parecer no la tratan demasiado mal.

—¿Tienes más familia? —preguntó Robert Jordan.

—No —contestó el chico—. Nadie más. Excepto el cuñado que se echó al monte y creo que ha muerto.

—A lo mejor está bien —dijo María—. Es posible que esté con otra partida en las montañas.

—Para mí que ha muerto —insistió Joaquín—. Nunca ha sabido arreglárselas, era conductor de tranvías y esa no es la mejor preparación para vivir en el monte. Dudo que resistiera un año. Además no estaba bien de los pulmones.

—Aun así puede que esté bien. —María le puso la mano en el hombro.

—Claro, chica. ¿Por qué no? —dijo Joaquín.

El chico se quedó donde estaba y María se puso de puntillas, le pasó los brazos por el cuello y le besó. Joaquín apartó la cara porque estaba llorando.

—Esto es como hermano —le explicó María—. Te beso como a un hermano. —El chico movió la cabeza y siguió llorando sin ruido—. Soy tu hermana —continuó María—. Te quiero y tienes familia. Todos lo somos.

—Incluyendo al inglés —tronó Pilar—. ¿No es cierto, inglés?

—Sí —le dijo Robert Jordan al chico—. Todos somos tus parientes, Joaquín.

—Él es tu hermano —dijo Pilar—. ¿Eh, inglés?

Robert Jordan le pasó el brazo por el hombro al chico.

—Todos lo somos —afirmó. El muchacho movió la cabeza.

—Me avergüenza haber hablado —dijo—. Hablar de estas cosas hace que sea más difícil para todos. Me avergüenza haberos molestado.

—Me [obscenidad] en la leche de tu vergüenza —exclamó Pilar con su voz profunda y encantadora—. Y si la María te vuelve a besar, empiezo a besarte yo también. Hace años que no beso a ningún torero, ni siquiera a uno fracasado como tú, y me gustaría besar a un torero fracasado metido a comunista. Sujétale inglés, que le voy a dar un buen beso.

—Deja —dijo el muchacho apartándose—. Estoy bien y me da vergüenza.

Se quedó allí plantado, tratando de dominarse. María le dio la mano a Robert Jordan. Pilar se quedó con las manos en las caderas mirando al chico con aire burlón.

—Si te beso no será como una hermana —le dijo—. Menuda gaita es eso de besar como una hermana.

—No hay por qué burlarse —replicó el muchacho—. Ya te he dicho que estoy bien, siento haber hablado.

—Pues llévanos a ver al viejo —repuso Pilar—. Me canso con tantas emociones.

El chico la miró. En su mirada se veía que estaba muy ofendido.

—No con las tuyas —le dijo Pilar—. Con las mías. Qué piel tan fina para ser torero.

—Fracasé —contestó Joaquín—. No hace falta que insistas.

—Pero te estás dejando crecer otra vez la coleta.

—Sí, ¿por qué no? Torear es muy rentable. Da empleo a muchos y el Estado acabará controlándolo. A lo mejor ahora no tengo miedo.

—A lo mejor —dijo Pilar—. A lo mejor.

—¿Por qué hablas de un modo tan brutal, Pilar? —le dijo María—. Te quiero mucho, pero actúas como un bárbaro.

—Puede que lo sea —respondió Pilar—. Oye, inglés. ¿Sabes lo que vas a decirle al Sordo?

—Sí.

—Porque es hombre de pocas palabras, no como tú y yo que siempre estamos con sentimentalismos.

—¿Por qué hablas así? —volvió a preguntar con enfado María.

—No sé —contestó Pilar dando zancadas—. ¿Tú qué crees?

—No lo sé.

—A veces me harto de muchas cosas —dijo enfadada Pilar—. ¿Entiendes? Una es tener cuarenta y ocho años. ¿Me oyes? Cuarenta y ocho con esta cara tan fea. Y otra es ver asustarse a un torero fracasado de tendencia comunista cuando digo en broma que voy a besarle.

—No es cierto, Pilar —dijo el chico—. No es eso.

—¡Qué va!, no es cierto. Y me [obscenidad] en la leche de todos vosotros. ¡Ah, ahí está! ¡Hola, Santiago! ¿Qué tal?

El hombre a quien le había hablado Pilar era bajo y corpulento, de rostro atezado, con pómulos anchos, pelo gris, ojos separados de color castaño amarillento, nariz fina y ganchuda como la de un indio, labio superior largo y boca grande y delgada. Iba recién afeitado y avanzó hacia ellos desde la entrada de la cueva con las piernas arqueadas y unos andares que casaban muy bien con sus pantalones y sus botas de pastor. Hacía calor, pero llevaba una chaquetilla de cuero forrada de lana abotonada hasta el cuello. Le tendió una manaza morena a Pilar. «¡Hola, mujer!», le dijo. «Hola», añadió dirigiéndose a Robert Jordan, le estrechó la mano y le miró a la cara. Robert Jordan vio que sus ojos eran amarillos como los de un gato y rasgados como los de un reptil. «Guapa», le dijo a María con una palmadita en el hombro.

—¿Habéis comido? —le preguntó a Pilar. Ella movió la cabeza—. Comer —dijo, y miró a Robert Jordan—. ¿Beber? —preguntó haciendo un movimiento con la mano y el pulgar hacia abajo.

—Sí, gracias.

—Bien —respondió el Sordo—. ¿Whisky?

—¿Tenéis whisky?

El Sordo asintió.

—¿Inglés? —preguntó—. ¿No ruso?

—Americano.

—Pocos americanos aquí.

—Cada vez más.

—Menos mal. ¿Norte o sur?

—Norte.

—Como inglés. ¿Cuándo volar puente?

—¿Sabes lo del puente? —El Sordo asintió—. Pasado mañana por la mañana.

—Bien. ¿Pablo? —le preguntó a Pilar. Ella movió la cabeza. El Sordo sonrió—. Vete —le dijo a María con otra sonrisa—. Vuelve en... —miró un enorme reloj que sacó de una funda de cuero que llevaba en la chaqueta— media hora.

Les indicó con un gesto que se sentaran en un tronco aplanado que servía de banco y mirando a Joaquín indicó con el pulgar el sendero por donde habían llegado.

—Iré a acompañar a Joaquín y ahora vuelvo —dijo María.

El Sordo entró en la cueva y salió con una botella de whisky escocés y tres vasos. Sujetaba la botella debajo del brazo y los vasos con un dedo metido dentro de cada uno de ellos, en la otra mano llevaba un botijo de barro lleno de agua. Dejó los vasos y la botella en el tronco y el botijo en el suelo.

—No hielo —le dijo a Robert Jordan, y le alcanzó la botella.

—Yo no quiero nada —dijo Pilar, y tapó el vaso con la mano.

—Anoche hielo en el suelo —dijo el Sordo con una sonrisa—. Todo fundido. Arriba hielo —añadió señalando la nieve que cubría la cima de las montañas—, demasiado lejos.

Robert Jordan empezó a llenar el vaso del Sordo, pero el otro movió la cabeza y le indicó que se llenara primero el suyo.

Se sirvió un buen trago de whisky mientras el Sordo le observaba atentamente y cuando terminó le alcanzó el botijo y Robert Jordan llenó el vaso con el agua fría, que cayó por el pitorro en cuanto lo inclinó un poco.

El Sordo se sirvió medio vaso de whisky y llenó el vaso de agua.

—¿Vino? —le preguntó a Pilar.

—No. Agua.

—Toma —dijo—. No bueno —le dijo a Robert Jordan, y sonrió—. Yo conocido muchos ingleses. Siempre mucho whisky.

—¿Dónde?

—En cortijo —respondió el Sordo—. Amigos del patrón.

—¿De dónde sacáis el whisky?

—¿Qué? —No le había oído.

—Tienes que gritarle —le explicó Pilar—. En el otro oído.

El Sordo señaló su oído bueno y sonrió.

—¿De dónde sacáis el whisky? —gritó Robert Jordan.

—Lo hacemos —respondió el Sordo, y vio que la mano del otro se detenía al ir al coger el vaso—. No —dijo dándole una palmada en el hombro—. Es broma. Viene de La Granja. Anoche oigo viene dinamitero inglés. Bueno. Muy contento. Buscar whisky. Para ti. ¿Te gusta?

—Mucho —respondió Robert Jordan—. Es un whisky muy bueno.

—Contento —sonrió el Sordo—. Traigo de noche con noticias.

—¿Qué noticias?

—Mucho movimiento de tropas.

—¿Dónde?

—En Segovia. Aviones que visteis.

—Sí.

—Malo, ¿eh?

—Malo. ¿Dices que había movimiento de tropas?

—Mucho entre Villacastín y Segovia. En la carretera de Valladolid. Mucho entre Villacastín y San Rafael. Mucho. Mucho.

—¿Qué opinas?

—¿Preparamos algo?

—Puede ser.

—Lo saben. También se preparan.

—Es posible.

—¿Por qué no volamos el puente esta noche?

—Órdenes.

—¿De quién?

—Del Estado Mayor.

—Ya.

—¿Es importante el momento en que lo volemos? —preguntó Pilar.

—De crucial importancia.

—Pero ¿y si están trasladando tropas?

—Enviaré a Anselmo a informar de cualquier movimiento y concentración de tropas. Está vigilando la carretera.

—¿Tienes a alguien en carretera? —preguntó el Sordo.

Robert Jordan ignoraba cuánto había oído el otro. Con los sordos nunca se sabe.

—Sí —respondió.

—Yo también. ¿Por qué no volar puente ahora?

—Tengo mis órdenes.

—No me gusta —dijo el Sordo—. Esto no me gusta.

—A mí tampoco —coincidió Robert Jordan.

El Sordo movió la cabeza y bebió un sorbo de whisky.

—¿Necesitas ayuda?

—¿De cuántos hombres dispones?

—Ocho.

—Para cortar el teléfono, atacar el puesto de guardia en la caseta del peón caminero, tomarlo y atacar el puente.

—Es fácil.

—Todo estará por escrito.

—No hay problema. ¿Y Pablo?

—Cortará el teléfono de abajo, asaltará el puesto de guardia del molino, lo tomará y atacará también el puente.

—¿Y la retirada? —preguntó Pilar—. Somos siete hombres, dos mujeres y cinco caballos. ¿Y vosotros? —le gritó al Sordo al oído.

—Ocho hombres y cuatro caballos. Faltan caballos.

—Diecisiete personas y nueve caballos —dijo Pilar—. Sin contar los bultos.

El Sordo no dijo nada.

—¿No hay forma de conseguir caballos? —le gritó Robert Jordan en el oído bueno.

—En un año de guerra cuatro caballos —dijo el Sordo mostrándole cuatro dedos—. Tú quieres ocho para mañana.

—Sí —dijo Robert Jordan—. Ya que os vais a ir, no hay necesidad de andar con cuidado como antes y no hay que tomar tantas precauciones. ¿No podríais robar ocho caballos?

—Es posible —contestó el Sordo—. Tal vez ninguno. Tal vez más.

—¿Tienes un fusil ametrallador? —le preguntó Robert Jordan. El Sordo asintió—. ¿Dónde?

—En la montaña.

—¿De qué tipo?

—No sé cómo se llama. Con latas.

—¿Cuántos cargadores?

—Cinco.

—¿Hay alguien que sepa usarlo?

—Yo un poco. No he disparado mucho. No quiero hacer ruido ni gastar munición.

—Luego le echaré un vistazo —dijo Robert Jordan—. ¿Tenéis granadas de mano?

—Muchas.

—¿Cuántos cartuchos por fusil?

—Muchos.

—¿Cuántos?

—Ciento cincuenta. Tal vez más.

—¿Y qué hay de otra gente?

—¿Para qué?

—Para tener fuerzas suficientes para tomar los puestos de guardia y cubrir el puente mientras lo vuelo. Necesitaríamos el doble de lo que tenemos.

—Tomar los puestos no es problema. ¿A qué hora?

—De día.

—No es problema.

—Me vendrían bien veinte hombres —dijo Robert Jordan.

—Buenos no hay. ¿Te conformas si son poco fiables?

—No. ¿Cuántos buenos hay?

—Puede que cuatro.

—¿Por qué tan pocos?

—No me fío.

—¿Para vigilar los caballos?

—Mucho hay que fiarse para eso.

—Me gustaría contar con diez hombres de fiar si es posible.

—Cuatro.

—Anselmo dijo que había más de cien en estas montañas.

—No buenos.

—Tú hablaste de treinta —le dijo Robert Jordan a Pilar—. Treinta más o menos fiables.

—¿Qué hay de la gente de Elías? —le gritó Pilar. El Sordo movió la cabeza.

—No son de fiar.

—¿No podéis conseguir diez? —preguntó Robert Jordan. El Sordo lo miró con sus ojos rasgados y amarillos y movió la cabeza.

—Cuatro —dijo, y extendió cuatro dedos.

—¿Los tuyos son de fiar? —preguntó Robert Jordan, y enseguida se arrepintió de haberlo dicho.

El Sordo asintió.

—Dentro de la gravedad —dijo—. Pinta mal, ¿eh?

—Puede ser.

—Me da igual —dijo sin jactancia el Sordo—. Mejor cuatro buenos que muchos malos. En esta guerra siempre hay muchos malos y pocos buenos. Cada día hay menos buenos. ¿Y Pablo? —Miró a Pilar.

—Ya sabes —respondió Pilar—. Peor cada día.

El Sordo se encogió de hombros.

—Toma bebida —le dijo el Sordo a Robert Jordan—. Llevaré a mis hombres y cuatro más. Así serán doce. Esta noche lo discutiremos. Tengo sesenta barras dinamita. ¿Las quieres?

—¿De qué pureza?

—No sé. Dinamita normal. Yo traigo.

—Volaremos el puente pequeño de abajo con ella —dijo Robert

Jordan—. Está bien. ¿Vendrás a vernos esta noche? ¿La traerás contigo? No tengo órdenes sobre eso pero no estaría de más volarlo también.

—Vengo esta noche. Luego robar caballos.

—¿Qué probabilidad hay de conseguir los caballos?

—Es posible. Ahora come.

Robert Jordan se preguntó si hablaría así con todo el mundo. ¿Pensaría que así los extranjeros lo entendían mejor?

—¿Y adónde iremos cuando acabe todo esto? —le gritó Pilar al Sordo al oído. Él se encogió de hombros—. Habrá que pensarlo —insistió la mujer.

—Pues claro —dijo el Sordo—. ¿Por qué no?

—Es un mal asunto —dijo Pilar—. Habrá que planearlo muy bien.

—Sí, mujer —contestó el Sordo—. ¿Qué te preocupa?

—Todo —gritó Pilar.

El Sordo le sonrió.

—Has estado dándole vueltas a lo de Pablo —dijo.

Robert Jordan comprendió que reservaba aquel español macarrónico para los extranjeros y se alegró de oírle hablar con normalidad.

—¿Adónde crees que deberíamos ir?

—¿Adónde?

—Sí, ¿adónde?

—Hay muchos sitios —dijo el Sordo—. Muchos. ¿Conoces Gredos?

—Allí hay ya demasiada gente. Lo limpiarán en cuanto tengan tiempo.

—Sí. Pero es muy grande y abrupto.

—Será difícil llegar allí —objetó Pilar.

—Nada es fácil —dijo el Sordo—. Podemos ir a Gredos igual que a cualquier otro sitio. Viajaremos de noche. Esto se ha vuelto muy peligroso. Es un milagro que hayamos podido quedarnos tanto tiempo. Gredos es más seguro.

—¿Sabes adónde quiero ir? —le preguntó Pilar.

—¿Adónde? ¿A la Paramera? No es seguro.

—No —respondió Pilar—. A la sierra de la Paramera no. Quiero ir a la República.

—Eso se puede hacer.

—¿Irían los tuyos?

—Sí, si yo se lo pido.

—Los míos no lo sé —dijo Pilar—. Pablo no querrá ir, la verdad, se creerá más seguro aquí. Es demasiado viejo para combatir como soldado. El gitano no querrá ir. No sé los demás.

—Hasta que se den cuenta del peligro no querrán hacer nada —dijo el Sordo.

—Después de los aviones de hoy lo verán más claro —dijo Robert Jordan—. Pero yo diría que podréis operar muy bien desde Gredos.

—¿Qué? —preguntó el Sordo con los ojos entornados. El tono en que había hecho la pregunta no tenía nada de amistoso.

—Que desde allí podréis hacer incursiones más eficaces —dijo Robert Jordan.

—Ya —dijo el Sordo—. ¿Conoces Gredos?

—Sí. Podríais operar contra la línea del ferrocarril. Dedicaros a cortarla como estamos haciendo más al sur en Extremadura. Actuar desde allí sería mejor que volver al lado republicano —explicó Robert Jordan—. Sois más útiles allí.

Ambos se habían puesto hoscos al oírlo.

El Sordo miró a Pilar y ella le devolvió la mirada.

—¿Conoces Gredos? ¿De verdad?

—Claro —contestó Robert Jordan.

—¿Adónde irías tú?

—Al norte de El Barco de Ávila. Hay mejores sitios que aquí. Podríais atacar la carretera principal y la línea del ferrocarril entre Béjar y Plasencia.

—Muy difícil —objetó el Sordo.

—Hemos hecho incursiones contra esa misma línea férrea en un terreno mucho más peligroso en Extremadura —dijo Robert Jordan.

—¿Quiénes?

—El grupo de guerrilleros de Extremadura.

—¿Sois muchos?

—Unos cuarenta.

—¿Era de allí aquel tipo nervioso con el nombre tan raro? —preguntó Pilar.

—Sí.

—¿Dónde está ahora?

—Muerto. Ya te lo dije.

—¿Tú también eres de allí?

—Sí.

—¿Ves lo que te decía? —le dijo Pilar.

He cometido un error, pensó Robert Jordan, les he dicho a unos españoles que podíamos hacer algo mejor que ellos cuando la regla es no hablar de tus propios éxitos y habilidades. En lugar de halagarles, les he dicho lo que tendrían que hacer y ahora están furiosos. En fin, se les pasará o no. Serían mucho más útiles en Gredos que aquí. La prueba es que no han hecho nada desde la voladura del tren que organizó Kashkin. No es gran cosa. Los fascistas perdieron una locomotora y algunos hombres, pero ellos hablan como si hubiese sido una gran victoria. Puede que les dé vergüenza ir a Gredos. Sí, tal vez me echen de aquí también. En fin, el panorama no es muy alentador en ningún caso.

—Oye, inglés —le dijo Pilar—. ¿Qué tal estás de los nervios?

—Bien —dijo Robert Jordan—. Estoy bien.

—Porque el último dinamitero que nos enviaron era un gran experto pero muy nervioso.

—Algunos lo son —dijo Robert Jordan.

—No digo que fuese un cobarde porque se comportó muy bien

—continuó Pilar—. Pero hablaba de forma muy rara y retorcida —alzó la voz—. ¿Verdad, Santiago, que el último dinamitero, el del tren, era un poco raro?

—Algo raro —asintió el Sordo, y sus ojos se posaron sobre el rostro de Robert Jordan de un modo que le recordó la abertura de un aspirador—. Sí, algo raro, pero bueno.

—Murió —le dijo Robert Jordan al oído.

—¿Cómo fue? —le preguntó el Sordo mirándole los labios.

—Le disparé —explicó Robert Jordan—. Estaba muy malherido para viajar y le disparé.

—Se pasaba el día hablando de esa necesidad —dijo Pilar—. Estaba obsesionado.

—Sí —reconoció Robert Jordan—. Se pasaba el día hablando de eso y estaba obsesionado.

—¿Cómo fue? —quiso saber el Sordo—. ¿Un tren?

—Al volver de un tren. Lo del tren fue un éxito. Nos topamos con una patrulla fascista en mitad de la noche y al huir le dispararon en la espalda, aunque solo le dieron en el omoplato. Anduvo un buen trecho, pero con la herida no pudo continuar. No quiso que lo dejase atrás y le disparé.

—Menos mal —dijo el Sordo.

—¿Seguro que tus nervios están bien? —le preguntó Pilar a Robert Jordan.

—Sí —respondió—. Estoy seguro de que están bien y también creo que cuando acabemos con lo del puente haríais bien en marcharos a Gredos.

En cuanto acabó de hablar, la mujer empezó a maldecir en un torrente de invectivas obscenas que lo desbordaron como el agua hirviente de la súbita erupción de un géiser.

El Sordo movió la cabeza mirando a Robert Jordan y sonrió encantado. Siguió moviendo la cabeza tan contento mientras Pilar seguía blasfemando y Robert Jordan comprendió que todo iba bien otra vez. Por fin dejó de maldecir, cogió el botijo, lo inclinó, bebió un trago y dijo con calma:

—Así que no vuelvas a opinar sobre lo que haremos después, ¿quieres, inglés? Vuélvete a la República, llévate lo tuyo contigo y deja que nosotros decidamos en qué parte de las montañas queremos morir.

—Vivir —dijo el Sordo—. Cálmate, Pilar.

—Vivir y morir —respondió Pilar—. Sé cómo acabará todo esto. Me caes bien, inglés, pero cierra el pico respecto a lo que deberíamos hacer cuando acabe este asunto.

—Es asunto vuestro —dijo Robert Jordan—. No quiero entrometerme.

—Pero lo has hecho —insistió Pilar—. Coge a tu putita de la cabeza rapada y vuélvete a la República, pero no nos cierres la puerta a los demás que no somos extranjeros y ya amábamos la República cuando tú no eras más que un niño de teta.

María había subido por el sendero mientras hablaban y oyó aquella última frase que Pilar, alzando de nuevo la voz, le había gritado a Robert Jordan. Movió la cabeza bruscamente y señaló con el dedo a Robert Jordan. Pilar vio a Robert Jordan mirar a la chica y sonreír, así que se volvió y dijo:

—Sí. He dicho puta y lo mantengo. Supongo que vosotros podéis volver a Valencia mientras nosotros comemos queso de cabra en Gredos.

—Seré una puta si quieres, Pilar —respondió María—. Supongo que si lo dices es porque lo soy. Pero cálmate. ¿Qué te pasa?

—Nada —contestó Pilar sentándose en el banco, con la voz más tranquila y sin rastro de aquella ira tonante—. No creo que lo seas. Pero tengo muchas ganas de volver a la República.

—Podemos ir todos —dijo María.

—¿Por qué no? —preguntó Robert Jordan—. Ya que parece no gustarte Gredos.

El Sordo le sonrió.

—Ya veremos —dijo Pilar, que se había calmado ya—. Dame un vaso de esa bebida tan rara. Se me ha irritado la garganta de tanto gritar. Ya veremos, ya veremos qué pasa...

—Verás, camarada —explicó el Sordo—. Lo difícil es que sea por la mañana. —Había dejado de utilizar aquel español macarrónico y estaba mirando a Robert Jordan a los ojos con mucha calma, sin suspicacia ni desconfianza ni la superioridad del viejo guerrillero que ya lo ha visto todo—. Entiendo lo que necesitas y sé que hay que eliminar los puestos de guardia y proteger el puente mientras haces tu trabajo. Lo entiendo perfectamente. Es fácil hacerlo de noche o de día.

—Sí —respondió Robert Jordan—. Ve a dar una vuelta, ¿quieres? —le dijo a María sin mirarla.

La chica se alejó y se sentó sujetándose los tobillos con las manos.

—Verás —continuó el Sordo—. En eso no hay problema. La verdadera dificultad estriba en escapar después y abandonar la región a plena luz del día.

—Claro —dijo Robert Jordan—. Ya lo he pensado. También será de día para mí.

—Pero tú eres uno —dijo el Sordo—. Nosotros somos varios.

—Siempre queda la posibilidad de volver a los campamentos y partir desde aquí cuando oscurezca —propuso Pilar llevándose el vaso a los labios y volviéndolo a dejar en el suelo.

—Eso también es muy peligroso —explicó el Sordo—. Tal vez incluso más.

—Lo comprendo —dijo Robert Jordan.

—Volar el puente de noche sería fácil —dijo el Sordo—. Pero si insistes en volarlo de día acarreará graves consecuencias.

—Lo sé.

—¿No podrías volarlo de noche?

—Me fusilarían si lo hiciera.

—Es muy posible que nos maten a todos si lo vuelas de día.

—Para mí eso no tiene importancia si consigo volar el puente —dijo Robert Jordan—. Pero entiendo vuestro punto de vista. ¿No podríais planear un modo de retiraros de día?

—Desde luego —dijo el Sordo—. Lo planearemos. Pero te lo explico para que entiendas por qué estamos preocupados e irritados. Hablas de ir a Gredos como si fuese una maniobra militar. Llegar a Gredos sería un milagro. —Robert Jordan guardó silencio—. Oye —continuó el Sordo—, estoy hablando mucho, pero es que no quiero malos entendidos. Estamos aquí de milagro. Gracias a la pereza y estupidez de los fascistas a las que no tardarán en poner remedio. Por supuesto, tomamos muchas precauciones y no causamos problemas en estas montañas.

—Lo sé.

—Pero ahora, con esto, tendremos que irnos. Tenemos que pensar muy bien cómo nos vamos.

—Claro.

—Bueno —dijo el Sordo—. Comamos alguna cosa. He hablado mucho.

—Nunca te había oído hablar tanto —coincidió Pilar—. ¿Es por esto?

—No —negó el Sordo con la cabeza—. No es el whisky. Es que nunca había tenido tantas cosas de las que hablar.

—Aprecio tu ayuda y tu lealtad —dijo Robert Jordan—. Entiendo las dificultades que implica la hora de la voladura del puente.

—No sigas —dijo el Sordo—. Estamos aquí para hacer lo que podamos. Lo que ocurre es que esto es complicado.

—Sobre el papel es muy sencillo —sonrió Robert Jordan—. Sobre el papel hay que volar el puente en el momento en que empiece el ataque para que nadie pueda pasar por la carretera. Sencillísimo.

—Pues que nos dejen hacer algo sobre el papel —repuso el Sordo—. Pensaremos y ejecutaremos algo sobre el papel.

—El papel no sangra —afirmó Robert Jordan citando el proverbio.

—Pero es muy útil —respondió Pilar—. Ya me gustaría poder usar tus órdenes para lo que tú ya sabes.

—A mí también —coincidió Robert Jordan—. Pero así no ganarás la guerra.

—No —respondió la mujerona—. Supongo que no. Pero ¿sabes lo que querría hacer?

—Volver al lado de la República —respondió el Sordo. Había acercado el oído bueno para oírla—. Ya irás, mujer. Ganemos la guerra y todo será la República.

—De acuerdo —dijo Pilar—. Y ahora, por el amor de Dios, comamos alguna cosa.

12

Partieron del escondrijo del Sordo después de comer y regresaron por el sendero. El Sordo les acompañó hasta el puesto de abajo.

—Salud —dijo—. Hasta esta noche.

—Salud, camarada —le había respondido Robert Jordan y los tres habían descendido por el sendero, mientras el Sordo les observaba desde lejos. María había dado media vuelta y le había saludado con la mano y él respondió con ese movimiento del antebrazo brusco y despectivo que emplean los españoles y parece la negación de cualquier saludo que no tenga que ver con los negocios. No se había quitado la zamarra para comer y había sido muy correcto, se había tomado la molestia de volver la cabeza para oír mejor y había vuelto a emplear su español macarrónico; le había preguntado a Robert Jordan con mucha educación por la situación en la República, pero estaba claro que quería librarse de ellos.

Al despedirse, Pilar le había dicho:

—¿Qué pasa, Santiago?

—Nada, mujer —respondió el Sordo—. No pasa nada. Solo estaba pensando.

—Yo también —había respondido Pilar y no había vuelto a decir nada mientras descendían por el sendero, una caminata fácil y agradable por la pronunciada pendiente entre los pinos que tanto les había costado subir. Robert Jordan y María tampoco habían hablado y los tres siguieron andando a buen paso hasta que el camino empezó a ascender para salir de aquel valle boscoso y llegar a los prados.

Hacía una tarde de finales de mayo muy calurosa y a mitad del último tramo de la pendiente la mujer se detuvo. Robert Jordan hizo un alto, volvió la vista atrás y reparó en su frente perlada de sudor. Tenía el rostro lívido, la piel cetrina y oscuras ojeras debajo de los ojos.

—Descansemos un minuto —dijo—. Vamos demasiado deprisa.

—No —respondió ella—. Sigamos.

—Descansa, Pilar —dijo María—. Tienes mala cara.

—Tú calla —repuso la mujer—. Nadie te ha pedido consejo.

Empezó a trepar por la pendiente, pero llegó arriba jadeante y empapada de sudor y su palidez ya no dejaba lugar a dudas.

—Siéntate, Pilar —insistió María—. Por favor, por favor, siéntate.

—De acuerdo —accedió Pilar, y los tres se sentaron debajo de un pino y contemplaron el prado de montaña hasta donde las cimas parecían sobresalir de la sierra y la nieve brillaba bajo el sol de primeras horas de la tarde—. Qué puñetera es la nieve y qué bonita parece —dijo—. ¡Qué engañosa! —Luego se volvió hacia María—. Siento haber sido desagradable contigo, guapa. No sé qué me pasa hoy. Estoy de mal humor.

—Nunca hago caso de lo que dices cuando estás enfadada —respondió María—. Y lo estás a menudo.

—No. Esto es peor que un enfado —dijo Pilar mirando hacia los picos.

—No te encuentras bien —dijo María.

—Tampoco es eso —respondió la mujer—. Ven, guapa, y apoya la cabeza en mi regazo. —María se le acercó, extendió los brazos y los cerró como quien se acuesta a dormir sin almohada y apoya la cabeza en ellos. Volvió la cara hacia Pilar y le sonrió, pero la mujerona siguió contemplando el prado y las montañas. Le acarició la cabeza a la chica sin mirarla y la pasó un dedo grueso por la frente, en torno al oído y luego por la línea donde le crecía el pelo en la nuca—. La tendrás dentro de un momento, inglés —dijo. Robert Jordan estaba sentado detrás.

—No hables así —dijo María.

—Pues claro que te tendrá —insistió Pilar sin mirarlos—. Nunca te he deseado, pero estoy celosa.

—Pilar —volvió a decir María—. No hables así.

—Te tendrá —repitió Pilar pasándole el dedo por el lóbulo de la oreja—. Pero estoy muy celosa.

—Pero, Pilar —dijo María—. Fuiste tú quien me explicó que no había nada de eso entre nosotras.

—Siempre lo hay —dijo la mujer—. Siempre hay algo. Pero en mi caso no. De verdad. Quiero que seas feliz y ya está. —María no dijo nada, pero se quedó allí tratando de apoyar suavemente la cabeza—. Oye, guapa —dijo Pilar, y le pasó el dedo con aire ausente por el contorno de la mejilla—, te quiero y él puede quedarse contigo, no soy tortillera, a mí lo que me van son los hombres. Es cierto. Pero me gusta decirte que te quiero.

—Y a mí.

—Qué va. No digas bobadas. Ni siquiera sabes a qué me refiero.

—Sí.

—Qué vas a saber. Tú eres para el inglés. Está visto que ha de ser así. No me importa. No habría permitido otra cosa. No soy una pervertida. Pero digo las cosas como son. Muy pocas personas te hablarán con sinceridad y ninguna será mujer. Siento celos y lo digo porque es así.

—No lo digas —respondió María—. No lo digas, Pilar.

—¿Y por qué no lo voy a decir? —preguntó la mujer aún sin mirarles—. Lo diré hasta que me canse. Y ese momento ha llegado ya —añadió mirando a la joven—. No lo diré más, ¿entiendes?

—No hables así, Pilar —contestó ella.

—Eres un conejito muy gracioso —dijo Pilar—. Levanta la cabeza porque se han terminado las tonterías.

—No son tonterías y mi cabeza está bien donde está.

—No. Levanta —le dijo Pilar cogiéndole la cabeza entre sus manazas—. ¿Y tú, inglés? —dijo sujetando a la muchacha y mirando hacia las montañas—. ¿Es que te ha comido la lengua el gato?

—Nada de gatos —respondió Robert Jordan.

—¿Otro animal entonces? —preguntó apoyando la cabeza de la joven en el suelo.

—No ha sido un animal —contestó Robert Jordan.

—Te la has tragado, ¿eh?

—Supongo.

—¿Y te ha gustado el sabor? —Pilar se volvió y le sonrió.

—No mucho.

—Ya me lo figuraba —dijo Pilar—. Pero te devuelvo a nuestro conejito. No pretendía quitártelo. Me gusta el apodo. Oí que la llamabas así esta mañana.

Robert Jordan reparó en que se estaba ruborizando.

—Eres muy dura —dijo.

—No —repuso Pilar—. Lo que ocurre es que soy tan sencilla que parezco muy complicada. ¿A ti no te pasa, inglés?

—No. Ni tampoco soy tan sencillo.

—Me caes bien, inglés —dijo Pilar. Luego sonrió, se inclinó hacia delante, sonrió y movió la cabeza—. Si pudiese quitarte al conejito o apartarte de él…

—No podrías.

—Lo sé —asintió Pilar con otra sonrisa—. Ni quiero. Pero de joven sí habría podido.

—Te creo.

—¿Me crees?

—Desde luego —dijo Robert Jordan—. Pero hablar así no tiene sentido.

—No es propio de ti —dijo María.

—Hoy no estoy en mi ser —respondió Pilar—. Es como si no fuese yo. Tu puente me ha dado dolor de cabeza, inglés.

—Podemos llamarlo el puente del dolor de cabeza —dijo Robert Jordan—. Pero pienso enviarlo al fondo de esa garganta como si fuese una pajarera rota.

—Bien —dijo Pilar—. Sigue hablando así.

—Me lo pienso merendar como un plátano al que le han quitado la piel.

—No le haría ascos a un plátano —contestó Pilar—. Continúa, inglés, sigue hablando así.

—No hay necesidad —repuso Robert Jordan—. Volvamos al campamento.

—Dentro de nada tendrás que cumplir con tu deber —dijo Pilar—. Ya os dije que os dejaría solos.

—No. Tengo mucho que hacer.

—Eso también es importante y no requiere casi tiempo.

—Calla, Pilar —dijo María—. Eres muy grosera.

—Soy grosera —admitió Pilar—. Pero también muy delicada. Os dejaré solos. Eso de los celos no son más que bobadas. Me enfadé con Joaquín porque comprendí por su mirada lo fea que soy. Solo tengo celos de que tengas diecinueve años. No durarán mucho. No siempre los tendrás. Ahora me voy.

Se incorporó y, con una mano en la cadera, miró a Robert Jordan, que también estaba de pie. María siguió sentada a la sombra del árbol con la cabeza inclinada hacia delante.

—Vayamos al campamento —dijo Robert Jordan—. Es mejor y tenemos mucho que hacer.

Pilar le hizo un gesto con la cabeza a María, que siguió sentada sin mirarles ni decir nada.

Pilar sonrió y se encogió de hombros de manera casi imperceptible y dijo:

—¿Sabes el camino?

—Sí —respondió María con la cabeza gacha.

—Pues me voy —dijo Pilar—. Te prepararé algo sabroso para cenar, inglés.

Echó a andar entre los brezos del prado en dirección al torrente que descendía hacia el campamento.

—Espera —le gritó Robert Jordan—. Es mejor que vayamos juntos.

María no se movió ni dijo nada.

Pilar no se volvió.

—¡Qué vamos a ir juntos! —dijo—. Te veré en el campamento.

Robert Jordan se quedó donde estaba.

—¿Está bien? —le preguntó a María—. Parecía enferma.

—Déjala —dijo ella sin levantar la cabeza.

—Creo que debería ir con ella.

—Déjala —dijo María—. ¡Déjala!

13

Estaban atravesando el prado de montaña y Robert Jordan notaba el roce del brezo contra las piernas, el peso de la pistola en la funda contra el muslo, el sol en la cabeza, la brisa de la cima de las cumbres nevadas refrescándole la espalda y la mano de la joven, firme y fuerte, con los dedos entrelazados con los suyos. De ella, de la palma de aquella mano apretada contra la suya, de sus dedos entrelazados, y del roce de su muñeca, emanaba algo tan fresco como ese aire tenue que llega del mar y riza la vítrea superficie del agua en calma con tanta levedad como una pluma que roza un labio o una hoja que cae cuando no sopla el viento, con tanta ligereza que solo se notaba con la punta de los dedos, aunque al mismo tiempo era tan fuerte, intenso y acuciante, tan doloroso y fuerte que la presión de los dedos y el contacto de la palma y la muñeca hacían que una corriente recorriera su brazo y llenara su cuerpo del doloroso vacío del deseo. El sol brillaba en los cabellos de la chica, tostados como el trigo, en su rostro dulce, encantador y bronceado y en la curva del cuello y él le echó la cabeza hacia atrás, la sostuvo contra su cuerpo y la besó. Reparó en que estaba temblando y volvió a besarla, la apretó contra él y, a través de la camisa, notó sus pechos pequeños y firmes, alargó la mano y le desabotonó la camisa, se agachó y la besó mientras ella seguía temblando, echándole la cabeza hacia atrás y rodeándola con el brazo. Luego la chica bajó la barbilla y la apoyó en el cabello de él, que notó cómo sus manos le cogían la cabeza y la acunaban para atraerla hacia sí. Él se incorporó y rodeándola con los brazos la sujetó con tanta fuerza que la levantó del suelo apretada contra su cuerpo y notó cómo temblaba, luego los labios de la chica rozaron su cuello y él la dejó en el suelo y dijo:

—María, ¡ay!, María —después añadió—: ¿adónde podríamos ir?

Ella no dijo nada pero deslizó la mano dentro de su camisa y él notó que se la desabotonaba y la oyó decir:

—Tú también. Yo también quiero besarte.

—No, conejito.

—Sí, sí. Todo igual que tú.

—No. Eso es imposible.

—Bueno, entonces... ¡Oh!, entonces... ¡Oh!

Luego ella notó el olor del brezo aplastado y la aspereza de las ramas bajo su cabeza y el sol que deslumbraba sus ojos entornados, y él recordaría toda su vida la curva de su cuello, la cabeza echada hacia atrás entre las ramas de brezo, sus labios moviéndose apenas por sí solos y el temblor de sus pestañas sobre los ojos cerrados al sol y al mundo entero, y para ella todo fue rojo, naranja y rojo dorado del sol sobre los ojos, todo de ese color, todo, la plenitud, la posesión y el deleite se fundieron en una ceguera de ese color. Para él fue como un callejón oscuro que no condujera a ninguna parte, que no llevase a ninguna parte, a ningún sitio y por fin a ninguna parte, con los codos en el suelo en dirección a ninguna parte, oscuro, sin llegar nunca a ningún sitio, suspendido en el tiempo avanzando hacia un lugar inexistente, ahora y siempre, arrastrado hacia ninguna parte más allá de lo soportable, arriba, arriba, hacia la nada hasta que de pronto la nada desapareció y el tiempo se detuvo y ambos quedaron allí con el tiempo detenido y él notó que la tierra se abría bajo sus pies.

Después se encontró tumbado de costado con la cabeza entre las matas de brezo, oliendo las flores, las raíces y la tierra, con los hombros y las caderas desnudos y arañados y vio a la chica a su lado con los ojos aún cerrados, luego los abrió, le sonrió y él dijo muy fatigado y desde una enorme pero amistosa distancia:

—Hola, conejito.

—Hola, inglés mío.

—No soy inglés —respondió amodorrado.

—¡Oh, sí, claro que lo eres! —dijo ella—. Eres mi inglés. —Y alargando los brazos lo cogió de las orejas y lo besó en la frente—. ¿Y bien? —preguntó—. ¿Qué tal? ¿Beso mejor ahora?

Luego, mientras seguían el curso del torrente, él le dijo:

—María, te quiero, eres tan adorable y maravillosa y me gusta tanto estar contigo que me siento como si quisiera morir amándote.

—¡Oh! —dijo ella—. Yo muero cada vez. ¿Tú no?

—No. Casi. ¿Y tú notas temblar la tierra?

—Sí. Como si muriera. Abrázame, por favor.

—No. Dame la mano. Con la mano basta.

La miró y contempló el prado que sobrevolaba un halcón y las enormes nubes vespertinas que empezaban a cubrir las montañas.

—¿Y no te ocurría lo mismo con las otras?

—No. De verdad.

—¿Has querido a muchas?

—A algunas. Pero no como a ti.

—¿Y no era así? ¿De verdad?

—Era agradable, pero no así.

—Dices que la tierra se movió. ¿Nunca se había movido antes?

—No. De verdad, nunca.

—¡Ay! —dijo ella—. Y que no tengamos más que un día... —él no respondió—, pero al menos lo hemos tenido. ¿Me quieres? ¿Te gusto? Estaré más guapa dentro de un tiempo.

—Ahora ya estás muy guapa.

—No. Acaríciame la cabeza.

Así lo hizo él y notó el pelo corto y suave que se alisaba y volvía a ponerse de punta entre sus dedos, le puso las manos en la cabeza, le volvió la cara y la besó.

—Me gusta mucho besarte —dijo ella—. Pero no lo hago bien.

—No tienes por qué besarme.

—Sí. Si voy a ser tu mujer, tengo que complacerte en todo.

—Ya lo haces. No podría estar más complacido. Si pudiera, no sabría qué hacer.

—Ya lo verás —dijo ella feliz—. Mi pelo te divierte porque es raro. Pero crece día a día. Volveré a tenerlo largo y no estaré tan fea y a lo mejor consigo que me quieras mucho.

—Tienes un cuerpo precioso —dijo—. El más bonito del mundo.

—Lo que pasa es solo que es joven y delgado.

—No; un cuerpo bonito siempre tiene una magia especial. No sé por qué en unos la hay y en otros no, pero tú la tienes.

—Para ti —dijo.

—No.

—Sí. Para ti y solo para ti. Pero es poco. Quisiera aprender a cuidarte. Pero sé sincero. ¿De verdad nunca se había movido la tierra?

—No —respondió con sinceridad.

—Pues me haces feliz —dijo—. Me haces muy feliz. ¿Estás pensando en otra cosa?

—Sí. En mi trabajo.

—Ojalá tuviésemos caballos —dijo María—. Me siento tan feliz que me gustaría subir a un buen caballo, galopar contigo a mi lado cada vez más deprisa y que esta felicidad no acabara nunca.

—Deberías subir a un avión con tu felicidad.

—Y volar y volar por el cielo como esos pequeños cazas que brillan al sol —dijo ella—. Y hacer rizos y picados. ¡Qué bueno! —Se rió—. Soy tan feliz que no me daría ni cuenta.

—Tu felicidad tiene un buen estómago —respondió él sin prestar mucha atención a lo que le decía.

En ese momento no estaba allí. Andaba a su lado, pero iba dándole vueltas a lo del puente y lo veía todo con tanta claridad y nitidez como cuando uno enfoca el objetivo de una cámara. Veía los dos puestos de guardia y a Anselmo y al gitano vigilándolos. Imaginaba la carretera vacía y un poco de movimiento. Veía el lugar donde dispondría los dos fusiles ametralladores para que tuviesen el mejor ángulo de tiro posible, ¿quién los manejaría? Él mismo al final, pero ¿y al principio? Colocaba las cargas, las amasaba, las fijaba, colocaba los fulminantes, los cebaba, tendía el alambre y volvía al lugar donde había dejado el detonador; luego se puso a pensar en todo lo que podía ir mal... ¡Basta!, había hecho el amor con aquella chica y ahora que tenía la cabeza despejada de verdad empezaba a preocuparse, una cosa era pensar en lo que había que hacer y otra preocuparse. No debía preocuparse, ya sabía lo que podría tener que hacer y lo que podía ocurrir. Y, desde luego, podía ocurrir.

Uno se metía en esto sabiendo por lo que luchaba. Combatía exactamente lo mismo que ahora se veía obligado a hacer para tener una mínima posibilidad de éxito. Y ahora tenía que utilizar a aquellas personas a quienes apreciaba exactamente igual que si fuesen tropas por las que no sintiese más que indiferencia. Evidentemente, Pablo era el más listo. Enseguida se había dado cuenta del peligro. La mujer había estado a favor desde el primer momento y todavía lo estaba, pero luego había comprendido en qué consistía y eso la había desanimado y había obrado un cambio en ella. El Sordo lo había comprendido en el acto y lo haría, aunque aquel asunto le gustaba tan poco como a él mismo.

Te repites que lo que te preocupa no es lo que pueda pasarte a ti sino a la mujer, la chica y los demás. Muy bien. ¿Qué habría sido de ellos si tú no hubieses ido? ¿Cómo les iban las cosas antes de que tú llegaras? Es mejor no pensar así. Al fin y al cabo solo eres responsable de ellos en combate. No eres tú quien ha dado las órdenes. Las ha dado Golz. ¿Y quién es Golz? Un buen general. El mejor bajo cuyas órdenes hayas servido jamás. Aun así, ¿debe uno cumplir unas órdenes sabiendo las consecuencias que tendrán? ¿Aunque provengan de Golz que representa al ejército además de al partido? Sí. Porque la única manera de probar que son imposibles es cumplirlas. ¿Cómo saber si son imposibles si no intenta uno cumplirlas? Si todo el mundo dijera que es imposible cumplir las órdenes cuando las recibiera, ¿adónde irían a parar? ¿Adónde iríamos a parar si todos dijeran «imposible» al recibir las órdenes?

Había conocido demasiados oficiales para quienes todas las órdenes eran imposibles. Aquel cerdo de Gómez en Extremadura. Había presenciado demasiados ataques en los que los flancos no avanzaban porque era «imposible». No, cumpliría con sus órdenes y tanto peor si les había cogido afecto a los implicados.

Todos los actos de los partisanos suponían un peligro añadido y acarreaban mala suerte a las personas que les ayudaban y les daban cobijo. ¿Y para qué? Para que con el tiempo terminara el peligro y se pudiese vivir en aquel país. Esa era la verdad por muy tópica que pudiera parecer.

Si la República salía derrotada, nadie que creyera en ella podría seguir viviendo en España. ¿Oh, sí? No. Lo sabía por lo que había ocurrido en los sitios que estaban ya en poder de los fascistas.

Pablo era un cerdo, pero los demás eran buenas personas…, ¿no sería una traición obligarles a hacer aquello? Tal vez sí. Pero si no lo hacían, dos escuadrones de caballería les darían caza en menos de una semana.

No. No conseguiría nada dejándolos en paz. Aunque lo mejor era dejar en paz a todo el mundo y no entrometerse. Era lo que creía él, ¿no? Sí. Pero ¿qué sería entonces de la sociedad organizada y demás? Eso era cosa de los otros. Él tenía otras cosas que hacer después de la guerra. Si combatía en aquella guerra era porque se libraba en un país al que amaba y porque creía en la República y en que si la derrotaban la vida se haría insoportable para todos los que creían en ella. Mientras durase la guerra estaba bajo disciplina comunista. En España eran ellos quienes ofrecían la mejor disciplina y la más sensata para proseguir la guerra. Aceptaba su disciplina porque eran el único partido cuyos planes y disciplina respetaba.

¿Cuáles eran sus opiniones políticas? Ahora no tenía ninguna. Aunque no se lo confesaría a nadie. No lo admitiría jamás. ¿Y qué haría después? Volvería a ganarse la vida dando clases de español como antes y escribiría un libro. Seguro que sería fácil.

Debería hablar con Pablo de política. Seguro que sería interesante ver cuál había sido su evolución política. La clásica deriva de la izquierda a la derecha, probablemente, como el viejo Lerroux. Pablo se parecía mucho a Lerroux. Prieto era igual de malo. Pablo y Prieto tenían la misma fe en la victoria final. Los dos seguían la estrategia de un cuatrero. Él creía en la República como forma de gobierno, pero la República tendría que deshacerse de aquella cuadrilla de cuatreros que la condujo a la situación en que se hallaba cuando estalló la rebelión. ¿Hubo alguna vez un pueblo cuyos líderes fuesen hasta tal punto sus enemigos?

Enemigos del pueblo. Una frase que valía la pena omitir. Una expresión manida que bien podía saltarse. He ahí el resultado de haberse acostado con María. Hacía tiempo que se había vuelto tan fanático e intransigente en sus opiniones políticas como el baptista más porfiado y frases como «enemigos del pueblo» acudían a su imaginación sin que las criticara demasiado. Igual que tantos otros tópicos revolucionarios y patrióticos. Su inteligencia los utilizaba sin criticarlos. Por supuesto que eran ciertos, pero era demasiado fácil caer en la tentación de utilizarlos. Pero después de la noche anterior y de aquella tarde su imaginación estaba más despejada. El fanatismo es raro. Para ser fanático uno tiene que estar absolutamente seguro de tener razón y no hay nada que contribuya a esa seguridad y convencimiento como la abstinencia. La abstinencia es enemiga de la herejía.

¿Cómo resistiría esa premisa el examen? Tal vez por eso los comunistas odiaban tanto la bohemia. Cuando uno estaba borracho o cometía fornicación o adulterio reparaba en su falibilidad personal y en la de ese mudable sustituto del credo de los apóstoles: la línea del partido. ¡Abajo con la bohemia!, el pecado de Maiakovski.

Sin embargo, Maiakovski había vuelto a ser un santo ahora que estaba muerto y enterrado. Muy pronto él también lo estaría. Más valía no pensar en eso y concentrarse en María.

María había hecho mella en su fanatismo. Hasta ahora no había afectado a su resolución, pero preferiría no morir. Estaba dispuesto a renunciar con gusto a un final de héroe o de mártir. No quería defender las Termópilas, ni ser un Horacio en ningún puente ni el niño holandés que metió el dedo en el agujero del dique. No. Lo que quería era pasar tiempo con María. Así de sencillo. Quería pasar mucho, mucho tiempo con ella.

No creía que fuese a disponer nunca de mucho tiempo, pero si lo tuviera le gustaría pasarlo con María. Irían a un hotel y se registrarían como el doctor Livingstone y su señora, supongo...

¿Por qué no casarse con ella? Claro. Se casaría con ella. Se convertirían en el señor y la señora Jordan de Sun Valley, Idaho. O Corpus Christi, Texas, o Butte, Montana.

Las chicas españolas son muy buenas esposas. Lo sabía porque nunca había tenido ninguna. Y, cuando recuperase su empleo en la universidad, podía ser la mujer de un profesor, y cuando los estudiantes de cuarto curso de español fuesen a fumar una pipa por la tarde y tener aquellas interesantes conversaciones informales sobre Quevedo, Lope de Vega, Galdós y los demás muertos admirables, María podría contarles cómo algunos cruzados de la fe vestidos con camisa azul se habían sentado en su cabeza mientras otros le retorcían el brazo y le remangaban la falda para amordazarla con ella. ¿Qué tal caería María en Missoula, Montana? Eso, si llegaba a recuperar su empleo. Probablemente lo hubieran fichado por comunista y estuviera ya en la lista negra. Aunque nunca se sabe. No tienen pruebas de lo que uno ha hecho, y lo cierto es que no lo creerían aunque se lo contase, y el pasaporte era válido para viajar a España antes de que impusieran las restricciones.

No tenía que volver hasta el otoño del treinta y siete. Se había marchado el verano del treinta y seis y, aunque el permiso era por un año, no tenía que reincorporarse hasta el trimestre de otoño. Aún faltaba mucho tiempo. Aunque también faltaba mucho para pasado mañana. No, no valía la pena preocuparse por la universidad, bastaba con presentarse allí en otoño. Siempre podía intentarlo.

Aunque hacía ya tiempo que llevaba una vida muy rara. Desde luego que sí. España había sido su trabajo y su ocupación, así que era lógico y natural que estuviese allí. Había pasado veranos ocupado en proyectos de ingeniería y en el servicio forestal, construyendo carreteras, conque lo de las demoliciones también tenía su lógica. Siempre había sido un poco apresurado, pero no por eso dejaba de ser lógico.

Cuando se acepta la idea de la demolición como problema pasa a ser solo un problema. Aunque siempre implica otras cosas no tan buenas y Dios sabe que uno suele tomárselas a la ligera. El intento de lograr las mejores condiciones para garantizar el asesinato que acompaña a la demolición. ¿Acaso las grandes palabras lo hacían más defendible? ¿Hacían que matar fuese más fácil? Se dijo que se habían acostumbrado demasiado deprisa y que era muy complicado saber cómo sería o para qué serviría cuando dejase de estar al servicio de la República. No obstante, suponía que podría librarse de aquellos recuerdos escribiendo. Cuando los pusiera por escrito, todos desaparecerían. Sería un buen libro, si llegaba a escribirlo. Mucho mejor que el otro.

Pero entretanto, la vida se limitaba a lo que pasara hoy, esta noche, mañana, hoy, mañana por la noche, pasado mañana y así sucesivamente (ojalá), conque más le valía aceptar el tiempo que tuviese como un regalo. Y si lo del puente salía mal... Ahora mismo no tenía muy buena pinta.

Pero María..., lo de María había estado bien. ¿O no? Pues claro. Tal vez fuese eso lo que podía esperar de la vida. Tal vez así fuese su vida y en lugar de contar con setenta años contara con cuarenta y ocho o setenta horas, o más bien setenta y dos. Veinticuatro horas al día hacían un total de setenta y dos en tres días.

Puede que sea posible vivir una vida tan plena en setenta horas como en setenta años, siempre que uno haya alcanzado cierta edad cuando empiecen a contar las horas.

¡Qué tonterías llega a pensar uno! Menudas bobadas. Aunque lo mismo no lo eran. En fin, ya se vería. La última vez que había dormido con una chica había sido en Madrid. No. En El Escorial, lo que pasa es que se despertó en mitad de la noche y pensó que era otra persona y se alegró muchísimo hasta que averiguó de quién se trataba, en realidad solo había servido para reavivar las cenizas, aunque fue agradable. Y la vez anterior fue en Madrid y, quitando algunas mentiras y engaños en cuanto a su identidad, había sido más o menos lo mismo que siempre. Así que no era que mitificase a la mujer española ni que pensase que una conquista amorosa era distinta de cualquier otra en otro país. Pero cuando estaba con María la quería tanto que se sentía como si fuese a morir. Nunca lo habría creído posible. Así que había trocado sus setenta años por setenta horas. Al menos sabía con el tiempo que contaba y podía considerarse afortunado por saberlo. Y si no había nada que durase mucho tiempo, ni el resto de tu vida, ni a partir de ahora, solo quedaba el presente y debía disfrutarlo y alegrarse de tener ocasión de hacerlo. Ahora, *maintenant*, *heute*. «Ahora», qué palabra tan rara para designar el mundo y tu vida entera. Esta noche, *ce soir*, *heute abend*. *Vie* y *Marie*. No, no quedaba bien. En francés sonaba como «marido». Ahora y *frau* tampoco rimaba. Muerto, *mort* y *todt*. *Todt* era la más difunta de las tres. Guerra, *guerre* y *krieg*. *Krieg* parecía la más belicosa, ¿o no? ¿No sería que no dominaba el alemán? *Chérie*, prenda y *schatz*. Todas las cambiaba por María. ¡Qué nombre tan bonito!

En fin, no tardarían en estar todos hasta el cuello. Lo cierto era que cada vez tenía peor pinta. Era imposible hacerlo por la mañana. Ante una situación imposible, lo mejor es esperar a que caiga la noche para escapar. Tratar de resistir hasta la noche para replegarse. Si lograran aguantar hasta la noche tal vez pudieran salir bien librados. Pero ¿cómo atacar en plena luz del día? ¿Cómo? Y el maldito Sordo que había abandonado su español macarrónico para darle todos los detalles. Como si hubiera pensado en otra cosa desde que Golz se lo explicó por primera vez. Como si aquella información no se le hubiera indigestado un par de noches antes.

Menudo trabajo. Uno pasa la vida creyendo que significa algo y al final resulta que carece de sentido. Nunca le había pasado nada parecido y había acabado convenciéndose de que no sucedería. Y luego, en un sucio trabajo como aquel, en que tenía que coordinar dos partidas de guerrilleros de mala muerte para que le ayudaran a volar un puente en condiciones imposibles y abortar una contraofensiva que probablemente ya hubiera empezado, tropieza uno con una chica como María. Claro. Lo de siempre. Tropiezas con ella cuando es demasiado tarde.

Luego llega una mujer como Pilar y mete literalmente a la chica en tu saco de dormir ¿y qué pasa? Sí, ¿qué pasa? Dime qué pasa, haz el favor. Sí. Eso es. Justo eso.

De nada sirve engañarse con que Pilar la metiera en tu saco de dormir y tratar de quitarle importancia o convertirlo en algo sucio. Te enamoraste de ella nada más verla. En cuanto abrió la boca y te habló te enamoraste de ella. Y puesto que es así de nada sirve tratar de negarlo. Sabes que te quedaste prendado la primera vez que la viste cuando salió con aquella cazuela de hierro.

Te quedaste prendado, ¿a qué negarlo? El estómago te daba un vuelco cada vez que la mirabas y cada vez que te miraba. ¿Por qué no lo admites? De acuerdo, lo admito. En cuanto a lo de que Pilar la arrojó en tus brazos, lo único que hizo Pilar fue actuar como una mujer inteligente. Había cuidado de la chica y vio lo que pasaba en cuanto la chica volvió a la cueva con la cazuela.

De modo que se limitó a facilitar las cosas. Y lo hizo para que hubiese un anoche y un esta tarde. Es mucho más civilizada que tú y sabe muy bien lo que vale el tiempo. Sí, hay que admitir que conoce muy bien el valor del tiempo. Se dio por vencida porque no quería que otros perdieran lo que ella ha perdido y la idea de admitir que lo ha perdido es difícil de tragar. Por eso se dio por vencida cuando subíamos por la pendiente... y me temo que no se lo pusimos fácil.

En fin, pues eso es lo que pasa y lo que ha ocurrido y más vale admitir ahora que nunca tendrás dos noches para pasarlas con ella. Ni una vida, ni viviréis juntos, ni tendréis eso que la gente ha tenido siempre, no. Una noche, que ya ha pasado, una tarde y una noche todavía por venir, tal vez. No, señor.

Nada de tiempo, ni de felicidad, ni de diversión, ni niños, ni casa, ni cuarto de baño, ni un pijama limpio, ni el periódico matutino, ni os despertaréis juntos, ni despertarás sabiendo que ella está a tu lado y que no estás solo. No. Nada de eso. Pero ¿por qué, si eso es todo lo que vas a tener ahora que lo has encontrado, no puedes disfrutar de una noche en una cama con sábanas?

Pides lo imposible. Pides algo condenadamente imposible. Así que si amas a esa chica tanto como dices, más te vale quererla mucho y hacer que la intensidad compense la escasa duración y continuidad de vuestra relación. ¿Has oído? Tiempo atrás la gente consagraba a eso una vida entera. Y ahora que lo has encontrado y solo tienes dos noches te maravillas de tu suerte. Dos noches. Dos noches para amar, honrar y apreciar. En lo bueno y en lo malo. En la muerte y la enfermedad. No, no era así. En la salud y la enfermedad. Hasta que la muerte nos separe. En dos noches. Mucho más que probable. Mucho más que probable y deja ya de pensar así. Para de una vez. No es bueno. No hagas nada que no lo sea. Mejor así.

Es lo que le había dicho Golz. Cuanto más tiempo pasaba, más inteligente le parecía ese hombre. De modo que eso era por lo que le había preguntado, por las compensaciones de una vida tan irregular. ¿Habría conocido Golz aquella vida y conocería la falta de tiempo, sus apremios y sus particulares circunstancias? ¿Le ocurriría lo mismo a todos los que se hallaban en una situación parecida por mucho que él creyera ser especial? ¿Había vivido Golz a salto de mata cuando mandaba la caballería irregular del Ejército Rojo, de modo que la combinación de circunstancias había hecho que las chicas le parecieran igual que María a él?

Lo más probable era que Golz lo supiera y quisiera apuntar que uno debe condensar su vida en esas dos noches que se le conceden, que para vivir así hay que concentrar todo lo que normalmente habrías tenido en una vida en el breve espacio de tiempo del que dispones.

No era mala teoría. Pero él no creía que María fuese solo producto de las circunstancias. A menos, claro, que ella fuese una reacción a sus propias circunstancias y a las de él. Sus circunstancias no habían sido tan buenas. Ni mucho menos.

Qué se le iba a hacer si así eran las cosas. Aunque ninguna ley le obligaba a decir que le gustase. No sabía que pudiera sentir así. Ni que pudiera sucederle algo parecido. Le gustaría que durase toda su vida. Y una parte de él le decía que así sería. Lo tenía ahora y eso sería toda su vida: ahora. No hay más que el presente. Ni el pasado, ni, desde luego, el futuro. ¿Cuántos años tendría que cumplir para comprenderlo? Tan solo existe el ahora, y si el ahora son dos días es que tu vida son dos días y tendrás que verlo todo desde esa perspectiva. Así se vive una vida entera en dos días. Y si dejas de quejarte y de pedir lo que es imposible tendrás una buena vida. Una buena vida no tiene por qué tener una duración bíblica.

Así que no le des más vueltas, coge lo que tienes, haz tu trabajo y tendrás una vida larga y feliz. ¿Acaso no lo ha sido últimamente? ¿De qué te quejas? Es lo que tiene este trabajo, no es tanto lo que uno aprende como la gente a la que conoce. Le alegró ver que estaba bromeando y volvió con la chica.

—Te quiero, conejito —le dijo—. ¿Qué decías?

—Decía que no debes preocuparte por tu trabajo porque no te molestaré ni me entrometeré. Dímelo si puedo hacer algo.

—Nada —respondió él—. No puede ser más sencillo.

—Le preguntaré a Pilar qué es lo que hay que hacer para cuidar bien de un hombre y eso es lo que haré —dijo María—. Luego ya iré aprendiendo otras cosas y tú también puedes enseñarme.

—No tienes que hacer nada.

—¡Qué va! ¡Pues claro que sí! Esta mañana debería haber aireado tu saco de dormir y haberlo colgado al sol. Y tendría que haberlo recogido antes de que cayera el rocío.

—Sigue, conejito.

—Alguien tendrá que lavar y secar tus calcetines. Me aseguraré de que tienes dos pares.

—¿Qué más?

—Si me enseñas, te limpiaré y engrasaré la pistola.

—Dame un beso —dijo Robert Jordan.

—No, hablo en serio. ¿Me enseñarás lo de la pistola? Pilar tiene grasa y trapos. En la cueva hay una baqueta que serviría para limpiarla.

—Claro. Te enseñaré.

—Y si me enseñas a disparar —continuó la chica—, cualquiera de los dos podría matar al otro si uno resultase herido y no quisiera que lo capturasen.

—Muy interesante —dijo Robert Jordan—. ¿Tienes muchas ideas parecidas?

—No muchas —respondió María—. Pero es una buena idea. Pilar

me dio esto y me enseñó cómo utilizarlo. —Se abrió el bolsillo de la pechera y sacó una funda de cuero como las que se utilizan para guardar los peines, quitó la goma que la sujetaba y sacó una cuchilla de afeitar—. Siempre la llevo conmigo —le explicó—, Pilar dice que hay que hacer el corte aquí, justo debajo de la oreja y llegar hasta aquí. —Se lo mostró con el dedo—. Dice que ahí hay una arteria muy grande y que si hago el corte así no puedo equivocarme. También dice que no duele y que hay que apretar con fuerza. Dice que no duele nada y que nadie puede pararlo una vez lo has hecho.

—Tiene razón —dijo Robert Jordan—. Es la arteria carótida.

Así que llevaba siempre eso encima, como una posibilidad aceptada y prevista.

—Pero preferiría que me pegaras un tiro —continuó María—. Prométeme que si es necesario me dispararás.

—Desde luego —contestó Robert Jordan—. Lo prometo.

—Muchas gracias —respondió María—. Ya sé que no es fácil.

—No pasa nada —dijo Robert Jordan.

Siempre se te olvida..., siempre que te concentras demasiado en tu trabajo, olvidas las lindezas de una guerra civil. Lo habías olvidado. En fin, es mejor así. Kashkin no podía olvidarlo y eso le impedía hacer bien su trabajo. ¿O será que tuvo un presentimiento? Era raro porque no había sentido nada al dispararle a Kashkin. Pensó que lo sentiría después. Pero hasta ahora, nada de nada.

—Pero hay otras cosas que puedo hacer por ti —le dijo María acercándosele muy seria y femenina.

—¿Aparte de matarme?

—Sí. Puedo liarte los cigarrillos cuando se te hayan acabado esos tubos. Pilar me ha enseñado a liarlos muy bien, limpios y apretados sin desperdiciar el tabaco.

—Estupendo —dijo Robert Jordan—. ¿Los pegas con la lengua tú misma?

—Sí —respondió la chica—. Y, si te hieren, te cuidaré, te limpiaré la herida, te cuidaré y te daré de comer...

—A lo mejor no me hieren —observó Robert Jordan.

—Pues si enfermas, te cuidaré, te prepararé sopa, te lavaré y lo haré todo por ti.

—A lo mejor no me pongo enfermo.

—Entonces te traeré el café por la mañana cuando te levantes.

—¿Y si no me gusta el café?

—Claro que te gusta —respondió la chica tan contenta—. Esta mañana te has tomado dos tazas.

—¿Y si me harto del café y no hay necesidad de matarme, no estoy herido ni enfermo, dejo de fumar, tengo solo un par de calcetines y cuelgo yo mismo el saco de dormir a airear? ¿Entonces qué, conejito? —le dijo dándole una palmadita en la espalda—. ¿Entonces qué?

—Pues le pediré prestadas las tijeras a Pilar y te cortaré el pelo —le contestó la muchacha.

—No me gusta que me corten el pelo.

—A mí tampoco —dijo María—. Y me gusta cómo lo llevas ahora. Bueno. Si no puedo hacer nada por ti, me sentaré a contemplarte y por las noches haremos el amor.

—Bueno —dijo Robert Jordan—. Ese último proyecto parece muy sensato.

—A mí también me lo parece —sonrió María—. ¡Oh, mi inglés!

—Me llamo Roberto.

—No. Te llamaré «inglés», igual que Pilar.

—Aun así, me sigo llamando Roberto.

—No —respondió ella—. Hoy te llamas «inglés». Dime, inglés, ¿puedo ayudarte en tu trabajo?

—No. Lo que tengo que hacer debo hacerlo solo y con la cabeza muy fría.

—De acuerdo —dijo la joven—. ¿Y cuándo terminarás?

—Con suerte esta noche.

—Bueno.

A sus pies se extendía el trecho boscoso que conducía al campamento.

—¿Quién es esa? —preguntó Robert Jordan señalando con el dedo.

—Pilar —dijo la chica—. Seguro que es Pilar.

En la linde del prado donde crecían los primeros árboles había sentada una mujer con la cabeza apoyada en los brazos. Desde donde estaban parecía un fardo oscuro, recortado contra la corteza del árbol.

—¡Vamos! —dijo Robert Jordan, y echó a correr hacia ella entre las matas de brezo que les llegaban a la rodilla. Era difícil correr por ese terreno y al cabo de un rato empezó a andar. La mujer apoyaba la cabeza en los brazos y parecía muy robusta en comparación con el tronco del árbol. Se acercó y gritó—: ¡Pilar!

La mujer alzó la cabeza y le miró.

—¡Ah! —exclamó—. ¿Ya habéis terminado?

—¿Te encuentras mal? —preguntó agachándose junto a ella.

—¡Qué va! —respondió—. Me he quedado dormida.

—Pilar —dijo María, que se arrodilló a su lado nada más llegar—. ¿Cómo estás? ¿No te encuentras bien?

—Estoy estupendamente —contestó Pilar, pero no se levantó y se quedó mirándolos—: Bueno, inglés, ¿ya has vuelto a hacer de las tuyas?

—¿Estás bien? —preguntó Robert Jordan, pasando por alto sus palabras.

—¿Por qué no iba a estarlo? Me he quedado dormida. ¿Tú no?

—No.

—Bueno —le dijo Pilar a la chica—. Pareces contenta.

María se ruborizó y no dijo nada.

—Déjala en paz —dijo Robert Jordan.

—Nadie habla contigo —contestó Pilar—. María… —dijo en tono cortante, la chica no la miró—. María —repitió—. Pareces contenta.

—¡Oh, déjala en paz! —volvió a decir Robert Jordan.

—Tú calla —dijo Pilar sin mirarlo—. Escucha, María, dime una cosa.

—No —respondió María, y negó con la cabeza.

—María —repitió Pilar y su tono era tan poco amistoso como la expresión de su cara—. Dime una cosa por tu propia voluntad.

La chica movió la cabeza.

Robert Jordan pensó que si no tuviese que colaborar con aquella mujer, con el borracho de su marido y aquella pandilla de inútiles la abofetearía con tanta fuerza que...

—Vamos, dime —le dijo Pilar a la joven.

—No —se obcecó María—. No.

—Que la dejes en paz —insistió Robert Jordan con tanta brusquedad que no reconoció su propia voz y casi decidido a abofetearla y enviarlo todo al demonio.

Pilar ni siquiera lo miró. No era como una serpiente o un gato hechizando a un pajarillo. No había ánimo de rapiña ni el menor asomo de perversión. No obstante, Robert Jordan notó que se estaba desplegando algo, igual que cuando se despliega la capucha de una cobra. Sintió su amenaza, aunque detrás no hubiese maldad sino solo curiosidad. Robert se dijo que preferiría no tener que ver esto, aunque tampoco era como para liarse a bofetadas.

—María —dijo Pilar—. No te haré nada. Dímelo por tu propia voluntad. —La chica negó con la cabeza—. María, cuéntamelo ahora y por tu propia voluntad. ¿Me oyes? Lo que sea.

—No —dijo en voz baja la chica—. No y no.

—Cuéntamelo —insistió Pilar—. Lo que sea. Ya verás. Dímelo ahora.

—La tierra se movió —dijo María sin mirar a la mujer—. De verdad. No sé cómo explicarlo.

—¡Ah! —dijo Pilar y su voz sonó cálida, amistosa y nada forzada.

Sin embargo, Robert Jordan reparó en que había gotitas de sudor en su frente y sus labios—. ¡Así que era eso!

—Es cierto —repitió María mordiéndose el labio.

—Pues claro que sí —dijo Pilar con mucha dulzura—. Pero no se lo cuentes a los tuyos porque no te creerán. ¿Tú tienes sangre calé, inglés?

Se puso en pie y Robert Jordan la ayudó a levantarse.

—No —dijo—. Al menos que yo sepa.

—Ni la María tampoco, al menos que yo sepa —dijo Pilar—. Pues es muy raro.

—Pero sucedió, Pilar —repitió María.

—¿Y por qué no iba a pasar, hija mía? —exclamó Pilar—. Cuando yo era joven la tierra se movía tanto que notabas cómo se desplazaba en el espacio y temías que se abriera bajo tus pies. Me ocurría todas las noches.

—Mientes —dijo María.

—Sí —respondió Pilar—. Solo se mueve tres veces en la vida. ¿De verdad se movió?

—Sí —dijo la chica—. De verdad.

—¿Y tú también lo notaste, inglés? —Pilar miró a Robert Jordan—. No mientas.

—Sí —admitió—. Es cierto.

—Bueno —dijo Pilar—. Bueno. Ya es algo.

—¿Qué quieres decir con eso de las tres veces? —preguntó María—. ¿Por qué lo dices?

—Tres veces —contestó Pilar—. Ya has vivido una.

—¿Solo tres veces?

—La mayoría de la gente no lo nota nunca —le explicó Pilar—. ¿Estás segura de que se movió?

—Creí que me caía —respondió María.

—Entonces debió de moverse —admitió Pilar—. Vamos, volvamos al campamento.

—¿Qué bobada es esa de las tres veces? —le preguntó Robert Jordan a la mujerona mientras andaban entre los pinos.

—¿Bobada? —repitió mirándolo con ironía—. No me hables de bobadas, inglesito.

—¿Es una brujería como lo de la palma de la mano?

—No, es un hecho conocido y comprobado por los gitanos.

—Pero nosotros no somos gitanos.

—No. Pero habéis tenido suerte. Los payos a veces también tienen suerte.

—¿Decías en serio lo de las tres veces?

Ella lo miró de un modo muy extraño.

—Déjame, inglés. No seas pesado. Eres demasiado joven para que me moleste en hablar contigo.

—Pero, Pilar —dijo María.

—Calla —respondió Pilar—. Lo has vivido una vez y aún puedes vivirlo otras dos.

—¿Y tú? —le preguntó Robert Jordan.

—Dos —dijo Pilar levantando dos dedos—. Dos. Y nunca habrá una tercera.

—¿Por qué no? —preguntó María.

—¡Oh, calla! —dijo Pilar—. Calla. Las chicas de tu edad me aburren.

—¿Por qué no habrá una tercera? —preguntó Robert Jordan.

—¿Es que no callas nunca? —exclamó Pilar—. ¡Calla ya!

Bueno, se dijo Robert Jordan. En mi caso no habrá ninguna más. He conocido a muchos gitanos y todos son muy raros. Aunque nosotros también lo somos. La única diferencia es que tenemos que ganarnos la vida honradamente. Nadie sabe de qué tribus descendemos ni cuál es nuestra herencia tribal o qué misterios poblaban los bosques donde vivía la gente de quien procedemos. Solo sabemos que no sabemos. Desconocemos lo que nos ocurre de noche. Aunque cuando sucede de día es para asombrar a cualquiera. Fuera lo que fuese, ocurrió y ahora esta mujer no solo obliga a la chica a decirlo cuando no quería hacerlo, sino que tiene que apropiárselo y convertirlo en una cosa de gitanos. Creía que se había dado por vencida cuando subíamos por la pendiente, pero ahora ha vuelto a intentar adueñarse de la situación. Si lo hubiese hecho por maldad se habría merecido que le pegara un tiro. Aunque no ha sido por maldad. Solo necesitaba aferrarse a la vida. Aferrarse a ella a través de María.

Cuando acabe esta guerra tal vez podrías dedicarte a estudiar a las mujeres, pensó. Podía empezar por Pilar. No cabe duda de que había complicado mucho las cosas. Antes no había sacado a relucir esas historias de gitanos. Excepto lo de la palma de la mano. Sí, claro, lo de la mano. Y no creo que estuviese fingiendo con eso. Y, por supuesto, no quiso decirme lo que había visto. Fuera lo que fuese, ella lo creyó. Aunque eso no demuestre nada.

—Oye, Pilar —le dijo a la mujer.

Pilar lo miró y sonrió.

—¿Qué? —preguntó.

—No seas tan misteriosa —dijo Robert Jordan—. Los misterios me aburren.

—¿Y...?

—No creo en ogros, ni en adivinos, ni en los que dicen la buenaventura, ni esas brujerías gitanas.

—¡Ah!

—No. Y más vale que dejes en paz a la chica.

—La dejaré en paz.

—Y déjate de misterios —continuó Robert Jordan—. Ya tenemos bastantes preocupaciones y cosas que hacer para complicarnos con más tonterías. Menos misterios y más trabajar.

—Comprendo —dijo Pilar asintiendo con la cabeza—. Y oye, inglés —dijo con una sonrisa—. ¿Se movió la tierra?

—Sí, maldita sea. Se movió.

Pilar soltó una carcajada y miró riéndose a Robert Jordan.

—Ay, inglés, inglés —dijo sin dejar de reír—. Eres muy cómico. Mucho tendrás que esforzarte si quieres recobrar tu dignidad.

Al diablo contigo, pensó Robert Jordan. Pero no dijo nada. Mientras hablaban, las nubes habían tapado el sol y al mirar hacia las montañas vio que el cielo estaba encapotado y gris.

—Sí —dijo Pilar mirando también al cielo—. Nevará.

—¿Nevar? Pero si estamos casi en junio.

—¿Por qué no? Estas montañas no saben de meses del año. Estamos en la luna de mayo.

—Es imposible que sea nieve —dijo—. ¿Cómo va a nevar?

—Lo que tú quieras, inglés —respondió ella—, pero nevará.

Robert Jordan miró el gris oscuro del cielo y la luz pálida y amarillenta del sol que fue desapareciendo por completo y dejó un gris uniforme suave y plomizo que recortaba el perfil de las montañas.

—Sí —respondió—, supongo que tienes razón.

14

Cuando llegaron al campamento estaba nevando y los copos caían diagonalmente entre los pinos. Descendían sesgados entre los árboles, escasos al principio, trazando círculos en su caída, y luego, cuando empezó a soplar viento frío de la montaña, fueron formando espesos remolinos mientras Robert Jordan los contemplaba furioso desde la entrada de la cueva.

—Va a nevar mucho —dijo Pablo con voz ronca; tenía los ojos hinchados y enrojecidos.

—¿Ha vuelto el gitano? —preguntó Robert Jordan.

—No —contestó Pablo—. Ni él ni el viejo.

—¿Vendrías conmigo al puesto de arriba en la carretera?

—No —respondió Pablo—. No pienso participar en esto.

—Lo encontraré solo.

—Podrías perderte con la tormenta —dijo Pablo—. Yo no iría.

—Solo hay que ir colina abajo hasta llegar a la carretera y luego seguirla.

—Puede que lo encuentres. Pero con esta nieve los dos centinelas que apostaste ya deben de estar de vuelta y podrías cruzarte con ellos.

—El viejo me está esperando.

—No. Volverá al ver la nieve.

Pablo contempló cómo se iba acumulando a la entrada de la cueva y dijo:

—¿No te gusta la nieve, inglés? —Robert Jordan soltó un juramento y Pablo lo miró con sus ojos hinchados y se echó a reír—. Ya puedes despedirte de tu ofensiva, inglés —se burló—. Entra en la cueva, tus hombres no tardarán en llegar.

En la cueva María se afanaba con el fuego y Pilar con la mesa de la cocina. El fuego estaba humeando, pero la chica echó un pedazo de madera, lo abanicó con un papel y se produjo una llamarada que encendió la leña gracias al tiro que hacía el viento en el agujero del techo.

—Y esta nieve —preguntó Robert Jordan—. ¿Crees que durará mucho?

—Mucho —contestó encantado Pablo—. Luego llamó a Pilar. A ti tampoco te gusta, ¿eh, mujer? Ahora que mandas tú no te gusta la nieve.

—¿A mí qué? —dijo Pilar por encima del hombro—. Cuando nieva, nieva.

—Bebe un poco de vino, inglés —dijo Pablo—. Llevo todo el día bebiendo y esperando la nieve.

—Dame una taza —respondió Robert Jordan.

—Por la nieve —dijo Pablo entrechocando las tazas.

Robert Jordan lo miró a los ojos y brindó con él. Cabrón asesino de ojos pitañosos, pensó para sus adentros, me gustaría estrellarte la taza en los dientes. Tranquilo, se dijo, tranquilo…

—Es bonita la nieve —dijo Pablo—. No querrás dormir fuera con la que está cayendo.

Así que en eso estás pensando, pensó Robert Jordan, tienes muchos problemas, ¿eh, Pablo?

—¿Ah, no? —dijo con mucha educación.

—No. Hará mucho frío —respondió Pablo—. Mucha humedad.

Robert Jordan comprendió que el otro no sabía por qué esos sacos de pluma de ganso costaban sesenta y cinco dólares. Ojalá le diesen un dólar por cada vez que había dormido en él sobre la nieve.

—Entonces ¿crees que debería dormir aquí? —preguntó educadamente.

—Sí.

—Gracias —dijo Robert Jordan—. Dormiré fuera.

—¿En la nieve?

—Sí —(malditos sean tus ojos enrojecidos de cerdo y tu sucia cara de puerco)—. En la nieve —(en esa condenada, inesperada, desastrosa y traidora nieve cabrona).

Fue a ver a María, que acababa de echar otra rama de pino al fuego.

—Muy bonita la nieve —le dijo a la chica.

—Pero es mala para lo que tenías que hacer, ¿no? —le preguntó—. ¿No estás preocupado?

—Qué va —respondió—. Preocuparse no sirve de nada. ¿Cuándo estará lista la cena?

—Supuse que tendrías apetito —dijo Pilar—. ¿Quieres un trozo de queso?

—Gracias —dijo, y ella alargó el brazo para coger el enorme queso que colgaba de una redecilla del techo, sacó un cuchillo y le cortó una loncha gruesa. Él se la comió de pie. Sabía demasiado a cabra para su gusto.

—María —dijo Pablo desde la mesa donde estaba sentado.

—¿Qué? —preguntó la chica.

—Limpia la mesa, María —le pidió Pablo mientras sonreía a Robert Jordan.

—Límpiala tú —le espetó Pilar—. Límpiate la barbilla y la camisa y luego la mesa.

—María —repitió Pablo.

—No le hagas caso. Está borracho —dijo Pilar.

—María —la llamó Pablo—. No para de caer esa preciosa nieve.

No sabía lo del saco de dormir. El cerdo de ojos enrojecidos no sabía por qué había pagado sesenta y cinco dólares por él en Woods. Ojalá volviera el gitano. En cuanto llegara iría a buscar al viejo. Debería ir ahora, pero podía cruzarse con ellos. No sabía dónde se habían apostado.

—¿Quieres hacer bolas de nieve? —le dijo a Pablo—. ¿Te apetece una batalla de bolas de nieve?

—¿Qué? —preguntó Pablo—. ¿Qué me estás proponiendo?

—Nada —dijo Robert Jordan—. ¿Has tapado bien las sillas de montar?

—Sí.

Luego Robert Jordan le preguntó en inglés:

—¿Vas a dar de comer a los caballos o piensas atarlos y dejar que se las apañen?

—¿Qué?

—Nada. Es problema tuyo, amigo. Yo me iré de aquí andando.

—¿Por qué hablas en inglés? —preguntó Pablo.

—No sé —dijo Robert Jordan—. Cuando estoy muy cansado a veces hablo en inglés. O cuando me enfado. O digamos cuando estoy aburrido. Siempre que estoy harto hablo en inglés para oír cómo suena. Deberías probarlo de vez en cuando.

—¿Qué dices, inglés? —preguntó Pilar—. Suena muy interesante, pero no lo entiendo.

—Nada —respondió Robert Jordan—. He dicho nada en inglés.

—Pues habla en español —dijo Pilar—. Es más fácil y así acabamos antes.

—De acuerdo —dijo Robert Jordan.

Pensó en Pablo, en Pilar, en María y en aquellos dos hermanos del rincón cuyo nombre había olvidado y debía recordar por mucho que a veces se hartase de todo. De ellos, de sí mismo y de la guerra… ¿Por qué?, ¿por qué tenía que ponerse a nevar justo ahora? Era demasiado. No, no lo era. Nada lo es. Hay que aceptarlo y combatirlo, dejar de portarse como una *prima donna* y aceptar el hecho de que está nevando, igual que hiciste hace un instante. Luego habla con el gitano y ve a buscar al viejo. ¡Pero ponerse a nevar! En esta época del año. Ya basta, se dijo. Para de una vez. Es por lo de la taza, y lo sabes muy bien. ¿Cómo era lo de la taza? Tendría que ejercitar su memoria o dejar de hacer citas porque cuando una se te olvida te ronda por la memoria como un nombre que has olvidado y no puedes librarte de ella. ¿Cómo era lo de la taza?

—Sírveme una taza de vino, por favor —dijo en español—. Cuanta nieve, ¿eh? —dijo dirigiéndose a Pablo.

El borracho alzó la mirada y sonrió. Asintió y volvió a sonreír.

—Ni ofensiva, ni aviones, ni puente... Solo nieve —respondió Pablo.

—¿Crees que durará mucho —preguntó Robert Jordan sentándose a su lado—. ¿Crees que seguirá nevando todo el verano, amigo?

—Todo el verano, no —contestó Pablo—. Esta noche y mañana sí.

—¿Por qué lo crees?

—Hay dos tipos de tormentas —dijo Pablo en tono solemne y juicioso—. Unas llegan de los Pirineos y traen mucho frío. Pero la estación está demasiado avanzada.

—Bueno —respondió Robert Jordan—. Algo es algo.

—Esta llega del Cantábrico —dijo Pablo—. Viene del mar. Si el viento sigue soplando en esta dirección habrá una gran tormenta y mucha nieve.

—¿Dónde has aprendido todo eso, amigo? —preguntó Robert Jordan.

Ahora que se le había pasado el enfado, se sentía fascinado por la tormenta igual que le ocurría siempre. Las ventiscas, los temporales, los chubascos repentinos, los aguaceros tropicales y las tormentas de verano en las montañas le fascinaban más que ninguna otra cosa. Era como la excitación de la batalla solo que más limpia. Hay un viento que sopla en la batalla, pero es un viento caliente, cálido y seco como tu boca;

sopla con fuerza cálido y sucio y se levanta o amaina según la suerte del día. Él lo conocía bien.

Pero una tormenta de nieve era justo lo contrario. En una tormenta de nieve es posible acercarse a los animales salvajes sin que se asusten. Vagan por el campo sin saber dónde están y a veces los ciervos buscan refugio al socaire de las cabañas. En una tormenta de nieve uno se topa a caballo con un alce y el animal trota hacia ti confundiendo tu montura con otro alce. En una tormenta de nieve siempre parece, por un instante, que no hay enemigos. En una tormenta de nieve el viento puede soplar como un huracán, pero sopla una pureza blanca y el aire está henchido de una pujante blancura y todo cambia y cuando el viento cesa impera el silencio. Aquella era una gran tormenta y más valía disfrutarla. Lo estaba echando todo a perder, pero ya puestos más valía disfrutarla.

—Fui arriero muchos años —dijo Pablo—. Transportaba mercancías a través de las montañas en unos carros enormes antes de que hubiera camiones. En ese negocio uno aprende a conocer el tiempo.

—¿Y cómo te implicaste en la revolución?

—Siempre he sido persona de izquierdas —respondió Pablo—. Teníamos muchos contactos con la gente de Asturias, que está muy desarrollada políticamente. Siempre he estado a favor de la República.

—Pero ¿qué hacías antes de estallar la guerra?

—Trabajaba para un tratante de caballos de Zaragoza que proporcionaba caballerías a las plazas de toros y remontas para el ejército. Así fue como conocí a Pilar que estaba, como te ha dicho, con el matador Finito de Palencia.

Lo dijo con considerable orgullo.

—No era gran cosa como torero —dijo uno de los hermanos de la mesa mirando la espalda de Pilar, que estaba junto al fuego.

—¿Ah, no? —preguntó Pilar volviéndose y mirando al hombre a la cara—. ¿Así que no era gran cosa?

Allí junto al fuego le pareció verlo bajo, atezado y sobrio con los ojos tristes, las mejillas hundidas y el pelo negro y rizado sobre la frente, allí donde la apretada montera le había dejado una marca en la que nadie más que él reparaba. Lo vio delante del toro de cinco años, enfrentándose a aquella cornamenta que había levantado caballos por los aires, el poderoso cuello que levantaba la montura, mientras el picador le clavaba la puya una y otra vez, hasta que el caballo caía al suelo con estrépito y el picador se estrellaba contra las tablas y se enredaba con las patas del toro que trataba de clavarle los cuernos al animal. Vio a Finito, que no valía gran cosa como torero, de pie delante del toro, perfilándose ante él. Lo vio claramente mientras arrollaba el pesado paño de franela en el estoque. La muleta colgaba pesadamente por la sangre con que se había ido empapando en cada uno de los pases al pasar sobre la testuz, sobre el brillo húmedo en el hoyo de las agujas y sobre el lomo cuando el toro levantaba la cabeza haciendo que entrechocaran las banderillas. Vio a Finito plantarse de perfil cinco pasos por delante del animal, que esperaba quieto y entero, levantar despacio el estoque hasta tenerlo al nivel de los hombros y luego dirigir la hoja hacia un lugar que no podía ver porque la cabeza del toro estaba más alta que sus ojos. Le haría agachar la cabeza agitando la muleta húmeda y pesada con la mano izquierda, pero antes se echaría atrás apoyándose en los talones, apuntaría con el estoque, perfilándose delante del cuerno astillado, mientras el toro jadeaba con los ojos fijos en el engaño.

Lo vio con total claridad y oyó su voz fina y diáfana al volver la cabeza y mirar hacia los espectadores de la primera fila, justo detrás de la barrera pintada de rojo, y decir: «A ver si lo matamos así».

Oyó su voz y luego lo vio doblar la rodilla al abalanzarse sobre los cuernos del toro, que se inclinaron mágicamente cuando el hocico del animal siguió la muleta, y vio la muñeca morena y delgada que pasaba por encima de los cuernos y la espada que entraba en el hoyo de las agujas.

Vio el brillo del acero desaparecer lenta y firmemente cuando el toro se lo clavó en su embestida y lo vio moverse hasta que los atezados nudillos descansaron contra el firme pellejo del toro, y cómo el hombre bajo y moreno cuyos ojos no se habían apartado nunca del lugar donde había entrado el estoque encogía el vientre, se apartaba de los cuernos del toro y se alejaba del animal con la muleta en la mano izquierda y alzando la derecha para ver morir al toro.

Lo vio allí de pie, observando al animal que se esforzaba en seguir con vida, viendo cómo se tambaleaba igual que un árbol antes de caer y cómo se aferraba al suelo con las pezuñas mientras él alzaba la mano en un escueto gesto de triunfo. Le pareció verlo sudoroso y aliviado por haber terminado la faena, aliviado al ver que el animal estaba muerto, que no había recibido ningún golpe ni cornada al apartarse de él, y luego el toro no pudo resistir más y cayó muerto con las patas en alto y vio al hombre bajo y moreno dirigiéndose cansado y serio hacia la barrera.

Ella sabía que Finito no habría podido atravesar corriendo el ruedo aunque su vida hubiese dependido de ello, y lo vio andar hacia la barrera, secarse la boca con una toalla, mirarla y mover la cabeza y luego secarse la cara con la toalla y empezar a dar triunfante la vuelta al ruedo.

Lo vio andar despacio, con parsimonia, sonriendo, saludando, seguido del resto de la cuadrilla, que se agachaba para recoger los cigarros y devolver los sombreros, mientras él terminaba de dar la vuelta al ruedo con la mirada triste, y lo vio sentado en el estribo de la barrera de madera con la boca cubierta con una toalla.

Pilar vio todo aquello mientras estaba de pie junto al fuego y dijo:

—¿Así que no era un buen torero? ¡Con menuda gentuza tengo que pasar la vida!

—Lo era —respondió Pablo—. Pero tenía la desventaja de su corta estatura.

—Y desde luego estaba tuberculoso —dijo Primitivo.

—¿Tuberculoso? —exclamó Pilar—. ¿Cómo no iba a estar tuberculoso después de todo lo que tuvo que pasar? En este país donde ningún pobre puede ganar dinero, si no es un criminal como Juan March, un torero o un tenor de ópera. ¿Cómo no iba a estarlo? En un país donde los burgueses comen tanto que están siempre empachados y no pueden vivir sin bicarbonato, mientras los pobres pasan hambre desde el día en que nacen hasta que mueren. ¿Cómo no iba a estar tuberculoso? Si hubieses tenido que viajar de muchacho debajo de los asientos en vagones de tercera entre el polvo, la mugre y los escupitajos secos y recientes para ir de feria en feria y aprender a torear, ¿no te habrías vuelto tuberculoso después de que te hubieran cosido el pecho a cornadas?

—Desde luego —contestó Primitivo—. Solo digo que estaba tuberculoso.

—Pues claro —dijo Pilar blandiendo el cucharón de madera—. Era bajito, tenía la voz aguda y mucho miedo a los toros. Nunca he visto a nadie con tanto miedo antes de una corrida y con tan poco miedo en el ruedo. A ti ahora te da miedo morir —le dijo a Pablo—. Crees que eso tiene importancia. Pero Finito tenía miedo todo el tiempo y en el ruedo era como un león.

—Tenía fama de ser muy valiente —dijo el otro hermano.

—Nunca he conocido a nadie que tuviera tanto miedo —respondió Pilar—. Ni siquiera quería tener una cabeza de toro en la pared. Una vez en la feria de Valladolid mató muy bien un toro de la ganadería de Pablo Romero…

—Lo recuerdo —dijo el primero de los hermanos—. Estuve en la plaza. Era un toro jabonero con la frente rizada y muy astifino. Un toro de más de treinta arrobas. El último que mató en Valladolid.

—Exacto —asintió Pilar—. El caso es que los de la peña taurina que llevaba su nombre y que se reunían en el café Colón mandaron disecar la cabeza del toro y se la regalaron durante un pequeño homenaje que le hicieron en el café. Durante la comida colgaron la cabeza de la pared aunque tapada con un paño. Yo estuve en el homenaje y había más gente, Pastora, que es aún más fea que yo, la Niña de los Peines y otras gitanas y unas cuantas putas caras. En el banquete de homenaje había poca gente, pero estuvo muy animado y casi acaba en pelea por una discusión entre Pastora y una de las putas de más categoría por una cuestión de buenos modales. Yo estaba feliz al lado de Finito, y reparé en que no quería mirar la cabeza del toro, que estaba tapada con un paño de color púrpura como las imágenes de los santos en las iglesias durante la semana de pasión del que fue nuestro Señor.

»Finito no comió mucho porque al entrar a matar en la última corrida del año en Zaragoza se había llevado un palotazo, un varetazo con el asta del toro, que lo había dejado inconsciente y todavía no tenía bien el estómago, y de vez en cuando se llevaba el pañuelo a la boca y escupía un poco de sangre. ¿Qué estaba diciendo?

—Lo de la cabeza del toro —le recordó Primitivo—. La cabeza de toro disecada.

—Sí —dijo Pilar—. Sí. Pero para que lo entendáis tengo que contaros antes unos detalles. Ya sabéis que Finito no fue nunca un tipo muy alegre. Era más bien serio y yo nunca lo había visto reírse de nada, ni siquiera cuando estábamos a solas. Ni siquiera de cosas divertidas. Era casi tan serio como Fernando. Pero aquel era un banquete de homenaje ofrecido por los aficionados que habían fundado la Peña Finito, y se sintió obligado a mostrarse alegre y amistoso. Así que estuvo todo el rato sonriendo y diciendo cosas amables y solo yo reparé en lo que hacía con el pañuelo. Había llevado tres y después de empaparlos todos me dijo en voz muy baja:

»—Pilar, no aguanto más. Creo que deberíamos irnos.

»—Pues vayámonos —respondí. Pues vi que estaba sufriendo mucho. En ese momento se había organizado un gran jolgorio y había mucho ruido.

»—No. No puedo —me dijo Finito—. Al fin y al cabo, la peña lleva mi nombre y me siento obligado.

»—Si no te encuentras bien es mejor que nos vayamos —respondí.

»—No —insistió—. Me quedaré. Sírveme un poco de manzanilla.

»No me pareció buena idea que bebiera porque no había comido nada y padecía del estómago; pero era evidente que no podía soportar el bullicio, las risas y el ruido sin tomar algo. Así que lo vi beberse a toda prisa casi una botella de manzanilla. Había empapado todos los pañuelos, de modo que empezó a usar la servilleta.

»Para entonces el banquete había llegado a un momento de gran entusiasmo y varios aficionados estaban paseando a hombros alrededor de la mesa a algunas de las putas más delgadas. Convencieron a Pastora para que cantara y El Niño Ricardo tocó la guitarra, fue muy emocionante y una ocasión de auténtica alegría y amistad embriagadora. Nunca he asistido a un banquete en que se lograse semejante entusiasmo flamenco y eso que no habían descubierto aún la cabeza del toro que, al fin y al cabo, era la razón de aquel homenaje.

»Lo estaba pasando tan bien y estaba tan ocupada acompañando a las palmas a Ricardo y tratando de formar un grupo que acompañara al cante de la Niña de los Peines, que no reparé en que Finito había empapado su servilleta y había cogido la mía. Estaba bebiendo más manzanilla, tenía los ojos muy brillantes y sonreía encantado a todo el mundo. No podía hablar mucho porque cada poco tiempo tenía que llevarse la servilleta a la boca, pero aparentaba estar muy alegre y divertido, que al fin y al cabo era para lo que había ido allí.

»El banquete siguió y el hombre que estaba a mi lado, que había sido el antiguo empresario de Rafael el Gallo, me estaba contando una historia que acababa de este modo: "Así que Rafael se me acercó y me dijo: 'Eres el mejor y más noble amigo que tengo en el mundo. Te quiero como un hermano y quiero hacerte un regalo'. Luego me dio un precioso alfiler de diamantes y me besó en las mejillas y los dos nos conmovimos mucho. Después de darme el alfiler, Rafael el Gallo salió del café, y yo le dije a Retana, que estaba sentado a nuestra mesa: 'Ese sucio gitano acaba de firmar un contrato con otro empresario'. '¿Cómo lo sabes?', preguntó Retana. 'Hace diez años que soy su empresario y nunca me ha hecho un regalo, no se me ocurre otra explicación'", había contestado el empresario de el Gallo. Y tenía razón, porque así fue como le dejó el Gallo.

»Pero en ese momento Pastora intervino en la conversación, no tanto por defender el buen nombre de Rafael, pues ella lo había vilipendiado más que nadie, sino porque el empresario había hablado mal de los gitanos al utilizar la expresión "sucio gitano", e intervino con tanta energía y en tales términos que el empresario no le quedó otra que callarse. Traté de calmar a Pastora y otra gitana terció para intentar calmarme a mí y se organizó tal bullicio que no se oyó más que la palabra "puta", que sonaba por encima de las demás hasta que se restableció el silencio y las tres que habíamos intervenido nos quedamos mirando las copas; entonces vi que Finito estaba mirando horrorizado la cabeza del toro todavía tapada con el paño.

»En ese momento el presidente de la peña empezó a pronunciar el discurso que había de preceder al descubrimiento de la cabeza y, mientras todos aplaudían, gritaban "¡Olé!" y daban golpes en la mesa, yo me fijé en Finito, que estaba usando su, o mejor dicho, mi servilleta, hundiéndose cada vez más en el asiento y contemplando con horror y fascinación la cabeza amortajada del toro en la pared que tenía enfrente.

»Hacia el final del discurso, Finito empezó a mover la cabeza y siguió hundiéndose en el asiento.

»"¿Cómo estás, chico?", le dije, pero no me reconoció y se limitó a mover la cabeza y decir: "No, no, no".

»El caso es que el presidente de la peña llegó al final del discurso y luego, entre los vítores de los asistentes, se subió a la silla, alargó el brazo, desató el cordón que ataba la mortaja purpúrea y tiró muy despacio de ella para descubrir la cabeza, el paño se enganchó en uno de los cuernos y él lo levantó dejando al descubierto el gran toro amarillo con los cuernos negros que apuntaban hacia delante, con las puntas blancas tan afiladas como las púas de un erizo y casi parecía que estuviese vivo, tenía la frente tan rizada como en vida y los agujeros de la nariz abiertos, los ojos le brillaban y estaba mirando directamente a Finito.

»Todos gritaron y aplaudieron y Finito se apartó aún más; de pronto todos callaron y se quedaron mirándolo y él dijo: "No, no", volvió a mirar al toro, gritó: "¡No!", y escupió una bocanada de sangre, ni siquiera se cubrió con la servilleta y la sangre se deslizó por su barbilla mientras él seguía mirando al toro y diciendo: "La temporada completa, sí. Para ganar dinero, sí. Comer, sí. Aunque no me sienta bien, ¿oís? Tengo mal el estómago. ¡Pero ahora, terminada la temporada! ¡No! ¡No! ¡No!". Miró hacia la mesa y a la cabeza del toro y dijo "No" una vez más, luego agachó la cabeza y se llevó la servilleta a la boca y se quedó allí sin decir nada y el banquete, que había empezado tan bien y prometía marcar época en cuanto a diversión y buena camaradería, terminó en fracaso.

—¿Cuánto tardó en morir después? —preguntó Primitivo.

—Murió ese mismo invierno —dijo Pilar—. Nunca se recuperó de aquel último varetazo que recibió en Zaragoza. Son peores que una cornada, pues la herida es interna y no se cura. Cada vez que entraba a matar recibía uno de esos palotazos, por eso no tuvo más éxito. Era tan bajito que le costaba apartarse del toro y casi siempre se llevaba un golpe. Aunque muchos no eran más que de refilón.

—Si era tan bajo, no debería haberse hecho matador de toros —afirmó Primitivo.

Pilar miró a Robert Jordan y negó con la cabeza, luego se inclinó sobre el gran puchero de hierro sin dejar de mover la cabeza.

¡Vaya gente! ¡Cómo son los españoles!, se estaba diciendo, «si era tan bajo no debería haberse hecho matador de toros». Y ella lo oía y no decía nada. No se enfurecía y después de explicárselo callaba. ¡Qué fácil es todo cuando uno no sabe nada! ¡Qué sencillo! Uno dice: «No era gran cosa como torero» y otro añade: «Estaba tuberculoso». Y, cuando una se lo explica, otro añade: «Si era tan bajo no debería haberse hecho matador de toros».

Inclinada sobre el fuego, le pareció verlo en la cama, el cuerpo desnudo y moreno con las nudosas cicatrices en ambos muslos, el costurón ya cicatrizado de debajo de las costillas en el costado derecho y el verdugón que recorría ese mismo costado y le llegaba a la axila. Creyó ver sus ojos cerrados, el rostro serio y moreno y el pelo negro y rizado peinado hacia atrás desde la frente mientras ella, sentada a su lado en la cama, le frotaba las piernas, masajeaba los músculos tensos de las pantorrillas, los amasaba, los soltaba y luego dando golpes con las manos cerradas aflojaba los músculos acalambrados.

«—¿Qué tal? —le preguntaba—. ¿Cómo van esas piernas, chico?

»—Muy bien, Pilar —respondía él sin abrir los ojos.

»—¿Quieres que te dé un masaje en el pecho?

»—No, Pilar. Por favor, no lo toques.

»—¿Y en los muslos?

»—No. Me duelen demasiado.

»—Pero si te doy unas friegas con linimento, se calentarán y estarás mejor.

»—No, Pilar. Gracias. Prefiero que no los toques.

»—Te lavaré con alcohol.

»—Sí. Pero ten mucho cuidado.

»—Has estado enorme en el último toro —le decía.

»—Sí, lo maté muy bien —respondía él.

Luego, después de lavarlo y cubrirlo con una sábana, se tumbaba a su lado en la cama y él alargaba la mano morena y decía: «Eres mucha mujer, Pilar». Era lo más parecido a una broma que hizo jamás y luego, después de torear, se quedaba dormido y ella yacía a su lado sujetándole la mano entre las suyas y oyéndole respirar.

A menudo tenía miedo en sueños y ella notaba que la mano se crispaba y veía cómo se le perlaba la frente de sudor y, si se despertaba, le decía: «No es nada», y él volvía a dormirse. Estuvo con él cinco años y nunca le fue infiel, es decir, casi nunca, y después del funeral se juntó con Pablo, que llevaba los caballos de los picadores al ruedo y era como los toros que Finito se había pasado la vida matando. Pero ahora sabía que ni la bravura del toro ni el valor del torero duraban siempre, ¿acaso había algo que lo hiciera? Se dijo que ella sí, pero ¿para qué?

—María —dijo—. Pon atención en lo que haces. Necesitamos fuego para cocinar. No para incendiar una ciudad.

Justo en ese momento el gitano entró por la puerta. Iba cubierto de nieve y se quedó allí carabina en mano, dando patadas al suelo para quitarse la nieve.

Robert Jordan se incorporó y corrió a la puerta.

—¿Y bien? —le preguntó al gitano.

—Hacen guardias de seis horas y siempre hay dos hombres a la vez en el puente grande —explicó el gitano—. En la caseta del peón caminero hay ocho hombres y un cabo. Aquí tienes tu cronómetro.

—¿Y qué hay del puesto del aserradero?

—El viejo está allí. Está vigilándolo a la vez que la carretera.

—¿Y la carretera? —preguntó Robert Jordan.

—El mismo movimiento de siempre —respondió el gitano—. Nada fuera de lo normal. Varios coches.

El gitano parecía aterido, su rostro moreno estaba lívido por el frío y tenía las manos enrojecidas. Se quitó la chaqueta y la sacudió.

—Me he quedado hasta el cambio de guardia —dijo—. La cambian a mediodía y a las seis. Es un turno muy largo. Me alegro de no estar en su ejército.

—Vayamos a buscar al viejo —dijo Robert Jordan poniéndose la cazadora de cuero.

—No seré yo —replicó el gitano—. Voy a calentarme al fuego y a tomar una sopa caliente. Le diré a uno de estos dónde está y que te acompañe. ¡Eh, hatajo de vagos! —les gritó a los que estaban en la mesa—. ¿Quién quiere guiar al inglés a donde el viejo está vigilando la carretera?

—Iré yo —dijo Fernando poniéndose en pie—. Dime dónde está.

—Escucha —dijo el gitano—. Está en…

Y le explicó dónde estaba apostado Anselmo.

15

Anselmo estaba acurrucado al resguardo del tronco de un árbol muy grande y el viento pasaba por ambos lados. Se apretaba contra el árbol y tenía las manos dentro de las mangas, cada una dentro de la opuesta y con la cabeza metida todo lo posible en el cuello de la chaqueta. Estaba pensando que si se quedaba allí mucho más tiempo se helaría y no serviría de nada. El inglés le había pedido que se quedara hasta que fuesen a relevarle, pero él no sabía que fuese a ponerse a nevar. No había habido movimientos anormales en la carretera y conocía ya la disposición y la rutina del puesto en el aserradero. Más valía volver al campamento. Era lo que haría cualquier persona con sentido común. Decidió que se quedaría un poco más y volvería al campamento. Eso era lo malo de las órdenes, que eran demasiado rígidas. No dejan margen a un cambio en las circunstancias. Se frotó los pies uno contra el otro y sacó las manos de las mangas, se inclinó, se frotó las piernas y pateó el suelo para activar la circulación. Al resguardo del árbol hacía menos frío, pero pronto tendría que ponerse en marcha.

Cuando estaba allí acurrucado y frotándose los pies oyó llegar un coche por la carretera. Llevaba puestas las cadenas y una estaba suelta y hacía ruido. Se asomó y lo vio subir por la carretera cubierta de nieve, pintado de verde y marrón en manchas discontinuas, con las ventanillas de cristal ahumado para que no pudiera verse el interior, aunque con un semicírculo trasparente por el que podían asomarse los ocupantes. Era un Rolls Royce de dos años, un coche de ciudad camuflado para el uso del Estado Mayor, aunque Anselmo no lo sabía. No podía ver que dentro viajaban tres oficiales envueltos en sus capotes. Dos iban en el asiento de atrás y otro en el trasportín, el del trasportín miró por el semicírculo de la ventanilla de cristal ahumado, pero Anselmo no se percató. Ninguno de los dos vio al otro.

El coche pasó sobre la nieve justo por debajo de donde se encontraba Anselmo, que acertó a distinguir al conductor de rostro rubicundo cuyo casco de acero asomaba del capote hecho con una manta en que iba envuelto y el cañón del fusil ametrallador que empuñaba el ordenanza que viajaba junto al chófer. Luego el coche desapareció por la carretera y Anselmo hurgó en el interior de la chaqueta y sacó las dos hojas arrancadas del cuaderno de notas de Robert Jordan e hizo una marca junto al símbolo de un coche. Era el décimo que subía ese día. Seis habían vuelto a bajar. Los otros cuatro aún seguían arriba. Era un número de coches normal, pero Anselmo no distinguía los Ford, los Fiat, los Opel, los Renault y los Citroën de los oficiales de la División que controlaba los pasos y las líneas en aquellas montañas de los Rolls-Royce, los Lancia, los Mercedes y los Isotta del Estado Mayor. Robert Jordan sí habría reparado en aquella distinción y, si hubiese estado allí en lugar del viejo, habría comprendido el significado de aquellos coches que habían ido carretera arriba. No obstante, no estaba allí y el viejo se limitó a señalar en la hoja de papel que un coche había pasado carretera arriba.

Anselmo tenía tanto frío que decidió que lo mejor sería ir al campamento antes de que oscureciese. No era que temiese extraviarse, sino que le parecía inútil seguir allí y el viento cada vez soplaba más frío y no parecía que fuese a dejar de nevar. Pero después de ponerse en pie y patear el suelo miró la carretera cubierta de nieve y no se puso en camino, sino que se quedó apoyado contra el tronco del árbol.

El inglés me pidió que me quedara, pensó. Hasta es posible que esté de camino y, si me marcho, podría perderse en la nieve buscándome. En esta guerra hemos sufrido mucho por la falta de disciplina y por no obedecer las órdenes, así que me quedaré a esperar al inglés. Pero si no llega pronto, tendré que irme a pesar de las órdenes pues tengo que dar un informe, hay muchas otras cosas pendientes y morir aquí congelado es una exageración sin la menor utilidad.

Al otro lado de la carretera, en el aserradero, salía humo por la chimenea y Anselmo percibió su olor en mitad de la ventisca. Los fascistas están cómodos y calientes, se dijo, y mañana por la noche los mataremos. Es raro y no me gusta pensarlo. Llevo todo el día observándolos y son gente como nosotros. Creo que, si no tuviesen órdenes de pedir los papeles a todos los viajeros, podría acercarme a ese aserradero, llamar a la puerta y ser bien recibido. Lo único que se interpone entre nosotros son las órdenes. Esos hombres no son fascistas. Los llamo así, pero no lo son. Son pobre gente, como nosotros. No deberían estar combatiendo contra nosotros y no me gusta la idea de matarlos.

Los de ese puesto son gallegos. Lo sé porque les he oído hablar esta tarde. No pueden desertar porque si lo hiciesen fusilarían a sus familias. Los gallegos son o muy inteligentes o muy torpes y muy brutos. Los he conocido de las dos clases. Líster es gallego y de la misma ciudad que Franco. Me pregunto qué pensarán esos gallegos de esta nieve a estas alturas del año. En su tierra no tienen montañas tan altas como estas, llueve todo el tiempo y todo está verde.

En la ventana del aserradero se encendió una luz y Anselmo se estremeció y pensó: ¡Demonio de inglés! Esos gallegos están calientes en una casa en nuestra tierra y yo aquí helándome de frío detrás de un árbol y viviendo en un agujero en las rocas como un animal en la montaña. Pero mañana los animales saldrán de su madriguera y esos que ahora están tan cómodos morirán calientes bajo sus mantas. Como los que murieron la noche que atacamos Otero, pensó. No le gustaba recordar lo de Otero.

Esa noche, en Otero, fue cuando mató por primera vez y confiaba en no tener que volver a hacerlo al ir a eliminar aquellos puestos. Fue en Otero donde Pablo apuñaló al centinela mientras Anselmo le echaba una manta sobre la cabeza. El centinela había cogido a Anselmo por el pie y se había puesto a gritar a pesar de estar envuelto en la manta, y Anselmo había tenido que apuñalarlo a través de la manta hasta que le soltó el pie y se quedó inmóvil. Tenía la rodilla en el cuello de aquel hombre para hacerle callar y estaba apuñalando aquel bulto cuando Pablo lanzó la bomba por la ventana del puesto donde dormían los hombres. Cuando se produjo la explosión fue como si el mundo entero estallara y se volviese rojo y amarillo ante sus ojos, y lanzaron otras dos bombas. Pablo había quitado las anillas y las había arrojado por la ventana y los que no murieron en la cama lo hicieron al levantarse al explotar la segunda bomba. Eso fue en los buenos tiempos, cuando Pablo asolaba la región como un tártaro y ningún puesto fascista estaba a salvo de noche.

Y ahora está tan acabado como un verraco castrado, pensó Anselmo, una vez concluida la castración cuando cesan los chillidos y tiras los testículos al suelo y el verraco, que ya ha dejado de serlo, va hacia ellos husmeando y hozando y se los come. No, tampoco es para tanto, se dijo Anselmo con una sonrisa, igual estoy pensando demasiado mal aunque se trate de Pablo. Si bien no hay duda de que es un mal bicho y ha cambiado mucho.

Hace demasiado frío, pensó. Que venga el inglés y que no tenga que matar a esos de los puestos. Esos cuatro gallegos y el cabo son para quien disfrute matando. Es lo que dijo el inglés. Lo haré si es mi obligación, pero el inglés dijo que estaría con él en el puente y que esto se lo dejaríamos a los demás. En el puente habrá que luchar y, si soy capaz de soportarlo, habré hecho todo lo que puede hacer un viejo como yo en esta guerra. Pero que venga de una vez el inglés, porque estoy helado y ver esa luz en el molino hace que sienta aún más frío. Ojalá estuviera de vuelta en mi casa y la guerra hubiese acabado. Aunque ya no tengo casa. Debemos ganar esta guerra si quiero volver a mi casa.

Dentro del aserradero uno de los soldados estaba sentado en su camastro dándole grasa a las botas, otro dormía en su cama de campaña, había un tercero cocinando y el cabo estaba leyendo el periódico. Los cascos colgaban de clavos de la pared y los fusiles estaban apoyados contra el tabique de madera.

—¿Qué clase de sitio es este donde nieva casi en junio? —exclamó el soldado que estaba sentado en el camastro.

—Es un fenómeno —dijo el cabo.

—Estamos en la luna de mayo —explicó el que estaba cocinando—. La luna de mayo aún no ha pasado.

—¿Y en qué clase de sitio nieva en mayo? —insistió el otro.

—Aquí no es raro que nieve en mayo —dijo el cabo—. He pasado más frío en Madrid en mayo que en ningún otro mes del año.

—Y más calor también —dijo el que estaba cocinando.

—Mayo es un mes de muchos contrastes —prosiguió el cabo—. Aquí, en Castilla, en mayo hace mucho calor, pero también puede hacer mucho frío.

—O llover —dijo el del camastro—. El pasado mayo llovió casi a diario.

—No —objetó el soldado que estaba cocinando—. Además, el pasado mayo cayó en la luna de abril.

—Nos vas a volver locos a todos con tus lunas —exclamó el cabo—. Déjate ya de lunas.

—Cualquiera que viva cerca del mar o en el campo sabe que lo importante es la luna y no el mes —replicó el otro—. Por ejemplo, acabamos de empezar la luna de mayo y sin embargo estamos casi en junio.

—¿Y por qué no retrasamos de una vez las estaciones? —dijo el cabo—. Todo esto me da dolor de cabeza.

—Tú eres de ciudad —dijo el que estaba cocinando—. De Lugo. ¿Qué sabrás del mar o del campo?

—Uno aprende más en la ciudad que vosotros los analfabetos en el mar y en el campo.

—En esta luna es cuando llegan los grandes bancos de sardinas —le explicó el otro—. Es cuando se aparejan los barcos sardineros y los arenques se van al norte.

—¿Cómo es que no estás en la marina siendo de Noya? —preguntó el cabo.

—Porque no estoy empadronado en Noya sino en Negreira, donde nací. Y en Negreira, que está subiendo el río Tambre, te reclutan para el ejército.

—Mala suerte —dijo el cabo.

—No creas que en la marina no se corren riesgos —objetó el soldado del camastro—. Aunque no entres en combate, esa costa es muy peligrosa en invierno.

—No hay nada peor que el ejército —dijo el otro.

—Y lo dice uno que es cabo... —se burló el que estaba cocinando—. ¡Vaya una forma de hablar!

—No —respondió el otro—. Me refería a los peligros, a tener que soportar los bombardeos, a los ataques y a la vida en las trincheras.

—Aquí tenemos poco de eso —dijo el soldado del camastro.

—Gracias a Dios —dijo el cabo—. Pero ¿quién sabe cuándo volveremos a padecerlo? ¡Esta vida tan cómoda no durará eternamente!

—¿Cuánto tiempo crees que seguiremos destacados aquí?

—No lo sé. Ojalá fuese toda la guerra.

—Seis horas de guardia se hacen largas —dijo el que cocinaba.

—Mientras dure la tormenta las guardias serán de tres horas —respondió el cabo—. Es lo normal.

—¿Y qué hay de todos esos coches de oficiales? —preguntó el del camastro—. No me ha gustado la pinta de esos coches.

—Ni a mí —coincidió el cabo—. Esas cosas siempre son un mal augurio.

—Igual que los aviones —dijo el que estaba guisando—. Los aviones son otra mala señal.

—Pero tenemos una aviación formidable —objetó el cabo—. Los rojos no tienen una aviación como la nuestra. Esos aviones de esta mañana le alegran el día a cualquiera.

—He visto los aviones de los rojos cuando eran algo serio —dijo el que estaba en el camastro—. He visto esos bombarderos bimotores que eran horribles de soportar.

—Sí, pero no son tan temibles como los nuestros —insistió el cabo—. Nuestra aviación es insuperable.

Así hablaban en el aserradero mientras Anselmo esperaba bajo la nieve vigilando la carretera y la luz de la ventana del aserradero.

Espero no tener que ser yo quien los mate, estaba pensando. Creo que después de la guerra habrá que hacer una gran penitencia por tantas muertes. Si después ya no tenemos religión tendrá que haber alguna penitencia civil para purificarnos después de esta matanza o no quedará ni un resquicio de humanidad en el que apoyarnos para seguir viviendo. Ya sé que es necesario matar, pero aun así creo que es muy malo para la gente y que, cuando todo termine y ganemos la guerra, tendrá que haber algún tipo de penitencia que nos purifique a todos.

Anselmo era muy buena persona y siempre que se quedaba solo, y lo estaba la mayor parte del tiempo, le obsesionaban todas aquellas muertes.

Vete a saber qué opinará el inglés. Me aseguró que a él no le importaba. Aunque parece amable y sensible. A lo mejor es que a los jóvenes no les importa. Puede que los extranjeros, o quienes no han sido educados en nuestra religión, no tengan la misma actitud. Aunque creo que cualquiera que lo haga acabará por embrutecerse con el tiempo, por muy necesario que sea, es un pecado terrible y después tendremos que hacer algo por expiarlo.

Había oscurecido, miró la luz al otro lado de la carretera y se golpeó el pecho con los brazos para calentarse. Decidió que ahora sí tendría que volver al campamento, pero algo le impulsaba a quedarse detrás del árbol junto a la carretera. Estaba nevando más y Anselmo pensó que ojalá pudieran volar el puente esa noche. En una noche así tomar los puestos y volar el puente sería pan comido y ya estaría hecho. En una noche como esa era posible hacer cualquier cosa.

Luego pateó despacio el suelo y dejó de pensar en lo del puente. La llegada de la noche siempre hacía que se sintiera solo y esa noche se sentía tan solo que notaba un vacío como una especie de anhelo en su interior. En los viejos tiempos aliviaba aquella soledad rezando y a menudo al volver de cazar repetía muchas veces la misma oración y así se sentía mejor. Pero no había rezado desde que empezó la guerra. Echaba de menos sus oraciones, pero pensaba que sería injusto e hipócrita pronunciarlas y no quería pedir favores ni un trato diferente al de los demás.

No, pensó, estoy solo. Pero también lo están todos los soldados y sus mujeres y todos los que han perdido a sus familias o parientes. No tengo mujer, pero me alegro de que muriera antes de empezar la guerra. No lo habría entendido. No tengo hijos y nunca los tendré. Por el día me siento solo cuando no trabajo, pero cuando más noto la soledad es al anochecer. Aun así tengo algo que no hay hombre ni Dios que pueda quitarme y es la labor que he hecho por la República. Me he esforzado por el bien que todos compartiremos después. He dado lo mejor de mí por la revolución y no he hecho nada de lo que tenga que avergonzarme.

Lo único que lamento son esas muertes. Pero sin duda habrá ocasión de expiarlas porque alguien tendrá que idear un alivio para un pecado como el que tantos compartimos. Me gustaría hablarlo con el inglés, aunque al ser tan joven es posible que no lo entienda. Antes habló de los muertos. ¿O fui yo quien lo sacó a colación? Debe de haber matado a muchos, aunque no parece que le guste. Quienes disfrutan matando tienen siempre algo de corruptos.

Sin duda ha de ser un gran pecado. Porque es lo único que no tenemos derecho a hacer por muy necesario que sea. Además, en España se hace con demasiada ligereza, y a menudo sin que haya verdadera necesidad, y se cometen atropelladamente muchas injusticias que luego no se pueden reparar. Ojalá no pensara tanto en estas cosas. Ojalá hubiese una penitencia que uno pudiese empezar ahora porque es lo único que he hecho en mi vida que hace que me sienta mal cuando estoy solo. Todo lo demás está perdonado o hay ocasión de expiarlo con un gesto honrado o de bondad. Pero lo de matar es un gran pecado y me gustaría arreglarlo. Después habrá algún día que uno pueda trabajar para el Estado o hacer algo para lavar su culpa. Probablemente habrá que pagar, como pasaba con la Iglesia, pensó con una sonrisa. La Iglesia estaba bien organizada en lo del pecado. Eso le hizo gracia y todavía estaba sonriendo en la oscuridad cuando llegó Robert Jordan. Se acercó sin hacer ruido y el viejo no le vio llegar.

—Hola, viejo —susurró Robert Jordan dándole un golpecito en la espalda—. ¿Cómo estás?

—Con mucho frío —dijo Anselmo. Fernando se quedó un poco apartado de espaldas a la ventisca.

—Vamos —susurró Robert Jordan—. Volvamos al campamento y te calentarás un poco. Ha sido un crimen dejarte aquí tanto tiempo.

—Esa es la luz de la ventana —le señaló Anselmo.

—¿Dónde está el centinela?

—Desde aquí no lo verás. Está al otro lado.

—Al demonio con ellos —dijo Robert Jordan—. Ya me lo contarás en el campamento. Volvamos de una vez.

—Deja que te lo muestre —respondió Anselmo.

—Vendré a verlo por la mañana —dijo Robert Jordan—. Anda, bebe un trago de esto.

Le alcanzó al viejo su petaca. Anselmo la inclinó y bebió un trago.

—¡Uf! —dijo frotándose la boca—. Es puro fuego.

—Vamos —dijo Robert Jordan en la oscuridad—. Volvamos.

Ahora estaba tan oscuro que solo se veían los copos que pasaban volando y las formas rígidas de los troncos de los pinos. Fernando les esperaba un poco más arriba. Robert Jordan pensó que parecía uno de esos indios de madera que hay en América a la entrada de los estancos y se dijo que tenía que ofrecerle un trago.

—¡Eh, Fernando! —dijo al acercarse—. ¿Un trago?

—No —respondió el otro—. Gracias.

Gracias a ti, pensó Robert Jordan. Me alegro de que los indios de madera no beban. Ya no me queda mucho. Caramba, me alegro de volver a ver al viejo. Miró a Anselmo y le dio otra palmada en la espalda mientras subían por la pendiente.

—Me alegra verte, viejo —le dijo a Anselmo—. Al verte se me pasa el mal humor. Vamos, adelante. —Subieron por la pendiente bajo la nieve—. De vuelta al palacio de Pablo —dijo Robert Jordan. En español sonó estupendamente.

—El palacio del miedo —respondió Anselmo.

—La cueva de los huevos perdidos —replicó alegremente Robert Jordan.

—¿Qué huevos? —preguntó Fernando.

—Es una broma —respondió Robert Jordan—. Solo una broma. Los otros no tienen huevos.

—Pero ¿por qué perdidos?

—No lo sé —dijo Robert Jordan—. Haría falta un libro para explicártelo. Pregúntaselo a Pilar. —Luego pasó el brazo por encima del hombro de Anselmo y le apretó—. No sabes cuánto me alegra verte.

No sabes lo que significa encontrar a alguien en este país capaz de esperar donde le dijeron.

Que se atreviera a hablar mal de su país no era sino una prueba de lo mucho que confiaba en él.

—Yo también me alegro —respondió Anselmo—. Pero estaba a punto de irme.

—Y un cuerno estabas a punto de irte —dijo alegremente Robert Jordan—. Antes habrías preferido morir congelado.

—¿Qué tal te ha ido ahí arriba?

—Bien —dijo Robert Jordan—. Todo va bien.

Se sentía satisfecho y dominado por esa súbita y rara felicidad que embarga a veces a quienes están al mando de una partida de revolucionarios, la felicidad de saber que al menos uno de los flancos es seguro. Supongo que sería demasiado pedir que lo fuesen los dos, se dijo, no creo que nadie pudiera resistirlo. Y al fin y al cabo, en último extremo, todo flanco se reduce a un solo hombre. Sí, un hombre. Ese no era el axioma que necesitaba. Pero Anselmo era un buen hombre. Un buen hombre. Cuando entremos en combate, tú serás el flanco izquierdo, se dijo. Es mejor que no te lo diga todavía. Será una batalla muy pequeña. En fin, siempre quise combatir en una. Siempre he tenido mi opinión sobre lo que hicieron mal en todas las demás, desde Agincourt hasta hoy. Tendré que asegurarme de que esta vaya bien. Será pequeña, pero escogida. Si consigo hacer lo que he pensado será una batalla escogida.

—Oye —le dijo a Anselmo—. Me alegro muchísimo de verte.

—Y yo de verte a ti —respondió el viejo.

Mientras trepaban en la oscuridad con la ventisca azotándoles la espalda, Anselmo no se sintió solo. Había dejado de sentirse solo desde que el inglés le dio aquella palmadita en el hombro. El inglés estaba muy contento y satisfecho y habían estado bromeando. Le había dicho que todo iba bien y que no estaba preocupado. La bebida que tenía en el estómago le había calentado y sus pies empezaban a entrar en calor.

—No ha habido mucho movimiento en la carretera —le dijo al inglés.

—Bueno —respondió el otro—. Ya me contarás cuando lleguemos al campamento.

Anselmo estaba muy contento y se sentía feliz por no haber abandonado su puesto de observación.

Si hubiese vuelto al campamento habría hecho bien. Habría sido lo correcto y lo más inteligente dadas las circunstancias, estaba pensando Robert Jordan. Pero se había quedado como le había ordenado. En España eso era lo nunca visto. Resistir en mitad de una tormenta simboliza muchas cosas. No es casualidad que los alemanes llamen «tormenta» a un ataque. Quién tuviera más hombres capaces de resistir. Desde luego que sí. Vete a saber si Fernando resistiría. Es posible. Al fin y al cabo se ofreció voluntario a acompañarme. ¿Imaginas que fuese capaz de resistir? ¿No sería estupendo? Es bastante testarudo. Tengo que hacer algunas averiguaciones. Vete a saber en qué estará pensando ahora ese indio de madera.

—¿En qué piensas, Fernando? —le preguntó Robert Jordan.

—¿Por qué lo preguntas?

—Por curiosidad —dijo Robert Jordan—. Soy un hombre muy curioso.

—Estaba pensando en la cena —respondió Fernando.

—¿Te gusta comer?

—Sí. Mucho.

—¿Qué tal cocina Pilar?

—Normal —contestó Fernando.

Es un segundo Coolidge, pensó Robert Jordan. Aunque sigo teniendo la impresión de que es de los que resistirían.

Y los tres siguieron trepando entre la nieve.

16

—Ha venido el Sordo —le dijo Pilar a Robert Jordan. Acababan de refugiarse de la tormenta en el humeante calor de la cueva y la mujer le había hecho un gesto con la cabeza—. Ha ido a buscar caballos.

—Bien. ¿Dejó dicho algo para mí?

—Solo que iba a buscar caballos.

—¿Y nosotros?

—No sé —dijo—. Míralo.

Robert Jordan había visto a Pablo al entrar y Pablo le había sonreído. Ahora volvió a mirarlo y le sonrió desde la mesa haciendo un gesto con el brazo.

—Inglés —dijo—. Sigue cayendo, inglés.

Robert Jordan asintió con la cabeza.

—Quítate los zapatos para que los seque —dijo María—. Los pondré ahí junto al fuego.

—Ten cuidado de no quemarlos —le advirtió Robert Jordan—. No quiero tener que ir por ahí descalzo. ¿Qué pasa? —le preguntó a Pilar—. ¿Celebramos una reunión? ¿No habéis apostado centinelas fuera?

—¿Con esta tormenta? ¡Qué va!

Había seis hombres sentados a la mesa y recostados en la pared. Anselmo y Fernando todavía estaban sacudiéndose la nieve de la chaqueta, golpeando los pantalones y frotando las botas contra la pared de la entrada.

—Dame la chaqueta —dijo María—. No dejes que se funda la nieve encima.

Robert Jordan se quitó la chaqueta, se sacudió la nieve de los pantalones y se desató los zapatos.

—Lo vas a mojar todo —rezongó Pilar.

—Has sido tú quien me ha llamado.

—Aun así nada te impide ir a sacudirte la nieve a la puerta.

—Disculpa —dijo Robert Jordan descalzo sobre el suelo sucio—. Búscame un par de calcetines, María.

—El amo y señor —se burló Pilar echando un poco de leña al fuego.

—Hay que aprovechar el tiempo —le respondió Robert Jordan.

—Está cerrado —dijo María.

—Ahí va la llave. —Y se la lanzó.

—No abre este fardo.

—Es el otro. Están encima de todo, a un lado.

La chica encontró un par de calcetines, cerró el fardo y se los dio junto con la llave.

—Siéntate, póntelos y frótate bien los pies —dijo.

Robert Jordan le sonrió.

—¿No podrías secármelos con tu pelo? —preguntó en voz alta para que lo oyese Pilar.

—Menudo cerdo —exclamó la matrona—. Primero se comporta como si fuese el dueño de la casa. Ahora se cree nuestro antiguo Señor Jesucristo. Atízale con un leño, María.

—No —le dijo Robert Jordan—. Solo bromeaba porque estoy de buen humor.

—¿De buen humor?

—Sí —respondió—. Creo que todo va viento en popa.

—Roberto —dijo María—. Ven a sentarte y a secarte los pies, te traeré algo caliente de beber.

—Cualquiera diría que es la primera vez que se moja los pies —se mofó Pilar—. O que nunca hubiese visto nevar.

María le llevó una zalea y la dejó sobre el sucio suelo de la cueva.

—Toma —dijo—. Pon los pies encima hasta que los zapatos estén secos.

La habían secado sin curtir y al poner encima los pies enfundados en los calcetines Robert Jordan la oyó crujir como un pergamino.

El fuego estaba humeando y Pilar le gritó a María.

—Aviva el fuego, so vaga. Nos vas a ahumar a todos.

—Avívalo tú —respondió María—. Voy a por la botella que se dejó el Sordo.

—Está ahí con sus cosas —le dijo Pilar—. ¿De verdad hace falta que lo cuides como si fuese un niño de pecho?

—No —replicó María—. Lo trato como a un hombre que acaba de llegar muerto de frío y empapado. Aquí está. —Llevó la botella a donde estaba sentado Robert Jordan—. Es la de este mediodía. Con esta botella se podría hacer una lámpara preciosa. Cuando volvamos a tener electricidad haremos una. —Contempló admirada la botella—. ¿Cómo se bebe esto, Roberto?

—Pensaba que ibas a llamarme inglés —dijo Robert Jordan.

—Delante de los demás te llamaré Roberto —respondió ella en voz baja, y se ruborizó—. ¿Cómo lo quieres, Roberto?

—Roberto —dijo Pablo con voz pastosa al tiempo que hacía un gesto despectivo—. ¿Cómo lo quiere, don Roberto?

—¿Quieres un poco? —le preguntó Robert Jordan.

Pablo negó con la cabeza.

—Yo me emborracho con vino —dijo muy digno.

—Pues sigue con Baco —respondió en español Robert Jordan.

—¿Quién es Baco?

—Un camarada tuyo.

—Nunca he oído hablar de él. Al menos en estas montañas.

—Sírvele una taza a Anselmo —le pidió Robert Jordan a María—. Es él quien está muerto de frío. —Se estaba poniendo un par de calcetines secos y el whisky con agua de la taza tenía un sabor limpio y levemente reconfortante.

Sin embargo pensó que no se le enroscaba a uno en el estómago como el ajenjo. No había nada como el ajenjo. Quién iba a decir que tendrían whisky ahí arriba. Aunque si se pensaba bien La Granja era el sitio de España donde era más probable encontrarlo. Imagínate que el Sordo había ido a buscar una botella para el dinamitero y luego se había acordado de dejarla allí para él. No era solo cuestión de cortesía. Por cortesía uno saca la botella e invita al otro a un trago. Es lo que haría un francés y así se ahorraría lo que sobrara para otra ocasión. No, lo de pensar en que a tu invitado podría gustarle y llevársela para que se la bebiera mientras tú estabas ocupado en algo que solo te permitía pensar en ti y en nadie más era típicamente español. De un tipo de español. Que se acordaran de llevarte el whisky era uno de los motivos por los que uno le cogía afecto a aquella gente. No obstante era mejor no mitificarlos. Hay tantos tipos de españoles como de norteamericanos. Sin embargo, que le hubiese llevado el whisky era todo un detalle.

—¿Te gusta? —le preguntó a Anselmo. El viejo, que estaba sentado muy sonriente al amor de la lumbre y sostenía la taza entre las manazas, negó con la cabeza—. ¿No?

—La chica lo ha rebajado con agua —respondió el otro.

—Es como lo toma Roberto —dijo María—. ¿Acaso te crees diferente?

—No —le explicó Anselmo—. No me creo diferente de nadie. Pero me gusta notar cómo quema al bajar por la garganta.

—Dámelo a mí —le dijo Robert Jordan a la chica—, y sírvele de lo que quema.

Vació el contenido de la taza en la suya y luego se la devolvió a la muchacha, que la llenó directamente de la botella.

—¡Ah! —Anselmo cogió la taza, echó la cabeza hacia atrás y dejó que le bajara por la garganta. Miró a María, que seguía de pie con la botella en la mano, y le hizo un gesto con los ojos lagrimeantes—. Sí, —dijo—, sí. —Luego se relamió—. Esto sí que acaba con el gusano que nos corroe por dentro.

—Roberto —dijo María acercándose todavía con la botella en la mano—. ¿Quieres comer algo?

—¿Está listo?

—Lo estará cuando quieras.

—¿Los demás han comido?

—Todos menos Anselmo, Fernando y tú.

—Comamos entonces —dijo—. ¿Y tú?

—Ya comeré luego con Pilar.

—Come ahora con nosotros.

—No. No estaría bien.

—Ven a comer. En mi país los hombres no comen antes que sus mujeres.

—Eso será en tu país. Aquí es mejor comer después.

—Come con él —dijo Pablo levantando la vista de la mesa—. Come con él. Bebe con él. Duerme con él. Y muérete con él. No descuides las costumbres de su país.

—¿Estás borracho? —dijo Robert Jordan poniéndose en pie delante de Pablo.

El otro, sucio y sin afeitar, lo miró muy satisfecho.

—Sí —dijo Pablo—. ¿Dónde está ese país, inglés, en el que las mujeres comen con los hombres?

—En Estados Unidos, en el estado de Montana.

—¿Es ahí donde los hombres llevan faldas como las mujeres?

—No. Eso es en Escocia…

—Y dime —le interrumpió Pablo—. Cuando lleváis las faldas esas...

—Yo no llevo faldas —dijo Robert Jordan.

—Cuando lleváis las faldas esas —prosiguió Pablo—, ¿qué os ponéis debajo?

—No sé qué llevarán los escoceses —dijo Robert Jordan—. Yo también me lo he preguntado.

—No, no te hablo de los escoceses —contestó Pablo—. ¿Qué me importan a mí los escoceses? ¿Qué se me da a mí nadie con un nombre tan raro? Me traen sin cuidado. Me refiero a ti, inglés. A ti. ¿Qué llevas debajo de la falda en tu país?

—Ya te he dicho dos veces que no llevamos faldas —respondió Robert Jordan—. Ni en broma ni cuando nos emborrachamos.

—Pero debajo de la falda —insistió Pablo—. Es bien sabido que lleváis faldas. Incluso los soldados. He visto fotografías y también los he visto en el circo Price. ¿Qué os ponéis debajo de la falda, inglés?

—Los cojones —dijo Robert Jordan.

Anselmo se rió igual que el resto de los presentes con la excepción de Fernando, a quien le pareció mal que empleasen una palabra tan grosera y malsonante delante de las mujeres.

—Bueno, eso es normal —dijo Pablo—. Aunque a mí me parece que si tuvieseis cojones no llevaríais falda.

—No le hagas caso, inglés —dijo el hombre de la nariz rota que se llamaba Primitivo—. Está borracho. Dime, ¿qué clase de ganado criáis en tu país?

—Vacas y ovejas —respondió Robert Jordan—. También se cultiva mucho cereal y habichuelas. Y también mucha remolacha azucarera.

Los tres estaban a la mesa y los demás estaban sentados cerca excepto Pablo, que se hallaba solo delante de un cuenco lleno de vino. Era el mismo guiso que la noche anterior y Robert Jordan lo devoró hambriento.

—¿Hay montañas en tu país? Con ese nombre seguro que sí —preguntó educadamente Primitivo por darle conversación. Le avergonzaba la borrachera de Pablo.

—Muchas y muy altas.

—¿Y hay buenos pastos?

—Excelentes; en verano se utilizan los prados de montaña, que están controlados por el gobierno. Luego, en otoño, se traslada el ganado a las tierras bajas.

—¿Y los campesinos son dueños de la tierra?

—La mayoría de las tierras son de quienes las cultivan. Al principio la tierra pertenecía al Estado y por el simple hecho de vivir en ellas y declarar tu intención de roturarlas podías obtener ciento cincuenta hectáreas en propiedad.

—Explícame cómo funciona —le pidió Agustín—. Eso sí que es una reforma agraria que vale la pena.

Robert Jordan le explicó en qué consistía el proceso de colonización. Hasta ese momento no se le había ocurrido que fuese una reforma agraria.

—Es magnífico —dijo Primitivo—. Entonces, ¿en tu país sois comunistas?

—No. Eso lo hace la República.

—En mi opinión —apostilló Agustín—, la República puede hacerlo todo. No veo necesidad de otra forma de gobierno.

—¿No tenéis grandes propietarios? —preguntó Andrés.

—Muchos.

—Entonces debe de haber abusos.

—Desde luego. Se producen muchos abusos.

—¿Y no tratáis de eliminarlos?

—Nos esforzamos cuanto podemos. Pero aún sigue habiendo muchos.

—Pero ¿no quedan grandes latifundios que convendría repartir?

—Sí. Pero hay quien opina que de eso se encargarán los impuestos.

—¿Cómo?

Robert Jordan, rebañando la salsa del cuenco con un trozo de pan, les explicó cómo funcionaban el impuesto de la renta y el de transmisiones.

—Aun así sigue habiendo grandes propietarios —añadió—, y también hay impuestos sobre el suelo.

—Seguro que los grandes propietarios y los ricos se rebelan contra esos impuestos. A mí me parecen revolucionarios. Se sublevarán contra el gobierno cuando se vean amenazados, exactamente igual que han hecho aquí los fascistas —apuntó Primitivo.

—Es posible.

—En ese caso tendréis que luchar en vuestro país como nosotros aquí.

—Sí, no tendremos más remedio.

—Pero ¿no hay muchos fascistas en tu país?

—Hay muchos que no saben que lo son, pero que lo descubrirán llegado el momento.

—¿Y no podéis acabar con ellos antes de que se subleven?

—No —respondió Robert Jordan—. No podemos acabar con ellos. Pero podemos educar a la gente para que aprenda a temer al fascismo, a reconocerlo como tal y a combatirlo.

—¿Sabes dónde no hay fascistas? —preguntó Andrés.

—¿Dónde?

—En el pueblo de Pablo —dijo Andrés con una sonrisa.

—¿Sabes lo que hicieron en ese pueblo? —quiso saber Primitivo.

—Sí. Me lo han contado.

—¿Ha sido Pilar?

—Sí.

—Ella no puede contártelo todo —dijo Pablo con voz ronca—, no vio el final porque se cayó de una silla junto a la ventana.

—Pues cuéntaselo tú —le espetó Pilar—. Ya que yo no sé lo que pasó, cuéntaselo tú.

—No —dijo Pablo—. Nunca se lo he contado a nadie.

—No —admitió Pilar—. Ni lo harás. Y ahora desearías que no hubiera ocurrido.

—No —respondió Pablo—. Eso no es cierto. Y si todos hubiesen matado a los fascistas como hice yo no estaríamos en guerra. Aunque es cierto que desearía que no hubiese ocurrido como ocurrió.

—¿Por qué lo dices? —le preguntó Primitivo—. ¿Has cambiado de ideas políticas?

—No. Pero fue una salvajada —dijo Pablo—. En esa época yo era un bárbaro.

—Y ahora eres un borracho —le interrumpió Pilar.

—Sí —admitió Pablo—. Con tu permiso.

—Me gustabas más cuando eras un bárbaro —dijo la mujer—. De todos los hombres, el peor es el borracho. El ladrón, cuando no roba, es igual que cualquier otro. El chantajista no extorsiona a su familia. El asesino puede lavarse las manos cuando está en casa. Pero el borracho apesta y vomita en su cama y disuelve sus órganos en alcohol.

—Eres una mujer y no lo entiendes —dijo Pablo con ecuanimidad—. Estoy borracho de vino y me sentiría feliz de no ser por la gente a la que he matado. Todos ellos me llenan de tristeza.

Movió la cabeza con aire lúgubre.

—Sírvele un poco de lo que trajo el Sordo —dijo Pilar—. Dale algo a ver si se anima. Se está poniendo tan triste que no hay quien lo aguante.

—Si pudiera devolverles la vida, lo haría —dijo Pablo.

—Vete a la [obscenidad] —le dijo Agustín—. ¿Qué clase de sitio es este?

—Les devolvería la vida a todos —dijo tristemente Pablo—. A todos y cada uno de ellos.

—Tu madre —le gritó Agustín—. Deja ya de hablar así o lárgate. Esos a los que mataste eran fascistas.

—Ya me has oído —respondió Pablo—. Les devolvería la vida a todos.

—Y luego caminarías sobre las aguas —se mofó Pilar—. No he visto hombre igual en toda mi vida. Ayer todavía conservabas un mínimo de hombría. Pero hoy pareces un gatito enfermo. Y aun así te regodeas en tu desdicha.

—Deberíamos haber matado a todos o a ninguno —insistió Pablo moviendo la cabeza—. A todos o a ninguno.

—Oye, inglés —dijo Agustín—, ¿cómo te dio por venir a España? No hagas caso de Pablo. Está borracho.

—Vine por primera vez hace doce años para conocer el país y aprender el idioma —respondió Robert Jordan—. Doy clases de español en una universidad.

—No tienes pinta de profesor —dijo Primitivo.

—No tiene barba —añadió Pablo—. Miradlo. No tiene barba.

—¿De verdad eres profesor?

—Profesor ayudante.

—Pero ¿das clase?

—Sí.

—¿Y por qué de español? —preguntó Andrés—. ¿No te sería más fácil dar clases de inglés puesto que eres inglés?

—Habla español tan bien como nosotros —intervino Anselmo—. ¿Por qué no iba a poder dar clases de español?

—Sí. Pero, en cierto modo, resulta presuntuoso que un extranjero dé clases de español —objetó Fernando—. Y conste que no tengo nada contra usted, don Roberto.

—Es un profesor de pacotilla —dijo Pablo muy pagado de sí mismo—. ¿No veis que no tiene barba?

—Seguro que dominas mejor el inglés —insistió Fernando—. ¿No sería mejor y más fácil que dieras clases de inglés?

—No da clases a españoles… —terció Pilar.

—Solo faltaría —dijo Fernando.

—Déjame terminar, so burro —le espetó Pilar—. Da clases de español a los americanos. A los norteamericanos.

—¿Es que no saben español? —preguntó Fernando—. Los sudamericanos lo hablan.

—Serás animal. Da clases de español a los norteamericanos de habla inglesa.

—Pues aun así sigo pensando que le sería más fácil enseñar inglés si eso es lo que habla —dijo Fernando.

—Pero ¿es que no ves que también habla español? —Pilar movió la cabeza en dirección a Robert Jordan con un gesto de desánimo.

—Sí, pero con acento.

—¿De dónde? —quiso saber Robert Jordan.

—De Extremadura —respondió con gazmoñería Fernando.

—Madre mía —dijo Pilar—. ¡Menuda gente!

—Es posible —admitió Robert Jordan—. De allí es de donde vengo.

—Lo sabe de sobra —dijo Pilar—. Tú, solterona remilgada —añadió volviéndose hacia Fernando—, ¿has acabado ya de cenar?

—No me importaría comer más si es que hay suficiente —le respondió Fernando—. Y no vaya a pensar que quería hablar mal de usted, don Roberto.

—Leche —dijo sin más Agustín—. Y releche. ¿Es que hacemos una revolución para llamar de usted a un camarada?

—Para mí la revolución consiste en que todos nos llamemos de usted —respondió Fernando—. Así es como debería ser con la República.

—Y una leche —respondió Agustín—. Me cago en la leche.

—Y sigo pensando que sería más fácil y sencillo para don Roberto enseñar inglés.

—Don Roberto no tiene barba —dijo Pablo—. Es un profesor de pacotilla.

—¿Qué quieres decir con que no tengo barba? —preguntó Robert Jordan—. ¿Y esto qué es? —Se frotó la barbilla y las mejillas donde había crecido una barba rubia de tres días.

—Eso no es una barba —contestó Pablo negando con la cabeza—. Ni es barba ni es nada —hablaba en tono casi jovial—. Os digo que es un profesor de pacotilla.

—Me [obscenidad] en la leche de todos vosotros —dijo Agustín—, esto es una casa de locos.

—Deberías beber —le dijo Pablo—. A mí todo me parece normal. Excepto que don Roberto no tenga barba.

María le pasó la mano a Robert Jordan por la mejilla.

—Sí que tiene barba —le dijo a Pablo.

—Tú deberías saberlo —dijo Pablo. Robert Jordan lo miró.

No creo que esté tan borracho, pensó para sus adentros. No, no lo está. Y me da que más me vale ir con cuidado.

—Tú —le dijo a Pablo—. ¿Crees que seguirá nevando mucho tiempo?

—¿Tú qué crees?

—Te lo he preguntado a ti.

—Pues pregúntale a otro —contestó Pablo—. No soy tu servicio de información. Tienes papeles del servicio de información. Pregunta a la mujer. Es quien manda aquí.

—Te lo he preguntado a ti.

—Vete a la [obscenidad] —respondió el otro—. Tú, la mujer y la chica.

—Está borracho —dijo Primitivo—. No le hagas caso, inglés.

—No creo que esté tan borracho —afirmó Robert Jordan.

María estaba de pie detrás de él y Robert Jordan reparó en que Pablo la observaba por encima de su hombro. Sus ojillos de verraco la miraban desde la cabeza hirsuta y redonda, y Robert Jordan pensó que había conocido muchos asesinos en esa guerra y a algunos antes, y todos eran distintos, no compartían rasgos comunes, ni había un tipo criminal, pero desde luego no podía decirse que Pablo fuese muy apuesto.

—No creo que sepas beber —le dijo—. Ni que estés borracho.

—Lo estoy —dijo Pablo muy digno—. Beber no significa nada. Lo bueno es emborracharse. Estoy muy borracho.

—Lo dudo —insistió Robert Jordan—. Lo que sí creo es que eres un cobarde.

De pronto se hizo tal silencio en la cueva que oyó crepitar la leña en el fuego donde cocinaba Pilar y el crujido de la zalea en la que apoyaba los pies. Casi creyó oír el ruido de la nieve al caer. En realidad no la oía, pero sí el silencio que reinaba donde caía.

Robert Jordan estaba pensando que lo que tendría que hacer era matarlo allí mismo y acabar de una vez por todas. No sabía qué se traía entre manos, pero seguro que no era nada bueno. Faltaban solo dos días para lo del puente y aquel hombre suponía una amenaza para el éxito de su empresa. Vamos. Mejor liquidarlo de una vez.

Pablo le sonrió, extendió un dedo y se lo pasó por la garganta. Movió levemente la cabeza sobre el cuello corto y grueso.

—No, inglés —dijo—. No me provoques. —Miró a Pilar y añadió—: Así no os libraréis de mí.

—Sinvergüenza —le respondió Robert Jordan decidido en su fuero interno a pasar a la acción—. Cobarde.

—Es muy posible —contestó Pablo—. Pero no es fácil provocarme. Bebe un trago, inglés, y explícale a la mujer que no lo has conseguido.

—Cierra la boca —dijo Robert Jordan—. Si te provoco es por cuenta mía.

—Pues estás perdiendo el tiempo —le explicó Pablo—. No me dejo provocar tan fácilmente.

—Eres un bicho raro —dijo Robert Jordan, que no quería dejarlo escapar por segunda vez y sabedor de que ya habían pasado antes por eso, embargado por la sensación de estar interpretando un papel de memoria, como si lo hubiese leído o soñado y todo se moviera en círculos.

—Muy raro, sí —dijo Pablo—. Muy raro y muy borracho. A tu salud, inglés. —Metió la taza en el cuenco del vino y la alzó—. Salud y cojones.

Desde luego que lo era, se dijo Robert Jordan, y muy listo también y retorcido. Había dejado de oír crepitar el fuego por el ruido de su propia respiración.

—A la tuya —respondió Robert Jordan, y metió su taza en el vino. La traición no significaría nada sin aquellos votos—. Salud —repitió—. Salud y salud. —A tu salud y a la tuya, pensó.

—Don Roberto —dijo Pablo con voz pastosa.

—Don Pablo —contestó Robert Jordan.

—Tú no eres profesor —dijo Pablo—, porque no tienes barba. Y también porque, para librarte de mí, tendrías que asesinarme y para eso te faltan cojones.

Estaba mirando a Robert Jordan con la boca cerrada y tenía los labios tan apretados que formaban una línea muy fina como la boca de un pez, se dijo Robert Jordan. Con esa cabezota parece uno de esos peces erizo que tragan aire y se hinchan cuando los capturan.

—Salud, Pablo —dijo Robert Jordan alzando la copa y bebiendo un trago—. Estoy aprendiendo mucho de ti.

—Estoy enseñando al profesor —contestó Pablo moviendo la cabeza—. Vamos, don Roberto, seamos amigos.

—Ya lo somos —dijo Robert Jordan.

—Pero ahora seremos buenos amigos.

—También lo somos.

—Me largo de aquí —dijo Agustín—. Ya sé que dicen que tenemos que comer una tonelada de esto en una vida, pero ahora mismo tengo veinte arrobas metidas en cada oreja.

—¿Qué mosca te ha picado, negro? —le espetó Pablo—. ¿Es que no te gusta que don Roberto y yo seamos amigos?

—Cuidadito con llamarme negro —le advirtió Agustín plantándose con un gesto de amenaza delante de Pablo.

—Así te llaman —dijo Pablo.

—Tú no.

—Pues blanco.

—Eso tampoco.

—Entonces, ¿qué eres, rojo?

—Sí. Rojo. Con la estrella roja del ejército y a favor de la República. Y me llamo Agustín.

—Qué hombre tan patriótico —dijo Pablo—. Mira, inglés, un patriota ejemplar.

Agustín le golpeó con fuerza en la boca con el dorso de la mano izquierda. Pablo no se movió. Las comisuras de los labios se le mancharon de vino y siguió imperturbable, pero Robert Jordan notó cómo se le contraían los ojos igual que las pupilas de un gato se convierten en dos ranuras verticales bajo una luz fuerte.

—Así tampoco —dijo Pablo—. No cuentes con ello, mujer. —Volvió la cabeza hacia Pilar—. No pienso dejarme provocar.

Agustín volvió a golpearle. Esta vez le dio en la boca con el puño cerrado. Robert Jordan tenía la mano en la pistola por debajo de la mesa. Había quitado el seguro y apartado a María con la mano izquierda. Ella se alejó un poco y él la empujó con fuerza con la mano izquierda para que se fuese de allí. La chica se marchó y Robert Jordan la vio acercarse al fuego mientras miraba el rostro de Pablo.

El hombre de la cabezota redonda se quedó mirando a Agustín con sus ojillos diminutos de pupilas cada vez más pequeñas. Se relamió los labios, alzó un brazo y se secó la boca con el dorso de la mano, luego miró y vio que tenía sangre. Se pasó la lengua por los labios y escupió.

—Ni eso tampoco —dijo—. No soy idiota. No me vas a provocar.

—Cabrón —dijo Agustín.

—Tú sabrás —dijo Pablo—. Conoces a la mujer.

Agustín volvió a golpearle con fuerza en la boca y Pablo se rió mostrando los dientes amarillentos, podridos y rotos en la línea enrojecida de la boca.

—Déjalo ya —dijo Pablo, y alargó el brazo para llenar una taza en el cuenco—. Ninguno tenéis cojones para matarme y esto de los puñetazos es una estupidez.

—Cobarde —exclamó Agustín.

—Con palabras tampoco lo conseguiréis —dijo, y sorbió para limpiarse el vino de la boca. Escupió en el suelo—. Las palabras me traen sin cuidado.

Agustín lo miró con desprecio y lo maldijo hablando despacio con desdén y amargura, como quien abona un campo con estiércol descargándolo de un carro con la horca.

—Ni así tampoco —insistió—. Para ya, Agustín. Y no me pegues más. Te harás daño en las manos.

Agustín le dio la espalda y se encaminó hacia la puerta de la cueva.

—No salgas —dijo Pablo—. Está nevando. Ponte cómodo.

—¡Y tú! ¡Tú! —Agustín se volvió y le habló vertiendo todo su desprecio en aquel «tú».

—Sí, yo —respondió el otro—. Yo seguiré vivo cuando tú hayas muerto.

Metió la taza en el cuenco de vino y la alzó para hacer un brindis.

—Por el profesor —dijo. Luego se volvió hacia Pilar—. Y por la señora capitana. —Después brindó por todos los demás—. Y por todos los ilusos.

Agustín se acercó y de un golpe le quitó la taza de la mano.

—Estás perdiendo el tiempo —dijo Pablo—. Esto es una estupidez. —Agustín volvió a insultarle—. No —dijo Pablo, sirviéndose otra taza—. Estoy borracho, ¿no lo ves? Cuando estoy borracho no hablo.

Nunca me has oído hablar mucho. Pero un hombre inteligente a veces tiene que emborracharse para pasar el tiempo con idiotas.

—Me [obscenidad] en la leche de tu cobardía —le dijo Pilar—. Te conozco demasiado bien y sé lo cobarde que eres.

—Vaya manera de hablar una mujer —dijo Pablo—. Iré a ver los caballos.

—Ve a darles por el culo —dijo Agustín—. ¿No es lo que haces siempre?

—No —dijo Pablo moviendo la cabeza. Estaba descolgando de la pared la manta que usaba de capote y miró a Agustín—. Tú y tu violencia.

—¿Qué vas a hacer con los caballos? —preguntó Agustín.

—Verlos —respondió el otro.

—Darles por el culo —dijo Agustín—. Follacaballos.

—Me gustan mucho los caballos —dijo Pablo—. Incluso por detrás son más bonitos y tienen más inteligencia que cierta gentuza. Que lo paséis bien —añadió con una sonrisa—. Háblales del puente, inglés. Explícales lo que deben hacer durante el ataque. Diles cómo llevar a cabo la retirada. ¿Dónde piensas llevarlos después de lo del puente, inglés? ¿Qué harás con tus patriotas? Llevo pensándolo todo el día mientras bebía.

—¿Qué es lo que has pensado? —preguntó Agustín.

—¿Qué he pensado? —dijo Pablo pasándose la lengua por el interior de los labios—. Qué te importa a ti lo que he pensado...

—Dilo —insistió Agustín.

—Muchas cosas. —Metió la cabeza por el agujero de la manta sucia que empleaba como capote—. Muchas.

—¿Qué? —dijo Agustín—. ¿Qué?

—Pues que sois un hatajo de ilusos —respondió Pablo—, capitaneados por una mujer que tiene los sesos entre los muslos y un extranjero que ha venido a destruiros.

—Fuera de aquí —le gritó Pilar—. Sal de aquí y que te den por culo en la nieve. Llévate de aquí tu mala leche, maricón follacaballos.

—Así se habla —dijo admirado Agustín, aunque con aire ausente. Estaba preocupado.

—Ya me voy —contestó Pablo—. Pero volveré enseguida. —Levantó la manta que tapaba la entrada de la cueva y salió. Luego, desde la puerta, dijo—: Sigue nevando, inglés.

17

El único ruido que se oía ahora en la cueva era el crepitar del fuego cuando la nieve caía sobre las brasas por el agujero que servía de chimenea en la cueva.

—Pilar —preguntó Fernando—, ¿queda un poco más de guisado?

—Calla de una vez —dijo la mujer. Pero María cogió el plato de Fernando, fue al caldero que habían retirado del fuego y metió en él la cuchara. Volvió a llevarlo a la mesa y le dio una palmadita en el hombro a Fernando cuando este se disponía a comer. Se quedó un momento a su lado sin quitarle la mano del hombro. Pero Fernando no alzó la vista. Estaba concentrado en el guisado.

Agustín fue junto al fuego. Los demás tomaron asiento. Pilar se sentó a la mesa enfrente de Robert Jordan.

—En fin, inglés —dijo—, ya has visto cómo es.

—¿Qué crees que hará ahora? —preguntó Robert Jordan.

—Cualquier cosa —respondió la mujer mirando a la mesa—. Cualquier cosa. Es capaz de todo.

—¿Dónde está el fusil ametrallador? —preguntó Robert Jordan.

—Ahí en el rincón, envuelto en una manta —contestó Primitivo—. ¿Lo quieres?

—Luego —dijo Robert Jordan—. Por ahora me basta con saber dónde está.

—Está ahí —repitió Primitivo—. Lo metí en la cueva y lo envolví en mi manta para mantener seco el mecanismo. Los cargadores están en ese saco.

—No haría algo así —dijo Pilar—. No haría nada con la ametralladora.

—Me ha parecido oírte decir que es capaz de todo.

—Y lo es. Pero no tiene práctica con la ametralladora. Podría lanzarnos una bomba de mano. Es más su estilo.

—No haberle matado ha sido una idiotez y una muestra de debilidad —dijo el gitano. No había hablado en toda la tarde—. Roberto debería haberle matado anoche.

—Matarlo —dijo Pilar. Su rostro parecía sombrío y cansado—. Ahora me parece una buena idea.

—Yo estaba en contra —dijo Agustín. Seguía de pie junto al fuego, con los largos brazos en los costados y las mejillas oscurecidas por la barba debajo de los pómulos, que parecían más marcados a la luz del fuego—. Pero ahora estoy a favor. Es peligroso y le gustaría acabar con todos nosotros.

—Votémoslo —dijo Pilar con voz fatigada—. ¿Qué votas tú, Andrés?

—Matarlo —dijo asintiendo con la cabeza el hermano moreno cuya línea del pelo terminaba en pico de viuda.

—¿Eladio?

—Lo mismo —respondió el otro hermano—. En mi opinión, es muy peligroso y no sirve para nada.

—¿Primitivo?

—Lo mismo.

—¿Fernando?

—¿No podríamos hacerle prisionero? —preguntó.

—¿Y quién lo vigilaría? —objetó Primitivo—. Harían falta dos hombres para vigilarlo ¿y qué haríamos después con él?

—Podríamos vendérselo a los fascistas —dijo el gitano.

—De eso nada —respondió Agustín—. Eso es una bajeza.

—Solo era una idea —se defendió Rafael, el gitano—. Me da a mí que a los facciosos les encantaría echarle el guante.

—Ya es suficiente —repitió Agustín—. Es ruin.

—No más que el propio Pablo —se defendió el gitano.

—Un ruindad no justifica otra —dijo Agustín—. En fin, los únicos que no han votado son el viejo y el inglés.

—Ellos no votan —dijo Pilar—. No ha sido su jefe.

—Un momento —la interrumpió Fernando—. No he terminado.

—Sigue —dijo Pilar—. Habla hasta que vuelva, nos lance una granada por debajo de la manta y lo vuele todo por los aires. Dinamita incluida.

—Creo que exageras, Pilar —dijo Fernando—. No creo que tenga esas intenciones.

—Yo tampoco —dijo Agustín—. Porque echaría a perder el vino y no creo que tarde en volver a beber un poco.

—¿Por qué no se lo llevamos al Sordo y que lo entregue él a los fascistas? —propuso Rafael—. Podríamos sacarle los ojos y así sería más fácil de manejar.

—Calla —dijo Pilar—. Cuando te oigo me entran ganas de matarte a ti también.

—Además, los fascistas no nos darían nada por él —dijo Primitivo—. Ya hay quien lo ha intentado y no ha conseguido nada. Te fusilarían a ti también.

—Pues yo creo que si lo cegáramos podríamos sacar algo —insistió Rafael.

—Calla —repitió Pilar—. Vuelve a hablar de arrancarle los ojos y ya puedes largarte con él.

—Pero Pablo se los sacó a aquel guardia civil que quedó herido. ¿O es que lo has olvidado?

—Cierra esa bocaza —dijo Pilar. Sentía vergüenza ajena al oírle hablar de aquello delante de Robert Jordan.

—No me habéis dejado terminar —la interrumpió Fernando.

—Pues hazlo —le dijo Pilar—. Vamos. Hazlo de una vez.

—Puesto que no es posible hacerle prisionero —empezó Fernando—, y ya que os repugna la idea de utilizarlo...

—Acaba de una vez —dijo Pilar—. Acaba ya. Por el amor de Dios.

—... en algún tipo de negociación —prosiguió con calma Fernando— estoy de acuerdo en que tal vez sea mejor eliminarlo para garantizar que la operación pueda llevarse a cabo con las mayores garantías de éxito posibles.

Pilar lo miró, movió la cabeza, se mordió los labios y no dijo nada.

—Esa es mi opinión —dijo Fernando—. Creo que estamos en nuestro derecho de considerar que es un peligro para la República...

—Madre de Dios —dijo Pilar—. Incluso aquí hay quien sabe hacer burocracia dándole a la lengua.

—... tanto por sus palabras como por sus actos —continuó Fernando—. Y, aunque merezca nuestra gratitud por sus operaciones al principio de la guerra y hasta el momento presente...

Pilar había vuelto junto al fuego. Luego regresó a la mesa.

—Fernando —dijo Pilar con mucha calma sirviéndole otro plato—. Cómete el estofado con toda formalidad, llena bien la boca y no hables más. Ya hemos oído tu opinión.

—Pero, entonces cómo... —preguntó Primitivo, y se interrumpió antes de terminar la frase.

—Estoy dispuesto —dijo Robert Jordan—. Ya que todos parecéis decididos a hacerlo, puedo prestaros ese servicio.

¿Qué le ocurría? Oyéndole, cualquiera diría que empezaba a hablar como Fernando. Ese lenguaje debía de ser contagioso. Si el francés era el idioma de la diplomacia, el español lo era de la burocracia.

—No —dijo María—. No.

—Esto no es asunto tuyo —le dijo Pilar a la chica—. Ten la boca cerrada.

—Lo haré esta noche —afirmó Robert Jordan.

Vio que Pilar lo miraba y se llevaba el dedo a los labios. Estaba mirando a la puerta.

La manta que cubría la entrada de la cueva se levantó y Pablo asomó la cabezota. Les sonrió a todos, pasó por debajo de la manta, se volvió y la cerró de nuevo. Luego dio media vuelta, se quitó la manta y se sacudió la nieve.

—¿Hablabais de mí? —dijo dirigiéndose a todos ellos—. ¿Interrumpo? —Nadie le contestó, así que colgó la manta de un clavo en la pared y se acercó a la mesa—. ¿Qué tal? —preguntó, y cogió la taza que había quedado vacía e hizo ademán de llenarla—. Ya no queda vino —le dijo a María—. Ve a llenar el cuenco en el odre.

María cogió el cuenco y fue a la piel tensa, pesada y curtida con alquitrán que colgaba boca abajo de la pared, desenroscó el tapón de una de las patas para verter el vino y llenar el cuenco. Pablo la vio arrodillarse y sujetar el cuenco en alto y observó cómo el vino tinto fluía tan rápido que formó un pequeño remolino al llenarlo.

—Con cuidado —le dijo—. Ya queda poco.

Nadie dijo nada.

—Hoy me he bebido casi un tercio —afirmó Pablo—. Me ha llevado todo el día. ¿Se puede saber qué os pasa? ¿Es que os habéis quedado mudos?

Nadie dijo nada.

—Cierra el tapón, María —le advirtió Pablo—. No dejes que se derrame.

—Hay vino de sobra —le tranquilizó Agustín—. Podrás volver a emborracharte.

—Vaya, aquí hay uno a quien no le ha comido la lengua el gato —se burló Pablo haciéndole un gesto a Agustín—. Enhorabuena. Pensé que te habías quedado mudo.

—¿Por qué?

—Al verme entrar.

—¿Crees que tu entrada tiene tanta importancia?

Tal vez se esté preparando el terreno, pensó Robert Jordan. Puede que Agustín se disponga a liquidarlo. Desde luego, le odia lo suficiente. En cambio yo no. No. Me resulta desagradable, pero no le odio. Aunque eso de sacarle los ojos a la gente lo incluye en una clase aparte. Aun así, es su guerra. Pero no lo quiero con nosotros estos dos días. Pienso quedarme al margen. Esta noche he permitido que me ridiculizara y estoy dispuesto a quitarlo de en medio. Pero no pienso provocarlo antes. Y no quiero tiroteos en la cueva con toda la dinamita que hay aquí. Pablo había caído en ello, claro. Y a ti, ¿se te había ocurrido pensarlo? No, ni a ti ni a Agustín. Te mereces lo que pueda pasarte.

—Agustín —dijo.

—¿Qué? —Agustín levantó hosco la vista y dejó de mirar a Pablo.

—Necesito hablar contigo —dijo Robert Jordan.

—Luego.

—Ahora —insistió Robert Jordan—. Por favor.

Robert Jordan había ido hacia la entrada de la cueva y Pablo lo siguió con la mirada. Agustín, alto y con las mejillas hundidas, se puso en pie y le siguió. Andaba con desdén y a regañadientes.

—¿Has olvidado lo que hay en esos sacos? —le dijo Robert Jordan en voz baja para que nadie más lo oyese.

—¡Leche! —dijo Agustín—. Uno se acostumbra tanto que llega a olvidarlo.

—Yo también lo había olvidado.

—¡Leche! —dijo Agustín—. Menudos idiotas estamos hechos. —Volvió a la mesa y se sentó—. Bebe un trago, Pablo, viejo amigo —dijo—. ¿Qué tal los caballos?

—Muy bien —respondió Pablo—. Ya no nieva tanto.

—¿Crees que parará?

—Sí —dijo Pablo—. Está amainando y ahora graniza un poco. El viento seguirá soplando pero pronto dejará de nevar. Ha cambiado el viento.

—¿Crees que despejará mañana? —le preguntó Robert Jordan.

—Sí —dijo Pablo—. Creo que el día será frío y claro. El viento está cambiando.

Míralo, pensó Robert Jordan, ahora se pone amistoso. Ha cambiado igual que el viento. Tiene la cara y el cuerpo de un cerdo y sé que es un asesino redomado pero es tan sensible como un buen barómetro. Sí, se dijo, y además el cerdo es un animal muy inteligente. Pablo nos odia a todos. O tal vez solo odie nuestros planes y nos provoque con su odio hasta que estemos dispuestos a eliminarlo y luego da marcha atrás y vuelve a empezar.

—Tendremos buen tiempo, inglés —le dijo Pablo a Robert Jordan.

—¿Tendremos? —preguntó—. ¿Tendremos?

—Sí, tendremos. —Pablo le sonrió y bebió un poco de vino—. ¿Por qué no? Lo he estado pensando ahí fuera. ¿Por qué no vamos a ponernos de acuerdo?

—¿En qué? —insistió la mujer.

—En todo —respondió Pablo—. En lo del puente. Estoy con vosotros.

—¿Ahora estás con nosotros? —le preguntó Agustín—. ¿Después de todo lo que has dicho?

—Sí —contestó Pablo—. Ahora que ha cambiado el tiempo estoy con vosotros.

Agustín movió la cabeza.

—¿Ahora que ha cambiado el tiempo y que te he golpeado en la cara?

—Sí. —Pablo le sonrió y se pasó los dedos por los labios—. También eso.

Robert Jordan observó a Pilar, que estaba mirando a Pablo como quien observa a un animal extraño. En su cara seguía presente la sombra que la había embargado con la sugerencia de sacarle los ojos. Movió la cabeza como para olvidarlo.

—Oye —le dijo a Pablo.

—Sí, mujer.

—¿Se puede saber qué te pasa?

—Nada —respondió Pablo—. He cambiado de opinión. Nada más.

—Estabas escuchando en la puerta.

—Sí —admitió—. Pero no he oído nada.

—Temes que podamos matarte.

—No —respondió mirándola por encima del borde de la taza—. Eso no me asusta. Y lo sabes muy bien.

—Entonces, ¿qué es lo que te pasa? —exclamó Agustín—. Primero te emborrachas, te metes con todos, hablas de abandonarnos, dices que vamos a morir, insultas a las mujeres y te opones a lo que hay que hacer...

—Estaba borracho —contestó.

—Y ahora...

—Ya no lo estoy. Y he cambiado de opinión.

—No sé si los demás confiarán en ti, pero yo no.

—Me trae sin cuidado que confíes en mí o no —dijo Pablo—. Pero nadie más puede llevaros a Gredos.

—¿A Gredos?

—No hay otra posibilidad, después de lo del puente.

Robert Jordan miró a Pilar, alzó con disimulo la mano y se dio un golpecito en la oreja con aire inquisitivo.

La mujer asintió. Luego volvió a hacerlo. Le dijo algo a María y la chica se puso junto a Robert Jordan.

—Dice que está segura de que nos ha oído —le susurró al oído.

—¿De modo, Pablo —dijo juiciosamente Fernando—, que ahora estás a favor de lo del puente?

—Sí, hombre —dijo Pablo. Miró a Fernando a la cara y asintió.

—¿De verdad? —preguntó Primitivo.

—De veras —contestó Pablo.

—¿Y crees que puede salir bien? —preguntó Fernando—. ¿Estás seguro?

—¿Por qué no? —dijo Pablo—. ¿No lo estás tú?

—Sí —dijo Fernando—. Pero siempre lo estoy.

—Me largo de aquí —dijo Agustín.

—Fuera hace frío —le advirtió Pablo en tono amistoso.

—Es posible —dijo Agustín—. Pero no quiero pasar más tiempo en este manicomio.

—No digas que esta cueva es un manicomio —dijo Fernando.

—Un manicomio para criminales dementes —dijo Agustín—. Y me voy antes de enloquecer yo también.

18

Es como un tiovivo, pensó Robert Jordan. No uno de esos que giran tan deprisa al son de un organillo y en los que los niños montan en vacas de cuernos dorados y tienen que ensartar anillas con un palo a la luz azulada de los faroles que se mezcla con el atardecer de Avenue du Maine, mientras en el puesto de al lado venden pescado frito y hay una rueda de la fortuna con tiras de cuero que golpean contra los pivotes de los cajones numerados y paquetes de caramelos amontonados que sirven de premio. No, no es uno de esos tiovivos; aunque también hay gente esperando, como esos hombres con las gorras caladas y esas mujeres con sus rebecas de punto y la cabeza descubierta cuyo pelo brilla a la luz de las farolas mientras ven girar la rueda de la fortuna. Sí, así son. Aunque esta rueda es diferente. Es una rueda que sube y baja.

Ya ha dado dos vueltas. Es una rueda enorme e inclinada y cada vez que gira vuelve al punto de partida. Un lado es más alto que otro y el movimiento te hace subir y bajar. Tampoco hay premios y nadie subiría a esta rueda por gusto. Uno se sube sin querer y gira con ella. Da solo una vuelta, amplia, elíptica, en la que asciendes y caes al punto de partida. Ahora estamos de vuelta y no hay nada decidido.

En la cueva hacía calor y fuera había cesado el viento. Ahora se hallaba sentado a la mesa delante de su cuaderno de notas, comprobando los detalles técnicos de la voladura del puente. Hizo tres bosquejos, calculó sus fórmulas, esbozó el modo de volarlo con dos dibujos tan sencillos como si estuviese en un jardín de infancia para que Anselmo pudiera completarlo en caso de que a él le ocurriese algo durante el proceso de demolición. Terminó los bosquejos y los observó con detenimiento.

María estaba sentada a su lado mirando por encima del hombro mientras trabajaba. Robert Jordan era consciente de la presencia de Pablo al otro lado de la mesa y de la de los otros, que se habían puesto a jugar a las cartas, olía los olores de la cueva, que ya no eran los de la comida y los guisos sino el humo del fuego y el olor de los hombres, el tabaco, el vino tinto y el rancio olor corporal, y cuando María puso la mano en la mesa mientras le veía acabar los bosquejos, él se la cogió con su mano izquierda, se la llevó a la cara y olió el jabón fuerte y la frescura del agua con que había lavado los platos. Luego la soltó sin mirarla y siguió trabajando y no reparó en cómo se ruborizaba. María dejó la mano allí, cerca de la suya, pero él no volvió a cogerla.

Una vez concluido el plan para la voladura, cogió otra hoja del cuaderno y empezó a escribir las órdenes necesarias para llevar a cabo la operación. Estaba concentrado y pensaba con claridad y le gustó lo que escribía. Llenó dos páginas del cuaderno y las releyó con atención.

Creo que eso es todo, se dijo, está meridianamente claro y no creo haber dejado cabos sueltos. Eliminaremos los dos puestos, volaremos el puente según las órdenes de Golz y ahí termina mi responsabilidad. No debería haberme dejado enredar en lo de Pablo. Con él o sin él, de un modo u otro, todo se arreglará. Me trae sin cuidado. Pero no volveré a subir al tiovivo. Ya he subido dos veces y las dos hemos vuelto al punto de partida, así que no quiero saber nada.

Cerró el cuaderno, alzó la vista y se quedó mirando a María.

—Hola, guapa —dijo—. ¿Has entendido algo?

—No, Roberto —dijo la chica, y le puso una mano sobre la suya sin dejarle soltar el lápiz—. ¿Has terminado?

—Sí. Ya están escritas todas las órdenes.

—¿Qué has estado haciendo, inglés? —le preguntó Pablo desde el otro lado de la mesa. Sus ojos volvían a estar legañosos.

Robert Jordan lo miró con atención. Apártate, se dijo, no subas al tiovivo. Creo que va a empezar a girar otra vez.

—Preparar el asunto del puente —respondió con mucha educación.

—¿Qué tal va? —preguntó Pablo.

—Muy bien —dijo Robert Jordan—. Todo va estupendamente.

—He estado pensando en lo de la retirada —dijo Pablo, y Robert Jordan miró sus ojos ebrios y porcinos y el cuenco de vino, que estaba ya casi vacío.

No subas al tiovivo, se dijo. Está bebiendo otra vez. Cierto. Pero no subas. ¿No dicen que Grant se pasó borracho la mayor parte de la guerra civil? Seguro que sí. Apuesto a que Grant se enfurecería si supiese que lo he comparado con Pablo. Grant también fumaba puros. Tendría que conseguirle unos puros a Pablo. Es lo que le falta a su cara. Un cigarro mordisqueado. ¿Dónde podría conseguirlos?

—¿Y cómo va la cosa? —preguntó con cortesía.

—Muy bien —respondió Pablo moviendo lenta y sesudamente la cabeza.

—¿Has pensado algo? —preguntó Agustín desde el rincón donde estaban jugando a las cartas.

—Sí —dijo Pablo—. Tengo varias ideas.

—¿Y dónde las has encontrado? ¿En el fondo del cuenco? —quiso saber Agustín.

—Es posible —respondió Pablo—. ¿Quién sabe? —María, vuelve a llenarlo, ¿quieres?

—Dentro del odre debe de haber muy buenas ideas —dijo Agustín reanudando la partida—. ¿Por qué no te metes en él y las buscas?

—No —contestó sin inmutarse el otro—. Seguiré buscándolas dentro del cuenco.

Él tampoco va a subir, se dijo Robert Jordan. Tal vez gire solo. Supongo que nadie puede montar en él demasiado tiempo. Probablemente sea un tiovivo mortal. Me alegro de que hayamos bajado. Empezaba a marearme. Aunque es uno de esos tiovivos en que los borrachos y las personas auténticamente mezquinas o crueles montan hasta morir. Sube y luego vuelve a bajar y nunca sigue la misma pauta. Que gire. No volveré a subir. No señor, general Grant, no seré yo quien suba a ese tiovivo.

Pilar estaba sentada junto al fuego, con la silla girada de modo que podía ver por encima del hombro de los jugadores de cartas que le daban la espalda. Estaba observando la partida.

Lo más raro es cómo se pasa aquí de la muerte a la vida familiar, pensó Robert Jordan. Ese maldito tiovivo te atrapa al bajar. Pero no volveré a subir. Nadie me obligará a hacerlo.

Hace dos días no sabía de la existencia de Pilar, Pablo o los demás. No existía María en el mundo. Era, sin duda, un mundo mucho más sencillo. Tenía instrucciones de Golz que parecía totalmente factible llevar a cabo, aunque ofreciesen ciertas dificultades e implicaran determinadas consecuencias. Después de volar el puente contaba con volver o no tras las líneas y, en caso de hacerlo, pensaba pedir unos días para ir a Madrid. En esta guerra no hay permisos, pero estaba seguro de conseguir dos o tres días en Madrid.

Una vez allí tenía intención de comprar unos libros, registrarme en el hotel Florida, pedir una habitación y darme un baño caliente. Iba a pedirle a Luis, el portero, que fuese a buscarme una botella de ajenjo, si encontraba una en las Mantequerías Leonesas, o en cualquiera de las tiendas cercanas a la Gran Vía, y a tumbarme en la cama a leer después de bañarme y beber un par de copas de ajenjo, y luego pensaba telefonear al Gaylord para reservar una mesa e ir a comer.

No quería comer en la Gran Vía porque la comida no era demasiado buena y había que llegar pronto o no quedaba nada. Además había demasiados periodistas conocidos suyos y no quería tener que andarse con tapujos. Quería beber ajenjo y, si le apetecía hablar, ir a comer con Karkov al Gaylord, donde servían buena comida y cerveza de verdad, y enterarse de cómo iba la guerra.

La primera vez que estuvo en el Gaylord, el hotel donde se habían instalado los rusos, no le gustó porque le pareció demasiado lujoso, la comida era demasiado buena para una ciudad sitiada y las conversaciones eran demasiado cínicas. Pero me dejo corromper con demasiada facilidad, pensó. ¿Por qué no va uno a poder comer decentemente al volver de una cosa como esta? Y las conversaciones que al principio le habían parecido tan cínicas resultaron ser casi todas ciertas. Valdrá la pena contar esto en el Gaylord, se dijo. Cuando todo termine.

¿Podrías llevar a María al Gaylord? No. Pero podrías dejarla en el hotel dándose un baño caliente y estaría allí cuando volvieras del Gaylord. Sí, podrías hacer eso, y, cuando le hayas hablado de ella a Karkov, podrás llevarla porque estará deseando conocerla y querrá verla.

Tal vez ni siquiera vayas al Gaylord. Podrías comer pronto en la Gran Vía y volver pronto al Florida. Aunque en el fondo sabes que acabarás yendo al Gaylord porque quieres volver a verlo todo, quieres comer aquella comida, ver las comodidades y los lujos. Luego volverás al Florida y allí estará María. Vaya si estará. Una vez hayas hecho lo que tienes que hacer. Sí, una vez lo hayas hecho. Si todo sale bien, te habrás ganado una comida en el Gaylord.

Allí uno se encontraba con los famosos jefes obreros y campesinos que habían tomado las armas al principio de la guerra sin ninguna preparación militar y descubría que muchos hablaban ruso. Esa había sido su primera gran desilusión unos meses antes y había hecho que los mirase con escepticismo. Aunque luego supo lo que había ocurrido y lo entendió. Eran campesinos y obreros. Habían participado en la revolución de 1934 y habían tenido que abandonar el país cuando fracasó, y los rusos los habían enviado a la academia militar y al Instituto Lenin, sufragado por el Komintern, para que aprendiesen a combatir y tuviesen la preparación militar necesaria para dar órdenes la siguiente ocasión.

El Komintern los había educado allí. En una revolución no se puede admitir que te han ayudado unos extranjeros ni que nadie sepa más de lo que se suponía que debía saber. Era una de las cosas que había aprendido. Si algo era justo, mentir estaba justificado. Circulaban muchas mentiras. Al principio le molestaba. Es más, lo detestaba. Luego había llegado a gustarle. Eso demostraba que formaba parte del juego, aunque era fácil corromperse.

En el Gaylord uno se enteraba de que Valentín González, llamado el Campesino, nunca había sido tal cosa, sino que era un ex sargento de la Legión Extranjera que había desertado y combatido en el bando de Abd el Krim. Tampoco era raro. ¿Por qué iba a serlo? En una guerra como aquella hacía falta tener jefes campesinos cuanto antes y un auténtico jefe campesino se parecería más a Pablo. No se podía esperar la llegada de un verdadero jefe campesino y cuando llegase podía tener demasiadas características campesinas. Así que había que crear uno. Y, por lo que había visto del Campesino, con su barba negra, sus gruesos labios negroides y sus ojos febriles y fijos, creía que podía causar tantos problemas como un auténtico campesino. La última vez que lo había visto, había tenido la impresión de que había acabado creyéndose su propia propaganda y pensaba que era un campesino. Era un hombre tosco y valiente, no lo había más valiente en el mundo. Pero, Dios, hablaba demasiado. Y cuando se acaloraba decía lo primero que se le pasaba por la cabeza sin pararse a pensar en las consecuencias de su indiscreción. Y las consecuencias ya habían sido muchas. No obstante, era un jefe de brigada excelente en situaciones desesperadas. Nunca lo daba todo por perdido y sabía cómo salir de cualquier aprieto.

En el Gaylord uno podía toparse con el sencillo albañil Enrique Líster, de Galicia, que ahora estaba al mando de una división y que también sabía hablar ruso. Y con el ebanista Juan Modesto, de Andalucía, a quien acababan de confiarle un cuerpo de ejército. Él no había aprendido ruso en Puerto de Santa María, aunque podría haberlo hecho si hubiese habido una academia de idiomas frecuentada por ebanistas. De todos los jóvenes oficiales era en quien más confiaban los rusos porque era un hombre de partido «al ciento por ciento», decían orgullosos de utilizar aquel americanismo. Era mucho más inteligente que Líster o el Campesino.

Sí, el Gaylord era el sitio donde completar tu educación. Allí aprendía uno cómo se hacían las cosas y no cómo se suponía que debían hacerse. Él no había hecho más que empezar esa educación. Quién sabe si tendría ocasión de completarla. El Gaylord era lo que necesitaba. Al principio, cuando todavía creía en todas aquellas tonterías, le había escandalizado. Pero ahora había aprendido a aceptar la necesidad del engaño y lo que veía en el Gaylord servía para reforzar su fe en las cosas en que creía. Le gustaba saber cómo eran las cosas en la práctica y no en teoría. En la guerra siempre se miente. Pero la verdad sobre Líster, Modesto y el Campesino era mucho mejor que las mentiras y las leyendas. En fin, algún día todo el mundo conocería la verdad y entretanto se alegraba de poder ir al Gaylord a averiguarla por su cuenta.

Eso tenía pensado hacer al llegar a Madrid, después de comprar los libros, darse un baño caliente, tomar un par de copas y leer un rato. Aunque esos eran sus planes antes de conocer a María. Muy bien. Reservaría dos habitaciones y ella que hiciese lo que quisiera mientras él iba allí, y luego volvería con ella. Si le había esperado todo ese tiempo en las montañas podría esperarle un poco más en el hotel Florida. Se quedarían tres días en Madrid. Tres días dan para mucho. Le apetecía llevarla a ver a los hermanos Marx en *Una noche en la ópera*. Hacía tres meses que la habían estrenado y al menos seguiría en cartel otros tres. Seguro que la película le gustaría. Le encantaría.

Sin embargo el Gaylord quedaba muy lejos de aquella cueva. Aunque no tanto. Lo difícil sería volver de la cueva al Gaylord. Kashkin lo había llevado allí por primera vez cuando no le había gustado. Había insistido mucho en que tenía que conocer a Karkov porque Karkov quería que le presentara a americanos y porque era un gran admirador de Lope de Vega y opinaba que *Fuenteovejuna* era la mejor obra de teatro jamás escrita. Tal vez lo fuese, aunque Robert Jordan no opinaba lo mismo.

Le había gustado Karkov, pero no aquel sitio. Karkov era la persona más inteligente que había conocido jamás. Llevaba botas de montar negras, pantalones bombachos grises y una casaca gris, tenía las manos y los pies diminutos, la cara y el cuerpo frágiles e hinchados y escupía al hablar entre los dientes podridos, la primera vez que lo vio le pareció cómico. Pero era más inteligente y también más digno en su interior y más insolente y simpático exteriormente que ninguno de sus conocidos.

El Gaylord le había parecido indecentemente lujoso y corrompido. Pero ¿por qué no iban a disfrutar de algunas comodidades los representantes de un poder que gobernaba la sexta parte del mundo? El caso es que lo hacían, y aunque al principio Robert Jordan se había sentido asqueado por todo aquello, luego lo había aceptado y había terminado gustándole. Kashkin le había presentado diciendo que era un tipo estupendo, y Karkov se había mostrado insultantemente correcto hasta que vio que Robert Jordan no se las daba de héroe y contaba historias divertidas en las que no salía precisamente bien parado, y pasó a demostrar una rudeza aliviada y por fin una insolencia que había hecho que se hiciesen amigos.

A Kashkin tan solo se le toleraba en aquel lugar. Era evidente que le pasaba algo y que en España estaba empeorando. No habían querido decirle qué era, aunque tal vez lo hiciesen ahora que estaba muerto. Sea como fuere, él y Karkov se hicieron amigos y también trabó amistad con su mujer, que era increíblemente flaca, morena, cariñosa, nerviosa, marginada y nada vengativa; tenía el cuerpo esbelto y descuidado y el cabello muy corto y veteado de gris, y hacía de intérprete en la unidad de tanques. También se hizo amigo de la amante de Karkov, que tenía ojos felinos, cabello pelirrojo y dorado (unas veces era más pelirrojo y otras más dorado, dependiendo de los peluqueros), un cuerpo perezoso y sensual (hecho para adaptarse bien a otros cuerpos), una boca hecha para adaptarse a otras bocas y una inteligencia escasa, ambiciosa y absolutamente leal. La amante era amiga de cotilleos y disfrutaba de una promiscuidad periódicamente controlada que solo parecía divertir a Karkov. Se suponía que este tenía otra mujer en alguna parte, además de la de los tanques, puede que dos, aunque nadie estaba del todo seguro. A Robert Jordan le caían simpáticas tanto la que conocía como la amante y estaba seguro de que también le gustaría la otra, si es que existía y algún día llegaba a conocerla. Karkov tenía buen gusto para las mujeres.

Había centinelas con las bayonetas caladas en la puerta cochera del Gaylord y esa noche sería el sitio más cómodo y agradable en el Madrid sitiado. Le habría gustado estar allí y no en aquella cueva. Aunque ahora que el tiovivo había dejado de dar vueltas no se estaba tan mal. Y también había dejado de nevar.

Le gustaría presentarle a María a Karkov, pero no podía llevarla si él no se lo pedía y habría que ver qué tal lo recibían después de aquel viaje. Golz se dejaría caer por allí cuando concluyese la ofensiva y si le había ido bien todos lo sabrían. Seguro que Golz se burlaría de él por lo de María. Y más después de lo que le había dicho de que no tenía tiempo para chicas.

Alargó el brazo y llenó la taza en el cuenco de vino que estaba delante de Pablo.

—Con tu permiso —dijo.

Pablo asintió con la cabeza. Debía de estar ocupado con sus estrategias militares, supuso Robert Jordan, estaba claro que no aspiraba a una fama efímera en la boca del cañón, sino que buscaba la solución al problema en el cuenco del vino. No obstante, muy hábil debía de ser aquel cabrón si había conseguido liderar aquella partida tanto tiempo. Al ver a Pablo se preguntó qué clase de jefe de guerrillas habría sido en la guerra civil norteamericana. Hubo muchos, pero poco conocidos. No estaba pensando en Quantrill ni en Mosby ni en su propio abuelo, sino en los pequeños, en las partidas de guerrilleros. Y en cuanto a lo de beber. ¿De verdad había sido Grant un borracho? Su abuelo siempre afirmó que sí. Que siempre estaba un poco achispado a eso de las cuatro de la tarde y que antes de Vicksburg, durante el asedio, a veces pasó varios días borracho como una cuba. No obstante su abuelo también admitía que por mucho que hubiese bebido siempre actuó con total normalidad, aunque a veces costaba mucho despertarle. Pero cuando lo conseguían se portaba de forma normal.

En esta guerra no había ningún Grant, ni ningún Sherman, ni ningún Stonewall Jackson en ningún bando. No. Ni tampoco ningún Jeb Stuart. Ni ningún Sheridan. En cambio abundaban los McClellan. En el bando fascista había muchos y en el nuestro al menos tres.

Ciertamente no había visto ningún genio militar en esta guerra. Ni uno solo. Ni nada que se le pareciese. Kleber, Lucasz y Hans habían hecho un buen trabajo en la defensa de Madrid con las Brigadas Internacionales, hasta que a Miaja, ese viejo calvo de conversación aburrida, engreído, con gafas, estúpido como un búho, valiente y lento como un toro, que se había labrado a base de propaganda la fama de ser el defensor de Madrid, le habían entrado celos por el prestigio que había conseguido Kleber y había obligado a los rusos a relevarlo del mando y enviarlo a Valencia. Kléber era un buen soldado, aunque limitado, y hablaba demasiado de su trabajo. Golz era un buen general y un buen militar, pero siempre lo habían tenido en segundo plano y no le habían dejado libertad para actuar como quería. Esta ofensiva iba a ser la mayor que había dirigido hasta el momento y a Robert Jordan no le gustaba lo que había oído decir al respecto. Luego estaba Gall, el húngaro, que, de ser cierto la mitad de lo que se decía de él en el Gaylord, merecía que lo fusilaran. Y aunque solo lo fuese el diez por ciento..., se dijo.

Le gustaría haber presenciado los combates en la meseta de Guadalajara cuando derrotaron a los italianos, pero por aquel entonces había estado en Extremadura. Hans se lo había contado una noche en el Gaylord hacía unas semanas. Había habido un momento en que creyeron que todo estaba perdido, cuando los italianos rompieron las líneas cerca de Trijueque, y si hubiesen cortado la carretera de Torija a Brihuega, la Duodécima Brigada habría quedado aislada. «Pero, sabiendo que eran italianos, corrimos el riesgo de hacer una maniobra que habría sido suicida de haberse tratado de otras tropas. Y tuvimos éxito», le había contado Hans.

Hans se lo había explicado todo en los mapas de la batalla. Siempre los llevaba consigo en un estuche y aún parecía sorprendido y maravillado de aquel milagro. Hans era un buen soldado y un buen camarada. Según le había contado, las tropas de Líster, Modesto y el Campesino habían combatido bien en esa batalla gracias a sus jefes y a la disciplina que habían impuesto. Aunque a Líster, al Campesino y a Modesto les habían dicho lo que tenían que hacer sus asesores militares rusos. Eran como alumnos volando en un avión con mandos dobles que el piloto podía utilizar si cometían un error. En fin, ese año se vería lo que habían aprendido. Al cabo de un tiempo ya no habría mandos dobles y se vería qué tal capitaneaban las divisiones y los cuerpos de ejército.

Eran comunistas y tenían fe en la disciplina. La disciplina que impondrían mejoraría las tropas. Líster estaba obsesionado con la disciplina. Era un fanático y tenía el característico desprecio español por la vida. En pocos ejércitos, desde las primeras invasiones bárbaras de Occidente, se había ejecutado a los hombres sumariamente por tan poca cosa como se hacía bajo su mando. Pero sabía cómo galvanizar una división y convertirla en una unidad de combate. Una cosa es defender posiciones y otra atacarlas y tomarlas, pero maniobrar un ejército en campo abierto es muy diferente, pensó Robert Jordan. Le gustaría saber cómo sería Líster cuando dejase de contar con la ayuda de los asesores. Aunque tal vez no se fuesen. ¿Quién sabe? A lo mejor llegaban más. Vaya usted a saber qué pretenderían sacar los rusos de todo aquello. El Gaylord es el sitio indicado, se dijo. Hay muchas cosas que debo saber y que solo podré averiguar en Gaylord.

Antes pensaba que aquel sitio no era bueno. Era justo lo contrario del comunismo puritano y casi religioso de Velázquez 63, el palacete de Madrid que habían convertido en cuartel general de las Brigadas Internacionales. En Velázquez 63 era como si uno fuese miembro de una orden religiosa y lo que sentía uno en el Gaylord no tenía nada que ver con lo que sentía en el cuartel general del Quinto Regimiento, antes de que lo dividieran en las brigadas del ejército nuevo.

En cualquiera de esos sitios uno tenía la sensación de estar participando en una cruzada. No había otra forma de explicarlo, aunque se hubiese abusado tanto de esa palabra que estuviera casi desprovista de sentido. A pesar de toda la burocracia e ineficacia y de las luchas de partido, uno sentía algo parecido a lo que se suponía que debía sentir y no había sentido al hacer la primera comunión. Tenía la sensación de consagrarse a un deber para con los oprimidos del mundo del que sería tan difícil y vergonzoso hablar como de una experiencia religiosa y que no obstante era tan auténtico como lo que se siente al escuchar a Bach, o al entrar en la catedral de Chartres o la catedral de León y ver la luz traspasar las grandes vidrieras, o al contemplar los cuadros de Mantegna, el Greco y Brueghel en el Prado. Te permitía formar parte de algo en lo que podías creer totalmente y confraternizar por completo con quienes estaban también involucrados en ello. Era algo que no habías sentido antes y a lo que, una vez lo habías experimentado, concedías tanta importancia que tu propia muerte no te inspiraba más que indiferencia y pasaba a ser tan solo algo que debías evitar porque podía interferir con el cumplimiento de tu deber. Pero lo mejor era que había un modo de canalizar aquella sensación y aquella necesidad: combatir.

Así que uno combatía. Y en el combate los supervivientes perdían en menos de seis meses aquellos sentimientos tan puros.

La defensa de una posición o una ciudad es una faceta de la guerra en la que uno puede sentir ese tipo de cosas. Es lo que había ocurrido con los combates en las montañas. Habían luchado con la camaradería de la revolución. Cuando se había hecho necesario imponer la disciplina por primera vez, lo había aprobado y comprendido. Con los bombardeos había habido cobardes que habían desertado. Había visto cómo los fusilaban y los dejaban pudrirse en las cunetas sin que nadie se preocupara más que por quitarles los cartuchos y objetos de valor que llevaran encima. Quitarles los cartuchos, las botas y las chaquetas de cuero estaba justificado. Robarles los objetos de valor tan solo era realista. Era un modo de impedir que los anarquistas se hicieran con ellos.

Le había parecido justo y necesario que se fusilase a los desertores. No tenía nada de malo. La deserción era un acto egoísta. Los fascistas atacaron y los contuvimos entre las rocas, los pinos y las aulagas de las laderas de Guadarrama. Resistimos en la carretera bajo las bombas de los aviones y los obuses cuando llegó la artillería, y al acabar el día los supervivientes contraatacaron y los rechazaron. Luego, cuando trataron de rodearnos por el flanco izquierdo a cubierto de las rocas y los árboles, nos refugiamos en el Sanatorio y abrimos fuego desde las ventanas y el tejado, pero lograron abrirse paso y nos cercaron hasta que el contraataque los hizo retroceder hasta la carretera.

En medio de todo eso, pese al miedo que reseca la boca y la garganta, al polvo del yeso y al pánico repentino por la pared que se viene abajo y se derrumba entre el estruendo y el fulgor de la explosión mientras limpias la ametralladora, apartas a los que estaban manejándola, te tumbas boca abajo entre los escombros, te proteges la cabeza, tratas de desencasquillarla, sacas el cartucho defectuoso, dispones la cinta, te pones a cubierto y vuelves a apuntar a la carretera, sabías que estabas cumpliendo con tu deber y que lo que estabas haciendo era justo. Acabaste por acostumbrarte a tener la boca seca y al miedo y el éxtasis de la batalla, y combatiste todo el verano y el otoño por los pobres del mundo, contra la tiranía, por las cosas en las que creías y por el nuevo mundo en el que te habías educado. Ese otoño aprendiste cómo soportar e ignorar el sufrimiento, el frío y la lluvia, el barro y el tener que cavar y construir fortificaciones. Y todas las sensaciones del verano y el otoño quedaron eclipsadas por el cansancio, la falta de sueño, el nerviosismo y las incomodidades. Pero siguieron estando allí y todas las penalidades por las que pasaste no hicieron sino corroborarlas. De pronto pensó que el profundo y generoso orgullo que sentía esos días lo habrían convertido en un auténtico pelmazo en el Gaylord.

No, en esa época no habría encajado bien. Era demasiado ingenuo. Estaba en una especie de estado de gracia. Aunque tal vez el Gaylord tampoco fuese entonces como era ahora. De hecho no lo era. Ni mucho menos. En aquellos días el Gaylord no existía.

Karkov le había hablado de esa época. Por aquel entonces los rusos vivían en el hotel Palace. Robert Jordan no los había conocido. Fue antes de que se formaran los primeros grupos de partisanos, antes de que le presentaran a Kashkin o a los otros. Kashkin había estado en el norte, en Irún, en San Sebastián y en los frustrados esfuerzos por avanzar hacia Vitoria. No había llegado a Madrid hasta enero, y mientras Robert Jordan luchaba en Carabanchel y en Usera, los tres días en que detuvieron el avance del flanco derecho de los fascistas sobre Madrid y rechazaron a los moros y al Tercio, casa por casa, hasta despejar esos arrabales depauperados al borde de la llanura gris y quemada por el sol, y establecer a lo largo de los cerros una línea defensiva que permitiera proteger esa parte de la capital, Karkov había estado en la ciudad.

Karkov no hablaba con cinismo de aquellos días. Fue una época en la que todo parecía perdido y ahora todos guardaban, más celosamente que cualquier mención o condecoración, el recuerdo de lo que habían hecho cuando no parecía haber escapatoria. Al huir de la ciudad, el gobierno se había llevado todos los coches del Ministerio de la Guerra y el viejo Miaja había tenido que ir a inspeccionar las posiciones en bicicleta. Robert Jordan no creía aquella historia. No conseguía imaginar a Miaja en bicicleta por mucho que forzara su imaginación patriótica, pero Karkov aseguraba que era cierta. Aunque, claro, era lo que había escrito en los periódicos rusos, así que lo más probable es que quisiera convencerse a sí mismo de que lo era.

Sin embargo, había otra historia que Karkov no había escrito. En el hotel Palace había tres rusos heridos de los que era responsable. Eran dos conductores de tanques y un aviador y estaban demasiado malheridos para trasladarlos, y dado que en la época era de crucial importancia no dejar pruebas de la intervención rusa que justificaran una intervención abierta de los fascistas, hicieron responsable a Karkov de que los heridos no cayesen en manos del enemigo en caso de que hubiese que abandonar la ciudad.

En caso de que fuese necesario hacerlo, ordenaron a Karkov que los envenenara antes de salir del hotel a fin de destruir cualquier prueba de su identidad. Nadie podría demostrar a partir de los cadáveres de los tres heridos —uno con tres heridas de bala en el abdomen, otro con la mandíbula destrozada y las cuerdas vocales al descubierto y el tercero con el fémur hecho pedazos de un balazo y las manos y la cara tan quemadas que su rostro era solo una enorme ampolla sin cejas, pestañas ni pelo— que eran rusos. Nadie podría decir que los cadáveres de los heridos que dejaría en las camas del Palace eran rusos. Porque es imposible demostrar que el cadáver de un hombre desnudo es el de un ruso. La nacionalidad y las ideas políticas dejan de ponerse de manifiesto en cuanto mueres.

Robert Jordan le había preguntado a Karkov qué fue lo que sintió al tener que llevar a cabo un acto semejante y él respondió que su situación no había sido exactamente envidiable.

—¿Y cómo pensabas hacerlo? Envenenar a la gente no es tan fácil —le había dicho.

—¡Oh, sí, claro que lo es si llevas siempre veneno encima para tu propio uso. —Y había abierto la pitillera y le había enseñado lo que llevaba en ella.

—Pero lo primero que te requisarían si te hiciesen prisionero sería la pitillera —había objetado Robert Jordan—. Y además te harían levantar las manos.

—Llevo un poco más aquí —había dicho Karkov con una sonrisa y señalando la solapa de la chaqueta—. Basta con metértela en la boca así, morderla y tragar.

—Eso ya es otra cosa —había dicho Robert Jordan—. Dime, ¿huele a almendras amargas como en las novelas de detectives?

—No lo sé —respondió encantado Karkov—. Nunca lo he olido. ¿Quieres que rompamos un frasquito para olerlo?

—Mejor guárdalo.

—Sí —coincidió Karkov mientras guardaba la pitillera—. No soy derrotista, entiéndeme, pero es posible que volvamos a pasar por algún aprieto y esto no se consigue en cualquier parte. ¿Has visto el comunicado del frente de Córdoba? Es precioso. Se ha convertido en mi comunicado favorito.

—¿Qué es lo que decía? —Robert Jordan había ido a Madrid desde el frente de Córdoba y se puso serio como cuando alguien bromea acerca de algo sobre lo que solo uno mismo tiene derecho a bromear—. Cuéntame.

—Nuestra gloriosa tropa siga avanzando sin perder ni una sola palma de terreno —dijo Karkov en su extraño español.

—No puedo creer que dijera eso.

—Nuestras gloriosas tropas siguen avanzando sin ceder un palmo de terreno —repitió Karkov en inglés—. Lo dice el comunicado. Ya te lo enseñaré.

Uno recordaba a los conocidos que habían muerto en los combates en torno a Pozoblanco, pero en el Gaylord no era más que otro motivo de guasa.

Así eran las cosas ahora. Pero aquel hotel no había existido siempre y, si la situación actual había producido el Gaylord para los supervivientes de aquellos primeros tiempos, se alegraba de poder verlo y disfrutarlo. Piensas de forma muy diferente a como pensabas en la sierra, en Carabanchel y en Usera, se dijo. Te corrompes con demasiada facilidad. Pero ¿podía llamarse corrupción o era solo la pérdida de la inocencia? ¿No ocurría lo mismo con todo? ¿Quién conserva esa virginidad intelectual sobre su labor que poseen al principio los médicos, los curas y los soldados jóvenes? Los curas..., siempre que no colgaran los hábitos. Y probablemente también los nazis y los comunistas que eran lo bastante disciplinados. Aunque mira a Karkov...

No se cansaba nunca de pensar en él. La última vez que había estado en el Gaylord, Karkov se había deshecho en halagos hablando de un economista británico que había pasado mucho tiempo en España. Robert Jordan había leído la obra de aquel hombre y siempre lo había respetado aunque no lo conociera. Eso sí, no había prestado mucho crédito a lo que había escrito sobre España porque era demasiado sencillo y demasiado claro y muchos de los datos estadísticos que manejaba estaban falseados por cierto voluntarismo. Aunque pocas veces le interesaban las obras periodísticas sobre países que conocía bien y siguió respetándolo por sus buenas intenciones.

Luego lo había conocido por fin la tarde en que atacaron Carabanchel. Se habían puesto a cubierto detrás de la plaza de toros, se oían disparos dos calles más abajo y todo el mundo estaba deseando entrar en combate. Les habían prometido que les enviarían un tanque y no había llegado, y Montero tenía la cabeza apoyada entre las manos y no paraba de repetir «No ha llegado el tanque. No ha llegado el tanque».

El día era frío y el viento levantaba un polvo amarillento en las calles, a Montero le habían herido en el brazo izquierdo y lo tenía cada vez más entumecido.

—Nos hace falta un tanque —repetía—. Tenemos que esperar a que llegue, pero no podemos esperar. —La herida le había puesto de mal humor.

Robert Jordan había retrocedido para ir al encuentro del tanque que Montero creía que podía estar detrás del edificio de apartamentos en la esquina de la línea del tranvía. Y tenía razón. Pero no era un tanque. En aquellos días los españoles llamaban tanque a cualquier cosa. Era solo un viejo coche blindado. El chófer no quería abandonar la protección del edificio de apartamentos y conducir hasta la plaza de toros. Se había ocultado detrás del coche y apoyaba los brazos en el blindaje para protegerse la cabeza que llevaba cubierta con un casco forrado de cuero. Cuando Robert Jordan le habló al principio se negó y luego se volvió sin mirarle.

—No tengo órdenes de ir allí —le espetó.

Robert Jordan desenfundó la pistola y apoyó el cañón contra la cazadora de cuero del chófer.

—Aquí están tus órdenes —dijo.

El hombre movió la cabeza con el enorme casco de cuero parecido al de un jugador de rugby.

—No hay municiones para la ametralladora.

—En la plaza de toros tenemos munición —había respondido Robert Jordan—. Vamos, en marcha. La cargaremos allí. Vamos.

—No hay nadie para manejarla —insistió el chófer.

—¿Dónde está? ¿Dónde está tu compañero?

—Muerto —había dicho el chófer—. Está ahí dentro.

—Sácalo —exclamó Robert Jordan—. Sácalo de ahí.

—No quiero tocarlo —dijo el chófer—. Está doblado entre la ametralladora y el volante y no puedo pasar.

—Vamos —le exhortó Robert Jordan—. Lo sacaremos entre los dos. —Al subir al coche blindado se dio un golpe y se hizo un pequeño corte en la ceja, que empezó a sangrar. El muerto pesaba mucho y estaba tan rígido que no pudieron inclinarlo y tuvo que golpearle la cabeza para sacarla de donde se había encajado entre el asiento y el volante. Por fin, logró soltarla a fuerza de empujar con la rodilla y tiró de su cintura para arrastrarlo hacia la puerta—. Échame una mano —dijo.

—No quiero tocarlo —repitió el chófer, y Robert Jordan vio que estaba llorando. Las lágrimas le corrían a ambos lados de la nariz por la cara cubierta de polvo. También le goteaba la nariz.

Se plantó junto a la portezuela, tiró del muerto para sacarlo y el cadáver cayó en la acera junto a la vía del tranvía, todavía doblado en dos. Se quedó allí con la cara de color ceniza contra el cemento de la acera y las manos debajo en la misma postura que cuando estaba en el coche.

—Sube de una vez, maldita sea —dijo Robert Jordan haciendo un gesto con la mano de la pistola—. Sube ahora mismo.

En ese momento vio a un hombre que salía de detrás del edificio de apartamentos. Llevaba un abrigo largo, tenía el cabello gris y no llevaba sombrero, sus pómulos eran anchos y sus ojos profundos y muy juntos. Tenía un paquete de cigarrillos Chesterfield en la mano y sacó uno y se lo ofreció a Robert Jordan, que estaba metiendo al chófer en el coche a empellones y amenazándole con la pistola.

—Un minuto, camarada —le dijo a Robert Jordan en español—. ¿Podrías explicarme una cosa sobre los combates?

Robert Jordan cogió el cigarrillo y se lo guardó en el bolsillo de su mono azul de mecánico. Había reconocido a aquel camarada por las fotografías. Era el economista británico.

—Váyase al demonio —le dijo en inglés y luego añadió en español dirigiéndose al chófer—: Por ahí. Hacia la plaza de toros, ¿la ves? —Tiró de la pesada portezuela para cerrarla y empezaron a recorrer la pendiente mientras las balas impactaban contra el coche y sonaban igual que guijarros lanzados contra una caldera metálica. Luego, cuando les dispararon con la ametralladora, fue como si le dieran de martillazos. Se detuvieron detrás de la plaza de toros, donde seguían pegados junto a la taquilla los carteles del octubre pasado y los camaradas les esperaban con los fusiles, las granadas y las cajas de municiones abiertas, y Montero dijo:

—Bueno. Ya está aquí el tanque. Ahora podemos atacar.

Más tarde, esa misma noche, cuando conquistaron las últimas casas de la ladera, se tumbó cómodamente detrás de un muro de ladrillo en el que habían hecho un agujero a modo de aspillera, contempló la hermosa tierra de nadie que se extendía entre ellos y los cerros adonde se habían retirado los fascistas y pensó, con una sensación de bienestar casi voluptuosa, en la pendiente donde había un chalecito destrozado que protegía su flanco izquierdo. Se había tumbado en una pila de paja con la ropa empapada de sudor y se había envuelto en una manta para secarse. Tumbado allí, pensó en el economista y se echó a reír y luego lamentó haber sido tan grosero. Pero en aquel momento, cuando el hombre le ofreció el cigarrillo casi a modo de propina a cambio de la información que le pedía, lo había dominado el odio del combatiente por quien está al margen de la lucha.

Ahora recordó aquel día en el Gaylord en que Karkov le había hablado de aquel mismo hombre.

—Así que te encontraste con él —había dicho Karkov—. Ese día yo no pasé del Puente de Toledo. Él estuvo mucho más cerca del frente. Creo que ese día se agotó su valentía. Se marchó de Madrid al día siguiente. En Toledo estuvo muy valeroso. Fue uno de los artífices de la toma del Alcazar. Tendrías que haberlo visto. Estoy convencido de que el asedio tuvo éxito gracias a sus esfuerzos y sus consejos. Fue el momento más estúpido de la guerra. Se alcanzaron cotas de estupidez inimaginables, pero dime ¿qué piensa la gente de él en Estados Unidos?

—En Estados Unidos —respondió Robert Jordan— se cree que está muy próximo a Moscú.

—No lo está —dijo Karkov—. Pero tiene una cara magnífica y gracias a eso y a sus buenos modales ha tenido mucho éxito. Con una cara como la mía no se puede hacer nada. Lo poco que he conseguido ha sido a pesar de mi cara, que ni inspira a la gente ni la anima a tenerme afecto y confiar en mí. En cambio, ese tal Mitchell tiene una cara que le ha permitido abrirse paso en la vida. Una cara de conspirador. Todos los que han leído libros sobre conspiradores confían en él nada más verle. Y además se comporta como tal. Nada más verlo entrar en una habitación, uno se da cuenta de que está en presencia de un conspirador de primera. Esos compatriotas tuyos tan ricos a quienes sentimentalmente les gustaría ayudar a la Unión Soviética, o eso creen, y que desearían precaverse ante un posible triunfo del partido, se convencen nada más ver el rostro y la forma de comportarse de ese hombre de que no puede sino ser un agente de confianza del Komintern.

—¿Y no tiene contactos en Moscú?

—Ninguno. Oye, camarada Jordan. ¿Sabes lo de los dos tipos de idiotas?

—¿El normal y el insoportable?

—No. Lo de las dos clases de idiotas que hay en Rusia —dijo Karkov con una sonrisa—. En primer lugar, tenemos el idiota de invierno. El idiota de invierno se presenta en tu casa y llama ruidosamente a la puerta. Corres a abrir y te encuentras a un tipo a quien no habías visto antes. Es digno de ver. Corpulento, lleva botas altas, abrigo y gorro de piel y va cubierto de nieve. Primero se sacude las botas y la nieve cae al suelo. Luego se quita el abrigo de piel, lo sacude y vuelve a caer nieve al suelo. Después se quita el gorro de piel y lo sacude junto a la puerta. Vuelve a caer nieve al suelo. Por fin se sacude las botas y entra en la habitación. Y entonces es cuando lo miras y por fin comprendes que es un idiota. Un idiota de invierno.

»En cambio en verano ves a un idiota que va por la calle sacudiendo los brazos y moviendo la cabeza a uno y otro lado y basta con verlo de lejos para reparar en que es un idiota. Un idiota de verano. Ese economista es un economista de invierno.

—Pero ¿por qué confía tanto la gente en él? —preguntó Robert Jordan.

—Por su cara bonita —respondió Karkov—. Por su preciosa *gueule de conspirateur*. Y porque da la casualidad de que siempre acaba de llegar de un sitio donde todo el mundo lo considera muy importante. Claro que —dijo con una sonrisa— tiene que pasarse la vida viajando para que semejante truco funcione. Ya sabes que los españoles son muy raros —prosiguió Karkov—. Este gobierno dispone de mucho dinero. Mucho oro. Pero no da nada a los amigos. Usted es un amigo. Muy bien. Hará lo que tenga que hacer a cambio de nada y sin esperar recompensa. En cambio, a quienes representan a empresas o países importantes que no son amigos pero a los que conviene influenciar les darán mucho. Es muy interesante si uno lo piensa cuidadosamente.

—No me gusta. Además, ese dinero pertenece a los trabajadores españoles.

—No se trata de que te guste o no. Solo de que lo entiendas —le había dicho Karkov—. Cada vez que nos vemos te enseño alguna cosa y así acabarás por adquirir una educación. Es muy necesario que un profesor esté bien educado.

—No sé si cuando vuelva podré seguir siendo profesor. Lo más probable es que me despidan por rojo.

—Bueno, tal vez puedas ir a la Unión Soviética y seguir allí tus estudios. Eso sería lo mejor.

—Pero mi especialidad es el español…

—Hay muchos países donde se habla español —le había dicho Karkov—. Y no es posible que todos sean tan complicados como España. Además, ten presente que hace casi nueve meses que no ejerces. En nueve meses da tiempo a aprender un nuevo oficio. ¿Has leído mucha dialéctica?

—Solo el *Manual del Marxismo* de Emile Burns.

—Si lo has terminado, no es mal comienzo. Tiene mil quinientas páginas y uno podría demorarse un buen rato en cada una de ellas. Pero hay otras cosas que deberías leer.

—Ahora no tengo tiempo de leer.

—Lo sé —había dicho Karkov—. Quiero decir con el tiempo. Hay muchas lecturas que permiten comprender mejor lo que ocurre. De todo esto saldrá un libro muy útil que explicará muchas cosas que conviene saber. Puede que lo escriba yo. Espero que sí.

—No se me ocurre nadie mejor.

—No me adules —había respondido Karkov—. Soy periodista. Pero como todos los periodistas me gustaría escribir literatura. Justo ahora estoy ocupado en un trabajo sobre Calvo Sotelo. Era un fascista redomado, un auténtico fascista español. Franco y los demás no lo son. He estado estudiando sus escritos y sus discursos. Era muy inteligente y fue muy inteligente matarlo.

—Pensaba que estabas en contra de los asesinatos políticos.

—Pues se practican con muchísima frecuencia —dijo Karkov.

—Pero...

—No creemos en los actos de terrorismo llevados a cabo por individuos aislados —le había explicado Karkov con una sonrisa—. Ni, desde luego, por criminales terroristas u organizaciones contrarrevolucionarias. Abominamos de la duplicidad y maldad de esas hienas asesinas bujarinistas y esos desechos de la humanidad como Zinóviev, Kámenev, Ríkov y sus secuaces. Odiamos y aborrecemos a esos enemigos —Volvió a esbozar una sonrisa—. Pero aun así sigo creyendo que puede afirmarse que el asesinato político se practica con mucha frecuencia.

—Quieres decir que...

—No quiero decir nada. Pero sin duda ejecutamos y destruimos a nuestros enemigos, a los desechos de la humanidad, a esos perros traidores de los generales y a esos repugnantes mariscales que no merecen la confianza que se ha depositado en ellos. Es necesario destruirlos. No asesinarlos. ¿Ves la diferencia?

—Sí —había dicho Robert Jordan.

—Y aunque gaste bromas de vez en cuando, y por mucho que las bromas las cargue el diablo, no creas que los españoles no acabarán lamentando no haber fusilado a ciertos generales que incluso hoy tienen tropas bajo su mando. Y eso que ya sabes que no me gustan los fusilamientos.

—A mí me son indiferentes —dijo Robert Jordan—. No me gustan, pero ahora solo me producen indiferencia.

—Lo sé —había dicho Karkov—. Eso me han contado.

—¿Tanta importancia tiene? —dijo Robert Jordan—. Solo estaba tratando de ser sincero.

—Es lamentable —había dicho Karkov—. Pero es una de las cosas que hace que se pueda confiar en personas que, de lo contrario, tardarían mucho más tiempo en ser tenidas por fiables.

—¿Lo soy yo?

—En tu trabajo se te considera muy fiable. Un día de estos tenemos que hablar para ver qué hay dentro de esa cabeza. Es una pena que nunca tengamos tiempo para hablar en serio.

—Mi cabeza está en suspenso hasta que ganemos la guerra —había dicho Robert Jordan.

—Entonces puede que no tengas que usarla en mucho tiempo. Pero deberías ejercitarla un poco.

—Leo *Mundo Obrero* —le había dicho Robert Jordan, y Karkov había respondido:

—Muy bien. De acuerdo. Yo también sé encajar una broma. Aunque en *Mundo Obrero* se dicen cosas muy inteligentes. Las únicas que se han publicado en esta guerra.

—Sí —había reconocido Robert Jordan—. Estoy de acuerdo. Pero para tener una visión de conjunto de lo que sucede no basta con leer solo el órgano del partido.

—No —había dicho Karkov—. Pero tampoco la tendrás leyendo veinte periódicos distintos, y aunque la tuvieras, no sé qué harías con ella. Yo la tengo casi siempre y lo único que hago es tratar de olvidarla.

—¿Tan mal van las cosas?

—Ahora van mejor que antes. Nos estamos librando de los peores. Pero siguen yendo mal. Estamos formando un ejército enorme y algunos elementos, como Modesto, el Campesino, Líster y Durán, son de fiar. Más aún. Son magníficos. Ya lo comprobarás. Además seguimos teniendo a las Brigadas, aunque su papel está cambiando. Pero con un ejército formado de buenos y malos elementos no se puede ganar una guerra. Es necesario alcanzar cierto nivel de desarrollo político y que todos sepan por qué están combatiendo y la importancia que tiene que lo hagan. Deben creer en la necesidad de combatir y aceptar la disciplina. Hemos reclutado un ejército sin tener tiempo de implantar la disciplina que necesita un ejército de esa naturaleza para comportarse como es debido bajo el fuego enemigo. Lo llamamos Ejército Popular, pero no tendrá las ventajas de un verdadero ejército popular ni la férrea disciplina de un ejército de reclutas. Ya lo verás. Es un método muy peligroso.

—Hoy no estás muy alegre.

—No —había dicho Karkov—. Acabo de volver de Valencia, donde he visto a mucha gente. Nadie vuelve muy contento de allí. Y en Madrid uno se siente limpio y bien y no cree en otra posibilidad que la victoria. Valencia es muy diferente. Los cobardes que huyeron de Madrid siguen gobernando allí. Se han instalado como pez en el agua en la pereza y la burocracia. No sienten más que desprecio por los que se han quedado en Madrid. Su obsesión ahora es el debilitamiento del comisariado de guerra. Y Barcelona. Tendrías que ver Barcelona.

—¿Qué pasa?

—Pues que sigue siendo un sainete. Al principio era el paraíso de los chiflados y los revolucionarios románticos. Ahora lo es de los falsos soldados. De los soldados a quienes les gusta lucir el uniforme, pavonearse y llevar pañuelos rojinegros. A quienes les gusta todo de la guerra menos combatir. Valencia da asco y Barcelona da risa.

—¿Y qué hay de la intentona del POUM?

—El POUM nunca ha sido serio. Era solo una escisión de unos cuantos salvajes medio chalados y en el fondo no era más que puro infantilismo. Había buenas personas mal informadas. Una persona muy inteligente y un poco de dinero fascista. No mucho. Pobre POUM. Eran muy ingenuos.

—¿Pero murieron muchos en la intentona?

—No tantos como los que fusilaron o fusilarán después. El POUM es como su nombre. Poco serio. Deberían haberlo llamado PAPERAS o SARAMPIÓN. Pero no. El sarampión es mucho más peligroso. Puede afectar a la vista y al oído. Pero su plan era matarme a mí, a Walter, a Modesto y a Prieto. Ya ves lo confundidos que estaban. No tenemos nada que ver unos con otros. Pobre POUM. No mataron a nadie. Ni en el frente ni en ningún otro sitio. Solo a unos pocos en Barcelona.

—¿Estabas allí?

—Sí. He enviado un cable describiendo la maldad de esa infame organización de asesinos trotskistas y sus maquinaciones fascistas pero, entre nosotros, lo del POUM no ha sido nada serio. Nin era su único hombre. Lo teníamos, pero se nos escurrió entre los dedos.

—¿Dónde está ahora?

—En París. O eso decimos. Era un tipo muy agradable, aunque con opiniones políticas aberrantes.

—Pero tenían contacto con los fascistas, ¿no?

—¿Y quién no?

—Nosotros.

—Quien sabe. Espero que no. Tú pasas a menudo las líneas —dijo con una sonrisa—. Pero el hermano de uno de los secretarios de la embajada republicana en París viajó la semana pasada a San Juan de Luz para reunirse con gente de Burgos.

—Prefiero el frente —había dicho Robert Jordan—. Cuanto más cerca del frente estoy mejores personas me encuentro.

—¿Te gusta estar detrás de las líneas fascistas?

—Mucho. Tenemos gente muy buena.

—Bueno, ellos también deben de tenerla detrás de las nuestras. Cuando damos con ellos los fusilamos igual que hacen ellos. Cuando estés detrás de sus líneas debes tener presente que ellos también deben de enviar a gente detrás de las nuestras.

—Lo he pensado.

—Bueno —había dicho Karkov—. Probablemente hoy ya tengas mucho en lo que pensar, conque apura la cerveza que queda en la jarra y vete, porque tengo que subir a ver a unas personas. Peces gordos. Vuelve a verme uno de estos días.

Sí, se dijo Robert Jordan. En el Gaylord aprendiste muchas cosas. Karkov había leído el único libro que había publicado. No había sido ningún éxito. Solo tenía doscientas páginas y dudaba de que lo hubiesen leído más de dos mil personas. En él contaba lo que había averiguado sobre España en diez años de viajar por ella a pie, en vagones de tercera, autobuses, a lomo de caballo y de mula y en camiones. Conocía bien el País Vasco, Navarra, Aragón, Galicia, las dos Castillas y Extremadura. Había libros tan buenos escritos por Borrow, Ford y los demás, que no había podido añadir mucho. Pero Karkov afirmaba que era un libro muy bueno.

—Por eso me molesto por ti —decía—. Creo que escribes con mucha sinceridad y eso es raro. Así que me gustaría que supieses algunas cosas.

Muy bien. Escribiría un libro cuando pasara todo aquello. Pero solo sobre las cosas que supiera de verdad. Aunque para eso tendría que ser un escritor mucho mejor que ahora. Lo que había aprendido en aquella guerra no era precisamente sencillo.

19

—¿Qué haces ahí sentado? —le preguntó María. Estaba de pie a su lado y él volvió la cabeza y le sonrió.

—Nada —dijo—. He estado pensando.

—¿En qué? ¿En el puente?

—No. Lo del puente está terminado. En ti, en un hotel de Madrid donde se alojan unos rusos conocidos míos y en un libro que pienso escribir algún día.

—¿Hay muchos rusos en Madrid?

—No. Muy pocos.

—Pero si los periódicos fascistas dicen que hay cientos de miles.

—Eso no son más que patrañas. Hay muy pocos.

—¿Te gustan los rusos? El otro que vino era ruso.

—¿Te cayó simpático?

—Sí. Yo estaba enferma, pero me pareció muy guapo y valiente.

—Tonterías —intervino Pilar—. Tenía la nariz tan plana como la palma de mi mano y unas mejillas que parecían el culo de una oveja.

—Era un buen amigo y camarada mío —le explicó Robert Jordan a María—. Le tenía mucho aprecio.

—Ya —dijo Pilar—. Por eso le pegaste un tiro.

Al oírla los jugadores alzaron la vista y Pablo se quedó mirando a Robert Jordan. Nadie dijo nada hasta que Rafael, el gitano, preguntó:

—¿Es verdad eso, Roberto?

—Sí —admitió Roberto. Habría preferido que Pilar no lo sacara a colación y no habérselo contado cuando fueron a ver al Sordo—. Me lo pidió él mismo. Estaba malherido.

—Qué cosa más rara —dijo el gitano—. Todo el tiempo que estuvo aquí no hizo más que hablar de esa posibilidad. No sé cuántas veces le habré prometido hacerlo. Qué raro —repitió moviendo la cabeza.

—Era un tipo raro —coincidió Primitivo—. Muy peculiar.

—Oye —dijo Andrés, uno de los dos hermanos—, tú que eres profesor y demás, ¿crees que es posible que uno vea de antemano lo que le va a suceder?

—No —respondió Robert Jordan. Pablo lo miraba fijamente con curiosidad y Pilar lo observaba con gesto inexpresivo—. En el caso de este camarada ruso, estaba muy nervioso porque llevaba demasiado tiempo en el frente. Había combatido en Irún, que, como sabéis, fue mal. Muy mal. Luego combatió en el norte. Y cuando se formaron los primeros grupos que hacen este trabajo detrás de las líneas, estuvo aquí, en Extremadura y en Andalucía. Creo que estaba muy nervioso y fatigado e imaginaba cosas.

—Sin duda debió de presenciar cosas muy desagradables —apuntó Fernando.

—Igual que todo el mundo —dijo Andrés—. Pero escucha, inglés. ¿Crees que uno puede saber de antemano lo que le ocurrirá?

—No —dijo Robert Jordan—. Eso no son más que supersticiones de ignorantes.

—Anda, vamos —le interrumpió Pilar, como quien habla con un niño espabilado—, oigamos el punto de vista del profesor.

—Creo que el miedo puede producir visiones —explicó Robert Jordan— y hacer que uno tenga malos presagios...

—Como los aviones de hoy... —dijo Primitivo.

—Como el que hayas venido —añadió Pablo en voz baja, y al mirarlo Robert Jordan comprendió que no era una provocación sino una idea expresada en voz alta.

—Y si uno tiene malos presagios y está asustado imagina su final y puede llegar a pensar que lo está adivinando —concluyó Robert Jordan—. En mi opinión no es más que eso. No creo en ogros, ni en adivinos, ni en cosas sobrenaturales.

—Sin embargo, ese tipo de nombre tan raro vio su destino con toda claridad —objetó el gitano—. Y eso fue lo que le ocurrió.

—No lo vio —dijo Robert Jordan—. Temía tanto esa posibilidad que se convirtió en una obsesión. Nadie me convencerá de que vio algo.

—¿Ni siquiera yo? —le preguntó Pilar cogiendo un poco de ceniza del fuego y soplando para quitársela de la palma de la mano—. ¿Tampoco yo puedo decírtelo?

—No. A pesar de toda tu brujería gitana, tú tampoco puedes.

—Porque estás más sordo que una tapia —dijo Pilar con el rostro acalorado a la luz de las velas—. No es que seas tonto. Solo estás sordo. Y un sordo no puede oír música. Ni la radio. Y como no las oye, lo mismo podría decir que no existen. Qué va, inglés. Vi la muerte en la cara de ese hombre con tanta claridad como si se la hubiesen grabado con un hierro al rojo vivo.

—No —insistió Robert Jordan—. Viste el miedo y la aprensión. El miedo lo tenía por lo que había vivido y la aprensión por los males que imaginaba.

—Qué va —dijo Pilar—. Vi la muerte tan claramente como si asomara por detrás de su hombro. Y además olía a muerte.

—Que olía a muerte… —se burló Robert Jordan—. A miedo, tal vez. El miedo se huele.

—A muerte —repitió Pilar—. Escucha, cuando Blanquet, que era el mejor peón de brega que haya habido jamás, trabajaba con Granero, me contó que el día en que murió Manolo Granero se pararon en la capilla camino de la plaza y el olor a muerte era tan fuerte que Blanquet casi se desmayó. Y había estado con Manolo cuando lo bañaban y vestían en el hotel antes de salir para la plaza. No había notado el olor cuando iban en el coche que los llevó hacia allí. Y tampoco lo notó nadie excepto Juan Luis de la Rosa en la capilla. Ni Marcial ni Chicuelo lo notaron cuando los cuatro hicieron el paseíllo. Pero Blanquet me contó que Juan Luis estaba lívido y le dijo:

»—¿Tú también te has dado cuenta?

»—Casi no puedo respirar —respondió Juan Luis—. Y es tu matador.

»—Pues nada —dijo Blanquet—. Ojalá nos equivoquemos.

»—¿Y los otros? —le preguntó Juan Luis.

»—Nada —contestó Blanquet—. Nada. Pero él huele peor que José en Talavera.

»Y esa misma tarde el toro Pocapena de la ganadería de Veragua aplastó a Manolo Granero contra las tablas de la barrera, delante del tendido dos en la plaza de toros de Madrid. Yo estaba allí con Finito y lo vi. El cuerno le destrozó el cráneo y la cabeza quedó encajada en el estribo cuando le embistió el toro.

—Pero ¿tú oliste algo? —quiso saber Fernando.

—No —admitió Pilar—. Estaba demasiado lejos. Estábamos en la séptima fila del tendido tres. Por eso pude verlo todo. Pero esa misma noche Blanquet, que había estado en la cuadrilla de Joselito cuando lo mató el toro, se lo contó a Finito en Fornos, y Finito le preguntó a Juan Luis de la Rosa y él no quiso responderle. Se limitó a hacer un gesto para decirle que era cierto. Yo estaba presente. Así que, inglés, es posible que estés sordo a esas cosas igual que lo estuvieron Chicuelo, Marcial Lalanda, todos sus banderilleros y picadores y toda la gente de Juan Luis y Manolo Granero ese día. Pero Juan Luis y Blanquet no lo estuvieron. Y yo tampoco lo estoy.

—¿Por qué dices que estaban sordos si es una cosa de la nariz? —preguntó Fernando.

—¡Leche! —exclamó Pilar—. Deberías ser tú el profesor y no el inglés. Podría contarte muchas otras cosas, inglés, y no dudes que ni ves ni oyes. No oyes igual que un perro. Ni hueles lo que puede oler un perro. Aunque ya has presenciado algunas cosas que pueden ocurrirle a un hombre.

María le puso la mano en el hombro a Robert Jordan y la dejó allí, y él pensó de pronto que más valía dejar de hablar de aquellas tonterías y aprovechar el tiempo que les quedaba. Pero aún era demasiado pronto. Todavía tenían que pasar la tarde. Así que le preguntó a Pablo:

—¿Tú crees en estas brujerías?

—No lo sé —respondió Pablo—. Soy más de tu misma opinión. Nunca me ha sucedido nada sobrenatural. Pero miedo sí he tenido. Mucho. Aunque creo que Pilar puede adivinar cosas por lo que ve en la palma de la mano. Si no miente, tal vez sea cierto que ha olido esas cosas.

—Qué voy a mentir —dijo Pilar—. No he inventado nada. Ese Blanquet era un hombre muy serio y, lo que es más, muy devoto. No era gitano, sino un burgués de Valencia. ¿Nunca lo has visto?

—Sí —contestó Robert Jordan—. Lo he visto muchas veces. Era bajo y de rostro grisáceo y no lo había mejor con la capa. Era rápido como una liebre.

—Exacto —dijo Pilar—. Tenía la cara grisácea porque padecía del corazón y los gitanos decían que llevaba la muerte consigo, pero que podía darle esquinazo con la capa como quien quita el polvo de una mesa. Aunque no era gitano, olió la muerte en Joselito cuando toreó en Talavera. Aunque no sé cómo pudo olerla entre el olor a manzanilla. Blanquet lo contaba a regañadientes, pero todos le decían que eran imaginaciones suyas y que lo que había olido era la vida que llevaba José por aquel entonces y que le salía por el sudor de los sobacos. Sin embargo, luego pasó eso de Manolo Granero en lo que participó también Juan Luis de la Rosa. Desde luego Juan Luis era un hombre poco honorable, aunque muy sensible en su trabajo y también muy mujeriego. Pero Blanquet era serio y muy callado e incapaz de mentir. Y te digo que olí la muerte en ese camarada tuyo que estuvo aquí.

—No lo creo —respondió Robert Jordan—. Además, dices que Blanquet lo olió justo antes del paseíllo. Antes de empezar la corrida. Lo del tren fue un éxito y Kashkin no murió. ¿Cómo es que lo oliste entonces?

—Eso no tiene nada que ver —explicó Pilar—. La última temporada que toreó Ignacio Sánchez Mejías olía tanto a muerte que muchos se negaban a sentarse con él en el café. Todos los gitanos lo sabían.

—Estas cosas se inventan después de la muerte —argumentó Robert Jordan—. Todo el mundo sabía que Sánchez Mejías iba camino de recibir una cornada porque llevaba mucho tiempo sin torear, porque su estilo era lento y peligroso y porque había perdido la agilidad de las piernas y los reflejos.

—Desde luego —reconoció Pilar—. Eso es cierto. Pero los gitanos sabían que olía a muerte y, cuando entraba en Villa Rosa, veías que gente como Ricardo y Felipe González salían por la puerta de detrás de la barra.

—Lo más probable es que le debieran dinero —se burló Robert Jordan.

—Es posible —dijo Pilar—. Muy posible. Pero también olían aquello y todos lo sabían.

—Lo que dice es cierto, inglés —dijo Rafael, el gitano—. Todos lo sabemos.

—No creo ni una palabra —repitió Robert Jordan.

—Oye, inglés… —empezó Anselmo—. Yo no creo en esas brujerías. Pero Pilar tiene fama de saber mucho de estas cosas.

—Pero ¿a qué huele? —preguntó Fernando—. ¿Qué olor es ese? Si es un olor debe de oler a algo.

—¿Quieres saberlo, Fernandito? —le dijo Pilar con una sonrisa—. ¿Crees que podrías olerlo?

—Si existe ¿por qué no iba a poder olerlo como cualquier otro?

—¿Por qué no? —se burló Pilar con las manazas sobre las rodillas—. ¿Alguna vez has viajado en barco, Fernando?

—No. Y no me apetece.

—Pues podrías no reconocerlo. Porque en parte huele como cuando al ir en barco hay una tormenta y se cierran los ojos de buey. Acerca la nariz al asa del ojo de buey cerrado de un barco que cabecea tanto que sientes un hueco en el estómago y sabrás en parte cómo huele.

—Entonces no lo reconoceré, porque no pienso subir a ningún barco —dijo Fernando.

—Yo he viajado en barco varias veces —dijo Pilar—. Para ir a México y a Venezuela.

—¿Y el resto cómo es? —preguntó Robert Jordan. Pilar lo miró burlona mientras recordaba orgullosa sus viajes.

—Muy bien, inglés. Aprende. Eso es. Aprende. Muy bien. Aparte de lo del barco, debes pasarte una mañana a primera hora por el matadero que hay en el Puente de Toledo, en Madrid, y plantarte allí en la acera húmeda por la niebla que sube del Manzanares y esperar a que lleguen las viejas que van antes de que amanezca a beber la sangre de las bestias recién sacrificadas. Cuando una de esas viejas salga del matadero envuelta en su chal, con el rostro céreo, los ojos hundidos y el mentón y las mejillas cubiertos de pelillos como esos tallos que crecen en las alubias, que no son cerdas sino una especie de brotes en su cara arrugada, abrázala, inglés, y bésala en la boca, y así conocerás otro de los componentes de ese olor.

—Me has quitado el apetito —dijo el gitano—. Con lo de los brotes te has pasado de la raya.

—¿Quieres saber algo más? —le preguntó Pilar a Robert Jordan.

—Desde luego —dijo—. Si es necesario aprender, es mejor hacerlo.

—Lo de los brotes en la cara de las viejas me da náuseas —dijo el gitano—. ¿Por qué les ocurre eso a las viejas, Pilar? A nosotros no nos pasa.

—No —se burló Pilar—. Entre nosotros la vieja, que de joven era muy esbelta, excepto por el perpetuo bombo, señal de los favores del marido, con el que cargan todas las gitanas...

—No hables así, Pilar —dijo Rafael—. No está bien.

—Así que te has ofendido —dijo Pilar—. ¿Has visto alguna vez una gitana que no acabara de tener un hijo o no estuviese a punto de tenerlo?

—A ti.

—Calla —respondió Pilar—. Aquí podemos ofendernos todos. Lo que quería decir es que la vejez trae consigo la fealdad. No hace falta entrar en detalles. Pero si el inglés quiere saber cómo huele ese olor que tanto desea reconocer tendrá que ir al matadero a primera hora de la mañana.

—Lo haré —dijo Robert Jordan—. Pero las oleré al pasar sin besarlas. A mí también me dan reparo los brotes, como dice Rafael.

—Besa a una —insistió Pilar—. Besa a una, inglés, así aprenderás, y luego, cuando tengas ese olor metido en la nariz, vuelve a la ciudad y cuando veas un cubo de basura lleno de flores marchitas, mete la nariz y aspira bien para que su aroma se mezcle con el que tienes en las fosas nasales.

—Dalo por hecho —respondió Robert Jordan—. ¿Qué flores deben ser?

—Crisantemos.

—Continúa —dijo Robert Jordan—. Ya las he olido.

—Luego —prosiguió Pilar—, es muy importante que sea un día lluvioso de otoño, o al menos que haya niebla, o incluso de principios de invierno, y que sigas paseando por la ciudad y vayas a la calle de Salud y huelas lo que olerás cuando barren las casas de putas y vacían los orinales en el arroyo, y con ese olor de los trabajos de amor perdidos mezclado con el agua jabonosa y las colillas en la nariz, ve al Jardín Botánico, las chicas a quienes no admiten en los burdeles hacen su trabajo contra las puertas y las verjas de hierro del parque y en las aceras. Allí, a la sombra de los árboles, apoyadas en las vallas de hierro, satisfacen todos los deseos de los hombres, desde las peticiones más sencillas a cambio de diez céntimos hasta el acto supremo por el que todos nacemos, y allí, sobre un lecho marchito de flores que aún no han arrancado para trasplantarlo y en el que la tierra es mucho más blanda que la acera, encontrarás tirado un saco de arpillera con el olor de la tierra húmeda, las flores marchitas y lo que se ha hecho allí esa noche. Ese saco contendrá la esencia de todo, de la tierra muerta, de los tallos muertos de las flores, de los pétalos podridos y del olor que es tanto el nacimiento como la muerte del hombre. Envuélvete la cabeza en el saco y trata de respirar.

—No.

—Sí —dijo Pilar—. Envuélvete la cabeza en el saco, intenta respirar y, si no has olvidado ninguno de los otros olores, cuando inhales profundamente olerás el aroma de la muerte futura tal como la conocemos.

—De acuerdo —dijo Robert Jordan—. ¿Y dices que Kashkin olía así cuando estuvo aquí?

—Sí.

—Entiendo —dijo Robert Jordan en tono solemne—. Si lo que dices es cierto, hice bien en pegarle un tiro.

—¡Olé! —dijo el gitano. Los demás se echaron a reír.

—Bien dicho —aprobó Primitivo—. Eso la tendrá callada un rato.

—Pero Pilar —dijo Fernando—. No esperarás que alguien con la educación de don Roberto haga esas cosas tan asquerosas.

—No —admitió Pilar.

—Todo lo que has dicho es repugnante.

—Sí —concedió Pilar.

—¿No esperarás que cometa unos actos tan degradantes?

—No —dijo Pilar—. Vete a dormir, anda.

—Pero, Pilar... —insistió Fernando.

—Calla de una vez —le espetó de pronto Pilar con amargura—. Deja de hacer el idiota y no quieras que lo haga yo hablando con gente que no puede entender lo que una dice.

—Confieso que no lo entiendo —empezó Fernando.

—No lo confieses y no te esfuerces en entenderlo —dijo Pilar—. ¿Sigue nevando?

Robert Jordan fue a la entrada de la cueva, levantó la manta y se asomó. La noche estaba fría y clara, y había dejado de nevar. Contempló la blancura que se extendía entre los troncos de los árboles y alzó la mirada hasta el cielo despejado. Al respirar, los pulmones se le llenaron de aire frío y punzante.

Como robe los caballos esta noche, el Sordo va a dejar muchas huellas, pensó.

Soltó la manta y volvió a entrar en la cueva llena de humo.

—Ha despejado —dijo—. La tormenta ha pasado.

20

Se había tumbado en la oscuridad a esperar que llegara la chica. Ya no soplaba el viento y los pinos estaban quietos en la noche. Los troncos surgían de la nieve que cubría el suelo y él estaba tendido en el saco de dormir sobre el blando lecho que se había fabricado, tenía las piernas extendidas en el calor del saco y notaba el aire frío y punzante en la cabeza y las fosas nasales al respirar. Estaba de lado, con la cabeza apoyada en el bulto hecho con los pantalones y la cazadora enrollados alrededor de los zapatos, y en la cadera notaba el frío metal de la pistola automática que había sacado de su funda al desvestirse para atársela con una correa a la muñeca derecha. Apartó la pistola y se arrebujó en el saco mientras observaba entre la nieve la negra hendidura en la roca que servía de entrada a la cueva. El cielo estaba sereno y la nieve reflejaba luz suficiente para distinguir los troncos de los árboles y el perfil de las rocas donde estaba la cueva.

Antes de acostarse había cogido un hacha, había salido de la cueva y, pisando la nieve recién caída, había ido a la linde del claro a talar un abeto pequeño. Lo había arrastrado en la oscuridad hasta el pie de la pared de roca. Luego había puesto el árbol en pie y, sujetándolo con una mano y sosteniendo el hacha cerca de la hoja, le había cortado todas las ramas y las había apilado. Después había dejado el tronco mondo sobre la nieve y había entrado en la cueva a buscar un tablón que había visto apoyado en la pared. Con él había quitado la nieve del suelo junto a las rocas y luego había cogido las ramas, las había sacudido para quitarles la nieve y las había ido dejando en filas como si fuesen plumas entrelazadas hasta fabricarse una cama. Colocó el tronco atravesado a los pies del lecho de ramas para sujetarlas en su sitio y lo afirmó con dos cuñas de madera que cortó del borde del tablón.

Luego volvió a llevar la tabla y el hacha a la cueva agachándose por debajo de la manta al entrar y las dejó apoyadas contra la pared.

—¿Qué hacías ahí fuera? —le había preguntado Pilar.

—Una cama.

—Pues no cortes trozos de mi estante nuevo para tu cama.

—Lo siento.

—No tiene importancia —dijo ella—. Hay más tablones en el aserradero. ¿Qué clase de cama te has hecho?

—Una al estilo de mi país.

—Espero que duermas bien en ella —le había dicho, y Robert Jordan había abierto uno de los fardos para buscar el saco de dormir y luego había vuelto a colocar las cosas dentro y había salido de la cueva pasando otra vez por debajo de la manta. Extendió el saco sobre las ramas de modo que el extremo cerrado quedara contra el tronco a los pies de la cama y el extremo abierto quedase junto a la pared rocosa. Luego volvió a entrar en la cueva a buscar los fardos, pero Pilar le dijo que ella los vigilaría esa noche.

—¿No vais a apostar centinelas? —preguntó él—. La noche está despejada y la tormenta ha cesado.

—Irá Fernando —respondió Pilar.

María estaba al fondo de la cueva y Robert Jordan no podía verla.

—Buenas noches a todos —había dicho—. Me voy a dormir.

De los demás, que se habían tumbado en el suelo sobre mantas y petates delante del fuego de la cocina, después de apartar las mesas y los taburetes tapizados en piel para hacer sitio, solo Primitivo y Andrés alzaron la cabeza y le desearon buenas noches.

Anselmo dormía ya en un rincón envuelto en su manta y su capote, sin asomar siquiera la nariz. Pablo se había quedado dormido en la silla.

—¿Quieres una zalea para tu cama? —le preguntó Pilar a Robert Jordan en voz baja.

—No —contestó—. Te lo agradezco, pero no me hace falta.

—Duerme bien —dijo ella—. Yo respondo de tus cosas.

Fernando había salido con él y se había quedado un momento en el lugar donde Robert Jordan había extendido el saco de dormir.

—Menuda idea esa de dormir al raso, don Roberto —dijo de pie en la oscuridad, envuelto en su capote y con la carabina al hombro.

—Estoy acostumbrado. Buenas noches.

—Siendo así...

—¿Cuándo subirán a relevarte?

—A las cuatro.

—Va a hacer mucho frío de aquí a entonces.

—Estoy acostumbrado —respondió Fernando.

—Siendo así... —dijo educadamente Robert Jordan.

—Sí —coincidió Fernando—. Bueno, tengo que irme. Buenas noches, don Roberto.

—Buenas noches, Fernando.

Luego se había fabricado una almohada con las prendas que se había quitado, se había metido en el saco y, con el corazón palpitante, se había tendido a esperar sobre las ramas elásticas sintiendo la suave y cálida liviandad del saco de dormir y observando la entrada a la cueva entre la nieve.

La noche estaba despejada y notaba la cabeza tan clara y fría como el aire nocturno. Olía el aroma de las ramas de pino sobre las que estaba acostado, el perfume de las acículas aplastadas y el olor más fuerte de la savia resinosa del tronco cortado. Pilar, pensó, Pilar y el olor de la muerte. Este es el olor que prefiero. Este y el del trébol recién cortado y el de la salvia aplastada cuando uno conduce el ganado a caballo, el olor de la leña y de las hojas de otoño al quemarse. Ese debe de ser el aroma de la nostalgia, el olor del humo de las pilas de hojas amontonadas y ardiendo en las calles de Missoula en otoño. ¿Acaso hay un aroma mejor? ¿El de la hierba fresca que utilizaban los indios para hacer sus cestos? ¿El del cuero curtido? ¿El olor del suelo en primavera después de la lluvia? ¿El olor del mar cuando uno pasea entre las aulagas por un cabo en Galicia? ¿O el del viento que llega de tierra al aproximarse a Cuba en la oscuridad? Ese olor es el de las flores de cactus, las mimosas y los arbustos de uva de mar. ¿O preferirías oler a beicon frito por la mañana cuando te despiertas hambriento? ¿O el café por la mañana? ¿O una manzana Jonathan al morderla? ¿O una sidrería durante la molienda? ¿O el pan recién sacado del horno? Debes de estar hambriento, pensó y se dio la vuelta y se quedó mirando la puerta de la cueva a la luz que las estrellas reflejaban en la nieve.

Alguien salió de detrás de la manta y acertó a ver que quienquiera que fuese se quedaba junto a la grieta que servía de entrada. Luego oyó el ruido de algo que se deslizaba sobre la nieve y la silueta volvió a agacharse y entrar en la cueva.

Supongo que no vendrá hasta que estén todos dormidos, pensó. Es una pérdida de tiempo. La noche ya casi ha pasado. ¡Oh, María! Ven cuanto antes, María, apenas tenemos tiempo. Oyó el leve sonido de la nieve al caer de una rama sobre la nieve del suelo. Estaba empezando a levantarse un poco de viento. Lo notaba en la cara. De pronto sintió pánico de que no fuese. Aquel vientecillo le recordó lo poco que tardaría en amanecer. Cayó más nieve de las ramas y oyó que el viento agitaba las copas de los árboles.

Ven, María. Por favor, no tardes, se dijo. Ven. No esperes más. No hace falta que esperes a que estén dormidos.

En ese momento la vio salir por debajo de la manta que tapaba la puerta. Se quedó allí un momento, pero Robert Jordan no alcanzó a ver lo que hacía. Silbó suavemente y ella siguió junto a la cueva haciendo algo a la sombra de las rocas. Luego echó a correr llevando algo entre las manos y él vio sus largas piernas sobre la nieve. Momentos después se arrodillaba junto al saco dormir, apretaba la cara junto a la suya y se quitaba la nieve de los pies. Lo besó y le alcanzó un paquete.

—Ponlo con tu almohada —dijo—. Me los he quitado para ganar tiempo.

—¿Has venido descalza sobre la nieve?

—Sí —dijo—, y solo llevo mi camisón nupcial. —Robert Jordan la apretó contra su cuerpo y ella frotó la cabeza contra su mejilla—. Cuidado con los pies —dijo—. Están helados, Roberto.

—Ponlos aquí a que se calienten.

—No —respondió ella—. Se calentarán enseguida. Dime antes que me quieres.

—Te quiero.

—Bien, bien, bien.

—Te quiero, conejito.

—¿Te gusta mi camisón?

—Es el mismo de siempre.

—Sí. El mismo de anoche. Mi camisón nupcial.

—Pon aquí los pies.

—No, eso sería abusar. Ya se calentarán. No tengo frío. Lo que pasa es que a ti te lo parece por la nieve. Dilo otra vez.

—Te quiero, conejito.

—Yo también te quiero, y soy tu mujer.

—¿Estaban todos dormidos?

—No —respondió ella—. Pero no lo aguantaba más. ¿Y qué importa?

—Nada —dijo él sintiendo su cuerpo esbelto y deliciosamente cálido—. Ninguna otra cosa importa.

—Ponme la mano en la cabeza —le pidió la joven— y veamos si he aprendido a besar. ¿Ha estado bien? —preguntó.

—Sí —respondió él—. Quítate el camisón.

—¿Crees que debo?

—Sí, a menos que tengas frío.

—Qué va, frío. Estoy ardiendo.

—Yo también. Pero, ¿no tendrás frío después?

—No. Después seremos como un animal en el bosque y estaremos tan cerca el uno del otro que no habrá modo de saber qué parte es de cada uno. ¿Es que no notas mi corazón tan cerca que podría ser el tuyo?

—Sí. No hay diferencia.

—Fíjate…, yo soy tú y tú eres yo y los dos somos uno y lo mismo. Y te quiero, te quiero tanto… ¿Verdad que somos uno? ¿Es que no lo notas?

—Sí —afirmó—. Es cierto.

—Y mira…, no tienes más corazón que el mío.

—Ni piernas, ni pies, ni cuerpo.

—Pero somos distintos —dijo ella—. Ojalá fuésemos exactamente iguales.

—No hablas en serio.

—Sí, sí. Es una de las cosas que quería decirte.

—No hablas en serio.

—Tal vez no —admitió hablando en voz baja con los labios contra su hombro—. Pero me apetecía decirlo. Ya que somos diferentes, me alegra que tú seas Roberto y yo María. Pero si algún día quieres cambiar, por mí encantada. Te quiero tanto que quisiera ser tú.

—No quiero cambiar. Es mejor que cada cual sea quien es.

—Pero a partir de ahora seremos uno y ya no existiremos por separado. Yo seré tú cuando no estés. Te quiero mucho y tengo que cuidar de ti.

—María…

—Sí.

—María…

—Sí.

—María…

—¡Oh, sí! Por favor.

—¿No tienes frío?

—No. Tápate los hombros con el saco.

—María.

—No puedo hablar.

—Oh, María. María. María.

Luego, muy cerca el uno del otro, rodeados del frío nocturno y arropados por la calidez del saco de dormir, con la cabeza rozando su mejilla, ella se quedó callada y feliz apretada contra él y por fin dijo en voz baja:

—¿Y a ti?

—Como a ti —respondió él.

—Sí —dijo ella—. Pero no ha sido como esta tarde.

—No.

—Pero me ha gustado aún más. No hay por qué morir.

—Ojalá no —dijo él.

—No he querido decir eso.

—Lo sé. Sé lo que has querido decir. Los dos queremos decir lo mismo.

—Entonces, ¿por qué has contestado así?

—Para los hombres es diferente.

—Pues me alegro.

—Y yo —dijo—. Pero he entendido lo que querías decir. Te he contestado así por costumbre, como nos pasa a los hombres. Pero siento lo mismo que tú.

—Seas como seas y digas lo que digas, así es como te quiero.

—Y yo te quiero a ti y adoro tu nombre, María.

—Es un nombre corriente.

—No —objetó él—. No lo es.

—¿Quieres que durmamos un poco? —preguntó ella—. Me dormiría enseguida.

—Durmamos —dijo, y sentir el cuerpo esbelto y cálido de ella contra el suyo le reconfortó como si la soledad desapareciera por arte de magia gracias al simple roce de sus caderas, sus hombros y sus pies, igual que si hubiesen firmado una alianza contra la muerte. Y dijo—: Que duermas bien, conejito.

—Ya estoy dormida —respondió ella.

—Y yo estoy a punto de dormirme —dijo él—. Duerme bien, amor mío.

Luego se quedó dormido y feliz.

Pero por la noche se despertó y la abrazó como si fuese su propia vida y alguien tratara de arrebatársela. La abrazó sabiendo que era su propia vida. Pero ella dormía profundamente y no se dio cuenta. Así que él se volvió de costado, la tapó con el saco de dormir y la besó en el cuello. Luego tiró de la correa que había atado a la pistola, la dejó donde pudiera encontrarla fácilmente y siguió tendido y pensando en mitad de la noche.

21

Con el amanecer se levantó un viento cálido y oyó cómo se derretía la nieve en los árboles y el ruido sordo que hacía al caer. Era una mañana de finales de primavera. Con solo respirar una bocanada de aire comprendió que la nevada había sido una tormenta pasajera en las montañas y que la nieve habría desaparecido a mediodía. Luego oyó el trote de un caballo que se acercaba y los cascos que resonaban amortiguados por la nieve fundida. Oyó también el golpeteo de la funda de una carabina y el crujido del cuero de la silla de montar.

—María —dijo, y sacudió a la joven por el hombro para despertarla—. Ocúltate dentro del saco.

Se abotonó la camisa con una mano, empuñó la pistola automática en la otra y soltó el seguro con el pulgar. Vio la cabeza rapada de la chica que desaparecía dentro del saco y luego vio al jinete que llegaba entre los árboles. Se acurrucó en el saco y, sosteniendo la pistola con ambas manos, apuntó al hombre mientras se acercaba. Nunca lo había visto.

El jinete estaba casi enfrente. Montaba un enorme caballo tordo castrado y llevaba una boina de color caqui, un capote a modo de poncho y un par de gruesas botas negras. De la funda que llevaba a la derecha de la silla asomaban la culata y el cargador de un pequeño fusil automático. Su rostro era joven y de rasgos duros y en ese momento vio a Robert Jordan.

Alargó el brazo hacia la funda y al inclinarse para tirar de ella, Robert Jordan vio la insignia escarlata que llevaba en el lado izquierdo de la pechera del capote de color caqui.

Robert Jordan disparó apuntando al centro del pecho, un poco por debajo de la insignia.

El pistoletazo retumbó en los bosques nevados.

El caballo corcoveó como si lo hubieran espoleado y el joven, todavía tirando de la funda, cayó al suelo con el pie derecho atrapado en el estribo. El caballo echó a galopar entre los árboles arrastrándolo dando tumbos boca abajo y Robert Jordan se puso en pie todavía con la pistola en la mano.

El gran caballo tordo seguía galopando entre los pinos. Había un ancho surco en la nieve por donde había arrastrado al jinete y una franja roja a un lado. Los otros empezaron a asomarse a la puerta de la cueva. Robert Jordan se agachó a coger los pantalones que había utilizado como almohada y se los puso.

—Vístete —le dijo a María. En lo alto oyó el ruido de un avión que volaba a mucha altura. Entre los árboles vio el lugar donde el caballo tordo se había detenido con el jinete todavía colgado cabeza abajo del estribo—. Ve a buscar ese caballo —le pidió a Primitivo, que había corrido hacia ellos. Luego preguntó—: ¿Quién estaba de guardia arriba?

—Rafael —respondió Pilar desde la cueva y se quedó allí plantada con el cabello sobre la espalda en dos trenzas.

—Viene la caballería —dijo Robert Jordan—. Traed aquí esa condenada ametralladora.

Oyó a Pilar gritar: «¡Agustín!». Luego entró en la cueva y dos hombres salieron corriendo, uno con el fusil ametrallador y el trípode al hombro, el otro con un saco repleto de cargadores.

—Sube allí con ellos —le pidió Robert Jordan a Anselmo—. Túmbate junto al fusil y sujeta las patas del trípode.

Los tres subieron a la carrera por el sendero del bosque.

El sol aún no había asomado entre las cumbres de las montañas y Robert Jordan se quedó allí abotonándose los pantalones y abrochándose el cinturón con la enorme pistola colgando de su muñeca por la correa. Metió la pistola en la funda del cinturón, soltó el nudo de la correa y se pasó el lazo por el cuello.

Algún día te van a estrangular con ella, pensó. Bueno, esta vez ha cumplido su función. Sacó la pistola de la funda, quitó el cargador, metió una bala de las que llevaba junto a la funda y volvió a meter el cargador en la culata de la pistola.

Miró entre los árboles hacia el lugar donde Primitivo sujetaba al caballo por las riendas y se esforzaba en desenganchar el pie del jinete del estribo. Su cadáver yacía boca abajo en la nieve y reparó en que Primitivo estaba registrándole los bolsillos.

—¡Vamos! —gritó—. Trae el caballo.

Al arrodillarse para atarse las alpargatas, Robert Jordan notó junto a sus rodillas a María que estaba vistiéndose dentro del saco de dormir. Ahora no ocupaba ningún sitio en su vida.

Aquel soldado de caballería iba desprevenido, pensó. No estaba siguiendo las huellas de un caballo y no estaba ni alerta ni alarmado. Tampoco estaba siguiendo las huellas al puesto. Debía de formar parte de una patrulla desperdigada por estas montañas. Pero cuando sus camaradas lo echen de menos seguirán sus huellas hasta aquí. A menos que se funda la nieve. O que le ocurra algo a la patrulla.

—Será mejor que vayas abajo —le dijo a Pablo.

Para entonces todos habían salido de la cueva y estaban carabina en mano y con las granadas en el cinturón. Pilar le alcanzó un zurrón lleno de granadas a Robert Jordan, que cogió tres y se las guardó en el bolsillo. Entró en la cueva, buscó sus dos fardos, abrió el que contenía el fusil ametrallador, sacó el cañón y la culata, enganchó la culata, metió un cargador en el arma y se guardó otros tres en el bolsillo. Volvió a cerrar el fardo y corrió hacia la puerta. Tengo los bolsillos llenos de chatarra, se dijo, espero que las costuras aguanten. Salió de la cueva y le espetó a Pablo:

—Me voy arriba. ¿Agustín sabe manejar el fusil?

—Sí —respondió el otro sin quitarle el ojo a Primitivo, que subía llevando al caballo de las riendas—. Mira qué caballo —dijo. El gran caballo tordo estaba sudando y se estremecía un poco y Robert Jordan le dio unas palmaditas en la cruz—. Lo llevaré con los otros —dijo Pablo.

—No —dijo Robert Jordan—. Sus huellas conducen hasta aquí. Tenemos que hacer que vayan hacia otra parte.

—Cierto —asintió Pablo—. Lo montaré, me esconderé y lo traeré de vuelta cuando se haya fundido la nieve. Hoy tienes la cabeza despejada, inglés.

—Envía a alguien abajo —dijo Robert Jordan—. Nosotros tenemos que ir arriba.

—No hace falta —respondió Pablo—. Por ahí no puede pasar ningún jinete. En cambio nosotros podemos huir por ahí y por otros dos sitios. Es mejor no dejar huellas si vienen aviones. Pásame la bota de vino, Pilar.

—Para ir a emborracharte —le dijo Pilar—. Toma, coge un par de estas. —El otro alargó el brazo y se guardó dos granadas en los bolsillos.

—Qué va, emborracharme —dijo Pablo—. Esta situación es muy grave. Pero pásame la bota. No quiero hacer esto solo con agua. —Sujetó las riendas y subió a la silla. Sonrió y le dio unas palmadas al nervioso caballo. Robert Jordan reparó en cómo frotaba con afecto la pierna contra el flanco del caballo—. Qué caballo más bonito —dijo acariciando otra vez al tordo—. Qué caballo más hermoso. Vamos. Cuanto antes lo saquemos de aquí mejor.

Se agachó, sacó de la funda el fusil automático ligero, en realidad un fusil ametrallador capaz de utilizar munición de nueve milímetros, y lo miró.

—Mirad cómo van armados —exclamó—. Fijaos en lo que es la caballería moderna.

—Ahí en el suelo tienes a la caballería moderna —dijo Robert Jordan—. Vámonos. Tú, Andrés, ensilla y avía los caballos cuanto antes. Si oyes disparos, tráelos al bosque que hay detrás del claro, déjalos al cuidado de las mujeres y ven a nuestro encuentro con las armas. Fernando, asegúrate de que suban también mis dos fardos y sobre todo de que lo hagan con sumo cuidado. Tú cuida también de ellos —le pidió a Pilar—. Comprueba que vienen con los caballos. Vámonos —dijo.

—La María y yo lo dispondremos todo para la huida —dijo Pilar. Luego añadió dirigiéndose a Robert Jordan—: Míralo. —Y señaló con un gesto a Pablo, que había montado al estilo de los pastores en el caballo tordo, cuyas narices se habían dilatado cuando reemplazó el cargador en el fusil ametrallador—. Mira el efecto que ha causado en él ese caballo.

—Ojalá tuviese yo dos caballos —respondió fervorosamente Robert Jordan.

—Con lo que te gusta a ti el peligro no necesitas caballos.

—Pues dame una mula —respondió con una sonrisa—. Regístralo. —E indicó con un gesto al hombre que yacía de bruces en la nieve—. Coge todas las cartas o papeles que lleve encima y mételos en el bolsillo de mi mochila. Todo, ¿entiendes?

—Sí.

—Vámonos —dijo.

Pablo iba delante y los dos hombres lo siguieron en fila india para no dejar rastro en la nieve. Robert Jordan llevaba el fusil ametrallador por el asa con el cañón hacia abajo. Ojalá pudiese cargarse con la misma munición que el fusil de la silla, pensó. Pero no. Este fusil es alemán. Era el del bueno de Kashkin.

El sol empezaba a asomar por encima de las montañas. Soplaba un vientecillo cálido y la nieve se estaba fundiendo. Hacía una preciosa mañana de primavera.

Robert Jordan volvió la vista atrás y vio a María de pie junto a Pilar. Entonces la chica echó a correr hacia él por el sendero. Jordan dejó pasar delante a Primitivo para poder hablar con ella.

—Oye —dijo la joven—. ¿Puedo ir contigo?

—No. Ayuda a Pilar.

Siguió andando tras él y le puso una mano en el brazo.

—Voy contigo.

—No.

Ella siguió andando detrás de él.

—Puedo sujetar las patas del fusil como le enseñaste a Anselmo.

—No sujetarás las patas de ningún fusil ni de ninguna otra cosa.

Ella se puso a su lado y le metió la mano en el bolsillo.

—No —insistió él—. Pero cuida de tu camisón.

—Si te vas, al menos dame un beso —dijo la chica.

—Eres una desvergonzada.

—Sí. Totalmente.

—Ahora vuelve. Hay muchas cosas que hacer. Si siguen las huellas del caballo puede que tengamos que hacerles frente aquí.

—Oye —dijo ella—. ¿Viste lo que llevaba ese hombre en el pecho?

—Sí, ¿cómo no?

—Era un Sagrado Corazón.

—Sí. Todos los navarros lo llevan.

—¿Es ahí donde apuntaste?

—No. Un poco más abajo. Ahora vuelve.

—Lo he visto todo —dijo ella.

—No has visto nada. Solo a un hombre. Un hombre a caballo. Vete.

—Dime que me quieres.

—No. Ahora no.

—¿Ahora no me quieres?

—Déjame. Vete. Ahora no es momento de amores.

—Quiero ir para sujetar las patas de la ametralladora y amarte a la vez que disparas.

—Estás loca. Vete ahora mismo.

—Lo estoy —dijo—. Te quiero.

—Pues vete de aquí.

—Bueno. Me iré. Y aunque no me quieras, yo te quiero bastante por los dos.

Él la miró y sonrió para sus adentros.

—Cuando oigas disparos —dijo—, ven aquí con los caballos. Ayuda a Pilar con mis cosas. Es posible que no ocurra nada. Ojalá.

—Me voy —respondió ella—. Mira qué caballo monta Pablo.

El enorme caballo tordo estaba subiendo por el sendero.

—Sí. Pero vete.

—Me voy.

El puño de la chica, fuertemente cerrado en el bolsillo de Robert Jordan, le golpeó en el muslo. La miró y vio que tenía los ojos llenos de lágrimas. Sacó el puño del bolsillo, le rodeó el cuello con los brazos y lo besó.

—Me voy —dijo—. Me voy.

Él miró atrás y la vio de pie, con los primeros rayos de sol en su rostro moreno y en el cabello corto y dorado. Levantó el puño para despedirse, dio media vuelta y se fue sendero abajo con la cabeza gacha.

Primitivo se volvió y la miró.

—Si no tuviese el pelo tan corto sería muy guapa —dijo.

—Sí —dijo Robert Jordan pensando en otra cosa.

—¿Qué tal es en la cama? —preguntó Primitivo.

—¿Qué?

—En la cama.

—Cuidado con lo que dices.

—No hay por qué ofenderse si...

—Calla —dijo Robert Jordan. Estaba estudiando su posición.

22

—Corta unas ramas de pino —le pidió Robert Jordan a Primitivo— y tráelas aquí cuanto antes. No me gusta ese emplazamiento para la ametralladora —le dijo a Agustín.

—¿Por qué?

—Ponla ahí —le indicó Robert Jordan—, y luego te lo explico. Vamos, así. Deja que te ayude. Aquí. —Acto seguido se agachó junto al arma.

Miró a través de la estrecha abertura fijándose en la altura de las rocas a uno y otro lado.

—Hay que instalarla un poco más allá —dijo—. Más allá. Bien. Aquí. Aquí estará bien hasta que podamos cambiarla. Allí. Pon las piedras ahí. Aquí hay una. Pon otra al otro lado. Deja espacio para mover el cañón. La piedra tiene que estar más lejos. Anselmo, baja a la cueva y tráeme un hacha. Rápido.

—¿Es que nunca habíais preparado un buen emplazamiento para la ametralladora? —le dijo a Agustín.

—Siempre la hemos instalado aquí.

—¿Kashkin nunca os dijo que la pusierais allí?

—No. Cuando la trajeron ya se había ido.

—¿Y el que la trajo no sabía utilizarla?

—No. La trajeron unos porteadores.

—¡Menuda manera de hacer las cosas! —dijo Robert Jordan—. ¿Os la dieron sin explicaros cómo funcionaba?

—Sí, como si fuese un regalo. Una para nosotros y otra para el Sordo. Las trajeron cuatro hombres. Anselmo les guió.

—Fue un milagro que no las perdieran con cuatro hombres atravesando las líneas…

—Eso mismo pensé yo —dijo Agustín—. Que quienes las enviaron querían que se perdieran. Pero Anselmo es un guía excelente.

—¿Sabes manejarla?

—Sí. La he probado. Sé utilizarla. Pablo también. Y Primitivo y Fernando. Probamos a montarla y desmontarla sobre la mesa, en la cueva. Una vez la desmontamos y hasta dos días después no supimos volver a montarla. Desde entonces no la hemos vuelto a desmontar.

—¿Dispara bien ahora?

—Sí, pero no dejamos que el gitano y los demás hagan tonterías con ella.

—¿Lo ves? Donde la habíais puesto no servía de nada —le explicó—. Fíjate. Esas rocas que deberían protegeros los flancos en realidad habrían cubierto a quienes os atacaran. Con estas ametralladoras es preciso tener un terreno descubierto contra el que abrir fuego. Y poder disparar hacia los lados, ¿lo ves? Mira ahora. Se domina todo el claro.

—Comprendo —dijo Agustín—. Pero nunca hemos combatido a la defensiva, excepto cuando tomaron nuestro pueblo. En el tren la ametralladora la manejaron unos soldados.

—Pues yo os enseñaré —respondió Robert Jordan—. Hay que tener varias cosas en cuenta. ¿Dónde está el gitano? Ya tendría que haber llegado.

—No lo sé.

—¿Dónde crees que puede estar?

—No lo sé.

Pablo había subido por el camino que conducía al puerto de montaña y había descrito un círculo por el llano que dominaba el fusil ametrallador. Robert Jordan lo vio bajar por la pendiente siguiendo las huellas que el caballo había dejado al llegar. Después desapareció entre los árboles que había a su izquierda.

Espero que no tropiece con la caballería, pensó Robert Jordan, los traería directamente hasta nosotros.

Primitivo llegó con las ramas de pino y Robert Jordan las clavó a través de la nieve en la tierra blanda formando un arco por encima de la ametralladora.

—Trae más —dijo—. Tiene que haber suficientes para ocultar a los dos hombres que manejen el fusil. No es que sirva de mucho, pero será útil hasta que llegue el hacha. Escucha —añadió—, si oyes un avión échate cuerpo a tierra y ocúltate entre las rocas. Yo estaré aquí con la ametralladora.

Ahora que había salido el sol y soplaba aquel viento cálido se estaba bien en las rocas. Cuatro caballos, pensó Robert Jordan. Las dos mujeres y yo, Anselmo, Primitivo, Fernando, Agustín, ¿cómo demonios se llama el otro hermano? Ocho en total. Sin contar al gitano. Nueve. Y Pablo, que se ha ido con un caballo, hacen diez. Se llama Andrés. El otro hermano. Más el otro, Eladio. Diez. Ni siquiera tocamos a medio caballo por persona. Tres hombres pueden quedarse aquí y cuatro pueden huir. Cinco con Pablo. Así sobrarían dos. Tres con Eladio. ¿Dónde demonios se habrá metido?

Dios sabe lo que le ocurrirá al Sordo si han encontrado el rastro de sus caballos en la nieve. También ha sido mala suerte que dejara de nevar tan de repente. Claro que si la nieve se funde se equipararán las cosas. Aunque no para el Sordo. Me temo que para él ya es demasiado tarde.

Si logramos pasar el día sin entrar en combate, mañana podríamos pasar a la acción con lo que tenemos. Lo sé. Tal vez no de la mejor manera posible. Ni cómo deberíamos para arriesgar lo menos posible, pero si participamos todos podemos conseguirlo. Eso si no tenemos que combatir hoy. De lo contrario, que Dios nos ayude.

Entretanto no se me ocurre un sitio mejor para ocultarnos. Si nos movemos ahora solo conseguiremos dejar huellas. Este sitio es tan bueno como cualquier otro y si las cosas se ponen mal tenemos tres vías de escape. Además, luego anochecerá y estemos donde estemos siempre podré acercarme al puente y volarlo a plena luz del día. No sé por qué me preocupé tanto antes. Ahora parece muy fácil. Espero que por una vez los aviones despeguen a tiempo. Mañana las carreteras van a estar muy polvorientas.

En fin, hoy será un día muy interesante o muy aburrido. Gracias a Dios que nos hemos llevado de aquí a ese caballo. Aunque llegasen hasta aquí no creo que puedan seguir sus huellas. Pensarán que se detuvo y se dio la vuelta y seguirán el rastro de Pablo. Quisiera saber adónde habrá ido ese cerdo. Probablemente dejará huellas como un viejo alce que ronda por las montañas y no volverá hasta que se funda la nieve. Es cierto que ese caballo ha causado un gran efecto en él. Aunque también es posible que se haya largado. En fin, seguro que sabe cuidar de sí mismo. Lleva mucho tiempo dedicado a esto. Aunque no se me ocurre nadie de quien me fíe menos que de él.

Supongo que es mejor utilizar esas rocas para construir un parapeto para la ametralladora que cambiarla de emplazamiento. Tendrías que ponerte a cavar y te pillarían con los pantalones bajados si les da por atacar o si llegan los aviones. Mantendremos esta posición mientras valga la pena hacerlo, y en cualquier caso no puedo quedarme a pelear. Tengo que largarme de aquí con mis cosas y llevarme a Anselmo conmigo. ¿Quién se quedaría a cubrirnos la retirada si tenemos que combatir aquí?

Justo entonces, mientras observaba el terreno que tenía delante, vio llegar al gitano entre las rocas que tenía a su izquierda; andaba con paso elástico y despreocupado, con la carabina colgada a la espalda y el rostro moreno sonriente, y llevaba una liebre bastante grande en cada mano, sujeta por las patas y con la cabeza balanceándose.

—Hola, Roberto —le saludó alegremente.

Robert Jordan se llevó el dedo índice a los labios y el gitano pareció sobresaltarse. Se ocultó detrás de las rocas donde estaba acurrucado Robert Jordan junto al fusil ametrallador cubierto de ramas. Se agachó y dejó las liebres en la nieve. Robert Jordan alzó la vista y lo miró.

—¡Tú, hijo de la gran puta! —dijo en voz baja—. ¿Dónde [obscenidad] estabas?

—Siguiendo sus huellas —explicó el gitano—. Las he cazado mientras se apareaban en la nieve.

—¿Y tu puesto?

—Solo ha sido un momento —susurró el gitano—. ¿Qué pasa? ¿Ha habido una alarma?

—Hay soldados de caballería por aquí.

—¡Rediós! —dijo el gitano—. ¿Los has visto?

—Hay uno en el campamento —respondió Robert Jordan—. Se presentó a desayunar.

—Me pareció oír un disparo —dijo el gitano—. ¡Me [obscenidad] en la leche! ¿Ha pasado por aquí?

—Por aquí. Por tu puesto.

—¡Ay, mi madre! —dijo el gitano—. Soy un pobre desgraciado.

—Si no fueses gitano, te pegaría un tiro.

—No, Roberto. No digas eso. Lo siento. Fue por culpa de las liebres. Antes de amanecer oí al macho golpeando la nieve. No te imaginas la juerga que habían organizado. Fui hacia el ruido, pero ya se habían ido. Seguí las huellas en la nieve y al llegar arriba las encontré y las cacé. Mira qué gordas están para esta época del año. Piensa lo que hará Pilar con ellas. Lo siento, Roberto, lo siento tanto como tú. ¿Habéis matado al de caballería?

—Sí.

—¿Lo has matado tú?

—Sí.

—¡Qué tío! —dijo el gitano tratando de adularle sin el menor disimulo—. Eres un auténtico fenómeno.

—¡Tu madre! —respondió Robert Jordan aunque no pudo evitar sonreírle—. Lleva tus liebres al campamento y tráenos algo para desayunar. —Alargó el brazo y palpó las liebres, inertes, esbeltas, peludas, con las patas y las orejas largas y los ojos redondos abiertos, que yacían sobre la nieve donde las había dejado el gitano—. Están gordas —dijo.

—¡Gordas! —exclamó el gitano—. Cada una tiene un barril de grasa en el costillar. Jamás había soñado con cazar unas liebres así.

—Vete ya —dijo Robert Jordan—, y vuelve rápido con el desayuno y tráeme la documentación de ese requeté. Pídesela a Pilar.

—Entonces, ¿no estás enfadado conmigo, Roberto?

—No. Pero sí disgustado de que abandonaras tu puesto. ¿Y si hubiese sido un pelotón de caballería?

—Rediós —dijo el gitano—. Cuánta razón tienes.

—Escucha. Jamás vuelvas a abandonar tu puesto así. Hablaba en serio cuando dije lo de pegarte un tiro.

—Claro que no. Aunque te diré otra cosa. Nunca volverá a presentárseme una ocasión como la de las dos liebres. Eso solo pasa una vez en la vida.

—¡Anda! —dijo Robert Jordan—. Y no tardes.

El gitano cogió las dos liebres y se escabulló entre las rocas. Robert Jordan miró el llano que tenía delante y las laderas de las montañas de más abajo. Dos cuervos describían círculos en el cielo y fueron a posarse en un pino. Otro cuervo se les unió y Robert Jordan pensó que esos serían sus centinelas. Mientras estuviesen tranquilos sería señal de que nadie se acercaba entre los árboles.

¡Pues vaya con el gitano!, se dijo. Es un completo inútil. No tiene formación política, ni disciplina y no se puede confiar en él para nada. Pero lo necesito para lo de mañana. Tengo una misión que encomendarle. Es raro ver a un gitano en una guerra. Deberían estar exentos como objetores de conciencia. O como quienes no son aptos para el servicio por motivos físicos o mentales. No sirven para nada. Aunque en esta guerra no han eximido a los objetores de conciencia. No han eximido a nadie. En eso no han hecho distinciones. En fin, ahora le ha tocado el turno a este vago redomado.

Agustín y Primitivo llegaron con las ramas y Robert Jordan construyó una buena pantalla que sirviera para ocultar el fusil ametrallador desde el aire y pareciese natural desde el bosque. Les mostró dónde colocar a un hombre entre las rocas de modo que divisara todo el terreno de abajo y a su derecha, y otro que vigilase el único punto por donde podía escalarse la pared rocosa de su izquierda.

—No disparéis si veis a alguien desde ahí —les advirtió Robert Jordan—. Tirad una piedra como advertencia, una piedra pequeña e indicadnos cuántos son de este modo. —Sostuvo el fusil sobre su cabeza arriba y abajo—. Si van a pie apuntad al suelo con el fusil. No abráis fuego hasta que oigáis los disparos de la ametralladora. Desde esa altura, apuntad a las rodillas. Si me oís tocar el silbato dos veces, poneos a cubierto y bajad a estas rocas donde hemos instalado la ametralladora.

Primitivo alzó el fusil.

—Entiendo —dijo—. Es muy sencillo.

—Lanzad primero la piedra como advertencia y luego indicadnos su número y la dirección que siguen. Aseguraos de que no os ven.

—Sí —dijo Primitivo—. ¿Puedo lanzarles una granada?

—Espera a que dispare la ametralladora. Es posible que la caballería venga a buscar a su camarada y no traten de adentrarse aquí. Quizá sigan las huellas de Pablo. No queremos combatir si podemos evitarlo. Tenemos que evitarlo por encima de todo. Vamos, subid ahí.

—Me voy —dijo Primitivo, y trepó por las rocas con su carabina.

—Tú, Agustín —dijo Robert Jordan—. ¿Qué sabes hacer con la ametralladora?

Agustín se acurrucó a su lado alto, moreno, con la mandíbula recia, los ojos hundidos, la boca fina y las manazas llenas de callos.

—Pues cargarla, apuntar y disparar. Y ya está.

—No debes abrir fuego hasta que estén a cincuenta metros y solo cuando estés seguro de que van hacia el desfiladero que conduce a la cueva —le advirtió Robert Jordan.

—Sí. ¿Qué distancia es esa?

—La de esa roca. Si ves un oficial dispárale primero a él. Luego apunta a los demás. Mueve el arma muy despacio. Basta con desplazarla un poco. Enseñaré a Fernando a cargarla. Sujétala con fuerza para que no salte, apunta con cuidado y no dispares más de seis tiros seguidos si puedes evitarlo. Los disparos hacen que salte hacia arriba. Dispara cada vez a un hombre y luego apunta a otro. Si van a caballo apunta al vientre.

—De acuerdo.

—Alguien tendría que sujetar el trípode para que no salte. Así. También se encargará de recargar el arma.

—¿Y dónde estarás tú?

—Estaré aquí a la izquierda, donde pueda verlo todo y cubrir vuestro flanco izquierdo con esta ametralladora pequeña. Si vienen, podremos acribillarlos. Pero no dispares hasta que estén así de cerca.

—Ya lo creo que podremos acribillarlos. ¡Menuda matanza!

—Espero que no vengan.

—Si no fuese por tu puente, podríamos matarlos y salir corriendo.

—No serviría de nada. Lo del puente es parte de un plan para ganar la guerra. Eso no sería nada. Solo un incidente. Nada.

—¡Qué va a ser nada! Un fascista muerto siempre es un fascista menos.

—Sí, pero gracias a lo del puente podríamos tomar Segovia. Una capital de provincia. Piénsalo. Sería la primera que conquistásemos.

—¿Lo dices en serio? ¿Crees que podríamos tomar Segovia?

—Sí. Siempre que volemos el puente como es debido.

—Me encantaría masacrarlos y hacer luego lo del puente.

—Tienes mucho apetito —respondió Robert Jordan.

En todo ese tiempo no le había quitado ojo a los cuervos. Ahora vio que uno se había fijado en algo. El pájaro graznó y levantó el vuelo, pero el otro siguió en el árbol. Robert Jordan miró hacia el escondrijo de Primitivo en lo alto de las rocas. Lo vio vigilando el terreno de abajo, pero no le hizo ninguna señal. Se inclinó y puso el seguro del fusil ametrallador, comprobó el cargador y volvió a quitar el seguro. El cuervo se quedó en el árbol. El otro describió un amplio círculo sobre la nieve y volvió a posarse. La nieve caía de las ramas de los pinos al calor del sol y el viento cálido.

—Mañana por la mañana tendrás tu matanza —dijo Robert Jordan—. Tenemos que eliminar el puesto del aserradero.

—Estoy listo —dijo Agustín.

—Y también el de la caseta del peón caminero, pasado el puente.

—Cuenta conmigo para lo uno o lo otro —dijo Agustín—. O para las dos cosas.

—Para las dos no. Tiene que hacerse al mismo tiempo —dijo Robert Jordan.

—Pues para cualquiera de ellas —dijo Agustín—. Llevo mucho tiempo deseando entrar en combate. Con tanta inacción Pablo ha conseguido que nos salgan telarañas.

Anselmo llegó con el hacha.

—¿Necesitas más ramas? —preguntó—. A mí me parece que ya está bastante escondido.

—Ramas no —respondió Robert Jordan—. Dos árboles pequeños para plantarlos aquí y que parezca más natural. No hay suficientes para que parezca lo bastante natural.

—Ahora los traigo.

—Córtalos ahí de atrás, para que no se vean los tocones.

Robert Jordan oyó los golpes del hacha en el bosque a sus espaldas. Miró hacia Primitivo que seguía oculto entre las rocas y en dirección a los pinos que había más allá del claro. Uno de los cuervos seguía allí. Luego oyó el creciente murmullo de un avión acercándose. Alzó la mirada y lo vio en lo alto, minúsculo y plateado bajo la luz del sol, daba la impresión de no moverse apenas.

—No pueden vernos —le dijo a Agustín—. Pero es mejor ocultarse. Es el segundo avión de reconocimiento que vemos hoy.

—¿Y los de ayer? —preguntó Agustín.

—Los recuerdo como si fuesen una pesadilla —dijo Robert Jordan.

—Deben de estar en Segovia. La pesadilla espera allí para hacerse realidad.

El avión se había perdido de vista detrás de las montañas, pero el sonido de los motores persistía.

Cuando Robert Jordan volvió a mirar abajo vio que el cuervo levantaba el vuelo y echaba a volar hacia los árboles sin soltar un graznido.

23

—Agáchate —le susurró Robert Jordan a Agustín, luego volvió la cabeza y le hizo un gesto de «abajo, abajo» a Anselmo, que llegaba con un pino cargado al hombro como si fuese un árbol de Navidad. Vio que el viejo tiraba el árbol detrás de una peña y desaparecía entre las rocas, después Robert Jordan volvió a mirar hacia el espacio abierto que había en dirección al bosque. No vio ni oyó nada, pero notó los latidos de su corazón y oyó el ruido de una piedra que caía rebotando entre las rocas. Se volvió hacia la derecha, alzó la vista y vio que Primitivo levantaba horizontalmente el fusil cuatro veces. Luego no vio más que la blanca extensión que tenía delante, con el círculo de huellas dejadas por el caballo tordo y los árboles al fondo—. Soldados de caballería —le dijo a Agustín.

Agustín lo miró y sus mejillas morenas y hundidas se distendieron en una sonrisa. Robert Jordan reparó en que estaba sudando. Alargó el brazo y le puso la mano en el hombro. Todavía la tenía allí cuando vieron salir del bosque a los cuatro jinetes y notó cómo los músculos de la espalda de Agustín se tensaban bajo su mano.

Uno iba por delante y los otros tres le seguían. El primero iba siguiendo las huellas del caballo y cabalgaba mirando al suelo. Sus compañeros lo escudriñaban todo con suma atención y se abrieron en abanico al salir de entre los árboles. Tumbado en el suelo con los codos muy abiertos, Robert Jordan notó los latidos de su corazón contra la nieve y observó a los soldados a través de la mira del fusil ametrallador.

El hombre que iba en cabeza siguió por el sendero hasta llegar al lugar donde Pablo se había detenido y dado la vuelta. Los otros se acercaron y se detuvieron.

Robert Jordan los vio con claridad por encima del acero azulado del cañón del fusil. Vio los rostros de los hombres, los sables que llevaban al cinto, los flancos sudados de los caballos, la forma cónica de sus capotes de color caqui y la inclinación de sus boinas navarras del mismo color. El jefe dio vuelta al caballo hacia la abertura entre las rocas donde estaba emplazada la ametralladora y Robert Jordan vio su rostro joven y curtido por el sol y el viento, los ojos muy juntos, la nariz aguileña y el mentón largo y afilado.

Sentado en su montura con el pecho del caballo en dirección a donde estaba Robert Jordan y con la culata del ligero fusil ametrallador asomando hacia delante de la funda a la derecha de la silla, señaló hacia las rocas donde estaba el arma.

Robert Jordan afianzó los codos en el suelo y miró a lo largo del cañón a los cuatro jinetes detenidos en la nieve. Tres de ellos habían desenfundado los fusiles. Dos los tenían atravesados sobre el pomo de la silla. El otro apoyaba la culata en la cadera.

Casi nunca los ve uno tan de cerca, se dijo, y menos detrás de un fusil ametrallador. Por lo general los vemos con la mira trasera y parecen hombres en miniatura y es dificilísimo acertarles desde tan lejos; o llegan corriendo, se echan cuerpo a tierra y luego se vuelven a levantar y hay que acribillar una ladera o bloquear una calle, o disparar a las ventanas, o los ves de lejos desfilando por una carretera. Solo al atacar un tren se les ve como ahora y es posible matarlos a los cuatro. A través de la mira, a esta distancia, parecen el doble de grandes.

Tú, pensó mirando la cuña de la mira que coincidía exactamente con la ranura del alza y cuyo vértice estaba sobre el pecho del jefe, un poco a la derecha de la insignia escarlata que resaltaba bajo el sol de la mañana contra el capote caqui. Tú, se dijo pensando en español y apretando el dedo contra la guarda del gatillo para que la ametralladora no disparase una descarga rápida e imprevista. Tú, repitió para sus adentros, estás muerto en plena juventud. Y tú, se dijo, y tú y también tú. Pero que no suceda. Que no suceda.

Notó que Agustín tenía ganas de toser y notó cómo las reprimía. Luego al mirar el cañón azulado y bien engrasado que asomaba por el hueco entre las ramas, con el dedo todavía firmemente apoyado contra la guarda del gatillo, vio que el que estaba al mando daba otra vez vuelta al caballo y señalaba al bosque donde se internaban las huellas dejadas por Pablo. Los cuatro trotaron hacia los árboles y Agustín dijo en voz baja: «¡Cabrones!».

Robert Jordan miró hacia atrás, hacia las rocas donde Anselmo había tirado el árbol.

El gitano, Rafael, llegaba hacia ellos entre las rocas llevando un par de zurrones de tela, con el fusil a la espalda. Robert Jordan le indicó con un gesto que se agachara y el gitano desapareció de su vista.

—Podríamos haber matado a los cuatro —dijo Agustín en voz baja. Aún estaba empapado de sudor.

—Sí —susurró Robert Jordan—. Pero ¿quién sabe lo que habría ocurrido al oírse los disparos? —Justo en ese instante oyó el ruido de otra piedra y echó un vistazo en torno a él a toda prisa. Pero tanto el gitano como Anselmo seguían escondidos. Miró su reloj de pulsera y luego hacia donde estaba Primitivo alzando y bajando el fusil una infinidad de veces. Pablo les lleva una ventaja de cuarenta y cinco minutos, pensó Robert Jordan, y luego oyó el ruido de un destacamento de caballería que se acercaba—. No te apures —le susurró a Agustín—. Pasarán de largo como los otros. —Aparecieron trotando por la linde del bosque en columna de a dos, veinte hombres a caballo, armados y uniformados como los otros, con los sables y las carabinas en la funda, y se internaron en el bosque igual que habían hecho los otros—. ¿Lo ves? —le dijo Robert Jordan a Agustín.

—Eran muchos —respondió Agustín.

—Si hubiésemos matado a los otros habríamos tenido que vérnoslas con estos —le dijo en voz muy baja. Su corazón se había calmado y notó la camisa húmeda por la nieve fundida. Tenía una sensación de vacío en el pecho.

El sol brillaba sobre la nieve, que se estaba fundiendo muy deprisa. Vio cómo se deshacía en los troncos de los árboles y justo delante del arma, ante sus ojos, la superficie de la nieve estaba húmeda y parecía tan frágil como si fuese de encaje por el calor del sol y el calor que desprendía la tierra por debajo.

Robert Jordan miró hacia el puesto de Primitivo y vio que le señalaba «nada», cruzando las manos con las palmas hacia abajo.

Anselmo asomó la cabeza por encima de una roca y Robert Jordan le indicó que se acercara. El viejo se escabulló de roca en roca hasta tumbarse junto al fusil.

—Muchos —dijo—. ¡Muchos!

—Ya no hacen falta los árboles —le dijo Robert Jordan—. No es necesario hacer mejoras forestales. —Anselmo y Agustín sonrieron—. Esto ha soportado bien la prueba y podría ser peligroso plantar ahora los árboles, porque esa gente volverá y es posible que no sean estúpidos. —Sentía la necesidad de hablar y eso en él era indicio de que habían corrido un grave peligro. Siempre sabía lo arriesgado que había sido por la necesidad de hablar que sentía después—. No está mal camuflada, ¿eh? —dijo.

—No —admitió Agustín—. A la [obscenidad] con todos esos fascistas. Podríamos haber matado a los cuatro. ¿Lo has visto? —le dijo a Anselmo.

—Sí.

—Tú —le dijo Robert Jordan a Anselmo—. Conviene que vayas al puesto de ayer o a cualquier otro que elijas para vigilar la carretera e informar de cualquier movimiento igual que ayer. En eso ya vamos con retraso. Quédate hasta la noche. Luego vuelve y enviaremos a alguien.

—¿Y no dejaré huellas?

—Ve por abajo en cuanto desaparezca la nieve. La carretera estará embarrada por la nieve. Fíjate en si hay mucho tráfico de camiones y en si hay huellas de tanques en el barro. Es lo único que podemos saber hasta que estés allí vigilando.

—Con permiso… —dijo el viejo.

—Di.

—Con permiso, pero ¿no sería mejor que yo fuese a La Granja y averiguase lo ocurrido anoche y enviases a otro a vigilar tal como me has enseñado? Quien sea podría volver a informar esta noche, o, mejor aún, yo podría ir a La Granja a buscar el informe.

—¿No temes encontrarte con la caballería?

—No cuando se haya fundido la nieve.

—¿Hay alguien en La Granja capaz de hacerlo?

—Sí. Eso sí. Sería una mujer. Conozco varias mujeres de confianza en La Granja.

—Lo creo —dijo Agustín—. Yo también conozco a más de una y también a unas cuantas que sirven para otras cosas. ¿No quieres que vaya yo?

—Deja que vaya el viejo. Tú sabes manejar la ametralladora y el día aún no ha acabado.

—Me iré en cuanto se funda la nieve —dijo Anselmo—. Y se está fundiendo muy deprisa.

—¿Crees que pueden coger a Pablo? —le preguntó Robert Jordan a Agustín.

—Pablo es muy listo —respondió Agustín—. ¿Se puede cazar a un ciervo sin perros?

—A veces sí.

—No tratándose de Pablo —dijo Agustín—. No hay duda de que no es ni sombra de lo que fue. Pero tampoco es casualidad que haya vivido cómodamente emborrachándose en estas montañas cuando tantos otros acababan en el paredón.

—¿Es tan listo como dicen?

—Mucho más.

—Pues lo que es aquí no ha sido muy hábil.

—¿Cómo que no? Si no lo hubiese sido habría muerto anoche. Me da a mí que no sabes mucho de política, inglés, ni de la guerra de guerrillas. En lo uno como en lo otro lo único que importa es sobrevivir. Mira cómo sobrevivió anoche. Y la cantidad de mierda que tuvo que tragar de ti y de mí.

Robert Jordan no quería hablar mal de Pablo, ahora que volvía a formar parte del grupo, y lamentó haber dicho lo de su habilidad en cuanto acabó de pronunciar las palabras. Sabía lo listo que era Pablo. Había sido él quien había comprendido en el acto las complicaciones que acarrearía la voladura del puente. Había hecho aquella observación por puro disgusto y sabiendo que no debía hacerlo. Era parte de la necesidad de hablar que tenía después de tanta tensión. Así que lo dejó correr y le preguntó a Anselmo:

—¿Y lo de ir a La Granja en pleno día?

—No es tan difícil —respondió el viejo—. No iré acompañado de una banda militar.

—Ni con un cascabel al cuello —dijo Agustín—. Ni llevando una pancarta.

—¿Cómo irás?

—Subiendo y bajando por el bosque.

—¿Y si te detienen?

—Tengo papeles.

—Igual que todos nosotros, pero tendrás que comerte los otros a toda prisa.

Anselmo movió la cabeza y se golpeó el bolsillo del blusón.

—¿Cuántas veces lo habré pensado? —dijo—. Nunca me ha gustado comer papel.

—Siempre digo que deberíamos llevar un poco de mostaza para aderezarlos —bromeó Robert Jordan—. En el bolsillo izquierdo llevo nuestros papeles. En el derecho, la documentación fascista. Así no corro el riesgo de equivocarme en caso de emergencia.

Habían estado en auténtico peligro cuando el jefe de la primera patrulla de caballería señaló el lugar donde estaban emboscados, porque se habían pasado un buen rato discutiendo, pensó Robert Jordan.

—Pero oye, Roberto —intervino Agustín—. Dicen que el gobierno está girando cada día más a la derecha. Que en la República ya nadie se llama «camarada» sino «señor» y «señora». ¿No tendrás que cambiarlos de bolsillo?

—Cuando llegue a estar tan a la derecha, los llevaré en el bolsillo del pantalón —dijo Robert Jordan— y los coseré en el centro.

—Espero que sigas llevándolos en la camisa —replicó Agustín—. ¿O es que vamos a ganar la guerra y perder la revolución?

—No —dijo Robert Jordan—. Pero si no ganamos la guerra no habrá revolución, ni República, ni tú, ni yo, sino un enorme carajo.

—Eso digo yo —coincidió Anselmo—. Que hay que ganar la guerra.

—Y luego fusilar a los anarquistas, los comunistas y a todos los canallas que no sean buenos republicanos —añadió Agustín.

—Hay que ganar la guerra y dejarse de fusilamientos —dijo Anselmo—. Lo que hace falta es gobernar rectamente y que todos participen de los beneficios según lo que se hayan esforzado. Y educar a los que nos han combatido para que se percaten de su error.

—Habrá que fusilar a muchos —dijo Agustín—. Muchos, muchos, muchos...

Se golpeó la palma de la mano izquierda con el puño derecho.

—No hay que fusilar a nadie. Ni siquiera a los líderes. Que se reformen trabajando.

—Yo sé qué trabajo les daría —dijo Agustín cogiendo un puñado de nieve y metiéndosela en la boca.

—¿Qué trabajo es ese, mal bicho? —preguntó Robert Jordan.

—Dos negocios muy brillantes.

—¿Cuáles?

Agustín se llevó más nieve a la boca y contempló el claro por donde había pasado la caballería. Luego escupió la nieve.

—Vaya. Menudo desayuno —dijo—. ¿Dónde se ha metido ese sucio gitano?

—¿Qué negocios son esos? —insistió Robert Jordan—. Responde. Malhablado.

—Saltar desde aviones sin paracaídas —respondió Agustín con los ojos brillantes—. Eso los que apreciamos más. A los otros los clavaría en lo alto de los postes de las vallas.

—Esa manera de hablar es innoble —repuso Anselmo—. Así nunca tendremos una República.

—Me gustaría nadar diez leguas en una sopa espesa hecha con los cojones de todos ellos —dijo Agustín—. Cuando vi a esos cuatro de antes y pensé que podíamos matarlos me sentí como una yegua en el corral esperando al semental.

—Pero ¿sabes por qué no los matamos? —le preguntó Robert Jordan sin alzar la voz.

—Sí —respondió Agustín—. Sí. Pero sentía esa necesidad igual que una yegua en celo. No sabes lo que es si nunca lo has sentido.

—Sudabas mucho —dijo Robert Jordan—. Pensé que era de miedo.

—De miedo, sí —reconoció Agustín—. De miedo y por lo otro. Y en esta vida no hay nada más fuerte que eso otro.

Sí, pensó Robert Jordan, nosotros lo hacemos fríamente, pero ellos no, y nunca lo han hecho. Es como un sacramento más. El antiguo que tenían antes de que la nueva religión llegase del otro extremo del Mediterráneo, el que no han abandonado nunca, sino que se han limitado a reprimir y a ocultar para ponerlo en práctica de nuevo en guerras e inquisiciones. Son los inventores del Auto de Fe. Matar es necesario, pero nosotros lo hacemos de modo muy diferente. Y tú, se dijo, ¿nunca te ha ocurrido a ti? ¿Nunca lo sentiste en la sierra? ¿Ni en Usera? ¿Ni en todo el tiempo que estuviste en Extremadura? ¿Nunca? Qué va, se dijo. Con cada tren.

Deja ya de hacer mala literatura sobre los bereberes y los antiguos íberos y admite que has disfrutado matando como le ocurre a todos los soldados alguna vez, tanto si lo admiten como si no. A Anselmo no le gusta porque es un cazador, no un soldado. Pero tampoco lo idealices. Los cazadores matan animales y los soldados personas. No te engañes, se dijo. No hagas literatura. Hace tiempo que estás contaminado. Y no pienses mal de Anselmo. Es un cristiano. Algo muy difícil de encontrar en un país católico.

Sin embargo, en el caso de Agustín pensé que era miedo, se dijo, el miedo natural de antes de entrar en acción. Y también era lo otro. Aunque también puede ser que esté fanfarroneando. Tenía mucho miedo. Lo he notado bajo mi mano. En fin, más vale dejarse de monsergas.

—Mira a ver si el gitano ha traído comida —le dijo a Anselmo—. No le dejes venir. Es un idiota. Tráela tú. Y, por mucha que haya traído, envíale a por más. Me muero de hambre.

24

Hacía una mañana de finales de mayo, el cielo estaba claro y despejado y el viento soplaba cálido en los hombros de Robert Jordan. La nieve estaba desapareciendo a toda prisa mientras desayunaban. Había dos grandes bocadillos de carne y queso de cabra para cada uno, y Robert Jordan había cortado gruesas rodajas de cebolla con su navaja y las había puesto sobre la carne y el queso entre las dos rebanadas de pan.

—Te va a oler tanto el aliento que se van a percatar los fascistas al otro lado del bosque —dijo Agustín con la boca llena.

—Pásame la bota y me enjuagaré la boca —respondió Robert Jordan con la boca llena de carne, queso, cebolla y pan masticado.

Nunca había tenido tanta hambre, se llenó la boca de vino con un leve sabor alquitranado del cuero de la bota y tragó. Luego echó otro trago de vino, levantando la bota para que el chorro de vino le cayera en la garganta. Al levantar el brazo y echar la cabeza atrás para que cayera el vino, la bota rozó las agujas de pino de las ramas que ocultaban el fusil ametrallador.

—¿Quieres este otro bocadillo? —le preguntó Agustín, alcanzándoselo por encima del arma.

—No. Gracias. Cómetelo tú.

—No puedo. No estoy acostumbrado a comer por la mañana.

—¿De verdad no lo quieres?

—No. Tómalo. —Robert Jordan lo cogió y lo dejó en su regazo, mientras sacaba una cebolla del bolsillo de la cazadora donde llevaba las granadas de mano y abría la navaja para cortarla. Cortó una rodaja muy fina de la parte de arriba, que se había ensuciado en el bolsillo, y luego una rodaja más gruesa. Un segmento exterior cayó al suelo y él lo recogió, lo dobló formando un círculo y lo metió en el bocadillo—. ¿Siempre desayunas cebollas? —preguntó Agustín.

—Cuando las hay.

—¿Es costumbre en tu país?

—No —respondió Robert Jordan—. Allí está muy mal visto.

—Me alegro —dijo Agustín—. Siempre he tenido a Estados Unidos por un país civilizado.

—¿Qué tienes en contra de las cebollas?

—El olor. Ni más ni menos. Por lo demás son como las rosas.

Robert Jordan le sonrió con la boca llena.

—Como las rosas —dijo—. Igualito que las rosas. Una rosa es una rosa es una cebolla.

—Ve con cuidado. Las cebollas te están afectando al cerebro —repuso Agustín.

—Una cebolla es una cebolla es una cebolla —dijo alegremente Robert Jordan y pensó: Una piedra es una roca es una peña es un pedrusco es un guijarro.

—Enjuágate la boca con vino —dijo Agustín—. Eres muy raro, inglés. Muy diferente del último dinamitero que estuvo con nosotros.

—Entre los dos hay una gran diferencia.

—¿Cuál?

—Que yo estoy vivo y él no —dijo Robert Jordan. Y enseguida pensó: ¿Qué te pasa? ¿Te parece que es forma de hablar? ¿Es la comida lo que te vuelve tan locuaz? ¿O te has emborrachado de cebollas? ¿Es eso lo que significa para ti? Nunca significó gran cosa. Te esforzaste por que lo hiciera, pero no lo conseguiste. Y para lo que te queda no vale la pena engañarse—. No —dijo en tono serio—. Ese hombre había sufrido mucho.

—¿Y tú? ¿No has sufrido?

—No —respondió Robert Jordan—. Soy de los que no sufren demasiado.

—Yo también —dijo Agustín—. Los hay que sufren y que no sufren. Yo sufro muy poco.

—Menos mal. —Robert Jordan volvió a inclinar la bota—. Y con esto aún menos.

—Yo sufro por los demás.

—Igual que todas las personas decentes.

—Pero por mí mismo, muy poco.

—¿Tienes mujer?

—No.

—Yo tampoco.

—Pero ahora tienes a la María.

—Sí.

—Eso sí que es raro —dijo Agustín—. Desde que se vino con nosotros después de lo del tren, la Pilar la ha tenido apartada de todos, como si estuviese en un convento de Carmelitas. No imaginas lo celosamente que la guardaba. Luego llegas tú y te la pone en bandeja. ¿Qué te parece?

—No fue así.

—¿Y cómo fue entonces?

—La ha puesto a mi cuidado.

—¿Y tus cuidados consisten en joder con ella toda la noche?

—Con suerte.

—Vaya manera de cuidar a alguien.

—¿No crees que se pueda cuidar a alguien así?

—Sí, pero eso deberíamos hacerlo uno de nosotros.

—Dejémoslo estar —dijo Robert Jordan—. La quiero de verdad.

—¿Lo dices en serio?

—No hay nada más serio en el mundo.

—¿Y después? ¿Después de lo del puente?

—Se vendrá conmigo.

—Pues no se hable más —dijo Agustín—, os deseo mucha suerte a los dos. —Empinó la bota y echó un trago muy largo, luego se la pasó a Robert Jordan—. Una cosa más, inglés —dijo.

—Dime.

—Yo también la he querido mucho. —Robert Jordan le puso la mano en el hombro—. Mucho —dijo Agustín—. Más de lo que nadie pueda imaginar.

—Lo imagino.

—Ha dejado una huella en mí que no acaba de borrarse.

—Lo supongo.

—Oye. Lo que voy a decirte lo digo de verdad.

—Te escucho.

—Nunca la he tocado ni he tenido nada que ver con ella, pero la quiero mucho. Inglés, no la trates a la ligera. Porque aunque duerma contigo no es ninguna puta.

—Cuidaré de ella.

—Te creo. Pero hay algo más. No entiendes cómo sería esa chica de no ser por la revolución. Tienes una gran responsabilidad. Ha sufrido mucho. No es como nosotros.

—Me casaré con ella.

—No. No es eso. Con la revolución no es necesario. Pero... —movió la cabeza—, sería lo mejor.

—Me casaré con ella —dijo Robert Jordan con un nudo en la garganta—. La quiero mucho.

—Después —dijo Agustín—. Cuando convenga. Lo importante es tener la intención.

—La tengo.

—Oye —dijo Agustín—, estoy hablando demasiado de un asunto en el que no tengo derecho a entrometerme, pero ¿has conocido a muchas chicas en este país?

—Unas cuantas.

—¿Putas?

—Algunas no lo eran.

—¿Cuántas?

—Bastantes.

—¿Y te acostaste con ellas?

—No.

—¿Lo ves?

—Sí.

—Lo que digo es que María no hace esto a la ligera.

—Yo tampoco.

—Si creyera lo contrario te habría pegado un tiro cuando estabas con ella anoche. Aquí matamos mucho por eso.

—Oye, amigo —dijo Robert Jordan—. Si no ha habido ceremonias ha sido solo por falta de tiempo. Si de algo no andamos sobrados es de tiempo. Mañana tendremos que combatir. Para mí no significa nada. Pero para la María y para mí significa que tenemos que vivir toda nuestra vida en estos días.

—Y un día y una noche es muy poco tiempo —coincidió Agustín.

—Sí. Pero también hemos tenido ayer y la noche anterior y la pasada.

—Oye —dijo Agustín—. Si puedo ayudaros.

—No. Nos arreglaremos.

—Si hay algo que pueda hacer por ti o por la pelona…

—No.

—La verdad es que poco se puede hacer por los demás.

—No. Se puede hacer mucho.

—¿Qué?

—Pase lo que pase mañana cuando entremos en combate, confía en mí y obedece aunque las órdenes parezcan incorrectas.

—Confío en ti. Y más desde lo del soldado de caballería y lo de alejar el caballo para despistarles.

—Eso no fue nada. Ya ves que tenemos un único objetivo. Ganar la guerra. Si no la ganamos, todo lo demás carece de importancia. Lo de mañana es muy importante. Mucho. Además tendremos que combatir. En el combate hace falta disciplina porque muchas cosas no son lo que parecen. Y la disciplina se basa en la lealtad y la confianza.

Agustín escupió en el suelo.

—Lo de la María es cosa aparte —dijo—. María y tú aprovechad el tiempo como mejor podáis. Si puedo ayudarte, cuenta conmigo. Pero en lo de mañana te obedeceré a ciegas. Y si hay que morir lo haré a gusto y con el corazón dispuesto.

—Eso pensaba —respondió Robert Jordan—. Pero me gusta oírtelo decir.

—Es más —dijo Agustín—. El de ahí arriba —dijo señalando a Primitivo— es hombre de fiar. La Pilar lo es mucho, mucho más de lo que imaginas. El viejo, Anselmo, también. Y Andrés. Eladio también, es muy callado, pero de fiar. Y Fernando, no sé qué opinión te habrás hecho de él. Es verdad que es un poco pesado. Y más aburrido que un buey tirando de un carro. Pero a la hora de pelear y hacer lo que se le dice es muy hombre. Ya verás.

—Tenemos suerte.

—No. Tenemos dos puntos flacos. El gitano y Pablo. Pero los de la banda del Sordo son mucho mejores.

—Entonces todo va bien.

—Sí —dijo Agustín—, pero preferiría que tuviésemos que hacerlo hoy.

—Yo también. Para acabar de una vez. Pero no es así.

—¿Crees que puede torcerse la cosa?

—Es posible.

—Pues pareces muy contento, inglés.

—Sí.

—Yo también lo estoy. A pesar de lo de la María y demás.

—¿Sabes por qué?

—No.

—Yo tampoco. Tal vez sea por este día. Hace muy bueno.

—¿Quién sabe? A lo mejor es porque vamos a entrar en acción.

—Eso creo yo también —dijo Robert Jordan—. Pero no hoy. Lo más importante es evitar que ocurra hoy.

Mientras hablaba le pareció oír algo. Un sonido lejano flotaba sobre el ruido del viento cálido entre los árboles. No estaba seguro, así que cerró la boca, escuchó y miró a Primitivo. Le pareció oírlo, pero luego desapareció. El viento soplaba entre los pinos y Robert Jordan aguzó cuanto pudo el oído. Luego le pareció volver a oírlo entre la brisa.

—No poder conseguir a la María no es ninguna tragedia —estaba diciendo Agustín—. Seguiré yendo de putas como siempre.

—Calla —dijo agazapándose a su lado con la cabeza ladeada. Agustín lo miró sorprendido.

—¿Qué pasa? —preguntó.

Robert Jordan se llevó el dedo a los labios y siguió escuchando. Ahí estaba otra vez. Se oía débil, amortiguado, seco y lejano, pero esta vez no había lugar a dudas. Era el sonido preciso y seco de los disparos de un fusil ametrallador. Sonaba como si estuviesen haciendo estallar un paquete de petardos tras otro a tanta distancia de allí que apenas fuera audible.

Robert Jordan miró a Primitivo, que había asomado la cabeza y estaba mirándoles con una mano en la oreja. Al verle, Primitivo señaló hacia las montañas.

—Están combatiendo donde el Sordo —dijo Robert Jordan.

—Pues vayamos a ayudarle —dijo Agustín—. Reúne a la gente. Vámonos.

—No —dijo Robert Jordan—. Nos quedamos.

25

Robert Jordan miró hacia donde estaba apostado Primitivo, rifle en mano y señalando con el dedo. Asintió con la cabeza, pero el otro siguió señalando y llevándose la mano al oído como si creyera que no le habían entendido.

—Quédate con la ametralladora y no dispares a menos que estés seguro, seguro, seguro de que vienen hacia aquí. Y no abras fuego hasta que lleguen a la altura de ese arbusto —le indicó Robert Jordan—. ¿Lo has entendido?

—Sí. Pero…

—Nada de peros. Te lo explicaré luego. Voy donde Primitivo.

Anselmo se hallaba con él y le dijo al viejo:

—Viejo, quédate ahí con Agustín y la ametralladora. —Hablaba despacio y sin precipitación—. Que no dispare a menos que ataque la caballería. Si se presentan, dejadles pasar igual que hicimos antes. Si tiene que disparar, sujeta las patas del trípode y pásale los cargadores cuando los vacíe.

—De acuerdo —asintió el viejo—. ¿Y lo de La Granja?

—Después.

Robert Jordan trepó entre los grises peñascos, que estaban húmedos por la nieve fundida. La parte alta de las peñas estaba seca y al escalarlas contempló el bosque y vio los pinos, el claro y el profundo valle al pie de las montañas. Luego se plantó junto a Primitivo, en un hueco entre dos peñas, y el hombre bajo y de rostro ateza-do le dijo:

—Están atacando al Sordo. ¿Qué hacemos?

—Nada —respondió Robert Jordan.

Desde allí se oían claramente los disparos y al escrutar la región vio a lo lejos, al otro lado del valle lejano, donde el terreno volvía a empinarse, un destacamento de caballería que salía del bosque y subía por la pendiente nevada en dirección al lugar donde se oía el tiroteo. Vio la doble hilera de hombres y caballos recortada contra la nieve, mientras subían en ángulo por la montaña. Los vio llegar a lo alto de la cornisa e internarse en el bosque.

—Tenemos que ayudarles —dijo Primitivo en tono seco e inexpresivo.

—Es imposible —le respondió Robert Jordan—. Llevaba toda la mañana temiéndomelo.

—¿Por qué?

—Anoche fueron a robar caballos. Luego dejó de nevar y han seguido sus huellas hasta aquí.

—Pero tenemos que ayudarles —insistió Primitivo—. No podemos abandonarlos. Son nuestros camaradas.

Robert Jordan le puso la mano en el hombro.

—No podemos hacer nada —repitió—. Si pudiéramos, lo haría.

—Hay un modo de llegar allí por arriba. Podemos ir por ahí con los caballos y las dos ametralladoras. Esta de abajo y la tuya. Podemos ayudarles.

—Oye… —empezó Robert Jordan.

—Esto es lo que oigo —respondió Primitivo.

Los disparos llegaban en oleadas sucesivas. Luego se oyó el estruendo sordo de las granadas de mano entre el seco crepitar del fuego de la ametralladora.

—Están perdidos —dijo Robert Jordan—. Lo estuvieron desde el instante en que dejó de nevar. Si vamos allí lo estaremos también nosotros. No podemos dividir las pocas fuerzas con las que contamos.

La mandíbula, la parte superior y el cuello de Primitivo estaban cubiertos de una barba gris. El resto de su rostro era atezado, con la nariz rota y aplastada y los ojos profundos y grises, al mirarlo Robert Jordan reparó en que le temblaban los pelillos grises de las comisuras de los labios y los tendones del cuello.

—Escucha —dijo—. Es una carnicería.

—Si los han cercado en ese valle, lo será —coincidió Robert Jordan—. Puede que escapen algunos.

—Si vamos ahora podemos atacarles por la retaguardia —dijo Primitivo—. Deja que vayamos cuatro con los caballos.

—¿Y luego qué? ¿Qué conseguiréis atacándoles por la retaguardia?

—Podríamos reunirnos con el Sordo.

—¿Para morir con él? Mira el sol. El día es largo.

El cielo estaba limpio y sin nubes y el sol les calentaba la espalda. En la ladera sur del claro que había a sus pies se habían formado grandes manchas sin nieve y también había caído toda la de los árboles. Las peñas de abajo, que antes había humedecido la nieve fundida, ahora se secaban al sol.

—Hay que aguantarse —dijo Robert Jordan—. En la guerra pasan cosas así.

—Pero ¿de verdad no podemos hacer nada? —Primitivo lo miró y Robert Jordan supo que confiaba en él—. ¿No podrías enviarme a mí y a otro con el fusil ametrallador ligero?

—Sería inútil —dijo Robert Jordan. Le pareció ver algo que estaba buscando, pero resultó ser un halcón que se deslizaba con el viento y luego se alzó por encima de los pinos más lejanos—. Lo sería aunque fuésemos todos —añadió.

En ese momento el tiroteo se recrudeció y se oyó el sordo resonar de las granadas de mano.

—Me [obscenidad] en ellos —dijo Primitivo con una absoluta fe en la blasfemia, los ojos llenos de lágrimas y las mejillas temblorosas—. Por Dios y por la Virgen que me [obscenidad] en ellos y en la leche que les dieron.

—Cálmate —le pidió Robert Jordan—. Pronto tendrás ocasión de luchar con ellos. Aquí llega la mujer.

Pilar subía hacia ellos trepando con dificultad entre las rocas.

Primitivo siguió diciendo «Me [obscenidad] en ellos. Por Dios y por la Virgen que me cago en ellos» cada vez que el viento les llevaba el sonido del tiroteo. Y Robert Jordan bajó para ayudar a Pilar.

—¿Qué tal, mujer? —dijo cogiéndola de las muñecas y tirando de ella para ayudarla a subir a la peña.

—Tus prismáticos —dijo, y se quitó la correa del cuello—. Así que le ha tocado al Sordo.

—Sí —dijo en tono compasivo—. Pobre Sordo.

Jadeaba mucho por la subida y cogió a Robert Jordan de la mano y se la apretó mientras miraba a lo lejos.

—¿Cómo crees que va la cosa?

—Mal. Muy mal.

—¿Está jodido?

—Eso creo.

—Pobre —dijo—. Por culpa de los caballos, ¿no?

—Probablemente.

—Pobre —repitió Pilar—. Rafael me ha contado no sé qué novelerías sobre un montón de soldados a caballo. ¿Cuántos eran?

—Una patrulla y parte de un escuadrón.

—¿Hasta dónde llegaron?

Robert Jordan le indicó dónde se había detenido la patrulla y dónde tenían escondida la ametralladora. Desde donde estaban solo se veía una de las botas de Agustín que asomaba entre las ramas.

—El gitano me ha contado que se acercaron tanto que el cañón rozó el pecho del caballo del jefe —dijo Pilar—. ¡Qué raza! Te dejaste los prismáticos en la cueva.

—¿Lo habéis recogido todo?

—Todo lo que se podía empaquetar. ¿Hay noticias de Pablo?

—Les lleva cuarenta minutos de ventaja. Siguieron su pista.

Pilar sonrió y le soltó la mano.

—Ni siquiera llegarán a verlo —dijo—. ¿Qué hay del Sordo? ¿No podemos hacer nada?

—Nada.

—Pobre —dijo—. Me caía bien. ¿Estás totalmente seguro de que está jodido?

—Sí. Por lo que he visto son muchos soldados de caballería.

—¿Más de los que pasaron por aquí?

—Por allí ha subido otro destacamento —dijo Robert Jordan.

—Escucha —dijo Pilar—. Pobre, pobre Sordo.

Escucharon el tiroteo.

—Primitivo quería ir a ayudarles —le explicó Robert Jordan.

—¿Acaso te has vuelto loco? —le preguntó Pilar al hombre de la nariz chata—. ¿Qué clase de locos estamos creando aquí?

—Quería ayudarles.

—Qué va —dijo Pilar—. Otro que ha leído demasiadas novelas. ¿Es que crees que no vas a tener ocasión de morir aquí, sin necesidad de hacer viajes inútiles? —Robert Jordan contempló su rostro moreno de pómulos marcados como los de una india, los ojos negros y separados y la boca sonriente con el grueso labio superior—. Pórtate como un hombre —le dijo a Primitivo—. Como una persona de edad, que para eso peinas canas.

—No te burles de mí —respondió Primitivo en tono hosco—. Cualquiera con un poco de imaginación y sangre en las venas...

—Tienes que aprender a controlarte —dijo Pilar—. Ya tendrás ocasión de morir con nosotros. No hay por qué complicarse con otros.

En cuanto a tu imaginación..., el gitano tiene por todos nosotros. Menuda novela me ha contado.

—Si hubieses estado aquí no dirías que ha sido una novela —dijo Primitivo—. Nos hemos librado por poco.

—Qué va —dijo Pilar—. La caballería ha llegado hasta aquí y ha pasado de largo. Y ahora os queréis hacer los héroes. Es lo malo de haber pasado tanto tiempo sin entrar en acción.

—¿Y lo del Sordo no te parece grave? —preguntó Primitivo con desdén. Era evidente lo mucho que sufría cada vez que el viento arrastraba hasta allí el ruido de los disparos, y que le habría gustado participar en la lucha o que Pilar se marchara y lo dejase en paz.

—¿Total qué? —dijo Pilar—. Ha pasado, pues ha pasado. No pierdas los cojones por la desgracia de otro.

—Vete a la [obscenidad] —respondió Primitivo—. Hay mujeres de una estupidez y una brutalidad insoportables.

—Para ayudar a los hombres incapaces de procrear —dijo Pilar—. Si no hay nada más que ver, me marcho.

En ese instante Robert Jordan oyó el avión en lo alto. Alzó la vista y creyó ver el mismo avión de reconocimiento que había pasado por allí esa mañana. Ahora volvía de las líneas y se dirigía hacia las montañas donde estaban atacando al Sordo.

—Ahí está ese pájaro de mal agüero —dijo Pilar—. ¿Crees que verá lo que está pasando ahí?

—Seguro —respondió Robert Jordan—. A no ser que sean ciegos. —Observaron el avión que volaba decidido y plateado bajo la luz del sol. Llegaba por su izquierda y distinguieron los dos discos luminosos de las hélices—. Agachaos —dijo Robert Jordan.

Luego el avión pasó por encima de sus cabezas y su sombra cruzó el claro mientras el ruido del motor alcanzaba el máximo de potencia. Por fin pasó de largo y se dirigió hacia lo alto del valle. Lo vieron seguir su curso hasta que lo perdieron de vista y luego reapareció describiendo un profundo círculo sobre las montañas y se alejó en dirección a Segovia.

Robert Jordan miró a Pilar. Tenía la frente perlada de sudor y estaba moviendo la cabeza. Se había mordido el labio inferior.

—Cada cual tiene su punto flaco —dijo—. El mío es este.

—¿No será que se te ha contagiado mi miedo? —preguntó sarcástico Primitivo.

—No —respondió poniéndole una mano en el hombro—. Ya sé que no tienes miedo. Siento haberme burlado antes. Estamos todos en el mismo barco —luego añadió dirigiéndose a Robert Jordan—: Diré que os suban vino y comida. ¿Necesitáis alguna otra cosa?

—De momento, no. ¿Dónde están los demás?

—Tus fuerzas están intactas con los caballos —sonrió—. Todo está escondido y listo para partir. María está con tu material.

—Si por casualidad volviese la aviación, dile que se quede en la cueva.

—Sí, mi señor inglés —dijo Pilar—. A tu gitano (te lo regalo) lo he mandado a buscar setas para guisar las liebres. Ahora hay muchas setas y he pensado que podíamos comérnoslas hoy, aunque estarán mejor mañana o pasado.

—Creo que será mejor comérnoslas hoy —dijo Robert Jordan, y Pilar le puso la manaza en el hombro, por donde la correa del fusil ametrallador le cruzaba el pecho, luego le despeinó con los dedos.

—Menudo inglés —dijo Pilar—. Enviaré a María con el puchero en cuanto estén guisadas.

El tiroteo que se oía a lo lejos en las montañas casi había terminado y solo les llegaba de vez en cuando un disparo ocasional.

—¿Crees que ha terminado? —preguntó Pilar.

—No —dijo Robert Jordan—. Por lo que hemos oído, diría que han rechazado el ataque y ahora los tienen rodeados. Deben de haberse puesto a cubierto mientras esperan que lleguen los aviones.

Pilar se volvió hacia Primitivo.

—Tú. ¿Ha quedado claro que no tenía intención de insultarte?

—Ya lo sé —dijo el otro—. Otras veces me has dicho cosas peores. Menuda lengua tienes. Pero mide tus palabras, mujer. El Sordo era un buen camarada mío.

—¿Y mío no? —le preguntó Pilar—. Oye, nariz chata. En la guerra uno no puede decir lo que siente. Bastante tenemos con lo nuestro para tener que preocuparnos del Sordo. —Primitivo seguía huraño—. Deberías tomar un purgante. Voy a preparar la comida.

—¿Has traído la documentación del requeté? —le preguntó Robert Jordan.

—¡Seré estúpida! —dijo ella—. Se me ha olvidado. Enviaré a la María.

26

Hasta las tres de la tarde no llegaron los aviones. La nieve había terminado de fundirse a mediodía y las rocas estaban recalentadas por el sol. No había una nube en el cielo, y Robert Jordan se había quitado la camisa y se había sentado a tostarse la espalda entre las rocas y a leer las cartas que habían encontrado en los bolsillos del soldado muerto. De vez en cuando dejaba de leer y contemplaba el claro hasta la linde del bosque, echaba un vistazo a las montañas y volvía con las cartas. No habían vuelto a ver a la caballería. Cada cierto tiempo se oía un disparo proveniente del campamento del Sordo. Pero eran disparos esporádicos.

Tras examinar sus papeles militares supo que el chico era de Tafalla, en Navarra, tenía veintiún años, no estaba casado y era hijo de un herrero. Su regimiento era el Noveno de Caballería, algo que sorprendió a Robert Jordan, pues tenía entendido que estaban más al norte. Era carlista y había resultado herido en la batalla de Irún al principio de la guerra.

Probablemente lo habré visto correr delante de los toros en la Feria en Pamplona, pensó Robert Jordan. En las guerras nunca se mata a quien se quiere matar, se dijo. O al menos casi nunca..., se corrigió y siguió leyendo las cartas.

Las primeras eran muy formales, estaban escritas con sumo cuidado y trataban sobre todo de asuntos locales. Eran de su hermana, y Robert Jordan supo que en Tafalla todo iba como de costumbre, que el padre estaba bien y la madre seguía como siempre, aunque se quejaba de la espalda, esperaba que estuviese sano y salvo y no corriera mucho peligro y se alegraba de que estuviese combatiendo a los rojos para liberar a España de la dominación de las hordas marxistas. Luego seguía una lista de jóvenes de Tafalla que habían muerto o resultado malheridos desde la última vez que le había escrito. Hablaba de diez muertos. Es mucho para un pueblo del tamaño de Tafalla, pensó Robert Jordan.

También hablaba mucho de religión y rezaba a san Antonio, a la bendita Virgen del Pilar y a las demás vírgenes para que le protegieran, y le pedía que no olvidase que contaba también con la protección del Sagrado Corazón de Jesús que confiaba en que siguiese llevando en todo momento sobre su propio corazón, pues en innumerables ocasiones se había comprobado —y esto estaba subrayado— que tenía el poder de detener las balas. Se despedía con un «Tu hermana, que te quiere, como siempre, Concha».

La carta estaba un poco manchada por los bordes y Robert Jordan la guardó con cuidado entre los papeles militares y abrió otra de caligrafía más descuidada. Era de la novia del chico, que, aunque formal y tranquila, parecía loca de preocupación por su seguridad. Robert Jordan la leyó detenidamente y la guardó con los demás papeles en el bolsillo del pantalón. No quiso leer las demás.

Creo que ya he hecho la buena acción del día, se dijo. Desde luego que sí.

—¿Qué estabas leyendo? —preguntó Primitivo.

—La documentación y las cartas del requeté al que le disparé esta mañana. ¿Quieres verlas?

—No sé leer —dijo Primitivo—. ¿Cuentan algo interesante?

—No —respondió Robert Jordan—. Son cartas personales.

—¿Qué tal van las cosas por su pueblo? ¿Lo dice en las cartas?

—Parece que bien. Han tenido muchas bajas. —Comprobó los

cambios que habían hecho, después de derretirse la nieve, en el parapeto que ocultaba el fusil ametrallador. Resultaban bastante convincentes. Miró al otro lado del claro.

—¿De qué pueblo era? —preguntó Primitivo.

—De Tafalla.

En fin, se dijo, lo lamento, si es que sirve de algo.

No sirve de nada, se respondió a sí mismo.

Pues entonces mejor dejarlo correr.

De acuerdo, olvidado queda.

Pero no era tan fácil. ¿A cuántos has matado?, se preguntó. No lo sé. ¿Acaso te crees con derecho a matar a la gente? No, pero tengo que hacerlo. ¿Cuántos de los que has matado eran verdaderos fascistas? Muy pocos. Pero todos eran el enemigo contra cuya fuerza estamos resistiendo. Sin embargo, la gente de Navarra te cae mejor que la de cualquier otro sitio de España. Sí. Y los matas. Sí. Si no lo crees, ve al campamento. ¿Es que no sabes que matar está mal? Sí. ¿Y aun así lo haces? Sí. ¿Y sigues totalmente convencido de que tu causa es justa? Sí.

Es una causa justa, se dijo orgulloso, pero sin tranquilizar su conciencia. Creo en la gente y en su derecho a gobernarse según quieran. Pero no debes creer en matar, se dijo. Debes hacerlo como una necesidad, pero no debes creer en ello. Si lo crees, todo va mal.

Pero ¿a cuántos crees que has matado? No lo sé porque no llevo la cuenta. Pero ¿lo sabes? Sí. ¿Cuántos? No puedes estar seguro. Volando trenes se mata a mucha gente. Mucha. Pero no puedes estar seguro. ¿Y de los que lo estás? Más de veinte. ¿Y cuántos de ellos eran fascistas de verdad? De dos estoy seguro porque tuve que matarlos cuando los hicimos prisioneros en Usera. ¿Y te importó? No. ¿Y tampoco te gustó? No. Decidí no volver a hacerlo. Lo he evitado. He procurado no tener que matar a quienes están desarmados.

Oye, se dijo. Será mejor que lo dejes. Es malo para ti y para tu trabajo. Luego se respondió a sí mismo: Escucha, estás haciendo algo muy importante y es necesario que lo tengas presente en todo momento. Tienes que tener las cosas claras. Si no las tienes claras no tienes derecho a hacerlo porque son crímenes y nadie tiene derecho a quitarle la vida a otra persona, salvo si es para impedir que a otras les ocurra algo peor. Así que sé sincero y no te mientas a ti mismo.

Pero no llevo la cuenta como si fuese una lista de trofeos o algo tan desagradable como las muescas en la culata de un fusil, se dijo. Estoy en mi derecho de no llevar la cuenta y de olvidarlo.

No. No lo estás. No tienes derecho a mirar hacia otra parte, ni a olvidar, ni a suavizarlo ni a cambiar nada.

Calla de una vez, se dijo. Te estás poniendo pomposo.

Ni a engañarte a ti mismo, siguió diciéndose.

Muy bien. Gracias por los buenos consejos, puedo al menos amar a María.

Sí, se dijo.

¿Aun cuando, según una concepción puramente materialista de la sociedad, no exista el amor?

¿Desde cuándo has tenido tú esa concepción de la sociedad?, se preguntó. Nunca. Y tampoco podrías haberlo hecho. No eres un auténtico marxista y lo sabes. Crees en la Libertad, la Igualdad y la Fraternidad. Crees en la Vida, la Libertad y la Búsqueda de la Felicidad. No te engañes con demasiada dialéctica. Eso está bien para algunos, pero no para ti. Tienes que saber un poco para no parecer idiota. Has dejado muchas cosas en suspenso para ganar la guerra. Si se pierde la guerra todo estará perdido.

Pero luego podrás deshacerte de todo aquello en lo que no creas. Hay mucho en lo que no crees y mucho en lo que sí.

Y otra cosa: no te engañes con eso de querer a alguien. La mayor parte de la gente ni siquiera llega a hacerlo. Tú mismo no lo habías hecho hasta ahora. Lo que te une a María, tanto si dura solo hoy y parte de mañana como si dura toda una vida, es lo más importante que puede ocurrirle a una persona. Siempre habrá quien diga que no existe porque él no puede sentirlo. Pero te aseguro que es cierto y que aunque murieses mañana tendrías motivos para sentirte afortunado.

Déjate de muertes, se dijo. Esa no es forma de hablar. Así es como hablan los anarquistas. Cuando las cosas se ponen mal, siempre quieren pegarle fuego a algo y morir. Tienen una forma de pensar muy extraña. Muy extraña. En fin, parece que va pasando el día, amigo. Son casi las tres y tarde o temprano nos traerán algo de comer. Todavía se oyen disparos donde el Sordo, lo que significa que lo tienen rodeado y están esperando refuerzos. Aunque tendrán que hacerlo antes de que oscurezca.

Quisiera saber cómo le van las cosas. Es lo que acabará ocurriéndonos a todos. Supongo que no deben de estar demasiado alegres. Desde luego lo hemos metido en un buen lío con lo de los caballos. ¿Cómo se dice en español? Un callejón sin salida. Supongo que sabría estar a la altura. Es un momento y se acaba pronto. Pero ¿no sería mejor combatir en una guerra en la que cuando uno estuviese rodeado pudiera rendirse? Estamos copados. Era el grito de pánico de esa guerra. Luego morías a tiros y tenías suerte si antes no te pasaba nada peor. El Sordo no tendrá esa suerte. Ni tampoco nosotros cuando llegue el momento.

Eran las tres de la tarde. Luego oyó el distante zumbido y, al alzar la mirada, vio los aviones.

27

El Sordo estaba combatiendo en lo alto de un cerro. No le gustaba porque al verlo había pensado que tenía forma de chancro. Pero no le había quedado otra elección y había decidido atrincherarse allí nada más verlo desde lejos y había galopado hacia él, con el fusil ametrallador a la espalda, el caballo casi extenuado, el cañón del arma entre los muslos, el morral lleno de granadas de mano a un lado y el saco de los cargadores del fusil al otro, y, mientras tanto, Joaquín e Ignacio se detenían a disparar de vez en cuando para darle tiempo a instalar la ametralladora.

En ese momento todavía quedaba nieve —la nieve que les había perdido— y, cuando habían herido al caballo mientras subía resollando a lo alto de aquel cerro y había dejado un intermitente reguero de sangre en la nieve, el Sordo lo había cogido de la brida y se había pasado las riendas por encima del hombro. Había trepado lo más deprisa posible, con las balas estrellándose contra las rocas y con los dos pesados sacos al hombro, y luego había sujetado al caballo de la crin y lo había matado rápidamente, con ternura y habilidad, disparándole en el sitio indicado, de modo que el animal había caído entre dos rocas. Había colocado el fusil ametrallador sobre el lomo y había vaciado dos cargadores, escuchando el tableteo de los disparos y de los casquillos vacíos al caer en la nieve, oliendo el pelo quemado de la piel donde descansaba el cañón, obligando a quienes trepaban por la ladera a dispersarse y ponerse a cubierto, mientras un escalofrío le recorría la espalda por no saber lo que tenía en la retaguardia. Cuando el último de los cinco hombres llegó a lo alto, desapareció el escalofrío y guardó los cargadores que le quedaban para cuando le hicieran falta.

Había otros dos caballos muertos en la ladera y tres más en la cumbre. Esa noche solo había logrado robar tres caballos y uno se había desbocado al intentar montarlo a pelo en el corral del campamento donde había empezado el tiroteo.

De los cinco hombres que habían llegado a la cima, tres estaban heridos. Al Sordo lo habían herido en la pantorrilla y en dos sitios en el brazo izquierdo. Estaba sediento, una de las heridas del brazo izquierdo era muy dolorosa y las otras se le habían entumecido. También le dolía la cabeza y mientras esperaba a que llegasen los aviones recordó un chiste en español: «Hay que tomar la muerte como si fuese aspirina». Pero no lo dijo en voz alta. Sonrió para sus adentros pese al dolor de cabeza y las náuseas que sentía cada vez que movía el brazo, y miró a su alrededor para ver lo que quedaba de su partida.

Los cinco hombres se habían dispersado y ocupaban los vértices de una estrella imaginaria de cinco puntas. Habían excavado con las manos y las rodillas y hecho unos montículos con la tierra y las piedras para protegerse los hombros y la cabeza. Así cubiertos, estaban uniendo los distintos parapetos con piedras y tierra. Joaquín, que tenía dieciocho años, utilizaba un casco de acero para excavar y pasarles la tierra a los demás.

Había conseguido aquel casco durante la voladura del tren. Tenía un agujero de bala y todos se burlaban siempre de él por habérselo quedado, pero él había alisado los bordes del agujero con un martillo, había metido en él un trozo de madera y lo había limado hasta dejarlo al nivel del metal.

Cuando empezó el tiroteo se había puesto el casco con tanta fuerza que fue como si se golpeara la cabeza con una cacerola, y mientras corría pendiente arriba después de que le mataran al caballo, con las balas silbando a su alrededor, la boca seca, las piernas pesadas y los pulmones jadeantes, le había parecido pesadísimo y había tenido la sensación de llevar una cinta de hierro en torno a la frente. Pero se lo había dejado puesto. Ahora cavaba con él con una desesperación firme y casi mecánica. Aún no le habían dado.

—Por fin sirve para algo —le dijo el Sordo con su voz profunda y gutural.

—Resistir y fortificar es vencer —respondió Joaquín con la boca seca por el miedo, que produce una sed mucho mayor que la habitual al entrar en combate. Era una de las consignas del Partido Comunista.

El Sordo miró a lo lejos y pendiente abajo, donde un soldado de caballería les estaba disparando desde detrás de una roca. Le tenía afecto a aquel muchacho y no estaba de humor para consignas.

—¿Qué has dicho?

Uno de los hombres se volvió desde detrás del parapeto que estaba haciendo. Estaba tumbado boca abajo y alzaba lentamente las manos para colocar una piedra en su sitio sin levantar la cabeza.

Joaquín repitió la consigna con la voz seca y sin dejar de cavar ni un instante.

—¿Qué es lo último que has dicho? —preguntó el que estaba boca abajo.

—Vencer —dijo el joven.

—Mierda —replicó el otro.

—Hay otra consigna que podría aplicarse aquí —dijo Joaquín, que por lo visto tomaba aquellas consignas por talismanes—. La Pasionaria dice que es mejor morir de pie que vivir arrodillado.

—Mierda otra vez —dijo el hombre, y otro añadió por encima del hombro:

—Estamos tumbados, no arrodillados.

—Tú, comunista. ¿Sabes que la Pasionaria tiene un hijo de tu edad escondido en Rusia desde que estalló la guerra?

—Eso es mentira —dijo Joaquín.

—Qué va, mentira —respondió el otro—. Me lo dijo el dinamitero aquel de nombre tan raro. También era de tu partido. ¿Por qué iba a mentir?

—Es mentira —insistió Joaquín—. Ella no tendría a un hijo escondido en Rusia durante la guerra.

—Ojalá estuviese yo en Rusia —dijo otro de los hombres del Sordo—. ¿No querrá la Pasionaria enviarme a Rusia ahora, comunista?

—Si tanto crees en la Pasionaria, pídele que nos saque de esta loma —dijo uno de los que llevaban el muslo vendado.

—Ya se encargarán de eso los fascistas —dijo el que estaba tumbado boca abajo.

—No hables así —le dijo Joaquín.

—Límpiate la leche de la teta de tu madre de la boca y alcánzame el casco lleno de tierra —respondió el otro—. Ninguno veremos ponerse el sol esta noche.

El Sordo estaba pensando: Tiene forma de chancro. Aunque también se parece al pecho de una jovencita sin el pezón. O a la cima de un volcán. Nunca has visto ninguno, se dijo. Ni lo verás. Y esta cumbre parece un chancro. Déjate de volcanes. Ya es tarde para volcanes.

Miró por encima de la cruz del caballo muerto, se oyó el rápido tableteo de unos disparos detrás de una peña que había colina abajo, oyó las balas del fusil ametrallador impactar contra el animal. Se arrastró detrás y se asomó por el hueco que quedaba entre sus cuartos traseros y la roca. Había tres cadáveres en la ladera justo debajo, los tres habían caído cuando los fascistas atacaron cubiertos por el fuego del fusil ametrallador y él y los demás habían respondido lanzándoles granadas de mano. Había más cadáveres a ambos lados del cerro, pero no podía distinguirlos. No había ningún lugar protegido por el que los atacantes pudieran acercarse a la cumbre, y el Sordo sabía que mientras les quedaran granadas y municiones y contase al menos con cuatro hombres no podrían sacarlo de allí sin la ayuda de un mortero. Ignoraba si habían enviado a buscar uno a La Granja. Tal vez no, porque sin duda los aviones no tardarían en llegar. Hacía cuatro horas que les había sobrevolado el avión de reconocimiento.

Esta loma tiene forma de chancro, pensó el Sordo, y nosotros somos como la pus. Pero hemos matado a muchos cuando cometieron esa estupidez. ¿Cómo se les habrá ocurrido pensar que podrían cogernos así? Tienen armas tan modernas que se confían demasiado y no hacen caso del sentido común. Había matado al joven oficial que capitaneaba el ataque con una granada que había caído rodando y dando tumbos por la pendiente, mientras ellos subían encorvados. Había visto al oficial caer entre el fogonazo amarillento y el estruendo del humo grisáceo en el lugar donde yacía ahora convertido en un montón de ropa vieja, que señalaba el lugar más adelantado donde había llegado el ataque. El Sordo miró su cadáver y luego los que había colina abajo.

Son valientes pero estúpidos, pensó. Pero tienen suficiente sentido común para no volver a atacarnos hasta que lleguen los aviones. A menos, claro, que estén esperando que les traigan un mortero. Con un mortero sería fácil. Lo normal sería usar un mortero y sabía que en cuanto tuviesen un mortero podrían matarlos a todos; sin embargo, al pensar en los aviones que se acercaban, se sintió tan desnudo en aquella loma como si le hubiesen quitado la ropa y la piel. No puede uno sentirse más desnudo, pensó. En comparación, un conejo despellejado está tan tapado como un oso. Pero ¿por qué iban a traer aviones? Podrían sacarnos de aquí fácilmente con un mortero. Aunque están tan orgullosos de sus aviones que probablemente los hagan venir. Igual que estaban tan pagados de sus fusiles ametralladores que han cometido esa estupidez. Seguro que han mandado buscar un mortero.

Uno de los hombres disparó. Luego tiró del cerrojo y volvió a disparar muy deprisa.

—Ahorra los cartuchos —dijo el Sordo.

—Uno de esos hijos de la gran puta trataba de llegar a aquella roca —señaló el hombre.

—¿Le has dado? —preguntó el Sordo volviendo con dificultad la cabeza.

—No —respondió el otro—. El muy cabrón se ha vuelto atrás.

—La que es una puta entre las putas es Pilar —dijo el que estaba tendido boca abajo—. La muy puta sabe que nos están masacrando aquí arriba.

—No podría hacer nada —dijo el Sordo. El otro había hablado en el lado del oído bueno y lo había oído sin necesidad de volver la cabeza—. ¿Qué querías que hiciera?

—Atacar a esos hijos de puta por la retaguardia.

—¡Qué va! —dijo el Sordo—. Se han dispersado por toda la ladera. ¿Cómo iba a atacarles? Hay ciento cincuenta, tal vez más.

—Pero si resistimos hasta que oscurezca… —dijo Joaquín.

—Y si la Navidad fuese en Pascua… —dijo el que estaba tendido boca abajo.

—Y si tu tía tuviese cojones sería tu tío —le espetó otro—. Ve a llamar a tu Pasionaria. Es la única que puede ayudarnos.

—No me creo lo del hijo —repitió Joaquín—. Si está allí debe de ser para aprender a ser aviador o algo por el estilo.

—Se ha ido para ponerse a salvo —le contradijo el otro.

—Estará estudiando dialéctica. Tu Pasionaria también ha ido. Igual que Líster, Modesto y los demás. Me lo dijo el de nombre tan raro.

—Tienen que ir para estudiar y luego volver a ayudarnos —dijo Joaquín.

—Ahora es cuando deberían ayudarnos —exclamó otro—. Esa

pandilla de farsantes y de cabrones rusos deberían ayudarnos ahora. —Disparó y dijo—: Me cago en tal, he vuelto a fallar.

—Ahorra cartuchos y no hables tanto o te entrará sed —dijo el Sordo—. En estos cerros no hay agua.

—Toma —dijo el hombre dándose la vuelta para pasarse por encima de la cabeza la bota de vino que llevaba al hombro y alcanzársela al Sordo—. Enjuágate la boca, amigo. Debes de estar sediento con esa herida.

—Pásasela a los demás —dijo el Sordo.

—Antes beberé yo —dijo el dueño de la bota, y echó un largo trago antes de pasarla de mano en mano.

—Sordo, ¿cuándo crees que llegarán los aviones —preguntó el que estaba boca abajo en el suelo.

—En cualquier momento —respondió el Sordo—. Ya tendrían que haber llegado.

—¿Crees que esos hijos de la gran puta volverán a atacarnos?

—Solo si los aviones no llegan a tiempo.

No pensó que hubiese necesidad de decirles lo del mortero. Ya se enterarían cuando lo viesen.

—Después de lo que vimos ayer, Dios sabe que tienen aviones de sobra.

—Demasiados —coincidió el Sordo.

Le dolía mucho la cabeza y el brazo se le había entumecido tanto que moverlo era un suplicio casi insoportable. Contempló el cielo límpido, azul y luminoso de principios de verano, mientras levantaba la bota con el brazo bueno para echar un trago. Tenía cincuenta y dos años y estaba seguro de que esa sería la última vez que vería el cielo.

No temía a la muerte, pero le daba rabia haberse dejado atrapar en aquel cerro, que no les serviría más que de tumba. Si hubiésemos podido escapar…, pensó. Si hubiéramos podido llevarlos hasta el valle, o si hubiésemos llegado a la carretera… Pero esta loma que parece un chancro... Tendremos que sacarle el mayor partido posible, de momento no lo hemos hecho tan mal.

Si hubiese sabido cuántos hombres a lo largo de la historia han tenido que refugiarse en una loma para morir, no le habría consolado lo más mínimo, porque en un trance semejante a nadie le consuela lo que haya podido ocurrirle a otro en circunstancias parecidas más de lo que podría consolarle a una viuda saber que otras perdieron antes a sus amados maridos. Tanto si uno tiene miedo como si no, es difícil aceptar la propia muerte. El Sordo la había aceptado, pero no era agradable, aunque tuviese cincuenta y dos años, lo hubieran herido en tres sitios y estuviera rodeado por el enemigo en lo alto de una loma.

Bromeó consigo mismo, pero al mirar al cielo y las montañas lejanas y al tragar el vino supo que no quería morir. Si hay que morir, pensó, y está claro que así es, estoy dispuesto. Pero no me gusta la idea.

Morir no significaba nada, no le daba miedo y ni siquiera acertaba a concebirlo, pero vivir era un campo de trigo mecido por el viento en la ladera de una colina. Era un halcón volando por el cielo. Un botijo lleno de agua en medio del polvo cuando se aventa la mies en la era. Un caballo entre las piernas, una carabina al hombro y una colina, un valle y un riachuelo bordeado de árboles, y las montañas que se veían al fondo del valle.

El Sordo le devolvió la bota a su propietario e hizo un gesto de agradecimiento con la cabeza. Se inclinó hacia delante y dio unas palmadas en el hombro al caballo muerto, donde el cañón del fusil ametrallador había quemado el pellejo. Todavía olía a crin quemada. Recordó cómo había sujetado allí mismo al caballo tembloroso con las balas silbando por todas partes como una cortina, y le había disparado justo en la intersección de las líneas que unen los ojos y las orejas. Luego, cuando el animal se desplomó, se había acurrucado detrás de su lomo húmedo y cálido a disponer la ametralladora mientras los otros subían por la pendiente.

—Eras mucho caballo —dijo.

El Sordo se recostó sobre su lado bueno y miró el cielo. Estaba sobre un montón de cartuchos vacíos, pero tenía la cabeza protegida por la roca y el cuerpo a resguardo detrás del caballo. Sus heridas se habían entumecido tanto que le dolían mucho y se sentía demasiado cansado para moverse.

—¿Qué te pasa, viejo? —preguntó el hombre que tenía al lado.

—Nada. Estoy descansando un poco.

—Duerme —dijo el otro—. Ya se encargarán ellos de despertarnos.

Justo en ese instante una voz gritó desde abajo:

—¡Oíd, bandidos! —La voz llegaba desde detrás de las rocas donde los fascistas habían emplazado el fusil automático más cercano—. Rendíos ahora antes de que los aviones os hagan saltar en pedazos.

—¿Qué ha dicho? —preguntó el Sordo.

Joaquín se lo dijo. El Sordo rodó sobre el costado y volvió a colocarse detrás de la ametralladora.

—A lo mejor no vienen los aviones —dijo—. No respondáis y no abráis fuego. A lo mejor conseguimos que vuelvan a atacarnos.

—¿Quieres que les insultemos? —preguntó el hombre que le había contado a Joaquín lo del hijo de la Pasionaria escondido en Rusia.

—No —dijo el Sordo—. Dame tu pistola. ¿Quién tiene una pistola?

—Toma.

—Dámela.

Acurrucado, cogió la Star de nueve milímetros y disparó al suelo junto al caballo muerto, esperó y luego volvió a disparar cuatro veces a intervalos irregulares. Después esperó mientras contaba hasta sesenta e hizo un último disparo contra el cadáver del caballo. Sonrió y le devolvió al otro la pistola.

—Vuelve a cargarla —susurró—, y que todos guarden silencio y nadie abra fuego.

—¡Bandidos! —gritó la voz desde detrás de las rocas.

En el cerro nadie respondió.

—¡Bandidos! Rendíos ahora antes de que os volemos en pedazos.

—Están picando el anzuelo —susurró muy contento el Sordo. Un hombre asomó la cabeza por encima de las rocas. Nadie disparó desde la cumbre del cerro y la cabeza volvió a desaparecer. El Sordo siguió observando, pero no ocurrió nada. Se volvió para mirar a los demás, que estaban vigilando sus sectores de la ladera. Todos negaron con la cabeza—. Que nadie se mueva —susurró.

—Hijos de la gran puta —volvió a gritar la voz desde detrás de las rocas—. Cochinos rojos, sois capaces de violar a vuestras madres y beberos la leche de vuestros padres...

El Sordo sonrió. Tenía que volverse para oír los insultos con el oído bueno. Esto es mejor que la aspirina, pensó. ¿A cuántos cazarían? ¿Serían tan estúpidos?

La voz había vuelto a callar y a lo largo de tres minutos no oyeron nada ni vieron el menor movimiento. Luego el tirador que había detrás de un peñasco, unos cien metros colina abajo, asomó y abrió fuego. La bala impactó contra una roca y rebotó con un agudo silbido. Después el Sordo vio a un hombre que echaba a correr agazapado a campo abierto desde las rocas donde estaba el fusil automático hasta el gran peñasco donde se había ocultado el tirador y se zambullía casi literalmente detrás de él.

El Sordo miró a su alrededor. Sus hombres le indicaron por gestos que no había movimiento en las otras laderas. Sonrió satisfecho y movió la cabeza. Esto es diez veces mejor que la aspirina, pensó y esperó tan contento como solo puede estarlo un cazador.

Abajo, al pie de la ladera, el hombre que había salido corriendo de detrás de las rocas para ponerse a cubierto detrás del peñasco estaba hablando con el tirador.

—¿Tú qué crees?

—No sé —respondió el tirador.

—Sería lógico —dijo el otro, que era el oficial al mando—. Están rodeados. No pueden esperar más que la muerte. —El tirador no dijo nada—. ¿Qué opinas tú? —insistió el oficial.

—Nada —contestó el tirador.

—¿Has visto algún movimiento desde los disparos?

—Ninguno.

El oficial miró su reloj de pulsera. Eran las tres menos diez.

—Los aviones deberían de haber llegado hace una hora —dijo. Justo entonces llegó otro oficial, que se ocultó también detrás del peñasco. El tirador se apartó un poco para hacerle sitio.

—Tú, Paco —dijo el primer oficial—. ¿A ti qué te parece?

El segundo oficial todavía estaba jadeando por la carrera pendiente arriba desde la posición donde habían emplazado el fusil automático.

—Creo que es una trampa —dijo.

—¿Y si no lo es? Menudo papelón haríamos sitiando a unos muertos.

—Ya hemos hecho un buen papelón —respondió el segundo oficial—. Mira esa ladera.

El otro miró la pendiente donde había desperdigados varios cadáveres hasta la cima. Desde donde estaba podía ver el perfil de la cumbre, las rocas, el vientre, las patas y los cascos del caballo del Sordo y la tierra que habían removido.

—¿Qué hay de los morteros? —preguntó el segundo oficial.

—Deberían llegar dentro de una hora como mucho.

—Pues esperemos. Ya hemos cometido demasiadas estupideces.

—¡Bandidos! —gritó de pronto el primer oficial, poniéndose en pie y asomando la cabeza por encima del peñasco para ver mejor la cumbre del cerro—. ¡Cochinos rojos! ¡Cobardes!

El segundo oficial miró al tirador y movió la cabeza. El otro apartó la mirada, pero apretó los labios.

El primer oficial siguió con la mano en la culata de la pistola y sin ponerse a cubierto y maldijo e insultó a los que estaban en la cumbre.

No ocurrió nada. Entonces salió de detrás de la roca y se quedó allí escudriñando la loma.

—Disparad, cobardes, si es que estáis vivos —gritó—. Disparadle a uno que no tiene miedo de ningún rojo salido del vientre de la gran puta.

Era una frase muy larga y cuando terminó de gritar, tenía la cara roja y congestionada.

El segundo oficial, que era un hombre flaco y tostado por el sol, de ojos quietos, labios finos y con una sombra de barba sobre las mejillas hundidas, volvió a mover la cabeza. El que estaba gritando era el que había ordenado el primer asalto. El joven teniente que yacía muerto en la pendiente había sido un buen amigo de este otro, que se llamaba Paco Berrendo y estaba escuchando los gritos del capitán, quien se hallaba obviamente muy exaltado.

—Esos son los cerdos que fusilaron a mi madre y a mi hermana —dijo el capitán. Tenía el rostro rubicundo, un bigote que le daba aspecto de inglés y algo turbio en la mirada. Sus ojos eran azules y las pestañas muy rubias. Cuando te miraba daba la impresión de enfocar muy despacio. Luego gritó «¡Rojos cobardes!» y empezó a maldecir de nuevo.

Ahora estaba totalmente expuesto, apuntó con cuidado y disparó su pistola contra el único blanco que había en lo alto del cerro: el caballo muerto que había pertenecido al Sordo. La bala levantó un pequeño surtidor de tierra quince metros por debajo del caballo. El capitán volvió a disparar. La bala impactó contra una roca con un silbido.

Luego siguió escudriñando la loma. El teniente Berrendo estaba observando el cadáver del otro teniente junto a la cima. El tirador estaba mirando al suelo. Luego miró al capitán.

—Ahí arriba no queda nadie con vida —dijo el capitán—. Tú —añadió refiriéndose al tirador—, ve a comprobarlo.

El tirador miró al suelo y no dijo nada.

—¿No me has oído? —le gritó el capitán.

—Sí, mi capitán —respondió el tirador sin mirarle.

—Pues levántate y ve. —El capitán seguía con la pistola desenfundada—. ¿Me oyes?

—Sí, mi capitán.

—Entonces, ¿por qué no vas?

—No quiero ir, mi capitán.

—¿Que no quieres ir? —El capitán le clavó la pistola en los riñones—. ¿Que no quieres ir?

—Tengo miedo, mi capitán —dijo con dignidad el soldado.

El teniente Berrendo, al ver el rostro del capitán y su mirada turbia, pensó que iba a matar al soldado allí mismo.

—Capitán Mora —dijo.

—¿Teniente Berrendo?

—Puede que el soldado tenga razón.

—¿Que tenga razón al decir que tiene miedo y que se niega a obedecer una orden?

—No. Que tenga razón en que se trate de una trampa.

—Están todos muertos —dijo el capitán—. ¿No me has oído decir que están todos muertos?

—¿Se refiere a nuestros camaradas caídos en la ladera? —le preguntó Berrendo—. Porque si es así, estoy de acuerdo.

—Paco —dijo el capitán—, no seas idiota. ¿Crees que eras el único que le tenías aprecio a Julián? Te digo que los rojos están muertos. ¡Mira!

Se agarró a lo alto de la roca, trepó como mejor pudo arrodillándose y luego se puso en pie.

—Disparad —gritó desde el peñasco de granito gris, moviendo los brazos—. ¡Disparad! ¡Matadme!

En la cumbre del cerro. El Sordo sonrió tendido detrás del caballo muerto.

Menuda gente, pensó, y se rió tratando de contenerse porque le dolía mucho el brazo.

—Rojos —siguió gritando el otro—. Canalla roja. ¡Disparadme, matadme!

El Sordo, con el pecho convulso, asomó un poco por encima de la grupa del caballo y vio al capitán agitando los brazos en lo alto del peñasco. A un lado de la peña había otro oficial. El tirador estaba al otro lado. El Sordo siguió mirándoles y movió la cabeza muy contento.

¡Disparad!, se dijo para sus adentros, ¡matadme! Luego volvió a reírse. Le dolía el brazo y cada vez que se reía tenía la sensación de que le iba a estallar la cabeza. Pero la risa le sacudía como un espasmo.

El capitán Mora bajó de la peña.

—¿Me crees ahora, Paco? —le preguntó al teniente Berrendo.

—No —respondió el teniente Berrendo.

—¡Cojones! —exclamó el capitán—. Estoy rodeado de idiotas y de cobardes.

El tirador había vuelto a ponerse a cubierto detrás de la peña y el teniente Berrendo se acurrucó a su lado.

El capitán, de pie junto a la peña, empezó a gritarles insultos a los de arriba. No hay idioma más soez que el español. Hay palabras equivalentes a todos los insultos ingleses y otras palabras y expresiones que solo se utilizan en países donde la blasfemia va de la mano con la austeridad de la religión. El teniente Berrendo era un devoto católico. Igual que el tirador. Los dos eran carlistas navarros y, aunque ambos blasfemaban y maldecían cuando se enfadaban, lo consideraban un pecado que confesaban con regularidad.

Agazapados detrás de la peña observaron al capitán, y al escuchar lo que gritaba se desentendieron de él. Ninguno quería tener esas palabras en su conciencia en un día en que podían morir. Hablar así trae mala suerte, se dijo el tirador. Hablar así de la Virgen trae mala suerte. Ese hombre habla peor que los rojos.

Julián está muerto, estaba pensando el teniente Berrendo. Tirado ahí en la ladera un día como este. Y ese malhablado sigue ahí atrayendo la mala suerte con sus blasfemias.

Entonces el capitán se interrumpió y se volvió hacia el teniente Berrendo. Su mirada estaba más turbia que nunca.

—Paco —dijo como si tal cosa—, iremos tú y yo.

—Yo no pienso ir.

—¿Qué? —El capitán había vuelto a sacar la pistola.

Odio a estos tipos que enseguida tiran de pistola, estaba pensando Berrendo. No saben dar una orden sin un arma en la mano. Seguro que cuando van al retrete sacan la pistola y ordenan a sus intestinos lo que tienen que hacer.

—Iré si me lo ordena. Pero bajo protesta —respondió el teniente Berrendo.

—Pues iré solo —dijo el capitán—. Aquí apesta a cobardía.

Con la pistola en la mano derecha echó a andar colina arriba. Berrendo y el tirador lo observaron. No se molestaba en ponerse a cubierto y tenía la mirada fija en las rocas que tenía delante, el caballo muerto y la tierra removida de la cumbre.

El Sordo siguió tendido detrás del caballo junto a la roca, observando al capitán mientras subía por la colina.

Solo a uno, pensó. Solo cazaremos a uno. Pero por su forma de hablar debe de ser caza mayor. Mira cómo anda. Este es mío. Este se viene conmigo. Va a hacer el mismo viaje que yo. Vamos, compañero. Sigue andando. Sigue. Ven a por ello. Vamos. Sigue andando. No te pares. Sigue. Sigue así. No te pares a mirar. Eso es. No los mires. Sigue con la vista al frente. Mira, tiene bigote. ¿Qué te parece? El compañero de viaje se ha dejado bigote. Es un capitán. Mírale las mangas. Ya decía yo que era caza mayor. Tiene cara de inglés. Mira. Qué cara tan roja, y es rubio y con los ojos azules. No lleva gorra y tiene el bigote rubio. Y los ojos azules. De color azul pálido. Pálidos y turbios. Es como si no enfocara la mirada. Ya está bastante cerca. Demasiado. Sí camarada viajero. Aquí lo tienes.

Apretó muy despacio el gatillo del fusil ametrallador, que rebotó tres veces contra su hombro con la resbaladiza sacudida que da siempre un arma automática sobre un trípode.

El capitán cayó de bruces en la ladera. Su mano izquierda quedó debajo del cuerpo y la derecha, con la que había sujetado la pistola extendida hacia delante. Los de abajo habían empezado a disparar de nuevo contra la cumbre.

Agazapado detrás de la peña, pensando que ahora tendría que correr a campo abierto bajo el fuego, el teniente Berrendo oyó la voz áspera y profunda del Sordo desde lo alto de la loma.

—¡Bandidos! —decía la voz—. ¡Bandidos! ¡Disparad, matadme!

En lo alto del cerro el Sordo seguía tumbado detrás del fusil ametrallador y se reía tanto que le dolía el pecho y pensaba que iba a estallarle la cabeza.

—Bandidos —gritó alegremente—. ¡Matadme, bandidos! —Luego movió la cabeza. Nos vamos a ir bien acompañados, pensó.

Iba a intentar acertarle al otro oficial con el fusil ametrallador cuando abandonara la protección de la roca. Antes o después tendría que salir de allí. El Sordo sabía que no podría dar órdenes desde allí y calculaba que tenía bastantes probabilidades de acertarle.

Justo entonces los demás oyeron el ruido de los aviones que se acercaban.

El Sordo no lo oyó. Estaba cubriendo la pendiente con el fusil ametrallador y estaba pensando: Cuando lo vea ya habrá echado a correr y si no voy con cuidado escapará. No debo disparar detrás de él, sino mover el fusil y disparar por delante de él. Trataré de cazarlo al borde de la roca y dispararé por delante. Luego notó un golpecito en el hombro, se volvió y vio el rostro lívido y asustado de Joaquín, miró hacia donde señalaba el muchacho y vio llegar a los tres aviones.

En ese momento el teniente Berrendo salió de detrás de la roca y, agazapado y con la cabeza gacha, corrió por la pendiente hacia las rocas donde estaba emplazado el fusil.

El Sordo estaba observando los aviones y ni siquiera lo vio.

—Ayúdame a sacar esto de aquí —le dijo a Joaquín, y el muchacho tiró del fusil ametrallador que estaba encajado entre el caballo y la roca.

Los aviones iban directos hacia ellos. Iban escalonados y a cada segundo que pasaba parecían más grandes y hacían más ruido.

—Tumbaos de espaldas para dispararles —dijo el Sordo—. Cuando lleguen disparad por delante de ellos. —No les había quitado la vista de encima ni un momento—. ¡Cabrones, hijos de puta! —dijo—. ¡Ignacio —gritó—, apoya el arma en el hombro del chico! ¡Tú! Siéntate ahí y no te muevas. Agáchate. Más. No. Más. —Se tumbó de espaldas y apuntó el fusil mientras se acercaban los aviones—. Tú, Ignacio, sujeta las tres patas del trípode. —Estaban balanceándose sobre la espalda del muchacho y el cañón se movía por el temblor que Joaquín no podía controlar, mientras se acurrucaba y escuchaba el zumbido cada vez más próximo.

Tumbado sobre el estómago y observando el cielo para verlos llegar, Ignacio juntó las patas del trípode con las dos manos y afirmó el arma.

—Agacha la cabeza —le dijo a Joaquín—. Echa la cabeza hacia delante.

La Pasionaria dice que es mejor morir de…, se estaba diciendo Joaquín mientras oía aquel zumbido cada vez más cerca. De pronto cambió y empezó a rezar: Salve, María, llena eres de Gracia, el Señor es contigo, bendita tu eres entre todas las mujeres y bendito es el fruto de tu vientre, Jesús. Santa María, Madre de Dios…, se sobresaltó y cuando el rugido de los aviones se hizo insoportable recordó de pronto y empezó un acto de contrición. ¡Oh, Dios mío!, me arrepiento de haberte ofendido a ti que mereces todo mi amor…

Luego oyó retumbar las explosiones en sus oídos y notó el cañón ardiente contra su hombro. Volvió a oír aquel estruendo y el fragor de los disparos le ensordeció. Ignacio tiraba del trípode y el cañón le quemaba la espalda. El estruendo se mezcló con el ruido de los motores y no pudo recordar el acto de contrición.

Lo único que recordaba era en la hora de nuestra muerte, amén. En la hora de nuestra muerte, amén. En la hora... En la hora... Amén. Todos disparaban. Ahora y en la hora de nuestra muerte, amén.

Luego, entre el estrépito de la ametralladora, se oyó el silbido del aire al cortarse en dos y después, en mitad de aquel rugido rojo y negro, la tierra rodó bajo sus rodillas y enseguida se alzó para golpearle en la cara, y por todas partes cayó tierra y volaron trozos de roca. Ignacio y el fusil cayeron sobre él. Pero no estaba muerto, porque volvió a oír el silbido y la tierra volvió a rodar con estruendo. Después volvió a repetirse y la tierra se hundió bajo su estómago y una parte de la cima saltó por los aires y cayó lentamente donde ellos se encontraban.

Los aviones regresaron tres veces y bombardearon la cumbre del cerro, pero ninguno de los que estaban allí lo supieron. Luego ametrallaron la cima y se marcharon. Tras lanzarse en picado por última vez con las ametralladoras tableteando, el primer avión se elevó y todos le siguieron; pasaron de la formación escalonada a una formación en cuña y se perdieron en el cielo en dirección a Segovia.

Tras acribillar la cumbre del cerro, el teniente Berrendo subió con una patrulla hasta uno de los cráteres de las bombas desde donde podían lanzar granadas de mano contra la cima. No quería correr riesgos y encontrarse a alguien con vida esperándoles arriba, así que lanzó cuatro granadas contra aquella confusión de caballos muertos, rocas agrietadas y quebradas y tierra amarillenta y con olor a pólvora, antes de salir del cráter y subir a echar un vistazo.

En la cumbre no quedaba nadie con vida, a excepción de Joaquín, que estaba inconsciente debajo del cadáver de Ignacio. El muchacho sangraba por la nariz y los oídos. No se había enterado de nada y no sentía dolor, pues se había encontrado de pronto en el centro mismo de las explosiones y le había faltado el aliento cuando aquella bomba les estalló tan cerca; el teniente Berrendo hizo el signo de la cruz y luego le disparó en la nuca, tan deprisa y tan dulcemente, si es que puede haber dulzura en un gesto semejante, como cuando el Sordo le disparó al caballo herido.

El teniente Berrendo se plantó en lo alto del cerro y contempló la ladera donde yacían sus propios muertos y luego el terreno que había más allá y por donde habían galopado antes de que el Sordo se refugiara allí arriba. Reparó en todas las disposiciones que se habían hecho y luego ordenó que apartaran los caballos de los muertos y ataran los cadáveres a la silla para poder enviarlos a La Granja.

—Coged también a ese —dijo—. El que empuña el fusil ametrallador. Debe de ser el Sordo. Es el de más edad y era el que manejaba la ametralladora. No. Cortadle la cabeza y envolvedla en una manta. —Se quedó pensando un minuto—. Ya puestos, cortadles la cabeza a todos. Y a los que hay al pie de la colina donde les atacamos la primera vez. Coged los fusiles y las pistolas y cargad el fusil ametrallador en un caballo.

Luego bajó a donde estaba el teniente que había muerto en el primer ataque. Lo miró, pero no lo tocó.

Qué cosa más mala es la guerra, se dijo.

Después volvió a santiguarse y, mientras bajaba por la pendiente, rezó cinco padrenuestros y cinco avemarías por el descanso de su camarada muerto. No quiso quedarse para ver cómo cumplían sus órdenes.

28

Cuando se marcharon los aviones, Robert Jordan y Primitivo oyeron los disparos y el corazón del primero volvió a latir con fuerza. Una nube de humo se alzó sobre la última cornisa que se distinguía entre las cumbres y los aviones se convirtieron en tres puntos cada vez más lejanos en el cielo.

Lo más probable es que hayan bombardeado a su propia caballería y ni siquiera hayan rozado al Sordo y a los suyos, se dijo Robert Jordan. Esos condenados aviones le meten el miedo en el cuerpo a cualquiera, pero no te matan.

—Aún están combatiendo —dijo Primitivo escuchando el tiroteo. Había arrugado el gesto con cada estallido y ahora se lamía los labios resecos.

—¿Y por qué no iban a estarlo? —respondió Robert Jordan—. Con esos trastos es imposible matar a nadie.

Luego cesaron los disparos y no se oyó un solo tiro más. El estampido de la pistola del teniente Berrendo no llegó tan lejos.

Al principio no le afectó que hubiese cesado el tiroteo. Luego sintió un vacío en el estómago. Después oyó estallar las granadas y por un momento volvió a sentir ánimos. Finalmente volvió a hacerse el silencio y supo que todo había terminado.

María subió desde el campamento con una cazuela llena de liebre guisada en salsa con setas, una bolsa de pan, una bota de vino, cuatro platos de estaño, dos tazas y cuatro cucharas. Se detuvo junto a la ametralladora y sirvió dos platos para Agustín y Eladio, que había sustituido a Anselmo, les dio pan, desenroscó el tapón de cuerno de la bota y les sirvió dos tazas de vino.

Robert Jordan la vio trepar ágilmente a su observatorio con la bolsa al hombro, la cazuela en una mano y el pelo rapado brillando al sol. Bajó a su encuentro, la ayudó con la cazuela y a subir a la última peña.

—¿Qué han hecho los aviones? —preguntó con la mirada asustada.

—Han bombardeado al Sordo.

Había destapado la cazuela y se estaba sirviendo guisado en un plato.

—¿Todavía siguen combatiendo?

—No. Ya ha terminado.

—¡Ah! —dijo ella, y miró a lo lejos mordiéndose el labio.

—No tengo apetito —dijo Primitivo.

—Come de todos modos.

—No podría probar bocado.

—Echa un trago, hombre —dijo Robert Jordan pasándole la bota—. Y luego come.

—Lo del Sordo me ha quitado el hambre —dijo Primitivo—. Come tú. No tengo hambre.

María fue a donde él estaba, le echó los brazos al cuello y le besó.

—Come, hombre —dijo—. Todos tenemos que conservar las fuerzas.

Primitivo se apartó de ella. Cogió la bota de vino y, echando atrás la cabeza, bebió un largo trago de vino. Luego se llenó el plato con el guiso de la cazuela y empezó a comer.

Robert Jordan miró a María y movió la cabeza. Ella se sentó a su lado y le pasó la mano por encima del hombro. Ambos sabían cómo se sentía el otro y los dos se sentaron, mientras Robert Jordan daba cuenta del guiso tomándose su tiempo para degustar las setas y beber el vino, y no dijo nada.

—Si quieres, puedes quedarte aquí, guapa —dijo al cabo de un rato, cuando terminó la comida.

—No —dijo—. Debo volver con Pilar.

—Puedes quedarte aquí. No creo que pase nada.

—No. Debo volver con Pilar. Me está dando lecciones.

—¿Qué te está dando?

—Lecciones. —La chica sonrió y le besó—. ¿Nunca has oído hablar del catecismo? —dijo sonrojándose—. Pues es algo parecido —volvió a ruborizarse—, pero diferente.

—Ve a tus lecciones —dijo dándole palmaditas en la cabeza.

Ella le sonrió de nuevo y luego le preguntó a Primitivo:

—¿Quieres algo de abajo?

—No, hija —respondió el otro. Los dos vieron que aún no se había recuperado.

—Salud, amigo —le dijo ella.

—Oye… —dijo Primitivo—, no me da miedo morir, pero dejarlos así… —Se le quebró la voz.

—No había elección —le dijo Robert Jordan.

—Lo sé. Pero aun así…

—No había elección —repitió Robert Jordan—. Y ahora es mejor no hablar de eso.

—Sí. Pero allí solos, sin que nadie les ayudara…

—Es mucho mejor no hablar de ello —dijo Robert Jordan—. Y tú, guapa, ve a tus lecciones.

La vio bajar entre las rocas. Luego se sentó y estuvo un largo rato pensando y contemplando las montañas.

Primitivo le dijo algo, pero él no respondió. Hacía calor al sol, aunque no lo notó mientras observaba la falda de las montañas y los pinares que se extendían hasta la última ladera. Cuando los vio aparecer en lo alto de la pendiente y cogió sus prismáticos, había pasado ya una hora y el sol estaba a su izquierda.

Los caballos le parecieron diminutos cuando distinguió a los dos primeros jinetes en la ladera verde. Luego llegaron cuatro jinetes más y por fin la doble columna de jinetes y caballos entró con total claridad en su campo de visión. Mientras los observaba, notó el sudor que le caía de las axilas por los costados. Un hombre iba en cabeza de la columna. Luego iban más jinetes. Después pasaron varios caballos sin jinete con la carga atravesada en las sillas. Luego dos jinetes. Después los heridos acompañados de otros hombres a pie. Otro grupo de jinetes cerraba la columna.

Robert Jordan los observó descender por la pendiente y los vio perderse luego de vista en el bosque. A esa distancia no reparó en que en una de las sillas iba una manta atada por los extremos y a intervalos, de modo que parecía una enorme vaina de guisantes. La llevaban atravesada en la silla y atada a los estribos de cuero. Encima habían atado con arrogancia la ametralladora que había manejado el Sordo.

El teniente Berrendo, que cabalgaba en cabeza de la columna por detrás de los gastadores, no sentía la menor arrogancia, sino tan solo el vacío que sigue siempre al combate. Estaba pensando que cortarles las cabezas había sido una barbaridad, pero era necesario identificarlos y necesitaba tener pruebas. Bastantes problemas iba a tener ya y ¿quién sabe? Igual les gustaba lo de las cabezas. Hay a quien le gustan esas salvajadas. Es posible que las enviaran a Burgos. Menuda barbaridad. Habían sido muchos aviones. Muchos. Pero podrían haber hecho lo mismo, casi sin bajas, con un mortero Stokes. Dos mulas para cargar con los proyectiles y otra con un mortero a cada lado de la silla. ¡Menudo ejército serían entonces! Con la potencia de fuego de las armas automáticas... Y otra mula. No, dos mulas más para cargar con la munición. Déjate, se dijo. Esto es la caballería. Déjate. Estás imaginando un ejército entero. A este paso, acabarás pidiendo también un cañón.

Luego pensó en Julián muerto en la ladera de la montaña, en su cadáver atado a un caballo en el primer pelotón, y, mientras se internaba en el bosque de pinos y dejaba atrás la luz del sol que iluminaba la pendiente para cabalgar por la silenciosa penumbra del bosque, empezó otra oración por él.

Dios te salve, reina y madre de misericordia: vida, dulzura y esperanza nuestra. A ti suspiramos gimiendo y llorando en este valle de lágrimas…

Siguió con la oración mientras los cascos de los caballos hollaban blandamente el suelo cubierto de acículas de pino y la luz se colaba entre los troncos de los árboles como entre las columnas de una catedral, y mientras rezaba miró hacia delante y vio a los gastadores que cabalgaban entre los árboles.

Salió del bosque en dirección a la carretera que conducía a La Granja y los cascos de los caballos levantaron una polvareda que los envolvió a todos. El polvo cubrió a los muertos que iban boca abajo atravesados en la silla, a los heridos y a quienes iban a su lado.

Ahí fue donde Anselmo los vio pasar entre una nube de polvo.

Contó a los muertos y a los heridos y reconoció la ametralladora del Sordo. Ignoraba lo que contenía la manta que golpeaba contra el flanco del caballo cada vez que se balanceaban los estribos de cuero, pero cuando de noche pasó de regreso por el cerro donde había combatido el Sordo supo en el acto cuál era el contenido de aquella manta enrollada. En la oscuridad no supo decir quién había estado en la cumbre. Pero contó a los muertos y luego se encaminó hacia el campamento de Pablo.

Mientras andaba en tinieblas, embargado por un temor que le había helado el corazón después de ver los cráteres de las bombas y lo que había encontrado en la cumbre, dejó de pensar en el día siguiente. Se limitó a andar lo más deprisa posible para llevarles a los otros aquella noticia. Y mientras lo hacía, rezó por las almas del Sordo y todos los de su partida. Era la primera vez que rezaba desde que estalló la guerra.

¡Clemente, piadosa, dulce siempre, Virgen María!

Pero al final no pudo evitar pensar en el día siguiente. Así que se dijo: Haré todo lo que me diga el inglés y tal como me lo diga. Pero, Dios mío, que esté junto a él y que sus instrucciones sean precisas, porque no creo que pueda controlarme si nos bombardean con aviones. Ayúdame, oh, Señor, a comportarme mañana como debe hacerlo un hombre llegada su hora. Ayúdame, Señor, a entender con claridad lo que hace falta. Ayúdame, Señor, a controlar mis piernas y no dejes que eche a correr cuando se pongan mal las cosas. Ayúdame, Señor, a portarme como un hombre en la batalla. Concédeme lo que te pido, no te lo pediría si no fuese muy grave y no volveré a pedirte nada.

Andando solo en la oscuridad, se sintió mucho mejor después de rezar y supo que se portaría como es debido. Al descender de las montañas empezó a rezar por los hombres del Sordo y al poco rato llegó al puesto de arriba, donde Fernando le dio el alto.

—Soy yo —respondió—, Anselmo.

—Bien —dijo Fernando.

—¿Sabes lo del Sordo? —le preguntó Anselmo a Fernando, cuando los dos estaban plantados a la entrada de las rocas en la oscuridad.

—¿Cómo no? —respondió Fernando—. Pablo nos lo ha contado.

—¿Estuvo allí?

—¿Cómo no? —repitió impasible Fernando—. Pasó por el cerro en cuanto se fue la caballería.

—¿Os ha dicho…?

—Nos lo ha contado todo —dijo Fernando—. ¡Menudo hatajo de bárbaros son esos fascistas! Tenemos que echar a esos bárbaros de España. —Se detuvo y luego añadió—: No tienen el menor sentido de la dignidad.

Anselmo sonrió en la oscuridad. Una hora antes no habría creído que jamás fuese a sonreír otra vez. Este Fernando es una maravilla, pensó.

—Sí —dijo—. Debemos enseñarles. Debemos quitarles sus aviones, sus armas automáticas, sus tanques y su artillería y enseñarles dignidad.

—Exacto —coincidió Fernando—. Me alegra que estés de acuerdo.

Anselmo lo dejó allí con su dignidad y bajó a la cueva.

29

Anselmo encontró a Robert Jordan sentado a la mesa dentro de la cueva y enfrente de Pablo. En medio había un cuenco lleno de vino y los dos tenían una taza en la mesa. Robert Jordan había sacado su cuaderno de notas y sostenía un lápiz en la mano. Pilar y María estaban al fondo de la cueva y no se las veía. Anselmo no imaginó que la mujer se había llevado allí a la chica para que no oyera la conversación y le pareció raro que Pilar no estuviese en la mesa.

Robert Jordan alzó la cabeza cuando Anselmo levantó la manta que colgaba a la entrada. Pablo siguió mirando a la mesa. Sus ojos estaban fijos en el cuenco de vino, pero no lo veía.

—Vengo de arriba —le dijo Anselmo a Robert Jordan.

—Ya nos ha contado Pablo —dijo Robert Jordan.

—Había seis cadáveres en la loma y les habían cortado la cabeza —dijo Anselmo—. Cuando llegué ya era de noche.

Robert Jordan asintió. Pablo siguió mirando el cuenco de vino y no dijo nada. Su rostro estaba inexpresivo y sus ojillos porcinos miraban aquel cuenco como si no hubiese visto nunca ninguno.

—Siéntate —le dijo Robert Jordan a Anselmo.

El viejo se sentó en uno de los taburetes forrados de cuero y Robert Jordan sacó de debajo de la mesa la botella de whisky que le había regalado el Sordo. Estaba medio vacía. Robert Jordan buscó una taza, la llenó de whisky y se la pasó a Anselmo empujándola hasta el otro lado de la mesa.

—Bébete eso, amigo —le dijo.

Pablo alzó la vista del cuenco, miró a Anselmo a la cara mientras bebía y luego volvió a mirar el cuenco.

Anselmo se bebió el whisky y notó que le ardía la nariz, los ojos y la boca y después un reconfortante calor en el estómago. Se secó la boca con el dorso de la mano.

Luego miró a Robert Jordan y dijo:

—¿Puedo beber otra?

—¿Cómo no? —dijo Robert Jordan llenando de nuevo la taza y ofreciéndosela en lugar de empujarla.

Esta vez la bebida no le quemó al tragar, pero la sensación reconfortante se duplicó. Le sentó tan bien a sus ánimos como una inyección salina a alguien que ha sufrido una grave hemorragia.

El viejo volvió a mirar la botella.

—Dejaremos el resto para mañana —dijo Robert Jordan—. ¿Qué has visto en esa carretera, amigo?

—Ha habido mucho movimiento —respondió Anselmo—. Lo he apuntado todo tal como me enseñaste. He dejado a una mujer vigilando y anotándolo todo por mí. Luego iré a por su informe.

—¿Has visto cañones antitanque? Son los que tienen ruedas de goma y un cañón muy largo.

—Sí —dijo Anselmo—. Han pasado cuatro camiones. Y cada uno transportaba un cañón camuflado con ramas de pino. En cada camión viajaban seis hombres.

—¿Has dicho cuatro cañones? —le preguntó Robert Jordan.

—Cuatro —repitió Anselmo sin consultar sus notas.

—Dime qué más has visto por la carretera.

Mientras Robert Jordan lo apuntaba, Anselmo le fue diciendo todo lo que había visto pasar por la carretera. Se lo dijo desde el principio y en orden, con esa prodigiosa memoria típica de quienes no saben leer ni escribir, y dos veces, mientras hablaba, Pablo llenó la taza en el cuenco.

—También vi pasar a los soldados de caballería que iban a La Granja de vuelta de la sierra donde combatieron con el Sordo —prosiguió Anselmo. Luego le detalló el número de heridos que había visto y los muertos que llevaban atravesados en la silla—. Llevaban un fardo en una de las monturas que al principio no supe lo que era —prosiguió—. Ahora sé que eran las cabezas —continuó sin interrumpirse—. Era un escuadrón de caballería. Solo quedaba un oficial con vida. No era el mismo que pasó por aquí esta mañana cuando estabas tú con la ametralladora. Así que debía de ser uno de los muertos. Por las bocamangas vi que dos de ellos eran oficiales. Iban atados sobre los caballos con los brazos colgando. También llevaban la ametralladora del Sordo sujeta a la silla de montar donde transportaban las cabezas. El cañón estaba torcido. Nada más —concluyó.

—Es suficiente —dijo Robert Jordan metiendo la taza en el cuenco del vino—. Aparte de ti, ¿quién más ha atravesado las líneas hasta el lado de la República?

—Andrés y Eladio.

—¿Quién es el mejor de los dos?

—Andrés.

—¿Cuánto tardaría en llegar a Navacerrada desde aquí?

—Sin llevar carga y tomando sus precauciones, tres horas con suerte. Nosotros vinimos por una ruta más larga y segura por culpa del material.

—¿Estás seguro de que puede hacerlo?

—No sé, no hay nada seguro.

—¿Ni para ti tampoco?

—No.

Asunto resuelto, se dijo Robert Jordan. Si hubiese dicho que podía hacerlo, lo habría enviado a él.

—¿Andrés podría llegar igual que tú?

—Igual o mejor. Es más joven.

—Esto tiene que llegar allí a cualquier precio.

—Si no pasa nada raro llegará. Y si pasa, podría ocurrirle a cualquiera.

—Escribiré un despacho y lo enviaré con él —dijo Robert Jordan—. Le explicaré dónde encontrar al general. Estará en el Estado Mayor de la División.

—No entenderá eso de las divisiones —dijo Anselmo—. Yo siempre me he hecho un lío. Deberías decirle cómo se llama el general y dónde encontrarlo.

—Lo encontrará en el Estado Mayor de la División.

—Pero ¿eso es un sitio?

—Pues claro, hombre —le explicó con paciencia Robert Jordan—. Lo que pasa es que es un sitio que habrá elegido el general. Ahí tendrá su puesto de mando durante la batalla.

—Y entonces, ¿dónde está? —Anselmo estaba cansado y el cansancio hacía que pareciese obtuso. Además, las palabras «brigada», «división», «cuerpo de ejército» también le confundían. Primero le habían hablado de columnas, luego de regimientos, luego de brigadas. Ahora eran brigadas y divisiones. No entendía nada. Un sitio es un sitio.

—Escucha con calma, hombre —dijo Robert Jordan. Sabía que si no lograba hacérselo entender a Anselmo tampoco podría explicárselo a Andrés—. El Estado Mayor de la División es un sitio que el general habrá escogido para instalar el puesto de mando. Está al frente de una división que consta de dos brigadas. No puedo saber dónde se encuentra, porque no estaba allí cuando eligieron el sitio. Probablemente estará en un sótano o un refugio y habrá hilos de telégrafo que saldrán de él. Andrés tendrá que preguntar por el general y por el Estado Mayor de la División. Tendrá que darle esto al general o al jefe de su Estado Mayor o a otra persona cuyo nombre le escribiré. Uno de ellos estará allí aunque los demás hayan salido a inspeccionar los preparativos del ataque. ¿Lo entiendes ahora?

—Sí.

—Pues ve a llamar a Andrés y yo lo escribiré todo y lo sellaré con esto. —Le mostró el pequeño sello de goma y mango de madera con las siglas del SIM y el tampón metálico del tamaño de una moneda de cincuenta céntimos que llevaba en el bolsillo—. Cuando vean este sello le dejarán pasar. Ve a buscar a Andrés y se lo explicaré. Debe partir cuanto antes, pero necesito estar seguro de que lo entiende todo bien.

—Si yo he podido entenderlo, él también. Pero tendrás que explicárselo muy claro. Eso de los estados mayores y las divisiones es un misterio para mí. Siempre me han enviado a sitios concretos, como una casa. En Navacerrada el puesto de mando está en el antiguo hotel. En Guadarrama en una casa con jardín.

—Conociendo a este general —dijo Robert Jordan—, lo habrá instalado en algún lugar muy próximo al frente. Y será subterráneo, para estar fuera del alcance de los aviones. Andrés lo encontrará sin problemas si sabe por quién tiene que preguntar. Bastará con que enseñe lo que le he escrito. Pero ve a buscarle, porque necesito que lo lleve allí cuanto antes.

Anselmo salió agachándose por debajo de la manta. Robert Jordan empezó a escribir en su cuaderno.

—Oye, inglés —dijo Pablo sin dejar de mirar el cuenco de vino.

—Estoy escribiendo —respondió Robert Jordan sin levantar la mirada.

—Oye, inglés —repitió Pablo hablándole al cuenco de vino—. No hay por qué desanimarse. Aun sin el Sordo seguimos teniendo hombres de sobra para tomar los puestos de guardia y volar el puente.

—Estupendo —dijo Robert Jordan sin dejar de escribir.

—Tenemos hombres de sobra —repitió Pablo—. Admiro tu buen juicio, inglés —dijo Pablo dirigiéndose al cuenco de vino—. Creo que tienes mucha picardía. Eres más inteligente que yo. Tengo confianza en ti.

Concentrado como estaba en su informe para Golz, esforzándose en explicarlo todo con las menos palabras posibles y que aun así fuese totalmente convincente, tratando de convencerles de que cancelaran la ofensiva y al mismo tiempo de que sus motivos no eran que temiera los peligros de su propia misión, sino que quería que estuviesen al tanto de todos los hechos, Robert Jordan apenas oyó lo que le decía el otro.

—Inglés —dijo Pablo.

—Estoy escribiendo —le respondió Robert Jordan sin levantar la vista.

Lo mejor sería enviar dos copias, pensó. Pero si lo hago no tendré suficientes hombres para volarlo, si es que tengo que volarlo. ¿Qué sé yo de los motivos por los que se lleva a cabo esta ofensiva? Tal vez sea mejor atacar. Puede que sea solo un movimiento de distracción. Quizá quieran atraer a esos aviones del norte. Lo mismo se trata de eso. Es posible que no cuenten con salir victoriosos. ¿Qué sé yo? Este es mi informe a Golz. No volaré el puente hasta que empiece la ofensiva. Mis órdenes son claras y si la ofensiva se cancela no volaré nada. Pero tengo que dejar aquí hombres suficientes para cumplir las órdenes.

—¿Qué decías? —preguntó.

—Que tengo confianza, inglés. —Pablo seguía hablándole al cuenco de vino.

Ojalá yo pudiera decir lo mismo, pensó Robert Jordan, y siguió escribiendo.

30

Todo lo que había que hacer esa noche estaba hecho. Las órdenes estaban dadas. Cada cual sabía exactamente lo que tendría que hacer por la mañana. Hacía tres horas que se había ido Andrés. La ofensiva empezaría al despuntar el día o no empezaría. Creo que empezará, se dijo Robert Jordan, mientras volvía del puesto de guardia adonde había ido a hablar con Primitivo.

Golz dirige la ofensiva, pero no tiene autoridad para cancelarla. Tendrá que pedir permiso en Madrid. Lo más probable es que no consiga despertar a nadie y, si lo consigue, estarán demasiado adormilados para pensar. Tendría que haber advertido antes a Golz de los preparativos que están haciendo para rechazar el ataque, pero ¿cómo iba a advertirle de algo que aún no había sucedido? No han enviado los cañones hasta la noche. No querrían que nuestros aviones detectaran ningún movimiento en la carretera. Pero ¿qué hay de sus aviones? ¿Qué hay de los aviones fascistas?

Sin duda los nuestros los habrán visto. Aunque tal vez los fascistas estuviesen fingiendo otra ofensiva en Guadalajara. Se supone que había tropas italianas concentradas en Soria y en Sigüenza, además de las operaciones del norte. Sin embargo, no tienen tropas suficientes para llevar a cabo dos ofensivas al mismo tiempo. Es imposible, así que tiene que ser un farol.

Pero sabemos cuántos soldados han desembarcado los italianos el mes pasado y el anterior en Cádiz. Siempre cabe la posibilidad de que vuelvan a intentarlo en Guadalajara, no de forma tan estúpida como la otra vez, sino con tres columnas que se desplegaran para llegar al ferrocarril al oeste de la meseta. Había un modo en que podía hacerse. Hans se lo había mostrado. La primera vez habían cometido demasiados errores. Todo el plan había sido absurdo. En la ofensiva de Arganda contra la carretera Valencia-Madrid no habían utilizado a las mismas tropas que en Guadalajara. ¿Por qué no habrían simultaneado ambas ofensivas? ¿Por qué? ¿Por qué? ¿Cuándo lo sabremos?

No obstante, les habíamos frenado las dos veces con las mismas tropas. Nunca lo habríamos conseguido si hubiesen simultaneado las dos ofensivas. No te preocupes, se dijo. Ha habido más milagros. Puede que tengas que volar el puente por la mañana o puede no. Pero no te engañes pensando que no tendrás que hacerlo. Un día u otro tendrás que volarlo. Y si no es este puente, será otro. No eres tú quien decide lo que hay que hacer. No haces más que cumplir órdenes. Así que cúmplelas y no trates de hacerte el listo.

En este caso las órdenes están muy claras. Demasiado. Pero no te preocupes ni tengas miedo. Si te permites el lujo de tener miedo, contagiarás a los demás.

No obstante, lo de las cabezas han sido palabras mayores, se dijo. Y el viejo se los encontró en lo alto del cerro. ¿Qué habrías hecho tú si te hubieses topado así con ellos? Te ha impresionado, ¿eh? Sí, te ha impresionado, Jordan. Hoy has tenido muchas impresiones. Pero te has portado bien. Hasta ahora te has portado bien.

No lo haces tan mal para ser un profesor de español de la Universidad de Montana, se dijo bromeando consigo mismo. Nada mal. Pero no vayas a creer que eres nada del otro mundo. No has llegado tan lejos en este negocio. Piensa en Durán, que carecía de formación militar y era compositor y un chico de ciudad cuando estalló la guerra, y ahora es un puñetero general al mando de una brigada. A Durán todo le pareció tan fácil de entender y aprender como el ajedrez a un niño prodigio. Tú habías leído y estudiado el arte de la guerra desde que eras un muchacho y tu abuelo te había hablado de la guerra civil norteamericana, aunque él la llamaba la guerra de la Rebelión. Pero comparado con Durán, eres como un buen jugador de ajedrez frente a un niño prodigio. El bueno de Durán. Estaría bien volver a verle. Ya lo vería en el Gaylord cuando terminase todo aquello. Sí. Cuando terminase todo. ¿Cómo le irían las cosas?

Lo veré en el Gaylord, se dijo, cuando termine todo. No te engañes a ti mismo. Lo has hecho muy bien. Sin necesidad de engañarte. No volverás a ver a Durán, y no tiene mayor importancia. Tampoco seas así. No puedes permitirte ese lujo.

Nada de resignación heroica. No necesitamos ciudadanos heroicos y resignados en estas montañas. Tu abuelo combatió cuatro años en nuestra guerra civil y tú apenas llevas uno en esta. Todavía te queda mucho por hacer y el trabajo se te da bien. Y, además, ahora tienes a María. Lo tienes todo. No deberías preocuparte. ¿Qué es una escaramuza entre una partida de guerrilleros y un escuadrón de caballería? No tiene la menor importancia. ¿Y qué más da que les cortasen la cabeza? ¿Acaso supone alguna diferencia? Ni la más mínima.

Cuando destinaron al abuelo a Fort Kearny después de la guerra, los indios arrancaban cabelleras. ¿Recuerdas el armario en el despacho de tu padre, con las puntas de flecha en un estante, y los tocados de guerra que colgaban de las paredes con las plumas caídas, el olor a cuero ahumado de las polainas y las camisas y el tacto de los mocasines adornados con cuentas? ¿Recuerdas el enorme arco de cazar búfalos que había en un rincón y los dos carcajs de flechas de caza y de guerra y la sensación al cerrar la mano en torno al haz de flechas?

Recuerda algo así. Algo concreto y práctico. Recuerda el sable de tu abuelo, brillante y bien engrasado en su vaina abollada y cómo te enseñaba lo mucho que se había adelgazado la hoja a fuerza de afilarla. Recuerda el Smith and Wesson del abuelo. Era el arma de los oficiales, de mecanismo sencillo, calibre 32 y sin guarda en el gatillo. Era el gatillo más suave que has probado jamás y siempre estaba bien engrasado, el alma estaba limpia aunque por fuera estuviera gastada, y el metal del cañón y el cilindro estaban suaves por el roce con la funda de cuero. Lo guardaba en la funda que tenía una solapa con las siglas U.S. junto con los útiles para limpiarlo y doscientos cartuchos. Las cajas de cartón estaban envueltas y atadas pulcramente con bramante encerado.

Te permitía sacarlo del cajón y sostenerlo en la mano. «Manéjalo sin miedo», decía el abuelo. Aunque no te dejaba jugar con él porque era un «arma muy seria».

Un día le preguntaste al abuelo si alguna vez había matado a alguien con él y respondió: «Sí».

Luego insististe:

—¿Cuándo, abuelo?

—En la guerra de la Rebelión y después.

—¿Me lo contarás, abuelo? —preguntaste.

—No me gusta hablar de eso, Robert.

Luego, cuando tu padre se suicidó con aquel revólver y volviste a casa del colegio para el funeral, el juez te lo había devuelto al concluir la instrucción y te había dicho:

—Bob, supongo que querrás quedarte con él. En teoría debería quedármelo, pero sé que tu padre lo apreciaba mucho porque su padre lo había llevado en la guerra y cuando vino aquí con la caballería, y aún es un arma excelente. Lo he probado esta misma tarde. Tiene un poco de retroceso, pero se puede hacer blanco con él.

Había vuelto a guardar el revólver en su sitio en el armario, pero al día siguiente había vuelto a cogerlo, había cabalgado con Chub hasta las montañas, más allá de Red Lodge, donde habían construido la carretera a Cooke City, más allá del paso y de la meseta de Bear Tooth, y se habían detenido allí donde el aire era más puro y había nieve todo el año, junto a un lago del que se decía que tenía doscientos cincuenta metros de profundidad y era de color verde intenso; Chub se quedó con los caballos y él trepó a una roca, se asomó y vio su rostro reflejado en el agua, se vio a sí mismo con el arma en la mano y luego la soltó sujetándola por el cañón y la vio hundirse haciendo burbujas, hasta que se volvió tan pequeña en el agua cristalina como un dije de esos que se llevan en la cadena del reloj y acabó por desaparecer. Luego bajó de la roca y cuando volvió a subir a la silla, le clavó las espuelas a la vieja Bess, de tal modo que se puso a corcovear como un caballito de madera. Estuvo corcoveando junto a la orilla del lago y cuando volvió a tranquilizarse regresaron al camino.

—Sé por qué has hecho eso con el revólver —dijo Chub.

—Bien, en tal caso no hay más que hablar —había respondido él.

No volvieron a hablar del asunto y ese fue el final de las armas de su abuelo, a excepción del sable. Todavía conservaba el sable en su baúl con el resto de sus cosas en Missoula.

A saber qué diría mi abuelo de esta situación, pensó. Todos decían que era un excelente soldado. Decían que si hubiese estado con Custer no habría permitido que se metiera en aquella encerrona. ¿Cómo no vería el humo y el polvo a lo largo de Little Big Horn si no había una densa niebla matutina? Y no la había habido.

Ojalá mi abuelo estuviese en mi lugar. En fin, tal vez estemos juntos mañana a estas horas. Si es cierta esa bobada del más allá, y estoy seguro de que no lo es, me gustaría mucho hablar con él. Hay muchas cosas que me gustaría saber. Ahora tengo derecho a preguntarle porque he tenido que hacer las mismas cosas que hizo él, no creo que le importara que le preguntase ahora. Antes no tenía derecho a hacerlo. Entiendo que no me lo dijera porque no me conocía. Pero ahora creo que nos llevaríamos bien. Ojalá pudiera hablar con él y oír sus consejos. Qué demonios, me gustaría hablar con él, aunque no me diera ningún consejo. Es una lástima que el tiempo nos separe de este modo.

Luego, al pensarlo dos veces, cayó en la cuenta de que, si alguna vez llegaba a producirse aquel encuentro, a ambos les avergonzaría mucho la presencia de su padre. Todo el mundo está en su derecho de hacerlo, se dijo. Pero no está bien. Lo entiendo, pero no lo apruebo. *Lache* es la palabra. Pero ¿seguro que lo entiendes? Claro que sí, pero... Sí, pero. Hay que estar muy centrado en uno mismo para hacer algo así.

Qué demonios, ojalá estuviese aquí mi abuelo, se dijo. Aunque fuese solo una hora. Puede que heredase de él lo poco que tengo a través de quien usó tan mal su revólver. Tal vez sea el único punto de contacto que tenemos. Pero qué demonios. Ojalá no nos hubieran separado tantos años y me hubiese enseñado lo que no me enseñó el otro. Aunque supongo que el miedo que debió de pasar y que tuvo que dominar para librarse de él en aquellos cuatro años y luego en las guerras con los indios, aunque eso último no debió de ser tan malo, hizo que el otro fuese un cobarde, igual que ocurre siempre con la segunda generación de toreros. ¿Y si fuese eso? Puede que los redaños solo se hereden después de pasar por el otro.

Nunca olvidaré el asco que sentí cuando me enteré de que era un cobarde. Vamos, dilo. Un cobarde. Es más fácil si lo dices y no tiene sentido andarse con subterfugios al referirse a un hijo de puta. Aunque no era ningún hijo de puta. Era solo un cobarde y eso es tener muy mala suerte. Porque si no lo hubiese sido, se podría haber enfrentado a aquella mujer y no dejar que le intimidara. Quién sabe cómo habría sido si se hubiera casado con otra. Nunca lo sabré, se dijo con una sonrisa. Tal vez fuese tan arisca para suplir lo que le faltaba al otro. Y, tú, tómatelo con calma. No empieces a hablar de redaños y cosas así hasta después de mañana. No seas presumido antes de tiempo. Mejor no lo seas. Ya veremos mañana si tienes redaños.

Pero empezó a pensar otra vez en su abuelo.

«George Custer no era un general de caballería inteligente, Robert, ni siquiera era un hombre inteligente», decía siempre.

Recordaba que, cuando su abuelo le contaba aquello, a él le disgustaba que hablase mal de esa figura que esperaba, con la camisa de piel, los rizos rubios al viento y un revólver reglamentario, en lo alto de una colina a que llegasen los sioux en la litografía antigua de Anheuser-Busch que colgaba en la sala de billar del Red Lodge.

«Tenía habilidad para meterse en líos y luego salir bien librado, y en Little Big Horn se metió en uno del que no pudo salir —proseguía su abuelo—. Phil Sheridan era un hombre inteligente, igual que Jeb Stuart. Pero el mejor capitán de caballería que ha habido jamás fue John Mosby.»

Entre las cosas que guardaba en su baúl en Missoula, tenía una carta del general Phil Sheridan al viejo Killy «el Caballo» Kilpatrick, en la que le decía que su abuelo era mejor soldado de caballería que John Mosby.

Debería hablarle a Golz de mi abuelo, pensó. Aunque seguro que no habrá oído hablar de él. Lo más probable es que ni siquiera haya oído hablar de John Mosby. Los británicos habían oído hablar de ellos porque tuvieron que estudiar nuestra guerra civil. Karkov dijo que, cuando esto acabara, yo podría ir al Instituto Lenin en Moscú si quisiera. Dijo que podría ir a la academia militar del Ejército Rojo si me apetecía. ¿Qué habría dicho de eso el abuelo? El abuelo que jamás compartió mesa con un demócrata en toda su vida.

Bueno, no quiero ser soldado. De eso estoy seguro. De modo que asunto resuelto. Lo único que quiero es que ganemos esta guerra. Supongo que los verdaderos buenos soldados no saben hacer otra cosa. Eso no es cierto. Mira a Wellington y a Napoleón. Esta tarde estás muy obtuso, pensó.

Por lo general su imaginación era una buena compañía y esa noche lo había sido cuando se había puesto a pensar en su abuelo. Luego pensar en su padre le había despistado un poco. Entendía a su padre, le perdonaba todo y le compadecía, pero se avergonzaba de él.

Mejor no pienses en nada, se dijo. Pronto estarás con María y no tendrás que pensar. Es lo mejor que puedes hacer ahora que todo está dispuesto. Cuando uno se concentra tanto en algo no se puede parar y el cerebro empieza a dar vueltas como un volante cuando no tiene contrapeso. Es mejor no pensar.

Pero supón por un momento, pensó, supón que los aviones sueltan las bombas y machacan los cañones antitanque, vuelan en pedazos sus posiciones, los tanques consiguen por una vez ir cuesta arriba y el bueno de Golz lanza a esa pandilla de borrachos, *clochards*, mendigos, fanáticos y héroes que componen la Decimocuarta Brigada, ya sabes lo buenos que son los hombres de Durán que hay en la otra brigada de Golz, y mañana por la noche estamos en Segovia.

Sí, supón solo eso, se dijo. Yo iría a La Granja, se dijo. Pero vas a tener que volar ese puente, de pronto lo supo con total certeza. No cancelarán la ofensiva. Porque lo que acabas de suponer hace un minuto es justo lo que calculan que ocurrirá quienes la han ordenado. Sí, tendrás que volar el puente, lo supo con certeza. Lo que le ocurra a Andrés carece de importancia.

Mientras bajaba por el sendero en la oscuridad con la sensación de haber hecho todo lo que había que hacer en las próximas cuatro horas y con la confianza que da el pasar de lo abstracto a lo concreto, la convicción de que tendría que volar el puente casi le resultó reconfortante.

La incertidumbre, esa inseguridad parecida a cuando uno no sabe si los invitados acudirán o no a la fiesta por una posible confusión en las fechas, que le había acompañado desde que envió a Andrés con el informe para Golz desapareció por completo. Estaba seguro de que no cancelarían el festival. Es mucho mejor estar seguro, pensó. Siempre es mejor estar seguro.

31

Así que volvían a estar juntos en el saco de dormir esa última noche. María estaba tendida a su lado y él notaba la larga suavidad de sus muslos apretados contra los suyos y sus pechos como dos montículos que se alzan en la vasta llanura cerca de un pozo, y la extensión de terreno entre los dos cerros era el valle de su garganta, donde había posado los labios. Estaba muy quieto sin pensar en nada y ella le acariciaba la cabeza con la mano.

—Roberto —dijo María en voz baja—. Lo siento, no quiero decepcionarte, pero me duele mucho. No creo que vaya a poder.

—Siempre se siente dolor —respondió él—. No, conejito. No es nada. No haremos nada que te duela.

—No es eso. Es que no puedo recibirte como quisiera.

—No importa. Ya se te pasará. Estamos juntos aquí tumbados.

—Sí, pero me da vergüenza. Creo que es por lo que me hicieron, no por lo que hemos hecho tú y yo.

—No hablemos de eso.

—A mí tampoco me gusta. Pero no soporto fallarte justo esta noche y quería pedirte perdón.

—Escucha, conejito —dijo él—. Se te pasará y todo irá bien. —No obstante, pensó que tratándose de la última noche, no era un buen augurio y enseguida se avergonzó y dijo—: Acércate a mí, conejito. Me gusta tanto sentirte a mi lado en la oscuridad como hacer el amor contigo.

—Me da mucha vergüenza porque pensaba que sería otra vez como en la montaña, cuando volvíamos de donde el Sordo.

—¡Qué va! —respondió él—. Eso no pasa todos los días. Esto me gusta tanto como lo otro —mintió ocultando su decepción—. Nos quedaremos aquí tranquilos y dormiremos. Hablemos. Me has hablado muy poco de ti.

—¿Quieres que hablemos de mañana y de tu trabajo? Me gustaría entender bien lo que haces.

—No —respondió él estirándose dentro del saco y descansando la mejilla sobre el hombro de la chica, con el brazo izquierdo por debajo de su cabeza—. Lo más inteligente es no hablar más de mañana ni de lo que ha ocurrido hoy. Así no pensaremos en nuestras bajas y lo que haya que hacer mañana se hará. ¿No tienes miedo?

—¡Qué va! —exclamó ella—. Siempre lo tengo, pero ahora tengo tanto miedo por ti que no pienso en mí.

—No debes hacer eso, conejito. Me he visto en peores aprietos que este —mintió. Luego, cediendo de pronto a la tentación de dejarse llevar por la irrealidad, dijo—: Hablemos de Madrid y de lo que haremos allí.

—Bueno —respondió ella—. ¡Oh, Roberto, siento haberte fallado! ¿No hay otra cosa que pueda hacer por ti?

Él le acarició la cabeza, la besó y luego se acercó a ella y se relajó escuchando el silencio de la noche.

—Puedes hablar conmigo de Madrid —dijo, y luego pensó: Mejor, así acumulo reservas para mañana. Mañana me harán falta. Las agujas de pino de este pinar no lo necesitan tanto como yo mañana. ¿Quién fue el que arrojó su simiente en el suelo en la Biblia? Onán. ¿Y qué fue de Onán?, se preguntó. No recuerdo haber oído contar nada más de él. Sonrió en la oscuridad. Luego volvió a ceder a la tentación y se dejó llevar, sintiendo la voluptuosidad de rendirse a una irrealidad que era como una aceptación sexual de algo que únicamente podía ocurrir de noche cuando no hay entendimiento y solo se tiene el placer de dicha aceptación—. Amor mío —dijo, y la besó—. Escucha. La otra noche estuve pensando en Madrid y en que cuando fuésemos allí te dejaría en la habitación mientras iba a ver a unas personas al hotel de los rusos. Pero no era cierto. No te dejaría en la habitación de ningún hotel.

—¿Por qué no?

—Porque voy a cuidarte. Nunca te dejaré. Iré contigo a la Dirección de Seguridad a conseguirte papeles. Luego te acompañaré a comprar la ropa que haga falta.

—No necesito mucha y puedo comprarla yo.

—No, te hace falta mucha, así que iremos juntos, compraremos ropa buena y estarás preciosa con ella.

—Preferiría quedarme en la habitación del hotel y enviar a alguien a comprar la ropa. ¿Dónde está el hotel?

—En la plaza del Callao. Pasaremos mucho tiempo en esa habitación. Hay una cama muy grande con sábanas limpias, y la bañera tiene agua caliente, y como hay dos armarios yo dejaré mis cosas en uno y tú en el otro. Las ventanas son muy grandes y fuera, en la calle, se respira la primavera. También conozco un par de sitios para comer que son ilegales pero sirven muy buena comida, y tiendas donde todavía venden vino y whisky. Guardaremos provisiones en la habitación para cuando tengamos hambre, y también whisky por si me apetece echar un trago y a ti te compraré manzanilla.

—Me gustaría probar el whisky.

—Pero es muy difícil de conseguir y a ti te gusta la manzanilla.

—Guárdate tu whisky, Roberto —respondió ella—. ¡Oh, te quiero tanto! A ti y a ese whisky que no quieres darme. Menudo cerdo estás hecho.

—No, ya lo probarás. Pero a las mujeres no les sienta bien.

—Y como yo solo he tenido cosas que sientan bien a las mujeres… —dijo María—. Y, cuando estemos en la cama, ¿podré seguir usando mi camisón?

—No. Ya te compraré varios camisones o pijamas, si lo prefieres.

—Compraré siete camisones —dijo ella—. Uno para cada día de la semana. Y una camisa de dormir limpia para ti. ¿Alguna vez te lavas la camisa?

—A veces.

—Yo me ocuparé de que todo esté limpio y te serviré el whisky y el agua como donde el Sordo. Conseguiré aceitunas, bacalao salado y avellanas para acompañar la bebida y en un mes no saldremos de la habitación. Si es que puedo… —dijo sintiéndose desdichada de pronto.

—Eso no es nada —le explicó Robert Jordan—. De verdad, no es nada. Es posible que te hiciesen daño y haya quedado una cicatriz, y por eso te duela. Eso siempre se pasa. Además, si tuvieses alguna cosa, en Madrid hay muy buenos médicos.

—Pero antes estaba tan bien… —dijo en tono de súplica.

—Ahí tienes la prueba de que volverás a estarlo.

—Pues sigamos hablando de cuando vayamos a Madrid. —Metió una pierna entre las de él y frotó la cabeza contra su hombro—. ¿No te avergonzarás de que esté tan fea con la cabeza rapada?

—No. Eres muy guapa. Tienes una cara preciosa y un cuerpo muy bonito, ágil y esbelto, tu piel es suave y parece oro quemado, todos querrán que te vayas con ellos.

—¡Qué va!, irme yo con otro… —respondió ella—. Ningún otro hombre me tocará hasta el día de mi muerte. ¡Irme con otro! ¡Qué va!

—Pero muchos lo intentarán. Ya lo verás.

—Lo que verán es que te quiero tanto que tocarme es tan peligroso como meter la mano en un caldero de plomo fundido. Pero ¿y tú? ¿Qué harás cuando veas a mujeres guapas tan cultas como tú? ¿No te avergonzarás de mí?

—No. Y me casaré contigo.

—Si quieres… —respondió ella—. Pero ahora que ya no hay Iglesia no creo que tenga importancia.

—Me gustaría que nos casáramos.

—Como quieras. Pero escucha. Si alguna vez vamos a algún país donde siga habiendo Iglesia, tal vez podríamos casarnos allí.

—En mi país sigue habiendo Iglesia —le explicó él—. Podemos casarnos allí si lo prefieres. Nunca he estado casado, así que no hay problema.

—Me alegro de que no hayas estado casado —dijo ella—. Pero también me alegro de que hayas estado con muchas mujeres, porque Pilar me ha contado que esos son los únicos hombres que sirven como maridos. Pero no te irás con otras, ¿verdad? Porque eso me mataría.

—Nunca he estado con muchas mujeres —dijo sinceramente—. Hasta que te conocí no creía que uno pudiera enamorarse de verdad.

Le acarició las mejillas y luego le sujetó las manos detrás de la nuca.

—Debes de haber conocido a muchas.

—No para quererlas.

—Escucha. La Pilar me ha dicho una cosa...

—Cuéntame.

—No. Es mejor que no. Volvamos a hablar de Madrid.

—¿Qué ibas a decir?

—No me apetece hablar de eso.

—Puede que sea mejor decírmelo, ya que es tan importante.

—¿Crees que lo es?

—Sí.

—Pero ¿cómo puedes saberlo si no sabes de qué se trata?

—Por tu forma de hablar.

—Entonces no te lo ocultaré. La Pilar me ha dicho que mañana moriremos todos y que tú lo sabes igual que ella y no le das importancia. No lo dijo para criticarte, sino con admiración.

—¿Eso te ha dicho? —preguntó. Esa vieja loca, pensó, y luego añadió—: No son más que majaderías de gitana. Así hablan las verduleras y los cobardes en los cafés. Condenadas [obscenidad]. Notó el sudor que le caía de las axilas y resbalaba entre el brazo y el costado y se dijo: Conque tienes miedo, ¿eh?, luego exclamó—: Es una vieja malhablada y supersticiosa. Sigamos hablando de lo de Madrid.

—Entonces, ¿no es verdad que lo sepas?

—Pues claro que no. Déjate ya de tonterías —dijo utilizando una palabra mucho más gruesa.

Pero esa vez no pudo seguir engañándose al hablar de Madrid. Estaba mintiéndole a su chica y a sí mismo para pasar la noche antes de la batalla y lo sabía. Le gustaba hacerlo, pero el placer de la aceptación había desaparecido. A pesar de todo, volvió a empezar.

—He estado pensando en tu pelo —dijo—. Y en lo que podemos hacer con él. Ya ves que crece igual por toda tu cabeza como el pelo de un animal, y es muy agradable sentirlo, me gusta mucho y me encanta cómo se aplana y se levanta como un campo de trigo bajo el viento cuando le paso la mano por encima.

—Pásala.

Lo hizo, dejó la mano allí y siguió hablando junto a su cuello, mientras notaba cómo a él mismo se le formaba un nudo en la garganta.

—El caso es que he pensado que en Madrid podemos ir juntos al peluquero, a que te lo corte bien por los lados y la nuca, como a mí, y así tendrá mejor aspecto mientras termina de crecer.

—Me gustaría parecerme a ti —dijo apretándose contra él—. Pero luego no querré cambiar de peinado.

—No. Te seguirá creciendo y lo único que habrá que hacer es arreglártelo un poco al principio. ¿Cuánto tardará en crecer?

—¿Hasta que esté largo de verdad?

—No. Hasta que te llegue por los hombros. Es como me gustaría que lo llevaras.

—¿Como la Garbo en el cine?

—Sí —dijo con la voz pastosa. —De nuevo notó cómo le embargaba la irrealidad y se dejó arrastrar por ella. Lo había atrapado, de modo que volvió a rendirse y prosiguió—: Así te cubrirá los hombros y se curvará por los extremos, como las olas del mar, y será del color del trigo maduro y tu cara estará tostada por el sol, con esos ojos que son del único color que podría combinar con tu pelo y tu piel, dorados con reflejos oscuros, y te echaré la cabeza atrás, te miraré a los ojos y te abrazaré fuerte contra mí...

—¿Dónde?

—En cualquier sitio. Donde quiera que estemos. ¿Cuánto tardará en crecerte el pelo?

—No lo sé porque nunca me lo habían cortado. Pero creo que en seis meses me cubrirá las orejas y en un año estará tan largo como quieres. Pero ¿sabes lo que ocurrirá antes?

—¿Qué?

—Pues que estaremos en la cama grande y limpia de esa famosa habitación de ese hotel tan famoso, y nos sentaremos en ella y nos miraremos en el espejo del *armoire*, y estaremos tú y yo, y luego me volveré hacia ti y te abrazaré así y luego te besaré así.

Se quedaron en silencio abrazados en mitad de la noche, acalorados, rígidos, muy juntos, y Robert Jordan se aferró a todas aquellas cosas que sabía que no ocurrirían nunca, y siguió diciendo:

—Conejito, no siempre viviremos en ese hotel.

—¿Por qué no?

—Podemos alquilar un apartamento en Madrid, en esa calle que hay junto al parque del Buen Retiro. Conozco a una norteamericana que amueblaba apartamentos y los alquilaba antes de la revolución y sé cómo conseguir uno al precio de antes de la guerra. Hay algunos que dan al parque y desde ellos se ve todo el Retiro: la reja, los jardines, los paseos de gravilla y el césped, los árboles umbrosos y las fuentes, y ahora los castaños deben de estar en flor. En Madrid podemos pasear por el parque y remar en el lago, si es que han vuelto a llenarlo de agua.

—¿Por qué lo vaciaron?

—Lo vaciaron en noviembre porque servía de punto de referencia a los aviones durante los bombardeos. Pero creo que lo han vuelto a llenar. No estoy seguro, pero aunque no lo hayan hecho, podemos pasear por el parque lejos del lago; hay un sitio donde hay árboles de todos los lugares del mundo, con los nombres escritos en unas plaquitas donde explica de qué árboles se trata y de dónde proceden.

—Casi prefiero ir al cine —dijo María—. Aunque lo de los árboles parece muy interesante y si consigo recordar sus nombres podemos aprenderlos juntos.

—No están como en un museo —le explicó Robert Jordan—. Crecen de forma natural y hay unas lomas y una parte del parque que parece un bosque. Un poco más abajo está la feria del libro, donde hay cientos de puestos de libros de segunda mano en las aceras, y desde la revolución hay muchos libros robados en los saqueos de las casas bombardeadas y de los fascistas, que han llevado allí los que los robaron. Podría pasarme el día entero en los puestos de libros como hacía antes de la revolución, si tuviese tiempo libre en Madrid.

—Mientras visitas la feria del libro, yo me ocuparé del apartamento —dijo María—. ¿Tendremos dinero suficiente para tener una criada?

—Claro. Si te gusta, contrataremos a Petra, que trabaja en el hotel, es muy limpia y cocina muy bien. He comido allí con los periodistas a quienes les prepara la comida. Tienen estufas eléctricas en las habitaciones.

—Si quieres... —dijo María—. O si no, puedo buscar a alguien. Pero no pasarás mucho tiempo fuera con tu trabajo, ¿no? Dedicándote a lo que te dedicas, no me dejarían acompañarte.

—A lo mejor consigo trabajo en Madrid. Hace mucho que me dedico a esto y llevo combatiendo desde que estalló la guerra. Puede que me den trabajo en Madrid. Nunca lo he pedido. Siempre he estado en el frente o en misiones como esta. ¿Sabes que antes de conocerte nunca había pedido ni querido nada? No había pensado más que en la revolución y en ganar la guerra. De verdad, era muy puro en mis ambiciones. He trabajado mucho, y te quiero y... —dijo pensando en todo lo que no podría ser—, te quiero como a todo aquello por lo que he luchado. Te quiero tanto como a la libertad, la dignidad y el derecho de cualquiera a trabajar y no pasar hambre. Te quiero tanto como al Madrid que hemos defendido y como a los camaradas muertos. Muchos, muchos. No imaginas cuántos. Pero te quiero más que a lo que más quiero del mundo. Te quiero mucho, conejito. Más de lo que puedo decirte. Pero te lo digo para que te hagas una idea. Nunca he tenido mujer y ahora te tengo a ti y soy feliz.

—Seré la mejor esposa posible —dijo María—. Ya sé que me falta experiencia, pero me esforzaré por aprender. Si vivimos en Madrid, bien. Si tenemos que vivir en cualquier otra parte, también bien. Si no vivimos en ninguna parte y puedo estar contigo, tanto mejor. Si vamos a tu país aprenderé inglés como cualquier inglés. Me fijaré en todo lo que hacen y lo haré yo también.

—Serías muy graciosa.

—Seguro que me equivocaría, pero tú me lo dirías y no lo repetiría dos veces, o a lo mejor solo dos. Luego en tu país, si echas de menos nuestra comida, cocinaré para ti. E iré a una escuela para aprender a ser mejor esposa, si es que hay una escuela así, y estudiaré en ella.

—Las hay, pero a ti no te hace falta asistir.

—Pilar me dijo que le sonaba que en tu país las había. Lo había leído en un periódico. Y también me dijo que tendría que aprender inglés y hablarlo muy bien para que nunca te avergonzases de mí.

—¿Cuándo te ha contado eso?

—Hoy, mientras guardábamos las cosas. No ha parado de hablar de lo que tendría que hacer para ser tu mujer.

Supongo que ella también estaba soñando con Madrid, pensó Robert Jordan y dijo:

—¿Qué más te ha contado?

—Me ha dicho que tendría que cuidar la línea como si fuese un torero. Me ha dicho que eso es muy importante.

—Y lo es —respondió Robert Jordan—. Pero hasta dentro de muchos años no tendrás que preocuparte por eso.

—No. Pilar dice que nosotras tenemos que tener cuidado siempre, porque puede ocurrirte de repente. Me ha contado que antes era tan delgada como yo, pero en esos días las mujeres no hacían ejercicio. Me ha explicado los ejercicios que debo hacer y que no tengo que comer demasiado. También me ha dicho las cosas que no debo comer. Pero se me han olvidado y tendré que preguntarle otra vez.

—Patatas —dijo él.

—Sí —prosiguió—. Patatas y cosas fritas. Y cuando le he explicado lo del dolor, me ha dicho que no te lo dijera y que aguantase para que no te dieras cuenta. Pero te lo he dicho porque no quiero mentirte nunca, y también me daba miedo que pensaras que ya no disfrutamos juntos y que lo otro, lo que nos pasó en las montañas, en realidad no había ocurrido.

—Has hecho bien en decírmelo.

—¿De verdad? Porque me da vergüenza y haré todo lo que me pidas. Pilar me ha enseñado cosas que se le pueden hacer a un marido.

—No hay necesidad de hacer nada. Lo que hagamos, lo haremos juntos y lo guardaremos para nosotros. Me encanta estar tumbado a tu lado y tocarte y saber que estás aquí de verdad, y que cuando puedas volveremos a hacerlo todo.

—Pero ¿no hay nada que pueda hacer? Pilar me lo ha explicado.

—No. Satisfaremos nuestras necesidades juntos. Lo único que necesito es a ti.

—Eso me parece mejor. Pero quiero que sepas que siempre haré lo que quieras. Aunque tienes que pedírmelo, porque soy muy ignorante y muchas de las cosas que me ha contado no las he entendido del todo. Me daba vergüenza preguntarle a ella que sabe tanto.

—Conejito —dijo él—. Eres maravillosa.

—¡Qué va! —dijo ella—. Pero resulta difícil tratar de aprender todo lo que tiene que saber una mujer mientras levantas el campamento y lo aprestas todo para el combate, y mientras en las montañas se libra otra batalla, así que si meto la pata tendrás que decírmelo, porque te quiero. Es posible que recuerde algo mal porque mucho de lo que me ha enseñado es muy complicado.

—¿Qué más te ha dicho?

—Pues tantas cosas que ni me acuerdo. Ha dicho que, si vuelvo a pensar en eso, puedo contarte lo que me hicieron porque eres buena persona y lo entenderás. Pero que sería mejor no volver a darle vueltas, a no ser que no pueda quitármelo de la cabeza y piense que contándotelo conseguiré olvidarlo.

—¿Y piensas mucho en eso?

—No, desde que estamos juntos es como si nunca hubiera ocurrido. Siento lástima por mis padres. Pero eso me acompañará siempre. No obstante, si voy a ser tu mujer quiero que sepas una cosa por tu amor propio. Nunca me he entregado a nadie. Siempre me he defendido y siempre necesitaron al menos dos para obligarme. Uno se sentaba en mi cabeza y me sujetaba. Te lo digo por tu amor propio.

—Mi amor eres tú. No me lo cuentes.

—No, te lo cuento porque si voy a ser tu mujer, tienes que tener amor propio. Y otra cosa. Mi padre era el alcalde del pueblo y un hombre honrado. Mi madre también era honrada y una buena católica, y la fusilaron con él porque mi padre era republicano. Vi cómo los fusilaban contra la tapia del matadero mientras mi padre gritaba: «¡Viva la República!».

»Mi madre estaba a su lado y gritó: "¡Viva mi marido, que era alcalde de este pueblo!", y yo deseé que me fusilaran a mí también y gritar: "¡Viva la República y vivan mis padres!", pero no me fusilaron y a cambio me hicieron aquello.

»Escucha, te contaré una cosa porque nos afecta a los dos. Después de fusilarlos en el matadero, cogieron a los demás parientes a quienes no habían fusilado y nos hicieron subir por una cuesta hasta la plaza del pueblo. Casi todos lloraban, aunque algunos estaban aturdidos por lo que acababan de presenciar y se les habían secado las lágrimas. Yo misma no podía llorar. No me daba cuenta de lo que pasaba porque no podía quitarme de la cabeza el momento del fusilamiento y a mi madre diciendo: "¡Viva mi marido, que era alcalde de este pueblo!", pues mi madre no era republicana y no había querido decir "¡Viva la República!", sino solo dar vivas a mi padre, que yacía muerto boca abajo a sus pies.

»Sin embargo, lo que había dicho lo había dicho en voz alta, como un chillido, y luego la fusilaron, y cuando se desplomó, traté de salirme de la fila e ir con ella, pero nos habían maniatado. El fusilamiento lo hizo la guardia civil y se disponían a fusilar a más cuando los falangistas nos llevaron por la cuesta y dejaron los cadáveres junto a la tapia y a los guardias civiles apoyados en sus mosquetones. Íbamos atadas por las muñecas, formando una larga fila de chicas y mujeres, y nos llevaron por la cuesta y por las calles hasta la plaza, y allí se detuvieron delante de la barbería, que estaba enfrente del ayuntamiento.

»Luego los dos hombres nos miraron y uno dijo: "Esa es la hija del alcalde", y el otro respondió: "Pues empezaremos por ella".

»A continuación cortaron la cuerda con la que me habían atado las muñecas y uno les ordenó a los demás que volvieran a atar la cuerda, y aquellos dos me llevaron de los brazos, me metieron en la barbería, me levantaron y me sentaron en el sillón de barbero.

»Vi mi cara reflejada en el espejo y los rostros de los dos que me sujetaban y los de otros tres que se habían acercado, pero no los reconocí. Vi mi cara y las suyas, pero ellos solo me miraban a mí. Fue como estar en el sillón del dentista rodeada de varios dentistas que se hubieran vuelto locos. Apenas pude reconocer mi propio rostro porque estaba desfigurado por la pena, pero lo vi y supe que era yo. Sentía tanta pena que no tenía miedo ni sentía más que pena.

»En aquel entonces yo llevaba el pelo recogido en dos trenzas y, mientras miraba en el espejo, uno de ellos levantó una trenza y tiró de ella hasta hacerme daño y luego la cortó con una navaja barbera. Me vi con una sola trenza y un trasquilón donde había estado la otra. Después cortó la otra trenza sin tirar de ella y me hizo un pequeño corte en la oreja, que empezó a sangrar. ¿Notas la cicatriz?

—Sí, pero ¿no sería mejor hablar de otra cosa?

—Esto no es nada. No te contaré lo peor. El caso es que me cortó las dos trenzas y los demás se rieron y ni siquiera noté el corte de la oreja; luego se plantó delante de mí y me golpeó con las trenzas en la cara mientras los otros dos me sujetaban y dijo: "Así es como hacemos monjas rojas. Esto te enseñará a unirte a tus hermanos proletarios. ¡Novia del Cristo Rojo!".

»Y me golpeó una y otra vez en la cara con aquellas trenzas que habían sido mías y luego me las metió en la boca y las ató con fuerza en la nuca para hacer una mordaza, y los dos que me sujetaban se rieron.

»Todos los que lo vieron se reían y cuando los vi reír en el espejo me eché a llorar, porque hasta entonces el fusilamiento me había dejado helada y no había podido llorar.

»Luego el que me había amordazado me pasó por la cabeza una maquinilla para el pelo, empezando por la frente hasta la nuca, y después por detrás de las orejas; me pusieron delante del espejo para que viera lo que estaban haciendo, y no podía creer lo que veía y, aunque no paraba de llorar, no podía apartar la vista del espejo, donde se reflejaba mi cara horrorizada, con la boca abierta y las trenzas que me amordazaban y mi cabeza que se iba quedando rapada bajo la maquinilla.

»Después, cuando acabó el de la maquinilla, cogió un frasco de yodo del estante del barbero (también lo habían fusilado por pertenecer al sindicato y estaba tirado a la puerta de la barbería, por lo que habían tenido que levantarme en volandas para entrar) y con la varilla de cristal que hay en esos frascos me tocó el corte de la oreja y sentí aquel dolorcillo a pesar de mi pena y mi horror.

»A continuación se plantó delante de mí y me escribió UHP en la frente muy despacio, como si fuese un artista, y yo lo vi todo en el espejo y había dejado de llorar porque sentía tanta pena por mi madre y por mi padre que sabía que lo que me hicieran no sería nada en comparación.

»Cuando terminó de escribir, el falangista dio un paso atrás y me miró para comprobar su obra, luego dejó el frasco, volvió a coger la maquinilla y dijo: "La siguiente". Volvieron a sacarme de la barbería, sujetándome de los brazos, y tropecé con el barbero, que seguía tirado a la puerta de su negocio, tendido de espaldas y con el rostro céreo vuelto hacia arriba, y estuvimos a punto de chocarnos con Concepción García, mi mejor amiga, que dos de ellos estaban llevando dentro. Cuando me vio no me reconoció y luego lo hizo y soltó un grito, y la oí gritar mientras me arrastraban por la plaza hasta el umbral y las escaleras del ayuntamiento, y me metían en el despacho de mi padre donde me tumbaron en el sofá. Y ahí fue donde pasó lo peor.

—Mi conejito —dijo Robert Jordan sujetándola muy cerca y con mucho cariño contra él. Aunque estaba dominado por el odio—. No hables más de eso. No me lo cuentes porque no soporto tanto odio.

Ella estaba rígida y fría entre sus brazos y dijo:

—No. No volveré a hablar de ello. Pero son mala gente y me gustaría matar contigo a alguno de ellos si pudiera. Te lo he contado para que puedas conservar tu amor propio, ya que voy a ser tu mujer. Para que lo entiendas.

—Me alegro de que me lo hayas contado —dijo él—. Porque mañana, con suerte, mataremos a muchos.

—Pero ¿mataremos falangistas? Los que lo hicieron fueron ellos.

—Ellos no combaten —respondió Robert Jordan con aire sombrío—. Matan en la retaguardia. No combatimos con ellos en la batalla.

—¿Y no podemos matarlos de algún modo? Me gustaría mucho matar a alguno.

—Yo los he matado —dijo él—. Y volveremos a hacerlo. Los he matado en los trenes.

—Me gustaría volar un tren contigo —dijo María—. Cuando Pilar me sacó del tren yo estaba como loca. ¿No te lo ha contado?

—Sí. No hables más de eso.

—Tenía la cabeza embotada y no podía parar de llorar. Pero tengo que contarte otra cosa. Debo hacerlo. Luego a lo mejor no quieres casarte conmigo. Pero, Roberto, si no quieres casarte, ¿no podríamos al menos estar siempre juntos?

—Me casaré contigo.

—No. Se me había olvidado una cosa. A lo mejor no quieres. Es posible que no pueda darte hijos, porque la Pilar dice que es posible después de lo que me hicieron. Tenía que contártelo. ¡Ay, no sé cómo ha podido olvidárseme!

—No importa, conejito —dijo él—. En primer lugar, puede que no sea cierto. Eso lo tiene que decir un médico. Además, no quiero traer hijos al mundo tal como está ahora. Así te daré todo mi amor.

—Me gustaría darte un hijo y una hija —respondió ella—. ¿Cómo va a mejorar el mundo si no tenemos hijos que se enfrenten a los fascistas?

—Tú —dijo—. Te quiero. ¿Me oyes? Y ahora debemos dormir. Porque tengo que levantarme mucho antes de que amanezca y en esta época del año amanece muy temprano.

—Entonces, ¿no te importa lo último que te he contado? ¿Todavía podemos casarnos?

—Ya lo estamos. Me caso contigo ahora. Eres mi mujer. Pero duérmete, conejito, ya no nos queda mucho tiempo.

—¿Y estaremos casados de verdad? ¿No lo dices solo por decir?

—De verdad.

—Pues me dormiré y pensaré en eso si me despierto.

—Yo también.

—Buenas noches, marido.

—Buenas noches —respondió él—. Buenas noches, mujer.

La oyó respirar profundamente y con regularidad y supo que se había quedado dormida. Él siguió despierto y muy quieto, pues no quería despertarla al moverse. Pensó en todo lo que no le había contado, se quedó allí sintiendo su odio y se alegró de que por la mañana fuese a haber muertos. Pero no debo convertirlo en algo personal, se dijo.

Aunque, ¿cómo evitarlo? Sé que también nosotros hicimos cosas terribles. Pero era porque éramos incultos y no conocíamos otra cosa. En cambio ellos lo hicieron a propósito y con deliberación. Quienes hicieron eso son el producto de su educación. La flor y nata de la caballerosidad española. Menuda gente. ¡Qué hijos de puta, desde Cortés, Pizarro y Menéndez de Ávila hasta Enrique Líster y Pablo! Y, al mismo tiempo, ¡qué gente tan maravillosa! No la hay peor ni mejor en el mundo. No los hay más amables ni más crueles. ¿Y quién los entiende? No seré yo, porque si lo hiciese les perdonaría. Entender es perdonar. No es cierto. Eso del perdón se ha exagerado. El perdón es una idea cristiana y España nunca ha sido un país cristiano. Siempre ha tenido su propia idolatría en el seno de la Iglesia. Otra Virgen más. Supongo que por eso tienen que destruir a las vírgenes de sus enemigos. Debe de ser un sentimiento más arraigado en los fanáticos religiosos españoles que entre el pueblo. El pueblo se había apartado de la Iglesia, porque la Iglesia estaba con el gobierno y el gobierno siempre ha estado corrompido. Este era él único país donde no llegó nunca la Reforma. Ahora están pagando el precio por la Inquisición.

En fin, eso daba que pensar. Así podía estar entretenido y no obsesionarse con el trabajo. Era más sensato que fingir. Dios, cuánto había tenido que fingir esa noche. Y Pilar llevaba todo el día haciéndolo. Seguro. ¿Qué más daba que murieran todos al día siguiente? ¿Qué importancia tenía con tal de que volasen el puente como es debido? Era lo único que tenían que hacer.

Ninguna. No se pueden hacer estas cosas indefinidamente. Y nadie vive para siempre. Puede que haya condensado toda mi vida en tres días, pensó. Si es así, ojalá hubiésemos pasado la última noche de otra manera. Pero las últimas noches nunca son buenas. Las últimas cosas nunca lo son. Sí, las últimas palabras lo son a veces. Aquel «¡Viva mi marido, que era alcalde de este pueblo!» lo fue.

Sabía que lo había sido, porque al pensarlo le recorría el cuerpo un cosquilleo. Se inclinó y besó a María, que no se despertó. Luego le susurró en inglés: «Quiero casarme contigo, conejito. Estoy muy orgulloso de tu familia».

32

Esa noche, en Madrid, había mucha gente en el hotel Gaylord. Un coche que llevaba los faros pintados con una lechada azul se detuvo junto a la cochera y un hombrecillo con botas negras de montar, pantalones bombachos de color gris y una chaqueta del mismo color abotonada hasta el cuello se apeó del vehículo y devolvió el saludo a los dos centinelas que le abrieron la puerta, saludó con un gesto al policía secreta que había tras el mostrador del conserje y entró en el ascensor. Había otros dos centinelas dentro, uno a cada lado del vestíbulo de mármol, y ambos se limitaron a mirar cuando el hombrecillo pasó junto a ellos camino del ascensor. Su misión era cachear a cualquier desconocido para asegurarse de que no iba armado, y, en caso de que lo fuera, informar al conserje. Pero ambos conocían de sobra al hombrecillo de las botas de montar y apenas lo miraron.

La habitación que ocupaba en el Gaylord estaba abarrotada cuando entró en ella. Por todas partes había gente de pie y sentada que conversaba como en un salón y tanto los hombres como las mujeres estaban bebiendo vodka, whisky con soda y cerveza en unos vasitos que llenaban de grandes jarras. Había cuatro hombres de uniforme, los otros llevaban cazadoras o chaquetas de cuero y tres de las cuatro mujeres llevaban vestidos de calle, mientras que la cuarta, que era muy flaca y morena, vestía un sobrio uniforme de miliciana, con una falda y botas altas.

Cuando entró en la habitación, Karkov fue directo hacia la mujer de uniforme, la saludó con un gesto y le estrechó la mano. Era su mujer, y le dijo algo en ruso que nadie oyó y que hizo que la insolencia que había en su mirada cuando entró en la habitación desapareciera por un instante. Luego volvió a iluminarse al ver el cabello de color caoba, el rostro enamorado e indolente y la espléndida figura de la joven que era su amante, y se dirigió hacia ella con paso firme y decidido, la saludó con un gesto y le estrechó la mano de un modo que todos pensaron que era una burla del modo en que se había dirigido antes a su mujer. Ella, por su parte, había dejado de mirarle en cuanto cruzó la habitación, estaba de pie con un oficial español alto y guapo y ambos conversaban en ruso.

—Tu gran amor empieza a engordar —le estaba diciendo Karkov a la chica—. Todos nuestros héroes están engordando ahora que nos acercamos al segundo año de guerra.

No miró al hombre de quien hablaba.

—Eres tan feo que tendrías celos de un sapo —le contestó alegremente la joven. Hablaba en alemán—. ¿Puedo ir contigo mañana a la ofensiva?

—No. No va a haber ninguna ofensiva.

—Todo el mundo lo sabe —repuso la chica—. No te hagas el misterioso. Dolores va a ir. Iré con ella o con Carmen. Mucha gente va a ir.

—Ve con quien te quiera llevar —dijo Karkov—. No seré yo. —Luego se volvió hacia la joven y le preguntó en tono muy serio—: ¿Quién te lo ha dicho? Sé franca.

—Richard —respondió ella en tono no menos serio.

Karkov se encogió de hombros y se alejó.

—Karkov —le llamó con voz dispéptica un hombre de estatura media, con bolsas hinchadas debajo de los ojos, cara grisácea y cansada y labio leporino—. ¿Ya te has enterado de las buenas noticias? —Karkov se acercó a él y el hombre dijo—: Me acabo de enterar. No hace ni diez minutos. Es estupendo. Los fascistas llevan todo el día combatiendo entre ellos cerca de Segovia. Se han visto obligados a sofocar los motines con fuego de ametralladoras y fusiles automáticos. Por la tarde estaban bombardeando con aviación a sus propias tropas.

—¿Ah, sí? —preguntó Karkov.

—Es cierto —dijo el hombre de los ojos hinchados—. Me lo ha contado Dolores en persona. Vino a comunicarnos la noticia y estaba más exultante que nunca. Se le notaba en la cara que la noticia era cierta. Esa cara tan noble...

—Esa cara tan noble... —repitió Karkov en tono inexpresivo.

—Si la hubieras oído —dijo el hombre de los ojos hinchados—. Tenía un brillo en la mirada que no parecía de este mundo. Se le notaba en la voz que lo que decía era cierto. Lo voy a contar en un artículo para *Izvestia*. Para mí, oírle darnos la noticia con esa gran voz en la que se funden la piedad, la compasión y la verdad, ha sido uno de los grandes momentos de la guerra. Irradia bondad y verdad como una auténtica santa popular. Por algo la llaman la Pasionaria.

—Sí, por algo será —respondió Karkov con voz hueca—. Más vale que escribas el artículo de *Izvestia* cuanto antes, no se te vaya a olvidar ese titular tan bonito.

—Con esa mujer no se pueden hacer bromas. Ni siquiera un cínico como tú —dijo el de los ojos hinchados—. Ojalá hubieses estado aquí para verle la cara.

—Esa gran voz... —repitió Karkov—. Ese rostro tan noble. Escribe tu artículo —insistió—, no me lo cuentes a mí. No malgastes párrafos enteros conmigo. Corre a escribir tu artículo cuanto antes.

—Ahora no.

—Pues harías bien —dijo Karkov mirándolo, luego desvió la mirada. El de los ojos hinchados se quedó allí un par de minutos con el vaso de vodka en la mano y la mirada arrobada por la belleza de lo que había visto y oído, y luego salió de la habitación para ir a escribir su artículo.

Karkov fue hacia otro hombre de unos cuarenta y ocho años, que era bajo, fornido y de aspecto jovial y tenía los ojos azules, cabello pajizo y escaso, y una boca alegre debajo de un bigote rubio. Era un general de división húngaro.

—¿Estabas aquí cuando vino Dolores? —preguntó Karkov.

—Sí.

—¿Qué historia era esa?

—No sé qué cuentos de que los fascistas están luchando entre ellos. Muy bonito, si fuese cierto.

—Corren muchos rumores sobre lo de mañana.

—Es escandaloso. Habría que fusilar a todos los periodistas, a la mayoría de los presentes en esta habitación y desde luego a ese alemán intrigante que atiende al nombre de Richard. Deberían fusilar a quienquiera que pusiera a ese *függler* dominical al mando de una brigada. Y tal vez también debieran fusilarnos a ti y a mí. Es posible, pero no se lo digas a nadie —añadió el general con una carcajada.

—No me gusta hablar de eso —dijo Karkov—. El americano que viene a veces a verme está ahora allí. Ya sabes quién te digo, Jordan, el que está con el grupo de partisanos. Se encuentra justo donde se supone que ha sucedido lo que han dicho.

—Pues esta noche debería llegarnos su informe —dijo el general—. No me aprecian mucho por allí, de lo contrario iría yo mismo a ver si averiguaba algo. Trabaja para Golz, ¿no? Ve a verlo mañana.

—Iré a primera hora.

—No te cruces en su camino, si las cosas no van bien —dijo el general—. Os odia tanto como yo. Aunque él tiene mejor carácter.

—Pero eso de…

—Probablemente los fascistas estuviesen haciendo maniobras —respondió el general con una sonrisa—. En fin, mañana veremos si Golz consigue hacerles maniobrar un poco. En Guadalajara lo conseguimos.

—He oído que tú también te vas —dijo Karkov mostrando los dientes podridos al sonreír. El general se enfadó de pronto.

—Yo también. Ahora me toca a mí. Y a todos. La culpa es de este condenado nido de chismosos. Un hombre que supiera tener la boca cerrada podría salvar este país si creyera en él.

—Tu amigo Prieto sabe tener la boca cerrada.

—Pero no cree que pueda ganar. ¿Cómo vas a ganar si no crees en la gente?

—Decídelo tú —dijo Karkov—. Voy a ver si duermo un poco.

Salió de la habitación repleta de humo y chismorreos y se dirigió al dormitorio que había al fondo, se sentó en la cama y se quitó las botas. Todavía se les oía hablar, así que cerró la puerta y abrió la ventana. No se molestó en desvestirse porque a las dos tenía que salir hacia Colmenar, Cerceda y Navacerrada, camino del frente donde Golz atacaría por la mañana.

33

Eran las dos de la mañana cuando le despertó Pilar. Al principio, cuando notó el roce de su mano, pensó que era María y se volvió hacia ella y dijo: «Conejito». Luego la mujer le sacudió el hombro con su manaza y despertó de pronto y echó mano a la culata de la pistola que tenía junto al muslo derecho, estaba tan dispuesto como la pistola después de quitar el seguro.

En la oscuridad vio que era Pilar y miró la esfera de su reloj de pulsera y las dos manecillas que brillaban en ángulo agudo, y, al ver que eran solo las dos, preguntó:

—¿Qué te ocurre, mujer?

—Pablo se ha ido —respondió la mujerona.

Robert Jordan se puso los zapatos y los pantalones. María no se había despertado.

—¿Cuándo? —preguntó.

—Debe de haber sido hace una hora.

—¿Y?

—Se ha llevado algunas de tus cosas —respondió desconsolada la mujer.

—Entiendo. ¿Qué se ha llevado?

—No lo sé —dijo ella—. Ven a verlo.

Fueron en la oscuridad hasta la entrada de la cueva, se agacharon para pasar por debajo de la manta y entraron. Robert Jordan la siguió y notó el olor viciado de las cenizas y los durmientes, encendió la linterna eléctrica para no pisar a ninguno de los que dormían en el suelo. Anselmo se despertó y preguntó:

—¿Es la hora?

—No —susurró Robert Jordan—. Duerme, viejo amigo.

Los dos fardos se encontraban a la cabecera de la cama de Pilar, que estaba separada del resto de la cueva por una manta colgada de la pared. Cuando Robert Jordan se agachó junto a la cama y los iluminó con la linterna, reparó en que la cama despedía un olor rancio y dulzón a sudor seco, como el de las camas de los indios. Luego vio que los dos fardos tenían un largo corte de arriba abajo. Cogió la linterna con la mano izquierda y rebuscó en el primero con la derecha. Ahí era donde llevaba el saco de dormir y no debería estar muy lleno. No lo estaba. Quedaba un poco de cable, pero la caja cuadrada de madera con el detonador había desaparecido. Igual que la caja de puros con los cebadores cuidadosamente empaquetados. Y la caja metálica atornillada con la mecha y los fulminantes.

Robert Jordan palpó el otro saco. Seguía lleno de explosivos. Tal vez faltara uno de los paquetes.

Se puso en pie y se volvió hacia la mujer. Cuando a uno lo despiertan demasiado pronto por la mañana se tiene una sensación que parece preludiar el desastre, y él tenía esa sensación multiplicada por mil.

—¿A esto le llamas vigilar mis cosas? —dijo.

—Dormía con la cabeza encima y abrazada a ellas —respondió Pilar.

—Pues tienes el sueño muy profundo.

—Escucha —dijo la mujer—. Se despertó de noche y le pregunté: «¿Adónde vas, Pablo?», él respondió: «A orinar, mujer», y volví a quedarme dormida. Cuando desperté no sabía cuánto tiempo había pasado, pero al ver que no estaba, pensé que había ido a ver los caballos como hace siempre. Luego —concluyó con desconsuelo— vi que no volvía, me preocupé y palpé los fardos para estar segura, noté el corte y fui a buscarte.

—Vamos —dijo Robert Jordan.

Salieron, era muy pronto y aún no tenía visos de ir a amanecer.

—¿Hay algún sitio por donde pueda escapar sin que lo vea el centinela?

—Dos.

—¿Quién está arriba?

—Eladio.

Robert Jordan no dijo nada hasta que llegaron al prado donde habían atado los caballos. El bayo y el tordo habían desaparecido.

—¿Cuándo crees que se ha ido?

—Tiene que haber sido hace una hora.

—Pues no hay nada que hacer —dijo Robert Jordan—. Iré a por lo que queda en los sacos y volveré a la cama.

—Yo lo vigilaré.

—Qué va. Ya los has vigilado una vez.

—Inglés —dijo la mujer—, lo siento tanto como tú. Haría cualquier cosa por devolverte tus cosas. No hay necesidad de ofender. Pablo nos ha traicionado a los dos.

Al oírla, Robert Jordan comprendió que no podía permitirse el lujo de ser cínico, que no podía discutir con aquella mujer. Tenía que trabajar con ella en aquel día del que habían transcurrido ya dos horas y pico.

Le puso la mano en el hombro.

—No es nada, Pilar —le dijo—. Lo que se ha llevado no tiene importancia. Ya improvisaremos algo para reemplazarlo.

—Pero ¿qué es lo que se ha llevado?

—Nada, mujer. Lujos que se permite uno.

—¿Era parte del mecanismo para la explosión?

—Sí. Pero hay otros modos de hacer estallar los explosivos. Dime, ¿acaso Pablo no tenía mecha y fulminantes? Debieron de darle algunos.

—Se los ha llevado también —respondió desolada—. Fue lo primero que busqué. Pero se los ha llevado también.

Volvieron por el bosque hasta la entrada de la cueva.

—Duerme un poco —dijo—. Estaremos mejor sin Pablo.

—Voy a ver a Eladio.

—Habrá ido por otro sitio.

—Voy de todos modos. Te he traicionado con mi estupidez.

—No —dijo él—. Ve a dormir, mujer. Tenemos que ponernos en marcha a las cuatro.

Entró en la cueva con ella y cogió los dos fardos entre los brazos con mucho cuidado para que no se cayera nada.

—Déjame coserlos.

—Cuando nos vayamos —dijo en voz baja—. No es que desconfíe de ti, pero así dormiré mejor.

—Tendrá que ser a primera hora.

—Los tendrás a primera hora —le aseguró—. Ahora ve a dormir un poco, mujer.

—No —repuso ella—. Te he fallado a ti y a la República.

—Ve a dormir un poco, mujer —dijo él con amabilidad—. Ve a dormir un poco.

34

Los fascistas dominaban las cumbres de aquellas montañas. Luego había un valle que estaba en tierra de nadie salvo por un puesto que habían fortificado los facciosos en una granja con sus dependencias y un granero. Andrés, de camino a ver a Golz para entregarle el mensaje de Robert Jordan, tuvo que rodear aquel puesto en la oscuridad. Sabía que habían tendido un alambre que disparaba un arma y lo encontró en la oscuridad, pasó por encima y siguió el riachuelo bordeado de álamos, cuyas hojas se movían con la brisa nocturna. Un gallo cantó en la granja donde estaba el puesto de los fascistas y mientras andaba a la orilla del riachuelo se volvió y vio entre los troncos de los álamos una luz en el alféizar de una de las ventanas de la granja. La noche estaba despejada y tranquila y Andrés se apartó del riachuelo y cruzó por el prado.

Había cuatro montones de heno en el prado que llevaban allí desde que estallaron los combates en julio del año anterior. Nadie lo había recogido y las cuatro estaciones transcurridas habían acabado por estropear la paja y volverla inservible.

Andrés pensó en aquel desperdicio mientras pasaba por encima de otro alambre que unía los dos montones. Pero los republicanos habrían tenido que subir la paja por las empinadas pendientes de Guadarrama que se alzaban detrás del prado y los fascistas no la necesitaban, pensó.

Ellos tienen toda la paja y todo el grano que necesitan. Demasiado, se dijo. Pero mañana por la mañana les daremos lo suyo. Mañana por la mañana les devolveremos lo del Sordo. ¡Menudos bárbaros! Por la mañana habrá polvo en la carretera.

Quería entregar el mensaje y volver a tiempo de atacar los puestos por la mañana. ¿De verdad lo deseaba o solo lo fingía? Recordaba la sensación de alivio que había sentido cuando el inglés le había dicho que tenía que llevar aquel mensaje. Había afrontado la perspectiva de lo que le esperaba por la mañana con calma. Era lo que había que hacer. Había votado a favor y lo haría. La muerte del Sordo le había impresionado mucho. Pero, después de todo, a quien habían matado era al Sordo. No a ellos. Ellos harían lo que tuvieran que hacer.

Sin embargo, cuando el inglés le pidió que fuese a entregar el mensaje se había sentido igual que cuando era muchacho y se despertaba el día de las fiestas de su pueblo y oía llover con tanta fuerza que sabía que cancelarían el encierro en la plaza.

De muchacho le gustaban mucho los encierros y estaba deseando que llegara el momento de estar en la plaza bajo el sol y el polvo, con los carros colocados para bloquear las salidas y hacer un cercado donde llegara el toro al salir de la caja y frenara con las cuatro patas al abrir la puerta. Esperaba con emoción, placer y temor el momento en que se oía en la plaza el golpeteo de los cuernos del toro contra las tablas de la caja y luego verlo llegar con la cabeza muy alta, los orificios nasales dilatados, las orejas temblorosas, el pelo negro y lustroso cubierto de polvo y una costra seca en los costados, ver sus ojos fijos muy separados debajo de los pitones tan finos y duros como esas maderas pulidas por la arena que arrastra el mar a la orilla, con las afiladas puntas tan tiesas que se te encogía el corazón al verlas.

Esperaba todo el año el momento en que el toro entraba en la plaza y uno observaba sus ojos mientras el animal decidía a quién embestir agachando súbitamente la cabeza y dando unas cornadas que lo dejaban a uno paralizado. De niño había esperado con ansia ese momento, pero cuando el inglés le ordenó entregar aquel mensaje sintió lo mismo que al despertar, cuando oía con alivio la lluvia cayendo sobre el tejado de pizarra, contra las paredes de piedra y en los charcos de las sucias calles del pueblo.

Siempre había sido muy valiente con el toro en esas capeas, tanto como cualquier otro del pueblo o de los pueblos vecinos, y no se las habría perdido ningún año por nada del mundo, aunque no iba a las capeas de los otros pueblos. Era capaz de esperar muy quieto hasta que el toro embistiera y solo se apartaba en el último momento. Si el toro cogía a alguien, le agitaba un saco delante del morro para distraerlo y muchas veces lo había agarrado de los cuernos cuando alguien caía al suelo y le había dado tirones y golpes en la cabeza, hasta que el animal dejaba al caído y embestía contra otro.

Había sujetado al toro por la cola para apartarlo de alguien que se hubiera caído al suelo, tirando y retorciéndosela con fuerza. Una vez había agarrado la cola con una mano y un cuerno con la otra y, cuando el toro había levantado la cara para embestirle, se había puesto a dar vueltas con el animal sujetándolo por los dos sitios hasta que la multitud se había abalanzado sobre el toro y lo había acuchillado. En mitad del polvo y el calor de la plaza, entre los gritos, el olor a toro, a vino y a hombre, había sido de los primeros en saltar sobre el animal y sabía lo que se siente cuando el toro da gañafones y derrotes y estás tumbado sobre la cruz, con un brazo en torno a la base del cuerno y sujetas con firmeza el otro con la mano que te queda libre, aprietas los dedos y tu cuerpo va a un lado y al otro y parece que va a arrancársete el brazo izquierdo, mientras estás sobre esa masa erizada de músculos, caliente y polvorienta, con la oreja del animal entre los dientes, y clavas el cuchillo una y otra vez en el cuello abombado del que mana la sangre sobre tu puño cada vez que cargas con todo el peso y lo acuchillas y lo vuelves a acuchillar.

La primera vez que le había mordido la oreja de ese modo, se le quedaron rígidos el cuello y la mandíbula y luego todos se habían burlado de él. Pero aunque se burlaran, le tenían mucho respeto. Y cada año tenía que repetirlo. Lo llamaban el Bulldog de Villaconejos y decían que comía carne cruda. Pero todos los del pueblo deseaban verle hacer aquello y cada año sabía que el toro saldría de la caja, luego vendrían las embestidas y las cogidas, y por fin, cuando todos gritaran que lo matasen, él se uniría a los atacantes y saltaría para sujetarlo. Después, cuando todo terminara y el toro cayera muerto bajo el peso de sus asesinos, él se incorporaría y se alejaría avergonzado de lo de la oreja, pero también muy orgulloso. Pasaría entre los carros para ir a lavarse las manos en la fuente de piedra, y los hombres le darían palmadas en la espalda, le pasarían botas de vino y dirían: «Muy bien, Bulldog. Viva la madre que te parió».

O bien dirían: «¡A eso se le llama tener un par de cojones! ¡Todos los años!».

Andrés sentiría vergüenza, se sentiría vacío, orgulloso y feliz y los apartaría a todos, se lavaría las manos y el brazo derecho, limpiaría bien el cuchillo y luego cogería una bota y se enjuagaría para quitarse el sabor de la oreja por ese año; escupiría el vino en los adoquines de la plaza antes de empinar la bota y echar un buen trago de vino.

Sin duda. Era el Bulldog de Villaconejos y no se habría perdido aquello por nada en el mundo Pero sabía que no había mejor sensación que la que sentía cuando sabía por el ruido de la lluvia en el tejado que no tendría que hacerlo.

Pero tengo que volver, se dijo. No cabe duda de que tengo que volver para lo del puente y lo de los puestos de guardia. Mi hermano Eladio está allí y es de mi sangre. Y Anselmo, Primitivo, Fernando, Agustín, Rafael, y eso que está claro que él no es una persona seria, las dos mujeres, Pablo y el inglés, aunque el inglés no cuenta porque es extranjero y no hace más que cumplir órdenes. Todos están allí. No puedo escapar a esta prueba aprovechando lo del mensaje. Tengo que entregarlo cuanto antes y luego darme prisa en volver para llegar a tiempo de asaltar los puestos de guardia. Sería innoble por mi parte no participar en esa acción por lo del mensaje. No puede estar más claro. Además, se dijo como quien recuerda que alguna cosa, de la que solo había considerado los aspectos más onerosos, también puede ser divertida, me apetece matar a unos cuantos fascistas. Hace mucho que no acabamos con ninguno. Mañana puede ser un día con mucha acción. Un día de actos concretos. Puede que mañana valga la pena. Espero estar allí.

Justo en ese momento, cuando trepaba metido hasta la rodilla entre las aulagas por la pendiente que conducía a las líneas republicanas, una perdiz salió volando de entre sus pies con una explosión de aleteos en la oscuridad y le dio un susto de muerte. No me lo esperaba, pensó. ¿Cómo se las arreglarán para mover las alas tan deprisa? Debe de estar empollando. Probablemente haya pisado muy cerca del nido. Si no estuviésemos en guerra ataría un pañuelo en el arbusto y volvería de día a buscarlo, cogería los huevos y los pondría debajo de una gallina clueca, y cuando salieran tendría unos pollos de perdiz en el corral, los vería crecer y cuando creciesen los usaría como reclamo. No los cegaría porque ya estarían domesticados. ¿O se irían volando? Es probable. Entonces tendría que cegarlos.

Pero no me gusta hacer eso después de criarlos. Podría cortarles las alas o atarles un cordel a una pata cuando los usara de reclamo. Si no estuviésemos en guerra iría con Eladio a buscar cangrejos de río al arroyo que corre junto al puesto fascista. Una vez pescamos cuatro docenas en un día en ese mismo riachuelo. Si vamos a la sierra de Gredos después de lo del puente, allí también hay arroyos trucheros y cangrejos de río. Ojalá vayamos a Gredos, se dijo. Podríamos vivir bien allí en verano y en otoño, aunque en invierno debe de hacer un frío terrible. Pero puede que en invierno ya hayamos ganado la guerra.

Si nuestro padre no hubiese sido republicano, Eladio y yo seríamos soldados con los fascistas y si lo fuese no tendría problemas. Solo tendría que obedecer órdenes y vivir o morir y que fuese lo que Dios quisiera. Era más fácil vivir bajo un régimen que combatirlo.

Pero esta guerra de guerrillas era muy importante. Si uno era persona sensata, había mucho de lo que preocuparse. Eladio piensa más que yo. Y se preocupa. Yo creo en la causa y no le doy más vueltas, pero es una labor de mucha responsabilidad.

Creo que nos ha tocado vivir en una época muy complicada, pensó. Me da a mí que cualquier otra habría sido mejor. Sufrimos poco porque estamos acostumbrados. Los que no están acostumbrados a este clima sufren mucho más. Pero es una época en la que es preciso tomar decisiones difíciles. Los fascistas nos atacaron y decidieron por nosotros. Luchamos por sobrevivir. Pero me gustaría poder atar un pañuelo a ese arbusto y volver de día a buscar los huevos y ponérselos a una gallina clueca y tener unos pollos de perdiz en mi corral. Me gustaría poder hacer esas cosas tan sencillas y normales.

Pero no tienes casa, ni corral, pensó. No tienes más familia que un hermano que mañana tendrá que entrar en combate, y no posees más que el viento, el sol y una barriga vacía. No sopla mucho viento, pensó, y no hace sol. Llevas cuatro granadas en el bolsillo, pero son para lanzarlas. Llevas una carabina a la espalda, pero solo sirve para disparar balas. Tienes un mensaje que entregar. Y estás lleno de mierda que podrías dejar en el suelo, sonrió en la oscuridad. También podrías ungirlo con orina. Todo lo que tienes es para darlo. Eres un fenómeno de la filosofía y un hombre desdichado, se dijo, y volvió a sonreír.

Pero a pesar de sus nobles pensamientos de un rato antes, seguía sintiendo aquella sensación de alivio que le producía el ruido de la lluvia en el pueblo la mañana de las fiestas. Delante de él, en lo alto del risco, se hallaba la posición del gobierno donde sabía que le darían el alto.

35

Robert Jordan había vuelto a meterse en el saco junto a María, que seguía dormida. Estaba tumbado de costado y el roce del cuerpo esbelto de la chica contra su espalda era tan solo una ironía. Tú, tú, se reprendía a sí mismo. Sí, tú. La primera vez que lo viste ya te dijiste que cuando estuviera más amistoso sería porque pensaba traicionarte. Maldito idiota. Condenado idiota rematado de los demonios. Pero basta ya. Tienes otras cosas que hacer.

¿Qué probabilidades hay de que los haya escondido o tirado por ahí? No muchas. Además, de noche no los encontrarás. Se los habrá llevado consigo. También se ha llevado un poco de dinamita. Sucio cabrón traicionero. Cerdo corrompido. ¿Por qué no se habrá ido sin más sin llevarse el detonador y los cebadores? ¿Cómo habré sido tan rematadamente idiota de dejárselos a esa condenada mujer? Ese cerdo traidor y marrullero. Sucio cabrón.

Déjalo ya y cálmate un poco, se dijo. Tenías que correr riesgos y ella era la mejor opción. Pero estás jodido. Bien jodido. Conserva la cabeza fría, controla tu rabia y deja de quejarte como si estuvieses en un puñetero muro de las lamentaciones. Se ha ido. Qué demonios. Ojalá ese cerdo se pudra en el infierno. Tendrás que arreglártelas como puedas. Sabes muy bien que tienes que volarlo aunque tengas que plantarte allí y… Basta ya. ¿Por qué no le preguntas a tu abuelo?

Al demonio mi abuelo, y al demonio este país traicionero de mil demonios, y todos los españoles del demonio de los dos bandos, al infierno con ellos. Al demonio todos, Largo Caballero, Prieto, Asensio, Miaja, Rojo y toda la pandilla. Que se pudran en el infierno. Al demonio con este país. Al demonio su egoísmo, su soberbia y sus traiciones. Que se vayan todos al infierno antes de que tengamos que morir por ellos. Al demonio después. Que se pudran antes y después de morir. Que Dios condene a Pablo. Pablo es el símbolo de todos ellos. Dios se apiade de los españoles. Sus dirigentes siempre les traicionan. En dos mil años solo han tenido uno que era buena persona: Pablo Iglesias, y los demás no han hecho más que traicionarlos. Vete a saber cómo se habría portado en esta guerra. Recuerdo cuando pensaba que Largo Caballero era un buen tipo. Durruti lo era y sus propios hombres lo mataron en el puente de los Franceses. Lo mataron porque les había ordenado atacar. Le pegaron un tiro por la gloriosa disciplina de la indisciplina. Ese cerdo cobarde. Al demonio con todos ellos y que se pudran. Y ese Pablo, que se ha ido con mi detonador y mis cebadores, que se hunda en lo más profundo del infierno. Pero no. Nos ha jodido. Siempre te joden ellos a ti, desde Cortés y Menéndez de Ávila hasta Miaja. Mira lo que le hizo Miaja a Kleber. Ese cerdo calvo y egoísta. Cabrón cabeza de huevo. Al demonio con todos esos cerdos chiflados y egoístas que han gobernado siempre España y dirigido sus ejércitos. Al demonio con todos menos con la gente de a pie y que se pudran si alguna vez llegan al poder.

Su rabia empezó a aplacarse a medida que exageraba y vertía su desdén y su desprecio de forma tan generosa e injusta que él mismo ya no creía en lo que decía. Si fuese cierto, ¿qué haces aquí? No lo es y lo sabes. Fíjate en los buenos. No soportaba ser injusto. Odiaba la injusticia tanto como la crueldad y se quedó allí tumbado con la mente en blanco hasta que se apagó su rabia, y aquella cólera negra, cegadora y asesina desapareció y volvió a tener la cabeza tan fría, calmada y tranquila como un hombre después de acostarse con una mujer a quien no quiere.

—Y tú..., tú..., mi pobre conejito... —dijo inclinándose hacia María, que sonrió en sueños y se acercó más a él—. Hace un minuto creo que te habría pegado si me hubieses dicho alguna cosa. ¡Qué bestias somos los hombres cuando nos dejamos arrastrar por la cólera!

Se tumbó más cerca de la chica, la rodeó con sus brazos y apoyó la barbilla en su hombro, y mientras estaba allí, pensó exactamente en lo que tendría que hacer y en cómo tendría que hacerlo.

Las cosas no están tan mal, pensó. En realidad, no están tan mal. Ignoro si se habrá hecho alguna vez antes. Pero, a partir de ahora, siempre habrá quien lo haga cuando se encuentre en una situación parecida. Si lo hacemos y la gente se entera. Si llega a enterarse. De lo contrario, solo se preguntarán cómo lo hicimos. Nos falta gente, pero no tiene sentido preocuparse por eso. Volaré el puente con lo que tenemos. Dios, me alegro de que se me haya pasado el enfado. Era como cuando te falta el aire en mitad de una tormenta. Enfadarte es un lujo que no te puedes permitir.

—Todo está arreglado, guapa —susurró contra el hombro de la joven—. Ni siquiera te has enterado. Nos matarán a todos, pero volaremos el puente. No tienes que preocuparte por nada. No es un gran regalo de boda. Pero ¿no dicen que una noche de sueño no tiene precio? Has tenido una noche de sueño. Trata de ponértela en el dedo como un anillo de compromiso. Duerme, guapa. Duerme bien, amor mío. No te despertaré. Es lo único que puedo hacer por ti.

Se quedó allí abrazándola con delicadeza, sintiendo su aliento y el latido de su corazón y viendo de vez en cuando cómo pasaban las horas en su reloj de pulsera.

36

Andrés se había dejado ver al llegar a la posición republicana. Es decir, se había echado cuerpo a tierra en una zanja que había debajo de la triple alambrada y había gritado hacia el parapeto de tierra y piedras. No había una línea continua de defensa y podría haberse escabullido junto a la posición en la oscuridad para internarse más en el territorio de la República hasta toparse con alguien que le diera el alto. Pero le pareció más seguro y más sencillo hacerlo allí.

—¡Salud! —había gritado—. ¡Salud, milicianos! —Oyó el cerrojo de un fusil y luego alguien disparó un fusil desde el otro extremo del parapeto. Se produjo un estampido y una llamarada amarilla acuchilló la oscuridad. Al oír el chasquido, Andrés había apretado la cabeza contra el suelo—. No disparéis, camaradas —gritó Andrés—. ¡No disparéis! Quiero pasar.

—¿Cuántos sois? —gritó alguien desde detrás del parapeto.

—Uno. Yo. Estoy solo.

—¿Quién eres?

—Andrés López, de Villaconejos. De la partida de Pablo. Traigo un mensaje.

—¿Tienes tu fusil y tu equipo?

—Sí, hombre.

—No podemos dejar pasar a nadie si no lleva el fusil y el equipo —dijo la voz—. Ni a grupos de más de tres personas.

—Estoy solo —gritó Andrés—. Es importante. Dejadme pasar.

Los oyó hablar detrás del parapeto, pero no pudo entender lo que decían. Luego la voz volvió a gritar.

—¿Cuántos sois?

—Uno. Yo. Solo yo. Por el amor de Dios.

Volvieron a parlamentar detrás del parapeto. Luego la voz dijo:

—Oye, fascista.

—No soy un fascista —gritó Andrés—. Soy un guerrillero de la partida de Pablo. Traigo un mensaje para el Estado Mayor.

—Está loco —oyó decir a uno—. Lanzadle una bomba.

—Escuchad —dijo Andrés—. Estoy solo. Totalmente solo. Por los [obscenidad] santos misterios que estoy solo. Dejadme pasar.

—Habla como un cristiano —oyó burlarse a uno.

Luego oyó a otro que añadía:

—Lo mejor sería lanzarle una bomba.

—No —gritó Andrés—. Cometeríais un grave error. Es importante. Dejadme pasar.

Por eso no le gustaba pasar al otro lado del frente. Unas veces era mejor que otras, pero nunca era fácil.

—¿Estás solo? —volvió a preguntar la voz.

—Me cago en la leche —gritó Andrés—. ¿Cuántas veces tengo que decírtelo? ESTOY SOLO.

—Pues si lo estás ponte en pie con el fusil en alto. —Andrés se levantó y puso la carabina por encima de la cabeza sujetándola con ambas manos—. Ahora cruza la alambrada. Te estamos apuntando con la ametralladora —gritó la voz.

Andrés se enganchó en el alambre de espino.

—Necesito las manos para pasar la alambrada —gritó.

—Sigue con ellas en alto —ordenó la voz.

—Me he enganchado en el alambre —explicó Andrés.

—Habría sido más fácil lanzarle una bomba —dijo una voz.

—Dejad que se ponga el fusil al hombro —exclamó otra voz—. No puede llegar hasta aquí con las manos en alto. Usad la cabeza.

—Estos fascistas son todos iguales —dijo la otra voz—. No hacen más que exigir.

—Oye —gritó Andrés—. No soy ningún fascista sino un guerrillero de la partida de Pablo. Hemos matado más fascistas que el tifus.

—Nunca he oído hablar de la partida de Pablo —dijo el hombre que evidentemente estaba al mando del puesto—. Ni de Pedro, ni de Pablo ni de ninguno de los santos y apóstoles. Échate el fusil al hombro y usa las manos para pasar la alambrada.

—Antes de que te acribillemos con la ametralladora —gritó otro.

—Qué poco amables sois —dijo Andrés mientras se abría paso a través de la alambrada.

—¿Amables? —le gritó uno—. Estamos en guerra, hombre.

—Eso parece —dijo Andrés.

—¿Qué ha dicho?

Andrés volvió a oír el chasquido del cerrojo.

—Nada —gritó—. No he dicho nada. No disparéis hasta que haya pasado esta puta alambrada.

—No hables mal de nuestra alambrada —le advirtió uno—, si no quieres que te lancemos una bomba.

—Quiero decir que es una buena alambrada —gritó Andrés—. Me cago en Dios. Una alambrada preciosa. Enseguida estoy con vosotros, hermanos.

—Lanzadle una bomba —oyó decir a una voz—. Os digo que es lo más razonable.

—Hermanos —dijo Andrés. Estaba empapado de sudor y sabía que el de la bomba era perfectamente capaz de lanzarle una granada en cualquier momento—. No soy nadie importante.

—Te creo —respondió el de la bomba.

—Tienes razón —dijo Andrés mientras pasaba con cuidado la tercera alambrada muy cerca ya del parapeto—, no lo soy, pero el asunto que me trae aquí es muy, muy serio.

—No hay nada más serio que la libertad —gritó el de la bomba—. ¿O es que crees que hay algo más serio? —preguntó en tono desafiante.

—No, hombre —contestó Andrés en tono de alivio. Ahora sabía que tenía que vérselas con los chalados de los pañuelos rojinegros—. ¡Viva la libertad!

—¡Viva la FAI! ¡Viva la CNT! —le gritaron desde el parapeto—. ¡Viva el anarcosindicalismo y la libertad!

—¡Viva nosotros! —respondió Andrés.

—Es uno de nuestros correligionarios —dijo el de la bomba—. Y yo que quería matarlo. —Miró la granada que tenía en la mano y se conmovió al ver a Andrés trepando por el parapeto. Lo abrazó todavía con la bomba en la mano, de forma que la apretó contra su omoplato, y le besó en las dos mejillas—. Me alegro de que no te haya ocurrido nada, hermano —dijo—. Me alegro mucho.

—¿Dónde está vuestro oficial? —preguntó Andrés.

—Yo estoy al mando —dijo un hombre—. Enséñame tus papeles. Entró con ellos en un refugio y los inspeccionó a la luz de una vela. Vio el cuadradito de seda plegado con los colores de la República y el sello del SIM en el centro. Vio el salvoconducto con su nombre, edad, altura, lugar de nacimiento y la misión que tenía encomendada y que le había redactado Robert Jordan en una hoja de su cuaderno con el sello del SIM y las cuatro hojas con el informe para Golz, que estaban atadas con un cordel y selladas con cera, y la impresión del sello metálico del SIM.

—Esto ya lo había visto —dijo el que estaba al mando—. Ya sé que lo tenéis todos. Pero no significa nada sin esto. —Cogió el salvoconducto y volvió a leerlo—. ¿Dónde naciste?

—En Villaconejos —dijo Andrés.

—¿Y qué cultivan allí?

—Melones —respondió Andrés—. Todo el mundo lo sabe.

—¿A quien conoces en el pueblo?

—¿Por qué? ¿Eres de allí?

—No. Pero he estado. Soy de Aranjuez.

—Pregunta por cualquiera.

—Describe a José Rincón.

—¿El dueño de la bodega?

—Claro.

—Lleva rapada la cabeza, tiene mucha barriga y un ojo turbio.

—Pues esto es válido —dijo devolviéndole el pase—. Pero ¿qué hacías al otro lado?

—Nuestro padre se había instalado en Villacastín antes de empezar la guerra —explicó Andrés—. Al otro lado de las montañas en el llano. El alzamiento nos sorprendió allí. Desde entonces he combatido en la partida de Pablo. Ahora es muy urgente que entregue este despacho.

—¿Qué tal van las cosas en el bando fascista? —preguntó el otro. No tenía prisa.

—Hoy hemos tenido mucho tomate —dijo orgulloso Andrés. Ha habido mucho movimiento y han aniquilado a los de la partida del Sordo.

—¿Y quién es el Sordo? —preguntó con desprecio el que estaba al mando.

—El jefe de una de las mejores partidas de las montañas.

—Lo que tendríais que hacer es pasaros a la República y alistaros en el ejército —dijo el oficial—. Eso de la guerrilla es una tontería. Tendríais que venir y someteros a la disciplina libertaria. Y, si hacen falta guerrillas, ya las enviaremos.

Andrés era un hombre de una paciencia infinita. Había soportado con estoicismo lo de la alambrada. No se había alterado con el interrogatorio. Le parecía normal que aquel hombre no supiera quiénes eran o lo que hacían y que dijese tonterías al respecto. También contaba con que lo entretendrían; pero estaba deseando irse.

—Escucha, compadre —dijo—. Es posible que tengas razón. Pero tengo órdenes de entregar este despacho al general al mando de la trigésimo quinta división, que va a iniciar una ofensiva al rayar el alba, ya es tarde y me tengo que ir.

—¿Qué ofensiva? ¿Qué sabes tú de una ofensiva?

—No. No sé nada. Pero ahora tengo que ir a Navacerrada. ¿Puedes enviarme a tu oficial para que me lleven allí? Manda a alguien conmigo para asegurarnos de que no hay más retrasos.

—Esto no me gusta un pelo —dijo—. Tal vez habría sido mejor pegarte un tiro cuando estabas en la alambrada.

—Has visto mis papeles, camarada, y te he explicado mi misión —dijo Andrés con mucha paciencia.

—Los papeles se pueden falsificar —respondió el oficial—. Cualquier fascista podría inventarse una misión similar. Iré yo mismo contigo a ver al comandante.

—Bien —dijo Andrés—. Ven tú. Pero démonos prisa.

—Tú, Sánchez. Quedas al mando —dijo el oficial—. Conoces tus obligaciones tan bien como yo. Me llevo a este supuesto camarada a ver al comandante.

Se pusieron en camino por la trinchera poco profunda que había detrás de la loma, y en la oscuridad Andrés notó el hedor de los excrementos con que los defensores de aquel puesto habían cubierto los helechos de la pendiente. No le gustaban aquellos hombres que eran como niños malcriados, sucios, groseros, indisciplinados, amables, encantadores e ignorantes y peligrosos porque iban armados. Él no entendía de política y solo sabía que estaba a favor de la República. Había oído hablar a aquella gente muchas veces y lo que decían le parecía muy bonito, pero no le gustaban. No enterrar los zurullos que uno deja no tiene nada que ver con la libertad, pensó. No hay animal más libre que el gato y siempre entierra sus excrementos. El gato es el mejor anarquista. Hasta que aprendan de los gatos no se merecerán mi respeto.

El oficial se detuvo de pronto por delante de él.

—¿Todavía llevas la carabina? —preguntó.

—Sí —dijo Andrés—. ¿Por qué no iba a llevarla?

—Dámela —le ordenó el oficial—. Podrías pegarme un tiro por la espalda.

—¿Por qué? —preguntó Andrés—. ¿Por qué razón iba yo a pegarte un tiro?

—Nunca se sabe —contestó el oficial—. No me fío de nadie. Dame la carabina.

Andrés se la quitó del hombro y se la pasó.

—Si te hace ilusión llevarla… —dijo.

—Lo prefiero —dijo el oficial—. Así es más seguro.

Descendieron por la pendiente en la oscuridad.

37

Robert Jordan estaba tumbado junto a la chica y veía pasar el tiempo en su muñeca. Transcurría despacio, de forma casi imperceptible, ya que era un reloj muy pequeño y no se distinguía la manecilla de las horas. Pero estaba tan concentrado que casi notaba el movimiento del minutero. Tenía la cabeza de la chica debajo de su barbilla y, cuando movió la cabeza para mirar el reloj, notó su cabeza rapada contra la mejilla, y su cabello era tan suave y al mismo tiempo tan vivo y sedoso como el pelo de una marta al pasar la mano por él, cuando abres el resorte de la trampa para soltar al animal y acaricias su piel mientras lo sujetas. Notó un nudo en la garganta cuando su mejilla rozó el cabello de la chica y sintió un dolor sordo que le recorría todo el cuerpo al rodearla con sus brazos; inclinó la cabeza con la mirada fija en el reloj donde la manecilla luminosa y puntiaguda se movía lentamente por la parte izquierda de la esfera. La veía moverse clara y lentamente y se apretó más a María para hacer que fuese más despacio. No quería despertarla, pero no podía dejarla sola esa última vez y posó los labios detrás de su oreja y fue siguiendo su cuello, notando la piel suave y el roce de su cabello. Vio cómo se movía la manecilla y la abrazó con más fuerza, y pasó la punta de la lengua por su mejilla hasta el lóbulo de la oreja y las encantadoras circunvoluciones de su contorno y notó cómo temblaba su lengua. Notó que el temblor se mezclaba con su dolor y vio subir el minutero en ángulo agudo hacia la manecilla de las horas. Cogió la cabeza de la chica, la volvió hacia él y posó sus labios sobre los de ella. Los dejó allí rozando apenas la boca cerrada por el sueño y sintió cómo temblaban. Se volvió hacia ella y notó cómo se estremecía el cuerpo esbelto, elástico y encantador de la chica, que suspiró y lo abrazó soñolienta, luego despertó y apretó sus labios contra los de él, que dijo:

—Pero ¿y el dolor?

—No me duele —respondió ella.

—Conejito.

—No, no hables.

—Mi conejito.

—No hables. No hables.

Después se unieron de tal modo que, mientras la manecilla del reloj se movía sin que reparasen en ella, los dos supieron que nada podría ocurrirle a uno si no le sucedía también al otro; que no podría ocurrirles nada más que aquello, que eso era todo y siempre, que era todo lo que había habido y lo que habría. Estaban disfrutando del ahora, el antes y el siempre, y ahora, ahora y ahora. ¡Oh!, ahora, ahora, ahora, el único ahora, y por encima de todo ahora, y no hay otro ahora más que ahora y ahora es tu profeta. Ahora y por siempre ahora. Ven ahora, ahora, porque no hay nada más que este ahora, y dónde estás y dónde estoy y dónde está el otro, y no por qué, ni siquiera por qué, solo este ahora, y ahora y siempre ahora, siempre ahora, porque ahora siempre es ahora; uno solo uno, no es más que uno, alzándose, navegando, partiendo, dando vueltas, remontándose, alejándose, hasta el final ahora, hasta el final, hasta el final, uno y uno es uno, es uno, es uno, sigue siendo uno, es uno que desciende, es uno suave, es uno anhelante, es uno amable, es uno feliz, es uno bueno, uno a quien apreciar, uno en la tierra con los codos contra las ramas cortadas de pino que huelen a resina y al aire nocturno, la tierra ahora con la mañana del nuevo día. Entonces él dijo, pues el otro estaba solo en su cabeza y no había dicho nada:

—María, te quiero, no sabes lo mucho que te agradezco esto.

—No hables. Es mejor no hablar —respondió María.

—Tengo que decírtelo porque es muy bueno.

—No.

—Conejito...

Pero ella lo abrazó y apartó la cabeza, y él le preguntó en voz baja:

—¿Te duele, conejito?

—No —respondió ella—. Es que yo también estoy agradecida y he vuelto a estar en la gloria.

Después se quedaron en silencio, el uno junto al otro, con los tobillos, los muslos, las caderas y los hombros rozándose. Robert Jordan había vuelto a dejar el reloj donde pudiera verlo y María dijo:

—Somos muy afortunados.

—Sí —coincidió él—, tenemos mucha suerte.

—¿No hay tiempo para dormir?

—No. Empezará dentro de nada.

—Pues si hemos de levantarnos, vayamos a comer algo.

—De acuerdo.

—¿No estas preocupado por nada?

—No.

—¿De verdad?

—Sí. Ahora no lo estoy.

—Pero ¿lo estabas antes?

—Un rato.

—¿Puedo ayudar en algo?

—No —respondió él—. Ya me has ayudado bastante.

—¿Qué? Lo he hecho por mí.

—Por los dos —dijo—. Nadie está solo. Vamos, conejito, vistámonos.

Pero en su imaginación, que era su mejor compañera, estaba dándole vueltas a la gloria. Ella había dicho «en la gloria». Nada que ver con *la gloire* de la que escriben y hablan los franceses. Era lo que hay en el cante jondo y en las saetas. Está en el Greco y en san Juan de la Cruz, por supuesto, y en los demás. No soy ningún místico, pero negarlo sería ser tan ignorante como negar la existencia del teléfono o que la Tierra gira en torno al Sol o que hay otros planetas además del nuestro.

¡Qué poco sabemos de lo que hay que saber! Ojalá fuese a vivir mucho tiempo en lugar de morir hoy porque estos cuatro días he aprendido mucho de la vida; más, creo, que nunca. Me gustaría llegar a viejo y saber de verdad. Quisiera saber si se puede seguir aprendiendo o si cada cual puede aprender solo cierta cantidad de cosas. Pensaba que sabía muchas cosas que en realidad ignoraba. Ojalá tuviese más tiempo.

—Me has enseñado muchas cosas, guapa —dijo en inglés.

—¿Qué has dicho?

—Que he aprendido mucho contigo.

—Qué va —respondió ella—, aquí el instruido eres tú.

Instruido, pensó él. Tengo unos mínimos rudimentos de una educación. Los más mínimos. Si muero hoy será una pena porque ahora sé unas cuantas cosas. Quién sabe si las habré aprendido porque estoy más sensible debido al apremio del tiempo. Aunque el tiempo no apremia, debería tener suficiente sentido común para saber también eso. He estado toda mi vida en estas montañas. Anselmo es mi amigo más antiguo. Lo conozco mejor que a Charles, a Chub, a Guy o a Mike, y eso que a ellos los conozco muy bien. Agustín, aunque sea tan malhablado, es mi hermano y nunca tuve ninguno. María es el amor de mi vida y mi mujer. Nunca había conocido un amor así. Ni había tenido mujer. También es mi hermana y nunca había tenido ninguna, y la hija que nunca tendré. Odio tener que dejar algo tan bueno. Terminó de atarse las alpargatas de esparto.

—La vida me parece muy interesante —le dijo a María. Estaba sentada a su lado en el saco de dormir, con las manos entrelazadas en torno a los tobillos. Alguien apartó la manta de la entrada de la cueva y vieron una luz. Todavía era de noche y solo se intuía la llegada del amanecer por lo bajas que estaban las estrellas entre los pinos. En ese mes no tardaría en amanecer.

—Roberto —dijo María.

—Sí, guapa.

—Estaremos juntos en esto de hoy, ¿verdad?

—Cuando empiece sí.

—¿Al principio no?

—No. Tú te quedarás aquí con los caballos.

—¿No puedo ir contigo?

—No. Hay algo que solo puedo hacer yo y no quiero tener que preocuparme por ti.

—Pero cuando termines, ¿volverás enseguida?

—Enseguida —dijo con una sonrisa—. Vamos, guapa, comamos alguna cosa.

—¿Y tu saco?

—Enróllalo si te apetece.

—Me apetece.

—Te ayudaré.

—No. Deja que yo lo haga.

Se arrodilló para extender y enrollar el saco de dormir, luego cambió de opinión y se puso en pie para sacudirlo. Después volvió a arrodillarse para extenderlo y enrollarlo. Robert Jordan cogió con cuidado los dos fardos para que no se cayera nada y fue entre los pinos hacia la entrada de la cueva que tapaba la manta impregnada de olor a humo. En su reloj eran las tres menos diez cuando apartó la manta a un lado con el codo y entró en la cueva.

38

Estaban todos en la cueva y los hombres se hallaban delante del fuego que estaba atizando María. Pilar había preparado café en un bote. No había vuelto a acostarse después de despertar a Robert Jordan y ahora estaba sentada en un taburete en la cueva llena de humo, cosiendo el corte de uno de los fardos de Robert Jordan. El otro ya estaba cosido. El resplandor de la lumbre le iluminaba la cara.

—Sírvete más guisado —le dijo a Fernando—. ¿Qué más te da tener el estómago vacío? Aquí no hay médico para operarte si te hieren.

—No hables así, mujer —dijo Agustín—. Tienes una lengua de la gran puta.

Estaba apoyado en el fusil ametrallador, que tenía las patas plegadas contra el cañón, llevaba los bolsillos llenos de granadas, un saco de cargadores al hombro y una bandolera de munición en el otro hombro. Estaba fumando un cigarrillo, sostenía un cuenco lleno de café en la otra mano y cada vez que se lo llevaba a los labios, echaba el humo en su superficie.

—Eres un arsenal ambulante —le dijo Pilar—. Con todo eso encima no podrás andar ni cien metros.

—Qué va, mujer —dijo Agustín—. Es todo el rato cuesta abajo.

—Antes de llegar a la pendiente hay que subir hasta el puesto —objetó Fernando.

—Subiré como una cabra —contestó Agustín.

—¿Y tu hermano? —le preguntó a Eladio—. ¿Es que tu famoso hermano ha escurrido el bulto?

Eladio estaba apoyado en la pared.

—Calla la boca —dijo.

Estaba nervioso y sabía que los demás lo sabían. Siempre estaba nervioso e irritable antes de entrar en acción. Se apartó de la pared para dirigirse a la mesa y empezó a llenarse los bolsillos de granadas de una de las cestas de cuero que había apoyadas en la pata de la mesa.

Robert Jordan se acuclilló a su lado junto a la cesta. Metió la mano y sacó cuatro granadas. Tres eran bombas de mano Mills, ovaladas, aserradas, de hierro pesado con una palanca sujeta por una arandela con una anilla para tirar de ella.

—¿De dónde las habéis sacado? —le preguntó a Eladio.

—¿Estas? Son de la República. Las trajo el viejo.

—¿Qué tal son?

—Valen más que pesan —dijo Eladio.

—Las traje yo —le confirmó Anselmo—. Sesenta de una vez. Más de cuarenta kilos, inglés.

—¿Las habéis utilizado alguna vez? —le preguntó Robert Jordan a Pilar.

—¿Cómo no vamos a haberlas utilizado? —exclamó la mujer—. Estas fueron las que usó Pablo para matar a los del puesto de guardia de Otero.

Al oír el nombre de Pablo, Agustín empezó a maldecir. Robert Jordan vio la mirada de Pilar a la luz de la lumbre.

—Calla —le dijo a Agustín en tono cortante—. Hablar no sirve de nada.

—¿Han explotado siempre? —Robert Jordan sostuvo la granada pintada de gris en la mano y probó la arandela con la uña del pulgar.

—Siempre —respondió Eladio—. Ni una sola de las que hemos utilizado ha salido defectuosa.

—¿Y con qué rapidez?

—Se pueden lanzar a distancia. Son rápidas. Bastante rápidas.

—¿Y estas otras?

Cogió una bomba con forma de plato hondo envuelta en una cinta por encima de un alambre.

—Son una basura —le explicó Eladio—. Estallan. Sí. Meten mucho ruido, pero no tienen casi metralla.

—Pero ¿estallan siempre?

—¡Qué van a estallar siempre! —intervino Pilar—. No se puede decir siempre ni de nuestra munición ni de la de ellos.

—Pero habéis dicho que las otras estallan siempre.

—No he sido yo —dijo Pilar—. Le has preguntado a los otros, no a mí. Yo no he visto nunca un siempre con estas cosas.

—Estallan todas —insistió Eladio—. Di la verdad, mujer.

—¿Cómo lo sabes? —le preguntó Pilar—. El que las lanzó fue Pablo. En Otero tú no mataste a nadie.

—Ese hijo de la gran puta —empezó Agustín.

—Calla de una vez —le interrumpió secamente Pilar. Luego prosiguió—: Todas se parecen, inglés, pero las aserradas son más sencillas.

Será mejor utilizar una de ellas en cada carga, pensó Robert Jordan. Aunque las aserradas son más fáciles de activar y más seguras.

—¿Piensas lanzarles bombas, inglés? —preguntó Agustín.

—¿Por qué no? —respondió Robert Jordan.

Pero lo que pensaba mientras estaba allí acurrucado, clasificando las granadas, era: Es imposible. No sé cómo puedo haberme convencido de lo contrario. Desde que atacaron al Sordo cuando dejó de nevar hemos estado todos perdidos. Eso es lo que no quieres aceptar. Tienes que seguir adelante con una estrategia que sabes que es imposible de llevar a cabo. Lo has planeado todo y sabes que no se puede poner en práctica a plena luz del día. Con lo que hay aquí podríamos tomar uno de los dos puestos, pero no los dos. Al menos no se puede estar seguro. No te engañes a ti mismo. No a plena luz del día.

No conseguiremos tomar los dos. Pablo lo supo desde el primer momento. Supongo que siempre pensó en desertar, y que cuando atacaron al Sordo comprendió que estábamos perdidos. No se puede basar una operación en el supuesto de que va a producirse un milagro. Conseguirás que los maten a todos y no podrás volar el puente, ni aunque contaras con más gente de la que tienes ahora. Harás que maten a Pilar, Anselmo, Agustín, Primitivo, a ese Eladio que está tan nervioso, al inútil del gitano y al bueno de Fernando, y no lograrás volar el puente. ¿Acaso crees que se producirá un milagro y Golz recibirá el mensaje de Andrés y detendrá la ofensiva? Si no se produce, harás que los maten a todos. Incluida María. Harás que la maten. ¿No habrá alguna manera de salvarla? ¡Ojalá ese Pablo se pudra en el infierno!, se dijo.

No. No te dejes llevar por la cólera. Encolerizarse es tan malo como asustarse. Pero, en lugar acostarte con la chica, deberías haberte dedicado a recorrer la comarca con la mujer en busca de gente para poder cumplir la misión. Claro, se dijo, y si me hubiese ocurrido algo no habría podido volar el puente. Sí. Eso. Por eso no fuiste. Y tampoco pudiste enviar a nadie porque no podías correr el riesgo de perder a nadie y quedarte sin gente. Tuviste que trazar tus planes y arreglártelas con los que tenías.

Pero tu plan es un desastre. Te digo que es un desastre. Estaba pensado para llevarse a cabo de noche y es de día. Los planes nocturnos no se pueden poner en práctica de día. Uno no piensa igual de noche que de día. Conque hazte a la idea de que no es un buen plan.

¿Y qué me dices de John Mosby, que salía bien librado de situaciones tan complicadas como esta? Desde luego que sí. Y mucho peores. Además, recuerda que nunca se debe subestimar el factor sorpresa. Recuérdalo. Ten presente que con tal de lograrlo cualquier cosa vale. Pero así no se hacen las cosas. Debería hacerse de modo que no solo fuese posible sino seguro. Pero mira cómo se ha torcido todo. En fin, empezaste con mal pie y estas cosas empeoran igual que una bola de nieve va agrandándose cuando rueda por la pendiente.

Alzó la vista, vio a María, y ella le sonrió. Él le devolvió la sonrisa, escogió cuatro granadas más y se las guardó en el bolsillo. Pensó que siempre podía desatornillar los detonadores y utilizarlos como cebadores. Pero no creo que la fragmentación vaya a causar el efecto deseado. Será simultánea con la explosión de la carga y no la dispersará. Al menos eso creo. Estoy seguro de que no. Ten un poco más de confianza, se dijo. Tú que anoche pensabas en lo cobarde que fue tu padre y lo valientes que erais tú y tu abuelo, ten más confianza.

Volvió a sonreír a María, pero fue una sonrisa superficial y notó cómo se le tensaba la piel de los pómulos y la boca.

Ella cree que eres algo extraordinario, pensó. Yo creo que eres un desastre. Y esas tonterías de estar en la gloria y demás. Tú y tus ideas. Lo tenías todo bajo control, ¿eh? Pues se ha ido todo al demonio.

Calma, se dijo. No te dejes llevar por la rabia. Siempre hay una salida. Ahora hay que resistir. No hay por qué renegar de lo ocurrido porque se tuerzan las cosas. No hagas como la serpiente que se muerde la cola. Además tampoco estás tan mal. Espera a que se tuerzan de verdad antes de lloriquear. Espera a que empiece la lucha para enfadarte. Ya tendrás tiempo de sobra para eso. Te será más útil durante el combate.

Pilar se acercó con el fardo.

—Ha quedado muy seguro —dijo—. Esas granadas son muy buenas, inglés. Puedes confiar en ellas.

—¿Qué tal te encuentras, mujer?

Ella lo miró, movió la cabeza y sonrió. Él se preguntó hasta qué punto era sincera esa sonrisa. Parecía bastante sincera.

—Bien —dijo ella—. Dentro de la gravedad. —Luego se acuclilló a su lado y dijo—: ¿Qué opinas tú, ahora que ha llegado el momento?

—Que somos muy pocos —respondió sin dudarlo Robert Jordan.

—Yo también lo pienso —dijo ella—. Muy pocos. —Después añadió—: La María puede ocuparse sola de los caballos. No me necesita. Los ataremos. Son caballos de caballería y no se espantarán con el tiroteo. Yo iré al puesto de abajo y haré lo que tenía que hacer Pablo. Así seremos uno más.

—Bien —dijo él—. Ya contaba con que te ofrecerías para hacerlo.

—Vamos, inglés —dijo Pilar mirándolo de cerca—. No te preocupes. Todo saldrá bien. Recuerda que no esperan que nadie les ataque.

—Sí —dijo Robert Jordan.

—Una cosa más, inglés —dijo Pilar susurrando todo lo que se lo permitía su voz ronca—. En cuanto a eso de la mano...

—¿A qué te refieres? —preguntó él con enfado.

—No te enfades, mi niño. Escucha. Lo de la mano no son más que tonterías gitanas que digo para darme importancia. No son ciertas.

—Olvídalo —contestó él fríamente.

—No —repuso ella con voz áspera y cariñosa—. Solo son engañifas que me invento. No querría que eso te preocupara cuando entremos en combate.

—No me preocupan —dijo Robert Jordan.

—Sí, inglés —dijo—. Estás muy preocupado. Y no te faltan motivos. Pero todo irá bien, inglés. Hemos nacido para esto.

—No necesito un comisario político —dijo Robert Jordan.

Ella volvió a sonreírle con una sonrisa franca y sincera en los labios gruesos y ásperos y dijo:

—Te aprecio mucho, inglés.

—Ahora no me vengas con esas —dijo—. Ni tú, ni Dios.

—Sí —admitió Pilar con aquel áspero susurro—. Lo sé. Solo quería decírtelo. Y no te preocupes. Nos las arreglaremos.

—¿Por qué no? —repuso Robert Jordan, y esbozó una sonrisa muy superficial—. Claro que nos las arreglaremos. Todo saldrá bien.

—¿Cuándo nos vamos? —preguntó Pilar.

Robert Jordan miró su reloj.

—En cualquier momento.

Le alcanzó uno de los fardos a Anselmo.

—¿Qué tal te va, viejo? —le preguntó.

El viejo estaba terminando de tallar una pila de cuñas según un modelo que le había dado Robert Jordan. Eran cuñas de reserva por si les hacían falta.

—Bien —dijo el viejo moviendo la cabeza—. Por ahora, muy bien. —Extendió los dedos de la mano—. Mira —dijo con una sonrisa. Tenía el pulso firme.

—Bueno ¿y qué? —le dijo Robert Jordan—. Cualquiera puede hacer que no le tiemble la mano. Señala con el dedo.

Anselmo hizo lo que le decía. El dedo temblaba. Miró a Robert Jordan y movió la cabeza.

—A mí también me pasa —le mostró Robert Jordan—. Siempre. Eso es normal.

—A mí no —dijo Fernando extendiendo el dedo derecho para demostrárselo y luego el izquierdo.

—¿Puedes escupir? —le preguntó Agustín al tiempo que le guiñaba el ojo a Robert Jordan.

Fernando carraspeó y escupió orgullosamente en el suelo de la cueva, luego frotó el escupitajo con el pie.

—Burro asqueroso —le dijo Pilar—. Escupe en el fuego si quieres demostrar tu valor.

—No habría escupido en el suelo, Pilar, si no supiera que íbamos a irnos hoy —repuso el otro con gazmoñería.

—Ten cuidado con dónde escupes hoy —le advirtió Pilar—. Podría ser algún sitio de donde no te fueses nunca.

—Esta habla como un gato negro —dijo Agustín. Sentía la necesidad nerviosa de bromear, que era otra forma de expresar lo mismo que sentían todos.

—Lo decía en broma —dijo Pilar.

—Yo también —respondió Agustín—. Pero, me cago en la leche, me alegraré cuando empiece.

—¿Dónde está el gitano? —le preguntó Robert Jordan a Eladio.

—Con los caballos —contestó el otro—. Se le ve desde la puerta de la cueva.

—¿Cómo está?

Eladio sonrió.

—Muy asustado —dijo. Le animaba hablar del miedo de otros.

—Oye, inglés —empezó Pilar.

Robert Jordan miró hacia donde estaba ella y la vio con la boca abierta y un brillo de incredulidad en la mirada, y se volvió hacia la entrada al tiempo que echaba mano a la pistola. Allí, apartando la manta con la mano y con el cañón del fusil automático asomando por detrás del hombro, estaba Pablo, bajo, fornido, sin afeitar, con los ojillos enrojecidos, sin mirar a nadie en particular.

—Tú... —exclamó Pilar como si no diera crédito a sus ojos—. Tú...

—Yo —dijo Pablo sin inmutarse, y entró en la cueva.

—Hola, inglés —dijo—. He traído conmigo a cinco de las partidas de Elías y Alejandro con sus caballos.

—¿Y el detonador y los cebadores? —le preguntó Robert Jordan—. ¿Y el resto del material?

—Los tiré al río por el barranco —contestó Pablo sin mirar a nadie—. Pero se me ha ocurrido una forma de detonar la carga utilizando una granada.

—A mí también —respondió Robert Jordan.

—¿Tenéis algo de beber? —preguntó cansado Pablo.

—Robert Jordan le alcanzó la petaca y el otro bebió rápido y se secó los labios con el dorso de la mano.

—¿Qué te pasa? —le preguntó Pilar.

—Nada —dijo Pablo secándose otra vez los labios—. Nada. He vuelto.

—Pero ¿qué...?

—Nada. Tuve un momento de debilidad. Me fui, pero he vuelto.

Se volvió hacia Robert Jordan.

—En el fondo no soy cobarde —dijo.

Pero eres otras muchas cosas, pensó Robert Jordan. Que me cuelguen si no es así. Aunque me alegro de verte, hijo de puta.

—Cinco ha sido todo lo que he logrado conseguir de Elías y Alejandro —dijo Pablo—. Llevo cabalgando desde que me fui. Solo con nueve nunca lo habríais logrado. Nunca. Lo supe la otra noche cuando el inglés os explicó sus planes. Nunca. Solo en el puesto de abajo hay siete hombres y un cabo. ¿Y si alguno da la alarma o se defienden? —Miró a Robert Jordan—. Cuando me marché, pensé que comprenderías que no teníais posibilidades y abandonarías tu plan. Luego, después de tirar tus cosas al río, cambié de opinión.

—Me alegro de verte —dijo Robert Jordan. Se acercó hacia él—. Nos arreglaremos con las granadas. Funcionará. Lo otro no tiene importancia.

—No —respondió Pablo—. No lo hago por ti. Tú eres un pájaro de mal agüero. Todo esto es culpa tuya. Incluido lo del Sordo. Pero después de deshacerme de tus cosas me sentí muy solo.

—Tu madre... —dijo Pilar.

—Así que fui a buscar a los otros para tuvieseis alguna posibilidad de éxito. He traído a los mejores que he podido conseguir. Les he dicho que se quedaran arriba para poder hablar antes con vosotros. Creen que soy el jefe.

—Y lo eres —dijo Pilar—, si es que quieres serlo.

Pablo la miró y no dijo nada. Luego añadió como si tal cosa:

—He estado pensando mucho desde lo del Sordo. Creo que si hemos de morir, mejor morir todos juntos. Pero a ti, inglés... Te odio por habernos causado tantos problemas.

—Pero, Pablo… —empezó Fernando con los bolsillos llenos de granadas y una bandolera llena de cartuchos al hombro mientras rebañaba su escudilla de guisado—, ¿no crees que la operación puede salir bien? Anteanoche parecías convencido.

—Sírvele más comida —le dijo con sarcasmo Pilar a María. Luego se volvió hacia Pablo con la mirada conmovida—: Así que has vuelto, ¿eh?

—Sí, mujer —respondió Pablo.

—Bueno, sé bienvenido —dijo Pilar—. Ya decía yo que no podías haber caído tan bajo.

—Sentí una soledad insoportable —le dijo Pablo en voz baja.

—Insoportable… —se burló ella—. No podrías soportarla más de quince minutos.

—No te burles de mí, mujer. He vuelto.

—Y ya te he dicho que eres bienvenido —dijo ella—. ¿Es que no me has oído la primera vez? Bébete el café y vayámonos. Estoy harta de tanto teatro.

—¿Eso es café? —preguntó Pablo.

—Desde luego —dijo Fernando.

—Sírveme un poco, María —dijo Pablo—. ¿Qué tal estás?

No la miró.

—Bien —respondió María sirviéndole una taza—. ¿Quieres un poco de guisado? Pablo movió la cabeza.

—No me gusta estar solo —siguió explicándole Pablo a Pilar como si los demás no estuviesen allí—. No me gusta estar solo, ¿sabes? Ayer, mientras trabajaba por el bien de todos, no me sentí solo. Pero la noche anterior. ¡Hombre! ¡Qué mal lo pasé!

—Tu predecesor, el famoso Judas Iscariote, se ahorcó —dijo Pilar.

—No me hables así, mujer —dijo Pablo—. ¿No lo has visto? He vuelto. No me hables de Judas ni de nadie por el estilo. He vuelto.

—¿Qué tal son esos que has traído? —le preguntó Pilar—. ¿Valen la pena?

—Son buenos —dijo Pablo atreviéndose a mirar a Pilar a la cara y desviando luego la mirada.

—Buenos y bobos. Dispuestos a morir. A tu gusto. Y el de ellos.

Pablo volvió a mirar a Pilar a la cara y esta vez no apartó la mirada con sus ojillos porcinos y enrojecidos.

—Tú —dijo ella, y su voz volvió a sonar amable—. Supongo que donde algo hubo algo queda.

—Listo —dijo Pablo mirándola a los ojos—. Estoy preparado para lo que nos depare el día.

—Ya veo que has vuelto —le dijo Pilar—. Lo creo. Pero, hombre, te fuiste muy lejos.

—Déjame echar otro trago de tu petaca —le dijo Pablo a Robert Jordan—. Y pongámonos en camino.

39

Bajaron por la pendiente en la oscuridad a través del bosque y se dirigieron hacia el estrecho paso que había en la cima. Iban todos muy cargados y subían muy despacio. Los caballos también llevaban alforjas sobre las sillas.

—Siempre podemos soltarlas si hiciera falta —había dicho Pilar—. Pero, si podemos conservarlas, tendremos con qué montar otro campamento.

—¿Y el resto de la munición? —había preguntado Robert Jordan al cargar los bultos.

—En esas alforjas.

Robert Jordan notaba el peso de la mochila y cómo le rozaba en el cuello la chaqueta, cuyos bolsillos iban repletos de granadas, notaba el peso de la pistola contra la pierna y el bulto de los bolsillos de los pantalones, donde llevaba los cargadores del fusil ametrallador. Aún conservaba el gusto del café en la boca, en la mano derecha llevaba el fusil y con la mano izquierda tiraba del cuello de la chaqueta para que no se le clavaran las correas de la mochila.

—Inglés —dijo Pablo, acercándose a él en la oscuridad.

—¿Qué, hombre?

—Esos que han venido conmigo creen en el éxito de la misión porque los he traído yo —le explicó—. No vayas a decir nada que les haga pensar lo contrario.

—De acuerdo —respondió Robert Jordan—. Pero será mejor que procuremos tener éxito.

—Tienen cinco caballos, ¿sabes? —dijo cautamente Pablo.

—Bueno —contestó Robert Jordan—. Los dejaremos todos juntos.

—Bien —dijo Pablo, y guardó silencio.

No contaba con que te convirtieras camino de Tarso, viejo Pablo, pensó Robert Jordan. No, tu regreso ha sido un auténtico milagro. No creo que haya problema para canonizarte.

—Con esos cinco me ocuparé del puesto de abajo como iba a hacer el Sordo —dijo Pablo—. Cortaré el cable del telégrafo y retrocederé hacia el puente tal como habíamos convenido.

¿A qué vendrá esto ahora, si apenas hace diez minutos que lo hemos hablado?, se preguntó Robert Jordan.

—Hay una posibilidad de que logremos llegar a Gredos —prosiguió Pablo—. Lo he pensado mucho.

Por lo visto, ha tenido otra iluminación hace unos minutos, se dijo Robert Jordan. Otra revelación. Pero no conseguirás hacerme creer que cuentas conmigo. No, Pablo, no me pidas que confíe tanto en ti.

Desde que Pablo entrara en la cueva y dijese que había conseguido cinco hombres, Robert Jordan se había sentido cada vez mejor. El regreso de Pablo había roto el esquema trágico en que parecía haberse instalado la operación desde lo de la nieve, y aunque no pensaba que su suerte hubiese cambiado, porque no creía en la suerte, sí le parecía que la misión había dado un vuelco favorable y que ahora era posible que tuviesen éxito. En lugar de estar convencido de que fracasarían, notaba cómo iba aumentando en él la confianza, igual que un neumático que se hincha lentamente con una bomba de aire. Al principio apenas supuso ninguna diferencia, aunque por algo se empieza, igual que cuando va llenándose el neumático y la goma de la cámara apenas se expande, en cambio luego fue como cuando sube la marea o la savia asciende por el árbol, hasta que empezó a notar esa negación del temor que a menudo se convierte en una verdadera alegría justo antes de entrar en acción.

Aquel era su mayor don, el talento que le hacía más apto para la guerra: esa habilidad no de ignorar, pero sí de pasar por alto un posible final trágico, aunque dicha habilidad se echa a perder si uno se preocupa demasiado por los demás o se ve obligado a llevar a cabo algo mal planeado o mal concebido. En ese caso la derrota y el fracaso no pueden pasarse por alto, porque ya no se trata solo de la posibilidad de resultar herido, que sí puede ignorarse. Sabía que él carecía de importancia, y que la muerte tampoco significaba nada. Lo sabía con certeza, con la misma certeza con la que pudiera saber cualquier otra cosa. En los últimos días había aprendido que él, con otra persona, podía serlo todo. Pero en su fuero interno sabía que aquello había sido algo excepcional. He tenido mucha suerte con lo nuestro. Tal vez haya sido porque no lo busqué. Nadie puede quitármelo ni puedo perderlo. Pero ya ha pasado y está hecho, y ahora solo queda nuestra misión.

Y tú, se dijo, me alegra ver que te has recuperado en parte lo que te faltaba. Estuviste muy mal allí. Sentí vergüenza por ti. Lo malo es que tú eras yo. Y yo no soy quien para juzgarte. Los dos hemos estado en muy baja forma. Tú, yo, los dos. Vamos. Deja de pensar como un esquizofrénico. Cada cosa a su tiempo. Ahora estás bien. Pero escucha, tienes que dejar de pensar todo el tiempo en la chica. Lo único que puedes hacer ahora para protegerla es dejarla al margen y es lo que estás haciendo. Por lo que parece tendréis caballos de sobra. Lo mejor que puedes hacer por ella es cumplir con la misión cuanto antes y salir de aquí. Pensar en María solo servirá para entorpecerte. Así que deja ya de pensar en ella.

Nada más decidir aquello, esperó a que llegase la chica con Pilar, Rafael y los caballos.

—Hola, guapa —le dijo en la oscuridad—. ¿Qué tal estás?

—Estoy bien, Roberto —respondió.

—No te preocupes por nada —le dijo, y se pasó el fusil a la mano izquierda para ponerle la otra en el hombro.

—No —respondió ella.

—Todo está muy bien planeado —le dijo—. Rafael se quedará aquí contigo cuidando de los caballos.

—Preferiría estar contigo.

—No. Serás más útil si cuidas de los caballos.

—Bueno —respondió la joven—. Lo haré.

Justo en ese momento uno de los caballos relinchó y otro caballo respondió desde el espacio abierto que había al otro lado del paso entre las rocas, el relincho se alzó como un temblor roto y agudo.

Robert Jordan distinguió la forma de los otros caballos en la oscuridad. Se adelantó y se acercó a ellos con Pablo. Los hombres estaban de pie junto a sus monturas.

—Salud —dijo Robert Jordan.

—Salud —respondieron en la oscuridad. No pudo distinguir sus caras.

—Es el inglés que viene con nosotros —dijo Pablo—. El dinamitero.

Nadie dijo nada al respecto. Puede que asintieran en la oscuridad.

—Más vale ponerse en camino, Pablo —dijo uno de ellos—. No tardará en hacerse de día.

—¿Has traído más granadas? —preguntó otro.

—De sobra —respondió Pablo—. Ya las cogeréis cuando dejemos los animales.

—Pues en marcha —añadió un tercero—. Llevamos casi toda la noche esperando.

—Hola, Pilar —dijo otro al ver a la mujer.

—Que me maten si no es Pepe —dijo Pilar con voz ronca—. ¿Qué tal te va, pastor?

—Bien —respondió el hombre—. Dentro de la gravedad.

—¿Qué caballo montas? —le preguntó Pilar.

—El tordo de Pablo —dijo el otro—. Es mucho caballo.

—Vamos —insistió otro—. En marcha. No tiene sentido seguir aquí charlando.

—¿Qué tal te va, Elicio? —preguntó Pilar mientras el otro subía a su montura.

—¿Cómo quieres que esté? —respondió con brusquedad—. Vamos, mujer, tenemos trabajo que hacer.

Pablo montó en el gran caballo tordo.

—Callad la boca y seguidme —dijo—. Os llevaré al lugar donde dejaremos los caballos.

40

Mientras Robert Jordan dormía, mientras planificaba la destrucción del puente y mientras estaba con María, Andrés había hecho lentos avances. Hasta llegar a las líneas republicanas había ido campo a través y había cruzado las líneas fascistas tan deprisa como pueda viajar en la oscuridad un campesino en buenas condiciones físicas y que conoce el terreno que pisa. Pero una vez en el lado republicano las cosas fueron mucho más lentas.

En teoría debería haberle bastado con enseñar el salvoconducto que le había dado Robert Jordan con el sello del SIM y el despacho que llevaba el mismo sello para que lo llevasen a su destino lo más deprisa posible. Pero se había topado en el frente con el comandante de la compañía, a quien su misión le había parecido muy sospechosa.

Había seguido a aquel comandante hasta el cuartel general del batallón, donde el jefe del batallón, que había sido barbero antes de la guerra, se entusiasmó al conocer el motivo de su misión. Dicho oficial, que se llamaba Gómez, maldijo al comandante de la compañía por su estupidez, le dio unas palmaditas en la espalda a Andrés, le ofreció un trago de coñac barato y le explicó que él mismo siempre había querido ser guerrillero. Luego había despertado a su ayudante, lo había puesto al mando del batallón y había enviado a su ordenanza a despertar al motorista. En lugar de enviar a Andrés al cuartel general de la brigada con el motorista, Gómez había decidido llevarle él mismo para acelerar las cosas, y con Andrés sentado delante de él habían sorteado los agujeros de los obuses en la carretera de montaña entre la doble hilera de árboles, mientras el faro de la motocicleta iluminaba la base enjalbegada de los troncos y los sitios donde los fragmentos de metralla y las balas habían pelado la cal y la corteza durante los combates librados en aquella carretera el primer verano de la guerra. Llegaron al pequeño pueblo de montaña con los tejados rotos donde estaba el cuartel general de la brigada. Gómez había frenado la motocicleta como un motorista de carreras y la había dejado apoyada contra la tapia de la casa, donde un soñoliento centinela se había puesto firmes, mientras Gómez lo empujaba a un lado y entraba en la enorme sala que tenía las paredes tapizadas de mapas, y donde un oficial muy adormilado con una visera verde estaba sentado a un escritorio con una lámpara de lectura, dos teléfonos y un ejemplar de *Mundo Obrero*.

El oficial miró a Gómez y dijo:

—¿Qué haces aquí? ¿Es que no has oído hablar del teléfono?

—Tengo que ver al teniente coronel —dijo Gómez.

—Está dormido —respondió el oficial—. Las luces de tu motocicleta se veían desde más de un kilómetro de distancia en la carretera. ¿Es que quieres que nos bombardeen?

—Llama al teniente coronel —dijo Gómez—. Es un asunto de la mayor gravedad.

—Ya te he dicho que está dormido. ¿Qué bandido es ese que traes ahí? —Hizo un gesto en dirección a Andrés.

—Es un guerrillero llegado del otro lado del frente con un despacho de la mayor importancia para el general Golz, que está al mando de la ofensiva que va a hacerse al amanecer contra Navacerrada —dijo Gómez muy serio y nervioso—. Despierta al teniente coronel, por amor de Dios.

El oficial lo miró con los ojos cansados ensombrecidos por el celuloide verde.

—Estáis todos locos —dijo—. No conozco a ningún general Golz ni tengo noticias de ninguna ofensiva. Coge a este elemento y vuelve a tu batallón.

—Te digo que despiertes al teniente coronel —dijo Gómez, y Andrés notó cómo se le tensaba la boca.

—Vete a la [obscenidad] —le dijo perezosamente el oficial dándose la vuelta.

Gómez sacó la pesada pistola Star de nueve milímetros de la funda y se la clavó en el hombro al oficial.

—Despiértale, fascista cabrón —dijo—. Despiértale o te mato aquí mismo.

—Cálmate —respondió el oficial—. Todos los barberos sois igual de exaltados.

Andrés notó que el rostro de Gómez se tensaba de odio a la luz de la lámpara. Pero todo lo que dijo fue:

—Despiértale.

—Ordenanza —llamó el oficial con voz desdeñosa. Un soldado llegó a la puerta, saludó y volvió a salir—. Está con su prometida —dijo el oficial, y siguió leyendo el periódico—. Seguro que estará encantado de veros.

—Los tipos como tú son los que obstruyen todos los esfuerzos por ganar la guerra —le dijo Gómez al oficial.

El otro no le hizo caso. Siguió leyendo y dijo como para sus adentros:

—¡Qué periódico más curioso!

—¿Y por qué no lees *El Debate*? Ese es un periódico para ti —le dijo Gómez refiriéndose al principal periódico católico conservador que se publicaba en Madrid antes de estallar la guerra.

—No olvides que soy tu oficial superior y que un informe mío sobre ti puede tener consecuencias —respondió el otro sin levantar la vista siquiera—. Nunca he leído *El Debate*, no hagas falsas acusaciones.

—No. Tú lees el *ABC* —dijo Gómez—. El ejército sigue corrompido por tipos como tú. Con profesionales como tú. Pero no siempre será así. Estamos atrapados entre los cínicos y los ignorantes. Pero eliminaremos a unos y educaremos a los otros.

—Lo que tú quieres es una purga —dijo el oficial sin mirarle—. Aquí cuenta que están purgando a tus amigos rusos. Hacen más purgas que la sal de frutas.

—Llámalo como quieras —respondió con apasionamiento Gómez—. Puedes llamarlo como quieras con tal de que liquiden a los tipos como tú.

—Liquidar —dijo con insolencia el oficial como si hablara para sí mismo—. Otra palabra nueva que no parece castellana.

—Pues que los fusilen —repuso con apasionamiento Gómez—. Eso sí que es castellano. ¿Lo entiendes bien?

—Sí, hombre, pero no grites tanto. Aparte del teniente coronel hay más gente durmiendo en el cuartel y tu entusiasmo me aburre. Por eso prefiero afeitarme yo mismo, me aburre la conversación.

Gómez miró a Andrés y movió la cabeza. Sus ojos tenían ese brillo húmedo fruto del odio y la rabia. Pero movió la cabeza sin decir nada y reservó su odio para el futuro. Había acumulado mucho en el año y medio en que había llegado a capitanear un batallón en la sierra y al ver entrar al teniente coronel en pijama, se cuadró y saludó.

El teniente coronel Miranda era un hombre bajo de rostro ceniciento que había pasado toda su vida en el ejército y había perdido el amor de su mujer en Madrid, mientras él sufría de dispepsia en Marruecos; se había hecho republicano cuando descubrió que no podía divorciarse de ella (lo de la dispepsia no tenía arreglo), había empezado la guerra civil como teniente coronel y solo tenía una ambición: terminarla con el mismo rango. Había defendido la sierra bien y quería que lo dejaran en paz para seguir defendiéndola cuando les atacaran. Se sentía mucho mejor en época de guerra, probablemente debido al obligado racionamiento de los platos de carne, tenía una enorme reserva de bicarbonato sódico, se había tomado su whisky por la noche, su amante de veintitrés años iba a tener un bebé, igual que casi todas las chicas que se habían alistado como milicianas en julio del año anterior, y ahora que entró en la sala, asintió en respuesta al saludo de Gómez y le tendió la mano.

—¿Qué te trae por aquí, Gómez? —preguntó, y luego añadió dirigiéndose al oficial que había sentado al escritorio y que era su jefe de operaciones—: Dame un cigarrillo, Pepe, por favor.

Gómez le mostró los papeles de Andrés y el despacho. El teniente coronel miró el salvoconducto por encima, miró a Andrés, asintió y sonrió, luego miró el despacho. Tocó el sello, lo palpó con el dedo índice y después se lo devolvió todo a Andrés.

—¿Es difícil la vida en las montañas? —preguntó.

—No, mi teniente coronel —respondió el otro.

—¿Te dijeron dónde instalaría Golz su cuartel general?

—En Navacerrada, mi teniente coronel —dijo Andrés—. El inglés dijo que estaría cerca de Navacerrada detrás de las líneas, a la derecha de aquí.

—¿Qué inglés? —preguntó sin inmutarse el teniente coronel.

—El inglés que está con nosotros de dinamitero.

El teniente coronel asintió. Era otra de las rarezas de esa guerra: «El inglés que está con nosotros de dinamitero».

—Será mejor que lo lleves en la motocicleta, Gómez —dijo el teniente coronel—. Extiéndele un salvoconducto muy claro para el Estado Mayor del general Golz y tráelo para que lo firme —le dijo al oficial de la visera verde—. Escríbelo a máquina, Pepe. Aquí están los detalles —le indicó a Andrés con un gesto que le entregara el salvoconducto—, y ponle dos sellos. —Se volvió hacia Gómez—. Esta noche os hará falta algo convincente. Así debe ser. Cuando se prepara una ofensiva más vale andarse con cuidado. Os daré uno lo más convincente posible.

—Luego se volvió amablemente hacia Andrés y dijo—: ¿Quieres alguna cosa? ¿Algo de comer o de beber?

—No, mi teniente coronel —respondió Andrés—. No tengo hambre, en el último puesto de mando me dieron coñac y si bebo más podría marearme.

—¿Has visto algún movimiento o actividad en mi sector del frente al atravesarlo? —preguntó el teniente coronel con mucha educación.

—Como siempre, mi teniente coronel. Tranquilo. Tranquilo.

—¿No nos habíamos visto en Cercedilla hará unos tres meses? —quiso saber el teniente coronel.

—Sí, mi teniente coronel.

—Ya me parecía a mí —dijo el otro dándole una palmada en el hombro—. Ibas con aquel viejo, Anselmo. ¿Qué tal está?

—Está bien, mi teniente coronel —le dijo Andrés.

—Bien. Me alegro —dijo el teniente coronel. El oficial le mostró lo que había mecanografiado, y él lo leyó y lo firmó—. Será mejor que os vayáis cuanto antes —les dijo a Gómez y a Andrés—. Cuidado con la moto —le dijo a Gómez—. Utiliza las luces. No pasará nada por una simple motocicleta y es mejor ir con cuidado. Mis saludos al camarada general Golz. Nos conocimos después de Peguerinos. —Les estrechó la mano a ambos—. Métete los papeles en la camisa —dijo—. En la motocicleta hace mucho aire.

Cuando salieron fue a un armario, sacó un vaso y una botella, se sirvió un poco de whisky y añadió agua de un botijo que había en el suelo junto a la pared. Luego sostuvo el vaso y saboreó muy despacio el whisky, mientras contemplaba el enorme mapa de la pared y estudiaba las posibilidades de la ofensiva en la región al norte de Navacerrada.

—Me alegro de que se lo hayan encargado a Golz y no a mí —le dijo por fin al oficial que estaba en la mesa. El oficial no respondió y, al apartar la mirada del mapa para mirarle, el teniente coronel vio que se había quedado dormido con la cabeza entre los brazos. El teniente coronel fue al escritorio y acercó los teléfonos para que quedasen a ambos lados de la cabeza del oficial. Luego volvió al armario, se sirvió otro whisky, le añadió agua y volvió a contemplar el mapa.

Andrés se sujetó al asiento, mientras Gómez arrancaba el motor, y agachó la cabeza contra el viento cuando la motocicleta empezó a moverse con estrépito hacia la oscuridad perforada por la luz y avanzó por la carretera rural que se extendía ante ellos rodeada de álamos, borrosa y amarillenta a medida que se internaba en la niebla a lo largo de un banco de bruma y más definida cuando subía. Al llegar al cruce, el faro les mostró la silueta gris de los camiones que bajaban vacíos de las montañas.

41

Pablo se detuvo y desmontó en la oscuridad. Robert Jordan oyó los crujidos y el resuello de los demás mientras desmontaban y también el tintineo de una brida cuando uno de los caballos movió la cabeza. Notó el olor de los caballos, el olor agrio y sucio de los recién llegados, que habían dormido con la ropa puesta, y el rancio olor a humo de los que habían estado en la cueva. Notó el olor a vino que despedía Pablo, que estaba a su lado, y le pareció notar un sabor metálico. Encendió un cigarrillo cubriéndose con la mano para ocultar la luz, aspiró profundamente y oyó a Pablo, que decía en voz baja:

—Pilar, trae el saco de las granadas mientras atamos los caballos.

—Agustín —dijo Robert Jordan con un susurro—, tú y Anselmo venid conmigo al puente. ¿Tienes el saco con los cargadores de la ametralladora?

—Sí —respondió Agustín—. ¿Cómo no?

Robert Jordan se acercó a Pilar, que estaba descargando los caballos con la ayuda de Primitivo.

—Escucha, mujer —dijo en voz baja.

—¿Qué quieres ahora? —musitó ella con voz ronca mientras soltaba la cincha del caballo.

—¿Te ha quedado claro que nadie debe atacar el puesto hasta que oigáis caer las bombas?

—¿Cuántas veces vas a decírmelo? —dijo Pilar—. Pareces una vieja medrosa, inglés.

—Solo quiero asegurarme —dijo Robert Jordan—. Y cuando hayáis tomado el puesto, retroceded hacia el puente y cubrid desde arriba la carretera y mi flanco izquierdo.

—Lo entendí perfectamente la primera vez que me lo explicaste —le susurró Pilar—. Concéntrate en tu labor.

—Que nadie intente nada, ni dispare o lance una bomba hasta que empiece el ruido del bombardeo —repitió en voz baja Robert Jordan.

—Deja de molestar de una vez —susurró enfadada Pilar—. Ya lo entendí donde el Sordo.

Robert Jordan fue a donde Pablo estaba atando los caballos.

—Solo he atado los que pueden asustarse —dijo Pablo—. Los otros los he sujetado de forma que baste con un tirón de la cuerda para soltarlos, ¿ves?

—Bien.

—Le diré a la chica y al gitano que se ocupen de ellos —dijo Pablo. Los hombres que había llevado consigo estaban de pie apoyados en sus carabinas.

—¿Lo has entendido todo?

—¿Cómo no? —respondió Pablo—. Destruir el puesto. Cortar el cable del telégrafo. Retroceder hacia el puente. Cubrirte hasta que lo vueles.

—Y no empezar hasta que empiece el bombardeo.

—Eso es.

—Bueno, pues mucha suerte.

Pablo gruñó y luego dijo:

—Tú nos cubrirás con la ametralladora y luego con el fusil ametrallador cuando volvamos, ¿eh, inglés?

—De primera —dijo Robert Jordan.

—Pues nada más —dijo Pablo—. Pero tienes que ir con cuidado, inglés. Si no vas con mucho cuidado, no será fácil.

—Yo me encargaré de la ametralladora —le dijo Robert Jordan.

—¿Tienes mucha experiencia? No me apetece que me acribille Agustín lleno de buenas intenciones.

—La tengo. De verdad. Y si Agustín tiene que utilizar una de las ametralladoras, me aseguraré de que dispare alto. Muy alto.

—Pues nada más —dijo Pablo. Luego añadió en voz baja y en tono confidencial—: Todavía nos faltan caballos.

Será hijo de puta, pensó Robert Jordan. ¿O es que cree que no le había entendido la primera vez?

—Iré a pie —dijo—. Los caballos son asunto tuyo.

—No, habrá un caballo para ti, inglés —dijo Pablo en voz baja—. Habrá caballos para todos.

—Ese es tu problema —dijo Robert Jordan—. No hace falta que cuentes conmigo. ¿Tienes suficientes cargadores para tu nuevo fusil automático?

—Sí —dijo Pablo—. Tengo todos los que llevaba el jinete. He disparado cuatro para probarlo. Lo probé ayer en las montañas.

—Pues más vale ponerse en marcha —respondió Robert Jordan—. Conviene llegar pronto y esconderse bien.

—Ahora nos vamos —dijo Pablo—. Suerte, inglés.

A saber qué se traerá este cabrón entre manos, se dijo Robert Jordan. Aunque estoy casi seguro de saberlo. Bueno, es su problema, no el mío. Gracias a Dios no conozco a esos hombres que ha traído consigo.

Le tendió la mano, dijo: «Suerte, Pablo», y los dos se estrecharon la mano en la oscuridad.

Al darle la mano había imaginado que sería como coger un reptil o tocar a un leproso. No sabía cómo serían las manos de Pablo. Pero Pablo le estrechó la mano con fuerza y con franqueza y él hizo lo propio. Pablo tenía una buena mano en la oscuridad y Robert Jordan tuvo la misma extraña sensación que había tenido esa mañana. Se ve que ahora somos aliados, pensó. Los aliados siempre están estrechándose la mano. Por no hablar de las condecoraciones y los besos en las mejillas, pensó. Me alegro de que no tengamos que hacer todo eso. Supongo que todos los aliados son así. Siempre se odian unos a otros *au fond*. Pero este Pablo es un tipo raro.

—Suerte, Pablo —dijo y estrechó con fuerza la mano firme, extraña y decidida—. Te cubriré bien, no te preocupes.

—Siento haberme llevado tus cosas —dijo Pablo—. Fue una equivocación.

—Al menos has traído lo que necesitábamos.

—No te reprocho lo del puente, inglés —añadió Pablo—. Creo que acabaremos con él.

—¿Qué hacéis vosotros dos? ¿Es que os habéis vuelto maricones? —dijo Pilar apareciendo de pronto en la oscuridad—. Solo te faltaba eso —le dijo a Pablo—. Vamos, inglés, déjate de despedidas, no te vaya a robar el resto de los explosivos.

—Tú no me entiendes, mujer —dijo Pablo—. El inglés y yo nos entendemos.

—A ti no hay quien te entienda. Ni Dios, ni tu madre —dijo Pilar—. Ni yo tampoco. Vamos, inglés, despídete de tu peloncita y en marcha. Me cago en tu padre, casi empiezo a pensar que te da miedo verle los cuernos al toro.

—Tu madre —dijo Robert Jordan.

—Tú nunca tuviste ninguna —susurró ella alegremente—. En marcha, que estoy deseando empezar con esto y terminar de una vez. Ve con tu gente —le dijo a Pablo—. ¿Quién sabe cuánto durará tu resolución? Has traído a un par con quienes no me gustaría tener que tratar. Cógelos y vente.

Robert Jordan se echó la mochila a la espalda y volvió donde los caballos para ver a María.

—Adiós, guapa —dijo—. Nos veremos pronto.

Tenía una sensación irreal, como si lo hubiera dicho todo antes, o como si hubiese ido a despedirla a un tren y se encontrara en el andén de la estación.

—Adiós, Roberto —respondió ella—. Cuídate mucho.

—Por supuesto —dijo él. Inclinó la cabeza para besarla y el peso de la mochila cayó sobre su nuca y le golpeó en la frente sin querer. También tuvo la sensación de haber vivido eso antes—. No llores —dijo con torpeza y no solo por el peso de la carga.

—No lloro —contestó ella—, pero vuelve pronto.

—No te preocupes cuando oigas los disparos. Se va a organizar un buen tiroteo.

—No. Pero no tardes en volver.

—Adiós, guapa —dijo cohibido.

—Salud, Roberto.

Robert Jordan no se había sentido tan joven desde que subiera al tren en Red Lodge para viajar a Billings y hacer transbordo para ir a estudiar fuera. Había tenido miedo y no había querido que se le notara, y, en la estación, justo antes de que el maquinista pusiera el tren en marcha y él subiera al vagón, su padre le había dado un beso de despedida y le había dicho: «Que vele el Señor entre los dos cuando nos hayamos separado uno del otro». Su padre era un hombre muy religioso y lo había dicho con sencillez y sinceridad, pero tenía el bigote y los ojos húmedos por la emoción, y Robert Jordan se había sentido tan avergonzado por el entrecortado sonido de la oración y de que su padre le besara para despedirse, que de pronto se había sentido mucho mayor que él y le había inspirado tanta lástima que casi no lo había resistido.

Cuando el tren partió se había quedado en el último vagón contemplando la estación y el depósito de agua, que se hacían cada vez más pequeños, hasta que los raíles y las traviesas se juntaron en un punto donde la estación y el depósito se divisaban diminutos en el constante traqueteo que lo alejaba de allí.

El revisor le dijo:

—A tu padre parece haberle afectado tu marcha, Bob.

—Sí —respondió observando las matas de artemisa que crecían al borde del camino, entre los postes de telégrafos que no dejaban de pasar. Estaba buscando urogallos.

—¿No te importa ir a la universidad?

—No —había respondido, y era cierto.

No lo habría sido antes, pero lo era en ese preciso instante, y solo entonces, después de la partida, volvió a sentirse tan joven como antes de que partiera el tren. Se sentía muy joven y muy torpe, y estaba despidiéndose con tanta torpeza como cuando uno está en la escuela y se despide de una joven en el porche de su casa sin saber si besarla o no. Entonces supo que su torpeza no se debía a la despedida sino a lo que le esperaba. La despedida solo era parte de la torpeza que le inspiraba lo demás.

Ahora vuelves a sentirlo, se dijo. Pero supongo que no hay nadie que no se considere demasiado joven para estas cosas. No sabía cómo llamarlo. Vamos, se dijo, vamos. Es demasiado pronto para tu segunda infancia.

—Adiós, guapa —repitió—. Adiós, conejito.

—Adiós, mi Roberto —dijo la chica, y él se dirigió a donde le esperaban Anselmo y Agustín y dijo:

—¡Vámonos!

Anselmo se echó el pesado fardo a la espalda. Agustín, que no había soltado la carga desde que salieron de la cueva, estaba apoyado en un árbol con el fusil ametrallador asomando por detrás de la carga.

—Bien —dijo—. Vámonos.

Los tres empezaron a bajar por la pendiente.

—Buena suerte, don Roberto —dijo Fernando mientras los tres pasaban por delante en fila india por delante de los árboles. Fernando estaba en cuclillas y un poco apartado de donde estaban ellos, pero habló con mucha dignidad.

—Buena suerte a ti también, Fernando —dijo Robert Jordan.

—Hagas lo que hagas —dijo Agustín.

—Gracias, don Roberto —dijo Fernando sin hacer caso del comentario de Agustín.

—Ese es un fenómeno, inglés —susurró Agustín.

—Te creo —dijo Robert Jordan—. ¿No quieres que te eche una mano? Vas cargado como una mula.

—Puedo yo —dijo Agustín—. Pero no sabes lo que me alegro de que nos hayamos puesto en marcha de una vez.

—Habla en voz baja —dijo Anselmo—. A partir de ahora, hablad poco y en voz baja.

Descendieron por la pendiente boscosa andando con cuidado, con Anselmo en cabeza, luego Agustín y por último Robert Jordan, mirando muy bien dónde pisaba para no resbalar, notando las agujas de los pinos bajo las alpargatas de esparto, tropezando con una raíz con un pie y extendiendo la mano hacia delante para sujetar el frío metal del cañón del fusil ametrallador y las patas plegadas del trípode, bajando la cuesta de lado, resbalando y patinando en el suelo del bosque, extendiendo la mano izquierda y tocando la áspera corteza del tronco de un árbol y retirándola pegajosa por la resina de un sitio donde estaba pelado; bajaron la empinada ladera boscosa hasta llegar al lugar desde donde Robert Jordan y Anselmo habían observado el puente el primer día.

Anselmo se había detenido junto a un pino en la oscuridad, cogió del brazo a Robert Jordan y susurró en voz tan baja que apenas se le oía:

—Mira, hay fuego en el brasero. —Era un punto de luz más abajo de donde Robert Jordan sabía que el puente se unía a la carretera—. Desde aquí los vigilamos el otro día —añadió. Cogió la mano de Robert Jordan y la llevó hasta un corte en la base del árbol—. Lo marqué mientras tú observabas. Ahí a la derecha está el sitio donde querías instalar la ametralladora.

—La pondremos ahí.

—Bien.

Dejaron los bultos detrás de la base de los pinos y los dos siguieron a Anselmo hasta un sitio llano donde había plantados unos cuantos pinos.

—Es aquí —dijo Anselmo—. Justo aquí.

—Desde aquí, cuando amanezca —le susurró Robert Jordan a Agustín mientras se ocultaba detrás de uno de los arbolillos—, dominarás parte de la carretera y la entrada al puente. Verás todo el puente y parte de la carretera al otro extremo antes de la curva entre las rocas. —Agustín no respondió—. Te quedarás aquí mientras nosotros preparamos los explosivos y dispararás contra cualquier cosa que se acerque por uno u otro lado.

—¿Dónde está esa luz? —preguntó Agustín.

—En la garita del centinela que hay a este extremo del puente —susurró Robert Jordan.

—¿Quién se ocupará de los centinelas?

—El viejo y yo, tal como te expliqué. Pero si no lo conseguimos, tendrás que acribillar las garitas y dispararles a ellos en cuanto los veas.

—Sí. Ya me lo explicaste.

—Después de la explosión, cuando la gente de Pablo llegue por ese lado, debes disparar por encima de sus cabezas si les persiguen. Dispara alto en todo caso para que no pueda seguirles nadie. ¿Entendido?

—Claro. Ya me lo explicaste anoche.

—¿Alguna pregunta?

—No. He traído un par de sacos. Puedo llenarlos de tierra donde no me vean y traerlos aquí.

—De acuerdo, pero nada de excavar por aquí. Tienes que estar tan bien escondido como si estuvieses arriba.

—No. Los llenaré en la oscuridad. Ya verás. Los colocaré de forma que no se vean.

—Estás muy cerca, ¿sabes? De día, este grupo de árboles se ve claramente desde abajo.

—No te preocupes, inglés. ¿Adónde vas tú?

—Iré más abajo con mi ametralladora. El viejo cruzará el barranco para ocuparse de la garita del otro lado.

—Pues no se hable más —dijo Agustín—. Salud, inglés. ¿Tienes tabaco?

—Aquí no puedes fumar. Estamos demasiado cerca.

—No. Es solo para ponérmelo en la boca. Para fumarlo después.

Robert Jordan le alcanzó su pitillera y Agustín cogió tres cigarrillos y los guardó en la visera de su gorro de pastor. Desplegó las patas del trípode con el cañón del arma entre los pinos y empezó a vaciar la mochila a tientas y a dejar las cosas a mano.

—Nada más —dijo.

Anselmo y Robert Jordan lo dejaron allí y volvieron a donde habían dejado los fardos.

—¿Dónde sería mejor dejarlos? —susurró Robert Jordan.

—Creo que aquí. Pero ¿estás seguro de poder ocuparte del centinela desde aquí con tu ametralladora?

—¿Estamos exactamente en el mismo sitio del otro día?

—Es el mismo árbol —respondió Anselmo en voz tan baja, que Jordan apenas lo oyó y supo que estaba hablando sin mover los labios como había hecho aquel día—. Lo marqué con el cuchillo.

Robert Jordan volvió a tener la sensación de haber vivido aquello antes, pero esta vez fue por haberle repetido la misma pregunta a Anselmo. Agustín había hecho lo mismo al preguntarle por los centinelas a pesar de saber la respuesta.

—Está bastante cerca. Incluso demasiado —susurró—. Pero tendremos el sol detrás. Aquí estamos bien.

—Pues iré a cruzar el barranco para ponerme en posición al otro lado —dijo Anselmo. Luego añadió—: Disculpa, inglés. Para que no haya equivocaciones. No quiero hacer ninguna estupidez.

—¿Qué? —susurró.

—Repítemelo para hacerlo exactamente como es debido.

—Cuando yo abra fuego, dispara tú también. Cuando hayas eliminado a tu hombre, cruza el puente hacia aquí. Traeré los fardos y me ayudarás a colocar las cargas. Ya te explicaré cómo. Si me ocurre algo. Hazlo tú, tal como te he enseñado. Tómate tu tiempo y hazlo bien, sujetándolo todo con las cuñas de madera y atando las granadas con fuerza.

—Está muy claro —dijo Anselmo—. Ya lo recuerdo. Me voy. Procura esconderte bien cuando amanezca, inglés.

—Cuando dispares —dijo Robert Jordan—, tómate tu tiempo y apunta bien. No pienses que le estás disparando a un hombre, sino que estás tirando al blanco, ¿de acuerdo? No dispares al bulto sino a un punto concreto. Si lo tienes de frente, dispara al centro del vientre. Si está de espaldas, al centro de la espalda. Escucha, viejo. Cuando yo abra fuego, si está sentado se pondrá en pie antes de echar a correr o ponerse a cubierto. Dispárale entonces. Si se queda sentado, no esperes. Pero asegura bien el tiro. Acércate a cincuenta metros. Eres cazador. No te será difícil.

—Haré lo que me ordenes —dijo Anselmo.

—Sí, esas son mis órdenes —dijo Robert Jordan.

Me alegro de haberme acordado de decirle que era una orden, se dijo. Eso le ayudará. Así se diluye la responsabilidad. O eso espero. Aunque sea un poco. Había olvidado lo que me dijo el primer día a propósito de matar.

—Es una orden —repitió—. Ahora vete.

—Me voy —dijo Anselmo—. Hasta pronto, inglés.

—Hasta pronto, viejo —dijo Robert Jordan. Recordó a su padre en la estación de ferrocarril y las lágrimas de aquella despedida, y no dijo salud, ni adiós, ni buena suerte, ni nada por el estilo—. ¿Has limpiado el aceite del cañón del fusil, viejo? —susurró—. Para que no se desvíe el tiro.

—En la cueva —dijo Anselmo—. Los limpié todos con la baqueta.

—Pues hasta pronto —dijo Robert Jordan, y el viejo se marchó sin hacer ruido, escabulléndose entre los árboles con sus alpargatas de esparto.

Robert Jordan se tumbó en el suelo tapizado de agujas de pino del bosque y esperó a oír cómo se agitaban las ramas de los pinos con el viento cuando amaneciera. Sacó el cargador del fusil ametrallador y desplazó el seguro atrás y adelante. Luego le dio la vuelta al fusil en la oscuridad con el seguro quitado, se llevó el cañón a la boca, sopló en el interior y notó el sabor metálico, grasiento y aceitoso al rozar el borde con la lengua. Se puso el arma sobre el antebrazo, con el cerrojo cerrado para que no pudieran meterse agujas de pino o suciedad, y sacó todas las balas del cargador con el pulgar encima del pañuelo que había extendido delante de él. Luego las palpó una por una en la oscuridad, les dio vueltas entre los dedos y volvió a meterlas en el cargador. Entonces volvió a sopesar el cargador en la mano y lo metió en el fusil con un chasquido. Se tumbó boca abajo detrás del tronco del pino con el fusil sobre el antebrazo izquierdo y observó el punto de luz de abajo. A veces dejaba de verlo y sabía que era porque el centinela de la garita se había puesto delante. Robert Jordan se quedó allí y esperó a que despuntara el día.

42

Mientras Pablo volvía de las montañas a la cueva y la partida bajaba hasta el lugar donde habían dejado los caballos, Andrés había avanzado rápidamente hacia el cuartel general de Golz. En la carretera principal a Navacerrada, por la que circulaban lentamente los camiones, encontraron un control. Pero cuando Gómez mostró al centinela el salvoconducto del teniente coronel Miranda, el soldado lo iluminó con una linterna, se lo mostró al otro centinela, se lo devolvió y se cuadró.

—Sigue —dijo—. Pero sin luces.

La motocicleta volvió a rugir y Andrés se sujetó con fuerza al asiento delantero, mientras seguían por la carretera y Gómez se movía con cuidado entre el tráfico. Ninguno de los camiones llevaba las luces encendidas y descendían formando un largo convoy. Había otros camiones que iban en dirección contraria y todos levantaban tanto polvo que Andrés no veía nada en la oscuridad y solo podía sentir la nube que le golpeaba la cara y que casi podía morder.

Se pusieron detrás de un camión, con la motocicleta petardeando, luego Gómez aceleró y lo adelantó, y a otro, y a otro, y a otro mientras los demás camiones pasaban por su izquierda. Detrás había un coche que desafiaba el ruido de los camiones y el polvo tocando el claxon una y otra vez, luego encendió las luces que iluminaron la nube amarilla de polvo y los adelantó a todos con un chirrido de ruedas y el exigente, conminatorio y atronador sonido del claxon.

Más adelante, los camiones estaban parados y tuvieron que abrirse paso entre ambulancias, coches del Estado Mayor, un vehículo blindado, otro más, y un tercero, atascados como pesadas tortugas metálicas en las que asomaban los cañones en el polvo recién posado, luego encontraron otro control donde se había producido el accidente. Un camión se había detenido y el que iba detrás no lo había visto y había chocado contra él, esparciendo las cajas de munición ligera por la carretera. Una de ellas se había roto al caer, y cuando Gómez y Andrés se detuvieron para empujar la motocicleta entre los vehículos atascados para mostrar su salvoconducto en el control, Andrés pisó miles de balas que habían quedado tiradas en el polvo. El segundo camión tenía el radiador destrozado. El camión de detrás estaba muy cerca y un oficial con botas muy altas iba y venía por la carretera, gritándoles a los conductores que retrocedieran para poder apartar de la carretera el camión accidentado.

Había demasiados camiones para que pudieran retroceder, a menos que el oficial llegara al final del interminable convoy e impidiera que siguiesen llegando, y Andrés lo vio correr a trompicones con la linterna, gritando y maldiciendo, mientras los camiones seguían llegando en la oscuridad.

El soldado del control no quiso devolverles el salvoconducto. Eran dos hombres con los fusiles a la espalda y linternas en la mano y también estaban gritando. El que llevaba el salvoconducto cruzó la carretera hasta un camión que iba en dirección contraria para pedirle que siguiera hasta el siguiente control y les pidiera que retuviesen allí a los camiones hasta que pudieran despejar la carretera. El chófer del camión le escuchó y siguió su camino. Luego, todavía con el salvoconducto en la mano, se dirigió a gritos al conductor cuya carga se había esparcido por el suelo.

—Déjalo y sigue, por amor de Dios, para que podamos despejar esto.

—La transmisión está destrozada —repuso el conductor, que estaba agachado detrás del camión.

—Me [obscenidad] en tu transmisión. Te digo que sigas.

—El camión no funciona si tiene el diferencial roto —respondió el conductor y volvió a agacharse.

—Pues que alguien te remolque, sigue para que podamos quitar esa [obscenidad] de camión de la carretera. —El conductor lo miró hoscamente mientras el otro iluminaba con la linterna la parte trasera del camión—. Sigue, sigue —gritó el hombre todavía con el salvoconducto en la mano.

—¿Y mis papeles? —le dijo Gómez—. Mi salvoconducto. Llevamos prisa.

—Vete al infierno con tu salvoconducto —dijo el hombre entregándoselo y echando a correr al otro lado de la carretera para detener a uno de los camiones que llegaban en dirección contraria.

—Da la vuelta y prepárate a remolcar ese camión accidentado —le dijo al conductor.

—Mis órdenes son…

—Me [obscenidad] en tus órdenes. Haz lo que te digo.

El conductor cambió de marcha, siguió adelante y se perdió entre una nube de polvo.

Mientras Gómez ponía en marcha la motocicleta delante del camión accidentado, Andrés, sujetándose con fuerza, vio al centinela detener otro camión y al conductor que se asomaba por la ventanilla para escucharle.

Luego aceleraron y siguieron a toda prisa por la carretera que ascendía en dirección a la montaña. Todo el tráfico estaba atascado y solo se cruzaban con los camiones que llegaban en dirección contraria por su izquierda, mientras la motocicleta seguía subiendo hasta que alcanzaron a los camiones que habían seguido adelante antes de que se produjera el accidente en el control.

Todavía sin luces adelantaron a otros cuatro vehículos blindados y luego a una larga hilera de camiones cargados de soldados. Los soldados iban en silencio en la oscuridad y al principio Andrés solo intuyó su presencia dentro de los camiones al adelantarlos entre una nube de polvo. Luego llegó otro coche del Estado Mayor encendiendo y apagando los faros sin cesar y sin parar de tocar el claxon, y, cada vez que los iluminaban las luces, Andrés veía a los soldados con sus cascos de acero, los fusiles verticales y las ametralladoras apuntando al cielo oscuro recortados contra la oscuridad de la noche en la que volvían a sumirse cuando se apagaban los faros. Una vez pasó muy cerca de un camión lleno de soldados, y cuando las luces se encendieron vio sus caras tristes y decididas iluminadas por aquella luz repentina. Con sus cascos de acero, dirigiéndose en los camiones en la oscuridad hacia algo de lo que solo sabían que sería una ofensiva, sus rostros estaban sumidos en sus pensamientos y la luz los mostraba de un modo que habría sido muy distinto de día, pues les habría avergonzado que los demás los vieran así, hasta que empezara el bombardeo y todos dejaran de preocuparse por la expresión de sus caras.

Mientras adelantaban un camión tras otro y Gómez se las arreglaba para seguir delante del coche del Estado Mayor, Andrés no pensó en sus caras. Solo pensó: Menudo ejército, menudo equipo y menuda mecanización. Vaya gente. He ahí el ejército de la República. Míralos. Camión tras camión. Todos con el mismo uniforme y con cascos de acero. Mira cómo asoman las ametralladoras de los camiones por si llega la aviación. ¡Menudo ejército han formado!

Y mientras la motocicleta adelantaba a los camiones grises llenos de soldados, camiones grises de cabina cuadrada y feos radiadores que trepaban por la carretera entre el polvo y las luces intermitentes del coche del Estado Mayor, con la estrella roja del ejército iluminándose cuando la luz pasaba sobre los lados de los polvorientos vehículos, el aire se fue haciendo más frío y la carretera empezó a dar vueltas y revueltas, y los camiones subieron penosamente humeando bajo la luz; la motocicleta también subió más despacio, y Andrés se agarraba con fuerza al asiento y pensaba que aquel viaje en motocicleta era mucho, mucho... Nunca había subido en una motocicleta y, mientras recorrían aquella carretera de montaña en mitad de todo aquel movimiento previo a la ofensiva, supo que no debía seguir preocupándose por volver a tiempo para asaltar los puestos de guardia. Con todo aquel movimiento y aquella confusión, tendría suerte si estaba de vuelta la noche siguiente. Nunca había visto los preparativos de una ofensiva y, mientras subían por la carretera, se maravilló del tamaño y el poder de aquel ejército que había organizado la República.

Ahora conducían por un tramo de carretera muy empinado y lleno de curvas que recorría un lado de la montaña y la pendiente era tan pronunciada que, al llegar cerca de la cima, Gómez le pidió que bajara y empujaron juntos la motocicleta hasta lo alto del puerto. A la izquierda, nada más llegar a la cima, había una curva donde los coches podían girar para cambiar de sentido y se veían unas luces intermitentes delante de un gran edificio de piedra cuya mole se recortaba oscura contra el cielo nocturno.

—Vayamos a preguntar dónde está el cuartel general —le dijo Gómez a Andrés, y ambos empujaron la motocicleta hasta donde montaban guardia los centinelas delante de la puerta cerrada del gran edificio de piedra. Gómez apoyó la motocicleta contra la pared justo cuando un motorista con una chaqueta de cuero se perfiló contra la luz del interior del edificio al abrirse la puerta, salió con una cartera al hombro y una pistola Mauser con la culata de madera en la cintura. Cuando se apagó la luz, fue hacia su motocicleta, que estaba junto a la puerta, la empujó hasta que empezó a petardear y partió a toda velocidad por la carretera.

En la puerta, Gómez se dirigió a uno de los centinelas:

—Capitán Gómez de la Brigada 65 —dijo—. ¿Puedes decirme dónde encontrar el puesto de mando del general Golz, que está al mando de la División 35?

—No está aquí —respondió el centinela.

—¿Y esto qué es?

—La comandancia.

—¿Qué comandancia?

—Pues la comandancia.

—¿La comandancia de qué?

—¿Y quién eres tú para hacer tantas preguntas? —le preguntó el centinela a Gómez en la oscuridad.

Allí, en lo alto del puerto, el cielo estaba muy despejado y lucían las estrellas, por lo que Andrés, ahora que ya no había polvo, veía bastante bien en la oscuridad. Por debajo de donde se encontraban, distinguió claramente la silueta de los coches y de los camiones que se recortaban contra el cielo.

—Soy el capitán Rogelio Gómez del primer batallón de la Brigada 65 y pregunto por el puesto de mando del general Golz —dijo Gómez.

El centinela abrió un poco la puerta.

—Llama al cabo de guardia —gritó hacia el interior.

Justo en ese mismo instante un enorme coche del Estado Mayor llegó por la carretera y se desvió hacia el gran edificio de piedra donde Andrés y Gómez esperaban al cabo de guardia. Se dirigió hacia donde estaban ellos y se detuvo delante de la puerta.

Un hombre corpulento, viejo y torpe, con una boina de color caqui demasiado grande como las que usan los *chasseurs à pied* del ejército francés, un abrigo, una cartera de mapas y una pistola al cinto bajó del asiento trasero con otros dos hombres que llevaban el uniforme de las Brigadas Internacionales.

Habló en francés con el chófer y le ordenó que se llevara el coche de la puerta y lo pusiera a cubierto, Andrés no entendía el francés y Gómez, que había sido barbero, apenas sabía unas palabras.

Cuando entró por la puerta con los otros dos oficiales, Gómez vio su rostro con claridad y lo reconoció. Lo había visto en reuniones políticas y había leído sus artículos traducidos del francés en *Mundo Obre-*

ro. Reconoció sus cejas pobladas, sus ojos grises y acuosos, la barbilla y la papada, y supo que se trataba de uno de los grandes revolucionarios modernos franceses que había capitaneado el motín de la Marina francesa en el mar Negro. Gómez sabía que aquel hombre ocupaba un puesto político muy alto en las Brigadas Internacionales y comprendió que sabría dónde se encontraba el cuartel general de Golz y que podría indicarle cómo llegar allí. Lo que no sabía era en qué se había convertido aquel hombre con el tiempo, las decepciones, las amarguras domésticas y políticas y las ambiciones frustradas, y que preguntarle era una de las cosas más peligrosas que uno podía hacer. Ignorando aquello se cruzó en su camino, saludó con el puño cerrado y dijo:

—Camarada Marty, traemos un despacho para el general Golz. ¿Podría indicarnos dónde se encuentra su cuartel general? Es urgente.

El anciano corpulento volvió la prominente cabeza para mirar a Gómez y lo observó con sus ojillos acuosos. Incluso allí, a la luz de una bombilla, después de hacer un viaje en un coche descubierto una noche bastante fresca, su rostro ceniciento daba impresión de decadencia. Parecía modelado con los desechos que tienen entre las garras los leones muy viejos.

—¿Que trae ahí, camarada? —le preguntó a Gómez en español con un marcado acento catalán. Sus ojillos miraron de reojo a Andrés y luego volvieron a posarse en Gómez.

—Un despacho para entregar al general Golz en su cuartel general, camarada Marty.

—¿De dónde procede, camarada?

—De detrás de las líneas fascistas —respondió Gómez.

André Marty tendió la mano para que le entregara el despacho y los demás papeles. Los hojeó y se los guardó en el bolsillo.

—Arrestadlos a los dos —le dijo al corporal de guardia—. Registradlos y traédmelos cuando os lo ordene.

Y, con el despacho en el bolsillo, entró en el edificio de piedra.

Entretanto a Gómez y a Andrés los registraron en el cuarto de guardia.

—¿Qué le pasa a ese hombre? —le preguntó Gómez a uno de los guardias.

—Está loco —respondió el otro.

—No. Es una figura política de gran importancia —objetó Gómez—. Es el comisario jefe de las Brigadas Internacionales.

—A pesar de eso está loco —insistió el cabo de guardia—. ¿Qué hacíais detrás de las líneas fascistas?

—Este camarada es un guerrillero —le explicó Gómez mientras el otro le registraba—. Trae un despacho para el general Golz. Guarda bien mis papeles. Y cuidado con el dinero y con esa bala atada con un cordel. Es con la que me hirieron por primera vez en Guadarrama.

—No te preocupes —dijo el cabo—. Todo estará en este cajón. ¿Por qué no me preguntaste a mí dónde estaba Golz?

—Lo intentamos. Pregunté al centinela y él te llamó.

—Pero entonces llegó ese chiflado y le preguntaste a él. Nadie debería preguntarle nada. Está loco. Golz está tres kilómetros carretera arriba, a la derecha, entre las rocas del bosque.

—¿No nos puedes dejar ir ahora?

—No. Me juego la cabeza. Tengo que llevaros con el loco. Además, tiene vuestro informe.

—¿No podrías advertir a alguien?

—Sí —respondió el cabo—. Se lo diré a la primera persona responsable que encuentre. Todos saben que está loco.

—Lo había tomado por una gran figura —dijo Gómez—. Por una de las glorias de Francia.

—Puede que sea una gloria —dijo el cabo poniéndole una mano en el hombro a Andrés—. Pero está más loco que una cabra. Tiene la manía de fusilar a la gente.

—¿De fusilarlos?

—Como lo oyes —dijo el cabo—. Ese viejo mata más gente que la peste bubónica. Pero no mata fascistas como hacemos nosotros. Qué va. Ni en broma. Mata bichos raros. Trotskistas. Desviacionistas. Todo tipo de bichos raros. —Andrés no entendió ni una palabra de aquello—. No sé a cuántos mataríamos por orden suya cuando estuvimos en El Escorial —continuó el cabo—. Siempre nos tocaba a nosotros formar el pelotón de fusilamiento porque los de las Brigadas no querían fusilar a sus camaradas. Sobre todo los franceses. Para evitar dificultades nos encargábamos nosotros. Fusilamos a franceses. A belgas. Y a otros de varias nacionalidades. Tiene la manía de fusilar a la gente. Siempre por motivos políticos. Está loco. Purifica más que el salvarsán.

—Pero ¿le explicarás a alguien lo del despacho?

—Sí, hombre, sí. Conozco a todo el mundo en estas dos brigadas. Todos tienen que pasar por aquí. Incluso conozco a los rusos, aunque muy pocos hablan español. Impediremos que ese chiflado fusile a unos españoles.

—Pero el informe...

—Y el informe también. No te preocupes, camarada. Sabemos cómo tratar con ese chiflado. Solo es peligroso con su propia gente. Ahora entendemos cómo piensa.

—Traed a los dos prisioneros —se oyó la voz de André Marty.

—¿Queréis echar un trago? —preguntó el cabo.

—¿Por qué no?

El cabo sacó una botella de anís de un armarito y tanto Andrés como Gómez bebieron de ella. El cabo también bebió y se limpió la boca con la mano.

—Vámonos —dijo.

Salieron del cuarto de guardia con el anís calentándoles todavía la boca, el estómago y el corazón, cruzaron el vestíbulo y entraron en la sala donde Marty estaba sentado detrás de una mesa muy larga, con un mapa extendido delante de él y un lápiz azul y rojo en la mano con el que jugaba a ser un gran general. Para Andrés era solo un trámite más. Había pasado por muchos esa noche. Siempre ocurría igual. Si tus papeles estaban en regla no había ningún peligro. Al final te soltaban y te dejaban seguir tu camino. Pero el inglés había dicho que era urgente. Sabía que ya no llegaría a tiempo a lo del puente, pero tenían un despacho que entregar y aquel viejo que había sentado a la mesa se lo había guardado en el bolsillo.

—Quedaos ahí —dijo Marty sin levantar la mirada.

—Escucha, camarada Marty —empezó Gómez, cuya rabia se había reavivado por el anís—. Esta noche ha entorpecido nuestra misión la ignorancia de los anarquistas, luego la pereza de un fascista burócrata y ahora la suspicacia de un comunista.

—Cierra la boca —dijo Marty sin alzar la vista—. Esta no es una reunión política.

—Camarada Marty, se trata de un asunto muy urgente —dijo Gómez—. De la mayor importancia.

El cabo y el soldado que le acompañaba parecían muy interesados, como si estuviesen asistiendo a una obra de teatro que hubiesen visto muchas veces, pero cuyos mejores momentos todavía pudieran saborear.

—Todo es urgente —dijo Marty—. Todo tiene importancia. —Alzó la vista y los miró con el lápiz en la mano—. ¿Cómo sabíais que Golz estaba aquí? ¿Entendéis lo grave que es ir preguntando por un general en particular justo antes de una ofensiva? ¿Cómo sabíais que ese general en concreto iba a estar aquí?

—Díselo tú —le pidió Gómez a Andrés.

—Camarada general —empezó Andrés. André Marty no le corrigió respecto a su rango—. Ese paquete me lo entregaron al otro lado del frente...

—¿Al otro lado del frente? —repitió Marty—. Sí, ya le oí decir que veníais de las líneas fascistas.

—Me lo dio un inglés llamado Roberto que vino como dinamitero para lo del puente, camarada general. ¿Entiendes?

—Sigue con tu historia —dijo Marty utilizando la palabra «historia» como quien dice «mentira», «falsedad» o «invención».

—Pues bien, camarada general, el inglés me pidió que se lo entregara cuanto antes al general Golz. Hoy va a dirigir una ofensiva en estas montañas y lo único que pedimos es que se lo lleve cuanto antes, si el camarada general no tiene inconveniente.

Marty volvió a mover la cabeza. Estaba mirando a Andrés, pero no lo veía.

Golz, pensó con una mezcla de horror y alegría, como quien oye que un rival comercial se ha matado en un terrible accidente, o que alguien a quien odiaba, pero cuya probidad no había puesto nunca en duda fuese culpable de desfalco. Que Golz fuese también uno de ellos. Que Golz estuviese en evidente contacto con los fascistas. Golz, a quien conocía desde hacía casi veinte años. Golz, que había capturado el tren del oro aquel invierno con Lucacz en Siberia. Golz, que había combatido contra Kolchak y en Polonia. Y en el Cáucaso. Y en China. Y allí desde primeros de octubre. Pero había sido amigo de Tujachevski. También de Voroshilov, sí. Pero de Tujachevski. ¿Y de quién más? De Karkov, claro. Y de Lucacz. Pero todos los húngaros eran unos intrigantes. Odiaba a Gall. Golz odiaba a Gall. Recuérdalo. No lo olvides. Y su jefe de Estado Mayor es Duval. Saca tus propias conclusiones. Tú mismo le has oído decir que Copic era un idiota. No puede estar más claro. Es evidente. Y ahora este despacho de las líneas fascistas. Solo cortando las ramas podridas puede el árbol crecer sano. Antes de cortar hay que estar seguro. Pero Golz... Que Golz fuese uno de los traidores. Sabía que no podía confiar en nadie. En nadie. Jamás. Ni en su mujer. Ni en su hermano. Ni en su mejor camarada. En nadie. Jamás.

—Llevároslos —ordenó a los guardias—. No les quitéis la vista de encima.

El cabo miró al soldado. Había sido muy moderado para tratarse de Marty.

—Camarada Marty —dijo Gómez—. No seas loco. Escucha a un oficial leal y un camarada. Es preciso entregar ese despacho. Este camarada ha atravesado las líneas fascistas para hacérselo llegar al camarada general Golz.

—Lleváoslos —le ordenó Marty con mucha amabilidad al guardia.

Les compadecía como seres humanos y sentía tener que ejecutarlos, pero lo que le oprimía el corazón era la tragedia de Golz. Precisamente él, pensó. Tendría que llevarle la comunicación fascista cuanto antes a Varloff. No, mejor se la llevaría en persona a Golz para ver cómo reaccionaba. Eso es lo que haría. ¿Cómo iba a fiarse de Varloff si Golz era uno de ellos? No. Más valía ir con cuidado.

Andrés se volvió hacia Gómez con aire de incredulidad.

—¿Es que no va a entregar el despacho?

—¿No lo ves? —dijo Gómez.

—Me cago en su puta madre —dijo Andrés—. Está loco.

—Sí —dijo Gómez—. Está loco. ¡Estás loco! ¿Me oyes? ¡Loco! —le gritó a Marty, que estaba de espaldas inclinado sobre el mapa con el lápiz azul y rojo—. ¿Me oyes, loco asesino?

—Lleváoslos —le ordenó Marty al guardia—. El peso insoportable de la culpa ha hecho que pierdan la razón.

El cabo reconoció aquella frase. Ya la había oído antes.

—¡Loco asesino! —gritó Gómez.

—Hijo de la gran puta —le dijo Andrés—. Loco.

La estupidez de aquel hombre le irritaba. Si estaba loco, que lo destituyeran por loco. Que le quitaran el despacho del bolsillo. Así se pudriera en el infierno. Su negra cólera española empezaba a asomar por detrás de su calma y tranquilidad habituales. No tardaría en cegarle.

Marty movió la cabeza mirando el mapa mientras los guardias se llevaban a Gómez y a Andrés. Les había gustado ver cómo le insultaban, pero en conjunto estaban decepcionados con la actuación. Las habían visto mucho mejores. A André Marty le daba igual que le insultaran. Muchos lo hacían al final. Siempre se compadecía de ellos como seres humanos. Siempre se lo repetía a sí mismo y era una de las últimas ideas sinceras que le quedaban.

Se quedó allí con el bigote y los ojos fijos en el mapa —aquel mapa que no llegaba a entender del todo— y en las finas líneas concéntricas como la tela de una araña. Distinguía las cumbres y los valles por los contornos, aunque nunca entendía por qué tenía que ser esta cumbre y este valle concretos. Pero en el Estado Mayor donde, gracias al sistema de comisarios políticos, podía intervenir como jefe político de las Brigadas, pondría el dedo en este o aquel lugar rodeados por una fina línea entre el verde del bosque, cortada por las líneas de las carreteras que discurrían paralelas al nunca casual curso de un río y diría: «Ahí, ahí está el punto débil».

Gall y Copic, que eran políticos ambiciosos, estarían de acuerdo y luego hombres que ni siquiera habrían visto el mapa y solo habrían oído el número de la montaña antes de salir de sus refugios subirían la pendiente y encontrarían la muerte en aquella ladera o tendrían que detenerse por culpa de unas ametralladoras instaladas junto a unos olivos y no podrían llegar allí. O en otros frentes llegarían arriba sin problemas y su situación no habría cambiado lo más mínimo. Pero cada vez que Marty ponía el dedo en el mapa en el cuartel general de Golz, los músculos de la mandíbula del general con el cráneo cubierto de cicatrices y la tez pálida se crispaban y pensaba: «Debería fusilarte antes de que vuelvas a poner ese dedo gris y ceniciento en uno de mis mapas. Así te pudras en el infierno por todos los hombres que has enviado a la muerte al entrometerte en asuntos de los que nada sabes. Maldito sea el día en que le pusieron tu nombre a fábricas de tractores, a pueblos y a cooperativas y te convirtieron en un símbolo al que no puedo tocar».

Pero en vez de decir eso, Golz se apartaba de aquella mole, del dedo apretado contra el mapa, de los ojos acuosos, del bigote gris y el mal aliento y decía:

—Sí, camarada Marty, entiendo lo que dices. Pero creo que te equivocas. Si quieres puedes hablarlo con mis superiores. Sí. Puedes convertirlo en una cuestión de partido. Pero no estoy de acuerdo.

André Marty estaba contemplando el mapa a la luz directa de la bombilla que colgaba sobre su cabeza, con la enorme boina calada sobre los ojos, consultando la copia mimeografiada de las órdenes para el ataque e interpretando lenta y laboriosamente el mapa, igual que un joven aspirante en la escuela de oficiales. Estaba participando en la guerra. En su imaginación estaba capitaneando las tropas; tenía derecho a inmiscuirse y creía que eso era mandar. Se quedó allí con el despacho de Robert Jordan para Golz en el bolsillo, mientras Gómez y Andrés esperaban en el cuarto de guardia y Robert Jordan estaba oculto en el bosque junto al puente.

Es dudoso que la misión de Andrés hubiese tenido éxito si él y Gómez hubiesen podido seguir sin los impedimentos de André Marty. En el frente no había nadie con autoridad suficiente para cancelar la ofensiva. La maquinaria llevaba demasiado tiempo en marcha para pararla de pronto. Todas las operaciones militares a gran escala tienen una gran inercia pero; una vez se ha superado y se han puesto en marcha, son casi tan difíciles de detener como de poner en marcha.

Pero esa noche el viejo seguía sentado a la mesa, con la boina calada sobre los ojos, cuando la puerta se abrió y Karkov, el periodista ruso, entró con otros dos rusos vestidos de paisano, con abrigos y gorras de cuero. El cabo de guardia cerró la puerta a regañadientes a sus espaldas. Karkov había sido la primera persona responsable con quien había podido hablar.

—Tovarich Marty —dijo Karkov con su voz educada, desdeñosa y ceceante, esbozando una sonrisa que dejó ver sus dientes podridos.

Marty se puso en pie. No le caía bien Karkov, pero aquel enviado de *Pravda* y en comunicación directa con Stalin era, en ese momento, uno de los tres hombres más importantes que había en España.

—Tovarich Karkov —respondió.

—¿Planeando la ofensiva? —preguntó con insolencia Karkov, señalando el mapa con un gesto.

—La estoy estudiando —contestó Marty.

—¿Vas a dirigirla tú? ¿O es Golz quien está al mando? —preguntó en tono melifluo Karkov.

—Sabes que no soy más que un comisario —dijo Marty.

—No —replicó Karkov—. Estás siendo modesto. Eres todo un general. Con tu mapa y tus prismáticos. De hecho, ¿no fuiste almirante una vez, camarada Marty?

—Fui segundo condestable —dijo Marty. Era mentira. En realidad había sido un marinero de primera cuando se produjo el motín. Pero se había convencido a sí mismo de que había sido segundo condestable.

—¡Ah! Pensaba que eras marinero de primera —dijo Karkov—. Siempre confundo las cosas. Es típico de los periodistas.

Los otros dos rusos no habían participado en la conversación. Ambos estaban observando el mapa por encima del hombro de Marty y de vez en cuando hacían alguna observación en su idioma. Marty y Karkov hablaban francés después del primer saludo.

—Pues más te vale no confundir las cosas en *Pravda* —dijo Marty.

Lo dijo con brusquedad para infundirse ánimos. Karkov siempre le desazonaba. La palabra francesa es *dégonfler* y a Marty le preocupaba y fatigaba. Cuando hablaba con Karkov le costaba recordar la importancia que tenía él mismo en el Comité Central de Partido Comunista Francés. Y también que era intocable. Karkov daba la impresión de poder tocarle cuándo y cómo quisiera. Entonces Karkov dijo:

—Siempre lo corrijo todo antes de enviarlo a *Pravda*. En eso soy muy preciso. Dime, camarada Marty, ¿has oído hablar de un despacho que ha enviado a Golz uno de nuestros grupos de partisanos que operan más allá de Segovia? Hay un camarada americano llamado Jordan de quien ya deberíamos tener noticias. Se dice que ha habido combates tras las líneas fascistas. Debería haberle enviado un mensaje a Golz.

—¿Un americano? —preguntó Marty. Andrés había dicho un inglés. Conque era eso. Se había equivocado. ¿Por qué le habrían hablado aquellos dos idiotas?

—Sí —dijo Karkov y le miró con desprecio—, un joven americano con escasa formación política, pero muchos contactos con los españoles y una excelente hoja de servicios como partisano. Entrégame ese despacho, camarada Marty. Ya se ha retrasado bastante.

—¿Qué despacho? —preguntó Marty. Era una estupidez y lo sabía. Pero era incapaz de admitir tan pronto que se había equivocado y lo dijo para retrasar el momento de la humillación.

—Y el salvoconducto —añadió Karkov entre los dientes podridos.

André Marty echó mano al bolsillo y dejó el despacho sobre la mesa. Miró a Karkov a los ojos. De acuerdo. Se había equivocado y no le quedaba otro remedio que admitirlo, pero no estaba dispuesto a tragar con la humillación.

—Y el salvoconducto —repitió Karkov en voz baja.

Marty lo dejó junto al despacho.

—Camarada cabo —llamó Karkov en español.

El cabo abrió la puerta y entró. Miró a André Marty, que le devolvió la mirada como un jabalí acorralado por los perros. No había temor ni humillación en su rostro. Sabía que aquellos perros no podrían atraparlo.

—Coge a los dos camaradas que están en el cuarto de guardia y llévalos cuanto antes al puesto de mando del general Golz —dijo Karkov—. Ya se han producido demasiados retrasos.

El cabo salió y Marty lo vio marchar, luego volvió a mirar a Karkov.

—Tovarich Marty —dijo Karkov—, pienso averiguar hasta qué punto eres intocable. —Marty lo miró a los ojos y no dijo nada—. Y no empieces a hacer planes respecto al cabo —añadió Karkov—. No ha sido él. Me encontré a los dos hombres en el cuarto de guardia y ellos hablaron conmigo —mintió—. Ojalá todo el mundo lo hiciera. —Eso lo sentía de verdad, aunque le hubiera advertido el cabo. Pero Karkov creía en la bondad de su propia accesibilidad y en las posibilidades humanitarias de una intervención benevolente. Era lo único que escapaba a su cinismo—. ¿Sabes que, cuando estoy en la Unión Soviética, la gente me escribe a *Pravda* cada vez que se comete una injusticia en un pueblecito de Azerbaiyán. ¿Lo sabías? Se dicen: «Karkov nos ayudará».

André Marty lo miró sin otra expresión en el rostro que la rabia y el disgusto. Solo pensaba en que Karkov le había ofendido. Muy bien, Karkov, ya puedes andarte con cuidado, por muy poderoso que seas.

—Una cosa más —prosiguió Karkov—, aunque se basa en el mismo principio. Voy a comprobar hasta qué punto eres intocable, camarada Marty. Quisiera saber si es posible cambiarle el nombre a esa fábrica de tractores.

André Marty apartó la mirada y volvió a observar el mapa.

—¿Qué decía el joven Jordan? —le preguntó Karkov.

—No lo he leído —dijo André Marty—. *Et maintenant fiche moi la paix*, camarada Karkov.

—Bien —respondió Karkov—. Te dejo con tus deberes militares.

Salió de la sala y se encaminó al cuarto de guardia. Andrés y Gómez ya se habían ido y él se quedó allí un momento contemplando la carretera y las cumbres que empezaban a asomar con los primeros rayos del alba. Tenemos que subir allí, pensó. No tardará en empezar.

Andrés y Gómez estaban otra vez en la carretera. Andrés notaba la velocidad de la motocicleta mientras se sujetaba con fuerza a la parte de atrás del asiento delantero y tomaban las curvas cada vez más cerradas entre la neblina gris que cubría el puerto de montaña. Luego derraparon y se detuvieron al llegar a una larga pendiente que descendía bruscamente; entre los árboles, a su izquierda, había tanques cubiertos de ramas. El bosque estaba lleno de soldados. Andrés vio a unos soldados con camillas al hombro. Había tres coches del Estado Mayor aparcados a la derecha, justo debajo de los árboles y cubiertos con ramas de pino.

Gómez empujó la motocicleta hacia ellos. La apoyó contra un pino y habló con el chófer, que estaba sentado junto al coche con la espalda apoyada en el tronco.

—Te llevaré con él —dijo el chófer—. Aparta la moto de la vista y tápala con esto. —Señaló un montón de ramas.

El sol empezaba a asomar entre los pinos cuando Gómez y Andrés siguieron al chófer, que se llamaba Vicente, entre los árboles pendiente arriba hasta la entrada de un refugio del que salían hilos de telégrafo hacia la pendiente boscosa. Esperaron fuera mientras el chófer entraba y Andrés admiró el modo en que habían construido el refugio, que parecía un simple agujero en la ladera de la montaña. No había ni rastro de tierra removida, pero comprendió por su aspecto que era profundo y que los que había dentro no necesitaban agachar la cabeza para no golpearse con las vigas de madera del techo.

Vicente, el chófer, volvió a salir.

—Está arriba, donde están desplegándose para la ofensiva —dijo—. Se lo he entregado a su jefe de Estado Mayor. Ha firmado un recibo. Aquí tenéis.

Le entregó el sobre a Gómez y este se lo dio a Andrés, que lo miró y se lo guardó en el bolsillo de la camisa.

—¿Cómo se llama el que ha firmado? —preguntó.

—Duval —dijo Vicente.

—Bien —dijo Andrés—. Era uno de los tres a quienes podía dárselo.

—¿Quieres que esperemos una respuesta? —le preguntó Gómez a Andrés.

—Sería lo mejor. Aunque Dios sabe dónde encontraré al inglés y los otros después de lo del puente.

—Podéis esperar conmigo —dijo Vicente—. Hasta que vuelva el general. Tomaremos un poco de café. Estaréis hambrientos.

—¿Y esos tanques? —le dijo Gómez.

Acababan de pasar junto a los tanques pintados de color tierra y cubiertos de ramas, cada uno de los cuales había dejado dos profundas huellas sobre las agujas de pino al maniobrar desde la carretera. Los cañones de 45 milímetros asomaban horizontalmente por debajo de las ramas y los conductores y los artilleros, con sus cazadoras de cuero y sus cascos, estaban sentados bajo los árboles o dormían tirados en el suelo.

—Son la reserva —dijo Vicente—. Los soldados también lo son. Los que empezarán la ofensiva están arriba.

—Son muchos —dijo Andrés.

—Sí —respondió Vicente—. Una división entera.

En el interior del refugio, Duval sostenía el despacho de Robert Jordan con la mano izquierda, miraba su reloj de pulsera, volvía a leerlo por cuarta vez mientras notaba cómo el sudor le goteaba por las axilas y los costados y decía por teléfono:

—Entonces ponme con la posición de Segovia. ¿Ya se ha ido? Ponme con la de Ávila. —Llevaba un rato al teléfono pero todos sus intentos habían sido en vano. Había hablado con las dos brigadas. Golz había ido a inspeccionar las disposiciones para la ofensiva y estaba de camino al puesto de observación. Llamó al puesto de observación y no lo encontró allí—. Ponme con el aeródromo número uno —dijo Duval decidido de pronto a aceptar toda la responsabilidad. Aceptaría la responsabilidad de cancelar la ofensiva. Era lo mejor. No se podía lanzar un ataque sorpresa contra un enemigo que estaba sobre aviso. Era imposible. Un crimen. Imposible. No debía hacerse. Bajo ningún concepto. Que lo fusilaran si querían. Llamaría directamente al aeródromo y cancelaría el bombardeo. Pero ¿y si se trataba solo de una maniobra de distracción? ¿Y si el verdadero objetivo fuese atraer todo aquel material y aquellas fuerzas hacia allí? Tenía que ser eso. Cuando se hace una maniobra de distracción nunca se informa a los encargados de llevarla a cabo—. Cancela la llamada al aeródromo —le dijo al telefonista—. Ponme con el puesto de observación de la Brigada 69.

Todavía seguía tratando de comunicarse con Golz cuando oyó el ruido de los aviones.

Y justo en ese instante le pusieron con el puesto de observación.

—Sí —dijo tranquilamente Golz. Estaba recostado contra un saco terrero con los pies apoyados en una roca, un cigarrillo le colgaba del labio inferior y mientras hablaba miraba por encima del hombro. Había visto aparecer detrás de la montaña iluminada por los primeros rayos de sol a los primeros aviones que se iban desplegando en el cielo, rugientes y plateados, de tres en tres en formación de cuña. Los observó llegar brillantes y hermosos. Vio los dos círculos luminosos idénticos donde el sol se reflejaba en las hélices—. Sí —dijo en francés porque quien estaba al otro lado del teléfono era Duval—. *Nous sommes foutus. Oui. Comme toujours. Oui. C'est dommage. Oui.* Lástima que lo recibiéramos demasiado tarde.

Sus ojos se llenaron de orgullo al ver llegar los aviones. Distinguió las insignias rojas en las alas y observó su avance constante, elegante y estruendoso. Así podría haber sido. Eran nuestros aviones. Habían llegado metidos en cajas desde el mar Negro, a través del estrecho de Mármara, por los Dardanelos y el Mediterráneo hasta Alicante, donde los desembarcaron y montaron con mucho cuidado, los comprobaron para asegurarse de que todo estaba perfecto y ahora volaban con una mortífera precisión, como uves bien alineadas en el cielo, plateadas bajo el sol, con el objetivo de aplastar aquellos riscos y hacerlos volar por los aires para que pudiéramos pasar.

Golz sabía que poco después las bombas caerían dando vueltas en el aire como marsopas. Y luego se producirían estallidos y un gran estruendo en la cumbre y se alzaría una enorme nube de polvo. Después los tanques subirían traqueteando por las dos laderas seguidos de sus dos brigadas. Y, si hubiesen contado con el factor sorpresa, habrían podido seguir adelante, deteniéndose a limpiar las montañas, con muchas cosas que hacer, mucho trabajo que requería inteligencia y la ayuda de los tanques, que tendrían que ir y venir, para proporcionar fuego de cobertura y forzar a los atacantes a retirarse. Así habría sido si no les hubiesen traicionado y todo el mundo hiciese lo que debía.

Estaban las dos cumbres, los tanques y las dos brigadas dispuestas a salir del bosque, y ahí llegaban los aviones. Todo lo que había que hacer estaba hecho.

Pero mientras los observaba, ahora que casi los tenía a su altura, sintió un nudo en el estómago porque, después de oír el despacho de Jordan por teléfono, sabía que no habría nadie en aquellas cumbres, se habrían retirado un poco hacia las trincheras para protegerse de la metralla, o se habrían escondido en el bosque y cuando pasaran los bombarderos volverían a salir con sus armas automáticas y los cañones antitanque que Robert Jordan había visto en la carretera y sería otra pifia famosa. Pero los aviones, cuyo estruendo se había vuelto ensordecedor, eran una prueba de cómo podría haber sido, y Golz al verlos pasar dijo por teléfono: *No. Rien à faire. Rien. Faut pas penser. Faut accepter.*

Golz observó los aviones con su mirada implacable y orgullosa que sabía cómo podrían haber sido las cosas y cómo serían en realidad y que creía en cómo podrían haber sido aunque no lo fuesen.

—*Bon. Nous ferons notre petit possible.* —Y colgó el auricular.

Pero Duval no le oyó. Sentado a la mesa con el receptor en la mano, lo único que oyó fue el rugido de los aviones y pensó: Vamos, puede que esta vez…, óyelos, tal vez los bombarderos los hagan pedazos, quizá logremos romper sus líneas, es posible que cuente con las reservas que solicitó, tal vez esta sea la ocasión. Vamos. Seguid. Vamos. El estruendo era tal que no oía lo que estaba pensando.

43

Robert Jordan estaba detrás del tronco de un pino, en la ladera que dominaba la carretera y el puente observando cómo clareaba la aurora. Siempre le había gustado aquella hora del día y ahora la observaba con una sensación grisácea en su interior, como si formara parte de ese lento proceso que se produce antes de salir el sol, cuando las cosas sólidas se oscurecen, el espacio se ilumina y las luces que han brillado de noche amarillean y se apagan a medida que despunta el día. Los troncos de pino que tenía debajo se distinguían claramente, macizos y marrones, y la carretera brillaba entre los jirones de niebla. Le había calado el rocío, el suelo del bosque estaba suave y notaba cómo las agujas de pino cedían bajo sus codos. Más abajo, entre la leve neblina que se alzaba del lecho del río, veía el acero del puente, sólido y rígido sobre el vacío, con las garitas de madera de los centinelas a cada lado. Sin embargo, su estructura todavía parecía frágil como una tela de araña entre la niebla que pendía sobre el río.

Vio al centinela en su garita con la espalda cubierta por la manta y el casco de acero en la cabeza, mientras se inclinaba para calentarse las manos sobre la lata de gasolina agujereada que le servía de brasero. Robert Jordan oyó el ruido del agua, a lo lejos entre las rocas, y vio una fina columna de humo que salía de la garita del centinela.

Miró su reloj y pensó: ¿Quién sabe si Andrés habrá llegado a ver a Golz? Si vamos a volarlo me gustaría respirar muy despacio y ralentizar otra vez el tiempo. ¿Crees que Andrés lo habrá conseguido? ¿Y si la han cancelado? ¿Y si han tenido tiempo de cancelarla? Qué va. No te preocupes. Lo harán o no. No hay otra posibilidad y pronto lo sabrás. Imagina que la ofensiva tiene éxito. Golz dijo que podía ser. Que había una posibilidad. Nuestros tanques bajarán por esa carretera y los soldados bajarán por la derecha más allá de La Granja y peinarán todas las montañas. ¿Por qué nunca piensas en cómo sería la victoria? Has estado tanto tiempo a la defensiva que ni siquiera puedes concebirlo. Sin duda. Pero eso era antes de que subieran todo ese material por la carretera. Antes de que llegaran los aviones. No seas tan ingenuo. Recuerda que mientras resistamos tendremos ocupados a los fascistas. No pueden atacar ningún otro país hasta que acaben con nosotros y no permitiremos que lo hagan. Si los franceses colaborasen..., bastaría con que abrieran la frontera y los norteamericanos nos enviaran unos aviones y no podrían acabar con nosotros. Nunca. Esta gente luchará mientras tenga armas.

No, no debes contar con la victoria, al menos hasta que pasen unos años. Esta ofensiva es solo para contenerlos. No te hagas ilusiones. ¿Y si consiguiéramos romper sus líneas? Es nuestra primera gran ofensiva. No pierdas el sentido de la proporción. Pero ¿y si lo consiguiésemos? No te emociones, se dijo. Recuerda lo que han subido por la carretera. Has hecho todo lo posible. Deberíamos tener emisoras de onda corta. Las tendremos. Pero aún no. Sigue vigilando y haz lo que tengas que hacer.

Hoy es el día. Pero lo que ocurra los días venideros depende de lo que hagas hoy. Ha sido así todo el año. Ha sido así muchas veces. Toda esta guerra es así. Estás siendo muy jactancioso esta mañana. Prepárate para lo que se avecina.

Vio a los dos hombres cubiertos con mantas y cascos de acero llegar por la curva de la carretera y dirigirse hacia el puente con sus fusiles al hombro. Uno se detuvo en el extremo más alejado del puente y se metió en la garita. El otro siguió por el puente andando lenta y pesadamente. Se detuvo a mitad de camino, escupió al vacío y siguió hasta el extremo más cercano donde el otro centinela habló con él y luego se dirigió a su vez hacia el otro lado del puente. El centinela al que habían relevado andaba más deprisa que el otro (debe de ser porque va a tomar café, pensó Robert Jordan), aunque él también se detuvo a escupir.

¿Será una superstición?, se preguntó Robert Jordan. Tendré que escupir yo también. Si es que tengo saliva suficiente. No, no puede ser muy efectivo. No funcionará. Tendré que comprobarlo antes de estar allí.

El nuevo centinela había entrado en la garita y se había sentado tras dejar el fusil con la bayoneta calada apoyado contra la pared. Robert Jordan sacó los prismáticos del bolsillo de la camisa y ajustó el ocular hasta que el perfil metálico y pintado de gris del puente apareció nítido en su campo de visión. Luego lo desplazó hacia la garita.

El centinela estaba sentado contra la pared. Había colgado el casco de un clavo y su rostro se distinguía con claridad. Robert Jordan vio que era el mismo hombre que había estado de guardia dos días antes en el turno de tarde. Llevaba el mismo gorro de punto. Y no se había afeitado. Tenía las mejillas hundidas, los pómulos prominentes y unas cejas muy espesas que se juntaban en el centro. Parecía adormilado y bostezó mientras Robert Jordan lo observaba. Luego sacó una petaca y un librillo de papel de fumar y lió un cigarrillo. Intentó encender el chisquero, pero al final acabó guardándoselo en el bolsillo, se acercó al brasero, se agachó, hurgó un poco en él, sacó un tizón, se lo puso en la palma de la mano mientras soplaba en él, luego encendió el cigarrillo y volvió a meter el pedazo de carbón en el brasero.

A través de sus prismáticos Zeiss de ocho aumentos Robert Jordan vio su rostro mientras se recostaba contra la pared de la garita para fumar el cigarrillo. Luego bajó los prismáticos, los plegó y volvió a guardárselos en el bolsillo.

No volveré a mirarlo, se dijo.

Se quedó allí tumbado, vigilando la carretera y trató de no pensar en nada. Una ardilla daba grititos en un pino que había más abajo y Robert Jordan la observó bajar por el tronco, detenerse a mitad de camino para volver la cabeza y mirar hacia donde el hombre estaba acechándola. Vio los ojos de la ardilla, pequeños y vivos, y cómo le temblaba la cola. Luego el animal pasó a otro pino moviéndose por el suelo dando largos saltos con sus patitas diminutas y su cola desproporcionada. Al llegar al tronco del árbol, volvió a mirar a Robert Jordan, dio la vuelta y desapareció de su vista. Después Robert Jordan la oyó dar grititos desde una de las ramas más altas y vio cómo lo observaba subida en la rama y moviendo la cola.

Robert Jordan volvió a mirar a través de los pinos hacia la garita del centinela. Le habría gustado tener a la ardilla en el bolsillo. Le habría gustado tener algo que pudiera tocar. Frotó los codos contra las agujas de pino, pero no era lo mismo. Nadie sabe lo solo que está uno cuando se dedica a estos menesteres. En cambio yo sí lo sé. Espero que el conejito salga de esta. No sigas por ahí. No, claro. Pero puedo desearlo y lo hago. Que tenga éxito al volar el puente y que ella salga de esta. Eso es. Sí. Solo eso. Es lo único que pido.

Se quedó allí, apartó la vista de la carretera y la garita y contempló la montaña a lo lejos. No pienses en nada, se dijo. Siguió tumbado en silencio y vio llegar la mañana. Iba a ser una agradable mañana de principios de verano y a finales de mayo amanece muy deprisa. En una ocasión, un motorista con chaquetón y casco de cuero que llevaba un fusil automático en una funda junto a la pierna derecha cruzó el puente y siguió por la carretera. En otra cruzó el puente una ambulancia, pasó por debajo de donde él estaba y subió por la carretera. Pero eso fue todo. Olía a pino, se oía el ruido del agua, y el puente se distinguía nítido y hermoso a la luz de la mañana. Siguió detrás del árbol, con el fusil ametrallador apoyado en el antebrazo izquierdo y no volvió a mirar la garita hasta que, cuando parecía que no iba a pasar nada en esa preciosa mañana de finales de mayo, oyó el estruendo súbito, arracimado y sordo de las bombas.

Al oír el primer estallido, antes de que el eco resonara en la montaña, Robert Jordan tomó aliento y cambió de sitio el fusil ametrallador. Se le había entumecido el brazo por el peso y los dedos anquilosados se resistían a moverse.

El centinela se puso en pie al oír las bombas. Robert Jordan le vio coger el fusil y salir de la garita para oír mejor. Se plantó en mitad de la carretera a pleno sol. Llevaba el gorro de punto ladeado y el sol iluminó su rostro sin afeitar cuando miró hacia el cielo en dirección a donde se estaba produciendo el bombardeo.

Ya no quedaba ni rastro de niebla y Robert Jordan vio al hombre con claridad mirando al cielo en medio de la carretera. El sol le daba de lleno a través de los árboles.

Robert Jordan notó que le faltaba el aliento como si tuviera un alambre en torno al pecho, afirmó los codos en el suelo, notó la rugosidad del guardamanos, hizo coincidir la mira oblonga con la muesca del alza sobre el pecho del centinela y apretó despacio el gatillo.

Notó la sacudida rápida, elástica y espasmódica del arma contra el hombro, y en la carretera el hombre cayó de rodillas con aire sorprendido y un gesto de dolor, y se golpeó la frente contra el suelo. El fusil cayó a su lado y quedó allí tirado con la bayoneta apuntando a la carretera, con uno de los dedos del centinela enganchado en el guardamontes y la muñeca doblada. Robert Jordan apartó la mirada del hombre que yacía en el suelo y dobló la cabeza para observar el puente y la garita que había al otro lado. No alcanzó a ver al otro centinela y miró a su derecha, hacia el lugar donde sabía que estaba oculto Agustín. Luego oyó el disparo de Anselmo, que produjo un eco en el desfiladero. Después oyó que volvía a disparar.

El segundo disparo coincidió con el estruendo de las granadas al otro lado de la carretera debajo del puente. Después se oyó el estallido de las granadas en la parte izquierda. Enseguida se oyeron disparos y el sonido del fusil automático de caballería de Pablo, ra-ta-ta-ta-tá, mezclado con las explosiones de las granadas. Vio a Anselmo que bajaba por el empinado barranco al otro lado del puente, se echó el fusil ametrallador al hombro, cogió los dos pesados fardos que había escondido detrás de los pinos y con uno en cada mano, resistiendo como podía aquel peso que parecía ir a arrancarle los tendones del hombro, corrió por la pendiente hacia la carretera.

Mientras corría, oyó a Agustín que gritaba: «¡Buena caza, inglés, buena caza!», y pensó: Y un cuerno buena caza. Justo en ese instante oyó a Anselmo disparar al otro lado de puente y el estampido resonó entre las vigas de acero. Pasó al centinela que yacía en el suelo y corrió hacia el extremo del puente balanceando los dos sacos.

El viejo llegó corriendo a su encuentro con la carabina en una mano.

—Sin novedad —gritó—. Tuve que rematarlo.

Robert Jordan se arrodilló, abrió los sacos en mitad del puente, sacó el material y vio que al viejo le corrían las lágrimas por las mejillas entre la barba gris.

—Yo maté a uno también —le dijo a Anselmo y señaló con un gesto el lugar donde yacía el centinela en la carretera.

—Sí, hombre, sí —dijo Anselmo—. Si hay que matarlos, se les mata.

Robert Jordan empezó a bajar por el armazón del puente. Las vigas estaban frías y húmedas por el rocío y bajó con mucho cuidado con el sol en la espalda, se sentó a horcajadas sobre una de las traviesas mientras oía el estrépito del agua debajo y los numerosos disparos que llegaban del puesto de arriba. Estaba sudando mucho y debajo del puente hacía frío. Llevaba un rollo de alambre en un brazo y un par de alicates colgando de la muñeca por una correa.

—Pásame las cargas una por una, viejo —le gritó a Anselmo. El viejo se inclinó sobre el pretil del puente y fue pasándole los bloques oblongos de explosivos, mientras Robert Jordan alargaba el brazo para cogerlos, los iba colocando donde quería y los ataba y apretaba—. ¡Cuñas, viejo! ¡Pásame más cuñas!

Al golpearlas para sujetar las cargas contra las vigas notó el olor a madera fresca de las cuñas recién talladas.

Mientras trabajaba, colocando las cargas, apretándolas, atándolas con el alambre y pensando solo en la voladura, con tanta precisión y rapidez como un cirujano, oyó una descarga de fusil al otro lado de la carretera. Luego se oyó el estallido de una granada y después otro que se mezcló con el estruendo del agua en la garganta. Después reinó el silencio.

Maldita sea, pensó, ¿qué habrá pasado?

Todavía se oían disparos en el puesto de arriba. Demasiados disparos. Siguió atando dos granadas en lo alto de los bloques de explosivo, pasando el hilo de cobre entre las muescas para que quedaran bien sujetas, retorciéndolo con los alicates. Comprobó que hubiera quedado bien firme y luego, para darle más solidez, colocó sobre las granadas una cuña que fijaba la carga contra el acero.

—Ahora el otro lado, viejo —le gritó a Anselmo.

Trepó por la estructura del puente, igual que un condenado Tarzán en un bosque de acero, pensó. Salió de la oscuridad, con el río rugiendo debajo, alzó la vista y vio la cara de Anselmo que le alcanzaba las cargas de explosivo. Tiene buena cara, pensó. Ha dejado de llorar. Tanto mejor. Y uno de los lados ya está. Solo falta este. Se vendrá abajo como un castillo de naipes. Vamos. No te pongas nervioso. Hazlo. Rápido y limpiamente como el otro. No te enredes. Tómate tu tiempo. No trates de ir demasiado deprisa. No vayas a fastidiarlo ahora. Ya no pueden impedir que vueles al menos un lado. Estás haciéndolo como es debido. Qué frío hace aquí. Dios, hace tanto frío como en una bodega y no hay moho. Por lo general los puentes de piedra están cubiertos de moho. Este es un puente de ensueño. Un condenado puente de ensueño. Quien corre más peligro es el viejo. No trates de ir demasiado deprisa. Ojalá cesara ya el tiroteo de ahí arriba.

—Pásame más cuñas, viejo.

No me gusta que sigan disparando. Pilar debe de haber tenido dificultades. Debía de haber algún soldado fuera. O detrás del aserradero. Siguen disparando. Eso quiere decir que aún queda gente en el aserradero. Y todo ese condenado serrín. Esas enormes pilas de serrín. Cuando es viejo y compacto es un buen material tras el que parapetarse. Deben de quedar varios con vida. En cambio donde Pablo no se oye a nadie. Quisiera saber qué ha sido esa segunda explosión. Debe de haber sido un coche o un motorista. Dios quiera que no tengan vehículos blindados o tanques. Vamos, coloca las cargas cuanto antes, átalas y asegúralas con las cuñas. Estás temblando como una puñetera mujer. ¿Qué demonios te pasa? Vas demasiado deprisa. Apuesto lo que quieras a que esa condenada mujer de ahí arriba no tiembla. Menuda es Pilar. Aunque puede que también lo haga. Por el ruido de los disparos parece que está metida en un buen lío. Si le aprietan lo bastante temblará. Igual que cualquiera.

Se inclinó para asomarse y, al levantar la mano para coger lo que le estaba dando Anselmo, oyó por encima del ruido del agua cómo arreciaba el tiroteo y el estruendo de las granadas. Luego más granadas.

Así que han atacado el aserradero.

Menos mal que los explosivos están en bloques y no en barrotes. Qué demonios. Es más fácil. Aunque un puñetero saco de gelatina sería más rápido. Dos. No, con uno bastaría. Y más si tuviésemos los cebadores y el detonador. Ese hijo de puta echó mi detonador al río. Esa vieja caja que ha estado en tantos sitios. La tiró a este mismo río. El muy cabrón. Les ha dado una buena tunda ahí abajo.

—Pásame alguna más, viejo.

El viejo se está portando muy bien. Está en un sitio muy peligroso. Le horrorizaba tener que matar al centinela. A mí también, pero no lo pensé. Ni tampoco lo pienso ahora. Era necesario. Pero Anselmo tenía un fusil estropeado. Sé lo que es eso. Es más fácil matar a alguien con un arma automática. Para quien lo hace, quiero decir. Es diferente. Después de apretar el gatillo es ella quien lo hace por ti. Ya pensarás en eso más tarde. Tú y tu cabeza. Siempre dándole vueltas a las cosas, amigo Jordan. ¡Corre, Jordan, corre! Es lo que te gritaban cuando jugabas al rugby y cogías la pelota. ¿Sabías que el condenado Jordán no es mucho mayor que ese riachuelo de ahí abajo? Querrás decir en el nacimiento. Aunque lo mismo ocurre con todos los ríos. No se está mal debajo de este puente. Es un hogar lejos de casa. Vamos, Jordan, domínate. Esto es grave. ¿Es que no lo entiendes? Muy grave. Aunque cada vez lo es menos. Mira al otro lado. ¿Para qué? Estoy bien, pase lo que pase. Según le vaya al Maine, le irá la nación. Según le vaya al Jordán, le irá a los puñeteros israelitas. Me refería al puente. Según le vaya a Jordan, le irá al condenado puente, o más bien al revés.

—Alcánzame unas pocas más, Anselmo, amigo —dijo. El viejo asintió—. Ya casi hemos terminado. —El viejo volvió a asentir.

Mientras terminaba de asegurar las granadas dejó de oír disparos en la carretera. De pronto se encontró trabajando solo con el ruido de río. Miró abajo y vio el agua que parecía hervir al caer levantando espuma blanca entre las peñas y luego acababa remansándose en una poza cristalina donde una de las cuñas que se le habían caído flotaba arrastrada por la corriente. Mientras la observaba, una trucha subió a la superficie a atrapar a algún insecto y describió un círculo cerca de la cuña. Al apretar con los alicates el alambre que sujetaba en su sitio las granadas, vio entre la estructura metálica del puente cómo el sol iluminaba la verde ladera de la montaña. Hace tres días era de color pardo, pensó.

Abandonó el frescor y la oscuridad de debajo del puente para asomarse a la luz del sol y gritarle a Anselmo.

—Alcánzame el rollo grande de alambre.

El viejo se lo pasó.

Por el amor de Dios no las quites todavía. Con esto podrás tirar de ellas. Ojalá pudiera atarlas. Pero con la longitud de alambre que vas a usar irá bien, pensó Robert Jordan mientras palpaba las clavijas de las anillas que soltarían la palanca de las granadas de mano. Comprobó que estuviesen colocadas de forma que las palancas pudieran soltarse cuando tirase de las anillas (el hilo que las sujetaba pasaba por debajo de las palancas), luego ató un trozo de alambre a una de las anillas, lo unió al alambre principal que iba a la anilla de la granada de fuera, soltó unas vueltas de alambre, lo enrolló en torno a una de las vigas y le alcanzó el rollo a Anselmo.

—Sostenlo con cuidado.

Subió al puente, cogió el rollo de alambre y retrocedió hacia donde yacía en el suelo el centinela, soltando cable al mismo tiempo.

—Trae los sacos —le gritó a Anselmo mientras andaba de espaldas. Al pasar se agachó para recoger el fusil ametrallador y volvió a echárselo al hombro.

En ese instante, mientras seguía soltando cable, vio a lo lejos a los que volvían del puesto de arriba.

Vio que eran cuatro, pero tenía que atender al alambre para que no se enredase con las vigas del puente. Eladio no iba con ellos.

Robert Jordan tendió el alambre hasta el final del puente, hizo una lazada en torno al último puntal y corrió por la carretera hasta que se detuvo junto a un mojón. Cortó el alambre y se lo pasó a Anselmo.

—Sujeta esto, viejo —dijo—. Y ahora vuelve conmigo al puente. Ve recogiendo el cable mientras caminas. No. Yo lo haré. —En el puente, desenganchó el alambre de modo que fuese directo y sin enredos a las anillas de las granadas y se lo dio a Anselmo—. Vuelve a llevarlo a aquella piedra alta de allí —dijo—. Sujétalo suavemente, pero con firmeza.

No tires de él. Cuando tires con mucha fuerza el puente saltará por los aires. ¿Comprendes?

—Sí

—Manéjalo con suavidad, pero no dejes que se afloje. Mantenlo tenso, pero no tires de él hasta que tengas que hacerlo. ¿Comprendes?

—Sí.

—Y cuando tires hazlo con fuerza, sin sacudidas.

Mientras hablaba, Robert Jordan estaba observando en la carretera lo que quedaba del grupo de Pilar. Ya estaban más cerca y vio que Primitivo y Rafael sujetaban a Fernando. Al parecer le habían disparado en la ingle, pues se apretaba ahí con ambas manos, mientras los dos hombres lo sostenían cada uno por un lado. Arrastraba la pierna derecha, y el zapato rozaba contra la carretera por un lado mientras avanzaban. Pilar estaba subiendo hacia el bosque con tres fusiles al hombro. Robert Jordan no pudo verle la cara, pero tenía la cabeza alta y trepaba tan deprisa como podía.

—¿Cómo va? —gritó Primitivo.

—Bien. Casi hemos terminado —respondió Robert Jordan.

No hacía falta preguntar cómo les había ido a ellos. Cuando los miró, los tres se habían detenido junto a la cuneta y Fernando movía la cabeza mientras los otros trataban de hacerle subir por la cuesta.

—Dejadme aquí con un fusil —le oyó decir Robert Jordan con voz entrecortada.

—No, hombre. Te llevaremos donde los caballos.

—¿Y cómo quieres que monte a caballo? —replicó Fernando—. Estoy muy bien aquí.

Robert Jordan no pudo oír más, pues tuvo que hablarle a Anselmo.

—Vuélalo si ves venir tanques —dijo—. Pero solo si pasan por el puente. Vuélalo si son vehículos blindados y tratan de pasar por él. Todo lo demás se encargará de pararlo Pablo.

—No lo volaré contigo debajo.

—No te preocupes por mí. Vuélalo si es necesario. Voy a arreglar el otro alambre y vuelvo enseguida. Después lo volaremos juntos.

Echó a correr hacia el centro del puente.

Anselmo vio a Robert Jordan echar a correr, con el rollo de alambre en el brazo, los alicates colgando de la muñeca y el fusil ametrallador a la espalda. Lo vio descender por la estructura del puente y desaparecer. Anselmo sostuvo el alambre en la mano derecha y se agazapó detrás del mojón observando la carretera al otro lado del puente. A mitad de camino entre él y el puente estaba el centinela, que se había desplomado del todo sobre la superficie lisa de la carretera bajo el peso del sol en la espalda. Su fusil, con la bayoneta calada, apuntaba justo a donde estaba Anselmo. El viejo miró más allá del puente surcado por las sombras del pretil hasta donde la carretera giraba a la izquierda a lo largo de la garganta y desaparecía entre las rocas. Miró la garita iluminada por el sol y luego recordó que tenía el alambre en la mano y se volvió hacia donde Fernando hablaba con Primitivo y el gitano.

—Dejadme aquí —dijo Fernando—. Me duele mucho y tengo una hemorragia por dentro. Lo noto en las tripas cuando me muevo.

—Deja que te subamos por la ladera —repuso Primitivo—. Pásanos el brazo por el hombro y te cogeremos de las piernas.

—Es inútil —insistió Fernando—. Dejadme detrás de una peña. Soy tan útil aquí como arriba.

—Pero cuando nos vayamos… —dijo Primitivo.

—Dejadme aquí —insistió Fernando—. No puedo viajar tan malherido. Así tendréis un caballo más. Estoy muy bien aquí. No tardarán en llegar.

—Podemos llevarte arriba —dijo el gitano—. Es fácil.

Como es natural estaba deseando marcharse, igual que Primitivo, pero lo habían llevado hasta allí y no querían dejarlo.

—No —dijo Fernando—. Estoy muy bien aquí. ¿Qué ha sido de Eladio?

El gitano se llevó el dedo a la cabeza para indicarle dónde había sufrido la herida.

—Aquí —dijo—. Después de ti. Cuando atacamos.

—Dejadme —dijo Fernando. Anselmo comprendió que estaba sufriendo mucho. Se sujetaba la ingle con ambas manos y tenía apoyada la cabeza en el terraplén y las piernas estiradas. Su rostro estaba sudoroso y ceniciento—. Dejadme aquí, por favor —dijo—. Cerraba los ojos de dolor y le temblaban las comisuras de los labios.

—Aquí tienes balas y un fusil —dijo Primitivo.

—¿Es el mío? —preguntó Fernando con los ojos cerrados.

—No, el tuyo se lo ha llevado Pilar —respondió Primitivo—. Este es el mío.

—Hubiese preferido el mío —dijo Fernando—. Estoy más acostumbrado.

—Te lo traeré —mintió el gitano—. Quédate con este hasta que vuelva.

—Este es un buen sitio —dijo Fernando—. Desde aquí se dominan la carretera y el puente.

Abrió los ojos y se volvió hacia el puente, luego volvió a cerrarlos estremecido de dolor.

El gitano se dio una palmada en la cabeza y le indicó con el pulgar a Primitivo que era hora de marcharse.

—Volveremos a por ti —dijo Primitivo, y empezó a subir por la cuesta detrás del gitano, que iba muy deprisa.

Fernando se apoyó contra el terraplén. Delante tenía una de las piedras pintadas con cal que indicaban el borde de la carretera. Tenía la cabeza a la sombra, pero el sol brillaba sobre la herida taponada y vendada y sobre las manos ahuecadas que la cubrían. Las piernas y los pies también estaban a pleno sol. Tenía el fusil al lado y tres cargadores llenos brillaban a su lado. Una mosca le subió por la mano, pero el dolor le impidió notar el cosquilleo.

—¡Fernando! —le llamó Anselmo desde donde estaba escondido con el alambre en la mano. Había hecho una lazada en el extremo para poder empuñarlo—. ¡Fernando! —gritó.

Fernando abrió los ojos y lo miró.

—¿Cómo va? —preguntó.

—Muy bien —respondió el otro—. Lo volaremos dentro de un minuto.

—Me alegro. Si necesitáis cualquier cosa, decídmelo —dijo Fernando cerrando otra vez los ojos en un espasmo de dolor.

Anselmo apartó la vista y miró hacia el puente.

Estaba deseando ver aparecer el rollo de alambre seguido de la cabeza morena del inglés cuando subiera al puente. Al mismo tiempo miraba más allá para asegurarse de que no venía nadie por la carretera. No tenía miedo ni lo había tenido en todo el día. Todo va tan deprisa y parece tan normal, pensó. No me gustó tener que matar al guardia y me conmovió mucho, pero ya se me ha pasado. ¿Cómo pudo decir el inglés que matar a un hombre es igual que matar un animal? Cazando uno siente una especie de euforia y no tiene la sensación de obrar mal. En cambio al matar a un hombre se tiene la misma sensación que al golpear a tu hermano cuando eres mayor. Y no digamos si hay que disparar varias veces para matarle. No, no le des más vueltas. Te conmoviste más de la cuenta y llegaste al puente lloriqueando como una mujer.

Se acabó, se dijo, y puedes tratar de expiar eso y todo lo demás. Pero ahora tienes todo lo que pediste anoche cuando volvías a casa de las montañas. Has entrado en combate y todo va bien. Si muero esta mañana no me importará.

Luego miró a Fernando tumbado contra el terraplén con las manos ahuecadas sobre la curva de la cadera, con los labios azules, los ojos cerrados y respirando lenta y profundamente y pensó: Si tengo que morir ojalá sea rápido. No. Quedé en que no pediría nada más si se me concedía lo que necesitaba hoy. Así que no lo pediré. ¿Entendido? No pido nada. Nada de nada. Concédeme lo que pedí y decide tú lo demás.

Escuchó el sonido lejano de la batalla que se libraba en lo alto del puerto y se dijo: Hoy es un gran día. Debería darme cuenta de lo grande que es.

Pero no sentía ninguna emoción ni entusiasmo. Todo eso había desaparecido y solo quedaba una sensación de calma. Y ahora, acurrucado detrás de aquel mojón, con la lazada de alambre en la mano y otra en la muñeca y la grava del margen de la carretera debajo de las rodillas, ni estaba ni se sentía solo. Estaba unido al alambre que tenía en la mano, al puente y a las cargas que había colocado el inglés. Estaba unido al inglés que seguía trabajando debajo del puente y a la República.

Pero no sentía el menor entusiasmo. Todo estaba en calma y el sol le calentaba la nuca y los hombros, mientras observaba el cielo límpido y despejado y la ladera de la montaña que se alzaba desde el río, y no se sentía feliz, pero tampoco solo o asustado.

En lo alto de la cuesta, Pilar estaba detrás de un árbol observando la carretera que bajaba del puerto. Tenía tres rifles cargados a su lado y le alcanzó uno a Primitivo cuando llegó a su lado.

—Ponte ahí —dijo—. Detrás de ese árbol. Tú, gitano, allí —dijo indicándole otro árbol que había más abajo—. ¿Está muerto?

—No. Todavía no —dijo Primitivo.

—Ha sido mala suerte —dijo Pilar—. Si hubiésemos contado con dos hombres más no habría ocurrido. Se habría arrastrado por detrás de la pila de serrín. ¿Lo habéis dejado en un buen sitio?

Primitivo asintió.

—Cuando el inglés vuele el puente, ¿llegarán hasta aquí los fragmentos? —preguntó el gitano desde su árbol.

—No lo sé —dijo Pilar—. Pero Agustín está más cerca que tú con la ametralladora. El inglés no lo habría colocado allí si estuviese demasiado cerca.

—Pero recuerdo que cuando volamos el tren, la lámpara de la máquina pasó volando por encima de mi cabeza y las esquirlas de acero volaban por todas partes como golondrinas.

—Qué recuerdos tan poéticos —dijo Pilar—. Como golondrinas. ¡Joder! Parecían pedazos de caldera. Oye, gitano, hoy te has portado bien. No dejes que ahora te coja el miedo.

—Solo lo preguntaba para ocultarme bien detrás del árbol —respondió el gitano.

—Quédate como estás —dijo Pilar—. ¿A cuántos hemos matado?

—Pues nosotros a cinco. Aquí a dos. ¿No ves al otro al extremo del puente? ¿Al lado de la garita? ¡Mira! ¿Lo ves? —le indicó con el dedo—. Luego están los ocho del puesto de Pablo. Yo estuve vigilándolo para el inglés.

Pilar soltó un gruñido. Luego empezó a blasfemar, dejándose arrastrar por la ira.

—¿Qué pasa con ese inglés? ¿Qué [obscenidad] está haciendo debajo del puente? ¡Vaya mandanga! ¿Va a construir un puente o a volarlo?

Levantó la cabeza y vio a Anselmo acurrucado detrás del mojón.

—¡Eh, viejo! —gritó—. ¿Qué le pasa a ese [obscenidad] inglés?

—Paciencia, mujer —respondió Anselmo sosteniendo el alambre con levedad y firmeza—. Está terminando el trabajo.

—En nombre de la gran puta, ¿por qué tarda tanto?

—¡Es muy concienzudo! —dijo Anselmo—. Es un trabajo científico.

—Me [obscenidad] en la leche que le dieron a la ciencia —le dijo al gitano—. ¡Que vuele esa puñetera [obscenidad] de una vez y acabemos ya con esto! María —gritó con voz ronca en dirección a la cima—, tu inglés… —y añadió un torrente de obscenidades sobre los supuestos actos que estaba llevando a cabo el inglés debajo del puente.

—Cálmate, mujer —gritó Anselmo desde la carretera—. Está trabajando mucho. Ya casi ha terminado.

—Al demonio con él —dijo Pilar—. Aquí lo importante es la rapidez. —Justo en ese momento oyeron disparos en la carretera donde Pablo estaba defendiendo el puesto de guardia que había tomado. Pilar dejó de blasfemar y escuchó—. ¡Ay! —dijo—. ¡Ay, ay! Ya se ha liado.

Robert Jordan lo oyó mientras lanzaba el rollo de alambre hacia el puente con una mano y trepaba detrás. Cuando apoyó las rodillas contra el pretil de hierro del puente y se sujetó con las manos, oyó disparos de ametralladora en la curva. Eran distintos de los del fusil automático de Pablo. Se puso en pie, se agachó y empezó a soltar alambre mientras retrocedía de espaldas por el puente.

Oyó el tiroteo y lo notó en la boca del estómago como si resonara en su diafragma. Mientras andaba y miraba de reojo hacia la curva, lo iba oyendo cada vez más cerca. Sin embargo todavía no se veían coches, tanques u hombres. Seguía despejada cuando llegó a la mitad del puente. Seguía despejada cuando llevaba recorridos tres cuartos, soltando el alambre sin problemas y cuando dio la vuelta a la garita del centinela, sujetando el alambre para que no se enredara con el armazón metálico del puente. Después llegó a la carretera y siguió sin ver a nadie mientras retrocedía hacia la cuneta que había al lado de la carretera tendiendo el hilo como un extremo que corre para atrapar una pelota alta. Por fin llegó enfrente de donde estaba Anselmo; la entrada del puente seguía despejada.

Luego oyó el camión que llegaba por la carretera y lo vio de reojo, se pasó el alambre por la muñeca y le gritó a Anselmo: «¡Vuélalo ya!», afirmó los talones y se echó atrás para resistir la tensión del alambre en la muñeca mientras oía el camión que se acercaba y veía la carretera con el centinela muerto, el puente y la curva que aún seguía despejada; en ese momento se oyó un terrible estruendo y el centro del puente se alzó como una ola al estrellarse contra la rompiente, y sintió cómo le oprimía la onda expansiva al echarse de bruces en la cuneta pedregosa y cubrirse la cabeza con las manos. Aún tenía la cara contra el suelo cuando el puente volvió a descender y lo envolvió el familiar olor acre y amarillento del humo, en ese momento empezaron a llover fragmentos de acero.

Cuando dejaron de caer esquirlas de acero, aún seguía vivo, alzó la cabeza y miró hacia el puente. La parte central había desaparecido. La carretera y el puente estaban cubiertos de pedazos de hierro con los bordes retorcidos y relucientes. El camión se había detenido en la carretera, unos cien metros más arriba y el chófer y los dos hombres que le acompañaban habían echado a correr para ponerse a cubierto en la cuneta de debajo de la carretera.

Fernando seguía tumbado contra el terraplén y aún respiraba. Tenía los brazos rectos a lo largo del cuerpo y las manos relajadas.

Anselmo yacía boca abajo junto al mojón pintado de blanco. Tenía el brazo izquierdo doblado debajo de la cabeza y el brazo derecho estirado. Todavía sujetaba con el puño derecho el lazo de alambre. Robert Jordan se puso en pie, cruzó la carretera, se arrodilló a su lado y comprobó que estaba muerto. No le dio la vuelta para ver lo que había hecho la esquirla de acero. Estaba muerto y se acabó.

Muerto parecía muy pequeño, pensó Robert Jordan. Parecía pequeño y canoso, y Robert Jordan se preguntó cómo habría podido cargar con tanto peso siendo así de pequeño. Luego vio la forma de las pantorrillas y de los muslos en los pantalones de pastor de pana gris y las suelas gastadas de las alpargatas de esparto y cogió la carabina de Anselmo y los dos sacos casi vacíos, fue a coger también el fusil que había al lado de Fernando, le dio una patada a un pedazo de hierro retorcido que había en la carretera. Se echó los dos fusiles al hombro, sujetándolos por el cañón, y empezó a subir por la cuesta hacia el bosque. No miró atrás y ni siquiera se volvió hacia la carretera cuando estaba en el puente. Todavía se oían disparos al volver la curva, pero eso ya le traía sin cuidado.

Los vapores del TNT le hacían toser y se le había entumecido el cuerpo entero.

Dejó uno de los fusiles junto a Pilar. Ella alzó la mirada y vio que volvía a tener tres fusiles.

—Aquí estáis demasiado arriba —dijo—. Hay un camión en la carretera que no se ve desde aquí. Han pensado que eran aviones. Es mejor que bajéis. Yo iré con Agustín para cubrir a Pablo.

—¿Y el viejo? —preguntó ella mirándole a la cara.

—Muerto.

Volvió a toser y escupió en el suelo.

—Tu puente ha volado —dijo Pilar sin dejar de mirarle—. No lo olvides.

—No olvido nada —dijo—. Tienes buena voz. Te oí gritar desde ahí abajo. Dile a María que estoy bien.

—Tuvimos dos bajas en el aserradero —dijo Pilar tratando de hacerle comprender.

—Ya lo he visto —respondió Robert Jordan—. ¿Hicisteis alguna estupidez?

—Vete a la [obscenidad], inglés —dijo Pilar—. Fernando y Eladio también eran hombres.

—¿Por qué no vais con los caballos —preguntó Robert Jordan—. Desde aquí puedo cubrir la carretera mejor que tú.

—Tienes que ir a cubrir a Pablo.

—Al demonio con Pablo. Que se hunda en la mierda.

—No, inglés. Volvió. Ha peleado bien ahí abajo. ¿Es que no lo has oído? Ahora mismo está luchando contra algún peligro. ¿Es que no lo oyes?

—Lo cubriré. Pero me [obscenidad] en vosotros dos. En Pablo y en ti.

—Inglés —dijo Pilar—, cálmate. Te he apoyado más que nadie. Pablo te gastó una jugarreta pero luego volvió.

—Si hubiese tenido el detonador, el viejo no estaría muerto. Habría podido volar el puente desde aquí.

—No se puede pensar en si esto o lo otro... —dijo Pilar.

Todavía sentía la rabia, el vacío y el odio que lo habían dominado después de volar el puente, cuando se había asomado desde la cuneta y había visto a Anselmo muerto. Igual que la desesperanza y el pesar que los soldados transforman en odio para poder seguir siendo soldados. Ahora que había terminado se sentía solo, apartado, y odiaba a todos los que veía.

—Si no hubiese nevado... —dijo Pilar. Y entonces, no de forma súbita como un desahogo físico (si, por ejemplo, la mujer le hubiese pasado el brazo por encima del hombro), sino lentamente y en su imaginación, empezó a aceptarlo y poco a poco el odio se fue mitigando. Eso es. La nieve. La nieve había tenido la culpa de todo. A los otros les había pasado lo mismo. Cuando consigues volver a verlo desde un punto de vista ajeno, una vez consigues despojarte de tu propio ser, la eterna liberación del propio ser tan necesaria en la guerra, donde no queda sitio para uno mismo y es necesario olvidarse de uno mismo... Y al olvidarse de sí mismo, oyó decir a Pilar—: El Sordo...

—¿Qué? —dijo.

—El Sordo...

—Sí —respondió Robert Jordan. Le sonrió con una sonrisa forzada, rígida y tensa como si fuesen a rompérsele los tendones—. Olvídalo. No tenía razón. Lo siento, mujer. Hagamos las cosas bien y como es debido. Como tú dices, hemos volado el puente.

—Sí, hay que considerar las cosas en su justa medida.

—Iré con Agustín. Pon al gitano más abajo, para que pueda ver la carretera. Dale esos fusiles a Primitivo y coge esta ametralladora. Deja que te enseñe.

—Quédate tu ametralladora —dijo Pilar—. No nos quedaremos aquí mucho tiempo. Pablo vendrá dentro de nada y nos marcharemos.

—Rafael —dijo Robert Jordan—, ven aquí conmigo. Aquí. Muy bien. ¿Ves a esos que salen de la cuneta de debajo de la carretera? Allí, por detrás del camión. ¿Ves que van hacia el camión? Dispárale a uno de ellos. Siéntate. Tómatelo con calma.

El gitano apuntó con cuidado y disparó, y, cuando tiró hacia atrás del cerrojo para expulsar el casquillo, Robert Jordan le dijo:

—Demasiado alto, le has dado a la roca que hay detrás. ¿Ves el polvo que has levantado? Más bajo, medio metro. Ahora, con cuidado. Han echado a correr. Bien. Sigue tirando.

—Le he dado a uno —dijo el gitano. El hombre había caído en la carretera a mitad de camino entre la cuneta y el camión. Los otros dos no se detuvieron a arrastrarlo. Volvieron a ponerse a cubierto.

—No le dispares —dijo Robert Jordan—. Apunta a la parte de delante de uno de los neumáticos del camión. Así, si fallas, le darás al motor. Bien. —Observó con los prismáticos—. Un poco más abajo. Bien. Eres muy buen tirador. ¡Mucho, mucho! Dispara a lo alto de radiador. A cualquier parte del radiador. Eres un campeón. Mira. No dejes que nadie pase de ahí. ¿Entiendes?

—Mira cómo le rompo el parabrisas —dijo encantado el gitano.

—No. El camión ya está estropeado —dijo Robert Jordan—. No dispares más hasta que llegue alguien por la carretera. Dispara cuando estén a la altura de la cuneta de debajo de la carretera. Apunta al chófer. Y luego disparad todos —le dijo a Pilar, que se había apostado un poco más abajo con Primitivo—. Aquí estáis muy bien. ¿Ves cómo os protege el flanco la pendiente?

—Ve a hacer tu trabajo con Agustín —dijo Pilar—. No hace falta que nos des una conferencia. Conozco el terreno.

—Pon a Primitivo un poco más arriba —dijo Robert Jordan—. Ahí. ¿Lo ves, hombre? Justo donde la pendiente se vuelve más pronunciada.

—Déjame en paz —dijo Pilar—. Vete ya, inglés. Tú y tu perfeccionismo. Aquí no hay ningún problema.

En ese mismo instante oyeron los aviones.

María llevaba ya un buen rato con los caballos, pero eso no le suponía ningún consuelo. Ni tampoco lo era para los animales. Desde donde estaba no se veía la carretera ni el puente y, cuando empezó el tiroteo, se abrazó al cuello del gran semental bayo con la mancha en la frente, que había acariciado tantas veces cuando los caballos estaban en el cercado del bosque cerca del campamento. Pero solo consiguió contagiarle su nerviosismo, y cuando se oyeron los disparos y las explosiones, el animal empezó a mover la cabeza con las ventanas de la nariz dilatadas. María era incapaz de estarse quieta e iba y venía dando palmadas y acariciando a los caballos, que cada vez estaban más nerviosos y agitados.

Trató de pensar que el tiroteo no era algo tan terrible y de hacerse a la idea de que Pablo estaba abajo con los hombres que había traído consigo y Pilar arriba con los demás, y de que no debía preocuparse ni dejarse llevar por el pánico, sino confiar en Roberto. Pero no lo consiguió y tanto los disparos como el lejano sonido de la batalla, que llegaba del puerto como el ruido de una tormenta lejana, como un fragor sordo puntuado por el estallido de las bombas, le parecieron algo horrible que le cortaba la respiración.

Luego oyó el vozarrón de Pilar desde abajo que le gritaba alguna obscenidad y pensó. ¡Oh!, Dios, no, no. No hables así mientras él está en peligro. No ofendas a nadie ni corras riesgos innecesarios. No provoques a nadie.

Luego empezó a rezar por Roberto de forma rápida y mecánica como había hecho en la escuela, pronunciando las oraciones lo más deprisa posible y contándolas con los dedos de la mano izquierda, rezando por decenas las dos oraciones que no paraba de repetir. Luego el puente saltó por los aires y uno de los caballos se encabritó al oír el estruendo de la explosión, rompió las riendas y escapó corriendo entre los árboles. María consiguió volver a cogerlo y lo llevó con los demás, tembloroso, estremecido, con el pecho cubierto de sudor y la silla torcida. Al llegar entre los árboles oyó el tiroteo y pensó: No lo soporto más. No puedo seguir sin saber lo que pasa. Apenas puedo respirar y tengo la boca seca. Tengo miedo y no hago más que asustar a los caballos, a este lo he atrapado por casualidad porque la silla se ha enganchado en un árbol y se ha enredado con los estribos, y ahora mientras vuelvo a poner en su sitio la silla de montar…, ¡oh!, Dios, no sé. No lo soporto. ¡Por favor, que todo vaya bien! Todo mi corazón y todo mi ser están en ese puente. La República es una cosa, y la necesidad de ganar esta guerra otra. Pero, dulce Virgen bendita, tráelo del puente con vida y haré todo lo que digas. No estoy aquí. Esta no soy yo. Solo existo cuando estoy con él. Cuídale en mi nombre y será como si lo hicieras por mí, y haré todo lo que quieras y a él no le importará porque no será contra la República. ¡Oh!, perdóname, estoy muy confusa. Estoy muy confundida. Pero, si le proteges, haré lo que haya que hacer. Haré lo que él me diga y también lo que tú me digas. Lo haré con mis dos seres. Pero no puedo seguir sin saber qué pasa.

Una vez atado el caballo y enderezada la silla, con la manta alisada y la cincha bien prieta, oyó el vozarrón de Pilar entre los árboles de abajo: «¡María, María! ¡Tu inglés está bien! ¿Me oyes? Todo ha ido bien. ¡Sin novedad!».

María se abrazó a la silla de montar, apretó contra ella la cabeza rapada y rompió a llorar. Oyó la voz profunda que volvía a gritar, se apartó y respondió con voz entrecortada: «¡Sí, gracias!». Luego añadió atragantándose: «¡Gracias! ¡Muchísimas gracias!».

Cuando oyeron los aviones todos miraron hacia arriba y vieron que venían de Segovia, volaban muy altos, plateados en el cielo sin nubes, y el zumbido de sus motores se mezclaba con los demás ruidos.

—¡Y ahora esos! —dijo Pilar—. ¡Es lo único que faltaba!

Robert Jordan le pasó el brazo por encima del hombro mientras los observaba.

—No, mujer —dijo—. No vienen a por nosotros. No tienen tiempo de entretenerse con nosotros. Cálmate, mujer.

—Los odio.

—Yo también. Tengo que ir con Agustín.

Dio un rodeo por la pendiente entre los pinos, sin dejar de oír el zumbido vibrante e insistente de los aviones y al otro lado del puente destrozado, pasada la curva de la carretera, el intermitente martilleo de una ametralladora pesada.

Robert Jordan se puso a cubierto junto a Agustín, que seguía detrás de la ametralladora en el grupo de pinos recién plantados, y vio que no dejaban de llegar aviones.

—¿Qué pasa ahí abajo? —preguntó Agustín—. ¿Qué está haciendo Pablo? ¿Es que no sabe que has volado el puente?

—Tal vez no pueda salir.

—Pues dejémoslo. Al demonio con él.

—Vendrá en cuanto pueda —respondió Robert Jordan—. Debería aparecer en cualquier momento.

—No lo he oído —dijo Agustín—. Hace cinco minutos que no... No. ¡Espera! ¡Escucha! Ahí está. Es él.

Se oyó el ra-ta-ta-tá del fusil automático de caballería, luego otra ráfaga y otra más.

—Ahí está ese cabrón —dijo Robert Jordan.

Vio que seguían llegando aviones por el cielo azul y despejado y observó el rostro de Agustín al verlos llegar. Luego miró el puente destrozado y el tramo de carretera que seguía despejado. Tosió, escupió y escuchó el tableteo de la ametralladora pesada al volver la curva. Parecía estar en el mismo sitio que antes.

—¿Y eso qué es? —preguntó Agustín—. ¿Qué coño es eso?

—Ha estado sonando desde que volé el puente —respondió Robert Jordan. Miró hacia el puente y acertó a distinguir el río a través del hueco que había quedado en el centro al venirse abajo y que ahora colgaba como un mandil de acero. Oyó que el primer avión estaba bombardeando el puerto y vio que aún seguían llegando más. El ruido de sus motores llenaba el cielo y mirando a lo alto vio los cazas, minúsculos y diminutos, que daban vueltas por encima.

—No creo que cruzaran las líneas la otra mañana —dijo Agustín—. Deben de haberse desviado hacia el oeste y ahora vuelven. Si los hubiesen visto no habrían iniciado la ofensiva.

—Son casi todos nuevos —dijo Robert Jordan.

Tenía la sensación de que algo que se había iniciado con normalidad estaba teniendo repercusiones enormes y desproporcionadas. Era como arrojar una piedra al agua para hacer una onda y que la onda regresara a la orilla rugiendo como una ola gigantesca. O como si gritaras y el eco te devolviera un sonido tan atronador que fuese mortal. O como si golpearas a un hombre y lo vieras caer y en ese momento vieses alzarse a otros armados hasta los dientes. Se alegró de no estar con Golz en el puerto.

Tumbado allí junto a Agustín, viendo pasar los aviones, escuchando el tiroteo, vigilando la carretera donde esperaba que ocurriera algo aunque no supiese qué, todavía se sentía atontado por la sorpresa de no haber muerto en el puente. Hasta tal punto había dado por sentada su muerte, que todo le parecía irreal. Espabila, se dijo. Deja de darle vueltas. Hay mucho, mucho, mucho que hacer hoy. Pero no lograba quitárselo de la cabeza y tenía la sensación de que todo era un sueño.

Has respirado demasiado humo, se dijo. Pero sabía que no era eso. Notaba con clara certeza lo irreal que era todo por debajo de aquella realidad y miró al centinela tirado en la carretera, al lugar donde yacía Anselmo, a Fernando apoyado contra el terraplén y a la carretera de color marrón donde se había detenido el camión, y todo siguió pareciéndole irreal.

Más vale acabar cuanto antes, se dijo. Eres como esos gallos de pelea en el reñidero que tienen una herida que no ha visto nadie, pero que ya están muertos.

Tonterías, se reprochó. Estás un poco atontado y abrumado por la responsabilidad y ya está. Tómatelo con calma.

Entonces Agustín le cogió del brazo y señaló al otro lado de la garganta y vio a Pablo.

Lo vieron venir por la carretera. Al llegar a la roca donde la carretera se perdía de vista lo vieron detenerse, ponerse a cubierto y disparar hacia la carretera. Robert Jordan vio a Pablo, bajo, fuerte y robusto, sin la gorra, oculto detrás de la roca y disparando el fusil automático de caballería, y vio también la cascada de casquillos vacíos iluminados por el sol. Lo vieron acurrucarse y disparar otra ráfaga. Luego sin mirar atrás lo vieron correr, bajo, con las piernas torcidas, rápido y con la cabeza agachada en dirección al puente.

Robert Jordan había apartado a Agustín, tenía la culata del fusil ametrallador apoyada en el hombro y estaba apuntando hacia la carretera. El fusil automático estaba a su izquierda, a esa distancia no era lo bastante preciso.

Cuando Pablo corrió hacia ellos, Robert Jordan apuntó hacia la curva, pero no asomó nadie. Pablo había llegado al puente, miró por encima del hombro y luego giró a la izquierda y desapareció por la garganta. Robert Jordan seguía apuntando hacia la curva y no vio a nadie. Agustín se puso de rodillas. Vio a Pablo descendiendo por la garganta como una cabra. Desde que vieran a Pablo no habían vuelto a oír ningún tiroteo.

—¿Ves algo arriba? ¿En las rocas? —preguntó Robert Jordan.

—Nada.

Robert Jordan siguió vigilando la curva. Sabía que ahí la pendiente era demasiado empinada para que nadie trepara por ella, pero más abajo alguien podía haber dado un rodeo.

Si hasta entonces todo le había parecido irreal, de repente las cosas se volvieron muy reales. Igual que si alguien hubiese enfocado de pronto el objetivo de una cámara réflex. Vio aparecer el morro bajo y anguloso y la torreta pintada de verde, marrón y gris con la ametralladora iluminada por el sol. Disparó contra ella y oyó el sonido de las balas al chocar contra el acero.

El tanque ligero volvió a refugiarse detrás de la curva. Robert Jordan le vio asomar la nariz, luego distinguió el borde de la torreta que giraba para que el cañón apuntase hacia el puente.

—Parece un ratón saliendo del agujero —dijo Agustín—. Míralo, inglés.

—No se fía —dijo Robert Jordan.

—Ese es el insecto con el que luchaba Pablo —dijo Agustín—. Dispárale otra ráfaga, inglés.

—No. No puedo hacerle daño. No quiero que vea dónde estamos.

El tanque empezó a disparar contra la carretera. Las balas impactaron en el polvo del camino y silbaron al rebotar contra los hierros del puente. Era la misma ametralladora que habían oído abajo.

—Cabrón —dijo Agustín—. ¿Es uno de sus famosos tanques, inglés?

—Uno pequeño.

—Cabrón. Si tuviese una botella pequeña llena de gasolina subiría ahí y le pegaría fuego. ¿Qué crees que hará ahora, inglés?

—Dentro de un rato saldrá a echar otro vistazo.

—Y que la gente le tenga miedo a eso —dijo Agustín—. ¡Mira, inglés! Está volviendo a matar a los centinelas.

—No tendrá nada mejor que hacer —dijo Robert Jordan—. No se lo reproches.

Pero en realidad estaba pensando: Sí, tú ríete. Pero si fueses tú y estuvieses en tu país y te hubiesen disparado en la carretera junto a un puente destrozado, ¿no pensarías que había minas o que era una trampa? Pues claro que sí. Ha hecho bien. Está esperando a que ocurra algo más. Está entablando combate con el enemigo. Solo somos nosotros. Pero él no lo sabe. Míralo al muy cabrón.

El tanque asomó un poco más por la curva.

Justo en ese momento Agustín vio a Pablo que subía por el borde de la garganta apoyándose en las manos y las rodillas, con la cara sin afeitar y cubierta de sudor.

—Ahí llega ese hijo de puta —dijo.

—¿Quién?

—Pablo.

Robert Jordan miró, vio a Pablo y luego empezó a disparar contra la parte de la torreta del tanque donde sabía que estaría la tronera de la ametralladora. El tanque dio marcha atrás y desapareció de la vista. Robert Jordan cogió la ametralladora, plegó las patas del trípode contra el cañón y se echó al hombro el arma, cuya boca estaba todavía tan caliente que le quemó y tuvo que cogerlo por la culata.

—Traed el saco con los cargadores y la ametralladora ligera —gritó—, y daos prisa.

Robert Jordan subió la pendiente a la carrera entre los pinos. Agustín le siguió de cerca y detrás iba Pablo.

—¡Pilar! —gritó Jordan—. ¡Vamos, mujer!

Los tres estaban subiendo a toda prisa por la empinada ladera de la montaña. No podían ir más rápido porque la pendiente era muy pronunciada, y Pablo, que solo cargaba con el fusil automático de caballería, les alcanzó.

—¿Y tu gente? —le preguntó Agustín con la boca seca.

—Todos muertos —respondió Pablo. Casi no podía respirar. Agustín volvió la cabeza y lo miró—. Ahora tendremos caballos de sobra, inglés —jadeó.

—Bien —dijo Robert Jordan y pensó: Cabrón asesino—. ¿Qué os ha pasado?

—De todo —dijo Pablo. Le silbaban los pulmones—. ¿Cómo le ha ido a Pilar?

—Perdió a Fernando y al hermano…

—Eladio —dijo Agustín.

—¿Y tú? —preguntó Pablo.

—Perdí a Anselmo.

—Tenemos muchos caballos —dijo Pablo—. Incluso para los bultos.

Agustín se mordió el labio, miró a Robert Jordan y movió la cabeza. Debajo, fuera de la vista entre los árboles, oyeron que el tanque volvía a disparar contra la carretera y el puente.

Robert Jordan volvió la cabeza.

—¿Qué ha pasado con el tanque? —le preguntó a Pablo. No quería verle, ni olerle, pero sí oírle.

—No podía salir con él ahí —respondió el otro—. Nos habíamos atrincherado en un extremo del puesto. Al final retrocedió para ir a buscar algo y salí.

—¿A quién le estabas disparando en la curva? —preguntó bruscamente Agustín.

Pablo lo miró, empezó a esbozar una sonrisa, se lo pensó mejor y no dijo nada.

—¿Los has matado? —preguntó Agustín.

Robert Jordan estaba pensando: Cierra la boca. No es asunto tuyo. Han hecho lo que se esperaba de ellos y mucho más. Es un asunto entre tribus. No hagas juicios morales. ¿Qué esperabas de un asesino? Cierra la boca. Ya sabías cómo era. No te pilla de nuevas. Sucio cabrón, pensó. Cabrón sucio y repugnante.

El pecho le dolía como si fuese a estallarle después de subir por la cuesta. Un poco más adelante, entre los árboles, vio los caballos.

—Vamos —estaba diciendo Agustín—. ¿Por qué no admites que los mataste?

—Calla —dijo Pablo—. Hoy he peleado mucho y bien. Pregúntale al inglés.

—Y ahora tienes que sacarnos de esta —dijo Robert Jordan—. El plan para escapar de aquí es tuyo.

—Tengo un buen plan —dijo Pablo—. Con un poco de suerte lo conseguiremos.

Empezaba a respirar un poco mejor.

—No estarás pensando en matarnos también, ¿verdad? —dijo Agustín—. Porque estoy dispuesto a pegarte un tiro ahora mismo.

—Calla —dijo Pablo—. Tengo que velar por tus intereses y por los de la partida. Esto es la guerra. No se puede hacer lo que uno quiere.

—Cabrón —dijo Agustín—. Siempre sales bien librado.

—Dime qué pasó ahí abajo —le pidió Robert Jordan a Pablo.

—De todo —repitió Pablo. Seguía jadeando como si fuese a desgarrársele el pecho, pero ya podía hablar aunque seguía teniendo la cara cubierta de sudor y el pecho y los hombros empapados. Miró fijamente a Robert Jordan para asegurarse de que sus intenciones eran amistosas y luego sonrió—. De todo —repitió—. Primero tomamos el puesto. Luego llegó un motorista. Después otro. Luego una ambulancia. Después un camión. Luego el tanque. Justo antes de que volaras el puente.

—¿Y luego...?

—El tanque no podía hacernos nada donde estábamos, pero tampoco podíamos salir porque dominaba la carretera. Luego se fue y aproveché para salir.

—¿Y tu gente? —intervino Agustín, todavía buscando problemas.

—Calla. —Pablo le miró fijamente y su rostro era el de alguien que ha combatido bien por encima de todo—. No eran de nuestra partida.

Entonces vieron los caballos atados a los árboles bajo el sol que se colaba entre las ramas de los pinos, moviendo la cabeza y coceando contra los tábanos. Robert Jordan vio a María y poco después estaba abrazándola muy fuerte con el fusil ametrallador a su lado y el cañón clavándosele contra las costillas, mientras María decía:

—Tú, Roberto. ¡Oh!, tú.

—Sí, conejito. Mi conejito. Y ahora vámonos.

—¿De verdad estás aquí?

—Sí. Sí. De verdad. ¡Oh, tú!

Nunca había imaginado que uno pudiera saber que había una mujer en plena batalla, ni que una parte de ti lo pudiera saber o responder a eso; ni que esa mujer pudiera tener los pechos pequeños, duros y redondos y apretados contra tu camisa; ni que esos pechos pudieran tener conciencia de sí mismos en plena batalla. Pero era cierto y pensó que era bueno. Es bueno. Nunca lo habría creído, y la abrazó muy, muy fuerte, aunque no la miró, y luego le dio una palmada donde nunca se la había dado y dijo:

—Monta. Monta. Sube a la silla, guapa.

Luego desataron las bridas. Robert Jordan le devolvió la ametralladora a Agustín y se echó su propio fusil ametrallador al hombro, metió en las alforjas las granadas de mano que llevaba en los bolsillos, guardó uno de los sacos vacíos en el otro y ató este último a la silla. Después llegó Pilar, tan cansada de subir hasta allí que solo podía comunicarse por gestos.

Entonces Pablo metió en las alforjas tres riendas que llevaba en la mano, se puso en pie y dijo: «¿Qué tal, mujer?». Ella se limitó a asentir y todos montaron en los caballos.

Robert Jordan montaba el tordo que había visto por primera vez en la nieve la mañana del día anterior y notó que era mucho caballo lo que tenía entre las piernas y en las manos. Con las alpargatas de esparto los estribos le quedaban un poco cortos. Llevaba el fusil ametrallador al hombro y los bolsillos llenos de cargadores, y cambió uno de los cargadores mientras sujetaba las riendas debajo del brazo y veía a Pilar subir a una extraña pila de mantas que había atado a la silla del roano.

—Deja eso, por el amor de Dios —dijo Primitivo—. Te vas a caer y el caballo no puede con todo.

—Calla la boca —dijo Pilar—. Aquí van todas nuestras cosas.

—¿Podrás cabalgar así, mujer? —le preguntó Pablo desde la silla del guardia civil a lomos del gran caballo bayo.

—Como cualquier buhonero —respondió Pilar—. ¿Por dónde vamos, viejo?

—Derechos abajo hasta cruzar la carretera. Luego seguiremos por la cuesta en dirección hacia donde se estrecha el camino.

—¿Quieres cruzar la carretera? —Agustín se puso a su altura, clavando los blandos talones de sus alpargatas en el vientre de uno de los caballos que había reclutado Pablo esa noche.

—Sí, hombre. Es el único camino —dijo Pablo—. Le alcanzó las riendas de uno de los caballos de carga. Primitivo y el gitano llevaban las otras. Tú puedes ir al final, si quieres, inglés —dijo—. Pasaremos tan arriba que no estaremos al alcance de la ametralladora. Pero aun así iremos separados y nos reuniremos donde se estrecha el camino.

—Bien —dijo Robert Jordan.

Cabalgaron por el bosque hacia el margen de la carretera. Robert Jordan iba justo detrás de María. No podía cabalgar a su lado por culpa de los árboles. Acarició al caballo tordo con los muslos y luego lo sujetó mientras bajaban entre los pinos, indicándole al tordo con las piernas lo que le habrían indicado las espuelas si hubiesen ido por terreno llano.

—Tú —le dijo a María—, ve la segunda cuando crucen la carretera. Ser el primero no es tan malo como parece. Ser el segundo es bueno. Lo malo es estar entre los últimos.

—Pero tú...

—Pasaré cuando menos se lo esperen. No me ocurrirá nada. Lo peligroso es ir uno detrás de otro.

Estaba observando la cabeza redonda y peluda de Pablo, hundida en los hombros mientras cabalgaba con el fusil automático al hombro. Observaba también la cabeza de Pilar, sus hombros anchos, sus rodillas más altas que los muslos mientras se sujetaba a los bultos con los tobillos. La mujer se volvió a mirarlo y movió la cabeza.

—Adelanta a la Pilar antes de cruzar la carretera —le dijo Robert Jordan a María.

Luego miró entre los árboles y vio la carretera asfaltada debajo y al otro lado la verde ladera. Estamos encima de la cuneta, se dijo, y justo debajo de donde la carretera desciende hacia el puente. Unos ochocientos metros encima del puente. No estamos fuera del alcance de la Fiat de ese tanque si ha llegado hasta el puente.

—María —dijo—. Adelanta a la Pilar antes de que lleguemos a la carretera y sube por la pendiente a todo galope.

Ella lo miró pero no dijo nada. Él solo le devolvió la mirada para cerciorarse de que le había entendido.

—¿Comprendes? —le preguntó.

Ella asintió.

—Adelántala ahora —dijo él.

Ella movió la cabeza.

—¡Adelántala!

—No —respondió ella volviéndose y negando con la cabeza—. Pasaré en el orden en que vamos ahora.

Justo en ese momento, Pablo clavó las espuelas en los ijares del gran caballo bayo, se lanzó al galope por la pendiente cubierta de agujas de pino y cruzó la carretera arrancando chispas con las herraduras del caballo. Los otros fueron tras él y Robert Jordan los vio cruzar la carretera y ascender por la ladera verde y oyó el tableteo de la ametralladora en el puente. Después oyó un ruido ¡fiuuuu-crack-bum! Fue una explosión sorda y en la ladera vio levantarse un pequeño surtidor de tierra con una nube de humo gris. ¡Fiuuuuu-crack- bum! Volvió a oírse el mismo ruido parecido al de un cohete y ladera arriba se levantó otro surtidor de tierra y humo.

Por delante de él, el gitano se había detenido junto a la carretera a resguardo de los últimos árboles. Miró adelante y luego se volvió hacia Robert Jordan.

—Adelante, Rafael —dijo Robert Jordan—. ¡Galopa, hombre!

El gitano sujetaba la brida del caballo de carga que daba tirones a su espalda.

—¡Suelta el caballo de carga y galopa!

Vio la mano que el gitano tenía extendida hacia atrás levantándose muy despacio cuando clavó los talones en los ijares del caballo, la brida se tensó, se soltó y Robert Jordan chocó contra el caballo de carga mientras el gitano cruzaba la negra carretera. Luego oyó los cascos del caballo que galopaba ladera arriba.

¡Fiuuuuuuuu-bum! Se oyó el silbido del obús y vio al gitano dar un bandazo como un jabalí perseguido y un pequeño géiser de tierra negra y gris. Lo vio galopar lentamente y subir por la pendiente hasta que llegó a lo alto con los demás.

No puedo llevarme el condenado caballo de carga, pensó Robert Jordan. Aunque ojalá pudiera llevarlo a mi lado. Me gustaría interponerlo entre mi caballo y ese cañón de cuarenta y siete milímetros con el que nos están disparando. Dios, trataré de llevarlo conmigo.

Se acercó al caballo de carga, lo cogió de la brida y subió unos cincuenta metros entre los árboles. Al llegar a la linde del bosque, se asomó a la carretera pasado el camión y a la altura del puente, vio hombres en el puente y detrás una especie de atasco de tráfico. Robert Jordan miró a su alrededor, vio lo que quería, rompió una rama seca de un pino. Soltó la brida, llevó el caballo de carga hacia la cuesta que llevaba a la carretera y le golpeó con fuerza en el anca con la rama rota.

—Vamos, hijo de puta —dijo, y le lanzó la rama rota cuando el caballo de carga cruzaba la carretera y empezaba a subir por la pendiente. La rama le golpeó y el caballo pasó del trote al galope.

Robert Jordan subió otros treinta metros; a partir de allí la pendiente era demasiado pronunciada. El cañón estaba disparando con aquel silbido como de un cohete y los estampidos que levantaban columnas de tierra.

—Vamos, tordo fascista —le dijo Robert Jordan al caballo, y se lanzó al galope por la ladera.

Salió a campo abierto, cruzó la carretera, que era tan dura bajo los cascos de su montura que notó el golpe en los hombros, el cuello y los dientes, y se dirigió hacia la ladera atajando, galopando, avanzando, volvió la vista atrás y vio el puente desde un ángulo en que no lo había visto nunca. Estaba de perfil y en el centro se veía el hueco roto, detrás el tanque ligero y detrás de él un tanque más grande con un cañón de color amarillo que brillaba como un espejo, y el silbido que desgarraba el aire parecía caer sobre el cuello del caballo, volvió la cabeza al ver la tierra que salía delante de él como de un surtidor. El caballo de carga le llevaba ventaja y se había desviado hacia la derecha, y mientras Robert Jordan galopaba miró hacia el puente y vio la fila de camiones atascados detrás de la curva con toda claridad ahora que estaba ganando altura y el destello amarillo que preludiaba el silbido seguido de una explosión; la bomba se quedó corta pero oyó la metralla volar desde donde había caído.

Vio a los demás esperándole en el bosque y dijo: «¡Arre, caballo!», y notó que el pecho del animal se ensanchaba al subir por la cuesta y cómo se le hinchaba el cuello y alargaba las orejas, y se acercó para acariciarle; luego miró hacia el puente y vio el destello del tanque pesado y achaparrado de color tierra en la carretera y no oyó ningún silbido, pero notó un golpe y un olor acre como el de una caldera al hacerse pedazos y acto seguido se encontró debajo del caballo tordo que daba coces y se esforzó por librarse de aquel peso.

Podía moverse. Podía moverse hacia la derecha, pero la pierna izquierda estaba totalmente inmóvil debajo del caballo. Era como si tuviese otra articulación, no a la altura de la cadera, sino más abajo y se desplazase a los lados como una bisagra. Luego comprendió lo que le pasaba y justo en ese momento el caballo tordo se incorporó y la pierna derecha de Robert Jordan, que se había soltado del estribo, pasó por encima de la silla y se palpó el hueso del muslo de la pierna izquierda con las dos manos y notó el hueso y el lugar donde presionaba contra la piel.

El caballo tordo estaba de pie a su lado y vio cómo se le marcaban las costillas al jadear. La hierba estaba muy verde y había flores en el prado, miró hacia la pendiente en dirección a la carretera, el puente y la garganta, vio el tanque y esperó el siguiente disparo. Llegó casi enseguida, otra vez sin silbido, y al estallar con el característico olor del explosivo de alta intensidad, los terrones de tierra y los trozos de metralla, vio sentarse al gran caballo tordo a su lado como un caballo de circo. Miró hacia él oyó el ruido que estaba haciendo.

Luego Primitivo y Agustín lo cogieron de los sobacos y lo arrastraron por la pendiente, y la nueva articulación de su pierna hacía que se balanceara en cualquier dirección. Una vez cayó una bomba cerca de ellos y lo soltaron para ponerse a cubierto, pero después de que les cayera la tierra encima y silbara la metralla volvieron a cogerlo. Y por fin lo dejaron a resguardo del claro en el bosque donde estaban los caballos, y María, Pilar y Pablo se acercaron a verle.

María estaba arrodillada a su lado diciendo:

—Roberto, ¿qué te pasa?

—Tengo rota la pierna izquierda, guapa —respondió él sudando copiosamente.

—La entablillaremos —dijo Pilar—. Puedes montar en ese. —Señaló a uno de los caballos de carga—. Soltad la carga.

Robert Jordan vio a Pablo mover la cabeza y asintió a su vez.

—Seguid —dijo. Luego añadió—: Oye, Pablo, ven aquí un momento.

El rostro barbudo y surcado de sudor se inclinó a su lado y Robert Jordan notó el olor de Pablo.

—Dejadnos hablar —les dijo a Pilar y a María—. Tengo que hablar con Pablo.

—¿Duele mucho? —preguntó Pablo. Se había acercado a Robert Jordan.

—No. Creo que el nervio está aplastado. Escucha. Seguid sin mí. Estoy lisiado, ¿lo ves? Hablaré un momento con la chica. Cuando te diga que te la lleves, llévatela. Ella querrá quedarse. Solo hablaré con ella un momento.

—Ten en cuenta que no nos queda mucho tiempo —dijo Pablo.

—Lo sé. Creo que estaríais mejor con la República —dijo Robert Jordan.

—No. Me voy a Gredos.

—Usa la cabeza.

—Habla con ella ahora —dijo Pablo—. Tenemos poco tiempo. Siento que te haya pasado esto, inglés.

—Me ha pasado y no hay más que hablar —respondió Robert Jordan—. Pero usa la cabeza. Tienes mucha cabeza. Úsala.

—¿Por qué no iba a usarla? —dijo Pablo—. No te entretengas, inglés. No queda tiempo.

Pablo fue al árbol más cercano y se quedó mirando la pendiente, la carretera y la garganta. Miró con sincero pesar al caballo tordo en la ladera, mientras Pilar y María corrían a ver al inglés, que estaba apoyado en el tronco de un árbol.

—Corta el pantalón, ¿quieres? —le pidió a Pilar. María se acurrucó a su lado y no dijo nada. El sol le daba en el pelo y su rostro estaba contraído como el de un niño cuando está a punto de echarse a llorar. Pero no estaba llorando.

Pilar sacó el cuchillo y cortó la pernera del pantalón hasta el bolsillo izquierdo. Robert Jordan apartó la tela con sus propias manos y se miró el muslo. Treinta centímetros por debajo de la cadera había un bulto apuntado y purpúreo como una tienda de campaña en miniatura y al tocarlo con los dedos sintió el borde quebrado del muslo contra la piel. La pierna formaba un ángulo extraño. Miró a Pilar. Su rostro tenía la misma expresión que el de María.

—Anda —le dijo.

Ella se marchó con la cabeza gacha y sin decir nada y sin volver la vista atrás. Robert Jordan vio cómo se estremecían sus hombros.

—Guapa —le dijo a María cogiéndola de las manos—. Escucha. No iremos a Madrid...

Ella rompió a llorar.

—No, guapa, no —dijo—. Escucha. No iremos a Madrid ahora, pero siempre iré a donde tu vayas. ¿Entiendes?

Ella no dijo nada, apoyó la cabeza contra su mejilla y le abrazó.

—Escúchame bien, conejito —dijo. Sabía que tenían muy poco tiempo y estaba sudando mucho, pero tenía que decírselo y asegurarse de que lo entendiera—. Ahora te irás, conejito. Pero yo iré contigo. Mientras viva uno de los dos, viviremos los dos. ¿Lo entiendes?

—No. Me quedo contigo.

—No, conejito. Lo que voy a hacer ahora tengo que hacerlo solo. No podría hacerlo si te quedas. Además, si te vas, yo también me iré. ¿Es que no lo entiendes? Cualquiera de nosotros es los dos.

—Me quedaré contigo.

—No, conejito. Escucha. Hay cosas que no podemos hacer juntos. Cada cual debe hacerlas por su cuenta. Pero si te vas me iré contigo. Así podré acompañarte. Sé que te irás. Porque eres buena y dulce. Te irás por los dos.

—Pero es más fácil si me quedo contigo —dijo—. Es mejor para mí.

—Sí. Por eso te lo pido por favor. Hazlo por mí ya que puedes.

—Pero no lo entiendes, Roberto. ¿Qué será de mí? Para mí es peor si me voy.

—Claro —dijo él—. Es más difícil para ti. Pero ahora yo soy tú.

La joven no dijo nada.

La miró sudando copiosamente y habló esforzándose por hacer algo que no había hecho nunca.

—Ahora te irás por los dos —dijo—. No debes ser egoísta, conejito. Tienes que cumplir con tu deber.

Ella movió la cabeza.

—Tú eres yo —dijo él—. No digas que no te das cuenta, conejito. Escucha, conejito. Así yo también me iré. Te lo juro.

Ella no dijo nada.

—Ya lo has entendido —dijo—. Veo que lo has entendido. Ahora te irás. Bien. Vete. Ahora ya has dicho que te irás.

La chica no había dicho nada.

—Gracias. Ahora te irás cuanto antes y los dos nos iremos en ti. Pon aquí la mano. Baja la cabeza. Bien. Eres muy buena. No pienses más. Vas a hacer lo que es debido. Vas a obedecer. No a mí, sino a los dos. Al yo que hay en ti. Te vas por los dos. De verdad. Los dos nos vamos en ti. Es lo que te he prometido. Eres muy buena por irte.

Le hizo una seña a Pablo, que estaba mirándoles desde el árbol. Pablo dio un respingo y le hizo un gesto con el pulgar a Pilar.

—Iremos a Madrid en otra ocasión, conejito —dijo—. De verdad. Ahora ponte de pie y vete y los dos nos iremos. Ponte en pie. ¿Lo ves?

—No —respondió ella, y se abrazó a su cuello.

Él le habló con calma y de manera razonable, pero con mucha autoridad.

—Ponte en pie —dijo—. Ahora eres yo. Eres todo lo que quedará de mí. Ponte en pie.

Ella se puso en pie, llorando, con la cabeza gacha. Luego se desplomó rápidamente a su lado y volvió a incorporarse, muy despacio y con aire fatigado, mientras él le decía: «Ponte en pie, guapa».

Pilar la sujetaba del brazo.

—Vámonos —dijo Pilar—. ¿Necesitas alguna cosa, inglés? —lo miró y movió la cabeza.

—No —dijo él, y siguió hablando con María—. No es una despedida, guapa, porque no vamos a separarnos. Que os vaya bien en Gredos. Ve ahora. Vete. No —hablaba con calma y de forma muy razonable mientras Pilar se llevaba a la chica—. No te vuelvas. Mete el pie en el estribo. Sí. El pie. Ayúdala —le pidió a Pilar—. Súbela a la silla. Arriba. —Giró la cabeza sudorosa y miró hacia la pendiente, luego volvió a mirar a la chica que estaba en la silla con Pilar a su lado y Pablo detrás—. Marchaos —dijo—. Marchaos. —Ella hizo ademán de volverse—. No mires atrás —exclamó Robert Jordan—. Vete.

Pablo golpeó al caballo en la grupa con las riendas y María trató de bajar de la silla, pero Pilar y Pablo estaban cabalgando junto a ella y los tres caballos subieron por la cuesta.

—Roberto —gritó María—. ¡Deja que me quede! ¡Deja que me quede!

—Estoy contigo —gritó Robert Jordan—. Ahora estoy contigo. Estamos juntos. ¡Vete!

Luego se perdieron de vista por el sendero y él se quedó empapado de sudor y mirando al vacío.

Agustín estaba a su lado.

—¿Quieres que te pegue un tiro, inglés? —preguntó acercándosele—. ¿Quieres? No me importa.

—No hace falta —dijo Robert Jordan—. Vete. Estoy bien aquí.

—¡Me cago en la leche que me han dado! —dijo Agustín. Estaba llorando y no veía a Robert Jordan con claridad—. Salud, inglés.

—Salud, amigo —dijo Robert Jordan. Estaba mirando hacia la pendiente—. Cuida bien a la peloncita, ¿lo harás?

—Descuida —dijo Agustín—. ¿Tienes todo lo que necesitas?

—Casi no quedan balas para esta ametralladora, así que me la quedaré —dijo Robert Jordan—. No podréis conseguir más. Para la otra y para la de Pablo, sí.

—He limpiado el cañón —dijo Agustín—. Le había entrado tierra al caer.

—¿Qué ha sido del caballo de carga?

—El gitano lo cogió.

Agustín había montado a caballo, pero no quería irse. Se inclinó hacia el árbol donde estaba apoyado Robert Jordan.

—Vete, viejo —le dijo Robert Jordan—. En la guerra esto pasa muchas veces.

—Qué puta es la guerra —dijo Agustín.

—Sí, hombre, sí. Pero vete ya.

—Salud, inglés —dijo Agustín apretando el puño derecho.

—Salud —respondió Robert Jordan—. Pero vete de una vez.

Agustín dio media vuelta al caballo, bajó el puño mientras maldecía otra vez y se alejó por el sendero. Los demás ya se habían perdido de vista. Al llegar a los árboles se volvió y saludó con el puño. Robert Jordan respondió al saludo y luego Agustín también se fue... Robert Jordan miró hacia la ladera verde y contempló el puente y la carretera. Así estoy bien, pensó. No vale la pena correr el riesgo de ponerme boca abajo con el hueso tan cerca de la piel, y así veo mejor.

Se sentía vacío, desfallecido y exhausto después de todo aquello, y la marcha de los demás le había dejado un sabor a bilis en la boca. Ahora, por fin, se habían acabado sus problemas. Pasara lo que pasase ya no tendría que volver a preocuparse.

Se habían ido y estaba solo recostado contra un árbol. Miró hacia la ladera verde y vio el caballo tordo que yacía en el lugar donde lo había matado Agustín, y la carretera con las montañas y los bosques al fondo. Luego miró hacia el puente y reparó en la actividad que había en los alrededores. Vio la fila de camiones en la carretera. El gris de los vehículos se veía entre los árboles. Luego volvió a mirar a la carretera y a la zona donde se juntaba con la pendiente. No tardarán en venir, se dijo.

Pilar la cuidará mejor que nadie. Lo sabes de sobra. Pablo debe de tener un buen plan o no lo habría intentado. No tienes que preocuparte por él. No sirve de nada pensar en María. Trata de creer en lo que le dijiste. Es lo mejor. ¿Y quién dice que no es cierto? No serás tú. No puedes decirlo, igual que no puedes decir que lo sucedido nunca ocurrió. Conserva tus creencias. No te pongas cínico. No te queda tiempo y acabas de despedirte de ella. Todo el mundo hace lo que puede. No puedes hacer nada por ti, pero tal vez puedas hacer algo por los otros.

En fin, hemos consumido toda nuestra suerte en cuatro días. Cuatro no. Llegué aquí por la tarde y todavía no es mediodía. No llega a tres días y tres noches. Procura ser preciso. Lo más preciso posible.

Será mejor que te agaches, pensó. Que te apoyes en algo en lugar de seguir recostado en este árbol como un mendigo. Has tenido mucha suerte. Hay cosas peores. Todo el mundo tiene que pasar por esto, un día u otro. No te da miedo saberlo, ¿no? No, se respondió con sinceridad a sí mismo. Aunque ha sido una suerte que se haya aplastado el nervio. Ni siquiera noto la pierna por debajo de la fractura. Se tocó la parte inferior de la pierna y fue como si no formara parte de su cuerpo.

Volvió a mirar hacia la ladera y pensó: Odio tener que dejar todo esto. Espero haber hecho algún bien. Lo he intentado con todas las fuerzas que tenía. Querrás decir que tienes. De acuerdo, con todas las fuerzas que tengo.

Llevo un año luchando por lo que creía. Si ganamos aquí, ganaremos en todas partes. El mundo es un buen sitio y vale la pena luchar por él y odio tener que dejarlo. He tenido suerte de tener una vida tan buena, se dijo. Una vida tan buena como la de mi abuelo, aunque no tan larga. Una vida muy buena, gracias a estos últimos días. No puedes quejarte, después de tener tanta suerte. Aunque me habría gustado poder enseñarle a alguien lo que he aprendido. Dios, al final he aprendido muy deprisa. Me gustaría hablar con Karkov. En Madrid. Justo en el llano que hay detrás de esas montañas. Lejos de estas rocas grises y estos pinares, del brezo y las aulagas, en mitad de la meseta que se alza blanca y hermosa. Esa parte es tan cierta como lo de las viejas de Pilar, que beben sangre en el matadero. Nada es cierto. Todo lo es. Los aviones siempre son hermosos tanto si son nuestros como de ellos. Y un cuerno, pensó.

Tómatelo con calma, se dijo. Date la vuelta ahora que tienes tiempo. Oye, una cosa. ¿Lo recuerdas? ¿Cuando Pilar te leyó la palma de la mano? ¿Crees en esas tonterías? No, no lo creo. Esta mañana, antes de que empezara todo, fue muy amable con eso. Temía que pudiera creerlo. Pero no lo creo, aunque ella sí. Ven algo. O lo sienten. Como un perro perdiguero. ¿Y la percepción extrasensorial? ¿Y la obscenidad? No se ha despedido, porque sabía que si lo hacía María no querría marcharse. Esta Pilar... Date la vuelta, Jordan. Pero no le apetecía intentarlo.

Luego recordó que llevaba la petaca en el bolsillo del pantalón y pensó: Echaré un buen trago de ese matarratas y luego lo intentaré. Pero la petaca no estaba allí cuando fue a buscarla, lo que hizo que se sintiera mucho más solo porque supo que no tendría ni siquiera eso. Supongo que contaba con echar un trago, pensó.

¿No creerás que se la ha llevado Pablo? No seas idiota. Debiste de perderla en el puente. Vamos, Jordan, se dijo, inténtalo.

Luego se cogió la pierna izquierda con las dos manos y tiró de ella con fuerza mientras se tumbaba junto al árbol en el que había estado recostado. A continuación tiró con fuerza de la pierna para que el hueso roto no le cortara la piel y giró sobre sí mismo hasta que la cabeza quedó mirando hacia la cuesta. Después, con la pierna sujeta con ambas manos, apoyó el pie derecho en el empeine del izquierdo y apretó mientras rodaba sudoroso sobre el pecho. Se apoyó en los codos, estiró la pierna izquierda con las manos y el pie derecho y se acabó. Se palpó el muslo izquierdo y todo estaba bien. El hueso no había perforado la piel y seguía dentro del músculo.

El nervio debe de haberse tronzado cuando se me cayó encima ese condenado caballo, pensó. No me duele nada. Solo un poco al cambiar de postura. Cuando el hueso pincha en algún otro sitio. ¿Lo ves?, se dijo. ¿Ves la suerte que tienes? No necesitas el matarratas.

Alargó la mano para coger el fusil ametrallador, sacó el cargador, se palpó el bolsillo en busca de más cargadores, quitó el seguro y comprobó el cañón, luego volvió a meter el cargador hasta oír el chasquido y miró hacia la ladera. A lo sumo otra media hora, pensó. Tómatelo con calma.

Luego miró hacia la ladera y los pinos y trató de no pensar en nada.

Después contempló el río y recordó la sensación de frescor cuando estaba debajo del puente. Ojalá no tarden, pensó. No quiero estar mareado cuando lleguen.

¿Para quién crees que es más fácil? ¿Para los que creen en la religión o para los que no? A ellos les consuela mucho, pero nosotros sabemos que no hay de qué tener miedo. Lo malo es no saberlo. Morir solo es malo cuando tarda mucho y duele tanto que resulta humillante. En eso también tienes suerte. A ti no te va a ocurrir ni lo uno ni lo otro.

Menos mal que han podido escapar. Todo esto no me importa, sabiendo que han escapado. Es casi como les dije. Casi. Imagina qué diferente sería si estuviesen muertos y desperdigados por esa ladera donde está el caballo. O si nos hubiesen cercado y no tuviésemos escapatoria. No. Se han ido. Han escapado. Ojalá la ofensiva haya tenido éxito. ¿Qué más quieres? Todo. Lo quiero todo y me llevaré cuanto pueda. Si la ofensiva no tiene éxito, otra vendrá. No me he dado cuenta de si han vuelto los aviones. Dios, qué suerte he tenido al convencerla de que se fuese.

Me gustaría contarle esto a mi abuelo. Apuesto a que nunca tuvo que cruzar las líneas para hacer algo semejante. ¿Cómo lo sabes? Puede que lo hiciera cincuenta veces. No, se dijo, sé preciso. Nadie ha hecho algo así cincuenta veces. Ni cinco. Puede que ni una sola vez. Bueno. Seguro que alguien lo habrá hecho.

Ojalá viniesen de una vez, se dijo. Espero que vengan cuanto antes porque la pierna me está empezando a doler. Debe de estar hinchándose.

Todo iba a las mil maravillas hasta que llegó el tanque, pensó. Aunque fue una suerte que no llegara cuando estaba debajo del puente. Cuando algo empieza mal, siempre acaba pasando algo. A ti te fastidiaron cuando le dieron a Golz esas órdenes. Lo sabías y probablemente por eso se lo olió Pilar. Más adelante se organizarán mejor estas cosas.

Deberíamos tener transmisores portátiles de onda corta. Sí, deberíamos tener muchas cosas. También necesitaría una pierna de recambio.

Sonrió sudoroso porque la pierna empezaba a dolerle mucho en la zona donde se había aplastado el nervio con la caída. ¿Por qué no vienen de una vez?, se dijo, no querría tener que hacer como mi padre; lo haré si es necesario, pero preferiría no tener que hacerlo. No me parece bien. No pienses en eso. No pienses en nada. Ojalá vinieran esos cabrones, se dijo. Estoy deseando verlos venir.

La pierna le dolía mucho. El dolor había empezado de pronto con la inflamación al darse la vuelta. Tal vez sea mejor acabar ahora. No se me da bien resistir el dolor. Oye, si lo hago ahora no te lo tomarás a mal, ¿verdad? ¿Con quién hablas? Con nadie, dijo. Con mi abuelo, supongo. No. Con nadie. Maldita sea, ojalá vengan de una vez

Óyeme bien, es posible que tenga que hacerlo, porque si pierdo el conocimiento o algo parecido no servirá de nada y si me capturan me harán muchas preguntas y otras cosas más y eso no conviene. Es mucho mejor no dejar que me hagan nada. Así que ¿por qué no hacerlo ahora y acabar de una vez por todas? Porque, ¡oh!, escucha, sí, escucha, que vengan de una vez.

Esto no se te da nada bien, Jordan, se dijo. Nada bien. ¿Y acaso hay alguien a quien sí? Ni lo sé ni me importa. Pero a ti no. Eso es. Nada bien. No, nada de nada. Deberías hacerlo ahora, ¿no crees?

No. Porque todavía puedes hacer algo. Imagínalos subiendo entre los árboles. Piensa en ellos cruzando un arroyo o cabalgando entre el brezo. Piensa en ellos subiendo la colina. Imagínalos a salvo esta noche. O viajando toda la noche. Imagínalos escondidos mañana. Piensa en ellos, maldita sea, piensa en ellos. Ya no puedo pensar más en ellos.

Piensa en Montana. No puedo. Piensa en Madrid. No puedo. Piensa en un trago de agua fresca. De acuerdo. Así es como será, como un trago de agua fresca. Eres un mentiroso. No será nada. Nada. Pues hazlo ahora. Hazlo. Hazlo ahora. No pasa nada por hacerlo ahora. Vamos hazlo. No, tienes que esperar. ¿A qué? Lo sabes de sobra. Pues espera.

Ya no puedo esperar más, se dijo. Si espero más me desvaneceré. Lo sé porque ya he estado a punto de desmayarme tres veces y he resistido. He resistido. Pero no sé si podré seguir haciéndolo. Creo que tienes una hemorragia interna, el hueso ha debido de cortar el muslo por dentro. Sobre todo al darte la vuelta. De ahí la hinchazón y esa debilidad por la que casi te desmayas. Deberías hacerlo ahora. De verdad, te digo que no estaría mal.

Si esperas y los entretienes, aunque sea solo un rato, o matas al oficial supondría una gran diferencia. Una cosa bien hecha puede...

De acuerdo, dijo y se quedó en silencio y trató de aguantar, mientras notaba cómo se le iba la cabeza, igual que uno nota la nieve que empieza a deslizarse sobre la ladera de la montaña, y se dijo muy despacio: Ojalá aguante hasta que lleguen.

Robert Jordan siguió teniendo suerte porque, justo en ese momento, vio salir a la caballería del bosque y cruzar la carretera. Los observó subir por la ladera. Vio al soldado detenerse junto al caballo tordo y gritarle al oficial que cabalgaba a su lado. Los vio contemplar el caballo. Lo habían reconocido, claro. El jinete y él llevaban desaparecidos desde la mañana del día anterior.

Robert Jordan los vio en la pendiente, muy cerca de donde él estaba, y más allá vio la carretera, el puente y las largas filas de vehículos al fondo. Sintió que era parte de aquello y lo contempló todo con mucha atención. Luego miró al cielo. Había grandes nubes blancas en él. Apoyó la palma de la mano contra las agujas de pino sobre las que estaba tumbado y tocó la corteza del tronco en el que estaba apoyado.

Luego se puso lo más cómodo posible con los codos sobre las agujas de pino y el cañón del fusil ametrallador apoyado en el tronco del pino.

El oficial pasaría cabalgando tras la pista de los caballos a unos veinte metros de donde se encontraba Robert Jordan. A esa distancia no sería ningún problema. El oficial era el teniente Berrendo. Había llegado de La Granja, donde le habían dado orden de volver a la sierra cuando llegaron los informes del ataque al puesto de abajo. Habían cabalgado a toda prisa, y al encontrarse con que habían volado el puente, habían tenido que dar un rodeo para atravesar la garganta más arriba y volver por el bosque. Los caballos estaban fatigados y sudorosos y tenían que espolearlos para obligarlos a seguir al trote.

El teniente Berrendo, siguiendo las huellas, llegó cabalgando con una expresión seria y solemne en su rostro enjuto. Llevaba el fusil automático atravesado sobre la silla y apoyado en el brazo izquierdo. Robert Jordan se hallaba detrás del árbol, dándose ánimos para mantener el pulso firme. Estaba esperando a que el oficial llegase al lugar iluminado por el sol donde los primeros árboles del pinar se juntaban con el prado que cubría la ladera. Notaba los latidos de su corazón contra el suelo tapizado de agujas de pino del bosque.